새로 읽는

한국고전문학사 4

조선편

지은이 최강현

明文堂

정부 지정 표준본 단제
홍석창 화백, 가로 115cm×세로 170cm, (사) 현정회, 서울 단제성전 소장, 1978년도 지정
(박현, 『한국고대 지성사 산책』 쪽 51에서 인용)

단제상(명문당 소장)

민가서 햇빛 본 성조상
(박성수 저, 『檀君紀行』에서 인용함, 九月山 三聖祠 소장)

서울 사직단에 있는 단제상
신상균 조각, (사) 현정회, 1977년 국민경모 단제상, 문공부심의번호 77-16
(이덕일 외, 『고조선은 대륙의 지배자였다』 쪽 44에서 인용)

圖書出版
明文堂
myungmundang

머리말

이 책은 『새로 읽는 한국 고전문학사』로 “고대편”, “중고편”, “고려편”, “조선편”의 4권 4책이 한 질로 된 경천동지할 새로운 이론이 제시된다.

“아시아 대륙의 등불”이라고 그 문화의 우수성이 높이 평가되어 온 자유 민주주의 대한민국이 건국된 지 어느 사이 100년이 되었건만, 국토는 9만 9천 : 12만 1천km²의 크기로 두 동강이 나고, 국민은 5,000 : 2,800만 명으로 나뉘어 남북통합이 아득하기만 한 것이 오늘날 우리 천손족(天孫族)이 당면한 현실이다. 지금의 중화인민공화국의 동남녘에 있는 우리의 반쪽은 그들의 수도를 평양에 두고, “조선 민주주의 인민공화국”이라는 간판과는 전혀 달리 3대 세습의 왕조(王朝)를 이루어 독재 세습을 이으며 끊임없이 무자유 공쟁빈국(無自由共爭貧國)에로 남북 통합을 획책하며 민족 주체의식은 주변 강대국에 모두 팔아먹고, 오로지 김일성 개인숭배의 주체사상으로 축소하여 천손족의 길고 오래된 역사를 압록강과 두만강 두 물줄기의 남쪽[한반도가 아니다]으로 위축시켜 반민족적 행위를 방자히 하고 있다.

한편 자유 민주주의 대한민국은 단제기원(檀帝紀元) 4283(1950)년 북한 반란 이후 20여 년 만에 세계 2차대전에 맞먹는 국제전의 잿더미에서 세계 굴지의 경제 대국으로 흥륭(興隆)하여 세계인들에게 살기 좋은 이상국(理想國)으로 존경받는 나라가 되었다.

그러나 문화면에서는 반만년의 오랜 역사에 찬란한 문화 유물이 겨레의 주체 의식을 자랑스럽게 세계에 널리 알리어 인정받을 만함에도 불구하고, 오늘날 우리 학계에는 큰 나라 섬기기주의 사관[事大主義史觀]과 식민주의 사관(植民主義史觀)에 병든 사람들이 많이 구태를 고집하여 잃어버린 우리의 바른 역사와 문학 작품들을 되찾는 일에 소홀해하고 있다.

필자는 이에 그동안 오래전에 잃어버린 우리의 귀중한 역사적 정체성을 도로 찾기 위한 한 방법으로 한국 고전 국문학사의 집필을 시도하여 상고문학사(上古文學史)는 이미 발행하여 독자 여러분들의 질정을 받은 바 있다.

필자는 이 책에서 우리 천손족(天孫族)의 시조할아버지를 하느님으로 보고, 우리나라 역사의 시원을 환인(桓因) 할아버지의 신시시대(神市時代)에 두며, 그 문헌적 근거는 『환단고기(桓檀古記)』·『단기고사(檀奇古史)』·『규원사화(揆園史話)』·『삼일신고(三一神誥)』 등에 바탕을 둔 많은 선학(先學)들의 연구 업적에서 찾았다. 그 밖의 옛날 우리 겨레에 관한 일부 기록은 한족(漢族)에 의하여 기록된 역사서 사마천(司馬遷)의 『사기(史記)』, 진수(陳壽)의 『삼국지(三國志)』·범엽(范曄)의 『후한서(後漢書)』·방현령(房玄齡)의 『진서(晉書)』 등에 근거하여 서역(西域)으로부터 동으로 진출하여 온 한족(漢族)이 지금의 차이나 대륙에 들어오기 이전에 살고 있었던 원토박이들인 천손족(天孫族), 곧 이족(夷族) 전체를 싸잡아 우리의 조상으로 다루었다.

옛날 한인(漢人) 사가(史家)들은 우리 천손족(天孫族)을 이족(夷族) 또는 동이(東夷)라고 하면서 그들의 입맛에 따라 숙신(肅愼)·읍루(挹婁)·선비(鮮卑)·글안(契丹)·생여진(生女眞)·여진(女眞)·말갈(靺鞨)·흑수말갈(黑水靺鞨)·흉노(匈奴) 등으로 일컬어서 갈기갈기 찢어서 서로 다른 민족으로 나누어 놓은 여러 종족들을 필자는 이제야말로 하나로 묶어서 우리 천손족의 선조(先祖)로 다루어야 한다고 주장한다.

그래서 이제까지 차이나인들의 시조(始祖)로 생각하는 반고(盤古)·복희(伏羲)·염제(炎帝)·헌원(軒轅)·소호(少昊)·전욱(顓頊)을 비롯하여 요(堯)·순(舜)·우(禹)·탕(湯)·관자(管子)·공자(孔子)·맹자(孟子)·묵자(墨子)·순자(荀子)·장자(莊子)·한비자(韓非子)·손자(孫子)·열자(列子)까지를 우리의 선조로 보고, 선진문학(先秦文學)도 우리 문학사로 다루어서 잃어버린 우리 역사와 고전문학을 도로 찾아 잃어버리었던 우리의 옛 문학사를 바로잡고자 독자 여러분들께 가르침을 구한다.

필자는 이 책을 상고문학사를 이어서 이제까지 우리의 문학사에서 소홀하게 다루었던 이른바 신라 · 고구려 · 백제의 삼국시대 세 나라의 문학 이외에 가야(伽倻) · 탐라(耽羅)문학을 포함하여 5국 문학사를 다루었고, 신라가 이른바 삼국통일을 이룬 뒤에는 고구려 영토에 들어선 새 나라 발해국(渤海國)의 문학을 포함시켜 남북조시대 문학으로 살펴보면서 그동안 흔히 써온 비주체적(非主體的) 자폄(自貶)의 낱말로 된 학술용어들도 고치어 쓰고자 노력하였다.

비주체적 자폄어의 보기를 몇 가지만 들어 보이면, "향찰문자(鄕札文字)" 라든가 "향가(鄕歌)" · "언해(諺解)" · "패관문학(稗官文學)" · "개화기문학(開化期文學) 등의 낱말들을 모두 고치어 일컬어야 한다는 주장을 펴본 것이다.

필자의 소견으로는 우리나라에서 우리 선인들이 사용한 "향찰문자(鄕札文字)" 라는 글자는 원래 그 글자의 모양이 없기 때문에 그 말 자체가 있을 수 없으므로 그 말을 처음부터 써서는 안 된다는 주장이다. 문자(文字)는 세계 어느 나라의 어떤 글자도 다 그 형태가 있는데, "향찰문자(鄕札文字)" 는 그 글자의 형태가 없기 때문에 존재하지 아니하는 것이며, 존재하지 아니하므로 그 이름도 붙일 수가 없는 것이다.

고려시대 최행귀(崔行歸)라는 분이 처음 쓴 "향찰문자(鄕札文字)" 는 이미 사용되고 있는 뜻글자[韓 · 漢文]의 뜻[訓]과 그 소리[音]를 빌어서 신라인들이나 고구려·백제인들이 독특하게 그들의 일상적인 입말[口頭語]을 적는데 활용한 쓰기[表記]의 방법이지 향찰이라는 글자가 따로 있었던 것이 아니다. 그러므로 이제라도 그 잘못이 분명한 이상 그 잘못을 되풀이하지 말고, 그 잘못된 학술 용어를 고쳐 써야 한다는 것이 필자의 주장이다. 그 밖의 학술 용어들도 나름대로 그 구체적인 이유가 있어서 바로잡아야 한다고 나는 주장한다. 자세한 내용은 이 책을 꼼꼼히 읽어보면 확인할 수가 있을 것이다.

조선문학사의 내용은 "1. 조선 건국 송축(頌祝)의 노래, 2. 정음문학(正音文學)의 개벽(開闢), 3. 단·장가(短·長歌)의 발전, 4. 이야기문학, 5. 뜻글 문학[韓·漢文學] 6. 종교문학(宗教文學), 휘갑의 말" 등으로 구성하였다.

앞으로 올 100년의 주인공들이 읽어서 전통이 끊어지지 않기를 독자 여러분들께 신신 당부합니다.

단제기원 4352(2019)년 5월

한국기행문학연구소 최강현 합장

먼저 알기[범례]

1. 국조 단군 → 국조 단제(檀帝)로 고쳐 부름.
2. 우리 겨레의 통칭은 될수록 천손족 또는 부여족이라고 그 영역을 넓혔다.
3. 선진시대 문학 → 지금의 중화인민공화국이 저희 글자라고 하는 세종대왕 창제의 우리 국자인 훈민정음처럼 우리의 것을 바로 찾기 위하여 이제까지 중공 전설이라고 자랑하는 복희 신농과 공자와 장자들도 우리의 조상으로 모시었다.
4. 주나라, 제나라, 초나라, 한(韓)나라, 몽골, 거란, 원나라, 청나라들도 우리 조상 나라로 다루었다.
5. 향가 → 온빈글노래〔完全借字歌〕로 고쳐 부름.
6. 향찰 → 빈글쓰기글자〔借字表記文字〕이나 실재하지 아니함.
7. 이두 → 부분 빈글쓰기〔部分借字表記文〕로 고쳐 부름.
8. 한문 → 한나라 글자가 아니기 때문에 뜻글이라고 함.
9. 『삼국유사』를 우리나라 최초 문학사로 다룸.
10. 『동문선』은 조선시대에 된 한국고전문학사로 다룸.
11. 처음 나오는 사항은, 뜻글쓰기와 생몰연대를 단제기원으로 겸하여 씀을 원칙으로 함.
12. 개화기 → 일본인들이 우리나라 개항기 때에 저희는 문명인이고, 조선인들은 미개인들이라고 부른 데서 연유됐기에 쓰지 아니하고 개항기로 고쳐 씀.
13. 인용문의 앞에는 반딧불이를 달고 한 단 아래로 낮춰 표기하였음.
14. 각주의 뜻글 → 띄어쓰기에 따라 뜻이 달라지기에 원문대로 붙여쓰기를 취하였음.
15. 익어진 뜻글말 → 될수록 새로운 우리말로 고쳐 썼음.
16. 제주도문학 → 탐라문학
17. 발해문학 → 발해국문학(바다와 구별함)
18. 인명 뒤의 "선생 · 박사 · 교수" 등 호칭은 붙이지 아니함.

차례

Ⅸ. 아홉째 시대
조선왕조(朝鮮王朝)의 문학(文學)

조선 태조 어진(朝鮮 太祖 御眞)
국보 제317호, 전라북도 전주시 완산구 태조로 위치,
어진박물관 소장, 출처 : 문화재청

[1장]
조선 건국 송축(頌祝)의 노래

왕씨 고려 왕조를 신하의 신분에서 반역하여 새 나라를 건설하여 조선국(朝鮮國)이라고 한 이성계(李成桂 : 3668-3741, 재위 3725-3731) 태조의 공(功)을 기리며 동시에 조선 개국을 송축한 노래들이 조선 건국 초기에 많이 지어진 것이 조선왕조 문학의 특징이라고 할 수가 있다.

조선 초기의 이러한 송축의 노래들을 이제까지의 학자들은 "악장체 문학(樂章體文學)" 이라고 일컬어 왔으며, 근래에 와서는 조규익에 의하여 "아송문학(雅頌文學)" 이라고도 일컬어지고 있다.

백자상감연화문병(白磁象嵌蓮花文甁, 조선시대)
높이 33.5cm, 입지름 7.6cm, 바닥지름 9.6cm, 국립중앙박물관 소장

1. 정삼봉(鄭三峰)의 송축가(頌祝歌)

삼봉(三峰) 정도전(鄭道傳 : 3675－3731)은 태조 2(3726)년 7월 26일에 문하시랑 찬성사(門下侍郎贊成事)의 신분으로 다음과 같은 「몽금척(夢金尺)」·「수보록(受寶籙)」·「문덕곡(文德曲)」 4장[1. 개언로(開言路), 2. 보공신(保功臣), 3. 정경계(正經界), 4. 정예악(定禮樂)]의 3편을 먼저 지어 전문(箋文)과 함께 태조께 바치었다. 태조가 삼봉에게 채색 비단을 상으로 내려주고 악공(樂工)들에게 그 노래를 익히게 명하시니, 삼봉이 태조의 무공(武功)을 기리어 「무공곡(武功曲)」 3장[1. 나씨곡[納氏曲], 2. 궁수분곡(窮獸奔曲), 3. 정동방곡(靖東方曲)]을 지어 다시 바치었다. 이들 작품은 조선 개국과 동시에 지어진 송축의 노래들이다.

1.1. 몽금척(夢金尺)

惟皇鑑之孔明兮	하느님의 살피심이 너무 밝으시어
吉夢協于金尺	길한 꿈이 황금 자에 틀림없이 맞았지요.
淸者耄矣兮	청렴한 경복흥 이미 너무 늙었으며,
直其戇緊	최영은 강직하여 너무나 어리석죠.
有德焉是適	큰 덕이 있는 이가 마침 계셨기에
帝用度吾心兮	하느님이 우리들의 마음을 헤아리셔

俾均齊于家國	나라를 잘 다스리라 심부름을 시키시니,
貞哉厥符兮	어쩌면 그렇게도 들어맞아 틀림없죠?
受命之祥	하느님의 엄한 명령 너무도 상서로와
傳子及孫	아들과 손자에게 왕위를 거듭 전해
彌于千億	천년이나 만년이나 억년까지 이으소서.

(『태조실록』 권 4)

이는 조선 태조가 잠저시(潛邸時)에 어느 날 밤 꿈속에서 신인(神人)이 나타나서 황금자[黃金尺]를 주고 가서 그 꿈으로 인하여 조선을 건국하고 왕위에 오르게 되었다고 한다. 이는 그 사실을 근거로 하여 조선 건국을 송축한 것이다.

1. 2. 수보록(受寶籙)

彼高矣山	저 높고 또 높은 지리산에 있는 바위
石與山齊	어찌나 그 바위가 크던지 산과 같네.
于以得之	지리산 석벽에서 이 책을 얻었으니,
實維異書	사실은 생각수록 기이한 글이었네.
桓桓木子	밝고 굳세고 용감한 이 장군이
乘時而作	때를 타고 나라 세워 왕위에 오르셨네.
誰其輔之	나라 세우는데 도와준 이 누구신가?
走肖其德	송당 조준은 덕망 있는 사람이네.
非衣君子	화금당 배극렴 도량이 군자이고,

來自金城　　금성에서 스스로가 찾아서 왔다 하네.
三奠三邑　　정희계 정총과 정도전 세 정씨가
贊而成之　　하나 되어 협찬하여 조선 건국 이뤄냈네.
奠于神都　　한성이 신성한 곳 도읍으로 정해지면,
傳祚八百　　나라의 운세가 800년은 전하겠네.
我龍受之　　우리 임금님이 이를 받았으니,
曰維寶籙　　이름하여 보배로운 비기라 부르겠네.

(위와 같음)

이는 조선 건국의 상서로운 징조를 알려준 지리산 석실(智異山石室)의 비기(秘記)를 주제로 하여 조선 건국의 1등 공신 5명을 소개하기도 하였다.

1.3. 문덕곡(文德曲)

1.3.1. 개언로(開言路)

法宮이 有嚴深九重ᄒᆞ시니,　　一日萬機紛其叢ᄒᆞᆺ샷다.
君王이 要得民情通ᄒᆞ샤　　大開言路達四聰ᄒᆞ시다.
開言路臣所見가　　我后之德이 與舜同ᄒᆞ샷다.
아으! 我后之德이　　與舜同ᄒᆞ샷다.

(『樂學軌範(악학궤범)』 권 5, 엽 17)

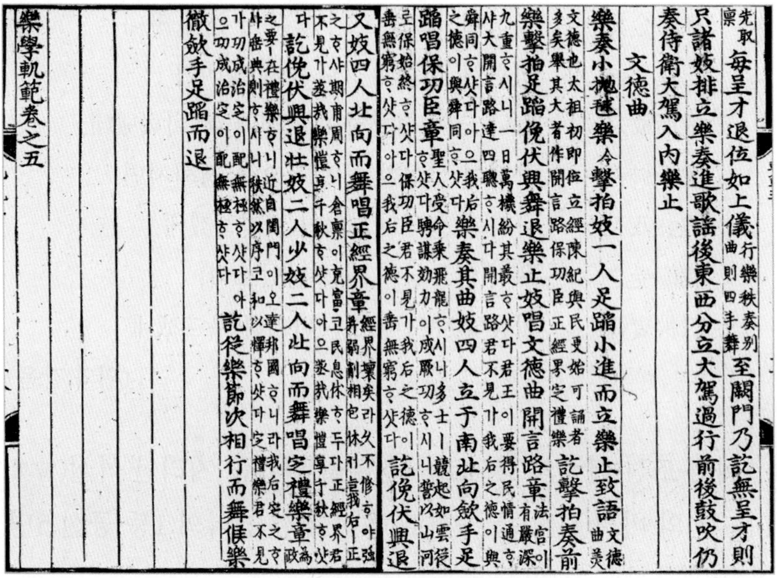
先取稟 每呈才退位如上儀 行樂秩奏別曲則四手舞 至闕門乃訖無呈才則
只諸妓排立樂奏進歌謠後東西分立大駕過行前後鼓吹仍
奏侍衛大駕入內樂止
文德曲
樂奏小拋毬樂令 擊拍妓一人足蹈小進而立樂止致語 文德曲奏
文德也太祖初卽位立經陳紀與民更始可誦者多矣擧其大者作開言路保功臣正經界定禮樂 訖擊拍奏前
樂擊拍足蹈俛伏興舞退樂止妓唱文德曲開言路章 法宮이有嚴深이
九重ᄒᆞ시니一日萬機紛其叢ᄒᆞ샷다君王이要得民情通ᄒᆞ샤大開言路達四聰ᄒᆞ시다開言路君不見가我后之德이與
舜同ᄒᆞ샷다아으我后之德이與舜同ᄒᆞ샷다 樂奏其曲妓四人立于南北向斂手足
蹈唱保功臣章 聖人受命乘飛龍ᄒᆞ시니多士ㅣ競起如雲從ᄒᆞ샷다騁謀効力ᄒᆞ시成厥功ᄒᆞ시니誓以山河
로保始終ᄒᆞ샷다保功臣君不見가我后之德이垂無窮ᄒᆞ샷다아으我后之德이垂無窮ᄒᆞ샷다 訖俛伏興退
又妓四人北向而舞唱正經界章 經界壞矣라久不修ᄒᆞ야强幷弱割相包休ᄒᆞ시니我后ㅣ正
之ᄒᆞ샤期甫周ᄒᆞ니倉廩이克富ᄒᆞ고民息休ᄒᆞ두다正經界君不見가㳫我樂愷享千秋ᄒᆞ샷다아으㳫我樂愷享千秋ᄒᆞ샷
다 訖俛伏興退壯妓二人少妓二人北向而舞唱定禮樂章 爲政
之要ㅣ在禮樂ᄒᆞ니近自閨門이오達邦國ᄒᆞ니라我后ㅣ定之ᄒᆞ샤垂典則ᄒᆞ시니秩然以序코和以懌ᄒᆞ샷다定禮樂君不見가功成治定이配無極ᄒᆞ샷다아으功成治定이配無極ᄒᆞ샷다 訖從樂節次相行而舞俟樂
徹斂手足蹈而退
樂學軌範卷之五

악학궤범(樂學軌範) 권 5
김지용, 『악학궤범』 p. 219~220 인용함. (명문당)

이 작품은 태조가 조선을 건국한 뒤에 언로를 열어 전 국민들의 소원을 들어 개혁하려 한 것을 기린 것이다. 『樂學軌範(악학궤범)』 권5의 기록은 조선 태조가 즉위한 뒤 궁중 연회에서 기녀들이 뜻글시에 우리말 용언을 달아서 부른 노래이다. 특히 이 작품에서 "我后之德이 與舜同ᄒᆞ샷다."라고 한 것은 태조 이성계의 왕으로서의 덕이 고대 우리 선조인 순(舜)임금님과 같음을 피력하고 있는 것에 주목하여야 할 것이다.[1]

1 『孟子』, 「離婁」 장구 下, "孟子曰舜生於諸馮遷於負夏卒於鳴條東夷之人也."

1. 3. 2. 보공신(保功臣)

聖人受命乘飛龍ᄒᆞ시니,　　多士1 競起如雲從ᄒᆞ샷다.
騁謀效力이 成[2]厥功ᄒᆞ시니,　　誓以山河로 保始終ᄒᆞ샷다.
保功臣君不見가 臣所見　　我后之德이 垂無窮ᄒᆞ샷다.
아으! 我后之德이　　垂無窮ᄒᆞ샷다.

(앞의 책)

이 작품은 태조가 조선 건국 후 공신들을 보호하여준 일에 관하여 고마움을 표출하여 기리어 지은 뜻글시를 앞의 「개언로」 장과 같이 우리말 용언을 붙이어 기녀들이 노래한 것이다. 여기서 우리가 주목할 것은 삼봉의 "소통(所通)"의 중요성을 건의한 것을 보면 민주주의 신봉자이었음을 확인할 수 있다.

1. 3. 3. 정경계(正經界)

經界毁矣라 久不修ᄒᆞ야　　强幷弱削相包休[3]커늘
我后1 正之ᄒᆞ샤 期甫周ᄒᆞ니,　　倉廩이 充富코 民息休ᄒᆞ두다.
正經界 君不見[4]가　　蒸哉樂愷享千秋ᄒᆞ샷다.
아으! 蒸哉樂愷享千秋ᄒᆞ샷다.

(앞의 책 엽 18)

2 成 = 『태조실록』 권 4, 엽 3에는 "咸"으로 되어 있다.
3 包休 = 위의 책 같은 곳에는 "烏烋"로 되어 있음.
4 君不見 = 위와 같은 책 엽 4에는 "臣所見"으로 되어 있음.

이는 조선 태조가 왕위에 올라 1년 만에 고려 농정의 전시과(田柴科) 제도가 어지러워지면서 권력자들이 각 고을과 산천을 경계로 하는 토지들을 여러 가지 명목으로 수탈하여 사리사욕을 채운 병폐를 혁파한 태조의 공로를 지은이가 송축한 것이다.

1. 3. 4. 정예악(定禮樂)

爲政之要ㅣ 在禮樂ᄒᆞ니, 近自閨門이오 達邦國ᄒᆞ니라.
我后ㅣ 定之ᄒᆞ샤 垂典則ᄒᆞ시니, 秩然以序코 和以懌ᄒᆞ샷다.
定禮樂 君不見[5]가 功成治定이 配無極ᄒᆞ샷다.
아으! 功成治定이 配無極ᄒᆞ샷다.

(앞의 책)

이 작품은 조선 태조의 문화 치적(治積)으로 고려의 불교 중심 예악을 유학 중심의 예악 체재로 고치어 법제화한 공덕을 칭송한 것이다.

5 君不見 = 앞주의 책 엽 4에는 "臣所見"으로 되어 있음.

1. 4. 무공곡(武功曲)

1. 4. 1. 나씨곡[納氏曲]

納氏恃雄强ᄒᆞ야	入寇東北方ᄒᆞ더니,
縱傲誇以力ᄒᆞ니,	鋒銳라 不敢當이로다.
我后[6]ㅣ 倍勇氣ᄒᆞ샤	挺身衝心胸ᄒᆞ샤
一射애 斃偏裨ᄒᆞ시고,	再射애 及魁戎ᄒᆞ시다.
裹槍不暇救ㅣ라.	追奔星火馳ᄒᆞ더니,
風聲이 固可畏어늘	鶴唳도 亦堪疑로다.
卓[7]矣莫敢當[8]ᄒᆞ니,	東方[9]이 永無虞ㅣ로다.
功成이 在此擧ᄒᆞ시니,	垂之千萬秋ㅣ샷다.

(앞의 책 권 2, 엽 21)

이 작품은 고려 공민왕 12(3696)년 2월 조소생(趙小生)이 원나라 심양행성 승상(瀋陽行省丞相) 나하추[納哈出]를 유인하여 삼살홀면(三撒忽面)으로 쳐들어오니, 도지휘사(都指揮使) 정휘(鄭暉)가 여러 번 싸워 계속 패하매, 이성계 원수를 동북면병마사(東北面兵馬使)를 삼아 보내어 물리쳐서 후환을 없이 한 조선 태조의 공을 기린 것이다. 기존의 학자들은 이 노래를 「납씨

6 我后 = 앞주의 책에는 "我鼓"로 되어 있음.
7 卓 = 앞주의 책에는 "啄"으로 되어 있음.
8 當 = 앞주의 책에는 "動"으로 되어 있음.
9 東方 = 앞주의 책에는 "東北"으로 되어 있음.

공민왕(오른쪽)과 왕비 노국공주(왼쪽)의 영정
공민왕 신당(恭愍王神堂) 소장, 출처 : 문화재청

곡」이라고 하였으나 이성계 원수가 원나라 유신 나하추[納哈出]를 물리치는 전공을 세운 일을 기린 것이므로, 필자는 여기서 「나하추씨곡」이라는 뜻으로 「나씨곡」이라 부른다.

1. 4. 2. 궁수분곡(窮獸奔曲)

有窮者獸　　쫓기는 것은 네 발 가진 짐승들뿐
奔于險巇　　달아난들 험하고도 드높은 곳이지요.
我師覆之　　우리 군사들이 그것들을 뒤엎으니,
左右離披　　좌우가 가림 없이 이리저리 흩어졌죠.

或殲或獲	어떤 놈은 죽이고 어떤 놈은 사로잡고
或走或匿	어떤 놈은 달아나고 어떤 놈은 숨었지요.
死者粉糜	죽은 놈은 몸둥이가 다 부서져 가루되고,
生者褫魄	살아 있는 놈도 모두 넋이 빠졌었죠.
不崇一朝	하루의 아침이 가기도 이전에
廓爾淸明	티 없이 쓸어내어 깨끗이 밝히었죠.
奏凱以旋	승전가를 부르면서 조정으로 돌아오니,
東民以寧	우리나라 백성들은 편안히 살게 됐죠.

(『태조실록』 권 4, 엽4)

이 작품도 조선 태조가 된 이성계가 고려 무신으로 있을 때에 서해안에 침입하여 노략질하는 왜(倭)놈 해적들을 물리친 그의 무공을 기린 「무공곡(武功曲)」의 하나이다.

왜구들의 약탈을 그린 회화(16세기)
출처 : 위키백과

1. 4. 3. 정동방곡(靖東方曲)

緊東方阻海陲　　彼狡童竊天機ᄒᆞ니이다.
偉 東王德盛
肆狂謀興戎師　　禍之極靖者誰이니오.
偉 東王德盛
天相德回義旗　　罪其黜逆其夷ᄒᆞ샷다.
偉 東王德盛
皇乃懌覃天施　　軍以國俾我知ᄒᆞ샷다.
偉 東王德盛
於民社有攸歸　　千萬世傳無期ᄒᆞ쇼셔.
偉 東王德盛

(『악학궤범』 권 2, 엽 20)

이는 종이호랑이에 지나지 아니하는 허수아비 원(元)나라를 치러 가던 이성계가 이른바 위화도 회군(威化島回軍) 후 오히려 조국 고려국을 멸망시킨 사실을 아름답게 그려 송축한 노래이다. 둘째 구의 "교활한 아이[狡童]"라고 한 것은 우왕(禑王)을 가라킨 것이고, 둘째 구 다음에 들어 있는 "偉 東王德盛"은 뜻글시가 아니고 기녀가 부른 노래에만 들어 있는 조흥구(助興句)이다. 이 조흥구는 기계적으로 뜻글시 2구 뒤에 끼워 넣어 "동왕(東王)", 곧 조선 태조 이성계의 덕이 무성함을 강조하고 있다.

셋째와 넷째 구는 최영(崔瑩) 장군이 주동이 되어 원(元)나라를 쳐 멸하고 그 자리에 있는 우리 천손족(天孫族)이 잃어버린 고구려와 발해의 옛 땅을 회복하고자 일으킨 군대를 비방한 것이다. 다섯째 구는 이성계 장군이 위화도에서 회군한 것을 표현한 것이다. 일곱째 구와 여덟째 구는 당시의 국제관계로 명(明)나라 태조 주원장(朱元璋)의 업적을 그린 것으로 풀이된다. 끝의 두 구는 천만세 영원토록 사직을 보존하기를 기원하고 있다.

명태조(明太祖) 주원장(朱元璋)
타이완 국립고궁박물원에 소장, 출처 : 위키피디아

1.5. 신도가(新都歌)

녜ᄂᆞᆫ 양(楊)州쥬ㅣ ᄀᆞ을히여!

디위예 신도형승(新都形勝)이샷다.

開기국(國) 聖셩왕(王)이 셩ᄃᆡ(聖代)를 니르어샷다.

잣다온뎌 당금경(當今景) 잣다온뎌

聖壽셩슈 만년(萬年)ᄒᆞ샤 만민(萬民)의 함락(咸樂)이샷다.

아으! 다롱다리

알ᄑᆞᆫ 한강(漢江)水슈여 뒤흔 삼각산(三角山)이여!

덕(德)重듕ᄒᆞ신 강산(江山)즈ᅀᅳ메 만(萬)歲셰를 누리쇼셔.

(『악장가사』 상)

이 작품은 그 지어진 연대를 정확히는 알 수 없으나, 조선 건국 후 한양(漢陽)으로 수도를 옮긴 직후인 태조 3(3827)년에 조선 건국 1등 공신인 지은이 삼봉(三峰) 정도전(鄭道傳)이 지은 것 같다. 이는 입으로 전하여 오다가 훈민정음(訓民正音)이 창제된 뒤에 비로소 문헌에 정착된 것 같다.

내용은 새로 도읍한 한양(漢陽)의 형승(形勝)과 그 아름답고 풍성함을 노래하고, 조선 태조의 성수(聖壽)가 천년 만년 오래 이기를 빌고 있다.

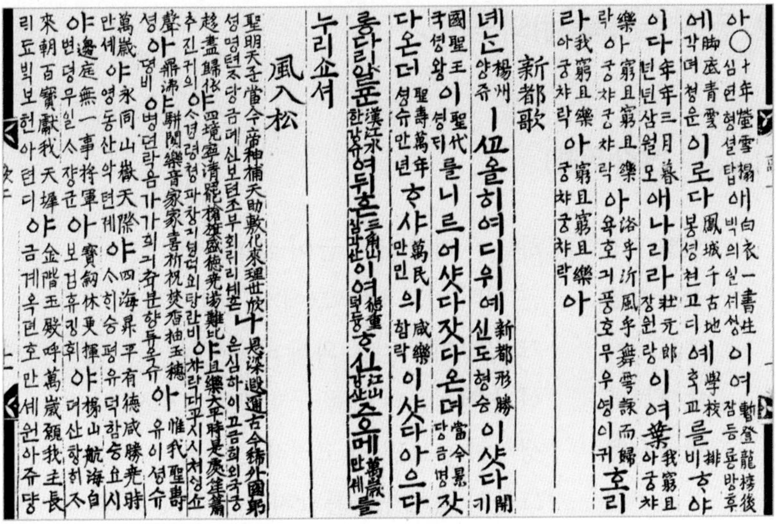

속악가사 상(俗樂歌詞 上)
김지용, 『속악가사(상)』 p. 53~54 인용함. (명문당)

형식은 중간에 "아으! 다롱다리"라는 조흥구(助興句)가 있어서 전대절(前大節)과 후소절(後小節)로 구분된다. 일부 학자들은 이 작품의 형식을 고려가요와 비슷하다고 하며, 3율각격(律刻格)이라고 하나 필자의 분석으로는 신라시대 온빈글노래[完全借字歌]들 대부분이 홀수 율각격이던 것이 고려 속요로 오면서 짝수 율각격으로 변하여 왔다. 이 작품은 홀수 율각과 짝수 율각이 반반으로 되어 있다.

2. 권양촌(權陽村)의 송축가

2.1. 천감(天監)

天監于下	하늘이 지상 세계 굽어 살피시어
眷厥有德	큰 덕이 있는 사람 그에게 사랑 줬죠.
俾長以君	그로 하여금 임금 되게 하오셔서
式求民莫	삼가 백성들의 아픔 구ᄒ게 하오소서.
維彼有麗	생각하여 보면 저 고려라는 나라가
其政不淑	그들의 정치가 아름답지 못하여서
命我代之	우리 임금께 대신 하게 명하시니,
萬民悅服	온 나라 백성들이 기쁨으로 따랐습죠.
民悅維何	백성들의 기뻐함이 오직 무엇 때문이죠?
會朝清明	선이 악을 칠 때에는 아침 날씨 맑았었죠.
市肆不易	저자 가게 하나도 바꿈이 없었으며,
民靡見兵	백성들은 군병 하나 보지도 못하였죠.
揖讓于室	집안에서 새 왕위를 물려 받으시니,
歸戴以誠	중신들이 귀부하여 정성으로 추대하여
大寶克正	왕위 계승이 바르게 잡혔으니,
其永維寧	길이길이 오직 편안키만 하겠지요.(중략)
於皇天命	아아! 위대하신 하느님의 명령이여!
赫赫靡常	빛나고 또 빛남은 평범치 아니하죠.

覆彼昏德　　저 어두운 왕우왕을 뒤집어 엎고서는
興我哲王　　밝으신 우리 임금 일으켜 세우셨죠.
嗟嗟來嗣　　아아! 대를 이을 뒷날의 임금들이
鑑此不忘　　이를 거울삼아 잊지 마시오소.
克敬爾德　　그 덕을 공경할 수 있기만 하다면야
億載無疆　　억년을 지나도록 길이길이 이어지죠.

(『陽村集(양촌집)』 권 1)

이 작품은 태조 6(3730)년경에 지어진 듯하다. 모두 4언체 뜻글시 6장으로 되어 있는데, 각 장은 8구로 이루어져 율시 형태를 이루고 있다. 내용은 조선 건국을 아름답게 기리고, 고려의 망국을 하늘이 왕우왕의 죄악을 징벌한 것으로 그리어 조선 건국의 앞날이 무궁할 것을 송축한 것이다. 그러나 여기서의 하늘은 천자국인 명나라를 속으로 가리키어 오늘의 우리 속내가 뒤틀린다.

2. 2. 화산(華山)

華山峩峩　　북한산인 태화산은 우뚝하게 높이 솟고,
漢水湯湯　　한강 물은 맑고 맑아 물결이 넘실넘실.
天作之固　　한양은 하늘이 만드신 굳은 요새,
壯于金湯　　장하기가 방비 굳은 성보다 훌륭하네.
我興受命　　우리 임금님이 천명 받아 일어나서

북한산성(北漢山城)
사적 제162호, 경기 고양시 덕양구 북한동에 위치, 출처 : 문화재청

來定于陽　　화산의 남쪽 땅에 수도를 정하셨죠.
卜協其吉　　점괘마저 그곳에 어울리게 대길하니,
永允于臧　　길이길이 마땅하고 좋은 일만 가득하리.(중략)

華山屹屹　　서울의 진산인 태화산이 우뚝하여
鎭于神京　　신령스런 서울 땅을 굳건히 지켜 주죠.

鍾英降神 영기를 모은 신들 이곳에 내리셔서
佑我文明 우리나라 밝은 미래 보살펴 주십니다.
明明我后 밝고도 또 밝으신 우리나라 임금님은
穆穆群卿 늠름하고 씩씩한 여러 신하 모으셨죠.
協心而治 마음과 마음을 함께 모아 다스리셔
萬世太平 만만세로 이어지며 태평지국 이루소서.

(위와 같은 책)

이 작품도 앞의 작품과 같은 시기에 지어진 것으로 여겨진다. 이 작품은 모두 4구체 뜻글시 4장으로 구성되었으며, 매장은 8구로 되어 있다. 내용은 조선이 건국한 뒤에 수도를 한양으로 옮겨 정한 것을 찬미한 것이다. 화산(華山)은 태화산(太華山)이라고도 하는데, 지금의 삼각산(三角山)의 다른 이름이다.

2. 3. 신묘(新廟)

新廟赫赫 새 종묘 지어내니 빛이 나고 또 밝으며,
其崇翼翼 그 위용 정말 높고도 성대해요.
迺先于宮 임금이 정사하실 궁궐보다 앞서서
迺營迺作 조상 모심 생각하고 마침내 지으셨죠.
敬迓祖考 돌아가신 혼령들을 공경히 모셔내니,
式序昭穆 대수대로 소목 맞춰 정연히 모셨지요.
來燕來寧 혼령이 오셔서 편안함을 느끼시니,

享祀不忒 제사법도 정확하여 틀림이 전무하죠.(16구 중략)
潔蠲籩豆 깨끗하고 조촐한 각종의 제기들에
於樂鼓鍾 아아! 즐겁구나! 북소리 종소리여!
烝烝孝思 부글부글 끓어나는 효도의 마음 씀이
翼翼其恭 더더욱 공경하고 사모하며 삼가시죠.
卒事旣飭 제사를 마치고도 몸가짐을 조심하셔
益殫厥悰 정성을 더더욱 다하시어 즐기시죠.
子孫千億 천년이나 억년까지 자손들이 이어져서
萬福攸同 만복을 아득하게 모두 함께 누리겠죠.

(앞의 책)

이는 조선이 건국하고, 수도를 지금의 서울로 옮긴 뒤 왕실 사당(祠堂)을 새로 짓고 겨울에 제사를 올린 것을 기리어 노래한 것이다. 이것이 바로 지금의 서울 종로구에 있는 종묘(宗廟)의 건립을 송축한 것이다. 이 작품은 모두 4장으로 구성되고, 각 장은 8구체로 되어 있다. 지어진 연대는 뒤에 소개하는 「風謠(풍요)」보다는 뒤에 지어진 것 같다.

2. 4. 풍요(風謠)

茫茫海國 넓고 아득한 바닷가에 있는 나라
奄甸大東 문득 큰 동국이 다스려짐 보게 됐죠.

篤生聖哲	정성이 두터우니 어진 임금 내시어서
偉德神功	큰 덕으로 신령스런 큰 공을 세우셨죠.
應時革命	때를 맞추어 이전 왕통 뒤엎고서
文治其隆	문화로 다스리어 융성하게 하시었죠.
民無兵禍	백성들은 전쟁의 참화를 겪지 않고,
世格時雍	세상 역시 바로잡혀 때로는 평화롭죠.
謀臣獻策	꾀가 많은 신하들은 바른 정책 아뢰었고,
智士效忠	지혜로운 선비들은 충성을 바치었죠.(40구 중략)
於戲君位	아아! 우리 임금님의 빛나는 자리는
當守以仁	어진 도리 실천하여 지키심이 마땅하죠.
欽天攸命	사모하는 하느님의 명령을 그냥 따라
安養斯民	나라의 백성들을 편안하게 살리셨죠.
敬修厥德	공손히 그 덕을 닦아만 가시면야
百祿駢臻	온갖 복록들이 함께 금방 이를 테죠.
於千億祀	아아! 천년이나 억년까지 이어지게
永主人神	길이 사람과 귀신들을 주관하죠.
愚忠進戒	어리석은 신하들은 조심하라 진언하여
敢告臣隣	감히 지방에서 소신이 아룁니다.

(앞의 책)

이 작품은 일연스님의 『삼국유사』에 있는 완전차자가 「풍요」와는 전혀 다른 작품이다. 지은이가 지금의 충청북도 충주(忠州)에 머물면서 촌로들과 함께 조선 태조가 수도를 정하기 위하여 지금의 대전광역시에 있는 계룡산(鷄龍山)을 둘러보고

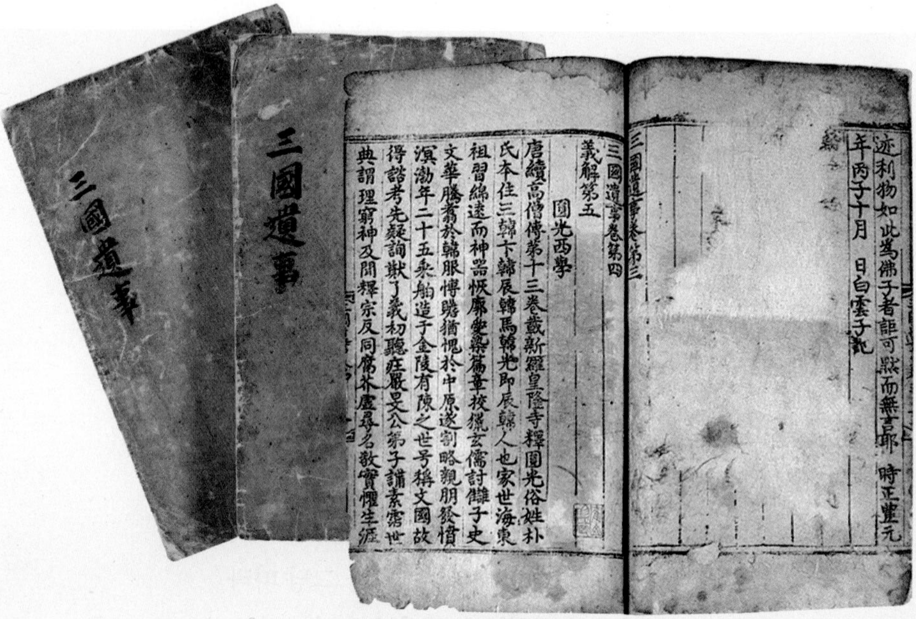

삼국유사(三國遺事) 권3~5
국보 제306호, 출처 : 문화재청

환궁하는 길에 충주를 지나게 된 것을 치하하며 지어 바친 송축가이다. 이 작품은 태조 2(3726)년 2월에 지어진 것이다.

2. 5. 상대별곡(霜臺別曲)

華山 漢 北 年勝 廣通橋 雲
화산南람 한水슈북 千쳔년 승地디 광통교 운從종街개 건나드러

落落長松 古 霜烏府
락락댱숑亭亭뎡뎡고栢秋빅츄상오부

萬古淸風 景
위 만고청풍ㅅ경 긔엇더ᄒᆞ니잇고?

英雄豪傑一時人 英雄豪傑一時人
葉 영웅호걸일시인才ᄌᆡ 영웅호걸일시인才ᄌᆡ

위 날조차 몃분니잇고?○

鷄 鳴 欲曉 大 憲 老執義
계既긔명天텬욕효紫陌ᄌᆞᄆᆡᆨ 長堤댱뎨 대司ᄉᆞ헌 로집의

臺長御 駕鶴驂鸞
ᄃᆡ댱어史ᄉᆞ 가학참난前젼

啊後擁辟 左右
아후옹벽除뎨좌우

上臺 景
위 샹ᄃᆡㅅ경긔엇더ᄒᆞ니잇고?

風憲所
葉 싁싁ᄒᆞᆫ뎌 풍헌소司ᄉᆞ

振起頹綱 景
위 진긔퇴강ㅅ경긔엇더ᄒᆞ니잇고?○

各房 拜禮 畢後 大廳 齊坐正 其義 參酌
각방 비례 필후 대텽 졔좌졍 기의 참작

古今 時 政得失 民間 害 救弊條條
고금 시졍득실 민간 利니ᄒᆡ 구폐됴됴

狀上 景
위 쟝샹ㅅ경 긔엇더ᄒᆞ니잇고?

君明臣直大平 盛代 君明臣直大平盛代
葉 군명신ᄃᆡ대평 셩ᄃᆡ 군명신ᄃᆡ대평셩ᄃᆡ

從諫如流 景
위 죵간여류ㅅ경 긔엇더ᄒᆞ니잇고?○

圓議後公 事畢房主有司脫衣冠呼先生
원의후공 ᄉᆞ필방쥬유ᄉᆞ탈의관호션ᄉᆡᆼ 섯거안자

烹龍炮鳳黃金醴酒滿鏤臺盞
핑룡포봉황금례쥬만루ᄃᆡ잔

勸上 景
위 권샹ㅅ경 긔엇더ᄒᆞ니잇고?

先生監察 先生監察
葉 즐거온뎌 션싱 감찰 즐거온뎌 션싱 감찰

醉 景
위 취ᄒᆞᆺ경 긔엇더ᄒᆞ니잇고?○

楚澤醒吟 鹿門長往
초ᄐᆡᆨ셩음이 아녀는 됴ᄒᆞ녀 록문댱왕이 아녀는 됴ᄒᆞ녀

明良相遇河淸盛代 驄馬會集
명량샹우하청셩ᄃᆡ예 총마회집이아 난 됴하이다.

(『악장가사』 상)

이 작품은 체재상으로는 경기하여체가에 속하지만, 그 내용이 조선 건국 후의 새 행정 기관의 하나인 사헌부(司憲府) 출근을 기린 노래이라서 여기에서 다룬다.

3. 하호정(河湖亭)의 송축가

3. 1. 근천정(覲天庭)

振振王子 위용 있는 임금님의 닷째 아들 정안군님
德音孔彰 유덕하신 평판들이 자자하게 퍼져 있네.

緝熙其學　　그 배움도 높아져서 계속하여 빛이 나고,
奎璧其章　　제후가 가지는 구슬도 빛이 나네.

天子有旨　　명나라 임금이 교지를 내려주니,
邦人震惶　　나라 안 백성들이 두려워 벌벌 떠네.
惟君父使　　오직 임금님의 사신으로 나갔기에
不敢或遑　　감히 한가로이 노닐 겨를 없었지요.

旣見天子　　이미 명나라 천자를 만나보고,
敷納維詳　　자세히 조심스레 사실을 아뢰었죠.
貝錦消沮　　고은 비단으로 방해하는 흠을 막아
家國之昌　　백성들과 온 나라가 창성하게 되었습죠.

勉勉王子　　부지런히 힘쓰시는 닷째 왕자 정안군님!
夙遵義方　　열심히 의로운 방편을 지키셨네.
專對來歸　　사신으로 군명전달 완수하고 돌아오니,
宗社之光　　종묘와 사직에도 영광이 되었습죠.

桓桓我王　　굳세고 힘이 세신 우리나라 임금님은
壽考而康　　오래오래 사시면서 언제나 편하소서.
王子來歸　　임금님의 아드님이 무사히 돌아오니,
其樂無疆　　그 즐거움 한도 끝도 다함이 없습니다.

(『조선왕조실록』「태종실록」 권 3)

이 작품은 태조의 다섯째 아들 정안대군(靖安大君 : 芳遠 : 太宗)

이 태조 3(3727)년 6월 초6일에 조선 건국의 승인을 명나라가 유보하고 있는 상태에서 그 승낙을 얻어내기 위하여 명나라에 갔다가 무사히 성사한 뒤에 돌아온 일을 지은이 하윤(河崙 : 3680-3740)이 태종 2(3735)년 6월 초9일에 당시 영사평부사(領司平府事)의 신분으로 2편의 악장(樂章)을 지어 왕께 바친 5장의 노래이다. 이 노래는 『악학궤범』 권2에는 「覲天庭樂(근천정악)」이라는 이름으로 실려 있고, 지은이의 뜻글 문집인 『浩亭先生文集(하정선생문집)』 권1에도 「樂章(악장)」이라는 이름으로도 실려 있다.

3. 2. 수명명(受明命)

亹亹我王　　진실로 미더운 우리나라 임금님들
德明敬止　　덕이 밝으시고 하늘을 받드셨죠.
孝友施政　　효성과 우애로 정사를 베푸시니,
令望不已　　아름답고 좋은 명망 그침이 없으시죠.
翼翼乃心　　공경하고 삼가시는 마음을 가지시니,
事大惟一　　큰 나라 사귀기를 한결같이 하셨습죠.
奉揚聲教　　황제의 격려 따라 백성을 교화하셔
漸于日出　　해가 뜨는 곳에까지 미치게 하시었죠.
帝錫明命　　천제께서 밝으신 명령을 내리시니,
金印斯煌　　옥새가 휘황하고 찬란하게 빛납니다.

又何錫之	그리고 또 무엇이 임금님께 주어졌지?
袞衣九章	아홉 가지 무늬 있는 천자의 옷 주시었죠.
王拜受命	우리 임금 공손하게 그 말을 들으시고,
天子聖明	천자의 크신 덕이 거룩하고 밝으시네.
王拜受命	우리 임금 공손하게 그 말을 들으시어,
宗社與榮	종묘와 사직에도 영광이 되었지요.
於樂我王	아아! 즐기소서. 우리의 임금님요!
荷天之休	하늘이 주시는 아름다움 받으셨죠.
體仁保民	어짊을 본으로 해 백성 보호 힘쓰시니,
壽考千秋	오래오래 사시어서 천년수를 누리소서.
於樂我王	아아! 즐기소서. 우리의 임금님요!
如日之升	해가 솟아나듯 날로 밝아지죠.
貽謀克正	자손에게 남기신 꾀 지극히 바르시니,
萬世其承	대대손손 일만 대에 이르도록 이으소서.

(위와 같은 책)

이 작품은 조선 건국의 인가(認可)를 명나라에서 받은 기쁨을 노래한 것이다. 철저한 큰나라 섬기기 생각[事大主義思想]을 바탕으로 하고 있다. 하호정은 이 작품 외에도 "한강(漢江)"을 기린 4언 뜻글시 52구가 있으나, 여기서는 줄인다. 또 지은이는 「朝鮮盛德謌(조선성덕가)」 12구도 지었으나, 지금은 전하지 아니한다.

4. 변춘정(卞春亭)의 송축시

4. 1. 초연헌수지가(初筵獻壽之歌)

日映金門霽景鮮	햇빛이 대궐 비쳐 비 갠 경치 매우 곱고,
九重仙樂徹雲天	궁중의 신선 음악 하늘까지 울립니다.
君王來獻南山壽	임금께서 오시어서 오랜 수명 비오시니,
永享昇平萬萬年	억만년 길이길이 태평을 누리소서.
持守盈成繼至仁	성대한 왕업 지켜 어진 정사 이어가니,
生民共祝壽千春	백성들 모두가 오래 사심 축원하죠.
於萬斯年福祿來宜	아아! 오랜 세월 복록 옴이 당연하고,
酒滿金樽日正遲	좋은 술통 가득하고 하루가 정말 길죠.
聖子稱壽酒	임금이신 아드님이 축수배를 올리시니,
億載萬年爲父母	만년이고 억년이고 부모를 위함이죠.
恭惟聖壽	삼가 임금님의 오래 사심 생각하면,
與天長而地久	하늘과 땅처럼 오래오래 사오소서.

(『세종실록』 권2, 엽 2, 원년 11월 3일 기유)

이 작품은 세종이 즉위한 해(3751) 11월 초3일 세종께서 상왕인 태종께 헌수(獻壽)하기 위한 잔치를 열고자 참찬(參贊) 춘정(春亭) 변계량(卞季良 : 3702－2763)에게 명하여 지은 노래이다.

지은이 변계량은 본관은 밀양(密陽)이고, 자는 거경(巨卿),

호는 춘정(春亭), 시호는 문숙(文肅)이다. 고려 말엽 목은(牧隱) 이색(李穡 : 3661-3729)의 제자로 14세에 진사(進士)가 되고, 15세에 생원(生員), 17세에 문과에 급제하여 고려왕조에서 전교주부(傳敎主簿)를 거쳐 진덕박사(進德博士)를 지내고, 조선이 건국된 뒤에는 천우위 우령 중랑장 겸 전의감승 의학교수관(千牛衛右領中郎將兼典醫監丞醫學敎授官)을 지나 우군도총제부사(右軍都摠制府使)로 졸하였다. 시문(詩文)에 능하여 문명(文名)이 높았었다.

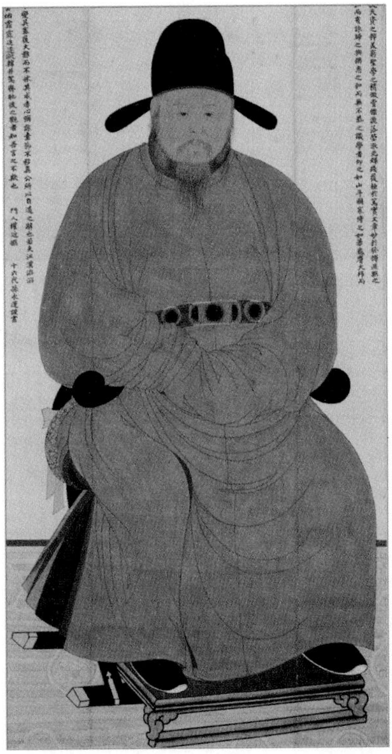

이색(李穡) 초상
가로 75.0cm, 세로 142.0cm,
출처 : 국립중앙박물관

4. 2. 천권동수헌지곡(天眷東陲獻之曲)

於皇天眷東陲	아아! 하느님이 동쪽 나라 보살피셔
生上聖濟時危	상성 낳아 위태로운 세상을 구하셨죠.
偉萬壽無疆	아아! 상왕께서 만세무강 하오소서.
扶太祖代高麗	태조를 도우시어 고려를 대신하니,
尊嫡長正天彝	큰 형님 받들어서 천륜을 바루셨죠.
偉 萬壽無疆	아아! 상왕께서 만세무강 하오소서.
受帝命作君師	주원장(朱元璋)의 명에 따라 임금됐네.
多士輔庶績熙	많은 선비 보필 받아 쌓은 공적 빛납니다.
偉萬壽無疆	아아! 상왕께서 만세무강 하오소서.
海寇服甘露滋	해적들도 굴복하고 복조가 불어나니,
時之泰古所稀	때가 태평함이 옛날도 드물었죠.
偉萬壽無疆	아아! 상왕께서 만세무강 하오소서.
有聖子付丕基	왕 되실 아들 있어 왕업을 맡기시니,
享多壽疆萬期	오래오래 사시어서 만년까지 누리소서.
偉萬壽無疆	아아! 상왕께서 만수무강 하오소서.

(앞주와 같은 책)

이 노래는 헌수의 잔치가 끝날 때에 부른 작품이다. 하늘이 동방의 나라를 돌보시어 망할 나라 고려를 대신하여 새 나라인 조선을 건국하게 한 일을 치하하며 세종이 등극하여 아버지 태종의 장수를 송축한 것이다.

4. 3. 하황은곡(賀皇恩曲)

赫赫始祖　　빛나고 빛나셨던 시조 할아버지
造我東方　　동방의 우리나라 새로 세우셨죠.
傳子及孫　　아들에게 전하시고 손자에게 미쳤으니,
世有哲王　　대대로 밝은 임금 거듭 이어 나시었죠.
金玉其相　　금과 옥처럼 귀하신 그 모습에
天賦聰明　　하늘이 내려주신 총명을 가지셨죠.
旣孝且悌　　부모께 효도하고 형제 우애 있으시며,
旣仁且誠　　천품이 어지시고 그 위에 성실하셔.
緝熙聖學　　밝고도 빛나는 유학을 공부하니,
惟日亹亹　　날마다 하루를 부지런히 하시었네.
明昭父王　　밝고 밝은 아버지신 태종 임금께서
允也知子　　진실로 아드님의 훌륭하심 잘 아셨죠.
迺倦于勤　　부지런히 정치하셔 옥체가 피곤하매
迺托國事　　즉시 나라의 정사를 맡기셨죠. (하략)

(앞주와 같은 책, 권 3, 엽 3)

이 작품은 세종 1(3752)년 1월 8일(경인)에 태종이 변춘정에게 명령하여 세종의 등극을 치하하기 위하여 짓게 된 것이다.

4. 4. 하성명가(賀聖明歌)

聖神御統	지극한 성신께서 대통을 이끄시니,
叶氣旁流	음양의 기운이 어울려 흐릅니다.
天地生祥	하늘과 땅이 모두 상서로움 피어내니,
諸福畢至	온갖 복조들이 끝까지 다 이르렀죠.
不勝歡慶之至	기쁨과 경하의 지극함 못이기어
庸陳頌禱之辭	송도의 말씀을 아뢰어 올립니다.

[進口號(진구호)]

惟帝之德	임금님의 높은 덕을 생각하여 보노라면,
昭格于天	밝게 하늘까지 느낌이 통하였죠.
天降甘露	달콤한 이슬을 하늘에서 내리시고,
地出醴泉	달달한 샘물이 땅속에서 나왔습죠.
河淸龜見	황하수 맑아지며 거북이 나타나고,
靈芝曄曄	신령스런 지초풀이 찬란히 빛납니다.
金水瑞氷	금덕과 수덕이 어울려 서빙되니,
諸象布列	여러 가지 형상들이 벌여 섰습니다.
五彩慶雲	오색빛 찬란한 경사스런 구름들이
紛紛郁郁	뒤엉겨 어지럽고 향기마저 짙습니다.(30구 중략)
龍鳳獅象	용과 봉황에 사자와 코끼리가
左右周匝	좌우로 어지럽게 둘리어 섰습니다.
天花祥雲	새하얀 눈과 구름이 상서로워
璀璨燁煜	눈부신 옥돌처럼 찬란히 빛납니다.

種種靈果　　갖가지 신령스런 많은 과일들은
不可備述　　하나하나 갖추어서 설명할 수 없습니다.
大小稽首　　높고 낮은 벼슬아치 머리를 조아리어
天子萬福　　임금님의 만 가지 복 빌고 또 비옵니다.

[사(詞)]

載歌載舞　　노래를 부르고 춤을 추면서
美聖德之無前　전에 없던 임금님의 덕 찬미 하옵니다.
曰壽曰康　　오래오래 사오소서. 건강하기 비옵니다.
荷天休之滋至　하늘의 경사가 더 많이 이르소서.
雅音將闋　　아름다운 음악소리 앞으로 끝나리니,
再拜以辭　　두 번 절하고 작별 인사 올립니다.

[退口號(퇴구호)]

(위와 같은 책 권 6, 엽 34)

이 작품은 세종 1(3752, 1419)년 12월 26일(정사)에 임금님의 명을 받아 지은 노래이다. 큰 나라 섬기기 생각[事大思想]이 너무 짙은 것이 흠이다.

4. 5. 자전지곡(紫殿之曲)

紫殿峨峨映翠巒　　대궐은 높고 높아 푸른 뫼에 어른대고,
五雲深鎖玉欄干　　오색구름 옥난간에 가득히 걸려 있어

壽觴瀲灩黃金酒	헌수잔 찰랑찰랑 황금술이 넘치는데,
長奉天顔萬歲歡	늘 임금님 모시오니 만년까지 즐기소서.
大澤涵濡一世人	크나큰 왕의 은덕 세상 사람 다 적시니,
穰穰福祿自天申	많고 많은 복록들은 하늘에서 내리셨기
荷天百祿眉壽萬年	하늘에서 받은 복록 만년까지 사오소서.
萬有千歲保朝鮮	천년이나 만년까지 조선 보존 하오소서.
父臨朝鮮國	어버이로 조선나라 군림하셨으니,
億萬群生皆赤子	억만의 군생들이 어린 애일 뿐입니다.
朝朝暮暮	어제 아침 오늘 아침 매일의 저녁마다
惟期聖壽齊天地	오직 성수가 다함없게 비옵니다.

[제1장 獻壽之詞]

泰否循環自不停	태평과 어지러움 돌고 돌아 안 멈추니,
帝王端合視無形	제왕은 안 보여도 살피셔야 하옵니다.
欲圖長治非他道	오래 치국 하시려면 다른 길 아니오라
佩服湯盤九字銘	탕왕의 반명 9자 명심해야 하옵니다.
唐帝欽天敬授時	요임금은 하늘 살펴 세서를 만드셨고,
有虞精一辨危微	순임금은 늘 정순해 위미를 알아냈고,
禹拜昌言克勤克儉	우임금은 옳은 말을 받들어 근검했죠.
小心翼翼是周文	조심하여 굳센 이는 주나라 문왕이고,
武王誥康叔	주나라 무왕은 강숙에게 이르기를,
如保赤子其康乂	백성을 어린 자식 보살피듯 편케 하라!
恭惟聖上四三王而六五帝	삼가 성상께선 3왕 5제 되옵소서.

[2장 警戒之詞(경계지사)]

相求相應際明時	서로 찾고 응하여서 밝은 시절 만났으니,
龍虎風雲自有期	용 바람 범 구름이 절로 기약한답니다.
臣節松筠寒不改	신하들은 송죽 절개 추위엔들 변하리까?
聖恩天地大無涯	성은은 하늘같고 땅 같아서 가가 없죠.
大矣乾元四德全	크십니다! 하늘이여! 원형이정 온전하심!
黃裳坤道順承天	대지여! 부인의 도! 하늘 따라 순종하죠.
使臣以禮事君以忠	신하를 예로 부림 충신이 될 겁니다.
明良相遇値時雍	밝은 임금 어진 신하 태평한 때 이루셔서
父母與神明	어머니와 아버지와 천지의 신령처럼
愛之敬之毋或替	사랑하고 공경하기 반드시 지키소서.
元首股肱惟一體	임금과 신하들은 오직 한 몸 같습니다.

[3장 君臣之義(군신지의)]

이 작품들은 변춘정이 세종 2(3753)년 3월 27일에 왕께 지어 올린 3장의 송축가이다. 『세종실록』 권 7, 엽 32에 줄글로 실려 있다.

4. 6. 복록가(福祿歌)

我應天國于東	우리가 천명 따라 동방에 나라 세워
聖繼神治益隆	성자신손 서로 이어 다스림 높아졌죠.
荷天福祿	하늘에서 주신 복록 많이도 받으소서.

協堯華達舜聰 요임금의 밝음 좇고 순임금의 총명 닮아
交隣義事大恭 이웃나라 의와 공경 앞뒤로 친하셨죠.
荷天福祿 하늘에서 주신 복록 많이도 받으소서.

致其孝盡其忠 효도를 드리고 충성을 다하시어
一致誠神明通 한결 같은 지성으로 신명과 통하셨죠.
荷天福祿 하늘에서 주신 복록 많이도 받으소서.(중략 5개장)

中外寧臻時雍 온 나라 편안하고 태평한 때 맞았으니,
歌白叟舞黃童 늙은이는 노래하고 어린이는 춤을 추죠.
荷天福祿 하늘에서 주신 복록 많이도 받으소서.

煥功烈光祖宗 빛나는 공렬로 조종을 빛내시니,
我歷年永無窮 우리나라 지난 역사 끊임없이 이어지고,
荷天福祿 하늘에서 주신 복록 많이도 받으소서.

(「세종실록」 권 26, 엽 28)

이 작품은 당시에 대제학이던 변춘정이 세종 6(3757)년 12월 15일에 임금님께 지어 올린 송축가이다. 모두 10장으로 되어 있는 각 장마다 7언 절구형에 "하늘에서 주신 복록 많이도 받으소서[荷天福祿]" 라는 조흥사(助興詞)를 덧붙이고 있다.

4. 7. 화산별곡(華山別曲)

화산남한슈북됴션승디
華山南漢水北朝鮮勝地 　태화산 남한강 이북 조선의 수도이니,

빅옥경황금궐평이통달
白玉京黃金闕平夷通達 　백옥경 황금 대궐 평평하여 교통 편해

봉티룡샹텬작형셰경위음양
鳳峙龍翔天作形勢經緯陰陽 　용봉 솟고 나는 형세 음양이 고릅니다.

도읍 경
위 都邑ㅅ景 긔엇더ᄒᆞ니잇고? 아!아!아! 도읍의 경치가 어떱니까?

葉 태조태종창업이모
太祖太宗創業貽謀 　태조 태종 창업하셔 계책을 전하셨죠.

태조태종창업이모
太祖太宗創業貽謀 　태조 태종 창업하셔 계책을 전하셨죠.

디슈ㅅ경 긔엇더ᄒᆞ니잇고? 　아!아!아! 지켜 가는 그 광경 어떱니까?

위 持守ㅅ景

납슈션샹품명광명정대
納受禪上稟命光明正大 　왕위를 물려받아 천명이 광명정대

금초졀통샹고회복왜방
禁草竊通商賈懷服倭邦 　도둑 금초 무역 허락 왜국 항복 받으셨죠.

션계션술텬디교태ᄉᆞ경령일
善繼善述天地交泰四境寧一 　선왕의 뜻 바로 이어 천지 사방 편안하죠.

대평 경
위 大平ㅅ景 긔엇더ᄒᆞ니잇고? 　아!아!아! 태평한 그 광경 어떱니까?

葉 지셩튱효목린이도
至誠忠孝睦隣以道 　지성으로 충효하며 도리로 이웃 사귐

지셩튱효목린이도
至誠忠孝睦隣以道 　지성으로 충효하며 도리로 이웃 사귐

량득 경
위 兩得ㅅ景 긔엇더ᄒᆞ니잇고? 　아!아!아! 둘을 얻은 그 광경 어떱니까?

존경외계일욕궁힝인의 存敬畏戒逸欲躬行仁義	경외심에 일욕 경계 인의를 실행하셔
기경연람경ᄉᆞᄒᆞᆨ관텬인 開經筵覽經史學貫天人	경연 열고 경사 열람 학문이 하늘 통해
티집현뎐ᄉᆞ시강ᄒᆞᆨ츈츄졔슐 置集賢殿四時講學春秋製述	집현전 두시고 늘 춘추강학 제술하셔
우문 경 위 右文ㅅ景 긔엇더ᄒᆞ니잇고?	아!아!아! 글 숭상 그 광경 어떱니까?
葉 텬죵지셩ᄒᆞᆨ문지미 天縱之聖學文之美	하늘이 내신 성인 학문도 곱습니다.
텬죵지셩ᄒᆞᆨ문지미 天縱之聖學文之美	하늘이 내신 성인 학문도 곱습니다.
고금 경 위 古今ㅅ景에 몃부니잇고?	아!아!아! 고금에 그 광경 몇 분입니까?
훈병셔교딘법이습좌작 訓兵書敎陣法以習坐作	병서를 가르치고 진법 짓기 익혀 주셔
슌시령ᄐᆡᆨ한광불폐수슈 順時令擇閑曠不廢蒐狩	때에 따라 넓은 들판 가려 사냥 시키시되,
만긔뢰무살불진물락불극반 萬騎雷驚殺不盡物樂不極盤	우레치듯 만기 달려 산 것 다 잡지 마소.
강무 경 위 講武ㅅ景 긔엇더ᄒᆞ니잇고?	아!아!아! 무예 익힘 그 광경이 어떱니까?
葉 댱려각고안불망위 長慮却顧安不忘危	오랜 근심 편안보다 위험 돌보소서.
댱려각고안불망위 長慮却顧安不忘危	오랜 근심 편안보다 위험 돌보소서.
예비 경 위 豫備ㅅ景 긔엇더ᄒᆞ니잇고?	아!아!아! 미리 대비 그 광경 어떱니까?
구텬ᄌᆡ민인궁극근ᄉᆞᄉᆞ 懼天災悶人窮克謹祀事	하늘재앙 백성가난 살펴 삼가 제사 모셔
진튱딕퇴간샤흠휼형벌 進忠直退姦邪欽恤刑罰	충사를 골라 쓰고 상벌을 가리셨죠.

고 고 론 금 숙 야 도 티 일 신 일 일 考古論今夙冶圖治日愼一日	매일 고금 살피셔서 밤낮 조심 치국했죠.
무 일 경 위 無逸景 긔엇더ᄒᆞ니잇고?	아!아!아! 근면하심 그 광경 어떱니까?
葉 텬 싱 셩 쥬 이 혜 동 인 天生聖主以惠東人	하늘이 성군 내사 동인이 은혜롭죠.
텬 싱 셩 쥬 이 혜 동 인 天生聖主以惠東人	하늘이 성군 내사 동인이 은혜롭죠.
쳔 셰 위 千歲를 누리쇼셔.	아!아!아! 천세를 누리소서.
경 회 루 광 연 루 최 외 챵 할 慶會樓廣延樓崔嵬敞豁	경회루 광연루 높고 넓어 시원하고,
즙 연 분 납 호 긔 유 목 텬 표 輯煙氛納灝氣遊目天表	연기 헤쳐 호기 마셔 하늘가 둘러보니
강 산 풍 월 경 개 만 쳔 션 챵 울 인 江山風月景槩萬千宣暢鬱堙	강산풍월 천만 경치 막힌속이 확 트이고,
등 람 경 위 登覽ㅅ景 긔엇더ᄒᆞ니잇고?	아!아!아! 등람하심 그 광경 어떱니까?
葉 봉 릐 방 댱 영 쥬 삼 산 蓬萊方丈瀛洲三山	봉래 방장 영주산이 삼신산 분명하죠.
봉 릐 방 댱 영 쥬 삼 산 蓬萊方丈瀛洲三山	봉래 방장 영주산이 삼신산 분명하죠.
위 어데가 어드리잇고?	아!아!아! 어디 가 얻겠습니까?
지 어 자 지 어 효 텬 셩 동 환 止於慈止於孝天性同歡	사랑과 효도하는 천성 모두 기뻐하며
지 어 인 지 어 경 명 량 상 득 止於仁止於敬明良相得	어짊에 밝은 임금 어진 재상 얻으셨고,
션 텬 하 우 후 텬 하 락 락 이 불 음 先天下憂後天下樂樂而不婬	백성 근심 먼저 하고 건전 즐김 뒤로하셔.
시 연 경 위 侍宴ㅅ景 긔엇더ᄒᆞ니잇고?	아!아!아! 왕의 잔치 그 광경 어떱니까?

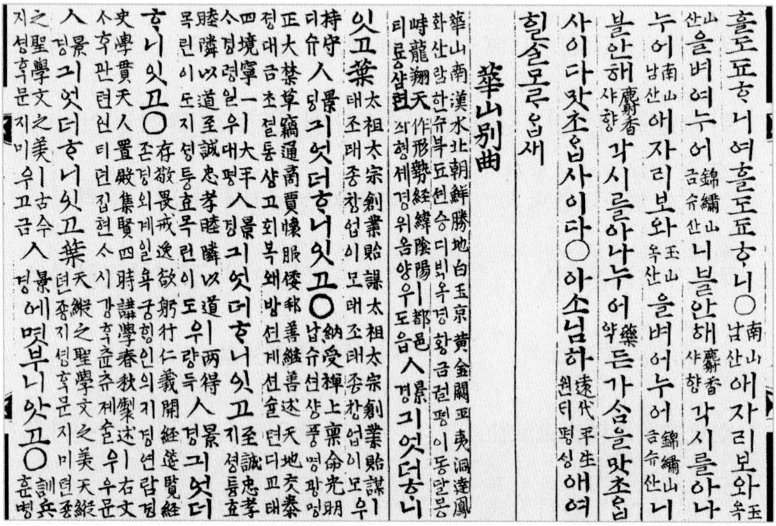

속악가사 상(俗樂歌詞 上)
김지용, 『속악가사(상)』 p. 37~38 인용함. (명문당)

葉 텬 싱 셩 쥬 부 모 동 인
天生聖主父母東人 — 하늘이 성군 내사 동인의 부모시죠.

텬 싱 셩 쥬 부 모 동 인
天生聖主父母東人 — 하늘이 성군 내사 동인의 부모시죠.

만 세
위 萬歲를 누리소서. — 아!아!아! 만세를 누리소서.

권 롱 상 후 민 싱 비 양 방 본
勸農桑厚民生培養邦本 — 농상을 권하시며 민생과 나라 키워

슝 례 양 샹 튱 신 고 결 민 심
崇禮讓尙忠信固結民心 — 예와 충신 숭상하셔 민심을 굳히셨죠.

덕 턱 지 극 풍 화 지 흡 숑 셩 양 일
德澤之光風化之洽頌聲洋溢 — 덕택풍화 흡족하여 칭송이 넘칩니다.

댱 티 경
위 長治ㅅ景 긔엇더ᄒᆞ니잇고? — 아!아!아! 길이 통치 그 광경 어떱니까?

葉 화 산 한 슈 됴 션 왕 업
華山漢水朝鮮王業　　　삼각산 한강수 조선의 왕업이여!

화 산 한 슈 됴 션 왕 업
華山漢水朝鮮王業　　　삼각산 한강수 조선의 왕업이여!

병 구 경
위 竝久ㅅ景 긔엇더ᄒᆞ니잇고?　　아!아!아! 아울러 오랜 광경 어떱니까?

(『악장가사』)

이 작품은 변춘정이 세종 7(3758)년 4월 2일에 대제학으로 있으면서 세종께 지어 올린 송축의 노래인데, 모두 8연으로 되어 있다. 매연은 6구로 구성되어 앞의 3구는 본사이고, 뒤의 3구는 조흥사로 짜여 있다. 이 작품은 놀이문학에서 다루어야 하나, 조선 건국 직후 개성(開城)에서 지금의 서울로 천도하여 나라의 기초를 정비하고, 신흥 조선국의 정치적 안정을 찾게 된 사실을 송축한 것이므로 여기에서 다룬다. 제목의 "화산(華山)"은 지금의 삼각산(三角山)을 태화산(太華山)이라고 부른데서 연유된 것이다. 그러니까 「화산별곡」은 지금의 말로 바꾸면 "서울 찬가"와 비슷한 말이다. 이미 앞에서 언급한 것과 같이 "별곡"은 연희성(演戲性)의 한국 노래라는 뜻이다.

5. 봉황음(鳳凰吟)

前腔 山河千里國에 佳氣鬱葱葱ᄒᆞ샷다.

金殿九重에 明日月ᄒᆞ시니,

群臣千載예 會雲龍이샷다.

熙熙庶俗ᄋᆞᆫ 春臺上이어늘

濟濟群生ᄋᆞᆫ 壽域中이샷다.

附葉 濟濟群生ᄋᆞᆫ 壽域中이샷다.

中葉 高厚無私ᄒᆞ샤 美貺臻ᄒᆞ시니,

祝堯皆是大平人이샷다.

附葉 祝堯皆是大平人이샷다.

小葉 熾而昌ᄒᆞ시니 禮樂光華ㅣ 邁漢唐이샷다.

後腔 金枝秀出 千年聖ᄒᆞ시니,

緜瓞增隆 萬歲基샷다.

邦家累慶이 超前古ᄒᆞ시니,

天地同和ㅣ 卽此時샷다.

附葉 天地同和ㅣ 卽此時샷다.

中葉 豫遊淸曉애 玉輿來ᄒᆞ시니,

人頌南山ᄒᆞ야 薦壽杯샷다.

附葉 人頌南山ᄒᆞ야 薦壽杯샷다.

小葉 配于京ᄒᆞ시니 十二瓊樓ㅣ 帶五城이샷다.

大葉 道與乾坤合恩隨雨露新이샷다.

千箱登黍稌庶彙 荷陶鈞이샷다.

帝錫元符ᄒᆞ샤 楊瑞命ᄒᆞ시니,

附葉 滄溟重潤ᄒᆞ고 月重輪이샷다.

　　滄溟重潤ᄒᆞ고 月重輪이샷다.
中葉 風流楊柳에 舞輕盈ᄒᆞ니,
　　自是豊年에 有笑聲이샷다.
附葉 自是豊年에 有笑聲이샷다.
小葉 克配天ᄒᆞ시니 聖子神孫이 億萬年이쇼셔.

(『악학궤범』 권 5)

이 작품은 세종 때에 윤회(尹淮 : 3713–3769)가 처용무(處容舞)의 곡절(曲節)로 가사를 고쳐 지으라는 왕명에 따라 조선 개국을 찬미하면서 나라의 상서로움과 궁전에서 행하여지는 정치상과 백성들의 태평한 생활상과 왕실의 무궁한 영속을 기린 송축가이다. 전체 분량은 3장으로 이루어졌는데, 제1장은 전강(前腔)·중엽(中葉)·부엽(附葉)·소엽(小葉)의 4절로 되어 있고, 제2장과 제3장은 1장의 "전강" 대신 "후강(後腔)"·"대엽(大葉)"으로 되어 있을 뿐 나머지는 같은 형식으로 되어 있다.

度青紅黑白者皆中央各向其方而舞 並左手先擧左 右手皆兩度 記擊鞭
黃者北向而舞 右手先擧左右手皆兩度向他方 倣此○舞揚手五方舞四方同 黑者向中央
對舞 左手先擧左右手皆兩度第四手擊初鞭 青者舞作擊後鼓黑者落手他方倣此 樂漸數則奏鳳
凰吟中機妓唱其歌 前腔山河千里國에佳氣鬱葱葱ᄒᆞ샷다 金殿九重에明日月ᄒᆞ시니群臣千載예
會雲龍이샷다熙熙庶俗은春臺上이어늘濟濟群生은壽域
中이샷다附葉濟濟群生은壽域中이샷다中葉高厚無私ᄒᆞ
샤美貺臻ᄒᆞ시니祝堯皆是大平人이샷다附葉祝堯皆是大
平人이샷다小葉熾而昌ᄒᆞ시니礼樂光華ㅣ邁漢唐이샷다
後腔金枝秀出千年聖ᄒᆞ시니緜歷增隆萬歲基샷다邦家累
慶이超前古ᄒᆞ시니天地同和ㅣ即此時샷다附葉天地同和
ㅣ即此時샷다中葉豫遊清曉애玉輿來ᄒᆞ시니人頌南山ᄒᆞ
야薦壽杯샷다附葉人頌南山ᄒᆞ야薦壽杯샷다小葉配于京
ᄒᆞ시니十二瓊樓ㅣ帶五城이샷다大葉道與乾坤合恩隨雨
露新이샷다千箱登黍稌庶彙荷陶鈞이샷다帝錫元符ᄒᆞ샤
揚瑞命ᄒᆞ시니滄溟重潤ᄒᆞ고月重輪이샷다附葉滄溟重潤
ᄒᆞ고月重輪이샷다中葉風流楊柳에舞輕盈ᄒᆞ니自是豐年
에有笑聲이샷다附葉自是豐年에有笑聲이샷다
小葉克配天ᄒᆞ시니聖子神孫이億萬年이쇼셔
三方立者

악학궤범(樂學軌範) 권 5
김지용, 『악학궤범』 p. 227 인용함. (명문당)

[2장]

정음문학(正音文學)의 개창(開創)

1. 훈민정음(訓民正音) 창제(創製)

조선은 고려 공양왕 4(3725)년 4월에 이방원(李芳遠)이 조영규(趙英圭)를 시켜 포은(圃隱) 정몽주(鄭夢周)을 격살하고, 7월에 배극렴(裵克廉) 등의 추대에 의하여 그 아버지를 왕위에 등극하게 하여 새 나라를 세웠다. 그리고 8월에 공양왕을 간성(杆城)에 귀양 보내었다. 태조는 막내아들 방석(芳碩)을 세자에게 책봉하였다. 태조 2(3726)년 8월에는 계룡산에 신도(新都)의 일을 시작하다가 12월에 중단하고, 한양(漢陽)에 도읍을 정하고 천도하였다. 정도전(鄭道傳)과 정총(鄭摠)은 태조 원(4325)년 10월에 『고려국사』 편수를 착수하여 4(4329)년 1월에 37권을 찬진하였으나, 지금은 전하지 아니한다. 태조 7(3731)년 8월에는 이른바 "왕자의 난"이 일어나 형제간의 피

정몽주(鄭夢周) 초상
이한철 作, 가로 35cm, 세로 61.5cm, 국립중앙박물관 소장

비린내 나는 싸움을 하였고, 건국의 1등 공신 정도전이 피살되었다. 이에 태조는 9월에 세자 방과(芳果:定宗)에게 왕위를 물려주고 함흥으로 내려갔다. 정종은 개성으로 수도를 다시 옮기었고, 2(3733)년 11월에 왕세제 방원에게 선위하여 태종이 등극하게 되었다. 태종은 불교 숭상을 금하고, 흰옷 입기를 금하며 백성들의 실망을 키웠다. 태종 2(3735)년 11월에는 안변부사 조사의(趙思義)가 반란을 꾀하였다가 잡혀 죽었으며, 태종은 4(3737)년 11월에 한양에 정도하고, 태종 14(3747)년에는 하윤(河崙)과 변계량(卞季良)에게 『고려국사』를 개수시키었다.

이종무(李從茂) 장군 묘
시도기념물 제25호, 경기 용인시 수지고 고기동에 위치, 출처 : 문화재청

18(3751)년 6월에는 세자 양녕(讓寧)을 폐하고, 충녕(忠寧)을 세워 8월에 왕위를 물려주었다. 조선 건국 이후 세종이 즉위하기까지의 약 30년은 형제의 피비린내 나는 왕자의 난과 함흥차사(咸興差使)라는 새 말이 생길 만큼 임금 부자간의 갈등에 민본주의 국가체재파와 왕권 중심주의파간의 갈등 등으로 고려의 유민(遺民)인 일반 백성들은 신흥 조선에 대하여 실망과 배신을 느끼며 민심의 이반(離反)이 심하여지게 되었다. 이러한 상황에서 세종은 왕위에 오르자마자 1(3752)년 6월에 이종무(李從茂) 장군을 보내어 대마도(對馬島 : 쌍섬 ; 쓰시마) 정벌을 하고, 대마도를 경상도에 부속시킨다고 일본에 통고하였으며,

유관(柳觀) · 변계량들에게 『고려국사』를 또 개수시키어 3(3754)년 1월에 완성하였다. 그러나 세종은 5년 12월에 유관 · 윤회(尹淮) 등에게 『수교고려사(讎校高麗史)』를 또 고쳐 쓰게 하여 6(3757)년 8월에 완성하였다. 세종은 20(3771)년에 신개(申槩) · 권제(權踶) · 안지(安止)들에게 『고려사전문(高麗史全文)』을 또 편수하게 하여 24(3775)년 8월에 완성 인쇄까지 마치고도 반포하지 아니하고 없이하였다. 세종 31(3782)년 1월에는 김종서(金宗瑞) · 정인지(鄭麟趾)들이 『고려사』 편수를 착수하여 문종 1(3784)년 8월에 139권을 편수 완료하여 인쇄 반포하니, 이것이 지금 우리들이 읽을 수 있는 『고려사』 책이다. 필자는 이것을 세종의 『훈민정음』 창제의 일과 관계가 있다고 풀이한다. 조선 건국 59년에 6차에 걸치어 승국(勝國)의 역사를 고쳐 편수한 것은 의미하는 바가 많은 일로 전무후무한 큰 일이었다. 당시 고려의 유민들인 조선 국민들이 조선 건국의 명분을 인정하지 아니하므로 그 건국의 당위성(當爲性)을 국민들에게 바로 알리어 가르치려는 뜻에서 현명한 세종대왕이 배우기 쉽고, 읽기 쉬운 새 글자의 창제가 절실하였다고 풀이되기 때문이다.

그 증거는 『훈민정음(訓民正音)』이 창제되기도 전인 세종 24(3775)년 3월 1일부터 제작을 시작하여 27(3778)년 4월 5일에 『용비어천가(龍飛御天歌)』 10권 125장(章)을 완성하여 왕께 올리어 간행을 명받은 사실에서 찾을 수가 있다.

"훈민정음(訓民正音)"은 이제는 우리 천손족(天孫族)만의 글자가 아니고, 세계의 70억 인구가 다 같이 배우고 익혀서 세계 인류가 다 같이 두루 써야 할 최고 제일의 글자로 세계 언어학자들이나 문자학자들이 인정하고 주장하는 정도의 글자가 되었다. 첫소리[初聲] 17자, 가운뎃소리[中聲] 11자 등 28자를 기본으로 하고, 첫소리 17자는 끝소리[終聲]로 다시 활용하도록 하여 소리를 적는데 과학적 조합으로 불편이 없게 하여 오늘날 세계 언어학자들은 이구동성으로 세계적 문자[global letter], 또는 만능 문자[universal letter]라고 하여 쓰기에 편리함을 인정하고 있다. 요즈음 날로 달로 발전하고 있는 각종 손전화[handphone]의 문자판에 이 국문 글자로 통일하여 쓰게 하면, 자연스럽게 우리의 나랏글자를 세계에 보급할 수 있게 될 것이며, 아울러 한국어의 국제화에도 큰 도움이 될 것이라고 생각한다. 오늘날 우리나라에서 이 글자를 많은 사람들은 "한글"이라고 일컫고 있다. 그러나 "한글"이라는 말은 4243(1910)년에 주시경(周時經 : 4209-4247)·최남선(崔南善 : 4223-4290)들이 처음으로 쓰기로 한 것이기 때문에 조선시대에는 없던 말이므로, 필자는 이 글에서는 "한글"이라는 말을 쓰지 아니하고 대신 "국문" 또는 "나랏글자"라고 부르기로 한다.

2. 용비어천가(龍飛御天歌)

세종은 25(3776)년 12월 30일 「훈민정음」 28자를 새로 만들었음을 밝히고, 이듬해 2월 16일에는 『운회(韻會)』를 번역하도록 집현전 교리 최항(崔恒 : 3742-3807)·부교리 박팽년(朴彭年 : 3750-3789)들에게 명하였으며, 27(3778)년 4월 5일에는 권제(權踶 : 3720-3778)·정인지(鄭麟趾 : 3729-3811)·안지(安止 : 3710-3797)들이 『용비어천가』 10권 125장(章)을 지어 바치매 즉시 판에 새겨 펴낼 것을 하명하였고, 이어 28(3779)년 9월에 『훈민정음』을 반포하였다. 이듬해 9월에는 『동국정운(東國正韻)』 6권을 완성하여 인쇄를 명하였다. 이는 조선 건국 초부터 사사건건 조선의 정치에 간여한 명나라가 조선이 『훈민정음』을 새로 만드는 일에 관하여 어떤 트집을 잡을지 모르기 때문에 그 잔소리를 막기 위한 수단으로 명(明)나라의 『홍무정운(洪武正韻)』과 비례되는 조선의 뜻글자의 소리를 통일할 목적으로 창제한 것이라고 답할 『동국정운』을 완성하였다고 필자는 풀이한다. 그것은 현재 가장 중요하다고 할 제1-2권 1책이 사라져 낙질본으로 제3-16권 7책이 보물 417호로 지정되어 고려대학교 도서관에 소장되어 전하는 『홍무정운역훈(洪武正韻譯訓)』(세종 30, 3781년 착수)을 통하여 그 당시(세종 26년) 이른바 최만리(崔萬理)의 훈민정음 창제 반대상소로 시끄러웠으나, 실은 명나라의 간섭을 막기 위함인 선견지명의 소식을

짐작할 수가 있다.[10]

『용비어천가』의 내용은 세종의 6대조 목조(穆祖)·5대조 익조(翼祖)·4대조 도조(度祖)·3대조 환조(桓祖)·할아버지 태조(太祖)·아버지 태종(太宗)이 이룩한 조선 건국의 공적을 기린 조선 건국의 송찬가이다. 125장 중 제1장은 "해동육룡이 날아 일마다 하늘이 주신 복이니, 이것은 옛 성인들의 고사와 부합한다."는 뜻을 노래하여 전체 노래의 서장격(序章格)이며, 제2장은 "뿌리가 깊은 나무는 바람에도 아니 흔들리고, 꽃이 좋고 열매가 많으며, 샘이 깊은 물은 가물에도 물이 마르지 아니하므로 내가 되어 바다에까지 간다."면서 모든 일은 그렇게 될 만한 이유가 있다는 뜻으로 조선 개국의 당위성을 노래하고 있다. 제3-8장은 목조에서 환조까지 선조들의 행적을 노래하고, 제9-14장은 태조의 위화도 회군에서 한양천도까지의 경

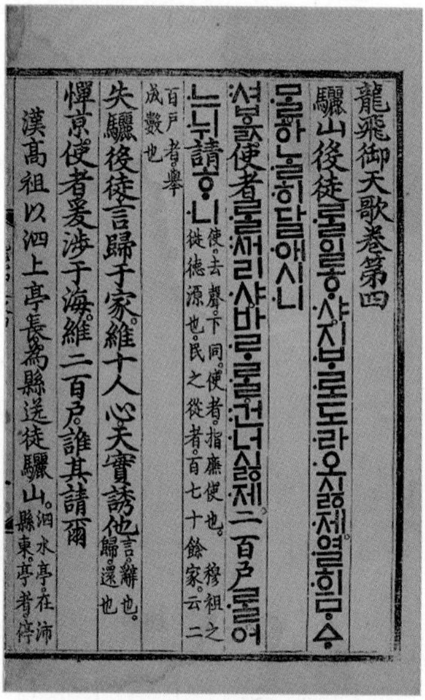

용비어천가((龍飛御天歌) 권 4
보물 제1463-2호, 서울역사박물관 소장, 출처 : 문화재청

10 사단법인 해동공자 최충선생 기념사업회, 『청백리 최만리 행적연구 논총』(1), 2011, 신정.

위를 노래하였으며, 제15-26장은 태조의 위화도 회군으로 민심이 태조에게로 모였으나, 태조는 고려왕조를 지키려 하였지만 여러 가지 부득이한 상황에서 왕위에 올랐는데, 조선 건국의 조짐이 고려 초부터 조금씩 보이더니, 세종의 6대조부터는 그 조짐[天命]이 구체적으로 드러났음을 노래하고 있다. 제27-46장은 태조의 비범한 모습과 재주에 하늘의 도움으로 신기한 기적을 이루어낸 일을 노래하고 있으며, 제47-62장은 태조의 무공이 뛰어나 남쪽의 왜구(倭寇) 섬멸과 북의 오랑캐들의 도발을 무술과 문덕으로 잘 다스리었다는 노래이고, 제63-85장은 태조의 활쏘기와 학문적 재능과 인격이 고매함을 노래하였으며, 제86-89장은 태조의 신력(神力)·신무(神武)·신공(神功)을 칭송하고 있다. 제90-109장은 태

황산대첩비(荒山大捷碑)
이성계가 왜구를 무찌른 승전비, 전라북도 남원시 운봉읍 화수리에 위치, 출처 : 문화재청

종의 용모와 인품과 하늘의 도움과 부인의 내조의 공을 기리었고, 제110-125장은 뒤를 잇는 후세 왕들에게 나라를 지키기가 어렵다는 사실을 경계하는 내용으로 노래하고 있다.

이 작품은 뜻글로 시를 지어 그것을 국문으로 옮기어 노래를 짓고, 다음에 뜻글자로 여러 가지 역사적 사실들에 관한 고증적 주석을 붙이어 조선 건국이 단순히 태조의 개인적 욕심에서 역성혁명(易姓革命)으로 이루어진 것이 아님을 확인시키고 있다. 그리고 이 작품의 창작에 얼마나 공을 들였는지, 우리의 순수한 토박이말들을 자연스럽게 구사하여 『훈민정음』 창제 이후 최초의 작품이라고 볼 수 없을 만큼 부드러우면서도 율조(律調)가 잘 다듬어져 유려하다. 이 작품으로 인하여 이 시기 이후부터 국자시대 문학(國字時代文學)의 막이 오르게 되었다. 권수(卷首)에는 전(箋), 책미(冊尾)에는 발문(跋文)이 뜻글로 기록되어 있다.

그리고 이 작품은 문학으로만이 아니라 음악으로도 제작되어 뜻글시 제1-제7장, 제123-125장을 악기에 실어 악장화(樂章化)하여 "여민락(與民樂)"으로 궁중의 행사 때마다 연주하여 『용비어천가』와 『훈민정음』 보급에 힘을 기우렸다. 국문으로 된 노랫말은 제1-제8장, 제125장을 악기에 실어 "취풍향(醉豊享)", 제1-제16장, 제125장을 관현(管絃)에 얹어 "치화평(致和平)"으로 궁중 행사에서 연주하여 널리 보급 전승에 노력하였다.

여기서는 『용비어천가』 제1 · 2장만을 보기로 제시한다.

海東六龍이 ᄂᆞᄅᆞ샤 일마다 天福이시니 古聖이 同符ᄒᆞ시니.
海東六龍飛　莫飛天所扶　古聖同符 (제1장)
불휘 기픈 남ᄀᆞᆫ ᄇᆞᄅᆞ매 아니　　根深之木 風亦不杌
뮐씨 곶됴코 여름하ᄂᆞ니　　有灼其華 有蕡其實
ᄉᆡ미 기픈 므른 ᄀᆞᄆᆞ래 아니　　源遠之水 旱亦不竭
그츨씨 내히 이러 바ᄅᆞ래 가ᄂᆞ니　類斯爲川 于海必達 (제2장)[11]

3. 훈민정음(訓民正音)의 보급과 국역(國譯)

3. 1. 훈민정음(訓民正音)의 보급

세종대왕께서는 국민을 가르치는 바른 소리라는 글자를 새로 만들어 『용비어천가(龍飛御天歌)』와 『東國正韻(동국정운)』을 짓고 인쇄하게 하였다. 세종 27(3778)년 9월 13일에는 『용비어천가』의 가사를 관현(管絃)에 올리어 널리 알리려 하였으며, 28(3779)년 9월 29일에는 『훈민정음』의 해례본을 간행하였고, 29(3780)년 4월 20일에는 함길도(咸吉道)의 자제

11 원문에 방점이 있는 것을 필자가 줄임.

로 이과(吏科)에 응시하려는 사람은 먼저 『훈민정음』을 시험 보게 하고, 또 이전에 합격한 각사(各司)의 이전 취재자(吏典取才者)들도 모두 『훈민정음』을 시험하게 하여 세종 당시에는 『훈민정음』 보급을 위하여 훈민정음을 시험과목으로 지정하였다.[12]

같은 해 6월 5일에는 『용비어천가』를 관현에 올리어 『치화평(致和平)』·『취풍형(醉豊亨)』·『여민락(與民樂)』 등의 악보 7권을 만들어 공사 연회(公私宴會)에서 연주하게 하였으며, 또

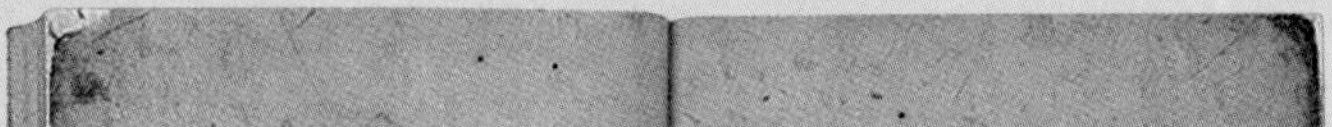

훈민정음 (訓民正音) 用字例
국보 제70호, 국립한글박물관 소장, 출처 : 문화재청

12 「세종실록」 권 114, 엽 28. 권 116, 엽 4-5.

문무 2무(舞)를 지어 문무(文舞)를 『보태평(保太平)』, 무무(武舞)를 『정대업(定大業)』이라 하고 무보(舞譜) 2권을 지어 『훈민정음』 보급에 특별한 신경을 썼다.

3. 1. 1. 석보상절(釋譜詳節)의 편찬

이 『석보상절』은 세종 29(3780)년에 현존 최고의 국문 활자인 갑인자체(甲寅字體) 목활자로 간행되었다. 이는 세종 28년 소헌왕후(昭憲王后)의 별세를 슬프게 생각하고, 아들 수양대군(首陽大君)에게 명하여 양(梁)나라 스님 우(佑)가 지은 『석가보

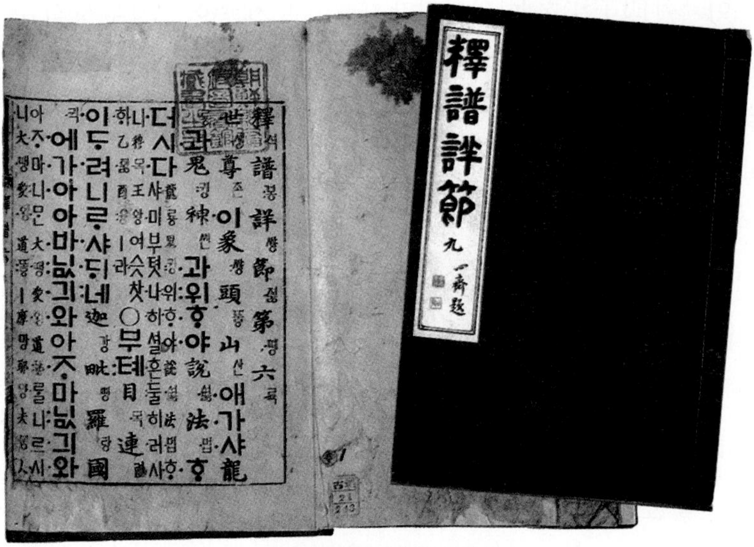

석보상절(釋譜詳節) 권6, 9
보물 제523호, 국립중앙도서관 소장, 출처 : 문화재청

(釋迦譜)』와 도선(道宣)이 지은 『석가씨보(釋迦氏譜)』를 합하여 석가모니의 일대기를 팔상(八相)으로 간추리어 뜻글로 짓고, 김수온(金守溫 : 3742－3814)의 도움을 받아 국문으로 짓게 하여 간행하게 된 24권의 『석보상절』을 말한다. "석보(釋譜)"는 석가보(釋迦譜)라는 뜻이고, "상절(詳節)"은 요긴한 것은 자세히 하고, 요긴하지 아니한 것은 자세히 하지 아니하였다는 뜻이다. 현재 전하는 책들은 초간본과 중간본이 있으나 초간본 중 권6·9·13·19는 대한민국 보물 523호로 지정되어 있다.

3. 1. 2. 월인천강지곡(月印千江之曲)

이 『月印千江之曲(월인천강지곡)』은 세종이 『석보상절』을 읽고, 석가를 기리는 악장체(樂章體) 노래 585곡으로 지어 세종 29(3780)년에 상중하 3책 목판본으로 간행한 것이다. 현재로는 상권 1책과 중권의 낙장이 전하는데, 보물 제398호로 지정되었다. 『月印釋譜(월인석보)』나 『석보상절』에 불완전하게 전하고 있어서 그 전모를 완전하게는 알 수 없으나 초간본과 기타본의 사이에 있는 내용들의 국문 쓰기가 달라져 있어 조선 초기 국문의 변화 양상을 헤아리는 국어학 연구의 자료로 귀중성이 높이 평가되고 있다. 앞부분 일부를 현대역으로 뒤친 것을 소개한다.

월인천강지곡(月印千江之曲)

부처가 하고많은 세상에 몸바꿈하시어 중생을 제도하심이 마치 달그림자가 수많은 강물에 비치는 것과 같다는 뜻에서 「월인천강지곡」이라 이름하였다.

1. 높고 높을시고! 헤아릴 길 가이없는 석가모니 부처님의 공덕을! 이 세상 끝날 때까지 어찌 말씀 다 하오리.(원문 생략 이하 같음)
2. 세존(世尊) 하신 일을 말로 하리니 멀고 먼 나라 일이시나 눈에 보는 듯 여기시옵소서. 세존 하신 말씀 아뢰리니 아득한 옛 이야기시나 귀에 듣는 듯 여기시옵소서.
3. 헤일 길 없는 수억만 년 전 세상에 왕관(王冠)을 버리시고, 절간[寺]에 좌선(坐禪)하셨네. 오백 겁 전 세상 원수가 나라의 재물을 훔치어 그 절[寺] 곁을 지나가네.
4. 형님인 줄 모르고 뒤밟아 활 쏘았으니 목숨 마치시네. 자식 없으시니 흘린 피 모아 그릇에 담아 남녀를 창조하셨네.
5. 불쌍하고 억울한 죽음 감자(甘蔗)씨 계승(繼承)함을 대구담(大瞿曇)이 마련하셨네. 아득한 후세에 석가모니 부처 되실 줄 보광불(普光佛)이 미리 말씀하셨네.
6. 이교도(異敎徒) 5백 사람이 선혜(善慧)의 가르침 입어 제자 되어 은돈을 바치네. 꽃 파는 구이녀(俱夷女) 선혜 마음씨 알아차려 한 쌍 부부(夫婦) 되고자 꽃을 바치었네.
7. 다섯 꽃과 두 꽃송이 공중에 두둥실 떠 방석 되니 천룡 팔부(天龍八部) 칭찬하여 마지않네. 옷 벗고 머리 풀어 가실

길 펴 덮으니 보광불 또 예언하시네.

8. 일곱 꽃송이로 인하여 믿음과 다짐 깊으시니 그 어디서[13] 부부(夫婦)되시네. 다섯 가지 꿈으로 인하여 부처 예언 확실히 하시니 오늘날 석가세존(釋迦世尊) 되셨네.(하략)[14]

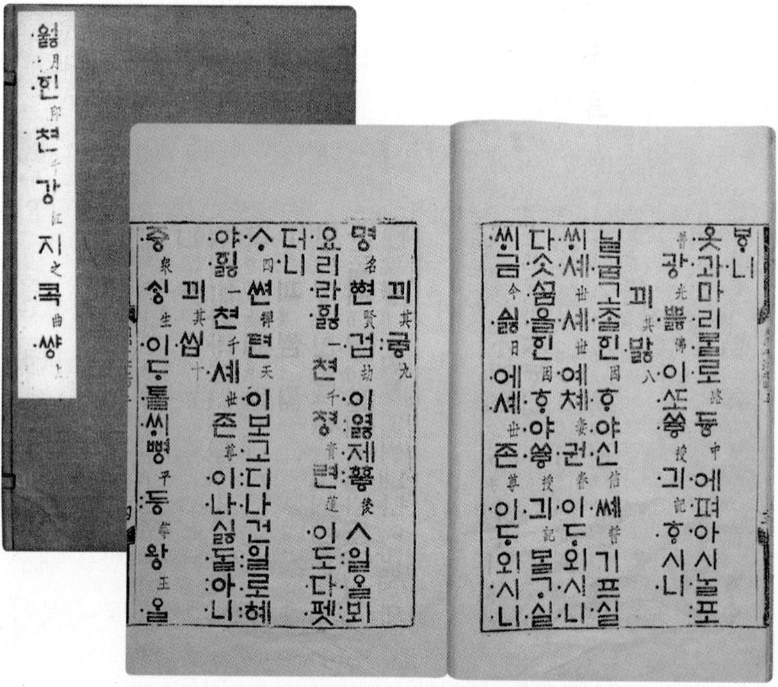

월인천강지곡(月印千江之曲) 권상(卷上)
보물 제398호, 출처 : 문화재청

13 그 어디서 = "오랜 세월(世世)"의 잘못인 듯함.
14 李東林 역, 「月印千江之曲」, (『世宗』, 同和出版公社, 1972.)에서 인용함.

3. 1. 3. 월인석보(月印釋譜)

이 『월인석보』는 세조 5(3792)년에 세종이 지은 『월인천강지곡』의 줄거리를 본문으로 하고, 수양대군이 지어서 간행한 『석보상절』을 그 설명 부분으로 합편하여 목판본으로 간행한 것이다. 초간본 10책 중에 현재 전하는 것은 권 1, 2, 7, 8, 9, 10, 13, 14, 17, 18의 10권이 보물 745호로 지정되고, 중간본 권 21, 22, 23 3책이 보물 935호로 지정되어 학계에 알려져 조선 초기 불교문학과 국어학 연구에 귀중한 자료로 활용되고 있다.

3. 1. 4. 국문의 생활화

세종 28(3779)년 10월 10일에는 세종께서 "대간(臺諫)의 죄를 하나하나 들어서 국문으로 써서 환관(宦官) 김득상(金得祥)에게 명하여 의금부(義禁府)와 승정원(承政院)에 보이게 하셨다."는 기록이 『조선왕조실록』에 보인다.[15] 이것은 세종께서 스스로 창제하신 글인 훈민정음을 공식 문서화한 좋은 보기라고 하겠다. 이처럼 세종께서 훈민정음을 실제 생활에 사용하신 예는 그의 30(3781)년 7월 27일에 세종께서 좌의정 하연(河演 : 3709-3786)을 빈청(賓廳)에 불러 환관 김득상과 최읍(崔

15 앞주의 책 권 114, 엽 12.

浥)에게 국문 문서를 가져오게 한 뒤, 사신(史臣)을 물리고 비밀히 의논한 일에서도 찾을 수가 있다.[16]

또 세종은 같은 해 12월 26일에 이과(吏科)와 이전(吏典)의 취재에 훈민정음을 시험하게 하였다.[17]

한편 세종은 29년 10월 16일에 『용비어천가』 550본을 여러 신하들에게 내려 주어 조선 건국의 정당성을 알림과 동시에 국문의 생활화를 꾀하기도 하였다.[18]

또 문종(文宗)은 그가 동궁으로 있을 때에 서연관(書筵官)에 명하여 『大學衍義(대학연의)』에 국문으로 어조사(語助辭)를 써서 종실 가운데 문리(文理)가 통하지 아니하는 이를 가르치게 한 일도 있었음이 『문종실록』에 기록되어 있다.[19] 문종 원년(3784) 11월 17일에는 왕의 백부인 양녕대군(讓寧大君)이 국문으로 짧은 편지를 써서 아뢰니, 그 내용은 대개 김경재(金敬哉)로 하여금 서울로 올라와서 그 딸을 시집보내도록 하기를 청하는 것이었다.[20]

또 『단종실록』을 보면, 단종 원년(3784) 4월 14일에는 대궐 안에서 심부름하는 어린 여자인 방자(房子) 중비(重非)가 자금(者今)·가지(加知) 등과 같이 월계(月桂)의 방에 모여 국문 편

16 『조선왕조실록』의 「세종실록」 권 121, 엽 30.
17 「세종실록」 권 114, 엽 28.
18 「세종실록」 권 118, 엽 2.
19 「문종실록」 권 5, 엽 13.
20 위의 책 권 10, 엽 34.

지를 대필시켜 대궐 밖의 소친시(小親侍)인 별감 부귀(富貴)에게 보내려다가 간통죄로 탄로된 일이 있다. 이 내용은 일종의 연애편지이었으니, 어쩌면 이것이 현전 조선시대 문헌에 기록된 최초의 국문 연애(戀愛)편지일 것이다.[21] 또 4월 20일에는 혜빈(惠嬪)이 국문으로 편지를 써서 "영풍군(永豊君)의 집에 옮겨 살 것"을 청한 경우도 있다.

또 「세조실록」에 따르면, 세조 4(3791)년 8월 24일에 중궁(中宮)이 국문으로 아뢰기를, "근래에 사람들 중에 죽을 죄에 연좌된 사람이 많은데, 김분(金汾)들이 범한 죄도 참으로 같은 유에 해당한다면, 임금님께오서 모름지기 극형에 처하여야 할 것입니다. 그렇지 아니하다면, 바라옵건대 먼 곳으로 귀양 보내서서 살길을 찾아 주소서." 하여 남편인 임금님께 국문 편지로 탄원한 사실도 알 수가 있다.[22] 세조 11(3798)년 9월 4일에는 궁인(宮人) 덕중(德中)이 국문으로 임영대군(臨瀛大君)의 아들 귀성군(龜城君) 준(浚)에게 연모(戀慕)한다는 편지를 써서 보냈다가 발각되어 죽음을 당한 기록도 보인다.[23]

또 세조 12년 11월 17일의 『세조실록』에 따르면, 당시 대사헌 양성지(梁誠之 : 3748-3815)가 임금께 올린 글 속에서 뜻글로 기록된 "『銃筒謄錄(총통등록)』은 국가의 비밀문서인데, 몇

21 「단종실록」 권 6, 엽 5-6, 20.
22 『세조실록』 권 13, 엽 37.
23 앞주의 책 권 37, 엽 3.

부 안되므로 만일 간첩(間諜)이 이를 훔쳐서 이익이 되게 한다면, 동남의 해가 이루 말할 수 없을 만큼 매우 클 것입니다. 바라옵건대 국문[諺字]으로 베껴내어 안팎의 사고(史庫)에 각각 3건씩 수장하고, 홍문관의 3건은 신이 굳게 봉한다고 이르고, 뜻글[漢字]로 쓴 것들은 모두 불살라 없이 하여 만세를 생각하게 하소서."라는 기록이 있다.[24] 양성지공의 놀라운 애국심을 엿볼 수가 있는가?

그런가 하면, 『예종실록』에는 예종 원년(3802) 6월 27일에 임금님께서 "중들에게 『금강경』과 『법화경』을 강하여 시험에 능하지 아니한 자는 모두 환속시키려고 하신다."는 말을 들은 신미(信眉)스님이 국문으로 글을 써서 남모르게 임금님께 아뢰기를, "중으로서 경을 외는 자는 간혹 있지만, 만약에 강경을 하면 천 명이나 만 명 중에 겨우 한 둘 뿐일 것이니, 바라옵건대 다만 외는 것으로 시험하게 하소서." 하였다고 한다.[25] 이는 곧 뜻글에 능하였던 신미스님이 임금님께 여쭙는 글월을 국문으로 써서 올렸다는 점에서 공사간(公私間)에 왕실에서는 국문으로 생활할 수 있을 만큼 훈민정음이 많이 보급되었음을 알려주는 보기라고 풀이된다. 이러한 사실은 성종조(成宗朝)에 이르면, 궁중의 비빈들과 중앙의 여러 벼슬아치들과 궁인들 사이에서 보편화된 것을 알 수가 있을 뿐 아니라, 부녀자들 사

24 『세조실록』 권 40, 엽 16-18.
25 『예종실록』 권 6, 엽 19.

이에서 즐겨볼 수 있는 재앙을 물리치는 비방을 국문으로 적은 국문비방서(國文秘方書)까지도 있었음을 확인할 수 있다.[26] 성종 13(3815)년 2월 13일에는 양성지(梁誠之 : 3748-3815)가 임금님께 올린 상소에서 국문으로 글쓰기를 약속하기도 하고,[27] 같은 해 8월 12일에는 성종 자신이 권경우(權景佑)와 채수(蔡壽)에 관한 일을 국한문 혼용의 글로 쓴 짧은 편지를 내려서 재상들이 읽게 하였으며[28] 그 밖의 대내(大內)에서도 비빈들과 궁녀들 사이에 국문 생활이 활발하였고,[29] 성종 16(3818)년 7월 17일에는 서울 저잣거리의 상인들이 당시의 호조판서와 참판을 비웃고 헐뜯는 국문 전단이 있었던 사실을 보면, 일반 서민들까지도 훈민정음은 이미 많이 전파 보급되어 생활이 편하게 되었음을 확인할 수가 있다.[30] 이 이후로도 계속 문과 시험의 과목으로 국문을 시험하였더라면, 국문 보급과 국문학 작품 창작은 물론 한국 문화 전반적으로 엄청난 생산적 기여와 큰 나라 섬기기 생각[事大思想]이나 이웃나라와 잘 지내기[交隣友好]의 외교 관계에 있어서도 민족 주체의식이 드높아져서 국가 발전도 크게 향상되었을 것이다.

26 『성종실록』 권 4, 6-7. 권 78, 엽 13. 권 105, 엽 7.
27 위의 책 권 138, 엽 11.
28 위의 책 권 144, 엽 15.
29 위의 책 권 142, 엽 7. 권 144, 엽 5, 권 164, 엽 3, 9, 권 179, 엽 10, 권 271, 엽 13, 권 272, 엽 4-5.
30 앞주의 책 권 181, 엽 23, 권 247, 엽 9, 권 292, 엽 12.

3. 2. 각종 국역사업

3. 2. 1. 운서(韻書)의 국역

① 東國正韻(동국정운) : 세종이 29(3780)년 9월에 『동국정운』의 편찬 작업을 시작하였다. 세종 27(3778)년경부터 명나라 태조 홍무 8(3708)년에 편찬된 명나라의 운서인 『홍무정운(洪武正韻)』을 참고하여 30(3781)년에 간행하였다. 사실 이 『동국정운』은 훈민정음 창제를 명(明)나라에서 문제 삼을 것을 대비하여 당시 조선 팔도 방언이 각각 달라서 뜻글자의 뜻과 음이 서로 통하지 아니함을 바로잡고자 지은 것으로 풀이한다.

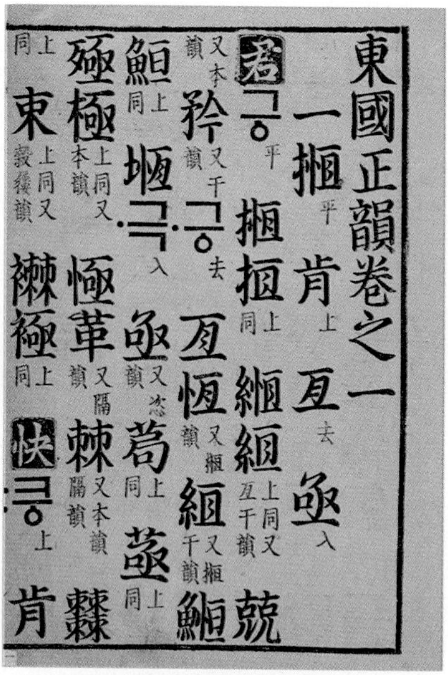

동국정운((東國正韻) 권1, 6
국보 제71호, 출처 : 문화재청

② 洪武正韻譯訓(홍무정운역훈) : 세종은 『동국정운』을 편찬하기 위하여 신숙주(申叔舟 : 3750－3808) · 성삼문(成三問 : 3751－3789)들에게 『洪武正韻(홍무정운)』에 주음(注音)을 달게 하고, 자신은 친히 모든 일을 주관하며 칠음(七音), 사성(四聲),

청탁(淸濁)을 바로잡아 단종 3(3778)년에 간행되게 하였다.

3. 2. 2. 불경의 국역

세종은 훈민정음 창제를 이룬 뒤 문종–연산조에 이르기까지 평소에 독실한 불교의 신심을 바탕으로 각종 불경들을 국문으로 옮기어 뜻글자[韓·漢文字]를 모르는 사부대중들로 하여금 불경을 제대로 읽을 수 있는 기회를 만들어 주었다. 여기서는 그 발간 연대순으로 경서들의 이름만 소개하면서 세종 임금이 얼마나 적극적으로 국문 보급에 노력하였는가를 엿보기로 한다.

① 『사리영응기(舍利靈應記)』: 세종 31(3782)년
② 『초학자회국주(初學字會國注)』: 세조 3(3892)년
③ 『월인석보(月印釋譜)』: 세조 4(3893)년
④ 『국역 몽산법어(蒙山法語)』: 세조 5(3792)년[31]
⑤ 『국역 능엄경(楞嚴經)』: 세조 7(3794)년 활판본.
⑥ 『국역 아미타경(阿彌陀經)』: 위와 같음. 활판본.
⑦ 『국역 능엄경(楞嚴經)』: 세조 8(3795)년 목판본.
⑧ 『국역 법화경(法華經)』: 세조 9(3796)년
⑨ 『국역 선종영가집(禪宗永嘉集)』: 세조 10(3797)년
⑩ 『국역 아미타경(阿彌陀經)』: 위와 같음. 목판본.

31 일명 "몽산화상법어약록언해"라고도 하는데, 이 책에서는 "언해"라는 접사가 붙은 책 이름들이 비록 고유명사이기는 하지만, 겨레의 자존심을 회복한다는 뜻에서 모두 "국역"이라는 말로 필자가 고치었음을 밝혀 둔다.

⑪ 『국역 금강경(金剛經)』 : 위와 같음.
⑫ 『국역 반야파라밀다심경(般若波羅密多心經)』: 위와 같음.
⑬ 『국역 상원사어첩(上院寺御牒)』 및 중창권선문(重創勸善文)』 : 위와 같음.
⑭ 『국역 원각경(圓覺經)』 : 세조 11(3798)년
⑮ 『국역 목우자 수심결(牧牛子修心訣)』 : 위와 같음.
⑯ 『국역 사법어(四法語)』 : 위와 같음.
⑰ 『국자음 오대진언(五大眞言)』 : 성종 7(3809)년
⑱ 『국역 수구영험(隨求靈驗)』 : 위와 같음.
⑲ 『국역 명황계감(明皇誡鑑)』 : 위와 같음.
⑳ 『국역 금강경삼가해(金剛經三家解)』 : 성종 13(3815)년
㉑ 『국역 증도가남명게송(證道歌南明偈頌)』 : 위와 같음.
㉒ 『국역 불정심다라니경(佛頂心多羅尼經)』 : 성종 16(3818)년
㉓ 『오대진언(五大眞言)』 : 위와 같음.
㉔ 『영험약초(靈驗略抄)』 : 위와 같음.
㉕ 『국역 육조법보단경(六祖法寶壇經)』 : 연산 2(3829)년
㉖ 『진언권공(眞言勸供)』 : 위와 같음.
㉗ 『국역 삼단시식문(三壇施食文)』 : 위와 같음.
㉘ 『국역 개간법화경(改刊法華經)』 : 연산 6(3833)년

3. 2. 3. 유가서(儒家書)의 국역

① 『국역 사서(四書)』 : 세종 30(3781)년 3월 28일 시작을 명함.
② 『주역전의구결(周易傳義口訣)』 : 세조 12(3799)년

③ 『주역전의대전구결(周易傳義大全口訣)』 : 세조 12년 이후
④ 『내훈(內訓)』 : 성종 6(3808)년
⑤ 『삼강행실도(三綱行實圖)』 : 성종 12(3814)년
⑥ 『국역 속삼강행실도(續三綱行實圖)』 : 중종 9(3847)년
⑦ 『국역 삼강행실열녀도(三綱行實烈女圖)』 : 성종 12(3814)년
⑧ 『국역 소학(小學)』 : 위와 같음.
⑨ 『국역 열녀전(烈女傳)』 · 『여계(女戒)』 · 『여칙(女則)』 : 중종 12(3850)년 6월 27일 시작.
⑩ 『국역 여씨향약(呂氏鄕約)』 : 중종 13(3851)년 4월 1일 시작.
⑪ 『국역 정속(正俗)』 : 위와 같음.
⑫ 『국역 이륜행실도(二倫行實圖)』 : 위와 같음.
⑬ 『훈몽자회(訓蒙字會)』 : 중종 22(3860)년
⑭ 『국역 여훈(女訓)』 : 중종 27(3865)년
⑮ 『국역 효경(孝經)』 : 중종 37(3875)년
⑯ 『동몽선습(童蒙先習)』 : 중종 때.
⑰ 『국역 칠서(七書)』 : 중종 때.
⑱ 『국역 사서삼경(四書三經)』 : 선조 18(3918)년

3. 2. 4. 문학서(文學書)의 국역

① 『국역 두시(杜詩)』[32] : 성종 12(3814)년

32 국역 두시(杜詩) = 본래의 책 이름은 "두시언해(杜詩諺解)"이나, 큰 나라섬기기 생각에서 연유된 스스로를 깎아내리는 "언해"라는 말을 "국역"으로 필자가 고치어 겨레의 자존감을 높이려 하였다. 이하 같음.

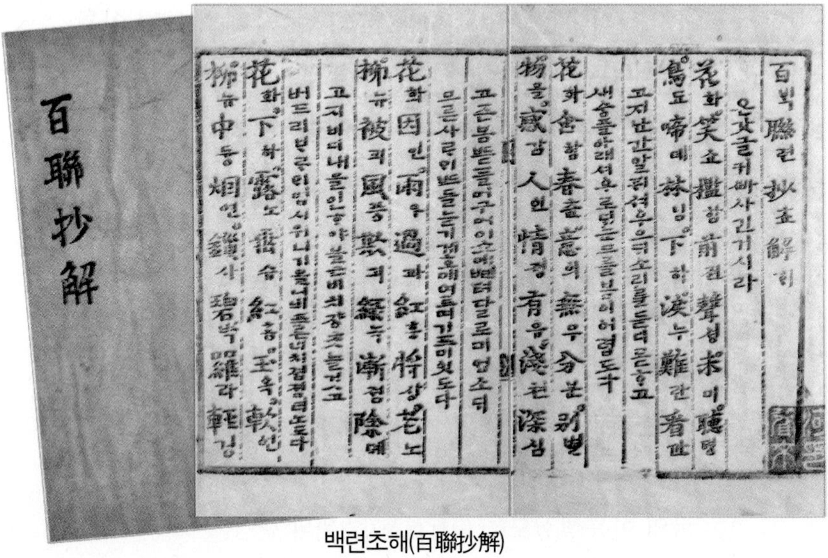

백련초해(百聯抄解)
규남박물관 소장, 출처 : 국립중앙도서관

② 『국역 연주시격(聯珠詩格)』 : 성종 14(3816)년 7월 29일 번역 시작
③ 『국역 황산곡시집(黃山谷詩集)』 : 위와 같음.
④ 『백련초해』(하성래본 신춘자 역)

3. 2. 5. 기타 실용서(實用書)의 국역

① 『국역 잠서(蠶書)』 : 세조 6(3793)년
② 『국역 구급방(救急方)』 : 세조 12(3799)년
③ 『국역 몽한운요(蒙漢韻要)』 : 성종 8(3810)년
④ 『국역 오례의(五禮儀)』 : 성종 9(3811)년

⑤『초역 향약집성방(鄕藥集成方)』: 성종 19(3821)년 9월 20일 시작.
⑥『악학궤범(樂學軌範)』: 성종 24(3826)년
⑦『국역 수우경(水牛經)』: 성종 25(3827)년 4월 2일 시작.
⑧『신선태을자금단(神仙太乙紫金丹)』: 연산 3(3830)년
⑨『구급이해방(救急易解方)』: 연산 5(3832)년
⑩『번역노걸대(飜譯老乞大)』: 중종 10(3848)년
⑪『국역 박통사(朴通事)』: 위와 같음.
⑫『사성통해(四聲通解)』: 중종 12(3850)년
⑬『국역 두진방(痘疹方)』: 중종 13(3851)년
⑭『국역 벽온방(癖溫方)』: 위와 같음.
⑮『국역 농서(農書)』: 위와 같음
⑯『간이벽온방(簡易辟瘟方)』: 중종 20 (3858)년
⑰『분문온역이해방(分門瘟疫易解方)』: 중종 37(3865)년
⑱『우마양저염역병치료방(牛馬羊猪染疫病治療方)』: 중종 38(3866)년
⑲『유합(類合)』: 중종 때.
⑳『이문집람(吏文輯覽)』: 중종 때.

창덕궁(昌德宮) 측우대(測雨臺)
보물 제844호, 창덕12942,
크기 가로 45.5cm, 세로 45.5cm, 높이 31cm,
출처 : 국립고궁박물관 소장

[3장]
단·장가(短·長歌)의 발전

1. 단가(短歌)

사실 신라시대부터 싹이 보이기 시작한 단가(短歌)는 고려시대를 거쳐 조선시대에 이르러는 활짝 핀 꽃처럼 발전하였다.

이제까지의 학자들은 이 단가를 "시조(時調)"라고 일컬었으나, 필자는 "시조"를 한국 전통 음악의 한 곡조 이름으로 보아 이 고전문학사에서는 문학 용어로는 시대에 따라 구별하여 쓰려 한다. 시대에 따른다는 것은 "시조(時調)"라는 용어가 사용되기 시작하는 숙종·영조 시대 이후의 사람인 이세춘(李世春)에 의하여 연창(演唱)할 때에 이루어진 것인 만큼 적어도 병자호란 이전에는 "시조"라는 이름조차도 없었으므로, "정송강(鄭松江)의 시조 작품" 운운하는 것은 말이 안 되는 억설이라고 필자는 보기 때문이다. 심지어 조선 말엽의 가객(歌客) 주옹(周

翁) 안민영(安玟英 : 4152 – 4227)의 경우조차도 그의 단가집인 『금옥총서(金玉叢書)』를 보면, 그 자신이 시조를 노래한 사람이거나, 시조를 창작한 사람이 아니라 가곡(歌曲)을 짓거나 노래한 국악인(國樂人)임을 명시하고 있음을 확인할 수가 있기 때문에 필자는 안민영을 시조 작가라고 부르기를 거부한다. 다만 안민영과 동시대 인물로 유배지에서 458수의 시조를 창작하여 『風雅(풍아)』(대 · 소)의 두 권을 남긴 경평군(慶平君) 이세보(李世輔 : 4165 – 4228)의 작품은 모두가 시조이니, 주옹(周翁)의 작품과는 전혀 다르기 때문에 필자도 이 작품들은 "시조"라고 부르기를 주저하지 아니한다.

주옹 안민영은 그의 작품을

어리고 성긴 柯枝
너를 믿지 아녓더니,
눈 기약 能히 지켜 두세 송이 피엇고나.
盞잡고
가까이 사랑홀제 暗香조차 浮動터라.

(『금옥총부』)

로 분절하여 가곡(歌曲) 형태로 기록하고 있는데, 이세보는 스스로가 다음과 같이 적고 있다.

넘어도 틱산이요 가도 길이로다.
힝노란(行路難) 힝노란ᄒᆞ니 쓧업는 광음이라.

지금의 득즁의(得中意)ᄒᆞ니 환고향(還故鄕)을.

(『풍아(風雅)』 대 13)

에서 볼 수 있듯이 종장의 투식어에 해당하는 "하리라(ᄒᆞ리라)"가 생략되어 있다. 이것이 가곡창사(歌曲唱詞)[33]와 시조(時調)를 한마디로 구별할 수 있는 큰 차이점이다. 이세춘 이전의 단가를 싸잡아 시조(時調)라고 하는 것은 옳지 아니하다. 문학 양식은 있었지만, "시조(時調)"라는 용어가 없었기 때문이다.

여기서 필자는 조선시대 단가(短歌)를 통시적으로 살피되 작가별로 묶어서 대표적인 작품 몇 편씩을 소개하며 서술하기로 한다.

1. 1. 가곡(歌曲)의 시대

이 시대에는 개인적인 단가 창작이 주류를 이루고, 임진왜란을 전후하여 문집 이외의 개인 저작 가집들이 나타나기 시작한다. 그 대표적인 것들을 소개하면, 아래와 같다.

① 퇴계(退溪) 이황(李滉 : 3834 – 3903), 『도산육곡(陶山六曲)』 기(其) 1 · 2. 단가 13수.

33 필자가 여기서 단가(短歌)라고 이르는 문학 양식을 조규익(曺圭益)은 시조(時調)와 구별하여 먼저 썼던 학술 용어이다.

② 송강(松江) 정철(鄭澈 : 3869 – 3925), 『송강가사(松江歌辭)』, 장가 5편과 단가 88수.

③ 청계(淸溪) 강복중(姜復中 : 3896 – 3972), 『청계가사(淸溪歌詞)』, 장가 2편과 단가 65수.

등을 들 수가 있다.

이 시대의 대표작들을 연대순으로 정리하여 소개한다.

① 白雪이 ᄌᆞᄌᆞ진 골에
구룸이 머흐레라.
반가온 梅花ᄂᆞᆫ 어ᄂᆡ 곳의 퓌엿ᄂᆞᆫ고?
夕陽의
호올노 셔셔 갈 곳 몰나 ᄒᆞ노라.

(『악학습령』 51)

이 작품은 목은(牧隱) 이색(李穡 : 3661 – 3729)의 노년기 조선 시대 작품으로 풀이된다. 망하여 없어진 고려의 유신으로 차마 신흥 조선 왕조에 저항하지도 못하는 현실적 갈등 속에 투영된 고뇌의 심상이 잘 표현되어 있다.[34]

② 五百年 都邑地을
匹馬로 도라드니

34 이 작품이 들어 있는 옛 노래집에는 줄글로 되어 있는 것을 필자가 가곡형에 맞추어 5장 7구체로 끊어서 소개함을 밝히면서 조선조 후기의 3장 6구체 시조와 구별한다. 이하 같음.

山川은 依舊ᄒᆞ되 人傑은 간 ᄃᆡ 업다.
어즈버
太平烟月이 ᄭᅮᆷ이런가 ᄒᆞ노라.

(『악학습령』 54)

이 작품은 고려 말 삼은(三隱)의 한 사람인 길재(吉再 : 3686－3752)가 지은 단가이다. 지은이의 자는 재보(再父), 호는 야은(冶隱)·금오산인(金烏山人)이다. 이목은(李牧隱)의 제자로, 조선 정종 2(3733)년에 이방원(李芳遠 : 3700－3755)에 의하여 태상박사(太常博士)가 되었으나, 나아가지 아니하고 강호에 숨어 성리학 연구에 전념하면서 후학 양성으로 생을 마치었다. 저서로 문집 『冶隱集(야은집)』이 있다.

③ 仙人橋 나린 믈이
紫霞洞에 흐으르니,
半千年 王業이 믈 소래ᄲᅮᆫ이로다.
아희야
故國興亡을 무러 무엇ᄒᆞ리오?

(『青丘永言(청구영언)』 가람본 33)

이 작품은 고려 공민왕과 공양왕을 섬긴 중신으로 조선 건국의 1등 공신이 된 정도전(鄭道傳 : 3675－3731)이 조선 건국 후에 지은 것이다. 지은이의 자는 종지(宗之), 호는 삼봉(三峰), 시호는 문헌(文憲). 이목은(李牧隱)의 문하에서 정포은과 같이 공부하고, 공민왕 11(3695)년에 진사가 되어 여러 벼슬을 지나며 우왕 1(3708)년에는 반원(反元)을 주장하여 친원파들에게 배척 받아 전라도 나주에 유배되어 2년 뒤에 풀려나 여러 벼슬을 거쳐 조선 건국의 1등 공신이 되었으나, 이른바 왕자의 난 때에 이방원에 의하여 암살되었다. 『고려사』 37권을 지었으나 지금은 전하지 아니하며, 뜻글 문집 『三峰集(삼봉집)』이 전한다.

④ 興亡이 有數ᄒᆞ니,
滿月臺도 秋草ㅣ로다.
五百年 王業이 牧笛에 부쳐시니,

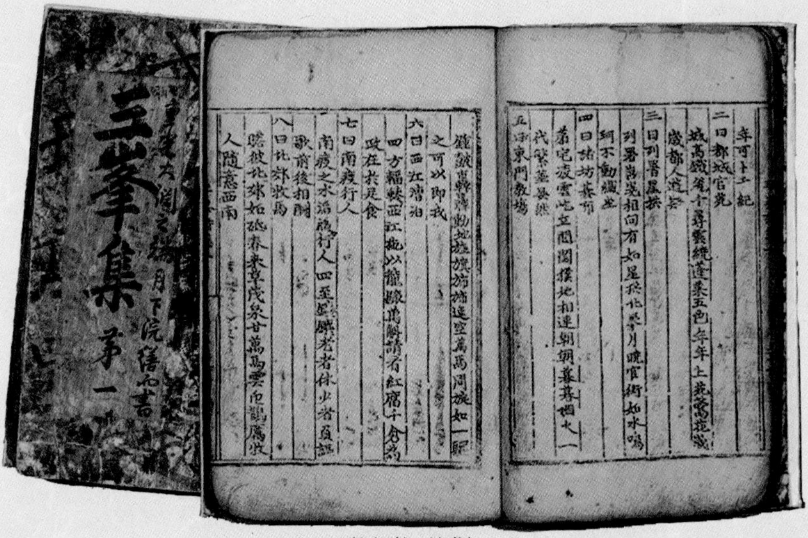

삼봉집(三峰集)
가로 16.3cm, 세로 24cm, 출처 : 국립중앙박물관

夕陽에
지나는 客이 눈물 계워 ᄒᆞ노라.

(『악학습령』 515)

이 작품은 원천석(元天錫)의 것이다. 지은이의 자는 자정(子正), 호는 운곡(耘谷)이다. 고려의 정치가 어지러운 것을 보고 원주(原州)의 치악산(雉嶽山)에 들어가 부모를 섬기다가 군적(軍籍)에 등록되므로 어쩔 수 없이 사마시(司馬試)에 응하여 진사가 되어 향리로 내려가 숨어 살았다. 조선이 건국된 뒤 이방원(李芳遠)이 과거 은사(恩師)의 예로 벼슬을 주어 불렀으나 응하지 아니하고, 고려에 관한 야사(野史)를 지어 후손에 전하였으나, 지금은 전하지 아니한다. 운곡의 단가는 이 작품 외로 다음의 「고절가(孤節歌)」가 1수 더 전한다.

⑤ 楚山에 우ᄂᆞᆫ 범과
沛澤에 잠긴 龍이
吐雲生風ᄒᆞ여 氣勢도 壯ᄒᆞᆯ시고.
秦나라
외로운 사슴은 갈곳 몰나 ᄒᆞ노라.

(『악학습령』 513)

눈 마ᄌᆞ 휘어진 ᄃᆡ를
뉘라서 굽다턴고?
구블 節이면 눈속의 프를소냐?
아마도

歲寒孤節은 너뿐인가 ᄒᆞ노라.

(『악학습령』 625)

이 작품은 자를 식형(式馨), 시호를 양열(襄烈)이라고 하는 이지란(李芝蘭 : 3664-3735)이 지은 것이다. 지은이는 본래 여진인(女眞人) 천호(千戶)로 본성이 퉁[佟]이었다. 고려에 투항하여 조선 태조의 휘하에서 성을 이씨로 고치고 조선 건국의 개국공신이 되었으며, 노년에는 불도(佛道)를 열심히 닦았다.

⑥ 가마귀 검다 ᄒᆞ고
白鷺야 웃지 마라.
것치 거믄들 속조차 거물소냐?
것 희고
속 검을 슨 너뿐인가 ᄒᆞ노라.

(『악학습령』 716)

이 작품은 자를 우정(虞廷), 호를 형재(亨齋), 시호를 경문(景文)이라고 한 이직(李稷 : 3695-3764)이 지은 것이다. 지은이는 우왕 3(3710)년 문과에 급제하여 공양왕 때에 예문관 제학(藝文館提學)을 지내고, 조선 건국 후 태종 때에는 영의정을 지냈다.

⑦ 夕陽에 醉興을 계워
나귀 등에 실려시니,

十里 溪山이 夢裏에 지내여다.
어듸셔
數聲 漁笛이 즘든 날을 끼와다.

(『악학습령』 806)

이 작품은 자를 명중(明仲), 호를 우재(吁齋)·송당(松堂), 시호를 문충(文忠)이라고 한 조준(趙浚 : 3679－3738)이 지은 것이다. 공민왕 23(3707)년에 문과 급제. 조선 건국에 동참하여 개국 공신이 되고, 벼슬이 영의정부사(領議政府事)에 이르렀다. 시문에 능하여 태조 6(3430)년에는 하윤(河崙)과 같이 『經濟六典(경제육전)』을 편찬하기도 하였다.

⑧ 江湖에 봄이 드니,
미친 興이 절로 난다.
濁醪溪邊에 錦鱗魚 按酒 ㅣ로다.
이 몸이
閑暇히옴도 亦君恩이샷다.

(『악학습령』 55)

江湖에 ᄀ울이 드니,
고기마다 슬져 잇다.
小艇에 그믈 시러 흘니 씌여 더져 두고,
이 몸이
消日히옴도 亦君恩이샷다.

(『악학습령』 57)

이 작품들은 자(字)를 자명(自明), 호(號)를 동포(東浦) · 고불(古佛), 시호는 문정(文貞)이라고 하는 맹사성(孟思誠 : 3693-3761)의 이른바 "강호사시가(江湖四時歌)" 4수 중의 1과 3의 두 수이다. 지은이가 노경에 전원생활을 하면서 자기의 한가한 삶이 임금님의 은혜 때문이라고 노래하고 있다.

⑨ 大棗 볼 불근 골에
밤은 어이 뜻드르며
벼 뷘 그르헤 게는 어이 ᄂᆞ리는고?
술 닉자
체 쟝ᄉᆞ 도라 가니 아니 먹고 어이리?

(『海東歌謠(해동가요)』 주씨본 324)

이 작품은 자를 구보(懼夫), 호를 방촌(尨村), 시호를 익성(翼成)이라고 하는 황희(黃喜 : 3696-3785)의 것이다. 현전 가집에는 황방촌의 작품이 "사시가(四時歌)"라고 하여 4수가 전한다고 하나, 이 작품 이외의 것들은 모두 다른 사람과 중복되므로 앞으로 깊이 있는 연구로 그 참 지은이

황희(黃喜) 영정
시도유형문화재 제129호, 소재지 : 전북 진안군, 출처 : 문화재청

를 밝혀내어야 할 것이다.

⑩ 長白山에 旗를 솟고,
豆滿江에 몰 싯기니,
셕은 져 선빈야 우리 아니 ᄉᆞ나희냐?
엇더타
凌烟閣上에 뉘 얼골을 그릴고?

(『악학습령』 325)

朔風은 나모 긋틔 불고,
明月은 눈 속의 촌듸
萬里邊城에 一長劍 집고 셔셔
긴 ᄑᆞ롬
큰 ᄒᆞᆫ 소릐에 거칠 거시 업세라.

(위의 책 324)

이 두 수의 작품은 자를 국경(國卿), 호를 절재(節齋), 시호를 충익(忠翼)이라고 한 김종서(金宗瑞 : 3723 – 3786)가 지은 것이다. 두 작품 모두 남자답고 무장다운 기개가 돋보인다.

⑪ 客散 門扃ᄒᆞ고,
風微月落ᄒᆞᆯ 제
酒甕을 다시 열고 詩句를 훗부르니,
아마도

김종서(金宗瑞)의 묘
시도기념물 제16호, 충남 공주시 장기면에 위치, 출처 : 문화재청

山人得意는 이뿐인가 ᄒᆞ노라.

(『악학습령 68)

이 작품은 자를 천장(天章)·중장(仲章), 호를 단계(丹溪)·와은당(臥隱堂), 시호를 충렬(忠烈)이라고 하며, 단종의 왕위를 찬탈한 세조에게 저항하며 폐위된 단종을 복위하려다 실패하고 세조에게 사형 당한 사육신(死六臣)의 한 사람인 하위지(河緯地 : 3720 - 3789)가 지은 것이다. 지은이는 세종 20(3771)년에 문과에 장원급제하여 호당(湖堂)에 들어가 독서하고, 집현전 학사로 경연에서 왕께 직간(直諫)을 잘하였는데, 세종 때에 왕명에 의하여 수양대군과 같이 『歷代兵要(역대병요)』를 찬집하였다.

단종 때에 정권의 실세인 수양대군에게 우회적 충고의 말을 하고 선산(善山)에 내려가 있었는데, 이 작품은 그때에 지은 것으로 풀이된다.

⑫ 가마귀 눈비 마자
희ᄂᆞᆫ 듯 검노ᄆᆡ라.
夜光明月이 밤인들 어두우랴?
님 向ᄒᆞᆫ
一片丹心이야 變할 줄이 이시랴?

(『악학습령 64)

이 작품은 사육신의 한 사람인 박팽년(朴彭年 : 3750 – 3789)이 지은 것이다. 지은이는 자는 인수(仁叟), 호는 취금헌(醉琴軒), 시호는 충정(忠正)이다. 세종 16(3767)년에 문과에 급제하여 집현전 학사로 여러 가지 편찬 사업에 참여하고, 세종과 문종의 유명(遺命)을 받아 문종과 단종을 보필하다가 충청도 관찰사가 되었다. 세조가 등극한 뒤에 형조참판에 임명되었으나 따르지 아니하고, 성삼문(成三問 : 3751 – 3789)들과 단종 복위를 꾀하다가 실패하여 사형 당하였다. 취금헌의 단가로는 아래와 같은 작품도 있다.

金生麗水ㅣ라 ᄒᆞᆫ들
물마다 金이 나며,
玉出崑崗이라 ᄒᆞᆫ들 뫼마다 玉이 나랴?

박팽년(朴彭年) 사당
시도기념물 제27호, 충청북도 충주시 참샘길에 위치, 출처 : 문화재청

아모리
女必從夫라 흔들 님마다 조츠랴?

(『악학습령』 714)

⑬ 나의 님 向흔 뜻지
죽은 후면 엇더홀지
桑田이 變ᄒᆞ야 碧海는 되련이와
님 向흔
一片丹心이야 가싈 쥴이 잇스랴?

(『악학습령』 588)

首楊山 ᄇᆞ라보며
夷齊를 恨ᄒᆞ노라.
주려 주글진들 採薇도 ᄒᆞ는 것가?
아모리
푸새엣 거신들 긔 뉘 ᄯᅡ희 낫더니?

(『악학습령』 62)

이 몸이 주거 가서
무어시 될고 ᄒᆞ니,
蓬萊山 第一峰에 落落長松되야 이셔
白雪이
滿乾坤ᄒᆞᆯ 제 獨也靑靑ᄒᆞ리라.

(『악학습령』 63)

위의 3수는 모두 성삼문(成三問)의 작품이다. 지은이는 사육신의 한 사람으로, 자는 근보(謹甫), 호는 매죽헌(梅竹軒), 시호는 충문(忠文)이다. 세종 20(3771)년에 문과에 급제하여 세종 29(3780)년에는 중시에 장원급제하여 항상 세종의 측근에서 좋은 생각을 건의하여 총애를 받았다. 단종이 등극한 뒤 수양대군의 전횡에 저항하다가 드디어 수양이 단종의 왕위를 찬탈하매 예방승지로서 옥새를 안고 통곡하였다. 뒤에 단종 복위를 꾀하다가 실패하고 세조에 의하여 사형 당하였다.

⑭ 房 안에 혓는 燭불

눌과 離別ᄒᆞ엿관ᄃᆡ
것흐로 눈물 디고 속 타는 줄 모로ᄂᆞᆫ고?
우리도
저 燭불 갓ᄒᆞ야 속 타는 줄 모로노라.

(『악학습령 67)

이 작품은 자를 청보(淸甫)·백고(伯高), 호를 백옥헌(白玉軒), 시호를 의렬(義烈)이라고 한 이개(李塏 : ?-3789)의 작이다. 세종 18(3769)년에 문과에 급제하고, 세종 29(3780)년 중시에 합격하여 호당에서 글을 읽어 벼슬이 직제학(直提學)에 이르러 단종 복위를 꾀하다가 실패하여 사형되었다. 사육신의 한 사람이다.

⑮ 간밤에 부던 ᄇᆞ람
눈서리 치단 말가
落落長松이 다 기우러 가노ᄆᆡ라.
ᄒᆞ물며
못다 핀 곳치야 닐러 므슴ᄒᆞ리오?

(『악학습령 66)

이 작품은 사육신의 한 사람으로, 유일한 무신이었던 유응부(兪應孚 : ?-3789)가 지은 것이다. 지은이는 자를 신지(信之)·선장(善長), 호를 벽량(碧梁), 시호를 충목(忠穆)이라고 하였다. 수양대군(首陽大君)이 권력을 전횡하면서 당시의 영의정 황보인(皇甫仁 : ?-3786)과 좌의정 김종서(金宗瑞) 등을 암살한 사건을 두고 지은 듯하다.

⑯ 草堂에 일이 업서
거문고를 베고 누어
太平聖代를 꿈에나 보려 ᄒᆞ니,
門前에
數聲 漁笛이 좀든 나를 ᄭᅵ와라.

(『악학습령 65)

이 작품은 사육신의 한 사람으로, 자를 태초(太初), 호를 낭간(琅玕), 시호를 충경(忠景)이라고 한 유성원(柳誠源 : ? -3789)이 지은 것이다. 지은이는 세종 26(3777)년에 문과에 합격하고, 세종 29(3780)년 중시에 합격하여 호당에서 글을 읽고 집현전 학사가 되었다. 세조가 단종을 폐위하고 왕위에 오르자, 성삼문·박팽년들과 함께 단종 복위를 꾀하다가 실패하여 집에 돌아와 아내와 술을 마시고 조상의 사당 앞에서 자결하였다.

⑰ 蜀魄啼 山月低ᄒᆞ니,
相思苦 倚樓頭ㅣ라.
爾啼苦 我心愁ᄒᆞ니 無爾聲이면 無我愁ㄹ낫다.
寄語人間離別客ᄒᆞᄂᆞ니
愼莫登
春三月 子規啼明月樓를 ᄒᆞ여라.

(『花源樂譜(화원악보)』 553)

이 작품은 조선 왕조에서 작은아버지께 왕위를 찬탈 당한 전무후무한 역사의 주인공인 노산군(魯山君 : 3774－3791)이 영월(寧越)로 유배되어 외롭게 있을 때에 매죽루(梅竹樓)에 올라 서울을 바라보며 외로움을 달랠 때에 슬피 우는 자규새의 울음소리를 듣고, 자기의 정서를 노래한 「子規詩(자규시)」이다.

지은이는 조선의 성군 세종의 맏손자이며 문종의 하나뿐인 아들인데, 12세에 왕위에 올랐다가 3년 만에 숙부 수양대군(首陽大君)에게 찬탈된 뒤 노산군(魯山君)으로 강봉되었다. 성삼문·박팽년 등의 복위 운동이 일어난 뒤에는 영월로 유배되었다가 세조가 내린 사약을 받아 마시고, 18세의 어린 나이에 한 많은 세상을 떠나 조선 왕조 최초의 폐왕(廢王)이 되었다. 숙종 때에 이르러 단종(端宗)으로 시호를 받아 복위되었다. 뜻글시에 토를 달아 변형시킨 것에 지나지 아니하기 때문에 뜻글말이 많은 것이 단가의 맛을 많이 줄이고 있다.

⑱ 千萬里 머나먼 길히
고은 님 여희옵고,
닉 ᄆᆞ음 둘딕 업서 냇ᄀᆞ의 안자시니,
져 물도
닉은 ᄀᆞᆺᄒᆞ여 우러 밤길 녜놋다.

(『악학습령』 59)

이 작품은 세조 2(3789)년에 세조가 단종 복위사건이 있은

청령포(清泠浦, 단종의 유배지) 사당
명승 제50호, 강원 영월군 남면에 위치, 출처 : 문화재청

뒤, 이른바 사육신(死六臣)을 사형하고 이어서 노산군을 영월로 귀양 보낼 때에 지은이 왕방연(王邦衍)이 금부도사(禁府都事)로서 세조의 명을 받아 폐군을 호위하여 영월까지 무사히 모신 뒤 서울로 돌아가는 전날 밤 청령포(清泠浦)의 냇가에 앉아 죄 없이 폐위되어 죽음의 땅에 이른 고운이[임금님]를 홀로 두고 가야 하는 자기의 심정을 흐르는 냇물소리에 비유하여 위로하며 지은 조선 초기 단가 중에서 매우 뛰어난 노래로 사람들의 입에서 끊이지 아니하였다. 지은이는 생몰 연대는 물

론 일체의 인적 사실들이 모두 알려지지 아니하여 알 수가 없다. 다만, 세종 때의 문신으로 노산군을 영월로 호송하는 세조의 명을 시행한 금부도사이었다는 것만 알려져 있다.

⑲ 간밤에 우던 여흘
슬피 우러 지내여다.
이제야 싱각ᄒᆞ니 님이 우러 보내도다.
져 물이
거스리 흐르고져 나도 우러 녜리라.

(『악학습령』 589)

이 작품은 자를 자허(子虛), 호를 관란(觀瀾)·무항(霧巷), 시호를 정간(貞簡)이라고 한 원호(元昊 : 3730－3796)가 지은 것이다. 지은이는 세종 5(3756)년 문과에 급제하여 벼슬이 문종 때 집현전 직제학이 되었다. 단종이 숙부에 의하여 폐위되자, 병을 핑계로 원주(原州)에 돌아가 관란재(觀瀾齋)라는 토굴을 짓고 여생을 보내어 생육신(生六臣)의 한 사람으로 추앙되었다.

⑳ 孟子見梁惠王ᄒᆞ신ᄃᆡ,
첫 말숨이 仁義禮智
朱文公 註의도 긔 더욱 誠意正心
우리ᄂᆞᆫ
ᄒᆡ올 일 업ᄉᆞ니 孝悌忠信ᄒᆞ리라.

(『악학습령』 60)

이 작품은 자를 열경(悅卿), 호를 동봉(東峰)·매월당(梅月堂)·벽산(碧山)·설잠(雪岑)·청한자(淸寒子)·췌세옹(贅世翁)이라고 한 김시습(金時習 : 3768－3825)이 지은 것이다. 지은이는 5세에 『中庸(중용)』·『大學(대학)』에 통하여 신동(神童)으로 소문이 나서 세종대왕께서 대궐로 불러 재주를 시험하고 세손을 부탁하기도 하였으나 수양대군이 세조가 되매 책을 불태우고, 중이 되어 여러 산을 돌며 세상의 허무를 시문으로 저술하다가 47세에 환속하여 안씨와 결혼하고, 홍산(鴻山)의 무량사(無量寺)에서 작고하였다. 저술로 『梅月堂集(매월당집)』이 전하고 있다.

梅月堂集序
穹壤之間有淸明精秀之氣鍾於人而爲
英銳絶倫之資以至爲文章爲言語浩汗
若江河鏗鏘若金石大鳴于宇宙者如
本朝臣金時習是已噫天之生是材也似非
偶然而其生也晩旣不能摳衣於聖門弟
子之列遭遇
盛際又未獲揖讓於都俞吁咈之間晦迹山
林窮餓以死天果何心哉恭惟我
主上殿下聖智首出文思緝熙凡所施措

田里畢命丘壑此余宿昔之願而餘蘗尙重
兒責多譴尙仰人鼻息以爲舒慘其視淸寒
放浪名敎之外優游乎歲者又何如哉
正德辛巳 月初五日韓山李耔次野書

梅月堂集序
淸寒子姓金名時習字悅卿本溟州舊族也
七八歲通經籍九歲占詩文名動京師屢形
天奬性跌宕嘗厭處東忠義奮激不能一日
隨世低昂遂托迹緇素遍歷名山擺撥胸中
磊塊以爲雲泉勝業觀其遊覽

매월당집서(梅月堂集序, 광산김씨 예안파 종가 전적)
보물 제1019호, 출처 : 문화재청

㉑ 烏騅馬 우는 곳에
七尺 長劒 빗겻는듸
百二函關이 뉘 싸히 되단 말고?
鴻門宴
三擧 不應을 못닉 슬허 ᄒᆞ노라.

(『악학습령』 61)

이 작품은 조선 태종의 외손자로 17세에 무과에 급제하여 세조 때에 이시애(李施愛)의 난을 토벌한 공으로 일등공신이 되고, 건주위(建州衛)를 평정하여 27세에 병조판서(兵曹判書)가 된 충무공(忠武公) 남이(南怡 : 3774 - 3801) 장군이 지은 것이다. 우리 동이(東夷) 천손족(天孫族)의 고향인 지금의 섬서성(陝西省) 서안(西安)에서 있었던 홍문연(鴻門宴) 사건의 항우(項羽)와 유방(劉邦)의 고사를 이끌어 항우를 동정한 노래이다. 남이 장군의 작으로 알려진 다음의 작품도 유명하다.

長劍을 쌔혀들고,
白頭山에 올라보니,
大明天地에 腥塵이 줌겨셰라.
언제나
南北風塵을 헤쳐 볼고 ᄒᆞ노라.

(『靑丘永言(청구영언) 가람본 17)

㉒ 秋江에 밤이 드니,

물결이 ᄎᆞ노ᄆᆡ라.
낙시 드리치니 고기 아니 무노ᄆᆡ라.
無心ᄒᆞᆫ
ᄃᆞᆯ빗만 싯고 뷘 ᄇᆡ 저어 오노ᄆᆡ라.

(『악학습령』 593)

이 작품은 덕종(德宗)의 아들로, 성종(成宗)의 형이며, 자를 자미(子美), 호를 풍월정(風月亭)이라고 한 월산대군(月山大君) 이정(李婷 : 3787 – 3831)의 작이다. 저서로 뜻글 문집인 『風月亭集(풍월정집)』이 있다.

㉓ 이시렴 브ᄃᆡ 갈짜?
아니 가든 못ᄒᆞᆯ쏘냐?
無端이 슬터냐? ᄂᆞᆷ의 말을 드럿는야?
그려도
하 애도왜라. 가는 ᄠᅳᆺ을 닐러라.

(『海東歌謠(해동가요)』 일석본 8)

이 작품은 성종이 아끼는 신하인 유호인(兪好仁 : 3778 – 3827)이 노모를 봉양하기 위하여 벼슬을 그만두고 고향으로 내려가겠다고 하매, 떠나보내고 싶지 아니하여 붙잡으려고 살뜰한 왕의 정을 진솔되게 표현하고 있다. 시종 일관 묻는 말투로 지은이의 참된 섭섭함을 되뇌고 있다. 지은이 성종(3790 – 3827 : 재위 3802 – 3827)은 조선 제9대 왕으로 13세에 왕위에 올라 7년간 정희대비(貞熹大妃 : 3751-3816)의 섭정을 받다 친정하면서 선치를 하여 조선 왕조의 기틀을 튼튼히 하였다.

㉔ 前言은 戲之耳라.
　닉 말슴 허물 마오.
　文武一體ㄴ줄 나도 暫間 아옵거니,
　두어라!
　赳赳武夫를 아니 좃고 어이리?

(『악학습령』 559)

이 작품은 성종 때에 영흥(永興) 출신 명기(名妓)로 궁중 연회에서도 으뜸이었던 소춘풍(笑春風)이 지어 부른 희시(戲詩) 3수 중의 하나이다.

이 시기의 단가 작품들은 그 분량도 그리 많은 편이 아니지만, 그 내용적 주제도 비교적 단순하다. 크게 나누면, 조선 건국에 비협조적인 인사들의 고려 왕조에 대한 회고가류(懷古歌類)와 자연을 벗하며 평화로운 삶을 희구한 강호가류(江湖歌類)와 세조의 등극으로 인하여 일어난 일련의 사건들과 관련이 있는 충의가류(忠義歌類)와 몇몇 무사들의 호기가류(豪氣歌類)와 기녀들의 재치 넘치는 희시들로 구분된다.

㉕ 瞻彼淇澳혼디
　綠竹이 猗猗로다.

有斐君子여 낙대를 빌니렴은
우리도
至善明德을 낙가 볼가 ᄒᆞ노라.

(『악학습령』 77)

이 작품은 자를 자실(子實), 호를 송당(松堂), 시호를 문목(文穆)이라고 한 박영(朴英 : 3804-3873)이 지은 것이다. 양녕대군(讓寧大君)의 외손자로 말타기와 활쏘기에 뛰어났다. 21세에 건주위(建州衛)를 평정하는데 동참하여 전공을 세우고, 성종 23(1492)년에 무과에 급제하여 벼슬이 병조참판에 이르렀다. 의술도 뛰어나 많은 사람들의 목숨을 살리기도 하였다.

㉖ 洛陽 야튼 물에
蓮 ㅋ기ᄂᆞᆫ 兒孩들아!
ᄌᆞᆫ 蓮 ㅋ기다가 굵은 蓮닙 다칠세라.
蓮닙헤
깃드린 鴛鴦이 선ᄌᆞᆷ ᄭᆡ와 놀나리라.

(『歌曲源流(가곡원류)』 국악원본 362)

이 작품은 자를 번중(蕃中), 호를 둔재(遯齋), 화왕도인(火旺道人)이라고 한 성세창(成世昌 : 3814-3881)이 지은 것이다. 지은이는 김굉필(金宏弼)의 제자로 연산군 7(3834)년 사마시에 급제하고, 연산군 10(3837)년에는 갑자사화(甲子士禍)에 아버지 용재(慵齋) 성현(成俔 : 3772-3837)과 함께 영광(靈光)에 유배되었다가 중종 원년(3839) 중종반정으로 풀려나 사직서 참봉(社稷署參奉)이 되어 이듬해 증광 문과시에 합격하여 성균박사, 형조참판, 우의정에 이르렀다. 인종 1(3878)년에 우의정으로 연행사가 되어 명나라를 다녀왔다. 시, 글씨, 그림에 뛰어나 삼절(三絶)이라고 일컬어지기도 하였다.

㉗ 小船에 그물 시를 제
酒樽 幸혀 니즐세라.
東嶺에 둘 도닷다 비 어서 띄여스라.
아희야!
盞 ᄀ득 부어라 李白 본 듯ᄒ여라.

(『詩歌(시가)』 박씨본 240)

이 작품은 자를 노천(老泉), 호를 만오당(晩悟堂)·사서(沙西)라고 한 김식(金湜 : 3815-3853)이 지은 것이다. 지은이는 조정암 등과 도학소장파(道學少壯派)의 한 사람으로, 개혁을 강조하다가 훈구파에 미움을 사 기묘사화(己卯士禍)에 얽혀 시골로 내려가 "군신천세의(君臣千歲義)"를 쓰고 자살하였다. 가집 박씨본 『시가』에는 같은 사람의 비슷한 주제의 단가가 2편 더 있다.

㉘ 龔巖에 올나 보니,
老眼이 猶明이로다.
人事ㅣ 變ᄒ들 山川이돌 가실소냐?

巖前에
某水某丘이 에저 본돗ᄒᆞ예라.

(『악학습령』 100)

이 작품은 자를 비중(棐中), 호를 농암(聾巖), 시호를 효절(孝節)이라고 한 이현보(李賢輔 : 3800 - 3888)가 중종 37(3875, 1542)년 치사후(致仕後) 고향인 예안(禮安)으로 내려와서 지은 「농암가(聾巖歌)」이다. 지은이는 연산군 4(3831)년 문과에 급제하여 정언(正言)으로 있을 때에 바른 말을 하고 유배되었다가 중종반정 뒤에 지평(持平)으로 복직되어 벼슬이 형조참판에

이현보(李賢輔) 초상
보물 제872호, 출처 : 문화재청

이르러 치사하고, 귀향하여 인재 양성에 힘쓰며 시가를 읊조리며 여생을 즐기었다. 저술로 『聾巖集(농암집)』이 있고, 단가로 「효빈가(效顰歌)」, 「공명가(功名歌)」, 「어부가(漁父歌)」 5수 등 전체 9수가 전한다.

> ㉙ ᄭᅮᆷ에 曾子ᄭᅦ 뵈와
> 事親道ᄅᆞᆯ 뭇ᄌᆞ온ᄃᆡ
> 曾子曰 嗚呼라! 小子야! 드러스라.
> 事親이
> 豈有他哉리오? 敬之而已 ᄒᆞ시니라.
>
> (『악학습령』 78)

조광조(趙光祖) 영정
1750년 국오 정홍래 作, 출처 : 위키백과

이 작품은 자를 효직(孝直), 호를 정암(靜庵), 시호를 문정(文正)이라고 한 조광조(趙光祖 : 3815－3852)가 지은 것이다. 지은이는 중종 5(3843)년 사마시에 합격하고, 중종 10(3848)년에 문과에 급제하여 벼슬이 세자우빈객과 대사헌을 겸직하여 왕의 돈독한 사랑을 받아 개혁정치를 행하다가 훈구파의 질시를 받아 기묘사화(己卯士禍)로 사형되었다. 뒤에 설원되어 동방사현(東方四賢)의 한 사람으로 존경받았다. 저술로는 『靜庵集(정암집)』이 있다.

㉚ 心如長江流水淸이요,
身似浮雲無是非라.
이 몸이 閑暇ᄒᆞ니 ᄯᅡ로ᄂᆞ니 白鷗로다.
어즈버
世上名利說이 귀에 올가 ᄒᆞ노라.

(『시가』 박씨본 408)

이 작품은 자를 한지(漢之)·시회(時晦), 호를 기재(企齋)·낙봉(駱峰)·석선재(石仙齋)·청성동주(靑城洞主), 시호를 문간(文簡)이라고 한 신광한(申光漢 : 3817-3888)이 지은 것이다. 지은이는 신숙주(申叔舟)의 손자로, 중종 5(3843)년 문과에 급제하여 중종 11(3854)년에 조정암의 일파로 몰리어 벼슬을 앗기고 여주(驪州)로 쫓기어 머물다가 명종 즉위 후 벼슬이 우찬성에 이르렀다. 저술로 뜻글 소설집 『企齋記異(기재기이)』와 뜻글 문집 『企齋集(기재집)』이 전한다.

㉛ 올히 달은 다리
학긔 다리 되도록애
거믄 가마괴 해오라비 되도록애
享福無疆ᄒᆞ샤

億萬歲를 누리쇼셔.

(『自庵集(자암집)』)

이 작품은 자를 대유(大柔), 호를 자암(自庵)이라고 하며 조선조 오현(五賢) 중의 한 분으로 추앙되는 김구(金絿 : 3821 - 3867)가 지은 것이다. 지은이는 사마시(司馬試)와 문과에서 모두 장원하여 부제학에 올랐을 때에 기묘사화(己卯士禍)가 일어나 유배되어 10여년 만에 해배되었으나 부모가 모두 작고한 뒤라서 매일 산소에 가서 통곡하며 병을 얻어 졸하였다. 글씨를 잘 써서 조선 초기 4대 서예가의 한 사람으로 칭송되기도 하였다. 지은이의 단가는 위의 작품 이외에 4수가 더 전한다. 저술로 『自庵集(자암집)』이 있다.

㉜ ᄆᆞ음이 어린 後니,
ᄒᆞᄂᆞᆫ 일이 다 어리다.
萬重雲山에 어닉 님 오리마는
지ᄂᆞᆫ 닙
부는 ᄇᆞ람에 힝혀 권가 ᄒᆞ노라.

(『악학습령』 96)

이 작품은 자를 가구(可久), 호를 화담(花潭), 시호를 문강(文康)이라고 하는 서경덕(徐敬德 : 3821 - 3879)이 지은 것이다. 지은이는 18세에 『대학』을 읽다가 "격물치지(格物致知)" 에 크게 깨닫고 벼슬에 뜻을 가지지 아니하여 어머니의 명에 따라 사마시만 응하여 급제한 뒤 후학 양성에 온 신경을 썼다. 저술로는 이 작품 이외의 단가 1수와 문집인 『花潭集(화담집)』이 있다.

㉝ 天覆 地載ᄒᆞ니,
萬物의 父母로다.
父生母育ᄒᆞ니 이 나의 天地로다.
이 天地
저 天地 즈음에 늙을 뉘를 모로리라.

(『악학습령』 95)

이 작품은 자를 복고(復古), 호를 자계옹(紫溪翁)·회재(晦齋), 시호를 문원(文元)이라고 한 이언적(李彦迪 : 3824-3886)이 지은 것이다. 지은이는 중종 9(3847)년에 문과에 급제하여 벼슬이 우찬성(右贊成)에 이르러 양재역 벽서 사건에 연루되어 강계(江界)로 유배되어 배소에서 작고하였다. 저술로는 『晦齋集(회재집)』이 있다.

㉞ 이려도 太平聖代
져려도 聖代太平
堯之日月 舜之乾坤이로다.
우리도
太平聖代에 놀고 가려 ᄒᆞ노라.

(『악학습령』 97)

이 작품은 자를 중옥(仲玉), 호를 청송(聽松), 시호를 문정(文貞)이라고 한 성수침(成守琛 : 3826 – 3897)이 지은 것이다. 지은이는 조정암의 제자로 기묘사화로 인하여 벼슬길을 포기하고, 처가의 마을인 파주 우계(牛溪)의 전원에 은거하며 인재 양성에 전력하였다. 명종이 그의 명망을 듣고 여러 벼슬로 불렀으나 끝내 나아가지 아니하였다. 단가 3수가 전한다.

㉟ 風霜이 섯거 친 날에
굿 픠온 黃菊花를
金盆에 ᄀ득 다마 玉堂에 보내오니,
桃李야!
곳이온 양 마라! 님의 뜻을 알괘라.

(『악학습령』 94)

이 작품은 자를 수초(遂初), 호를 기촌(企村)·면앙정(俛仰亭)이라고 한 송순(宋純 : 3816 – 3925)이 지은 「옥당가(玉堂歌)」이다. 지은이는 중종 14(3852)년 문과에 급제하여 벼슬이 좌찬성(左贊成)에 이르렀다. 저술로는 단가 「면앙정잡가(俛仰亭雜歌)」, 문집 『企村集(기촌집)』과 가사 「면앙정가(俛仰亭歌)」가 있다.

㊱ 靑牛를 빗겨 타고,
綠水를 흘니 건너
天台山 기픈 골에 不老草 키라 가니,
萬壑에

白雲이 ᄌᆞ자시니 갈길 몰나 ᄒᆞ노라.

(『악학습령』 764)

이 작품은 자를 정연(挺然), 호를 죽창(竹窓)이라고 한 안정(安挺 : 3827-?)이 지은 것이다. 중종 11(3849)년에 문과에 급제하여 벼슬이 양성현감(陽城縣監)에 그쳤다. 매죽(梅竹)의 그림을 잘 그리었다.

㊲ 늘그니ᄂᆞᆫ 父母 ᄀᆞᆮ고,
얼우ᄂᆞᆫ 兄 ᄀᆞᄐᆞ니,
ᄀᆞᄐᆞᆫᄃᆡ 不恭ᄒᆞ면 어ᄃᆡ가 다ᄅᆞᆯ고?
날로셔
ᄆᆞ지어시ᄃᆞᆫ 절ᄒᆞ고야 마로리이다.

(『武陵續集(무릉속집)』 오륜가)

이 작품은 자를 경유(景遊), 호를 신재(愼齋)라고 한 주세붕(周世鵬 : 3828-3887)이 지은 「오륜가(五倫歌)」 5수 중의 끝수이다. 지은이는 중종 17(3855)년에 문과에 급제하여 벼슬이 황해감사에 이르렀다. 중종 37(3875)년 풍기군수로 있을 때에는 지금의 영주시 순흥면에 백운동서원(白雲洞書院=紹修書院)을 세워 안향(安珦)의 영정을 모시고 봄·가을로 제사를 모시는 조선 최초 서원의 창설자로 유명하다. 저술로는 『武陵雜稿(무릉잡고)』, 『竹溪志(죽계지)』, 『東國名臣言行錄(동국명신언행록)』 등이 전한다.

주세붕 초상(周世鵬 肖像)
보물 제717호, 출처 : 문화재청

㊳ 無極翁이 고텨 안자
내 말숨을 듸답호듸
鳶飛魚躍을 아는다? 모로는다?
風月의
自然眞趣를 알 리 업서 ᄒᆞ노라.

(『東厓遺稿(동애유고)』)

이 작품은 자를 남중(南仲), 호를 동애(東厓)라고 한 허자(許磁 : 3829 - 3884)가 지은 것이다. 지은이는 중종 18(1523)년 문과에 급제하여 벼슬이 판중추부사(判中樞府事)와 이조판서에 이르러 정적의 탄핵을 받아 홍원(洪原)에 귀양 갔다가 배소에서 작고하였다.

㊴ 堯舜ᄀᆞᄐᆞᆫ 님군을 뫼와
聖代를 다시 보니,
太古乾坤에 日月이 光華로다.
우리도
壽域春臺에 늙을 뉘를 모로리라.

(『악학습령』 517)

이 작품은 자를 건숙(健叔), 호를 대곡(大谷)이라고 한 명종(明宗) 때의 은일사(隱逸士) 성운(成運 : 3830 - 3912)이 지은 것이다. 지은이는 그의 형이 을사사화로 화를 당하자 벼슬에 뜻을 버리고, 지금의 충청북도 보은군(報恩郡)으로 내려가 숨어 살며 후학 양성에 진력하였다. 저술로는 단가 「전원가(田園歌)」 1수와 문집 『大谷集(대곡집)』이 전한다.

㊵ 珠簾을 半만 것고,
碧海를 구버보니,
十里波光이 共長天一色이로다.
물우희

兩兩白鷗는 오락가락 ᄒᆞ더라.

(『악학습령』 761)

이 작품은 자를 명중(明仲), 호를 석벽(石壁)이라고 한 홍춘경(洪春卿 : 3830－3881)이 지은 것이다. 지은이는 중종 23(3861)년에 문과에 급제하여 벼슬이 대호군(大護軍)에 이르렀다.

㊶ 幽僻을 ᄎᆞ자 가니,
구름 속에 집이로다.
山菜에 맛드리니 世味를 니즐노다.
이 몸이
江山風月과 함ᄭᅴ 늙자 ᄒᆞ노라.

(『시가』 박씨본 503)

이 작품은 자를 경양(景陽), 호를 보진재(葆眞齋)·용문(龍門)·우암(愚庵)이라고 한 조욱(趙昱 : 3831－3890)이 지은 것이다. 지은이는 조정암의 제자로 중종 14(1519)년 기묘사화에 연좌되었으나, 연소자라 모면되어 추천으로 영릉(英陵) 참봉 등의 벼슬을 살다가 용문산에 은거하며 후학을 양성하였다. 명종 때에는 장수현감(長水縣監)을 지냈다. 저술로 『龍門集(용문집)』이 있다.

㊷ 古人도 날 못보고
나도 古人 못뵈.

古人을 못뵈와도 녀던 길 알픠 잇늬.
녀던 길
알픠 잇거든 아니 녀고 엇뎔고?

(『陶山六曲之二(도산육곡지이)』

이 작품은 자를 경호(景浩), 호를 퇴계(退溪), 시호를 문순(文純)이라고 한 이황(李滉 : 3834 - 3903)의 『도산육곡기이(陶山六曲其二)』의 셋째 수이다. 지은이는 중종 29(3867)년에 문과에 급제하여 벼슬이 공조참판에 이르렀다. 저술로는 단가 『도산육곡기일(陶山六曲其一)』 6수와 『도산육곡기이(陶山六曲其二)』 6수 등 13수와 문집 『退溪集(퇴계집)』이 전한다.

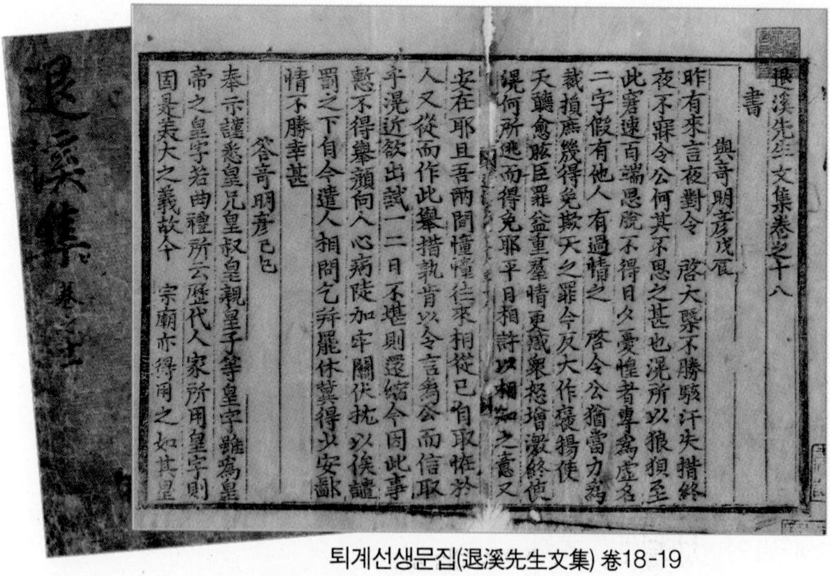

退溪先生文集卷之十八
書
與奇明彦戊辰
昨有來言夜對令 啓大槩不勝駭汗失措終
夜不寐令公何其不思之甚也滉所以狼狽至
此害速百端恩厖不得日久憂惶者專爲虛名
二字假有他人有過情之 啓令公猶當力爲
裁損庶幾得免歟天之罪今反大作褒揚使
天聽愈眩臣罪益重羣情更惑衆怒增激終使
滉何所逃而得免耶平日相許以相知之意又
安在耶且吾兩間憧憧往來相從已自取怪於
人又從而作此擧措執肯以令言爲公而信取
乎滉近欲出試一二日不堪則還縮今因此事
慙不得擧顔向人心病陡加牢闔伏枕以俟譴
罰之下自今遣人相問乞幷罷休莫得以安鄙
情不勝幸甚
答奇明彦己巳
奉示謹悉皇兄皇叔皇親皇子等皇字雖爲皇
帝之皇字若曲禮所云歷代人家所用皇字則
固是美大之義故今 宗廟亦得用之如其皇

퇴계선생문집(退溪先生文集) 卷18-19
청구기호 : 古3648-62-1161, 출처 : 국립중앙도서관

㊸ 頭流山 兩堂水를
녜 듯고 이제 보니,
桃花 뜬 말근 물에 山影조ᄎ 즘겨셰라.
아희야!
武陵이 어ᄃᆡ미오? 나는 옌가 ᄒᆞ노라.

(『악학습령』 359)

이 작품은 자를 건중(健仲), 호를 남명(南冥), 시호를 문정(文貞)이라고 한 조식(曺植 : 3834 - 3905)이 지은 것이다. 지은이는 여러 벼슬을 내려도 다 거절하고, 두류산 밑 산청군(山淸郡) 산천재(山天齋)에서 학문 연구에 전념하였다. 저술로는 문집 『南冥集(남명집)』이 전한다.

㊹ 돌을 玉이라 ᄒᆞ니,
그려도 애ᄃᆞ래라.
博物君子는 아는 法 잇것마는
알고도
모르는 체ᄒᆞ니 그를 슬허ᄒᆞ노라.

(『악학습령』 176)

이 작품은 자를 퇴지(退之), 호를 인재(忍齋), 시호를 경헌(景憲)이라고 한 홍섬(洪暹 : 3837 - 3918)이 지은 것이다. 지은이는 중종 26(3864)년에 문과에 급제하여 벼슬이 영의정에 이르러 세 번이나 연임하였다. 저술로는 뜻글 문집 『忍齋集(인재집)』

이 있다.

㊺ 善으로 敗ᄒᆞᆫ 일 보며,
惡으로 인 일 본가?
이 두 즈음에 取捨 아니 明白ᄒᆞᆫ가?
眞實로
惡 된 일 아니ᄒᆞ면 自然 爲善ᄒᆞᄂᆞᆫ이.

(『해동가요』 일석본 390)

이 작품은 자를 계소(啓昭), 호를 십성당(十省堂)이라고 한 엄흔(嚴昕 : 3841-3886)의 작이다. 지은이는 중종 23(3861)년 식년 문과에 급제하여 벼슬이 사인(舍人)에 이르렀다. 저술로는 문집 『十省堂集(십성당집)』이 있다.

㊻ 머리를 고텨 뀌여
玉簪은 ᄀᆞ라고죄
년근 디나 가되 니미 혼자 과ᄒᆞ시니,
진실로
과ᄒᆞ시면 그에 더언 이리 이실가?

(『眉巖日記草(미암일기초)』)

이 작품은 자를 인중(仁仲), 호를 미암(眉菴)이라고 한 유희춘(柳希春 : 3847-3910)이 지은 「감상은가(感上恩歌)」이다.

㊼ 青山裏 碧溪水야!

수이 감을 자랑 마라.
一到滄海ᄒᆞ면 다시 오기 어려오니,
明月이
滿空山ᄒᆞ니 쉬여 간들 엇더리?

(『악학습령』 539)

이 작품은 자를 명월(明月)이라고 한 중종 때의 명기 황진이(黃眞伊 : 3844－3874)의 작이다. 지은이는 선비의 집에 태어나 어려서 교방(敎坊)에 들어가서 시서 음률(詩書音律)을 익혀 명공석사들과 교유하여 명성을 드날렸다. 자부심이 강하여 서경덕(徐敬德 : 3822－3879)과 박연폭포(朴淵瀑布)로 더불어 송도 삼절(松都三絶)이라고 하였다. 10년간 수도(修道)의 지족선사(知足禪師)와 절행(節行)이 도도한 왕족 벽계수(碧溪守)를 단가 한 수로 각각 매료시켰다고도 한다. 저술로는 「滿月臺懷古詩(만월대회고시)」를 비롯한 뜻글시 약간 편과 단가 6수가 전한다.

㊽ 梨花雨 흣뿌릴 제
울며 잡고 離別ᄒᆞᆫ 님
秋風落葉에 저도 날 ᄉᆡᆼ각ᄂᆞᆫ가?
千里에
외로온 ᄭᅮᆷ만 오락 가락 ᄒᆞ노매.

(『악학습령』 556)

이 작품은, 호를 매창(梅窓)이라고 한 중종 때의 부안명기(扶

安名妓)로 유명한 계랑(桂娘 : 3846 - 3883)이 지은 것이다.

⑲ 蘆溪 발근 달에
벗 업시 누어시니,
醉石亭 찬 바람의 醉한 술리 다 씨거다.
두어라!
聖世閒民이 나뿐인가 하노라.

(『蘆溪先生遺稿(노계선생유고)』

이 작품은 자를 용회(用晦), 호를 노계(蘆溪)라고 한 김경희(金景熹 : 3848 - 3908)가 지은 「노계명월가(蘆溪明月歌)」이다.

⑳ 明明德 실은 수레
어드메를 가더인고?
格物치 넘어드러 知止고기 지나거라.
가기야
가더라마는 誠意館을 못 갈네라.

(『시가』 박씨본 505)

이 작품은 자를 과회(寡悔), 호를 소재(蘇齋)라고 하는 노수신(盧守愼 : 3848 - 3923)이 지은 유학가(儒學歌)이다.

㉑ 드른 말 卽時 닛고,
본 일도 못 본 드시
내 人事 이러홈애 남의 是非 모를노다.

다만지
손이 셩ᄒᆞ니 盞 잡기만 ᄒᆞ노라.

(『악학습령』 93)

이 작품은 자를 명중(明仲), 호를 이암(頤菴), 시호를 문단(文端)이라고 한 송인(宋寅 : 3850－3917)이 지은 단가 3수 중의 한 수이다. 지은이는 10세에 중종의 딸 정순옹주(貞順翁主)와 결혼하여 여성위(礪城尉)가 되었다. 벼슬이 도총관(都摠管)에 이르렀다. 저술로 문집 『頤菴集(이암집)』이 전한다.

52 泰山이 놉다 ᄒᆞ되,
하ᄂᆞᆯ 아래 뫼히로다.
오르고 ᄯᅩ 오르면 못 올르 리 업건마는
사ᄅᆞᆷ이
제 아니 오르고 뫼흘 놉다 ᄒᆞ더라.

(『악학습령』 639)

이 작품은 자를 응빙(應聘), 호를 봉래(蓬萊), 완구(完邱), 창해(滄海), 해객(海客)이라고 한 양사언(楊士彦 : 3850－3917)이 지은 것이다. 원세순(元世洵)은 이 작품을 뜻글시로 뒤치면서 「泰山高(태산고)」라고 이름하였으며, 이형상(李衡祥)은 역시 뜻글시로 뒤치면서 「聖道嘆(성도탄)」이라고 이름하였다. 지은이는 명종 1(3879)년 문과에 급제하여 벼슬이 여러 고을의 군수를 지냈다. 시서(詩書)에 뛰어나 천재라고 추앙되었다. 저술

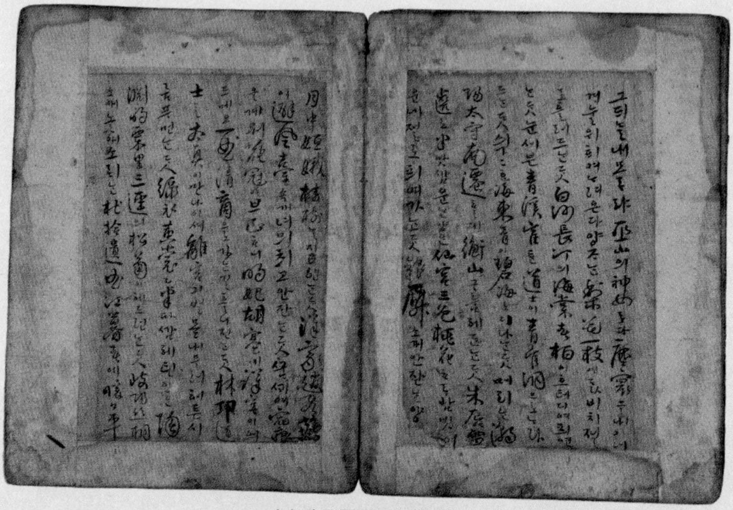

봉래유묵(蓬萊遺墨)
보물 제1539호, 양사언(楊士彦)의 친필로 된 시문을 모아 엮은 것, 출처 : 문화재청

로 문집 『蓬萊集(봉래집)』이 있다.

> ㊼ 中 金가마괴
> 가지 말고 내 말 들어
> 너는 反哺鳥라 鳥中의 曾參이니,
> 오날은
> 날을 위하야 長在中天 하얏고자.
>
> (『역대시조선(歷代時調選)』)

이 작품은 자를 자응(子膺), 호를 옥계(玉溪)·칙암(則庵), 시호를 문효(文孝)라고 한 노진(盧禛 : 3851 - 3911)이 지은 「모부인수연가(母夫人壽宴歌)」이다. 지은이는 명종 1(3879)년 문과에 급제하여 벼슬이 이조판서에 이르렀다. 저술로는 문집 『玉溪集(옥계집)』이 있다.

㊺ 功名은 在天ᄒᆞ고,
富貴ᄂᆞᆫ 有命ᄒᆞ니,
功名富貴ᄂᆞᆫ 히므로 못하려니와
내타난
孝悌忠信이ᄯᆞᆫ 어ᄂᆡ 히믈 빌리오?

(『汾川講好錄(분천강호록)』)

이 작품은 자를 대용(大用)이라 하고, 호를 매암(梅巖)이라고 한 이숙량(李叔樑 : 3852 - 3925)이 지은 「모부모형제지곡(慕父母兄弟之曲)」 6수 중의 마지막 수이다. 지은이는 농암(聾巖) 이현보(李賢輔)의 6남으로 퇴계(退溪)의 문하에서 수학하고, 중종 38(3876)년 사마시에 합격하여 뒤에 벼슬이 왕자사부(王子師傅)에 임명되었으나 사양하고 나아가지 아니하였다. 저술로는 『汾川講好錄(분천강호록)』이 전한다.

㊻ 秋霜에 놀난 기러기
섬거온 소릐 마라!
ᄀᆞᆺ득에 님 여희고 ᄒᆞ물며 客裏로다.
어듸셔
제 슬허 울리? 내 스스로 스러라.

(『악학습령』 641)

이 작품은 자를 계진(季眞), 호를 청련(青蓮), 시호를 문청(文淸)이라고 한 이후백(李後白 : 3853-3911)이 지은 것이다. 지은이는 명종 10(388)년에 문과에 급제하여 벼슬이 호조판서에 이르렀다. 저술로는 단가 「소상팔경가(瀟湘八景歌)」 등 16수와 문집 『青蓮集(청련집)』이 전한다.

⑯ 灤河 서릿돌
孤竹村 눈 딘 길헤
萬里를 도라드니 帝鄕이 거의로다.
天涯예
외로온 숨은 절로 도라 가ᄂᆞ다.

(『松湖遺稿(송호유고)』)

이 작품은 자를 사아(士牙), 호를 강호처사(江湖處士)라고 한 허강(許橿 : 3853-3925)이 연행사를 따라 연경(燕京)에 들어가면서 지은 것이다. 지은이는 양천 허씨(陽川許氏) 자(磁)의 아들로 좌찬성을 지낸 아버지가 윤원형(尹遠衡)과 결탁하여 을사사화를 일으킨 우의정 이기(李芑)의 횡포를 탄핵하고 홍원(洪原)에 유배되어 배소에서 작고하자, 벼슬의 뜻을 버리고 강호로 돌아다니며 일생을 보내며 저술에 힘을 쏟아 『歷代史鑑(역대사감)』 30권을 편찬하였다. 그밖에 단가도 6수가 전한다.

⑰ 물아! 어듸 가는나?
갈ㅅ길 머러셔라.

뉘 누리 다 취와 지내노라 여흘여흘
滄海예
몯밋츤 젼의야 근칠 쑬이 이시랴?

(『介庵集(개암집)』)

이 작품은 자를 중보(仲輔), 호를 개암(介庵), 송암(松庵)이라고 한 강익(姜翼 : 3856 - 3900)이 지은 단가 삼결(短歌三闋)의 한 수이다. 지은이는 남명(南冥) 조식(曺植)의 문인으로 명종 4(3882)년 진사가 되고, 명종 21(3899)년 정여창(鄭汝昌)의 신원을 청하는 유생(儒生) 33인의 소두(疏頭)로 상소하여 성공한 뒤 벼슬길을 단념하고 후생 양성에 진력하였다. 저술로는 『介庵集(개암집)』이 전한다.

㊳ 묻노라. 벌이바위야!
어찌하여 벌었느냐?
만경 창파수(萬頃滄波水)를 다 마시러 벌었느냐?
우리도
인간 번복(人間翻覆)을 못내 웃어 벌었노라.

(『東岡手錄(동강수록)』)

이 작품은 자를 경보(敬夫), 호를 개암(開巖)이라고 한 김우굉(金宇宏 : 3857 - 3923)이 지은 「개암 십이곡(開巖十二曲)」 중의 첫째 수인 "개암(開巖)" 이다. 지은이는 이퇴계(李退溪)의 제자로 명종 21(3899)년 별시 문과에 급제하여 벼슬이 충청도

관찰사와 각조 참의와 대사성(大司成)·대사간(大司諫) 등을 지냈다. 저술로는 문집 『開巖集(개암집)』이 전한다.

⑲ 됴 볼근 五禮城에
혀나믄 벗이 안자
思鄕感淚를 뉘 아니 지리마는
아마도
爲國丹忱은 나뿐인가 ᄒᆞ노라.

(『악학습령』 109)

이 작품은 자를 군옥(君沃), 호를 관원(灌園), 시호를 문장(文莊)이라고 한 박계현(朴啓賢 : 3857 - 3913)이 지은 것이다. 지은이는 명종 7(3885)년 정시문과에 장원급제하여 벼슬이 대사헌(大司憲), 병조판서에 이르렀다.

⑳ 녈 구름이 심히 구저
붉근 달을 가리오니,
밤뚱의 혼자 안자 이돌오미 그지 업다.
ᄇᆞ롬이
이 쁘들 아라 비를 모라 오도다.

(『棲霞堂遺稿(서하당유고)』)

이 작품은 자를 강숙(剛叔), 호를 서하당(棲霞堂)이라고 한 김성원(金成遠 : 3858 - 3930)이 지은 것이다.

⑥① 豪華코 富貴키야
信陵君만 홀가마는
百年이 못ᄒᆞ야셔 무덤 우희 밧츨 가니,
ᄒᆞ물며
여나믄 丈夫야 닐러 무슴 ᄒᆞ리오?

(『악학습령』 103)

이 작품은 자를 명언(明彦), 호를 고봉(高峰), 시호를 문헌(文憲)이라고 한 기대승(奇大升 : 3860 – 3905)이 지은 것이다. 명종 13(3891)년에 문과에 급제하여 벼슬이 대사간(大司諫)에 이르렀다. 저술로는 문집 『高峰集(고봉집)』이 전한다.

⑥② 白雪이 자ᄌᆞ진 골애
뵈옷애 보션 벗고,
墳墓우희 눈 쓰다ᄀᆞ 뷔 안고 우ᄂᆞᆫ 쓰ᄃᆞᆫ
어ᄃᆡ셔
발 시려 울니요? 말ᄉᆞᆷ 아니 하실ᄉᆡ 우노라.

(『懈菴文集(해암문집)』)

이 작품은 자를 사화(士和), 호를 해암(懈菴)이라고 한 김응정(金應鼎 : 3860 – 3953)이 지은 「掃墳雪(소분설)」이다.

⑥③ ᄒᆞᆫ 권 大學冊이
엇디ᄒᆞ야 됴흔 글고?
나 살고 남 사니 긔 아니 됴흔 글가?

나 속고,
놈 소긴 그리아 닐어 므슴ᄒᆞ료?

(『杜谷集(두곡집)』

이 작품은 자를 숙명(叔明), 호를 두곡(杜谷)·취병(翠屛)이라고 한 고응척(高應陟 : 3864 - 3938)이 지은 「大學曲(대학곡)」이다. 지은이는 명종 4(1561)년 문과에 급제하여 벼슬이 경주부윤(慶州府尹)을 지냈다. 저술로는 단가 28수와 문집 『杜谷集(두곡집)』이 있다.

64 生平에 願ᄒᆞᄂᆞ니,
다만 忠孝ᄲᅮᆫ이로다.
이 두 일 말면 禽獸ㅣ나 다라리야?
ᄆᆞᄋᆞᆷ애
ᄒᆞ고져 ᄒᆞ야 十載遑遑ᄒᆞ노라.

(『松巖續集(송암속집)』)

이 작품은 자를 장중(章仲), 호를 송암(松巖)이라고 한 권호문(權好文 : 3865 - 3920)이 지은 「한거십팔곡(閑居十八曲)」의 첫째 수이다. 지은이는 명종 16(3894)년에 사마시에 급제하였으나, 벼슬에 뜻을 두지 아니하고 청성산(靑城山) 밑에 무민재(無悶齋)를 짓고 음풍농월하며 생을 즐기었다. 저술로는 문집 『松巖集(송암집)』과 단가 「한거십팔곡」 19수가 전한다.

⑮ 東樓의 오른 뜻은
三角山을 보러 드니,
흐리면 못보고 말근 날ᄉᆞ 보리로다.
엇더타
一山을 가지고 뵈락 말낙 ᄒᆞ나뇨?

(『延安邑誌(연안읍지)』)

이 작품은 자를 군망(君望), 호를 백록(白鹿), 시호를 문장(文莊)이라고 한 신응시(辛應時 : 3865 - 3918)가 지은 「신사군망가(辛使君望歌)」이다. 지은이는 명종 14(1559)년 정시 문과에 급제하여 벼슬이 전라도 관찰사 대사간 등에 이르렀다. 저술로 『朱門問禮(주문문례)』가 있다.

⑯ 노프나 노픈 남게
날 勸ᄒᆞ여 올려 두고,
이보오 벗님ᄂᆡ야 흔들지나 마르되야
ᄂᆞ려져
죽기는 슬치 안이되 님 못볼가 ᄒᆞ노라.

(『악학습령』 107)

이 작품은 자를 백춘(伯春), 호를 노저(鷺渚), 남파(南坡), 시호를 문헌(文憲)이라고 한 이양원(李陽元 : 3866 - 3925)이 지은 것이다. 지은이는 명종 11(3889)년 알성문과에 급제하여 벼슬이 영의정에 이르렀다. 의주에 파천 중인 선조가 요동(遼東)으로 건너갔다는 잘못된 소문을 듣고 통분히 여겨 단식 8일만에 작고하였다.

> ⑥⑦ 天地도 唐虞쩍 天地
> 日月도 唐虞쩍 日月
> 天地 日月이 古今에 唐虞로되,
> 엇더타
> 世上人事는 나날 달나 가는고?
>
> (『악학습령』 111)

이 작품은 자를 몽응(夢應), 호를 청강(淸江), 시호를 평간(平簡)이라고 한 이제신(李濟臣 : 3869-3917)이 지은 것이다. 지은이는 명종 19(3897)년 문과에 급제하여 벼슬이 함경도 병마절도사에 이르렀다. 저술로는 문집 『淸江集(청강집)』, 『淸江先生鯸鯖瑣語(청강선생후정쇄어)』, 『淸江小說(청강소설)』, 『鵝城雜記(아성잡기)』 등이 있다.

> ⑥⑧ 高山 九曲潭을
> 사름이 모로더니,
> 誅茅卜居ᄒᆞ니 벗님ᄂᆡ 다 오신다.
> 어즈버
> 武夷를 想像ᄒᆞ고 學朱子를 ᄒᆞ리라.
>
> (『악학습령』 112)

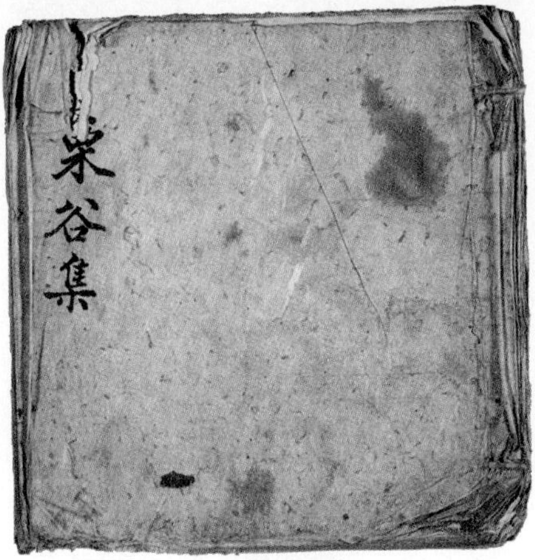

율곡집(栗谷集)
크기 : 세로 20.8cm, 가로 20.8cm, 소장
품번호 : 증 8968, 국립중앙박물관 소장

이 작품은 자를 숙헌(叔獻), 호를 율곡(栗谷), 시호를 문성(文成)이라고 한 이이(李珥 : 3869 - 3917)가 지은 고산구곡가(高山九曲歌)」 10수 중의 첫수이다. 지은이는 명종 13(3891)년에 문과에 장원 급제하여 벼슬이 이조판서에 이르렀다. 저술로는 문집 『栗谷集(율곡집)』이 있다.

⑥⑨ 어버이 ᄉᆞ라신 제
섬길 일난 다ᄒᆞ여라.
지나간 後ㅣ면 ᄋᆡ듋다 엇지ᄒᆞ리?
平生에
곳쳐 못홀 일이 이뿐인가 ᄒᆞ노라.

(『악학습령』 124)

이 작품은 자를 계함(季涵), 호를 송강(松江), 시호를 문청(文清)이라고 한 정철(鄭澈 : 3869 - 3926)이 지은 것이다. 지은이는 명종 17(3895)년에 문과에 급제하여 벼슬이 우의정에 이르렀다. 저술로는 단가 88수와 장가(가사) 4편과 문집 『松江集(송강집)』이 전하여 우리나라의 대 문호로 한국의 셰익스피어라고도 비유될 만한 인물로 국어 국문학계에서 존경한다.

⑩ 閑山섬 돌 붉은 밤의
板屋船頭에 혼자 안자
큰 칼 어르만져 깁픈 시름 홋는 적에
어딕셔
一聲長笛는 놈의 애롤 긋나니.

(『稷山邑誌(직산읍지)』)

이 작품은 본관이 성주(星州)이고, 자를 사구(士求)라고 한 황세득(黃世得 : 3890－3931) 장군이 지은 「한산도가(閑山島歌)」이다. 지은이는 선조 때에 무과에 급제하여 장흥부사(長興府使)를 지냈고, 임진왜란이 일어나매 통제사(統制使) 이순신(李舜臣 : 3878－3931) 장군의 손위 동서(同壻)이면서도 그의 휘하에서 선봉장으로 전공을 많이 세우고 이순신 장군과 같이 전사하였다. 이제까지는 이 작품을 이순신 장군의 작으로 알고 있었으나, 근래에 새로운 근거 문헌을 바탕으로 새 학설이 발표되었다. 필자는 평소에 "진리는 종다수가 아니다."라는 소신대로 새 학설이 진실일 듯하여 그를 따른다.[35]

35 姜銓爕, 「閑山島歌의 作者에 대하여」, 『韓國古典文學硏究』, 大旺社, 1982.

⑪ 北天이 몱다커를
우장 업시 길을 나니,
산의는 눈이 오고 들에는 찬비 온다.
오늘은
찬비 마즈시니 얼어 잘가 ᄒ노라.

(『악학습령』 187)

이 작품은 자를 자순(子順), 호를 겸재(謙齋)·백호(白湖)·소치(嘯癡)·풍강(楓江)이라고 한 임제(林悌 : 3882－3920)가 지은 것이다. 지은이는 선조 10(3910)년 문과에 급제하여 벼슬이 예조정랑에 이르렀으나, 조정이 동서당으로 나뉘어 나라가 어지러워지는 것을 보고, 조정을 버리고 산림에 노닐면서 풍류를 즐기었다. 이 작품은 당시의 명기 한우(寒雨)를 만난 기쁨을 노래한 것이다. 한우는 이 작품에 응하여 아래와 같은 답시를 노래하였다고 한다.

⑫ 어이 어러 즈리?
무스일 어러 즈리?
鴛鴦枕 翡翠衾은 어듸 두고 어러 즈리?
오늘은
ᄎᆞᆫ 비 맛나시니 더욱 덥겨 줄가 ᄒ노라.

(『악학습령』 553)

⑬ 海雲臺 여흰 날의
對馬島 도라드러
눈물 베셔고 左右롤 도라보니,
滄波萬里롤 이 어딕라 홀게이고?
두어라!
天心助順ᄒᆞ면 使反故國ᄒᆞ리라.

(『松潭遺事(송담유사)』

이 작품은 자를 여빈(如彬), 호를 송담(松潭)이라고 한 백수희(白受繪 : 3907 - 3975)가 임진왜란으로 왜군에 잡혀 일본으로 끌려가 대마도(對馬島)에서 귀국하고 싶은 소망을 노래한 것이다. 지은이는 본관이 양산(梁山)인데, 일본에 잡혀가 9년을 지내다가 귀국하여 광해군의 어지러운 정치를 바로잡도록 소(疏)를 올리기도 하였다. 인조반정 뒤 문신들의 추천을 받아 예빈시참봉(禮賓寺參奉)이 되었다. 저술로는 단가 3결(闋)과 『松潭遺事(송담유사)』가 있다.

⑭ 님 보신 둘 보고,
님 뵈온 듯 반기노라.
님도 너를 보고 날 본 듯 반기는가?
출하리
저 둘이 되어서 비최여나 보리라.

(『악학습령』 180)

이 작품은 자를 공려(公勵), 호를 오리(梧里), 시호를 문충(文忠)이라고 한 이원익(李元翼 : 3880 – 3967)이 지은 것이다. 지은이는 선조 2(3902, 1569)년 별시 문과에 급제하여 벼슬이 영의정에 이르렀다. 저술로는 단가 2수와 문집 『梧里集(오리집)』·『續梧里集(속오리집)』, 『梧里日記(오리일기)』 등이 있다.

⑮ 오면 가랴 하고,
가면 아니오네.
오노라 가노라니 볼 날히 전혀 업네.
오날도
가노라 하니 글로 슬허 하노라.

(『玉溪集(옥계집)』)

이 작품은 선조대왕(宣祖大王)께서 지으신 것이다. 옥계(玉溪) 노진(盧禛 : 3851 – 3911)이 선조 5(3906)년에 벼슬을 사양하고 향리로 내려갈 때에 그 서운한 왕의 마음을 노래하여 사신을 시켜 한강가로 가져다 준 것이라고 한다.

⑯ 집 方席 내지 마라.
落葉엔들 못 안즈랴?
솔불 혀지 마라. 어제 진 돌 도다온다.
아희야!
薄酒山菜일만정 업다 말고 내어라.

(『악학습령』 199)

이 작품은 자를 경홍(景洪), 호를 석봉(石峰)·청사(晴沙)라고 한 한호(韓濩 : 3876-3938)가 지은 것이다. 지은이는 명종 22(3900)년에 사마시에 합격하여 벼슬길에 나아가 가평군수(加平郡守)를 지냈다. 글씨를 잘 써서 조선 초기 4대 서예가의 한 사람으로 추앙받았다. 이 작품은 임진왜란을 겪고 난 뒤의 고달픈 삶을 견뎌낸 우리 선인들의 낙천적 슬기가 엿보인다.

⑺ 靑山아 웃지 마라.
白雲아 嘲弄 마라.
白髮紅塵에 내 즐겨 ᄃᆞᆫ니더냐?
聖恩이
至重ᄒᆞ시니 갑고 가려 ᄒᆞ노라.

(『악학습령』 198)

이 작품은 자를 도가(道可), 호를 한강(寒岡), 시호를 문목(文穆)이라고 한 정구(鄭逑 : 3876-3953)가 지은 것이다. 지은이는 7-8세에 사서(四書)를 통달하고, 벼슬길을 일찍 포기하고 학문 연찬에만 전념하여 제자를 기르다가 임진왜란 때에는 의병을 일으켜 왜적과 싸웠고, 평정된 뒤에는 각 고을 원과 강원감사와 대사헌을 지냈다. 저서로는 『寒岡集(한강집)』이 있다.

⑻ 池塘에 비 ᄲᅮ리고
楊柳에 ᄂᆡ 씨인 제
沙工은 어ᄃᆡ 가고 븬 ᄇᆡ만 ᄆᆡ엿ᄂᆞᆫ고?

夕陽에
짝 일흔 갈며기는 오락가락 ᄒᆞ더라.

(『악학습령』 208)

이 작품은 자를 여식(汝式), 호를 중봉(重峰), 시호는 문렬(文烈)이라고 한 조헌(趙憲 : 3877－3925)이 지은 것이다. 지은이는 명종 22(3900)년 문과에 급제하여 벼슬이 전라도사(全羅都事)와 각 고을 현감 등을 지내고, 임진왜란이 일어나매 의병을 일으켜 금산(錦山)에서 700명 의사(義士)가 전멸을 당하는 장렬한 죽음을 맞았다. 저술로 『重峰集(중봉집)』이 있다.

옥천 조헌 신도비(沃川 趙憲 神道碑)
시도유형문화재 제183호, 충북 옥천군 안남면 도농리에 위치, 출처 : 문화재청

⑲ 得君行道는
君子의 뜻디로딕,
時節 곳 어긔면 考槃을 즐겨ᄒᆞᄂᆡ.
疏淡ᄒᆞᆫ
松風 山月이사 나 쑨인가 하노라.

(『沙村集(사촌집)』 12)

이 작품은 자를 겸선(兼善), 호를 사촌(沙村)이라고 한 장경세(張經世 : 3880-3948)가 지은 「강호연군가(江湖戀君歌)」 전 6곡과 후 6곡의 12곡 중 끝수이다. 지은이는 선조 22(3932)년 증광 문과에 급제하여 벼슬이 금구현령(金溝縣令)을 지냈다. 저술로는 단가 13수와 문집 『沙村集(사촌집)』이 있다.

⑳ 물은 거울이 되어
窓 아퓌 빗겨거늘
믹흔 屛風이 되여 하늘 밧긔 어위엿ᄂᆡ.
이 듕의
벗 ᄉᆞ몬 거손 白鷗外에 업서라.

(『寒碧堂文集(한벽당문집)』)

이 작품은 자를 미수(眉叟), 호를 한벽당(寒碧堂)이라고 한 곽기수(郭期壽 : 3882-3949)가 지은 「만흥 삼결(漫興三闋)」 중의 한 수이다. 지은이는 선조 16(3916)년 별시 문과에 급제하여 벼슬이 부안현감(扶安縣監)에 그쳤다.

⑧1 어제 오던 눈이
沙堤에도 오돗던가?
눈이 모래 깃고 모래도 눈이로다.
아마도
世上 일이 다 이런가 ᄒᆞ노라.

(『악학습령』 194)

이 작품은 자를 태고(太古), 호를 양재(養齋)·하의생(荷衣生)·화의자(花衣子)라고 하는 홍적(洪迪 : 3882 - 3918)이 지은 것이다. 지은이는 선조 5(1572)년 문과에 급제하여 벼슬이 사인(舍人)에 이르렀다. 저술로는 『荷衣詩什(하의시집)』이 전한다.

⑧2 바회예 셧ᄂᆞᆫ 솔이
凜然ᄒᆞᆫ 줄 반가온뎌.
風霜을 격거도 여읜ᄂᆞᆫ 줄 젼혜 업다.
얻디타
봄비ᄎᆞᆯ 가져 고틸 줄 모ᄅᆞᄂᆞ니?

(『石灘先生文集補遺(석탄선생문집보유)』)

이 작품은 자를 경칙(景則), 호를 석탄(石灘), 시호를 문정(文貞)이라고 한 이신의(李愼儀 : 3884 - 3960)가 지은 단가 8수 중의 대표작인 「사우가(四友歌)」 4수 중 첫째 수이다. 지은이는 선조 15(3915)년 학행으로 천거되어 벼슬길에 나아가 임진왜란이 일어나매 향군(鄕軍) 300명을 이끌고 왜적과 싸워 큰 공을 세워 사옹원 직장(司饔院直長)이 되고, 광해군의 난정을 항소하여 고흥(高興)과 회령(會寧)에 정배되었다가 인조반정 뒤에 복직되어 형조참판에 이르렀다. 저술로는 『石灘先生文集(석탄선생문집)』이 있다.

⑧③ 하날님아! 하날님아!
비ᄂᆞᆫ ᄠᅳᆺ 아ᄋᆞᆸ소셔.
惟一老人救濟 救濟ᄒᆞᄋᆞᆸ소셔.
언졔ᄭᅴ
老親을 모시고 樂天 終老ᄒᆞ오릿고?

(『洛涯實記(낙애실기)』)

이 작품은 자를 자회(子晦), 호를 낙애(洛涯)라고 한 정광천(鄭光天 : 3886–3927)이 지은 「병중술회가(病中述懷歌)」 3수 중의 하나이다. 지은이는 저술로 임진왜란의 후유증을 노래한 단가 9수가 전한다.

⑧④ 아희야! 되롱 삿갓 출화
東澗에 비 지거다.
기나긴 낙대에 미늘 업슨 낙시 미야
져 고기
놀나지 마라 내 興겨워 ᄒᆞ노라.

(『악학습령』 211)

이 작품은 자를 수초(守初), 호를 용호(龍湖)·정곡(鼎谷), 시호를 소민(昭敏)이라고 한 조존성(趙存性 : 3886-3960)이 지은 「호아곡(呼兒曲)」 4수 중의 한 수이다. 지은이는 선조 23(3923)년 문과에 급제하여 벼슬이 지중추부사(知中樞府事)에 이르렀다.

㉟ 草亭은 다믄 三間이오.
池塘은 겨오 半畝로다.
무서슬 보려 ᄒᆞ야 비 오ᄂᆞᆫ딕 ᄯᅩ 오신고?
이 날을
ᄇᆞ리디 아니ᄒᆞ시니 그롤 감샤ᄒᆞ야이다.

(『葛峰先生遺墨(갈봉선생유묵)』 55)

이 작품은 자를 여정(汝精), 호를 갈봉(葛峰)이라고 한 김득연(金得研 : 3888-3980)이 지은 「계우제회가(契友齊會歌)」 3수 중의 하나이다. 지은이는 첫돌 전에 어머니를 여의고 고모의 손에서 자라 아버지에게 수학하여 벼슬살이를 포기하고 학문에만 전념하였다. 임진왜란이 일어났을 때에는 의병을 일으켜 왜적과 싸우기도 하였다. 저술로는 「산정독영곡(山亭獨詠曲)」 6수의 단가를 비롯한 70수의 단가와 「지수정가(止水亭歌)」 1편의 가사와 문집 『葛峰遺稿(갈봉유고)』·『葛峰遺墨(갈봉유묵)』이 있다.

⑧⑥ 鐵嶺 노픈 峰에
쉬여 넘는 저 구름아!
孤臣寃淚를 비 사마 씌여다가
님 계신
九重深處에 쑤려 볼가 ᄒᆞ노라.

(『악학습령』 185)

이 작품은 자를 자상(子常), 호를 백사(白沙)·필운(弼雲)·청화진인(淸化眞人)·동강(東岡)·소운(素雲), 시호가 문충(文忠)인 이항복(李恒福 : 3889-3951)이 지은 단가 2수 중의 하나인 「철령운(鐵嶺雲)」이다. 지은이는 선조 13(3913)년 알성문과에 급제하여 벼슬이 영의정에 이르렀다. 저술로는 문집 『白沙集(백사집)』, 『北遷日錄(북천일록)』, 『四禮訓蒙(사례훈몽)』, 『魯史零言(노사영언)』, 『柳淵傳(유연전)』 등이 있다.

⑧⑦ 봄날이 졈졈 기니,
殘雪이 다 녹거다.
梅花ᄂᆞᆫ 불셔 디고 버들가지 누르럿다.
아ᄒᆡ야!
울 잘 고티고 菜田 갈게 ᄒᆞ야라.

(『仙石遺稿(선석유고)』)

이 작품은 자를 영길(英吉), 호를 선석(仙石)이라고 한 신계영(辛啓榮 : 3890-4002)이 지은 「전원사시가(田園四時歌)」 10수 중의 첫째 수이다. 지은이는 광해 11(3952)년 알성문과에 급제하여 벼슬이 판중추부사(判中樞府事)에 올랐다. 인조 2(3957, 1624)년에는 통신사 정입(鄭笠)의 서장관(書狀官)으로 일본을 다녀왔고, 인조 15(3970)년에는 속환사(贖還使)로 청나라의 수도 심양(瀋陽)을 다녀오기도 하였다. 저술로는 단가 19수와 문집 『仙石遺稿(선석유고)』가 전한다.

⑱ 學文을 후리티오,
反武을 ᄒᆞ온 뜻은
三尺劍 둘너 메오 盡心報國호려터니,
ᄒᆞᆫ 일도
ᄒᆞ옴이 업ᄉᆞ니 눈물계워 ᄒᆞ노라.

(『漆室憂國歌帖(칠실우국가첩)』)

이 작품은 자를 경이(敬而), 호를 칠실(漆室)이라고 한 이덕일(李德一 : 3894-3955)이 지은 「우국가(憂國歌)」 28장(章) 중의 한 수이다. 지은이는 선조 25(3925)년 문과에 급제하여 벼슬이 절충 장군(折衝將軍)에 이르렀다. 임진왜란 뒤 정유재란이 일어나자 이순신 장군의 휘하에 들어가 종군하여 무공을 세웠다. 광해군 때에 나라의 정치가 어지러워지매 고향으로 돌아가 두문불출(杜門不出)하고 나라의 미래를 근심하며 여생을 마치었다. 저술로는 문집 『漆室遺稿(칠실유고)』와 단가 28수가 전한다.

⑧⑨ 夫婦라 ᄒᆞ온 거시
놈으로 되어 이셔
如鼓琴瑟ᄒᆞ면 긔 아니 즐거오냐?
그러코
恭敬 곳 아니면 卽同禽獸ᄒᆞ리라.

(『仙源續稿(선원속고)』)

이 작품은 자를 경택(景擇), 호를 선원(仙源), 시호를 문충(文忠)이라고 한 김상용(金尙容 : 3894-3970)이 지은 「오륜가(五倫歌)」 5수 중의 하나로 부부(夫婦)의 윤리에 관한 훈계가이다. 지은이는 선조 23(3923)년 문과에 급제하여 벼슬이 각조 판서를 지나 우의정에 이르렀다. 병자호란이 일어났을 때에 종묘의 신위를 모시고 강화도로 들어가다가 도착하기 전에 이미

김상용선생순절비(金尙容先生殉節碑)
시도유형문화재 제22호, 인천 강화군 강화읍 관청리에 위치, 출처 : 문화재청

적병들에게 강화도가 함락되었다는 소식을 듣고 자폭하여 순절하였다. 저술로는 「훈계자손가(訓戒子孫歌)」 9수의 단가를 비롯한 단가 18수와 문집 『仙源先生文集(선원선생문집)』·『仙源續稿(선원속고)』 등이 있다.

⑽ 돌이 두렷ᄒᆞ여
碧空에 걸려시니,
萬古風霜에 써러졈즉 ᄒᆞ다마는
至今히
醉客을 爲ᄒᆞ야 長照金樽ᄒᆞ노ᄆᆡ라.

(『악학습령』 188)

이 작품은 자를 명보(明甫), 호를 한음(漢陰)·쌍송(雙松)·포옹산인(抱雍散人), 시호를 문익(文翼)이라고 한 이덕형(李德馨: 3894-3946)이 지은 단가 2수 중의 하나이다. 지은이는 선조 13(3913)년 별시문과에 급제하여 벼슬이 영의정에 이르렀다. 저술로는 문집 『漢陰文稿(한음문고)』가 전한다.

⑾ 明鏡에 틔 씨거던
갑주고 닷글 줄
아희 어룬 업시 다 밋쳐 알건마는
갑업시
닷글 明德을 닷글 줄을 모ᄅᆞᄂᆞ다.

(『蘆溪先生文集(노계선생문집)』 58)

이 작품은 자를 덕옹(德翁), 호를 노계(蘆溪)라고 한 박인로(朴仁老 : 3894-3975)가 지은 단가 「자경(自警)」 3수 중의 하나이다. 지은이는 임진왜란이 일어나매 정세아(鄭世雅 : ?-3945)가 의병을 일으켜 대장이 되어 왜적과 영천(永川)에서 싸워 크게 이길 때에 그의 별시위(別侍衛)로 참전하였고, 선조 32(3932)년 무과에 급제하여 벼슬이 조라포 만호(助羅浦萬戶)에 이르렀다. 저술로는 단가 70수와 장가(가사) 「태평사(太平詞)」 등 5편과 문집 『蘆溪先生文集(노계선생문집)』이 있다.

> ㉒ 녯 사룸 이젯 사룸
> 耳目口鼻 ㄱ잣마는
> 나 혼자 엇디ᄒᆞ야 녯 사룸을 그리는고?
> 이제도
> 녯 사룸 겨시니 긔 내 벗인가 ᄒᆞ노라.
>
> (『水南放翁遺稿(수남방옹유고)』)

이 작품은 자를 방로(邦老), 수남방옹(水南放翁)이라고 한 정훈(鄭勳 : 3896-3973)이 지은 「월곡답가(月谷答歌)」 10수 중의 하나이다. 지은이는 일찍이 벼슬살이를 포기하고 책을 읽으며 시골에서 살았다. 저술로는 「곡처(哭妻)」 등 단가 20수가 전하고, 가사도 「수남방옹가(水南放翁歌)」 등 5편의 장가(가사)가 전하며, 문집으로 『水南放翁遺稿(수남방옹유고)』·『放翁遺稿(방옹유고)』가 전한다.

⑬ 癸亥 三月春의
뜻가진 李貴金瑬
龍泉劍을 들어 메고 太平케 ᄒᆞ단 말가?
아희야!
靑藜杖 닉여라 위로ᄒᆞ러 가자.

(『淸溪歌詞(청계가사)』

이 작품은 자를 재기(載起)라 하고, 호를 청계(淸溪)라고 한 강복중(姜復中 : 3896－3972)이 지은 「천운순환칠조가(天運循環七條歌)」의 하나인 "계해반정가(癸亥反正歌)" 이다. 지은이는 불우한 집안 형편으로 벼슬길을 포기하고, 몸소 농사를 지어 살며 단가 65수의 『청계가사(淸溪歌詞)』를 저술하였다.

⑭ 님을 미들 것가?
못 미들 슨 님이시라.
미더온 時節도 못 미들 줄 아라스라.
밋기야
어려오랴 마는 아니 밋고 어이리?

(『악학습령』 179)

이 작품은 자를 성징(聖徵), 호를 월사(月沙)·보만당(保晩堂)·응암(凝菴), 시호를 문충(文忠)이라고 한 이정구(李廷龜 : 3897－3968)가 지은 것이다. 지은이는 선조 23(3923)년 문과에 급제하여 벼슬이 좌의정에 이르렀다. 저술로는 문집 『月沙集(월사집)』이 있다.

> ⑮ 술 먹고 노난 일을
> 나도 왼 줄 알건마는
> 信陵君 무덤 우희 밧 가는 줄 못보신가?
> 百年이
> 亦草草ᄒᆞ니 아니 놀고 엇지 ᄒᆞ리?
>
> (『악학습령』 232)

월사집목판(月沙集木板)
시도유형문화재 제133호, 출처 : 문화재청

이 작품은 자를 경숙(敬叔), 호를 상촌(象村)·현옹(玄翁)·현헌(玄軒)·방옹(放翁), 시호를 문정(文貞)이라고 한 신흠(申欽 : 3899-3961)이 지은 것이다. 지은이는 선조 19(3919)년에 문과에 급제하여 벼슬이 영의정에 이르렀다. 문장에 뛰어나 조선 중기 뜻글 4대가 중의 1인으로 유명하다. 저술로는 문집 『象村集(상촌집)』과 단가 31수가 전한다.

> ⑯ 風波에 놀난 沙工
> ᄇᆡ ᄑᆞ라 ᄆᆞᆯ을 사니,
> 九折羊腸이 물도곤 어려왜라.
> 이 後란
> ᄇᆡ도 ᄆᆞᆯ도 말고 밧 갈기만 ᄒᆞ리라.

(『악학습령』 216)

이 작품은 자를 호고(好古), 호를 낙서(洛西), 시호를 충정(忠定)이라고 하는 장만(張晩 : 3899-3962)이 지은 것이다. 지은이는 선조 24(3924)년 문과에 급제하여 벼슬이 병조판서를 지냈다. 이 작품은 뒤에 신위(申緯)가 뜻글시로 뒤치면서 제목을 "실사구시(實事求是)"라고 하였다. 저술로는 문집 『洛西集(낙서집)』이 전한다.

> ⑰ 春山의 불이 나니,
> 못다 핀 곳 다 븟는다.
> 져 뫼 져 불은 끌 물이나 잇거니와

이 몸의
니 업슨 불이 나니 쓸 물 업서 ᄒᆞ노라.

(『金忠壯公遺事(김충장공유사)』)

이 작품은 자를 경수(景樹), 시호를 충장(忠壯)이라고 한 김덕령(金德齡 : 3900 – 3929) 장군이 지은 것이다. 지은이는 어려서 우계(牛溪) 성혼(成渾 : 3868 – 3931)의 문하생으로 경전을 공부하다가 임진왜란이 일어나매 담양(潭陽)에서 의병을 일으켜 전공이 크매 호익 장군(虎翼將軍)이라는 사호(賜號)를 받았으나, 선조 28(1595)년 이몽학(李夢鶴)의 난 때에 적의 책략으로 적과 내통한 죄를 입어 잡혀 고문을 당하다가 졸하였다. 영조 때에 그 억울함이 알려져 병조판서에 추증되고 시호도 내려졌다. 지은이의 실명소설로 작자 연대 미상의 국문 소설 『김덕령전』이 유명하다.

⑱ 이 몸이 되올진ᄃᆡ
무어시 될고 ᄒᆞ니,
崑崙山 上上峰에 落落長松 되얏다가
群山에
雪滿 ᄒᆞ거든 홀로 우뚝ᄒᆞ리라.

(『악학습령』 202)

이 작품은 자를 여장(汝章), 호를 석주(石洲)라고 한 권필(權韠 : 3902 – 3945)이 지은 것이다. 지은이는 정송강(鄭松江)의 제자로 일찍 벼슬길을 피하여 시 짓기와 술 마시기로 업을 삼다가 문신들의 추천으로 동몽교관(童蒙教官)이 되어 제자들을 길렀다. 이월사(李月沙)가 명나라 사신으로 갈 때에 재야 문사로 추천되어 명나라에 가서 문명을 떨치었다. 광해군 때에는 어지러운 정치에 저항하다가 귀양을 가게 되어 떠날 때에 벗들의 이별주를 폭음하고 그날로 작고하였다. 저술로는 단가 2수와 문집 『석주집(石洲集)』이 있다.

⑲ 冊 덥고 窓을 여니,
江湖에 비 써 잇다.
往來 白鷗는 무슴 쯧 머것는고?
앗구려!
功名도 말고 너를 좃녀 놀니라.

(『악학습령』 251)

이 작품은 자를 휘원(輝遠), 호를 고고자(鼓鼓子)·동계(桐溪), 시호를 문간(文簡)이라고 한 정온(鄭蘊 : 3902-3974)이 지은 것이다. 지은이는 광해군 2(1610)년 별시문과에 급제하여 벼슬이 이조참판에 이르렀다. 병자호란 때에 순절하려다 실패하고, 향리인 덕유산으로 내려가 숨어 살다가 5년 만에 작고하였다. 저술로는 단가 2수와 뜻글 문집 『桐溪集(동계집)』이 있다.

⑳ 가마괴 디디는 곧애
白鷺야 가디 말아.

희고 흰 긷헤 거믄 쐬 무칠세라.
딘실로
거믄 쐬 무티면 씨을 찔히 업ᄉᆞ리라.

(『善迂堂逸稿(선우당일고)』

이 작품은 자를 중립(中立), 호를 선우당(善迂堂)이라고 한 이시(李蒔 : 3902 - 3969)가 지은 「오로가(烏鷺歌)」이다. 지은이는 그의 문집 『善迂堂逸稿(선우당일고)』에 단가 「조주후풍가(操舟候風歌)」 3수를 남기고 있다.

⑩ 가노라 三角山아!
다시 보자 漢江水야!
故國山川을 떠나고쟈 하랴마ᄂᆞᆫ
時節이
하 殊常하니 올동말동 ᄒᆞ여라.

(『악학습령』 223)

이 작품은 자를 숙도(叔度), 호를 석실산인(石室山人)·청음(淸陰), 시호를 문정(文正)이라고 한 김상헌(金尙憲 : 3903 - 3985)이 병자호란 뒤 인조 15(1637)년에 숭명멸청(崇明蔑淸) 주의자로 인정되어 청나라에 붙들려가면서 고별시로 지은 것이다. 지은이는 선조 29(3929)년 문과에 급제하여 벼슬이 효종 때에 좌의정에 이르렀다. 병자호란 때에 최후의 1인까지 싸울 것을 주장하다가 청나라에 잡혀가 3년을 지내면서 충절을 굽히지 아니하므로 청인들조차도 감동하여 돌려보내어 무사히 귀국하였다. 이 작품은 병자호란 뒤에 지어진 작품으로 가장 유명하다. 저술로는 단가 2수와 문집 『淸陰集(청음집)』이 전한다.

⑩ 靑石嶺 지나거냐?
草河溝 어듸미오?
胡風도 츳도 출샤 구즌 비는 무스일고?
뉘라셔
내 行色 그려내여 님 계신듸 드릴고?

(『악학습령』 28)

이 작품은 자를 정연(靜淵), 호를 죽오(竹梧)라고 한 봉림대군(鳳林大君) 이호(李淏 : 3952－3992)가 잠저시(潛邸時) 청에 소현세자(昭顯世子)와 함께 볼모로 잡혀가면서 참혹한 자기 인상을 탄식하여 지은 것이다. 지은이는 뒤에 효종(孝宗)으로 왕위에 올라 재위 10년 동안 청나라에 보복을 꾀하다가 갑자기 승하하였다. 저술로는 뜻글 시문 약간 편과 단가 8편이 전한다.

⑩ 瀟湘江 긴 대 베혀
하늘 밋게 뷔를 믹여
蔽日浮雲을 다 쓸어 ㅂ리고져
時節이
하 殊常ㅎ니 쓸똥 말똥ㅎ여라.

(『악학습령』 218)

이 작품은 자를 관옥(冠玉), 호를 북저(北渚)라고 한 김유(金瑬 : 3904 - 3981)가 지은 것이다. 지은이는 선조 29(1596)년 문과에 급제하여 벼슬이 영의정에 이르렀다.

⑭ 天地로 帳幕 삼고,
日月로 燈燭 삼아
北海를 휘여다가 酒樽에 다혀 두고,
南極에
老人星 對ᄒᆞ여 늘글 뉘를 모로리라.

(『악학습령』 201)

이 작품은 자를 자민(子敏), 호를 동악(東岳), 시호를 문혜(文惠)라고 한 이안눌(李安訥 : 3904 - 3970)이 지은 것이다. 지은이는 선조 32(1599)년 문과에 급제하여 벼슬이 함경도 관찰사를 지냈다. 저술로는 문집 『東岳集(동악집)』이 있다.

⑮ 禮儀文物 탐을 닉여
至親骨肉 다 버리고,
萬里殊方의 외로이 쎤져 이셔
이 닉 平生의
부모 墳山을 다시 볼 길 업서 글노 설허 ᄒᆞ노라.

(『慕夏堂實記(모하당실기)』6)

이 작품은 본명이 사야가(沙也可)라는 일본인(日本人)으로 임진왜란 때에 가등청정(加藤清正)의 좌선봉장(左先鋒將)으로 침입하여 왔다가 귀화하여 선조에 의하여 사성(賜姓) 받은 김충선(金忠善 : 3904 - 3975)이 지은 「우회(又懷)」이다. 지은이는 자를 선지(善之), 호를 모하당(慕夏堂)이라고 하였다. 저술로는 문집 『慕夏堂文集(모하당문집)』과 단가 6수가 있다.

⑯ 主辱 臣死ᄒᆞ니,
내 몬져 죽어져서
魂歸故國ᄒᆞ미 나의 願이러니,
어즈버
胡塵이 蔽日ᄒᆞ믈 ᄎᆞ마 어이 보리오?

(『청구영언』 가람본 86)

이 작품은 자를 백승(伯升), 호를 화포(花浦), 시호를 충정(忠正)이라고 하는 홍익한(洪翼漢 : 3919 - 3970)이 지은 병자호란 때에 청나라에 저항하여 지은 것이다. 지은이는 인조 2(3957)년 문과에 급제하여 벼슬이 사헌부 장령(司憲府掌令)이 되었을 때에 청나라가 사신을 보내어 조선을 속국으로 다루는 모욕적인 발언을 하매 그 사신을 죽이라고 건의하여 청나라에 잡혀가 순절한 병자 삼학사(丙子三學士)의 한 사람이다. 저술로는 단가 2수와 문집 『花浦先生文集(화포선생문집)』·『花浦朝天錄(화포조천록)』 등이 있다.

⑰ 離別하든 날에

피눈물이 는지 만지
鴨綠江 ᄂᆞ린 물이 프른 빗치 전혀 업ᄂᆡ.
비우희
허여 셴 沙工이 처음 보다 ᄒᆞ더라.

(『악학습령』 209)

이 작품은 자를 휘세(輝世), 호를 학곡(鶴谷), 시호를 문정(文靖)이라고 한 홍서봉(洪瑞鳳 : 3905 - 3978)이 병자호란에 패배하고 볼모로 잡혀가는 많은 사람들과 이별하면서 피로 물든 압록강 가에서 지은 것이다. 지은이는 선조 27(3927)년 문과에 급제하여 벼슬이 좌의정에 이르렀다. 지은이는 주화파(主和派)의 거두로 병자호란 뒷수습에 공이 컸다. 저술로는 문집 『鶴谷集(학곡집)』이 있다.

⑱ 貧賤을 풀라 ᄒᆞ고,
權門에 드러가니,
침 업슨 흥졍을 뉘 몬져 ᄒᆞ쟈 ᄒᆞ리?
江山과
風月을 달나 ᄒᆞ니 그는 그리 못ᄒᆞ리.

(『악학습령』 205)

이 작품은 자를 선술(善述), 호를 현주(玄洲)라고 한 조찬한(趙纘韓 : 3905 - 3964)이 지은 것이다. 지은이는 선조 39(3939)년 문과에 급제하여 벼슬이 예조참의에 이르렀다. 저술로는 단가 2수와 문집 『玄洲集(현주집)』이 있다.

⑩⑨ 헌옷 닙고 미쥭 먹고
내내 幕애 누어시니,
외다 올탄 말이 업슬 덧ᄒᆞ다마는
그려도
날 외다 ᄒᆞ니 내 그른가 ᄒᆞ노라.

(『龍潭錄(용담록)』

이 작품은 자를 옥보(沃夫), 호를 용담(龍潭)이라고 한 김계(金啓 : 3908 - 3990)가 지은 것이다. 지은이는 저술로 뜻글 문집 『龍潭集(용담집)』과 단가 35수가 전한다.

⑪⓪ 空山이 寂寞ᄒᆞᆫ듸
슬피 우는 져 杜鵑아!
蜀國 興亡이 어제 오늘 아니어든
至今에
피 나게 우러 ᄂᆞᆷ의 애를 긋ᄂᆞ니.

(『악학습령』 3)

이 작품은 자를 가신(可信), 호를 만운(晩雲), 시호를 충무(忠武)라고 한 정충신(鄭忠信 : 3909 - 3969)이 지은 것이다. 지은이는 임진왜란 때에 17세의 소년으로 광주목사(光州牧使)의 명을 받아 의주(義州)에 계시는 왕께 적정을 보고하러 달려가 당시의 병조판서인 이항복(李恒福 : 3889 - 3951)의 사랑을 받아 학

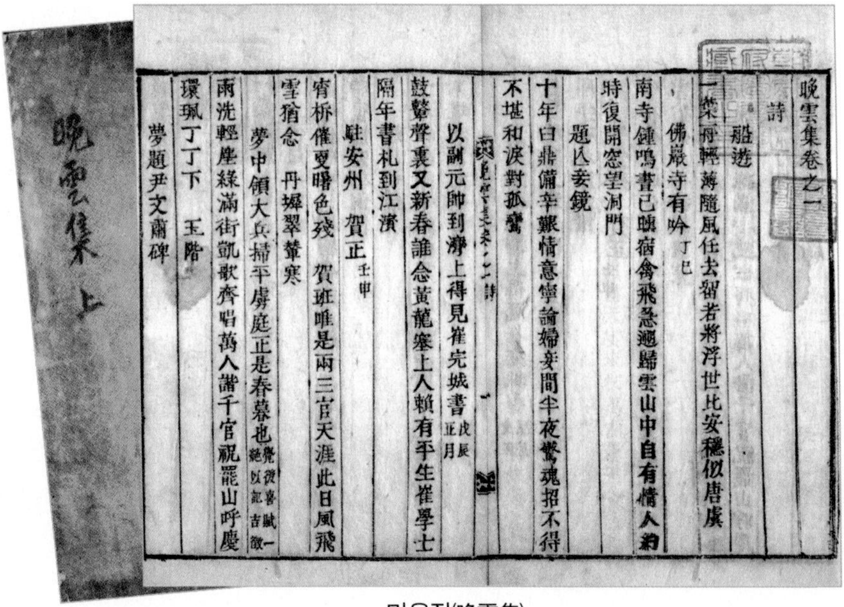

만운집(晩雲集)
청구기호 : 한古朝 46-가1856, 출처 : 국립중앙도서관

업 연찬을 하여 그 해로 무과에 급제하여 벼슬이 포도대장을 지냈다. 문집 『晩雲集(만운집)』과 『白沙北遷錄(백사북천록)』이 전한다.

⑪ 關山 風雪裡예
가시는 벗님내야!
어듸를 가노라 匹馬를 뵈야는다?
塞外예
어득흔 胡塵을 다 쓰로려 가노라.

(『赴北日記(부북일기)』

이 작품은 자를 비윤(丕胤), 호를 반오헌(伴鰲軒)이라고 한 박계숙(朴繼叔 : 3902 - 3979)이 지은 단가 4수 중의 하나이다.

⑫ 功名도 니젓노라.
富貴도 니젓노라.
世上煩憂ᄒᆞᆫ 일 다 주어 니젓노라.
내 몸을
내 ᄆᆞ자 니즈니 ᄂᆞᆷ이 아니 니즈랴?

(『악학습령』 254)

이 작품은 자를 회이(晦而), 호를 죽소(竹所)라고 한 김광욱(金光煜 : 3913 - 3989)이 지은 「율리유곡(栗里遺曲)」 17수 중의 한 수이다. 지은이는 선조 39(3939)년 문과에 급제하여 벼슬이 정언(正言)에 올랐을 때에 광해 7(3948)년 폐모론에 동참하지 아니하여 삭직되매 행주(幸州)에서 10년을 은거하다가 인조반정 뒤에 복직되어 벼슬이 형조판서에 이르렀다. 저술로는 단가 19수와 문집 『竹所遺稿(죽소유고)』가 전한다.

⑬ 草堂에 일이 업서
ᄒᆞᆫ 낫대를 버들 삼아
白石 淸溪에 오면 가면 ᄒᆞ는 ᄠᅳᆺ은
子陵의
녯 낙던 고기를 낫가 보랴 ᄒᆞ노라.

(『澗松追慕錄(간송추모록)』)

이 작품은 호를 휴휴자(休休子)라고 한 조식(趙埴 : 3918-3977)이 지은 단가 4수 중의 하나이다.

⑭ 우는 거시 벅구기가
프른 거시 버들숩가?
漁村 두어 집이 넛속의 나락 들락
말가흔
기픈 소희 온갇 고기 쒸노느니.

(『孤山遺稿(고산유고)』 39)

이 작품은 자를 약이(約而), 호를 고산(孤山)·해옹(海翁), 시호를 충헌(忠憲)이라고 한 윤선도(尹善道 : 3920-4004)가 지은 「어부사시사(漁父四時詞)」의 한 수이다. 지은이는 광해군 4(3945, 1612)년에 사마시에 합격하여 성균관의 유생(儒生)으로 이이첨(李爾瞻) 일당의 횡포를 상소하여 경원(慶源)으로 유배되었다가 기장(機張)으로 이배되어 지내다 인조반정 뒤에 풀려나 의금부도사(義禁府都事)가 되었으나 곧 사퇴하고 해남(海南)에 은거 중 인조 6(3961)년 별시문과 초시에 장원하여 왕자사부(王子師傅)가 되고, 뒤에 문과에 다시 합격하여 벼슬이 각조 참의에 이르렀다. 남인계의 거두로 예론(禮論)에 얽혀 귀양생활을 오래 하였다. 저술로는 문집 『孤山遺稿(고산유고)』와 단가 75수가 있다.

⑮ 拔山力 蓋世氣는

楚覇王의 버금이오.
秋霜節 烈日忠은 伍子胥의 우히로다.
千古에
凜凜훈 丈夫는 壽亭候ㅣ가 ᄒᆞ노라.

(『악학습령』 271)

이 작품은 자를 영백(英伯), 호를 고송(孤松), 시호를 충민(忠愍)이라고 한 임경업(林慶業 : 3927-3979) 장군이 지은 것이다. 지은이는 광해 10(3951)년 문과에 급제하여 벼슬이 여러 고을의 목사와 평안도 병마절도사 등을 지냈다. 극단적인 친명배청파(親明排淸派)로 명나라의 총병(摠兵) 벼슬을 받기도 하고, 청나라의 수군장(水軍將)과 주사상장(舟師上將)이 되기도 하였으나, 결국 작고할 때에는 국내에서 역적모의에 연루되어 장살되었다. 그의 파란만장한

임경업(林慶業) 초상
크기 : 세로 150.3cm, 가로 91.9cm, 소장품번호 : 덕수 3313, 출처 : 국립중앙박물관

전쟁 영웅담은 국문 소설 『임경업전』을 낳게 하였다.

> ⑯ 내라 그리거니,
> 네라 아니 그릴넌가?
> 千里蠻鄕애 얼매나 그리는고?
> 紗窓의
> 슬피 우는 뎌 뎝동새야 不如歸라 말고라.
> 내안 둘 듸 업새라.
>
> (『龍潭錄(용담록)』)

이 작품은 인조대왕(3928 - 3982, 재위 3956 - 3982)께서 병자호란 뒤에 청나라 수도인 심양(瀋陽)에 볼모로 가 있는 소현세자(昭顯世子)가 인조 18(3973)년 2월에 갖방석과 뜻글시를 아버지께 바치자 그것을 보신 인조가 그 아들을 그리워하며 지은 것이다.

> ⑰ 꿈에 단니는 길히
> 자최 곳 날쟉시면,
> 님의 집 窓 밧기 石路라도 달흐리라.
> 꿈길히
> 자최 업스니 그를 슬허 ᄒ노라.
>
> (『악학습령』 638)

이 작품은 자를 천장(天章), 호를 백주(白洲), 시호를 문정(文靖)이라고 한 이명한(李明漢 : 3928 - 3978)이 지은 「몽답혼(夢踏

痕)」이다. 지은이는 광해군 8(3949)년 문과에 급제하여 벼슬이 이조판서에 이르렀다. 병자호란 때 척화파의 한 사람으로 소현세자의 세자이사(世子貳師)가 되어 세자와 함께 심양(瀋陽)에 갔었고, 인조 23(3978)년에는 명나라와 밀통하는 자문(咨文)을 썼다는 이유로 청나라에 다시 잡혀갔다가 뒤에 풀려나 귀국하여 예조판서가 되었다. 저술로는 심양에 있을 때에 인조를 사모한 의분의 단가 6수와 문집 『白洲集(백주집)』이 전한다.

⑱ 君平이 旣棄世ᄒᆞ니,
世亦 棄君平을
醉狂은 上之上이오. 時事ᄂᆞᆫ 更之更이라.
다만지
淸風明月은 간 곳마다 좃닌다.

(『악학습령』 215)

이 작품은 자를 군평(君平), 호를 동명(東溟)이라고 한 정두경(鄭斗卿 : 3930－4006)이 지은 단가 2수 중의 하나이다. 지은이는 인조 7(3962)년에 별시문과에 급제하여 홍문관 제학 · 예조참판에 이르렀다. 저술로 뜻글 문집 『東溟集(동명집)』이 전한다.

⑲ ᄃᆞ나 ᄡᅳ나 니 濁酒 됴코
대톄 메온 질병드리 더옥 됴히.

어론쟈 박 구기를 둥지둥둥 띄여 두고,
아희야!
저리 짐칠만정 업다 말고 내어라.

(『악학습령』 1025)

이 작품은 자를 백창(伯昌), 호를 호주(湖洲), 시호를 문혜(文惠)라고 하는 채유후(蔡裕後 : 3902－3993)가 지은 것이다. 지은이는 인조 1(3956)년에 문과에 급제하여 벼슬이 이조판서에 이르렀다. 저술로 문집 『湖洲集(호주집)』이 있다.

⑫⓪ 漁父 漁父들하!
네 내오 내 네로라.
네 버지 내어니 내 너롤 모롤소냐?
此中의
閑暇훈 生涯는 너와 나와 잇도다.

(『雜卉園集(잡훼원집)』)

이 작품은 자를 경숙(慶叔), 호를 수헌(壽軒)이라고 한 이중경(李重慶 : 3932－4011)이 지은 「어부사(漁父詞)」 5수 중의 하나이다. 지은이는 단가 17수가 있다.

⑫① 술을 醉케 먹고,
거문고를 戲弄ᄒᆞ니,
億萬 시름이 가노라 下直훈다.

아희야!
盞 ᄀ득 부어라 시름 餞送ᄒ리라.

(『악학습령』 217)

이 작품은 자를 유춘(囿春), 호를 양파(陽坡), 시호를 충익(忠翼)이라고 한 정태화(鄭太和 : 3935 – 4006)가 지은 것이다. 지은이는 인조 6(3961)년 문과에 급제하여 벼슬이 영의정에 이르렀다. 저술로는 『陽坡遺稿(양파유고)』와 『陽坡紀年(양파기년)』 등이 있다.

⑫ 群山을 削平턴들
洞庭湖 너를낫다.
桂樹를 버히던들 돌이 더욱 볼글 거슬
뜻 두고
일우지 못ᄒ니 늙기 셜워ᄒ노라.

(『악학습령』 268)

이 작품은 자를 청지(青之), 호를 매죽헌(梅竹軒), 시호를 정익(貞翼)이라고 한 이완(李浣 : 3935 – 1607)이 지은 것이다. 지은이는 인조 2(3957)년 무과에 급제하여 벼슬이 우의정에 이르렀다. 단가 2수가 전한다.

⑬ 반 밤듕 혼쟈 이러
뭇노라 이 닉 숨아!

萬里 遼陽을 어닉 둣 ᄃᆞᆫ녀 온고?
반갑다.
鶴駕仙容을 친히 뵌 듯ᄒᆞ여라.

(『松巖遺稿(송암유고)』)

이 작품은 자를 휘원(輝遠), 호를 송암(松巖)이라고 한 이정환(李廷煥 : 3937-4006)이 지은 「비가(悲歌)」 10수 중의 하나이다. 인조 11(3966)년에 사마시에 급제하였으나 병자호란이 일어나매 벼슬을 단념하고, 부모 섬기기에 전념하며 저술활동을 하여 병자호란에 관한 단가 10수와 문집 『松巖遺稿(송암유고)』를 남기었다.

⑫④ 玉欄에 곳이 픠니
十年이 어느 덧고?
中夜悲歌에 눈물 계워 안자 이셔
살ᄯᅳ리
셜운 마음은 내 혼잰가 ᄒᆞ노라.

(『해동가요』 일석본 217)

이 작품은 자를 수이(守而), 호를 회곡(晦谷), 시호를 문충(文忠)이라고 한 조한영(曺漢英 : 3941-4003)이 지은 단가 2수 중의 하나이다. 지은이는 인조 15(3970)년 문과에 급제하여 벼슬이 경기도 관찰사에 이르렀다. 저술로는 문집 『晦谷集(화곡집)』이 전한다.

⑮ 님이 해오시믜
나는 전혀 미덧더니,
날 ᄉᆞ랑ᄒᆞ던 情을 뉘 손듸 옴기신고?
처음에
믜시던 거시면 이듸도록 셜오랴?

(『악학습령』 266)

이 작품은 자를 영보(英甫), 호를 우암(尤庵)·황양동주(華陽洞主), 시호를 문정(文正)이라고 한 송시열(宋時烈 : 3940－4022)이 효종 10(3992)년 효종이 승하한 뒤에 효종을 애도하여 지은 단가 2수 중의 하나이다. 지은이는 인조 11(3966)년 사마시에 급제하여 봉림대군(鳳林大君)의 사부가 되었다가 병자호란이 일어나매 왕을 호종하였으나 화의가 성립되자 낙향하였다. 정부에서 여러 벼슬로 불러도 나아가지 아니하다 효종이 즉위한 뒤 벼슬길에 다시 나아가 좌의정에 이르렀다. 저술로는 문집『宋子大全

송시열(宋時烈) 초상
국보 제239호, 크기 : 세로 89.7cm, 가로 67.6cm, 소장품번호 : 덕수 2828, 출처 : 국립중앙박물관

(송자대전)』이 있다.

⑫⑥ 林泉은 依舊호되,
處士는 어딕 간고?
桐江을 ᄎᆞ자 간가? 栗里예 놀너 간가?
두어라!
靑山이 말을 ᄒᆞ면 물어볼가 ᄒᆞ노라.

(『敷言一部(부언일부)』 3)

이 작품은 자를 경행(景行)이라고 한 오이건(吳以健 : 3942-4035)이 지은 3수의 단가 중 하나이다.

⑫⑦ 뜻는 ᄆᆞᆯ 셔셔 늙고,
드는 칼 보믜 쪗다.
無情 歲月은 白髮을 ᄌᆡ촉ᄒᆞ니,
어즈버
聖主 鴻恩을 못 갑흘가 ᄒᆞ노라.

(『악학습령』 331)

이 작품은 자를 회이(晦而), 호를 야당(野堂), 시호를 무민(武愍)이라고 한 유혁연(柳赫然 : 3949-4013)이 지은 것이다. 지은 이는 병자호란에 아버지가 전사하매 형제가 함께 출전하였으나 제대로 싸우기 전에 인조의 하산으로 귀가하였다. 인조 22(3977)년 무과에 급제하여 벼슬이 훈련대장에 이르렀다.

⑱ 阿彌陀佛 阿彌陀佛ᄒᆞ야
一心이오 不亂이면,
阿彌陀佛이 卽 現目前ᄒᆞᄂᆞ니,
臨終애
阿彌陀佛 阿彌陀佛ᄒᆞ면 往生極樂ᄒᆞ리라.

(『枕肱集(침굉집)』)

이 작품은 자를 이눌(而訥), 호를 침굉(枕肱), 속성이 윤씨(尹氏)인 침굉대사(枕肱大師 : 3949 - 4017)가 지은 것으로, 불교 포교가이다. 저술로 불교 포고 가사 몇 편과 문집 『枕肱集(침굉집)』이 전한다.

⑲ 世上의 ᄇᆞ린 몸이
畎畝의 늘거가니,
밧것 일 내 모ᄅᆞ고 ᄒᆞᄂᆞᆫ 일 무ᄉᆞ 일고?
이 中의
憂國誠心은 年豐을 願ᄒᆞ노라.

(『存齋集(존재집)』)

이 작품은 자를 익문(翼文), 호를 존재(存齋)라고 한 이휘일(李徽逸 : 3952 - 4005)이 지은 「저곡전가팔곡(楮谷田家八曲)」 8수 중의 첫 수이다. 지은이는 벼슬에 뜻을 두지 아니하고, 오로지 학업 성취에 전념하였다. 후에 학행으로 천거되어 참봉이 제수되었으나 사양하고 나아가지 아니하였다. 저술로는 문집

『存齋集(존재집)』이 전한다.

⑬⓪ 日中 三足烏야!
가지 말고 내 말 드러
너희는 反哺烏라 烏中之曾參이로다.
北堂에
鶴髮 雙親을 더듸 늙게 ᄒᆞ여라.

(『악학습령』 269)

이 작품은 자를 중옥(仲玉), 호를 송호(松湖)라고 하는 허정(許珽 : 3954-?)이 지은 단가 2수 중의 하나이다. 지은이는 효종 2(3984)년 별시 문과에 급제하여 벼슬이 승지와 부윤을 지냈다. 창곡(唱曲)에 뛰어났다고 한다.

⑬① 主辱臣死라 ᄒᆞ니,
내 주검즉 ᄒᆞ다마는
큰 칼 녀픠 ᄎᆞ고 이제도록 사랏기는
聖主의
萬德中興을 다시 보려 ᄒᆞ노라.

(『청구영언』 진본 398)

이 작품은 자를 용함(用涵), 호를 송계(松溪), 시호를 충경(忠敬)이라고 한 인평대군(麟平大君) 이요(李㴭 : 3955-3991)가 지은 병자호란 이후의 비분(悲憤)의 단가 5수 중의 하나이다. 지은이는 인조의 3남이며 효종의 아우이다. 인조 18(3973)년에 장형 소현세자와 중형 봉림대군과 함께 심양(瀋陽)으로 볼모로 잡혀갔다가 이듬해 돌아왔고, 효종 1(3983)년 이후 여러 차례 사은사(謝恩使)로 청나라에 다녀왔다. 저술로는 문집『松溪集(송계집)』, 사행 기행집인『燕行錄(연행록)』,『山行錄(산행록)』이 전한다.

⑬② 壁上에 도든 가지
孤竹君의 二子로다.
首陽山 어듸 두고 半壁에 와 걸녓는다?
이제는
周武王 업스니 ᄒᆞ마 난들 엇더리?

(『악학습령』 326)

이 작품은 자를 자서(子西), 호를 묵재(默齋)·묵졸재(默拙齋)라고 한 이화진(李華鎭 : 3959－4029)이 지은 단가 3수 중의 하나이다. 지은이는 현종 14(1673)년 문과에 급제하여 병조참의에 이르렀으며, 지방관을 지낼 때에는 선정을 베풀어 고을마다 칭송이 자자하였다. 저술로 문집『默拙齋集(묵졸재집)』이 있다.

⑬③ 東窓이 붉앗는야?
노고지리 우지진다.
쇼 칠 아희는 至今 아니 이러ᄂᆞ냐?

지 너머
ᄉᆞ릐 긴 밧츨 언제 갈냐 ᄒᆞᄂᆞ니?

(『악학습령』 329)

이 작품은 자를 운로(雲路), 호를 약천(藥泉)·미재(美齋), 시호를 문충(文忠)이라고 한 남구만(南九萬 : 3962-4044)이 지은 것이다. 지은이는 효종 7(1656)년 별시문과에 급제하여 벼슬이 영의정에 이르렀다. 숙종이 희빈 장씨(禧嬪張氏)의 사사(賜死)를 결정하매 가벼운 벌을 주장한 지은이는 벼슬을 그만두고 낙향하기도 하였다. 저술로는 문집 『藥泉集(약천집)』이 있다.

⑬④ 寬谷 너븐 ᄠᅳᆯ히
北海를 벼여 이셔
天地 삼긴 후에 몃 사람 ᄃᆞᆫ녀 간고?
이제와
卜居焉ᄒᆞ니 百年 살가 ᄒᆞ노라.

(『寬谷先生實記(관곡선생실기)』)

이 작품은 자를 원잠(元潛), 호를 관곡(寬谷)이라고 한 김기홍(金起泓 : 3968-4034)이 지은 「관곡팔경(寬谷八景)」 8수의 단가 중 첫째 수이다. 여기서 북해는 북동해를 이르고, 관곡(寬谷)은 지금의 북한에 있는 함경북도 나진시(羅津市)와 웅기시(雄基市)의 중간에 있는 지명이다.

⑬⑤ 世上이 ᄇᆞ리거놀
나도 世上을 ᄇᆞ린 後의
江湖의 님자 되야 일업시 누어시니,
어즈버
富貴功名이 꿈이론 ᄃᆞᆺ ᄒᆞ여라.

(『支庵日記(지암일기)』)

이 작품은 자를 재경(載卿), 호를 지암(支庵)이라고 한 윤이후(尹爾厚 : 3969 – 4012)가 지은 「일민가(逸民歌)」 2수 중의 한 수이다. 지은이는 고산(孤山) 윤선도(尹善道)의 손자요, 공재(恭齋) 윤두서(尹斗緖)의 아버지이다. 54세인 숙종 15(4022)년에 문과에 급제하여 벼슬이 함평현감(咸平縣監)을 지냈다. 저술로는 문집 『支庵日記(지암일기)』가 있는데, 이 안에 「일민가(逸民歌)」 장가 1편도 들어 있다.

⑬⑥ 秋水는 天一色이요.
龍舸는 泛中流라.
簫鼓 一聲에 解萬古之愁兮로다.
우리도
萬民 다리고 同樂太平ᄒᆞ리라.

(『악학습령』 39)

이 작품은 숙종(肅宗 : 재위 4007 – 4053)이 지은 것으로 알려진 것이다.

⑬⑦ 夏禹氏 濟江홀 제
負舟ᄒᆞ던 져 黃龍아!
滄海를 어듸 두고 半壁에 와 걸렷는다?
아모리
興雲作雨ᄒᆞᆫ들 蝘蜓갓치 보리라.

(『시가』 박씨본 21)

이 작품은 경종(景宗 : 4001 - 4057)이 지은 것이라고 한다.

⑬⑧ 놉풀샤 昊天이며
듯터울샤 坤元이라.
昊天과 坤元인들 慈恩에셔 더ᄒᆞ시며
놉고 놉푼 華崇과 河海라 ᄒᆞᆫ들 慈恩과 갓틀손가?
아흡다.
우리 太母 聖恩은 헤아리기 어려웨라.

(『가곡원류』 하합본 471)

이 작품은 영조(英祖 : 재위 4058 - 4109)가 지은 단가 2수 중의 하나이다. 여기서의 태모(太母)는, 곧 인현왕후 민씨(仁顯王后閔氏)를 가리키는 것이다.

필자는 이제까지 변계량(卞季良 : 3702-3763) · 성수침(成守琛 : 3826 - 3897) · 이정보(李鼎輔 : 4026 - 4099)의 작으로 알려진 다음 작품을 영조의 작품으로 보았다.[36]

36 최강현, 「치천하 오십년가의 지은이를 살핌」, 『한실 이상보 팔순기념논총』, 2007.

治天下 五十年에
不知왜라 天下事를
億兆蒼生이 戴己를 願ᄒᆞᄂᆞ냐?
康衢에
聞童謠ᄒᆞ니 太平인가 ᄒᆞ노라.

이 시기에 이르러 임금님들의 작품이 3대에 걸쳐 지어진 것은 괄목할 만한 일이다.

영조(英祖) 어진(御眞)
보물 제932호, 국립고궁박물관 소장

1. 2. 가곡 · 시조의 병존시대

이 시대는 시조(時調)라는 창곡(唱曲 : 음악 · 국악) 명칭이 나타나서 기존의 가곡과 함께 존재하게 된다. 숙종 때 사람인 병와(甁窩) 이형상(李衡祥 : 3985 – 4066)의 『樂學拾零(악학습령)』의 「音節圖(음절도)」에는 다음과 같은 기록이 있다.

> 조선의 양덕수(梁德壽)가 거문고 악보를 지어서 "梁琴新譜(양금신보)"라고 하였는데, 그것을 "고조(古調)"라 일컬었고, 김성기(金成器)는 거문고 악보를 지어서 "漁隱遺譜(어은유보)"라고 하였는데, 그것을 "시조(時調)"라고 하였다.[37]

라고 하였는데, 여기서의 김성기(金成器)는 "김성기(金聖器)"의 잘못인 듯하다.

또 『양금신보』는 지금도 전하여 오고 있는 광해군 2(3943)년에 양덕수가 임실현감(任實縣監)으로 있으면서 당시의 가객이던 김두남(金斗南)의 보법(譜法)을 바탕으로 간행한 거문고의 악보 책이다. 이것은 『世祖樂譜(세조악보)』의 6대강(大綱)에다가 『合字譜(합자보)』와 『肉譜(육보)』를 가지고 기보(記譜)한 것이다. 이것을 고조(古調)라고 한 것은 곧 가곡(歌曲)을 이르는 것이 분명하다. 그에 반하여 『어은유보』를 "시조(時調)"라

37 "本朝梁德壽作琴譜稱梁琴新譜謂之古調本朝金成器作琴譜稱漁隱遺譜謂之時調."

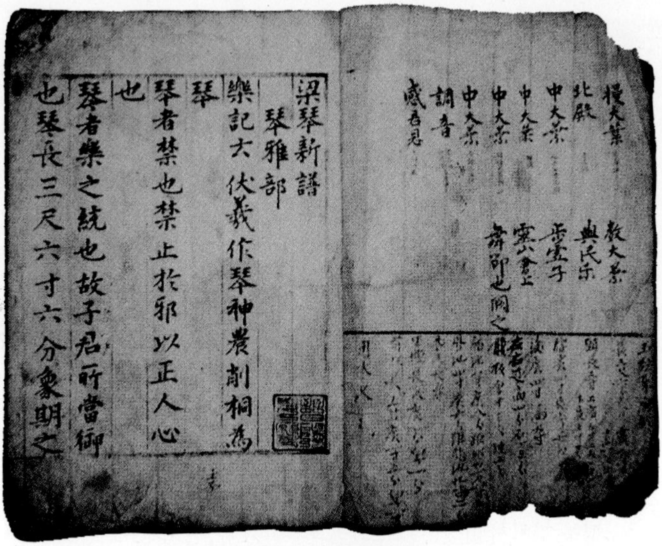
梁琴新譜
琴雅部
樂記大伏羲作琴神農削桐為
琴
琴者禁也禁止於邪以正人心
也
琴者樂之統也故君子所當御
也琴長三尺六寸六分象朞之

양금신보(梁琴新譜)
문화재자료 제308호, 출처 : 문화재청

고 한 것으로 보면, 시조는 곧 『악학습령』이 엮어질 숙종 38(4040)년 당시의 악보라는 것을 이해할 수 있다.

따라서 늦어도 숙종 이전 시대에는 지금 우리가 이 자리에서 말하는 "시조(時調)"라는 말 자체가 있을 수 없다는 것을 거듭 확인할 수가 있다.

또 석북(石北) 신광수(申光洙 : 4045－4108)의 『石北集(석북집)』 권10, 「關西樂府(관서악부)」 기(其) 15에는 다음과 같은 기록이 있다.

初唱聞皆說太眞　처음 노래 들으면 다 태진을 말한다.

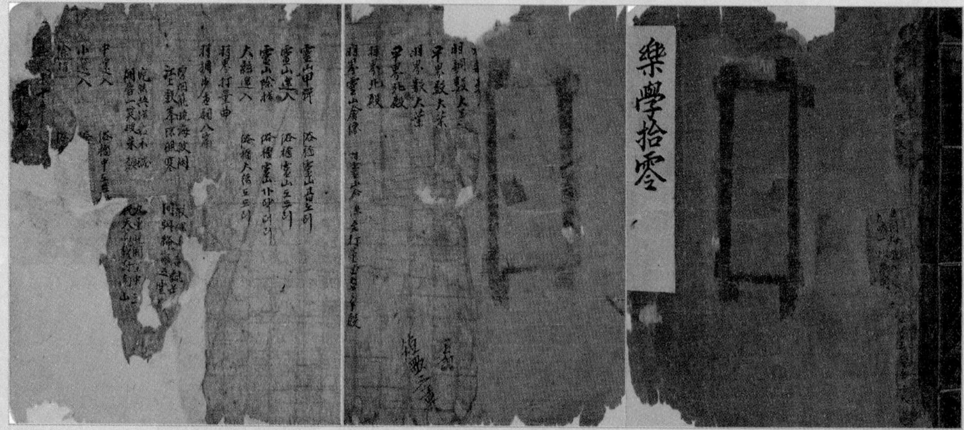

악학습령(樂學拾零)
보물 제652-3호, 이형상 수고본 – 악학습령(李衡祥 手稿本 – 樂學拾零),
경북 영천시 완산이씨 병와공파종회 소유, 출처 : 문화재청

至今如恨馬嵬塵　지금도 마외에서 죽은 원혼 슬퍼하네.
一般時調排長短　일반으로 시조는 짧은 노래 길게 불러
來自長安李世春　서울서 온 이세춘이 처음 그리 불렀다네.

라고 하여 서울에서 가객 노릇을 하던 이세춘(李世春)[38]이 평양에 와서 『악학습령』 782로 전하고 있는 아래의 작품을 노래한 듯하다.

一笑百媚生이 太眞의 麗質이라. 明皇도 이러므로 萬里幸蜀

38 이세춘 = 『석북집』 권 5, 「증가자 이응태(贈歌者李應泰」에 "當世歌豪李世春"이라고 있다.

ᄒᆞ시도다. 馬嵬에 馬前死 ᄒᆞ니 그를 슬허 ᄒᆞ노라.

[이삭대엽(二數大葉)]

라는 가곡창(歌曲唱)인 150점(點)의 빠른 곡조의 노래를 58점(點)으로 길게 늘리어 3장체로 노래한 데에서 "시절가조(時節歌調)"를 줄여 "시조(時調)"라고 부르게 된 것을 보충 설명하고 있다.[39]

이러한 시조(時調)는 그 가락이 음악을 전공한 전문가가 아닌 일반인들까지도 쉽게 배울 수 있게 노래 곡조가 늘어지고 까다롭지 아니하므로 나무하는 나무꾼이 지게 목발을 두드리면서도 부를 수 있을 만큼 급속도로 전국에 퍼졌다. 그래서 국악 창사(唱詞)로는 지역 단위별로 사투리의 성조적(聲調的) 특징을 가지고 발달되어 경조(京調 : 京制, 서울지방 시조), 내포조(內浦調 : 內浦制, 아산 중심의 충청도 지방 시조), 영조(嶺調 : 嶺制, 영남지방의 시조), 완조(完調 : 完制, 전라도 지방의 시조)로 유형화되기도 하고, 형식을 중심으로 평시조(平時調), 엇시조(旕時調), 사설시조(辭說時調) 등의 유형으로 발달되기에 이르렀다.

그리고 이처럼 시조를 노래하는 사람들이 많아지매 숙종 때 이후부터 음악 전문인인 가객(歌客)에 의하여 많은 가집(歌集)들도 엮어지게 된다. 현재 전하는 중요 가집들을 정리하여 보

39 "(註) 太眞盖關西妓流當筵輒先唱此曲曲曰一笑百媚生太眞麗質明皇所以幸蜀可憐馬嵬坡下馬前死千古女娘悲李世春京城人也."

이면 대략 아래와 같다.

① 병와(甁窩) 이형상(李衡祥 : 3985 – 4066), 『樂學拾零(악학습령)』, 숙종 38(4040)년.
② 남파(南坡) 김천택(金天澤 : 4020 – 4091), 『靑丘永言(청구영언)』, 영조 4(4061)년.
③ 편자 미상(編者未詳), 『解我愁(해아수)』, 영조 37(4094)년.
④ 노가재(老歌齋) 김수장(金壽長 : 4023 – ?), 『海東歌謠(해동가요)』, 영조 39(4096)년.
⑤ 송계연월옹(松桂煙月翁), 『古今歌曲(고금가곡)』, 순조 24(4157)년.
⑥ 편자 미상(編者未詳), 『南薰太平歌(남훈태평가)』, 철종 14(1863)년.

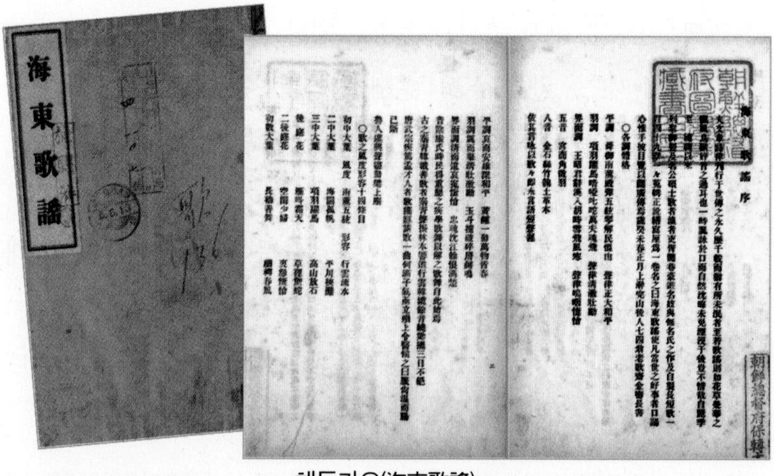

해동가요(海東歌謠)
청구기호 : 한古朝48-82-2-156, 국립중앙박물관 소장

⑦ 편자 미상(編者未詳), 『女唱類聚(여창유취)』, 고종 3(4199)년.

⑧ 설봉(雪峰), 『女唱歌謠錄(여창가요록)』, 고종 7(4203)년.

⑨ 운애(雲崖) 박효관(朴孝寬 : 4114 - 4213) · 주옹(周翁) 안민영(安玟英 : 4149 - 4227), 『歌曲源流(가곡원류)』, 고종 13(4209)년.

⑩ 편자 미상(編者未詳), 『東歌選(동가선)』, 편찬 연대 미상.

또 이 시대에는 개인들의 자작 가집이라고 할 만큼 한 사람이 다수의 작품들을 창작하기도 하였다. 그 대표적인 보기들을 제시하면 아래와 같다.

① 놈으로서 親호 사름
벗이라 닐러시니,
有信 곳 아이ᄒᆞ면 사괼 줄이 이실소냐?
우리는
어진 벗 아라서 責善을 바다 보리라.

(『청구영언』 진본 201)

이 작품은 자를 화숙(和叔), 호를 최락당(最樂堂)이라고 한 낭원군(朗原君) 이간(李偘 : 3973 - 4032)이 지은 단가 30수 중의 하나이다. 지은이는 왕족으로 도정(都正)을 거쳐 숙종 2(4009)년 사은사(謝恩使)로, 숙종 12(1686)년 동지 겸 진주사(冬至兼陳奏使)로 청나라를 다녀왔다.

② 江山아! 나 왓노라.

白鷗야 반갑고야
淸風明月도 기ᄃᆞ려 줄줄 알건마ᄂᆞᆫ
聖恩이
ᄒᆞ 至重ᄒᆞ신 自然遲滯ᄒᆞ여라.

(『馬史抄(마사초)』)

이 작품은 자를 성원(聖源), 호를 백석정(白石亭)이라고 하는 신교(申灚 : 3974－4036)가 지은 「귀산음(歸山吟)」 8수 중의 하나이다. 지은이는 단가 22수와 문집 『馬史抄(마사초)』를 남기고 있다.

③ 거문고 가약고 ᄒᆡ금
피리 댱고 섯거 ᄐᆞ며
나삼을 반만 드러 보허ᄉᆞ로 얼러 추니,
밤듕만
금연화촉의 취ᄒᆞᄂᆞᆫ 쥴 몰레라.

(『玉所稿(옥소고)』 15)

이 작품은 자를 조원(調元), 호를 옥소(玉所)·백월(百越)이라고 한 권섭(權燮 : 4004－4092)이 지은 76수 단가 중의 하나이다.

④ 잘 가노라 닷지 말며
못 가노라 쉬지 말라.
브ᄃᆡ 긋지 말고 寸陰을 앗겻슬아.
가다가

中止 곳 ᄒᆞ면 안이 감만 못ᄒᆞᆫ이라.

(『해동가요』 주씨본 427)

이 작품은 자를 이숙(履叔)·백함(伯涵), 호를 남파(南坡)라고 한 김천택(金天澤 : 4020-4091)이 지은 단가 75수 중의 하나이다. 지은이는 숙종 때에 포교(捕校)를 지냈다. 창곡(唱曲)에 조예가 있어 영조 4(1728)년에 단가집인 『靑丘永言(청구영언)』을 편찬하여 조선시대 단가 연구에 귀중한 보물이 되었다. 같은 가객인 김수장(金壽長 : 4003-?)과 힘을 모아 경정산가단(敬亭

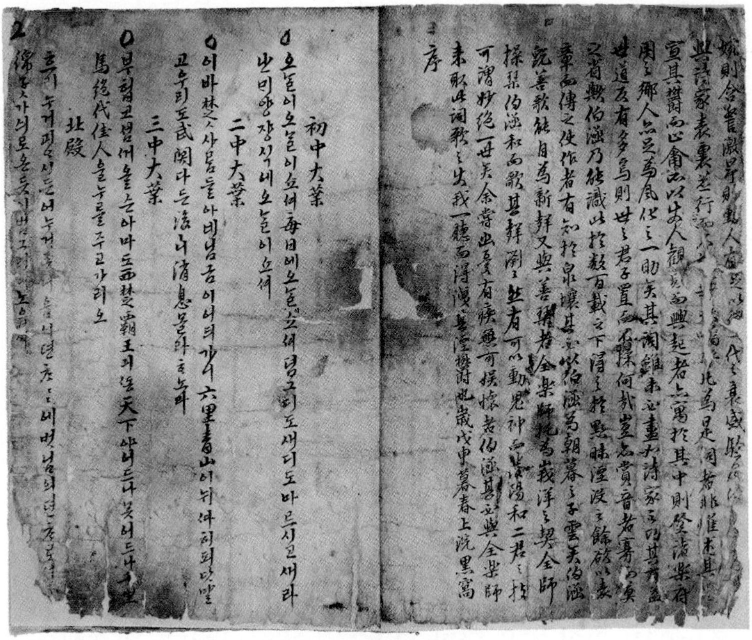

청구영언(靑丘永言)
출처 : 국립한글박물관

山歌壇)을 개설하고 후진 양성에 힘썼다.

⑤ 고이ᄒᆞ다. 내 일이야.
ᄒᆞᆫ ᄆᆞᄋᆞᆷ 두 가지다.
양ᄌᆞ에 진심ᄒᆞ고 事親에 未盡ᄒᆞ니,
慈烏의
未反哺ᄂᆞᆫ 내 恨인가 ᄒᆞ노라.

(『閑說堂遺稿(한열당유고)』)

이 작품은 자를 계중(繼仲), 호를 한열당(閑說堂)이라고 한 안창준(安昌俊 : 4020-4104)이 지은 단가 「한열이십오병시가(閑說二十五幷詩歌)」 24수 중의 12번째 노래이다. 지은이는 이 작품에 대하여 “내가 자식을 기르면서 이제야 나의 불효를 알게 되었다.[養子方知我不孝.]”라고 하였다.

⑥ 검으면 희다 ᄒᆞ고,
희면 검다 ᄒᆞ네.
검거나 희거나 올타 ᄒᆞ리 전혀 업다.
출하로
귀 막고 눈 감아 듯도 보도 말리라.

(『해동가요』 주씨본 499)

이 작품은 자가 자평(子平), 호가 노가재(老歌齋)인 김수장(金壽長 : 4023-?)이 지은 단가 117수 중의 하나이다. 지은이는 숙종 때에 병조(兵曹)의 서리(胥吏)를 지낸 가객(歌客)이다. 영조 22(4079)년에 『해동가요』를 편찬하기 시작하여 영조 46 (4103)년에 완성하고, 자작 단가 117수도 싣고 있다.

⑦ 功名을 모르노라.
江湖에 누어 잇셔
蘋洲에 狎鷺ᄒᆞ고 柳岸에 聞鶯이로다.
씻씌로
往來漁笛은 나의 興ᄃᆡ을 돕는다.

(『청구가요』 2)

이 작품은 자를 성백(聖伯), 호를 백도(伯道)라고 한 김우규(金友奎 : 4024-?)가 지은 18수의 단가 중 하나이다. 지은이는 어려서부터 가곡에 재능이 뛰어나 김수장(金壽長)과 교유하며 박상건(朴尙健)을 사사(私師)하였다.

⑧ 淵明 歸去來辭 짓고,
柴桑으로 도라갈 제
雲無心而出岫ᄒᆞ고 鳥倦飛而知還이로다.
아마도
五柳淸風을 못 미츨가 ᄒᆞ노라.

(『악학습령』 422)

이 작품의 지은이는 이정보(李鼎輔 : 4026-4099)이다. 훈민정음이 창제되어 일반인이 활용하게 된 이후 200여 년의 작품으로는 훈민정음 창제 초기의 작품보다도 오히려 국자 활용의 실력이 뒤떨어진다고 하겠다. 이정보의 자는 사수(士受), 호가 삼주(三洲), 시호는 문간(文簡)이다. 영조 8(4065)년에 문과에 급제하여 벼슬이 각조 판서와 대제학(大提學)을 지냈다. 저술로는 작가가 중복되는 것 5수를 제외한 95수의 단가가 전한다.

> ⑨ 벼슬을 져마다 ᄒᆞ면,
> 農夫ᄒᆞ리 뉘 이시며,
> 醫員이 病 고치면 北邙山이 저려 ᄒᆞ랴?
> 아희야!
> 盞 ᄀᆞ득 부어라. 내 뜻대로 ᄒᆞ리라.
>
> (『악학습령』 347)

이 작품은 자를 대유(大有), 호를 노가재(老稼齋)라고 한 김창업(金昌業 : 3991－4054)이 지은 것이다. 지은이는 숙종 7(4014)년 사마시에 합격하여 진사가 되고, 숙종 38(4045)년에 큰형 김창집(金昌集 : 3981－4055)이 사은사(謝恩使)로 청나라에 갈 때에 따라가 구경한 청나라의 문물과 산천에 관한 기행록 『老稼齋燕行日記(노가재 연행일기)』를 저술하였다. 경종 1(4054)년의 신임사화(辛壬士禍)로 인하여 노론 4대신의 탄핵으로 형들이 유배되는 비운을 맞아 울분으로 이듬해에 졸하였다. 저술로 문집 『老稼齋集(노가재집)』이 있다.

⑩ 내 ᄆᆞ옴 져버아
놈의 ᄆᆞ옴 싱각ᄒᆞ니,
나 슬흐면 놈 슬코 놈 됴흐면 나 됴흐니,
모로미
己所不念을 勿施於人ᄒᆞ리다.

(『兩棄齋散稿(양기재산고)』)

이 작품은 자를 봉거(鳳擧), 호를 양기재(兩棄齋)라고 한 안서우(安瑞羽 : 3997－4068)가 지은 「유원 십이곡(楡院十二曲)」 3수 중의 하나이다. 지은이는 숙종 20(1694)년 별시문과에 급제하여 벼슬이 울산부사(蔚山府使)에 이르렀다.

⑪ 소금 수릐에 메여시니,
千里馬ㅣ 줄 제 뉘 알며,
돌 속에 ᄊᆞ혀시니 天下寶ㅣ 줄 제 뉘 알니?
두어라
알니 알지니 恨ᄒᆞᆯ 줄이 이시랴?

(『시가』 박씨본 215)

이 작품은 자를 백우(伯雨), 호를 북헌(北軒), 시호를 충문(忠文)이라고 한 김춘택(金春澤 : 4003－4050)이 지은 단가 4수 중의 하나이다. 지은이는 광성부원군(光城府院君 : 숙종의 장인)

김만기(金萬基)의 손자로 숙종 15(1689)년 기사환국(己巳換局)으로 서인이 몰락하면서 가정이 파탄에 빠지고 유배지를 전전하며 역경의 생애를 보내었다. 작은 할아버지인 서포(西浦) 김만중(金萬重)의 소설 『구운몽(九雲夢)』과 『사씨남정기(謝氏南征記)』를 국문으로 뒤치었다고 한다. 그 밖의 저술로 문집 『北軒集(북헌집)』이 있다.

서포(西浦) 김만중(金萬重) 영정
문화재자료 제48호, 출처 : 문화재청

⑫ 보리밥 파 生菜를
量 맛차 먹은 後에
茅齋를 다시 쓸고 北窓下에 누엇시니,
눈 압해
太空 浮雲이 오락가락 하놋다.

(屛谷先祖內政篇(병곡선조내정편)』 3)

이 직품은 자를 방숙(方叔), 호를 병곡(屛谷)이라고 한 권구(權榘 : 4005 - 4082)가 지은 단가 9수 중의 하나이다. 지은이는 벼슬에 뜻을 버리고, 학문에 전념하여 천문(天文)·주수(籌數)·복서(卜筮)·병가(兵家)에 통달하였다. 저술로 문집 『屛谷集(병곡집)』이 있다.

⑬ 春山에 비 간 후에
퍼기마다 고지로다.
一壺酒 가지고 냇가의 안ᄌᆞ시니,
물 우희
桃花 泛泛하니 武陵인가 ᄒᆞ노라.

(『弄丸齋歌詞集(농환재가사집)』)

이 작품은 자를 중옥(仲玉), 호를 농환재(弄丸齋)·낙은(樂隱)이라고 한 남도진(南道振 : 4007－4068)이 지은 단가 3수 중의 하나이다. 지은이는 벼슬에 뜻이 없어 학문과 음풍농월로 생애를 보냈다. 저술로는 문집 『弄丸齋集(농환재집)』과 『농환재가사집(弄丸齋歌詞集)』이 전한다.

⑭ 龍山이 놉고 놉고
白雲이 깁고 깁다.
줄 업는 거문고를 뉘 아라 들을손야?
두어라
落花滿前溪ᄒᆞ니 世上 알ᄭᅡ ᄒᆞ노라.

(『瑞原聯稿(서원연고)』)

이 작품은 자를 몽뢰(夢賚), 호를 남강(南岡)·백륙(白六)이라고 한 김여(金礪 : 4014 - 4070)가 지은 단가 3수 중의 「용산가(龍山歌)」이다. 지은이는 나주(羅州)의 유학자로 가정적 불우 속에서 유저로 뜻글 시문집인 『瑞原聯稿(서원연고)』가 전한다.

⑮ 東海를 넙다더니,
이제 보니 과연 넙다.
魯仲連 업ᄉᆞ니 뉘 다시 ᄇᆞᆯ롤소니,
아마도
江漢 朝宗은 녯 길인가 ᄒᆞ노라.

(『明村遺稿(명촌유고)』)

이 작품은 자를 지수(智叟), 호를 명촌(明村)이라고 한 박순우(朴淳愚 : 4019 - 4092)가 지은 단가 6수 중의 하나이다. 지은이는 문장에 뛰어나 명망이 높았으나 벼슬길에는 나아가지 아니하고, 금강산을 구경하고 돌아와 지은 글들이 그의 문집 『明村遺稿(명촌유고)』에 전한다.

⑯ 어화 憤홀시고
英雄이 업돗던가?
荊卿匕 子房椎는 일오나 못 일오나
아마도
萬古 英雄은 너뿐인가 ᄒᆞ노라.

(『청구영언』 가람본 221)

이 작품은 자를 시회(時晦), 호를 귀록(歸鹿)·녹옹(鹿翁), 시호를 충효(忠孝)라고 한 조현명(趙顯命 : 4023-4085)이 지은 단가 3수 중의 하나이다. 지은이는 숙종 45(4052)년 증광문과에 급제하여 벼슬이 영의정에 이르렀다. 저술로는 문집 『歸鹿集(귀록집)』이 있다.

⑰ 기러기 다 나라가고
셔리는 몃번 온고?
秋夜도 김도 길샤. 客愁도 하도 하다.
밤즁만
滿庭月色이 故鄕 본 듯ᄒᆞ여라.

(『악학습령』 399)

이 작품은 자를 중례(仲禮), 호를 노강(蘆江)이라고 한 조명리(趙明履 : 4030-4089)가 지은 것이다. 지은이는 영조 7(4064)년 정시문과에 급제하여 벼슬이 형조판서에 이르렀다.

⑱ 靑天의 놉흔 돌아
摩尼 光景 보앗는다?
大海風浪에 指向 업시 홀노 셔셔
南極에
一星 明ᄒᆞᆫ딕 四時長春ᄒᆞ더이다.

(『贈參議公謫所詩歌(증참의공적소시가)』)

이 작품은 자를 양보(良輔)라고 한 이광명(李匡明 : 4034-4111)이 유배지에서 지은 단가 3수 중의 하나이다. 지은이는 이진위(李眞偉)의 아들로 백부 이진유(李眞儒 : 4002-4063)의 죄에 연루되어 갑산(甲山)으로 유배되어 배소에서 작고하였다. 일찍이 벼슬에 뜻이 없어 지금의 인천광역시 강화군 마리산(摩尼山) 밑에서 처조부인 하곡(霞谷) 정제두(鄭齊斗 : 3982-4069)께 수학하여 이른바 강화학파(江華學派)라는 양명학(陽明學)의 대가가 되었다. 저술로는 배소인 갑산에서의 괴로운 삶을 표출한 가사(歌辭)가 1편 전한다.

⑲ 靑山은 萬古靑이오.
流水ᄂᆞᆫ 晝夜流라.
山靑靑 水流流 그지도 읍슬시고.
우리도
긋치지 마라 山水갓치 ᄒᆞ오리라.

(『伴鷗翁遺事(반구옹유사)』)

이 작품은 자를 백첨(伯瞻), 호를 반구옹(伴鷗翁)이라고 한 신지(申墀 : 4039-4113)가 지은 단가 13수 중의 하나이다.

⑳ 반갑다 童子泉아!
그리더니 詠蘇亭을
이제 다시 보니 緣分인가 ᄒᆞ거니와
아마도

인시 황낭ᄒᆞ니 글노 슬허 ᄒᆞ노라.

(『三洞遊山錄(삼동유산록)』)

이 작품은 자를 성여(聖輿)라고 한 김도익(金道翼 : 4043-4117)이 지은 단가 3수 중의 한 수이다.

㉑ 夕陽은 재를 넘고,
梧桐의 비 올 적의
石矼의 가는 사름 거름도 급ᄒᆞᆯ시고.
아무리
급히 간들 풍우를 피ᄒᆞᆯ소냐?

(『石門亭尋眞同遊錄(석문정심진동유록)』)

이 작품은 자를 계징(季澄), 호를 근품재(近品齋)라고 한 채헌(蔡瀗 : 4048-4128)이 지은 단가 8수 중의 하나이다.

㉒ 나아가도 聖恩이요,
물너가도 聖恩이라.
廊廟나 江湖나 간 곳마다 聖恩이라.
이 몸이
一百番 듁어도 ᄆᆞ음은 千千 萬萬春인가 ᄒᆞ로라.

(『無極集(무극집)』)

이 작품은 자를 군한(君翰), 호를 무극(無極)이라고 한 양주익(梁周翊 : 4055-4135)이 지은 단가 10수 중의 하나이다. 지은이는 단가 「감군은가(感君恩歌)」 5수와 「감은곡(感恩曲)」 5수와 문집 『無極集(무극집)』이 있다.

㉓ 도롱이의 홈의 걸고
쇘곱은 쇼 몰고
고동플 뜬 머기며 깃믈 ᄀᆞ ᄂᆞ려갈 제
어딕셔
픔진 벗님 홈ᄭᅴ 가쟈 ᄒᆞᄂᆞᆫ고?

(『三足堂歌帖(삼족당가첩)』)

이 작품은 자를 자화(子華), 호를 존재(存齋)라고 한 위백규(魏伯珪 : 1727 – 1798)가 지은 「농가(農歌)」 9수 중의 하나이다. 지은이는 학행으로 천거되어 벼슬이 옥과현감(玉果縣監) 등 고을 원을 지냈다. 저술로는 문집 『存齋集(존재집)』 등이 있다.

㉔ 君臣은 大義 잇고,
父子ᄂᆞᆫ 至親이며
長幼有序의 兄弟 들고 朋友有信의 師生 드네.
아마도
夫婦 一倫은 五倫之本이라 엇디 無別ᄒᆞ올소냐?

(『頤齋亂藁(이재난고)』)

이 작품은 자를 영수(永叟), 호를 이재(頤齋)라고 한 황윤석(黃胤錫 : 4062 – 4124)이 지은 단가집 『목주잡가(木州雜歌)』 28

수 중의 하나이다. 지은이는 영조 35(1759)년에 사마시에 급제하여 7년 뒤에 유일(遺逸)로 천거되어 벼슬은 목주현감(木州縣監)을 지냈다. 이 작품은 지은이가 목주현감으로 있을 때에 지은 것이다. 저술로 『頤齋亂藁(이재난고)』가 있다. 특히 『頤齋亂藁(이재난고)』 권 25·26에 들어 있는 「華音方言字義解(화음방언자의해)」·「子母辨(자모변)」은 국어 연구에 귀한 자료가 된다.

㉕ 골골이 나는 믈에
흘ᄅᆞ온다 도화로다.
팔월션 어ᄋᆡ 집의 쥰쥬 아이 빗져실가?
잔 싯고
몬져 부여 이개미슈 ᄒᆞ자셔라.

(『愛景言行錄(애경언행록)』)

이 작품은 자를 수여(壽汝), 호를 애경(愛景)이라고 한 문극엽(文極曄 : 4069 - 4137)이 지은 「애경당십이월가(愛景堂十二月歌)」 12수 중의 하나이다.

㉖ 철업순 아희들은
덩덩ᄒᆞ면 굿만 넉여
東西로 奔走ᄒᆞ야 셔실 줄을 모로ᄂᆞᆫ고나.
아마도
그렁 구다가ᄂᆞᆫ 네 ᄆᆞ히 傷홀가 ᄒᆞ노라.

(『金剛永言錄(금강영언록)』 13)

이 작품은 자를 보숙(輔叔), 호를 유와(牖窩), 시호를 간헌(簡獻)이라고 한 김이익(金履翼 : 4076－4163)이 지은 단가 50수 중의 하나이다. 지은이는 정조 9(4118)년 알성문과에 급제하여 벼슬이 강원도 관찰사 · 한성판윤(漢城判尹)을 지냈다. 이 작품은 지은이가 순조 즉위년(4133)에 수렴청정의 대왕대비에 의하여 금갑도(金甲島)에 유배되어 머물 때에 지은 것이다. 저술로는 『金剛永言錄(금강영언록)』 · 『觀城雜錄(관성잡록, 일명 관진잡록)』 · 『循稱錄(순칭록)』 등이 전한다.

㉗ 愛民ᄒᆞ샤 우리 聖上
升遐帝鄕ᄒᆞ단 말가?
無祿ᄒᆞ다 八道百姓 如喪考妣 뉘 ᄋᆞᆫᄒᆞ리?
그날오
北邙山 白骨도 응당 셜워ᄒᆞ리로다.

(『竹菊軒稿(죽국헌고)』)

이 작품은 자를 교여(敎汝), 호를 죽국헌(竹菊軒)이라고 한 김상직(金尙稷 : 1750－1815)이 지은 「감성은가(感聖恩歌)」이다.

㉘ 하ᄂᆞᆯ이 福 가지고
갑슬 보고 주시ᄂᆞ니,
갑시 갑시 아니라 德 닥기가 갑시오니
쟈근 德 큰 德의 德대로 福이로세.
자ᄂᆡ들

福 바드려거든 德 닥기를 힘 쓰시소.

(『蓬萊樂府(봉래악부)』)

이 작품은 자를 여가(汝可), 호를 죽취당(竹醉堂)이라고 한 신헌조(申獻朝 : 4085-4140)의 작이다. 지은이는 정조 13 (4122)년 문과에 급제하여 벼슬이 강원관찰사와 대사간을 지냈다. 저술로는 문집 『竹醉堂遺稿(죽취당유고)』와 25수의 단가집 『蓬萊樂府(봉래악부)』가 전한다. 특히 그의 뜻글 문집에는 국역한 가장(家狀)」이 실려 있다.

㉙ 먼 듸 둙 우러ᄂᆞ냐?
품의 든 님 가랴 ᄒᆞ닉.
이제 보내고도 반 밤이나 남아시니,
ᄎᆞ라리
보내지 말고 남은 정을 펴리라.

(『청구영언』 연민본 245)

이 작품은 자를 사능(士能), 호를 단원(檀園)·단구(丹邱)·서호(西湖)·고면거사(高眠居士)·첩취옹(輒醉翁)이라고 한 김홍도(金弘道 : 4078-?)가 지은 것이다. 지은이는 호조참판 강세황(姜世晃 : 4045-4124)의 천거로 도화서(圖畵署)의 화원(畵員)이 된 뒤에 정조 5(4114)년에 어진화사(御眞畵師)로 정조의 어진을 그렸으며, 용주사(龍珠寺)에서 간행한 『부모은중경(父母恩

강세황(姜世晃) 초상
보물 제590호, 출처 : 문화재청

重經)』의 삽화도 그렸다.

㉚ 뉘라셔 ᄀᆞ마귀를
검고 凶ᄐᆞ ᄒᆞ닷던고?
反哺報恩이 긔 아니 아름다온가?
ᄉᆞ람이
뎌 ᄉᆡ만 못험을 못닉 슬허 ᄒᆞ노라.

(『화원악보』 380)

이 작품은 자를 경화(景華), 호를 운애(雲崖)라고 한 박효관(朴孝寬 : 4133 - 4214)이 지은 15수 중의 하나이다. 지은 이는 전문 가객(歌客)으로 흥선대원군(興宣大院君) 이하응(李昰應 : 4153 - 4241)의 사랑을 받고, 제자 주옹(周翁) 안민영(安玟英 : 4249 - 4327)과 같이 가집 『歌曲源流(가곡원류)』를 편찬하였다.

흥선대원군(興宣大院君) 이하응(李昰應) 영정
시도유형문화재 제141호, 출처 : 문화재청

㉛ 이 몸을 낫코 길러
劬勞허신 닉 父母가
生前과 身後事를 발라나니 子息이라.
아마도
竭力고 養志하여 人子道理 허리로다.

(『삼죽사류(三竹詞流)』)

이 작품은 자를 중화(重華), 호를 삼죽(三竹)이라고 한 조황(趙榥 : 4136 - ?)이 지은 단가 111수가 실려 있는 『삼죽사류(三竹詞流)』 중의 1수이다.

㉜ 가마귀 검다 한들
속까지 검을 소냐?
慈烏 反哺라 하니 새 中에 孝子로다.
사람이
그 안 가트면 가마귀엔들 比하리?

(『尙山集(상산집)』)

이 작품은 자를 군거(君擧), 호를 상산(尙山)이라고 한 지덕붕(池德鵬 : 4147－4205)이 지은 단가 13수 중의 하나이다.

㉝ 하늘이 놉다 ᄒᆞ고,
발 져겨 서지 말며
ᄯᅡ히 두텁다고 ᄆᆞ이 ᄇᆞᆲ지 마를 거시
하늘 ᄯᅡ
놉고 두터워도 내 조심ᄒᆞ리라.

(『악학습령』 389)

이 작품은 자를 도원(道遠), 호를 남곡(南谷)이라고 한 주의식(朱義植 : 숙종 시인)이 지은 단가 18수 중의 하나이다. 지은 이는 숙종 때의 가객(歌客)으로 칠원현감(漆原縣監)을 지낸 것으로만 알려져 있다. 그가 지은 단가는 『청구영언』과 『해동가요』, 『가곡원류』에 흩어져 실려 전한다.

㉞ 구레 벗은 千里馬를
뉘라셔 잡아다가

조쥭 살문 콩에 술지게 먹여 둔들
本性이
외양ᄒᆞ기거니 이실 줄이 이시랴?

(『악학습령』 360)

이 작품은 호를 조은(釣隱)·어은(漁隱)이라고 한 숙종 때의 가객인 김성기(金聖器 : 생몰 연대 미상)가 지은 단가 7수 중의 하나이다. 지은이는 거문고 악보인 『漁隱遺譜(어은유보)』를 저술로 남기었다고 한다.

㉟ 淸風이 習習ᄒᆞ니,
松聲이 泠泠ᄒᆞ다.
譜 업고 調 업스니 無絃琴이 저러턴가?
至今에
陶淵明 간 後ㅣ니 知音ᄒᆞ리 업도다.

(『악학습령』 463)

이 작품은 자를 군헌(君獻)이라고 한 김진태(金振泰 : 생몰연대 미상)가 지은 단가 26수 중의 하나이다.

㊱ 世上 살름들아
聾瞽를 웃지말아
視不見 聽不聞은 녯살람의 警戒로다.
어듸셔

妾伶엣 벗님네는 놈의 是非ᄒᆞ는이?

(『청구가요』60)

이 작품은 자를 여대(汝大)라고 하는 박문욱(朴文郁)이 지은 18수 중의 한 편이다. 지은이는 영조시대 경정산가단(敬亭山歌壇)의 한 사람이었다는 것만 알려져 있다.

㊲ 世上에 ᄆᆞ음이 업서
北山下에 누엇스니,
功名이 可笑ㅣ로다. 自樂이 여긔여니,
이ᄋᆞ고
有意ᄒᆞᆫ 明月은 날을 좃ᄎᆞ 오나다.

(『가곡원류』 103)

이 작품은 자를 신여(愼汝), 호를 매월(梅月)・송풍(松風)이라고 한 김민순(金敏淳)이 지은 15수 중의 하나이다. 지은이는 음사(蔭仕)로 현감(縣監)을 지낸 가객(歌客)이라고 한다.

㊳ 忠臣의 옛자취를
돌머리예 깃터슨져
霜雪이 嚴할ᄉᆞ록 불근 피 어제론 듯
아마도
亘萬古 貞忠大節은 圃隱公을 뵈왓노라.

(『金玉叢部(금옥총부)』 104)

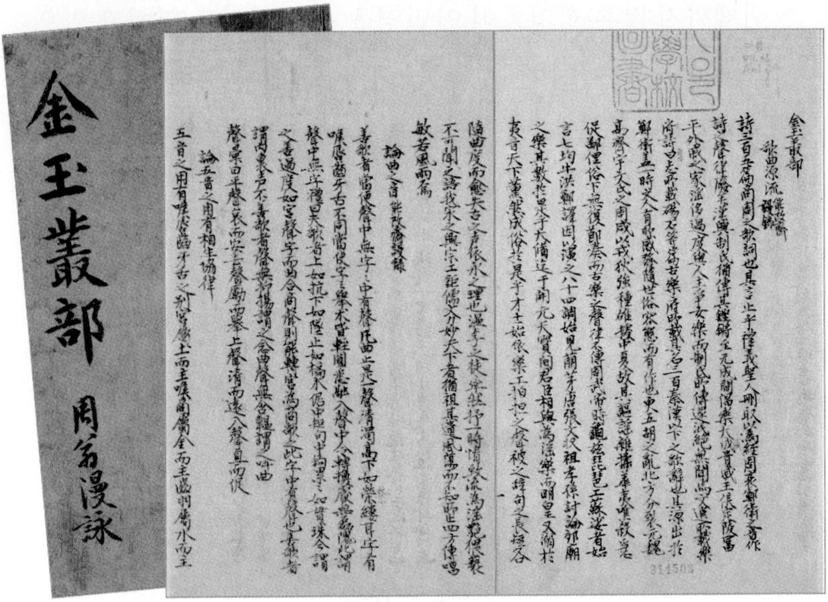

금옥총부(金玉叢部)
청구기호 : 가람古 811.05-Anlg, 출처 : 서울대학교 규장각 한국학연구원

이 작품은 자를 성무(聖武)·형보(荊寶), 호를 주옹(周翁)·구포동인(口圃東人)이라고 한 안민영(安玟英 : 4149 - 4219)이 지은 단가 180수 중의 하나이다. 지은이는 12세 때인 순조 27(4160)년에 거문고를 배우기 시작하여 당대의 명인으로 두각을 나타내어 당시의 최고 권력자인 홍선대원군의 특별한 사랑을 받았다. 스승 운애(雲崖) 박효관(朴孝寬 : 4133 - 4214)과 같이 가집 『歌曲源流(가곡원류)』를 편찬하고, 자기 개인 가집인 『金玉叢部(금옥총부)』(일명 『周翁漫詠(주옹만영)』)를 남기었다.

이제까지 많은 학자들이 안민영을 시조 작가로 일컫고 있으나 실은 그렇지 아니하다. 그것은 그의 저술로 알려진 『금옥총부』의 작품 기록을 보면 확인이 된다. 보기를 들면,

金剛 一萬 二千峰이 눈 아니면 玉이로다.
歇醒樓 올라가니 天上人 되얏거다.
아마도 書不盡畵不得은 金剛인가 허노라.

로 적지 아니하고,

金剛 一萬 二千峰이
눈 아니면 玉이로다.
歇醒樓 올라가니 天上人 되얏거다.
아마도
書不盡畵不得은 金剛인가 허노라.

(『금옥총부』 85)

로 노래 마디를 지은이 스스로가 끊어서 표기한 것을 중요하게 보지 아니하고 그냥 지나쳐 버린 것은 큰 잘못이다. 이것은 곧 지은이 스스로가 나는 산촌의 농사꾼이나 나무하는 초부(樵夫)들이나 소를 먹이는 목동(牧童)들이 흥얼거리는 시조창(時調唱)을 하는 사람이 아니고, 요즈음 말로 표현한다면, 국민 모두에게 우대받는 전문(專門) 국악인(國樂人)이라는 자부심을 나타낸 것이라고 보아 "시조 작가 안민영"이 아닌 "단가(가곡)

작가 안민영" 으로 대우하여야 옳다고 본다.

㊴ 이 몸이 쑴이 되어 임의 침샹 넌짓 가서
분명히 현몽ᄒᆞ면 놀나 씨어 반기련이
엇지타 슈심의 못 이룬 쟘이 그도 어려
(『風雅(풍아)』 대 105)

이 작품은 자를 좌보(左甫), 작호(爵號)를 경평군(慶平君)이라고 한 조선 왕실의 종친인 이세보(李世輔 : 4165－4228)가 지은 시조(時調) 458수 중의 하나이다. 지은이는 조선 왕실의 후예로 풍계군(豊溪君) 당(瑭)에 입양되어 22세 때인 철종 4(4186)년에는 현록대부(顯祿大夫 : 정1품관)가 되어 철종의 수라 감선관(監膳官)이 되었으며, 26세 때인 철종 8(4190)년에는 동지겸 사은사로 청나라를 다녀왔다. 당시의 왕실 인척들의 세도정치에 밀리어 철종 11(4193)년에 전라도 신지도(薪智島)로 귀양가 위리안치(圍籬安置)되었다가 고종이 즉위하매 수렴청정의 조대비(趙大妃)가 향리로 석방할 것을 명하여 풀려났다. 뒤에 흥선대원군(興宣大院君)의 돌봄에 힘입어 벼슬이 각조 참판과 공조판서와 판의금부사(判義禁府事)를 지냈다. 저술로는 유배지에서 지은 시조집(時調集) 『풍아(風雅)』 대소 2책과 『시가(詩歌)』 1책과 『薪島日錄(신도일록)』 1책이 현재 전하고 있다.

위에서 조선시대 단가의 발전 양상을 작품 중심으로 엿보았다.

조선왕조 전 시대를 통하여 전문 가객(歌客)들에 의하여 관현반주(管絃伴奏)가 따르는 전통의 성악곡과 그에 실려 노래된 가곡은,

> (전략) 선율이 우조라는 음계와 계면조라는 음계에 걸쳐서 거의 20여 곡이 넘는다. 초삭대엽(初數大葉), 이삭대엽(二數大葉), 삼삭대엽(三數大葉), 중거(中擧), 평거(平擧), 두거(頭擧), 소용(搔聳), 우롱(羽弄), 우락(羽樂), 언락(言樂), 우편(羽編), 언롱(言弄), 평롱(平弄), 계락(界樂), 언편(言編), 편삭대엽(編數大葉), 태평가(太平歌) 등의 특이한 이름들이 곧 가곡의 구체적 곡명들이다.(하략)[40]

라는 증언처럼 숙종·영조 때의 이세춘(李世春)에 의하여 불리어지기 시작한 유행가[時節歌調] 곡은 창(唱) 중심으로 빠른 시간에 전국적으로 보급되어 교통이 불편하여 지역적 폐쇄성이 강하였던 당시로서는 같은 시조를 부르는 데에도 방언적 차이 때문에 향토별(鄕土別)로 경조(京調), 또는 경제(京制), 내포조(內浦調 = 內浦制), 완조(完調 = 完制), 영조(嶺調 = 嶺制) 등으로 나누어지기도 하였다.

또 창(唱)의 악조(樂調)에 따라서는 평시조(平時調), 엇시조(旕時調), 사설시조(辭說時調) 등으로 나누어 논의되기도 하고, 문

40 한명희, 『우리가락 우리문학』(朝鮮日報, 1994), 쪽 105.

학적으로는 단형 시조, 중형시조, 장형시조에 이르기까지 시조창(時調唱)은 향토 · 곡조 · 문학적으로 널리 보급 발전되었다.

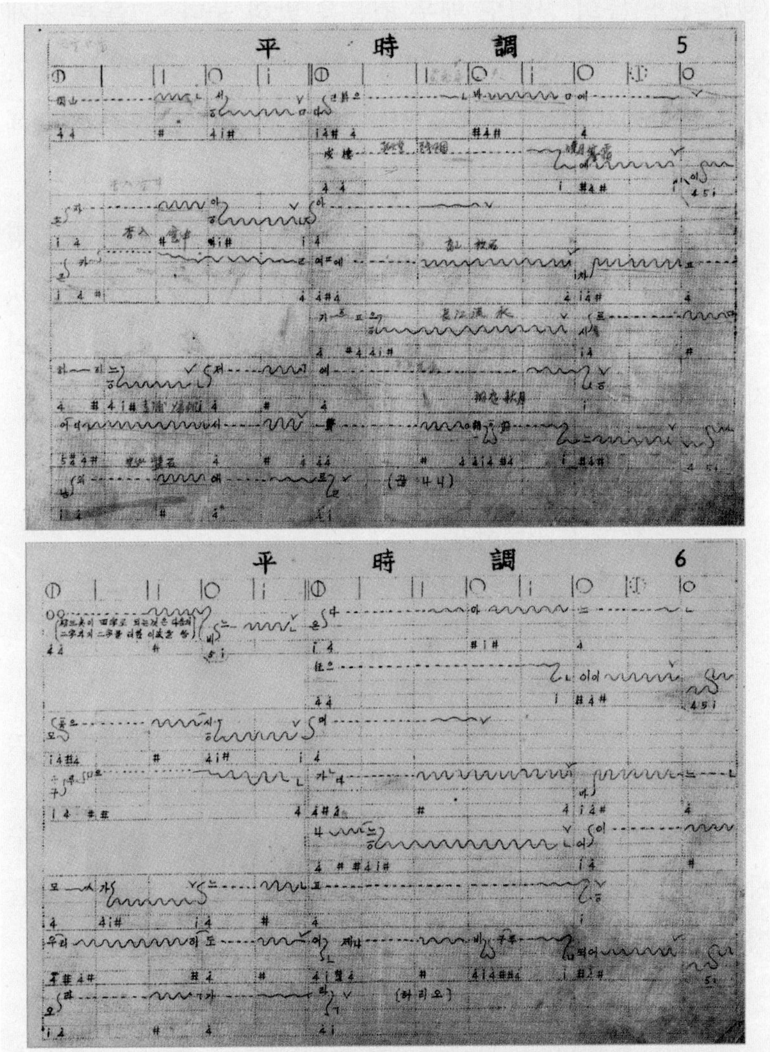

시조보부가곡(時調譜附歌曲)에서 평시조(平時調) 편
출처 : 국립중앙도서관

1. 3. 기녀(妓女)와 단가

조선시대 단가 발전에는 이른바 "해어화(解語花)"라는 기녀(妓女=妓生)들의 공헌도 매우 컸음을 밝혀 둔다. 그들은 지체 높은 남성들과 교유하면서 각종 연희(演戲)를 통하여 많은 단가들을 악기 연주와 무용을 겸한 연창(演唱)으로 창작 전승에 진력하였다. 그들의 작품 중 유명한 작품을 몇 수 소개한다.

현전 고가집에 따르면, 이미 앞에서 소개한 바 있는 송도 명기(松都名妓) 명월(明月) 황진이(黃眞伊 : 3844 – 3874)와 부안(扶安) 명기 매창(梅窓 : 3846 – 3883)들을 비롯하여 여러 사람들의 작품들이 알려져 온다.

> ① 齊도 大國이오.
> 楚도 亦 大國이라.
> 죠고만 騰國이 間於齊楚ᄒᆞ여시니,
> 두어라!
> 何事非君가? 事齊事楚ᄒᆞ리라.
>
> (『악학습령』 557)

이 작품은 영흥(永興) 명기 소춘풍(笑春風 : 3803 – 3827)의 3수 중 한 수이다. 힘이 없는 사람이나 국가의 고민스러운 상황을 잘 표현하고 있다.

> ② 梅花 녯등걸에

春節이 도라오니,
녯피던 가지에 퓌염즉 ᄒᆞ다만는
春雪이
亂紛紛ᄒᆞ니 필동 말동 ᄒᆞ여라.

(『악학습령』 543)

이 작품은 조선 중기 말의 평양 명기로 이름이 높았던 매화(梅花)가 지은 유일한 작품인데, 영조 때의 문신인 자하(紫霞) 신위(申緯 : 4102-4180)가 뜻글시체로 옮겨서 그의 저서 『海東小樂府(해동소악부)』에 실어 전한다.

③ 山村에 밤이 드니,
먼듸 ᄀᆡ 즈져 온다.
柴扉를 열고 보니 하늘이 ᄎᆞ고 달이로다.
져 ᄀᆡ야!
空山 잠든 달을 즈져 무슴ᄒᆞ리요?

(『청구영언』 육당본 418)

이 작품은 천금(千錦)이라는 기녀가 지은 것으로 알려져 온다.

④ ᄭᅮᆷ에 뵈는 님이
信義 업다 ᄒᆞ건마는
탐탐이 그리올 제 ᄭᅮᆷ 아니면 어이 보리?
저 님아!

ᄭᅮᆷ이라 말고 ᄌᆞ로 뵈시소.

(『청구영언』 가람본 370)

이 작품은 그 신분이 알려지지 아니한 명옥(明玉)이라는 기녀가 사랑하는 애인이 그리워 지은 단가이다.

⑤ 唐虞도 親히 본 듯
漢唐宋도 지내신 ᄃᆞᆺ
通古今 達事理 名哲士을 어ᄃᆡ 두고,
東西도
未分ᄒᆞᆫ 征夫ᄅᆞᆯ 거러 므슴ᄒᆞ리?

(『赴北日記』)

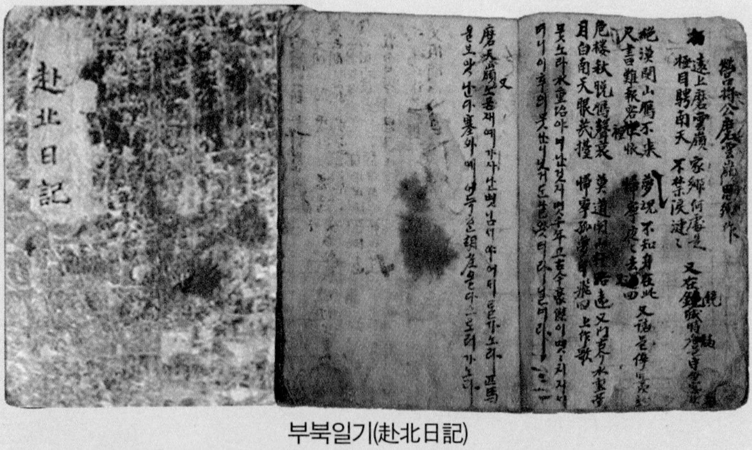

부북일기(赴北日記)

시도유형문화재 제14호, 소재지 : 울산광역시 남구 두왕로 277(신정동, 박물관), 출처 : 문화재청

이 작품은 가집(歌集 : 옛노래 책)에 실려 전하는 것이 아니고, 반오헌(伴鰲軒) 박계숙(朴繼叔 : 3902 - 3979)이 선조 38(3938)년 10월 15일부터 선조 40(3940)년 1월 2일까지 약 14개월 동안 울산(蔚山)에서 함경북도 회령(會寧)까지 가는 길과 그곳에서 생활한 일들을 일기체로 쓴 『赴北日記(부북일기)』에 들어 있는 작품으로 금춘(今春)이라는 기녀가 부른 화답가(和答歌)라고 한다.

⑥ 漢陽셔 써온 나뷔
百花叢에 들거고나.
銀河月에 좀간 쉬여 松臺에 올라 안져
잇다감
梅花 春色에 興을 계워 ᄒᆞ노라.

(『악학습령』 551)

이 작품은 호를 천심(天心)이라고 한 기녀 송대춘(松臺春)이 지은 것으로 알려져 전하고 있다.

⑦ 長松으로 비를 무어
大同江에 흘니 씌여
柳一枝 휘여다가 구지 구지 미야시니,
어듸셔
妄佫엣 거슨 소해 들나 ᄒᆞᄂᆞ니.

(『악학습령』 554)

이 작품은 구지(求之)라는 기녀가 지은 것으로 전한다. 지은 이에 관한 자세한 신원이 알려지지 아니하여 알 수가 없다.

⑧ 綠楊 紅蓼邊에
桂舟를 느지 매고,
日暮江上에 건너 리 ᄒᆞ도 홀샤.
어즈버
順風을 만나거든 ᄒᆞᆫᄌᆞ 건너 갈이라.

(『청구영언』 가람본 298)

이 작품은 신원이 밝혀지지 아니한 계란(桂丹)이라는 기녀가 부른 것으로 알려져 온다.

⑨ 靑春은 언제 가고,
白髮은 언제 온고?
오고 가는 길을 아돗던들 막을낫다.
알고도
못 막을 길히니 그를 슬허 ᄒᆞ노라.

(『악학습령』 560)

이 작품은 자(字)를 송화(松禾)라고 한 기녀 계섬(桂蟾)이 부른 것으로 알려져 온다.

⑩ 千里에 맛낫다가
千里에 離別ᄒᆞ니,

千里 ㅅ굼 속에 千里님 보거고냐?
쉼 씨야
다시금 生覺ᄒᆞ니 눈물 계워ᄒᆞ노라.

(『악학습령』 549)

이 작품은 자를 천심(天心)이라고 한 강강월(康江月)이라는 기녀가 부른 노래라고 전하여 온다.

⑪ 뉘라샤 정 됴타 ᄒᆞ던고? 이별의도 인정인가?
평싱의 처음이요. 다시 못볼 님이로다.
아미도 정 쥬고 병 엇기난 나 뿐인가?

(『三家樂府(삼가악부)』)

이 작품은 신원이 분명하게 밝혀지지 아니한 기녀 옥선(玉仙)이 부른 노래로 전하는 시조이다. 이 작품은 원세순(元世洵)이 「途情怨(도정원)」이라는 제목으로 7언체 뜻글시로 뒤치어 『續樂府引(속악부인)』에 소개하고 있다.

⑫ 平生에 밋을 님을 글려 무삼 病 들손가?
時時로 相思心은 지기ᄒᆞ는 타시로다.
두어라! 알들헌 이 心情을 님이 어이.

(『가곡원류』 일석본 722)

이 작품은 진주(晉州) 기생 매화(梅花)가 노래한 시조이다.

이 진주 기생 매화는 다음과 같은 작품도 전하고 있다.

> 살들헌 닉 마음과 알들헌 님의 정을
> 一時相逢 글리워도 斷腸 心懷 어렵거든
> 하물며 몃몃 날을 이딕도록.
>
> (같은 가집 719)

> ⑬ 初生에 돗은 달이 어이 그리 수이 지노?
> 珠簾을 반만 것고 西天만 발더니,
> 於焉間 十五夜 當到ᄒᆞ야 天地 光明.
>
> (『大韓每日申報』 제1268호, 1909. 12. 17)

이 작품은 현대시조로의 이행기에 옥향낭자(玉香娘子)라는 필명으로 발표된 시조이다.

1.4. 현대시조로의 전이(轉移)

일반 서민들 사이로 너무 빨리 보급된 시조는 개항기(開港期)에 이르면서 대중적인 인쇄 매체의 출현에 힘입어 더욱 가속이 붙게 된다. 그 예를 몇 수 소개한다.

> 협실의 소슨 딕는 츙정공 혈적이라.
> 우로를 불식ᄒᆞ고 방즁의 풀은 뜻은

지금의 위국충심을 진각세계.

(「혈죽가(血竹歌)」 3-1)

이 작품은 광무 9(4238)년 7월 18일에 창간된 『대한매일신보(大韓每日申報)』 제276호(4239, 1906. 7. 21)에 발표된 대구여사(大丘女史)라는 이의 「혈죽가(血竹歌)」 3수 중의 첫째 수이다.

東天의 덥힌 구름 日月 聖恩 가렷스나,
忠正公 푸른 딕에 蕭瑟 淸風 둘너치면,
아마도 三千里 강토에 誓捲靑天.

(「혈죽가 십절(血竹歌拾絶)」 10-1)

이 작품은 『대한매일신보(大韓每日申報)』 제574호(4240, 1907. 7. 27)에 발표된 지은이 미상의 「혈죽가 십절(血竹歌拾絶)」 중의 첫째 수이다.

이와 같은 현대시조로의 발전은 언론과 월간 잡지들에 의하여 급격히 발전 보급되면서 자연스럽게 시조문학이라는 문학 양식으로 정착되기에 이르렀다.

① 셰월아 가디 마라. 너 좃틸 닉 아니라.
네 발노 가는 걸 가거니 말거니 뉘라셔 알이마는
너 가는 길에 닉 나히 싸라 ᄀᆞᄂᆞ니 그를 셜워.

(『학예지(學藝誌)』 1호)

이 작품은 유승흠(柳承欽)에 의하여 발행된 대한유학생회(大韓留學生會)의 월간 문예지로 4240(1907)년 3월에 간행된 『학예지(學藝誌)』 창간호에 낙천자(樂天子)라는 필명인이 「국풍사수(國風四首)」라는 제목으로 발표된 첫째 수이다.

② 병이 ᄂᆞ셔 공부 못ᄒᆡ, 일이 잇셔 공부 못ᄒᆡ
이 핑계 져 핑계 다 쎄이고 나면 공부ᄒᆞᆯ ᄂᆞᆯ 젼혀 업네.
아모 ᄯᆡ 가도 네 공부ᄂᆞᆫ 너 ᄒᆞᆯ 것이니 네 아라 차려라.

(『학예지(學藝誌)』 3호)

이 작품은 몽몽(夢夢)이라는 사람이 4240(1907)년 5월에 『학예지』 3호에 발표한 것이다.

③ 學徒야 學徒들아! 學徒責任 뭣인고?
日語 算數 안다 ᄒᆞ고 卒業生을 自處 마쇼.
진실노 學徒의 더 責任은 愛國思想.

(『대한매일신보』 제973호[4241, 1908. 12. 9])

이 작품은 지은이의 정확한 이름을 알 수 없는 이의 「학생지남(學生指南)」이다. 전형적인 시조의 형식을 갖춘 작품이다. 조선 후기 단가는 종장의 마지막 어절이 생략되는 공통점을 나타내고 있다. 그래서 종장의 자수율이 대체로 "3 · 5-/ 4 · ○"의 형태를 취한다. 이것은 종전의 많은 학자들이 "3 · 5-/ 4 · 3"을 시조의 종장이라고 한 것과는 다름이 있다. 필자는 이것

을 달리 해석한다. 가곡의 "3 | 2(3) · 3(2)/ 4 · 3" 으로 보아 4장과 5장으로 풀이하여 시조와 가곡을 구별한다.[41]

④ 바다야! 크다 마라. 大氣圈盞 삼어도
그 속에 쌀코 보면 얼마 되지 못하리라.
宇宙에 큰 行世 못하기는 네나 내나 다 一般.

(『소년(少年)』 2년 8권)

이 작품은 육당(六堂) 최남선(崔南善 : 4223–4290)이 공륙(公六)이라는 필명으로 4242(1909)년 9월에 발표한 것이다.

⑤ 白頭山 上上峰에 飄然히 올나 보니,
山村은 萬疊이오. 沃野는 三千里라.
두어라! 四千餘年 우리 江土 누가 敢히.

(『대한매일신보』 제1199호[4242, 1909. 9. 17])

이 작품은 지아생(知我生)이라는 필명의 작가가 발표한 「누가 敢히」이다.

⑥ 朝鮮魂아! 잘 잇는야? 四千年 널 길넛지.
匹夫의 먹은 마음 天子라도 못 앗거든.
하믈며 二千萬 궃은 精神 누가 敢히.

(『대한민보(大韓民報)』 제126호[4242, 1909. 11. 13])

41 "3 | 2(3) · 3(2)/ 4 · 3" 에서 "|" 은 장(章)을 뜻하고, "/" 은 구(句)를 의미한다.

이 작품은 지은이의 이름이 알려지지 아니하였으나, 「혼혜혼혜(魂兮魂兮)」라는 제목으로 발표된 작품이다.

⑦ 四千年 神檀樹의 그 가지가 千萬이라.
한두 가지 病이 들면 전體 受傷 可慮로다.
兒孩야! 잘 드난 독긔 들고 病든 가지.
(『대한민보』 제157호[4242, 1909. 12. 21])

이 작품은 지은이를 알 수 없다. 「작하병지(斫下病枝)」라는 제목으로 발표된 것이다.

⑧ 今年立春 다다르니 去年立春 또 만는 듯
去年 今年 立春으로 來年 立春 預知로다.
美哉라! 我東方 神壇聖李 億萬年에 無窮立春.
(『대한민보』 제192호[4243, 1910. 2. 5])

이 작품은 지은이를 알 수 없지만, 「입춘(立春)」이라고 제목하여 발표된 작품이다.

⑨ 태극긔 휘날니며 前進ᄒᆞ는 靑年들아!
가는 길 險타 말고 一心으로 나아가쇼.
총검도 막지 못ᄒᆞᆯ 거슨 ᄋᆡ국 혈성.
(『대한매일신보』 제1363호[4243, 1910. 4. 17])

이 작품은 영은생(瀛隱生)이라는 필명의 지은이가 「애국가

(愛國歌)」라는 제목으로 발표한 것이다.

⑩ 高句麗 全盛時代 뎌 歷史를 考閱ᄒᆞ니,
北滿洲 數千里와 遼東 七百里가
分明히 우리의 領土러니 언제 다시.
(『대한매일신보』 제1366호[4243, 1910. 4. 21])

이 작품은 독사생(讀史生)이라는 필명을 가진 이가 「언제나」라는 제목으로 발표한 것이다.

⑪ 태산이 놉다 해도 새가 나라 너머가고,
湖海가 멀다 해도 배를 져어 건너나니,
우리도 艱難ᄒᆞᆫ 國家事를 힘만 쓰면.
(『대한민보』 제305호[4243, 1910. 6. 23])

이 작품은 이름을 알 수 없는 지은이가 「역행(力行)」이라는 제목으로 발표한 것이다.

위의 작품들은 하나같이 하루하루 날로 달로 기울어져가는 조국의 명운(命運)을 안타까워하면서 비록 특수 계층의 소수인들이지만, 독자들과 망국의 조짐을 함께 근심하며 단결하여 구국을 위하여 노력할 것을 강조하고 있다.

이러한 현상은, 곧 국악적 음악 중심의 시조에서 문학 중심의 시조시(時調詩), 또는 시조문학(時調文學)으로 변모하는 계기가 되었다. 그리고 언제인가부터는 3장 6구체 정형시(定型詩)로 알려진 시조의 형태가 근대에 이르러 이은상(李殷相 : 4236 - 4315)에 의하여 이른바 "양장시조(兩章時調)"라는 이름으로 평시조의 초장과 중장만으로 한 수의 시조로 지어서,

> 내 마음 浦口 안에 설움의 湖水 밀려들면,
> 그대는 조각배같이 나풀나풀 떠오고.
>
> (『노산시조집(鷺山時調集)』)

라고 양장체 단수형(單首形)의 「추억단장(追憶斷章)」과 같은 작품을 발표하는가 하면,

> 안개 싸인 산을 헤히고 올라 선 제
> 새소리 들리건만 새는 아니 보이오.
>
> 안개 걷고 나니 울던 인 곳 없고
> 이슬만 잎사귀마다 방울방울 맺혔소.
>
> (『노산시조집(鷺山時調集)』)

라는 「산위에 올라」와 같은 연작도 시도하였다. 이는 일본제국주의 식민 치하에서 일본 문학의 "화가(和歌 : 일본음 와카)" 또는 "배구(俳句 : 일본음 하이쿠)"를 흉내 내어 본 것이었으나 그 실험은 실패하고 말았다.[42]

이러한 반시조(反時調) 운동은 일부 애국 학자들에 의하여

42 李殷相, 『鷺山時調集』, 漢城圖書株式會社, 1932.

크게 지탄을 받았다. 단제기원 4261(1928)년에 육당(六堂) 최남선(崔南善 : 4223-4290)이 그의 『시조유취(時調類聚)』의 서문에서 다음과 같이 꾸짖었다.

> (전략) 요사이 時調란 이름으로 나오는 것이 대개 時調의 正格을 얻지 못하고 그 基調와 外形조차 알지 못하고서 漫然히 時調의 作家로 自處도 하고 남도 허락하는 弊가 있음을 볼 때에 어떻게 하여서라도 그 正路 大方을 알게 할 길을 만들어야 하겠다는 생각을 멈출 수 없으며, 그 弊端의 大部가 時調의 歷史的 源委를 모름에서 말미암음을 살필 때에, 時調文獻의 整理提供이 새삼스럽게 切急한 줄을 느꼈습니다.(하략)

라고 시조 형식의 정격(正格) 고수를 주장한 바 있으나, 육당 자신도 "시조" 이전의 작품들까지도 "시조"라고 통일시킨 것은 우리 시가문학의 형식론에 큰 흠집을 남기게 되었다. 육당 시대에 이른바 "양장시조(兩章時調) · 절장시조(絶章時調)"라는 이름의 반시조(反時調) 운동을 규탄한 육당의 웅변은 의미심장한 주장이다.

그러나 오늘날에 이르러 보면, 반시조(反時調) 운동은 일단 진정이 되었으나, 3장 6구 60자 내외의 정형을 부정하고 시조 한 작품을 내재율(內在律)만을 살린 긴 형태의 자유시처럼 변모되는 데에까지 이른 것은 시조문학의 원형을 보존하는 쪽에서 볼 때에는 바람직하지 아니하다.

2. 장가(長歌 : 歌辭)

2.1. 조선 전기 가사

필자는 조선 전기 가사를 조선 건국 초에서 임진왜란이 일어날 때까지를 전기로 하고, 그 이후 조선말까지를 후기로 구획한다.

그리고 필자는 앞에서 이미 단가와 장가는 동근이지(同根異枝)임을 지적한 바 있다. 그 이유는 이미 여러 학자들이 밝힌 바와 같이 그 외형적 형식이 가곡 창사와 똑같은 2율각(律刻)의 연속체로 이루어져 있는 데에서 근거를 찾을 수 있기 때문이다. 그러나 서원섭(徐元燮)이 주장한 아래와 같은 뜻매김은 옳지 아니하기 때문에 시정되어야 한다고 필자는 생각한다.

> 歌辭는 34調 내지 44調를 그 詩想에 따라 制限없이 連續하다가 結詞 形式에서 兩班歌辭는 時調의 終章形式과 一致하는 3543으로 끝맺고, 平民歌辭와 內房歌辭는 4444를 그대로 끝맺고 있는 詩歌이다.[43]

라고 한 뜻매김 중에서 "平民歌辭와 內房歌辭는 4444를 그대로 끝맺고 있는 詩歌이다."라고 한 것은 크게 잘못된 뜻매김이

43 徐元燮, 『歌辭文學研究』, 螢雪出版社, 1981.

다. 조선 후기 가사에는 "4 · 4/ 4 · 4" 율조가 혹 적용될 수 있을지 모르지만, 조선 전기 가사의 경우에는 결코 맞지 아니하는 뜻매김이다. 그리고 자수율의 표현도 "4444"로 써서는 아니된다. 이것은 모르는 사람이 읽을 때에 "4천 4백 4십 4"로 읽을 것이기 때문이다.

그 정의가 잘못되었다는 이유를 조금 더 구체적으로 지적하면 아래와 같다.

첫째, 현재까지 전하는 가사 작품의 자료로는 조선 전기에 평민들이 지은 가사 작품은 아직 학계에 보고된 것이 단 한 편도 없다. 다만 작품 내용으로 보아 평민적 정서와 어휘들이 나타나는 것은 대개 지은이가 알려지지 아니한 작품들일 뿐이다.

둘째, 일부 학자들이 평민가사(平民歌辭)라고 언급하여 가사 문학 작품을 지은이의 신분적 계급성을 드러내고 있는 것은 매우 옳지 못한 평석(評釋)이라고 필자는 본다.

셋째, 내방가사(필자는 규방가사 또는 여류가사라고 함)가 임진왜란 이전에 창작된 작품이 현재로는 전하는 것이 전혀 없다. 일부 학자들이 임진왜란 전에 지어졌다고 하는 여류가사 작품으로 난설헌(蘭雪軒) 허초희(許楚姬 : 3896 - 3922)가 지었다는 「규원가(閨怨歌)」를 들어 "조선 최초의 여류가사"라고 하고 있으나,[44] 이는 아주 잘못된 것이다. 이 「규원가(閨怨歌)」가 실려

44 朴堯順, 「許蘭雪軒과 閨怨歌攷」, 『湖南文化硏究』 2輯, 1964.
서원섭, 앞주의 책, 쪽 68-71.

전하는 전간공작(前間恭作, 일본음 마에마 코오샤쿠)편 『교주가곡집(校註歌曲集)』에 지은이를 "허초희(許楚姬)"로 밝혀놓고 있으므로, 그를 무비판적으로 받아들여서 허초희(許楚姬)의 작으로 보고들 있으나, 그 첫 구절을 보면, "엇그제 졈엇더니 ᄒᆞ마 어이 다 늙거니"로 시작되는데, 이 작품이 과연 난설헌의 작이라면, 아무리 평균수명이 40대의 짧았던 옛날이라고 하드라도 나이 27세로 요절한 부인이 절명작(絶命作)도 아닌데, 스스로 "엊그제 젊었더니, 하마 어이 다 늙거니."라고 표현할 수는 없기 때문에 이 작품은 결코 난설헌의 작품일 수가 없다. 그 내용을 자세히 감상하여 보면, 이 「규원가」는 조선 후기에 어떤 나이 먹은 과부의 신세 한탄가라고 보아야 할 것이다.

넷째, 그러므로 조선 전기에는 여류가사(내방가사, 규방가사)와 평민가사가 존재하지 아니하였다고 필자는 단언하면서 앞에 인용한 서원섭의 "平民歌辭와 內房歌辭는 4444를 그대로 끝맺고 있는 詩歌이다."라는 가사의 뜻매김은 성립될 수 없는 잘못된 것이라고 주장한다.

조선에 들어오면, 이제까지는 불우헌(不憂軒) 정극인(丁克仁 : 3734-3814)이 「상춘곡(賞春曲)」을 지었다고 보고, 조선 최초의 작품이라고 하여 왔으나, 필자는 이 「상춘곡」을 선조 때 사람 고주(孤舟) 정운희(丁運熙 : 3899-3968)가 지은 것으로 처리하여 조선 후기 가사에서 다루기로 한다.[45]

45 최강현, 「상춘곡(賞春曲)의 지은이를 다시 논함」, 『鶴山趙鐘業博士華甲紀念論叢』, 太學社, 1990.

현재로는 조선 전기 최초의 가사 작품은 성종 6(3808)년경에 매창(梅窓) 이인형(李仁亨 : 3769 - 3837)이 지은 「매창월가(梅窓月歌)」를 비롯하여 연산군 4(3831)년경에 지은 것으로 알려진 매계(梅溪) 조위(曺偉 : 3787 - 3836)가 유배 중에 지은 조선 최초의 유배가사인 「만분가(萬憤歌)」, 중종 15(3853)년경에 이서(李緖 : 3815 - ?)가 지은 것으로 알려졌으나, 후대인의 작인 듯한 「낙지가(樂志歌)」, 면앙정(俛仰亭 : 원음은 부앙정) 송순(宋純 : 3826 - 3915)이 중종 29(3867)년경에 지은 「면앙정가(俛仰亭歌 : 원음 부앙정가)」, 강호처사(江湖處士) 허강(許橿 : 3853 - 3925)이 명종 5(3883)년에 지은 현전 가사 작품 중 유일하게 연창(演唱)의 악조(樂調) 표시가 있는 「서호별곡(西湖別曲)」, 명종 10(3888)년에 양사준(楊士俊)이 지은 조선 최초의 종군가사(從軍歌辭)인 남정가(南征歌)」, 옥봉(玉峰) 백광홍(白光弘 : 3855 - 3889)이 명종 11(3889)년에 지은 조선 최초의 기행가사인 「관서별곡(關西別曲)」, 명종 15(3893)년에 송강(松江) 정철(鄭澈 : 3869 - 3925)이 지은 「성산별곡(星山別曲)」(3894) · 「관동별곡(關東別曲)」(3913) · 조선 최초의 연군가사(戀君歌辭)인 「사미인곡(思美人曲)」(3920) · 「속미인곡(續美人曲)」(3921), 봉래(蓬萊) 양사언(梁士彦 : 3850 - 3917)이 단제기원 3917년 이전에 지은 「미인별곡(美人別曲)」, 두곡(杜谷) 고응척(高應陟 : 3864 - 3939)이 3925(1592)년에 지은 「도산가(陶山歌)」 등이 유명하다.

2. 2. 임병양란(壬丙兩亂) 때의 가사

임진왜란과 정유재란까지 7년이라는 긴 시간을 두고 남북으로 오르내리며 전 국민이 전란의 소용돌이 속에서 고생하며 겪어낸 조선 최초의 국제 전쟁이던 임진왜란(壬辰倭亂 : 3925-3931)과 그 뒤 약 50년 만에 또 일어난 병자호란(丙子胡亂 : 3969)은 우리나라 산하의 피폐는 말할 것도 없고, 겨레 전체의 고귀한 생명의 손실과 문화재 도난 등 경제적·문화적 피해도 헤아릴 수 없이 많았다. 그 여파도 또한 엄청나서 전쟁 피해국인 조선은 무수한 전사자와 전상자 및 포로로 잡혀간 인명 손실에서 이산가족이 된 사람들과 청나라 조정의 볼모[人質]정책의 유산으로 남게 된 서러운 노래들이 이 시기를 앞에서 이끈다. 그 보기를 먼저 임진왜란을 매체로 하여 지어진 가사 작품에서 찾아보면, 최현(崔晛 : 3896-3973)의 「용사음(龍蛇吟)」(4030), 노계(蘆溪) 박인로(朴仁老 : 3894-3975)의 「태평사(太平詞)」(3931)·「선상탄(船上嘆)」(3938)·「누항사(陋巷詞)」(3944), 허전(許坱)의 「고공가(雇工歌)」·이원익(李元翼 : 3880-3967)의 「고공답가(雇工答歌)」(3938, 1605 이전), 백수회(白受繪 : 3907-3975)의 「재일본장가(在日本長歌)」·「안인수가(安仁壽歌)」(3933) 등이 대표적인 작품들이다.

다음으로 병자호란을 매체로 한 가사 작품을 찾아보면, 이 병자호란을 소재로 한 단가에 비하여 장가는 의외로 그 작품의 수가 적다. 다만, 이 시기에는 나라의 장래를 근심하고, 임금님의 안위를 염려하여 지은 가사 작품이 몇 편 전한다. 수남방옹(水南放翁)이라고 호 하는 정훈(鄭勳 : 3896 - 3973)이 지었다고 하는 「성주중흥가(聖主中興歌)」(3956)는 이른바 인조반정이라는 정치 혁명에 의하여 새로 등극한 인조를 찬미한 작품이 있고, 또 같은 사람에 의하여 지어진 것으로 알려졌으나 그 원문은 실전되고 뜻글시 형태로 번역되어 전하는 「憂喜國事歌(우희국사가)」, 호를 우담(雩潭)이라고 하는 채득기(蔡得沂 : 3938 - 3979)의 「봉산곡(鳳山曲)」(1638)(일명 천대별곡)들이 임진왜란과 병자호란을 겪고 난 뒤의 나라를 근심하여 지어진 대표적인 작품이다.

그밖에 이 시대에는 위에서 말한 우국(憂國), 연군(戀君) 이외의 여러 유형의 가사 작품들도 많이 지어졌다. 이현(李俔: 3873 - 3951)의 「백상루별곡(百祥樓別曲)」(3928), 호를 청허(淸虛) 또는 서산대사(西山大師)라는 휴정(休靜 : 3853 - 3937) 스님의 불교포교가사인 「회심곡(回心曲)」, 이재(頤齋) 조우인(曺友仁 : 3894 - 3958)의 「출관사(出關詞)」(3939) · 「출새곡(出塞曲)」(3950) · 「자도사(自悼詞)」(3995) · 「관동속별곡(關東續別曲)」(3957) · 「매호곡(梅湖曲)」(3957), 노계(蘆溪) 박인로(朴仁老)의 「누항사(陋巷詞)」(3944) · 「사제곡(沙堤曲)」 · 「소유정가(小有亭歌)」(3950) · 「독락당(獨樂堂)」(3952) · 「입암별곡(立巖別曲)」(3962) · 「영남가(嶺南歌)」(3968) · 「노계가(蘆溪歌)」(3969), 오산(五山) 또는 난우(蘭嵎)라는 차천로(車天輅 : 3889 - 3949)의 「강

촌별곡(江村別曲)」(일명 별어부사 · 운림처사가), 갈봉(葛峰) 김득연(金得硏 : 3888 – 3980)의 「지수정가(止水亭歌)」(3949), 정훈은 앞에서 말한 단가 작품 이외에도 「수남방옹가(水南放翁歌)」 · 「용추유영가(龍湫遊詠歌)」 · 「오활가(迂闊歌)」 · 「탄궁가(嘆窮歌)」 등 다양한 내용의 장가 작품들을 남기기도 하였다. 지소(芝所) 황일호(黃一皓 : 3921 – 3974)의 「백마강가(白馬江歌)」(3958), 청계(淸溪) 강복중(姜復中 : 3896 – 3972)의 「위군위친통곡가(爲君爲親痛哭歌)」(3972)와 임진왜란 때 일본군 가등청정(加藤淸正)의 선봉장으로 조선에 입국한 사야가(沙也可)가 귀화한 뒤에 나라에서 사성(賜姓)을 받아 지금의 대구광역시의 우록동(友鹿洞) 김해김씨(金海金氏)의 시조가 된 김충선(金忠善 : 3904 – 3975)이 자기의 나이 60이 넘어서 자기의 기구한 생애담(生涯談)을 노래한 「모하당술회(慕夏堂述懷)」(3973), 김현중(金鉉中)의 「화류사(花柳詞)」, 선석(仙石) 신계영(辛啓榮 : 3910 – 4002)의 「월선헌십육경가(月仙軒十六景歌)」(3988), 침굉(枕肱) 윤현변(尹懸辯 : 3949 – 4017) 스님의 「귀산곡(歸山曲)」 · 「태평곡(太平曲)」 · 「청학동가(靑鶴洞歌)」, 만휴(萬休) 임유후(任有後 : 3934 – 4007)의 「목동가(牧童歌)」(3995, 1662경), 청광자(淸狂子) 박사형(朴士亨 : 3968 – 4039)의 「남초가(南草歌)」(3999, 1666경), 봉곡(鳳谷) 송주석(宋疇錫 : 3983 – 4025)의 「북관곡(北關曲)」(4008), 이옥(李沃 : 3974 – 4031)의 「청회별곡(淸淮別曲)」(4010), 김기홍(金起泓 : 3968 – 4034)의 「채미가(採薇歌)」(4013), 실명씨

의 「연행별곡(燕行別曲)」(4026)[46], 귀암(歸菴) 박권(朴權 : 3991 - 4048)의 「서정별곡(西征別曲)」(4027), 김성달(金盛達 : 3975 - 4029)의 「봉래곡(蓬萊曲)」(4028), 노명선(盧明善 : 3980 - 4048)의 「천풍가(天風歌)」(403), 윤이후(尹爾厚 : 3969 - 4002)의 「일민가(逸民歌)」(4001), 관수재(觀水齋) 홍계영(洪啓英 : 4020 - 4038)의 「희설가(喜雪歌)」(4037), 옥소(玉所) 권섭(權燮 : 4004 - 4092)의 「영삼별곡(寧三別曲)」(4037) · 「도통가(道統歌)」(4081), 위세직(魏世稷 : 3988 - 4054)의 「금당별곡(金塘別曲)」(4040), 곽시징(郭始徵 : 3977 - 4046)의 「권선징악가(勸善懲惡歌)」(4041) · 「오륜가(五倫歌)」, 북헌(北軒) 김춘택(金春澤 : 4003 - 4050)의 「별사미인곡(別思美人曲)」(4041), 실명씨의 「향산별곡(香山別曲)」(4045)[47], 삼연(三淵) 김창흡(金昌翕 : 3986 - 4055)의 「삼연선생염불가(三淵先生念佛歌)」, 낙은(樂隱) 남도진(南道振 : 4007 - 4089)의 「낙은별곡(樂隱別曲)」(4055) 등이 단제기원 4000년대 초까지의 주목 받을 만한 장가 작품들이다.

---

46 지은이에 관하여 심방(沈枋)이라는 주장도 있으나, 아직은 그 증거가 부족하여 필자는 우선 실명씨로 다룬다.

47 지은이에 관하여 정시숙(鄭時淑 : 4013 - 4047)이라는 주장이 있으나, 현재로는 의문점이 많으므로 필자는 실명씨로 다룬다.

2.3. 조선 후기 가사

여기서 말하는 조선 후기는 경종(景宗) 등극 이후부터 조선 말까지 곧 경종 1(4054)년부터 대한제국 순종 융희 4(4243)년까지의 약 190년간을 이른다.

이 시기에는 그 전 시기의 작품들에 비하여 엄청나게 많은 작품들이 창작되었다. 지금으로부터 가까운 시기이기 때문에 사라져버린 작품들에 비하여 남아 있는 작품들이 많기 때문에 그 작품들의 내용적 유형도 다양하게 정리될 수가 있다.

필자는 이 시기의 가사 작품들을 내용적 유형에 따라 대체로 다음과 같이 나누어 연대순으로 늘어놓아본다. 작품 뒤에 그 작품이 지어진 연대를 밝혀놓는데, 그 연대가 없는 것은 지은이의 돌아간 해이거나, 그 이전임을 뜻한다.

① 경물류(景物類) 가사 : 이귀서(李龜書 : 4060-4132)의 「하명동가(霞明洞歌)」(4091), 채헌(蔡瀗 : 4048-4128)의 「석문정구곡도가(石門亭九曲棹歌)」·「석문정가(石門亭歌)」(4121), 조성신(趙星臣 : 4098-4168)의 「개암정가(皆巖亭歌)」(4134)·「사시풍경가(四時風景歌)」, 이상계(李商啓 : 4091-4155)의 「초당곡(草堂曲)」(4141), 이관빈(李寬彬 : 4092-?)의 「황남별곡(黃南別曲)」, 김상직(金商稷 : 4083-4148)의 「사향가(思鄕歌)」, 김상성(金相誠 : 4101-4160)의 「서호별곡(西湖別曲)」(4149), 남석하(南碩夏: 4106-4186)의 「원유가(願遊歌)」(4155), 한산거사(漢山居士)의

「한양가」(4177), 은진송씨(恩津宋氏 : 1803-1860)의 「휵양가(畜養歌)」(4178), 민주현(閔冑顯 : 1808-1882)의 「완산가(完山歌)」(4189), 김은후(金殷厚)의 「차성가(車城歌)」(4193), 안치묵(安致默 : 4159-4200)의 「해동만화(海東漫話)」(4197), 조희일(趙熙一 : 4171-4237)의 「함라별곡(咸羅別曲)」(4208) 등 16편이 유명하다.

② 교훈류(教訓類) 가사 : 홍만종(洪萬宗 : 3976-4058)의 「동국역대가(東國歷代歌)」, 안동권(安東權)의 「조화전가(嘲花煎歌)」(4079), 안창후(安昌後 : 4020-4104)의 「반조화전가(反嘲花煎歌)」(4079)·「명분열가(名分說歌)」(4080), 한석지(韓錫地 : 1709-1791)의 「길몽가(吉夢歌)」(4092), 정치업(丁致業 : 4025-4097)의 「경몽가(警蒙歌)」, 정방(鄭枋 : 4040-4122)의 「효자가(孝子歌)」(4113경), 배이탁(裴爾度 : 4039-4119)의 「훈가이담(訓歌俚談)」(4114), 박이화(朴履和 : 4072-4119)의 「낭호신사(郎湖新詞)」·「만고가(萬古歌)」, 위백규(魏伯珪 : 4060-4131)의 「자회가(自悔歌)」·「권학가(勸學歌)」·「합강정선유가(合江亭船遊歌)」(4131), 이운영(李運永)의 「순창가(淳昌歌)」·「세장가(說場歌)」(4127전), 강응환(姜膺煥 : 4068-4128)의 「무호가(武豪歌)」(4128전), 남극엽(南極燁 : 4069-41137)의 「향음주례가(鄕飮酒禮歌)」(4128전), 김익(金瀷 : 4079-4142)의 「권농가(勸農歌)」(4131), 광산김씨(光山金氏) 부인의 「답사향곡」(4133경), 이상계(李商啓)의 「인일가(人日歌)」(4141), 김상직(金商稷 : 4083-4148)의 「계

자사(戒子詞)」, 김이익(金履翼 : 4076 - 4163)의 「금강중용도가(金剛中庸圖歌)」(4154), 남석하(南碩夏)의 「사친곡(思親曲)」(4155) · 「백발가(白髮歌)」(4163) · 애경당충효가(愛慶堂忠孝歌)」, 이희현(李羲玄 : 4098 - 4161)의 「정주가(定州歌)」(4156), 조우각(趙友慤 : 4098 - 4172)의 「대명복수가(大明復讎歌)」 · 「천군복위가(天君復位歌)」(4157), 순원왕후김씨(純元王后金氏 : 4122 - 4190)의 「훈민가(訓民歌)」, 유영무(柳榮茂 : 4121 - 4204)의 「행세난가(行世難歌)」 · 「오륜가(五倫歌)」(4190), 정학유(丁學游 : 4119 - 4188)의 「농가월령가(農家月令歌)」(4176), 학초(學蕉)의 「팔도읍지가(八道邑誌歌)」(4200), 신재효(申在孝 : 4145 - 4217)의 「광대가(廣大歌)」 · 「치산가(治山歌)」 · 「권유가(勸遊歌)」, 이중전(李中銓 : 4158 - 4226)의 「장한가(長恨歌)」(4209), 김경흠(金景欽 : 1815 - 1880)의 「불효탄(不孝歎)」 · 「삼재도가(三才道歌)」 · 「경심가(警心歌)」, 윤우병(尹禹炳 : 4186 - 4253)의 「농부가(農夫歌)」(4214), 이바오로의 「피악수선가(避惡修善歌)」(4215), 정해정(鄭海鼎 : 1850 - 1923)의 「민농가(憫農歌)」(4217), 유중교(柳重敎 : 4165 - 4225)의 「여손훈사(女孫訓辭)」(4218), 이용식(李容植 : 1854 - 1943)의 「동점별곡(銅店別曲)」(4218), 배우정(裵虞禎 : 1836 - 1893)의 「눌봉도덕가(訥峰道德歌)」(4223), 이기원(李基遠 : 4142 - 4223)의 「농가월령(農家月令)」, 정내기(鄭來驥 : 4168 - 4229)의 「정처사술회가(鄭處士述懷歌)」(4224), 문석용(文錫容 : 4187 - 4262)의 「자경별곡(自警別曲)」, 홍씨(洪氏 :

4184 - 4256) 부인의 「홍씨부인계녀사」(4229), 조현식(趙顯植 : 4173 - 4232)의 「금침가(金鍼歌)」(4230), 이용목(李容穆 : 4159 - ?)의 「노환가(老鰥歌)」(4231) 등 50여 편이 유명하다.

③ 기행류(紀行類) 가사 : 황전(黃壥 : 4037 - 4104)의 「피역가(避疫歌)」(4060), 박순우(朴淳愚 : 4019 - 4092)의 「금강별록(金剛別錄)(4072), 정언유(鄭彦儒 : 4020 - 4097)의 「탐라별곡(耽羅別曲)」(4083), 김인겸(金仁謙 : 4040 - 4105)의 「일동장유가(日東壯遊歌)」(4097), 신광수(申光洙 : 4045 - 4108)의 「단산별곡(丹山別曲)」(4105), 이용(李溶)의 「북정가(北征歌)」(4109), 이운영(李運永 : 4055 - 4127)의 「수로조천행선곡(水路朝天行船曲)」, 연안이씨(延安李氏 : 4070 - 4148) 부인의 「부여노정기(夫餘路程記) : 일명 경신신유노정기」(4127), 김재찬(金載瓚 : 4079 - 4160)의 「기성별곡(箕城別曲)」(4128), 이방익(李邦翼 : 4089 - ?)의 「표해가(漂海歌)」(4130), 서충보(徐忠輔)의 「팔역가(八域歌)」(4137), 조두(趙斗)의 「수주곡(愁州曲)」(4137), 지은이 미상의 「가산평적가(嘉山平賊歌)」(4145), 구강(具康 : 4090 - 4165)의 「북새곡(北塞曲)」(4143), 김지수(金芝叟)의 「서행록」(4161), 광주이씨(廣州李氏)의 「이부인기행가사」, 은진송씨(恩津宋氏)의 「금행일기」(4178), 실명씨(일설 李象秀)의 「금강별곡」(4289), 홍순학(洪淳學 : 4175 - 4225)의 「연행가」(4199), 유인목(柳寅睦 : 4172 - 4233)의 「북행가(北行歌)」(4199), 정현덕(鄭顯德 : 4143 - 4216)의 「봉래별곡(蓬萊別曲)」(4202), 조희백(趙熙百 : 4158 - 4233)의

「도해가」(4208), 조윤희(趙胤熙 : 4187 - ?)의 「관동신곡」(4227) 등 20여 편 이외에 금강산 기행 가사로 지은이를 알 수 없는 다음의 작품들도 유명하다.

가. 금강산 완경녹(사본 1책) 失名氏(정병욱장).
나. 금강산 완경녹(『宮中雜錄』) 失名氏(국립 중앙도서관).
다. 금강산 유산녹(사본 1책) 失名氏(연세대 도서관).
라. 금강산 유산녹(『樂府』) 失名氏(고려대 도서관).
마. 금강산 유산일긔(사본 1책) 失名氏.
바. 蓬萊淸奇(『樂府』) 失名氏(고려대 도서관).

④ 송찬류(頌讚類) 가사 : 이광사(李匡師 : 4038 - 4110)의 「무인입춘축성가(戊寅立春祝聖歌)」(4091), 유도관(柳道貫 : 4074 - 4147)의 「경술가(庚戌歌)」(4123), 갑산민(甲山民)의 「갑민가(甲民歌)」(4125), 이운영(李運永)의 「착정가(鑿井歌)」(4127 전), 연안이씨 부인의 「쌍벽가(雙壁歌)」(4127), 남극엽(南極燁)의 「충효가(忠孝歌)」(4136), 고령진민(高靈鎭民)의 「선정가(善政歌)」(4128 전), 실명씨의 「가산평적가(嘉山平賊歌 : 일명 定州勝戰曲)」(4145), 이휘녕(李彙寧 : 4121 - 4194)의 「반경무도사(頒慶舞蹈詞)」(4152), 윤효관(尹孝寬 : 4078 - 4156)의 「소거가(繅車歌)」, 양관찬의 「숙종대왕경연가(肅宗大王慶宴歌)」(1829), 문도갑(文道甲)의 「금릉별곡(金陵別曲)」(4165), 이용구(李龍九)의 「근경가(巹慶歌)」(4170), 유영무(柳榮茂 : 4121 - 4206)의 「어우공영당성조가(於于公影堂成造歌)」(4170), 효현왕후김씨(孝顯王后金氏 : 4161 -

4176)의 「태평사(太平詞)」(4176), 조두순(趙斗淳 : 4129 – 4123)의 「경복궁 영건가(景福宮營建歌)」(4198), 이진용(李晉用 : 4170 – 4242)의 「근경가(巹慶歌)」(4229) 등 16편이 읽어 볼만하다.

⑤ 애제류(哀祭類) 가사 : 정우량(鄭羽良 : 4025 – 4087)의 「총병가(寵兵歌)」(4083경)가 현재로는 유일하다.

⑥ 연모류(戀慕類) 가사 : 남원윤씨(南原尹氏 : 4101 – 4134)의 「명도자탄사(命道自歎辭)」(4074), 전의이씨(全義李氏 : 4056 – 4081) 부인의 「절명사(絶命詞)」(4081), 이긍익(李肯翊 : 4069 – 4139)의 「죽창곡(竹窓曲)」(4096), 민우룡(閔雨龍 : 4065 – 4134)의 「금루사(金縷辭)」(4109), 유도관(柳道貫)의 「사미인곡(思美人曲)」(4123), 이운영(李運永)의 「초혼사(招魂詞)」·「임천별곡(林川別曲)」(4107전), 장현경(張顯慶 : 4063 – 4129)의 「사미인가(思美人歌)」(4129), 이사겸(李嗣謙 : 4094 – 4178)의 「사군은가(思君恩歌)」(4134), 조성신(趙星臣)의 「도산별곡(陶山別曲)」(4139)·「연암곡(連菴曲)」, 천형복(千亨復)의 「사은가(思恩歌)」(4148), 정재문(鄭在文 : 4089 – 4152)의 「화양별곡(華陽別曲)」, 신재효(申在孝)의 「도리화가(桃李花歌)」·「오섬가(烏蟾歌)」(4203), 권광범(權光範 : 1871 – 1931)의 「농서별곡(隴西別曲)」(4233) 등 16편이 감상할만하다.

⑦ 유배류(流配類) 가사 : 이진유(李眞儒 : 4002 – 4061)의 「속사미인곡」(4060경), 이광명(李匡明 : 4034 – 411)의 「북찬가(北竄歌)」(4109), 이방익(李邦翊)의 「홍리가(鴻罹歌)」(4115), 안조원

의 「만언사」·「만언사답」(4131), 김진형(金鎭衡 : 4134 - 4198)의 「북천가(北遷歌)」(4186) 등 6편이 이 시대의 대표적인 것들이다.

⑧ 은일류(隱逸類) 가사 : 회룡정사주인(會龍精舍主人)의 「신기별곡(新基別曲)」(4086), 회룡정사주인의 아들이 지은 「속신기별곡(續新基別曲)」(4086), 이천섭(李天燮 : 4063 - 4140)의 「사여재가(四餘齋歌)」(4125), 이처사(李處士)의 「마천별곡」(4132전), 이양오(李養吾 : 4040 - 4148)의 「강촌만조가(江村晩釣歌)」, 남석하(南碩夏)의 「초당춘수곡(草堂春睡曲)」(4155), 정해정(鄭海鼎)의 「석촌별곡(石村別曲)」(4227) 등 7편이 유명하다.

⑨ 포교류(布敎類) 가사 : 이벽(李蘗 : 4087 - 4119)의 「천주공경가(天主恭敬歌)」(4112), 정약전(丁若銓 : 4091 - 4149)의 「십계명가(十誡命歌)」(4112), 이가환(李家煥 : 4075 - 4134)의 「경세가(警世歌)」(4112), 지영(智瑩) 스님의 「참선곡(參禪曲)」·「전설인과곡(奠說因果曲)」·「권선곡(勸善曲)」·「수선곡(修禪曲)」(4127), 이기경(李基慶 : 1756 - 1819)의 「심진곡(尋眞曲)」·「낭유사(浪遊詞)」(4127), 용암(龍巖 : 4116 - ?) 스님의 「몽환가(夢幻歌)」·「초암가(草庵歌)」, 정하상(丁夏詳 : 4093 - 4172)의 「상제상서(上帝相書)」, 남철(南哲)의 「승가(僧歌)」(4176전), 동화축전(東化竺典) 스님의 「권왕가(勸往歌)」(4181), 최양업(崔良業 : 4154 - 4194) 신부의 「애덕(愛德)」·「견진(堅振)」·「고해(告解)」·「삼세대의(三世大義)」·「십계강론(十戒講論)」·「영세(領洗)」·「칠극(七克)」·

「지옥강론(地獄講論)」·「행선(行善)」·「천당강론(天堂講論)」·「사향가(思鄕歌)」·「선종가(善終歌)」·「공심판가(公審判歌)」·「사심판가(私審判歌)」·「제성(堤醒)」·「성체(聖體)」·「신품(神品)」·「옥중제성가(獄中堤醒歌)」·「종부(終傅)」·「혼배(婚配)」·「망덕가(望德歌)」·「신덕가(信德歌)」(4183), 곽(郭)·로의 「본당장주교께 올림」(4183), 최제우(崔濟愚 : 4157-4197)의 「용담가(龍潭歌)」·「안심가(安心歌)」·「교훈가(敎訓歌)」(4193)·「도수사(道修詞)」·「권학가(勸學歌)」·「검결(劍訣)」(4194)·「몽중노소문답가(夢中老少問答歌)」(4195)·「도덕가」·「홍비가(興比歌)」(4196)·「근농가(勤農歌)」(4197), 장경일(張敬一) 신부께 드린 「장주교분부말삼」(4199), 김기호(金起浩)의 「성당가(聖堂歌)」(4231), 남종삼(南鍾三 : 1842-1892)의 「남종삼노래」·「자탄(自歎)」(4199), 남상교(南商敎)의 「경세가(警世歌)」(4229), 최종선의 「성의학교(聖義學校)」(4241), 김창준의 「상애가(相愛歌)」(4243) 등 53편이 불교와 천주교와 천도교의 포교가들로 유명하다.

⑩ 논설류(論說類) 가사 : 여기서 논설류 가사라고 하는 것은 조선 말엽 세계의 열강들에 의하여 쇄국(鎖國)의 문이 열리기 시작하면서 서양의 세력과 문물들이 동양으로 밀려들어오는 개항기(開港期)의 계몽성(啓蒙性)이 강한 가사 작품들을 이른다. 이제까지는 일반적으로 "개화기(開化期)"라는 말로 이 시대를 가리키어 왔으나, 이는 일본인들이 정한론(征韓論)을 행

동으로 옮기면서 조선 침략의 야욕에서 저희는 문명국의 문명인이고, 당시의 조선인들은 미개국(未開國)의 야만인(野蠻人)으로 천시한 데에서 비롯된 말이다. 저희 일본을 본받으려는 당시의 조선인을 우대하여 개화인(開化人)이라고 부르고 우리의 전통을 지키려는 사람들은 안 깨친 사람, 곧 미개인(未開人)으로 다루었다. 그래서 일본인들이 멋으로 들고 다니는 지팡이는 개화장(開化杖)이고, 멋으로 쓰고 다니는 안경은 "멋보기 안경"이라든가 "개화경(開化鏡)"이라고까지 일컫게 된 것을 생각하면, 학술 용어로서의 "개화기 문학"이라든가 "개화기 가사", 또는 "개화기 교과서"라는 말은 쓰지 아니하여야 우리의 민족적 자긍심을 살릴 수 있다고 필자는 생각한다.

이러한 유의 작품은 의병장의 부인으로 독립 투쟁에 동참하였던 윤희순(4193-4268) 지사의 「방어장(防禦將)」(4228)·「병정(兵丁)노래」(4229), 이필균의 「대조선 자주독립 애국하는 노래」(4229), 김석하의 「독립문가」(4229), 최영구의 「애국독립가」(4229), 최병헌의 「애국가」(4229), 문경호의 「자주독립가」(4229), 성낙윤(成樂允)·이돈화(李敦和)·우범진(禹範振)들의 합작인 「가역비장(歌亦悲壯)」(4238), 지은이 미상의 「탄오탁시가(歎烏啄屍歌)」(4238), 리하준 등 8명의 합작인 「민충정공혈죽가(閔忠正公血竹歌)」(4239), 정수원(鄭秀元)의 「동아개진교육회근면가(東亞開進教育會勤勉歌)」(4240), 논설위원의 「신년송축(新年頌祝)」(4241, 1908), 「경세종성(警世鐘聲)」(4241), 실명씨의

「논결점(論缺點)」(4241), 김태권(金兌權)의 「근하대한매일신보(謹賀大韓每日申報)」(4242), 실명씨의 「시사총론(時事叢論)」(4242), 장백산인(長白散人)의 「구세청루(救世聽淚)」(4242), 염낭자(艶娘子)의 「여자패풍(女子悖風)」(4242), 고용생(雇傭生)의 「악충지해(惡蟲之害)」(4242), 동한생(東韓生)의 「걸교문(乞巧文)」(4242), 심향생(心香生)의 「사직제(社稷祭)」(4242), 고취생(鼓吹生)의 「경고청년(警告靑年)」(4242), 단운생(檀雲生)의 「하기장몽(何其長夢)」(4242), 아속생(啞俗生)의 「타조가(打租歌)」·「승서상힐(蠅鼠相詰)」·「권주가(勸酒歌)」(4242), 아소자(啞笑子)의 「단합위상(團合爲上)」·「망량세계(魍魎世界)」(4242) 등 이 시대의 가사 작품들은 1,000여 편이 넘는데, 대부분 실명씨이거나 지은이의 본명이 아닌 필명으로 지어서 발표한 작품들인 것이 특징이다.

황채장미문병(黃彩薔薇紋甁)
유물번호 궁중 372, 크기 입지름 1.8cm,
밑지름 3cm, 높이 14.8cm, 출처 : 국립고궁박물관 소장

[4장] 극가(劇歌)

1. 경기체가

여기서 필자가 극가(劇歌)라고 하는 것은 고려시대 문학에서 언급한 이른바 "경기하여체가(景幾何如體歌)"를 비롯한 연희성(演戲性)이 있는 창(唱), 곧 소리[歌樂]를 포함하여 이른 말이다.

경기하여체가는 조선시대에 들어오면서 조선건국을 송축하는 양촌(陽村) 권근(權近)의 「상대별곡(霜臺別曲)」과 춘정(春亭) 변계량(卞季良)의 「화산별곡(華山別曲)」은 이미 앞에서 소개하였다. 그 외의 작품으로 현재까지 학계에 알려진 "경기하여체가(景幾何如體歌)"를 소개하면 아래와 같다.

① 유영(柳穎)이 세종 5(3756)년에 지은 4장체 「구월산별곡(九月山別曲)」은 지은이가 문화유씨(文化柳氏) 족보를 처음으로 찬집하고, 그것을 송축하며 후손들에게 숭조(崇祖 : 1장) 효

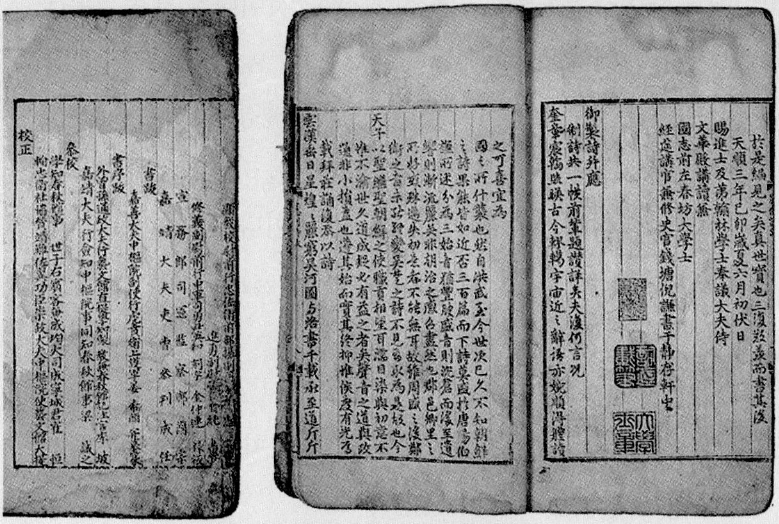

권근 응제시주(權近 應制詩註)

명(明) 태조가 권근(權近)에게 친제하여 하사한 「태조고황제어제시삼수(太祖高皇帝御製詩三首)」와 명 태조의 명(命)에 의해 지은 응제시 24수를 모아 세조 8년에 간행된 목판본. 보물 제1090-1호, 출처 : 문화재청

부모(孝父母 : 2장) 화형제(和兄弟 : 3장) 유지군자지덕(維持君子之德 : 4장)을 강조한 것으로, 『문화유씨좌상공파보(文化柳氏左相公派譜)』에 실려 있다.

② 예조(禮曹)에서 세종 11(3762)년에 지은 6장체 「가성덕(歌聖德)」: 이 작품은 세종 때에 명나라 사신을 위하여 주원장(朱元璋)의 공을 치하(1장), 명나라 사신 치하(2장), 명황의 윤음 치하(3장), 태평성대의 치하(4장), 세종의 당당함을 송찬(5장), 세종의 위의와 예로 명나라 사신을 송별함(6장)으로 지어

명나라 사신을 맞는 향연에서 연창한 것이다. 『세종실록(世宗實錄)』 권 44에 실려 있다.

③ 이름을 잊은 이가 세종 14(3765)년경에 지은 6장체 「오륜가(五倫歌)」 : 이 작품은 유학의 기본 윤리인 오륜(五倫)을 잘 지키도록 교화하기 위하여 지어진 것이다. 부자(父子)·군신(君臣)·부부(夫婦)·장유(長幼)·붕우(朋友) 사이의 대인 관계에서 서로 인격적으로 존경·애정·평등·견제·조화롭게 지내면서도 상하 존비·귀천의 차별 속에서도 국가 질서 유지의 규범을 강조한 노래이다. 궁중 연향에서 자주 연창되었다. 『樂章歌詞(악장가사)』에 실려 전한다.

④ 이름을 잊은 이의 5장체 「연형제곡(宴兄弟曲)」 : 이 작품은 세종 때에 예조에서 국민 교화를 위하여 지어서 노래한 것이다. 내용은 세종이 왕위에 오른 뒤에 형제들에게 우애롭게 하며 백성들을 잘 다스리고 태평성대를 누리는 덕을 찬미하여 궁중 연향에서 연창된 것이다. 『악장가사』에 실려 전한다.

⑤ 의상(義相) 스님이 세종 때에 지은 10장체 「서방가(西方歌)」 : 이 작품은 『염불작법(念佛作法)』에 실려 전하는데, 지은 이는 후세인이 신라시대 "의상(義湘)" 스님의 이름을 빌린 것으로 보인다. 내용은 제1장에서 극락세계의 실존, 제2장에서 극락세계의 환경, 제3장에서 극락세계의 내부의 미묘함, 제4장에서 극락세계에서의 공양과 그 모습, 제5장에서 극락조들의 우아한 외모와 고운 소리, 제6장에서 천악성(天樂聲)이 신

심을 일으킴, 제7장에서 극락인(極樂人)의 영생, 제8장에서 보살(菩薩)과 성문(聲門)들이 상선인(上善人)과 사귐, 제9장에서 아미타불의 큰 공덕, 제10장에서 아미타불이 자비로 사부대중을 교화한다는 것을 각각 노래하고 있다.

⑥ 이화(已和) 스님이 세종 때에 지은 10장체 「미타찬(彌陀讚)」: 이 작품은 「안양찬」과 「미타경찬」은 모두가 찬불가(讚佛歌)로 다른 경기하여체가의 상징인 "경기하여(景幾何如)" 대신에 "최희유(最希有)"(1장)와 "역희유(亦希有)"(2-10장)로 되어 있는 것이 큰 특징이다. 필자는 이를 "역시 바람이 있어요"의 뜻으로 풀이한다. 「미타찬」은 서방정토(西方淨土)의 주관자인 "아미타불(阿彌陀佛)"을 찬미한 것이다.

⑦ 이화 스님이 세종 때에 지은 10장체 「안양찬(安養讚)」: 이 작품은 아미타불께서 주관하고 있는 "서방정토"라는 이상 공간(理想空間)을 기린 것이다. "경기하여(景幾何如)"에 해당하는 조흥구가 「미타찬(彌陀讚)」·「미타경찬(彌陀經讚)」과 꼭 같다.

⑧ 이화 스님이 세종 때에 지은 10장체 「미타경찬(彌陀經讚)」: 이 작품은 아미타불께 귀의하여 이상 공간인 피안(彼岸)의 세계에 이를 수 있는 방편(方便)으로서의 아미타경의 영험성(靈驗性)을 기린 것이다. 위의 2작품과 함께 『함허당어록(涵虛堂語錄)』에 실려 있다.

⑨ 지은(智訔) 스님이 세조 때에 지은 12장체 「기우목동가(騎牛牧童歌)」: 이 작품은 불교문학의 한 작품이다. 지은이가

『적멸시중론(寂滅示衆論)』을 12장의 긴 노래로 지은 것이다. 내용은 송나라의 곽암사원(廓庵師遠) 스님의 「십우도송(十牛圖頌)」에 차례를 맞추어 선수행(禪修行)의 방법을 노래한 것이다. "경기하여(景幾何如)"에 해당하는 조흥사가 "경기하다위니이고(景幾何多爲尼伊古)"로 되어 있다. 이는 "경기 어떠하니잇고"의 뜻으로 풀이된다. 『적멸시중론(寂滅示衆論)』에 실려 있다.

⑩ 정극인(丁克仁)이 성종 3(3805)년에 지은 6장체 「불우헌곡(不憂軒曲)」: 이 작품은 지은이가 치사한 뒤 향리인 지금의 정읍군 태인(井邑郡泰仁)의 시산(詩山)에서 자제들을 가르치고 있을 때에 성종께서 내리신 뜻밖의 특은(特恩)을 받고 감격하여 지은 자기 과시의 노래인데, 지은이의 문집인 『불우헌집(不憂軒集)』에 실려 있다. 이 작품의 조흥사는 "경하질다(景何叱多)"로 되어 있는데, 이를 빌어쓰는 말로는 "경 어때"로 풀이된다. 이 작품과 「불우헌가(不憂軒歌)」가 같이 실려 있기 때문에 오히려 「상춘곡(賞春曲)」이 같은 사람[同一人]의 작품이 아니라는 증거가 된다.

⑪ 박성건(朴成乾)이 성종 11(3813)년에 지은 6장체 「금성별곡(錦城別曲)」: 이 작품은 지금의 전라남도 나주시(羅州市)의 교수(教授)로 있으면서 지은이가 가르친 제자 10명이 사마시(司馬試)에 합격한 것을 감격하여 지은 송찬의 노래이다. 아름다운 고장인 나주는 훌륭한 인재가 많다(1장), 향교를 중심한

높은 학풍을 기림(2장), 당시의 목사(牧使)와 통판(通判)의 선정을 기림(3장), 지은이의 교화가 뛰어남을 자랑함(4장), 한 고을에서 10인의 급제자가 나온 것을 뽐냄(5장), 축하연에서도 군자의 예를 잃지 아니하는 급제자들을 칭찬함(6장)이 그 내용이다. 그의 문집 『五恨公遺稿(오한공유고)』에 실려 전한다.

⑫ 예조(禮曹)에서 성종 23(3825)년에 지은 3장체 「배천곡(配天曲)」: 이 작품은 「오륜가(五倫歌)」의 곡조에 맞추어 노래하였다. 내용은 성종의 등극이 하늘과 짝이 되어 풍속이 순미함을 기리고(1장), 하늘이 내리신 성종께서 학문과 예의를 숭상하는 교화에 힘써 백성들이 환호함(2장), 왕이 성균관에 행행하시어 학생들과 나누는 술과 떡의 잔치로 배를 불리어 부르는 노래가 주나라의 아송(雅頌)과 같음(3장)을 표현하고 있다. 『성종실록(成宗實錄)』 권 268에 실려 있다.

⑬ 김구(金絿)가 중종 때에 지은 6장체 「화전별곡(花田別曲)」: 이 작품은 지은이가 지금의 남해군(南海郡)으로 유배되어 그곳에 머물면서 남해의 아름다운 자연미를 찬탄하고(1장), 그 고장의 인물들과 풍류를 즐기는 자기 생활의 만족감을 그리고(2장), 여러 기녀들과 잔치 놀이를 기리며(3장), 남해 사람들의 음주 가무가 뛰어남이 마음에 들어서 즐긴다는 것을 노래하고(4장), 술을 마시며 즐겁게 사는 낙천적 생활을 찬탄하고(5장), 화려하고 풍요로운 서울보다 만족스러움을 노래한(6장) 것이다. 『自庵集(자암집)』에 실려서 전한다.

⑭ 주세붕(周世鵬)이 중종 36(3874)년에 지은 5장체 「태평곡(太平曲)」: 이 작품은 유학의 도를 사회에 실천하려면, 유생(儒生)들이 스스로 수행을 열심히 하여야 한다고 노래한 것이다. 주세붕의 아래 작품들과 함께 그의 뜻글 문집인 『武陵雜稿(무릉잡고)』 별집(別集) 권 8에 실려 있다.

⑮ 주세붕이 중종 36(3874)년경에 지은 6장체 「도동곡(道東曲)」: 이 작품은 지은이의 뜻글 문집인 『竹溪誌(죽계지)』 권 1 「行後錄(행후록)」에 실려 있다. 그 내용은 유가(儒家)의 도연원(道淵源)과 그 실천과 공부자(孔夫子)·주희(朱熹) 등의 도학을 칭송하고, 이 도학이 회헌(晦軒) 안향(安珦 : 3576-3639)에 의하여 조선으로 들어오게 된 것을 기린 것이다.

⑯ 주세붕이 중종 36(3874)년경에 지은 6장체 「육현가(六賢歌)」: 이 작품은 도학을 성립시켜 당시의 조선 유학자들이 존경하는 송나라 유학자 이천(伊川) 정이(程頤)·횡거(橫渠) 장재(張載)·소옹(邵雍) 강절(康節)·온공(溫公) 사마광(司馬光)·위공(魏公) 한기(韓琦)·문정(文正) 범중엄(范仲淹) 등 6명의 사상과 덕행을 칭송한 것이다.

⑰ 주세붕이 중종 36(3874)년 경에 지은 7장체 「엄연곡(儼然曲)」: 이 작품은 지은이가 풍기군수로 부임하여 유가 도덕의 현상에 관한 찬탄과 성현에 대한 숭모, 자신과 타인에 대한 감계(鑑戒)와 유가 윤리[道]의 실천을 표명한 것이다.

⑱ 권호문(權好文)이 명종 때에 지은 7장체 「독락팔곡(獨樂

八曲)」: 이 작품은 지은이가 적서(嫡庶)의 신분 차별로 인하여 자기의 큰 포부를 실행할 수 없는 원망을 향리에서 홀로 자연을 즐기며 해소하는 자기의 삶을 오히려 자랑스럽게 뽐낸 노래이다. 『松巖別集(송암별집)』에 실려 있다.

⑲ 민규(閔圭)가 철종 11(4193)년에 지은 「충효가(忠孝歌)」: 이 작품은 지은이가 당시에 절세의 효자이며 충성스러운 선비이었던 백의처사(白衣處士) 유영일(柳榮日 : 4103－4164)을 찬미한 것이다. 일부 학자들은 경기하여체가의 마지막 작품인 권호문의 「독락팔곡(獨樂八曲)」에서 300여 년이나 뒤에 지어졌다는 점을 들어 "경기하여(景幾何如)"라는 어구만 흉내낸 것일 뿐 실제로 연창된 것은 아닐 것이라고 과소평가하고 있다. 사실 자수율적 형식(字數律的形式)에 있어서도 3장체로 되어 있기는 하나, 경기하여체가의 상징인 "경기하여"라는 어구가 단 1회밖에 쓰이지 아니하여 형식적으로도 불완전한 작품인 것은 틀림없다는 것이 정평이다. 『高興柳氏世譜(고흥유씨세보)』에 실려 있다.

이상의 작품들 이외에 현재로서는 이름만 전하는 중종 21(3859)년에 지어진 「관산별곡(關山別曲)」이 있는데, 이들을 필자는 연희(演戲)의 극가로 생각한다. 그러나 지금은 사라진 문학 양식이 되었다.

2. 무가(巫歌)

무가는 굿[巫儀]이라는 이름의 제의(祭儀)를 통하여 길복(吉福)을 원하거나, 재액(災厄)을 물리치는 과정에서 무당이 신령(神靈)을 맞이[請陪]하여 찬양하며, 즐겁게 놀이[演戲]를 시키는 데에는 춤[舞踊]과 몸짓[演劇]이 따르고, 신령의 노여움[人間災厄]을 풀게 하는 데에는 소리[音樂]와 사설[文學]이 따르게 된다. 그러므로 굿은 "굿거리"라고도 하는 일종의 미분화(未分化)된 종합예술이다.

굿에는 그 종류가 많다. 제일 규모가 작고 무가도 없이 신에게 두 손을 비비며 비는 "비손"에서부터 간단하게 음식을 차려놓고 잡귀를 풀어먹이는 치병제의(治病祭儀)인 "푸닥거리"와 지역에 따라 경상도의 지신밟기 · 전라도의 마당밟기 · 마을의 액막이의 동제(洞祭)나 풍어를 비는 풍어제(豊漁祭) 등의 "고사(告祀)"와 3년마다 기자(祈子) · 무병장수(無病長壽) · 초복(招福) · 치병(治病) · 극락천도(極樂遷度) 등을 종합적으로 비는 "큰굿"이 있다. 큰굿은 12거리의 절목(節目)에 의하여 10여 명의 무당들이 의식을 진행하나, 실제로는 무가가 등장하는 20여 거리의 굿도 볼 수가 있다. 또 큰굿은 목적에 따라 "삼신굿(자손의 점지나 어린이의 무병장수를 비는 지앙맞이)", "성주맞이굿(집을 짓거나 이사한 뒤에 성주를 받아들이는 성주받이굿)", "신내림굿(박수가 주류를 이루는 降神巫)", "우환굿(재액을 치유하려는 굿과 병굿)", "재수굿(재복과 행운을 비는 축원굿)", "진오구굿

(죽은 이의 저승길을 닦아주는 오구굿과 새남)" 등이 유명하다.

또 무가는 그 사설 내용에 따라 "본풀이"·"오구풀이"·"제석풀이"·"성주풀이" 같은 노래를 서사무가(敍事巫歌)라 하고, "노랫가락"·"대감타령"·"제석타령"·"창부타령" 등을 서정무가(抒情巫歌)라고 하며, 천지·일월·산하·생사·질병·생업·빈부 등을 관장하고 지배하는 신의 내력을 설명하는 "일반 신본(一般神本)풀이"를 전술무가(傳述巫歌)라 하고, 동해안의 "범굿"과 경기지방의 "소놀이굿"·"장님놀이" 등을 희곡무가(戲曲巫歌)라고 나누어 일컫기도 한다. 이러한 무가는 종교적 기능(宗教的機能)이 있어서 전승(傳承)의 역사성도 오래이거니와 무가의 전파(傳播)도 손쉬워서 매우 쉽게 널리 보급되어 민요(民謠)로 변한 것들도 매우 많다.

이 무가에 관하여는 다음 "조선의 종교문학"에서 거듭 논하기로 하면서, 여기서는 이만 줄인다.

3. 판소리

"판소리"는 "판+소리"로 판은 무대와 관중(청중)을 가리키고, 소리는 일정한 길고 짧은 가락의 노래를 가리킨다. 따라서 이 판소리는 창악(唱樂)과 연극성(演劇性)을 겸하고 있는 종합

예술이기 때문에 창극(唱劇) 또는 극가(劇歌)라고 한다.

조선 말엽 순조(純祖 : 재위 4134－4167) 때 사람인 송만재(宋晩載)가 지은 「觀優戲[광대놀이를 구경함]」는 지은이가 순조 1(4134)년경에 창극을 구경하고 지은 뜻글시이다. 이에 따르면, 당시에 유명한 판소리는 12마당이 있었음을 알 수가 있다. ①「춘향전」, ②「심청가」, ③「홍보가」, ④「수궁가」, ⑤「적벽가」, ⑥「변강쇠타령」, ⑦「배비장타령」, ⑧「장끼타령」, ⑨「옹고집타령」, ⑩「왈짜타령」, ⑪「강릉매화타령」, ⑫「가짜신선타령」이 그것이다. 4273(1940)년에 간행된 정노식(鄭魯湜)의 『조선창극사(朝鮮唱劇史)』에 따르면, 「왈짜타령」은 「무숙이타령」, 「가짜신선타령」은 「숙영낭자전」으로 바뀌어 있다. 또 이선유(李善裕 : 4205－?)의 『오가전집(五家全集)』(4266)에는 「춘향가」, 「심청가」, 「박타령(홍보가」, 「수궁가(水宮歌)＝토별가」, 「화용도(華容道)＝적벽가」의 5편만이 실려 있다. 여기서 우리는 이러한 판소리에서 판소리 소설이 발전한 것을 짐작할 수가 있다.

4. 창가(唱歌)

여기서 "창가(唱歌)"라고 하는 문학 양식은 조선 말엽 개항기(開港期)에 이른바 서학(西學)이라고 일컬어지던 외래 종교의 신자들에 의하여 불리어진 천주 찬미가(天主讚美歌), 또는 예수 찬송가(讚頌歌)의 형식을 빌어서 주로 3·3조, 4·4조, 3·7조 등의 형식으로 지어져서 노래된 새로운 시가문학 양식을 이른다. 이 창가 문학은 종교인들에 의하여 지어져 불리던 찬송가류와 일반인들이 당시의 임금님을 비롯한 나라 사랑의 노래로 지어진 것들과 신설되는 각급 학교들의 교가류(校歌類)의 세 가지 부류로 나누어 살필 수가 있다.

4. 1. 찬송가류(讚頌歌類)

현재로서는 조선 말엽의 종교문학의 가사형(歌辭型) 시가와는 전혀 다른 새로운 문학 형태로 광무 1(4229)년에 개신교인 새문안 교회 교인들이 지어서 부른 「황제탄신경축가」에서 비롯된다. 그 원문 일부를 현대 쓰기로 고치어 소개한다.(이하 인용 작품의 쓰기는 모두 같다.)[48]

① 높으신 상주님 자비론 상주님 긍휼히 보소서!
이 나라 이 땅을 지켜 주옵시고 오! 주여! 이 나라
보우하소서!
② 우리의 대군주 폐하! 만세! 만만세! 만만세로다.

48 宋慧美, 『한국 개화기(開化期) 창가(唱歌)의 변천에 관한 연구』, 전북대 교육석사논문, 2007.

복되신 오늘날 은혜를 내리사 만수무강케
하여 주소서!

이 작품은 현재로서는 지은이의 이름이 알려지지 아니한 새문안 교회 신도가 고종황제의 탄신 44주년을 축하하여 지어 올린 신종 노랫말이다. 이 작품을 창가로 보는 것은 우선 외형적 시형(詩形)도 종전의 "3·4" 또는 "4·4"조의 모양이 파괴되었을 뿐 아니라 곡조가 잉글랜드의 국가 곡에 얹어 불려졌기 때문이다.

4. 2. 애국가류(愛國歌類)

이러한 창가는 같은 해 4월 7일에 서재필 등 독립협회에서 발간한 『독립신문』을 통하여 "애국가류(愛國歌類)"의 작품들이 많이 창작 소개되어 애국의식을 고취하였다.

① 아세아에 대조선이 자주 독립 분명하다.
(합가) 애야 애야 애국하세. 나라 위해 죽어보세.
② 분골하고 쇄신토록 충군하고 애국하세.
(합가) 우리 정부 높여주고 우리 군면 도와주세.
③ 깊은 잠을 어서 깨여 부국강병 진보하세.
(합가) 남의 천대 밧게 되니 후회막급 업시하세.
④ 합심하고 일심되어 서세동점 막아보세.

(합가) 사농공상 진력하여 사람마다 자유하세.
⑤ 남녀 없이 입학하여 세계 학식 배워 보세.
(합가) 교육해야 개화되고 개화해야 사람되네.
⑥ 팔괘 국기 높이 달아 육대주에 횡행하세.
(합가) 산이 높고 물이 깊게 우리 마음 맹세하세.

이 작품은 『독립신문』 1896년 5월 9일자에 실린 당시 학부 주사(學部主事) 이필균의 「자주독립애국가」 전문이다.

이보다 조금 뒤에 나온 당시 농상공부 주사(農商工部主事)이었던 최병헌이 지은 「독립가」는 다음과 같다.

① 천지 만물 창조 후에 우주 구역 청정이라.
아시아주 동양 중에 대조선국 분명하다.
② 단군 기자 자주시고 신라 연호 건원이라.
개국 홍제 인평 후에 고려 건원 광덕이라.
③ 만세 완산 선리화는 신인 금척 천수로다.
기원 경절 오백 후에 건양 연호 빛나도다.
④ 음양조판 태극기를 일월같이 높이도다.
조선 역시 구방이라 기명 유신 차시로다.
⑤ 금성 옥야 온 대지에 구천 오백 방리로다.
이천만중 합심하여 독립가를 불러보세.
(후렴)
독립기초 장구술은 군민상에 제일이라.
기쁜 날 기쁜 날 대조선국 독립한 날
기쁜 날 기쁜 날 대조선국 독립한 날

이 작품은 『독립신문』 4229년 10월 3일자(90호)에 실린 것이다.

이처럼 본사의 분량이 짧은 반면 후렴의 분량이 길어진 창가 문학(唱歌文學)의 형식은 앞에서도 말하였지만, 이제까지 있어 왔던 고려 속요나 가사 및 가곡과 시조 등 다른 시가의 형태와는 그 자수율의 율조가 많이 달라졌다.

그런가 하면, 연대는 늦은데도 대한제국(大韓帝國) 광무(光武) 9(4238)년 12월 10－11일 『大韓每日申報(대한매일신보)』에 강우생(慷憂生)이 발표한 「警告同胞文(경고동포문)」은 그 전문이 다음과 같다. (원문대로 소개한다.)

榮華로세 榮華로세	大韓帝國 榮華로세.
榮華로세 榮華로세	自刎以死 榮華로세.
忠臣인들 범연ᄒᆞ며	忠臣에도 웃독ᄒᆞ다.
古書古談 드럿건만	今日忠臣 보앗도다.
四千餘年 우리祖國	三千里方 우리疆土
五百餘年 우리宗社	二千萬衆 우리同胞
게누라셔 奪取ᄒᆞ며	게누라셔 奴隷숨나
大韓否運 도라가고	大韓泰運 도라왓네.
强ᄒᆞ다고 平生强코	弱ᄒᆞ다고 平生弱가
大韓에도 忠臣잇고	强ᄒᆞ다네.
言必稱 東洋敦穆	今日行爲 보앗도다.
東洋失和 만이ᄒᆞ고	東洋得罪 만힛도다.
馬關條約 어듸가고	宣戰詔勅 어듸ᄀᆞᆺ나

東洋失和 그行爲를　西洋諸國 모를손가
알고도 알것마는　各其제일 노得巳라.(이상 12월 10일)
未來에는 興師問罪　有口無言 그뉘알니
慾心만하 좃것업네.　慾食還吐 붓그럽다.
以死當威 고만이오.　以拳敵兵 고만일세.
同胞드라 同胞드라　獨立回復 오날이라.
忠臣節死 그날붓터　獨立富强 堅固로다.
以兵壓我 어든以心　降彼하야보세.
榮華로다 榮華로다　大韓帝國 文華로다
忠臣升天 하얏고나.　神魂陰佑 그뉘알며
訣告士民 하는文字　儒인睡醒 되얏스니
門內賊輩 欲逃ᄒᆞ며　海外寇漢 恐懼로다.
東洋三國 同胞之義　西洋셔도 稱讚터니
興師伐露 ᄒᆞᆫ것시요.　呑我野心 顯露로다.
一心으로 外國物貨　ᄉᆞ지말고 通商去來 막아보세.
만 一心 먹엇쓰면　두리울것 바이엄네.
逆賊들아 大韓에는 逆賊이오.　忠臣일세. 忠臣일세.
日本에는 忠臣이라.　日本勳功 바드랴면
伊藤博文 우희로다.　逆賊들아 逆賊들아
逆名듯고 富貴功名　그富貴가 몃칠이며
그功名이 몃칠인가　붓그럽다. 붓그럽다.
忠臣烈士 붓그럽다.　逆名으로 報聘大使
日本인들 엇지가며　劍下驚魂 되얏스면
閻府에는 輕罪로다.　죽지죽지 어서죽지

왜ᄉᆞ랏나 왜사랏나　우리君父 옹폐총명
日本ᄉᆞ람 압졔로셰.　더ᄉᆞᆯ면 무엇ᄒᆞ나
어셔밧비 쥭어야지　忠臣의게 祭지ᄂᆡ고
宗社의 告由ᄒᆞ세.　一丹心 二忠臣으로
獨立自主 되ᄂᆞᆫ도다.　二千萬 우리同胞
兩忠臣의 丹心밧다　大韓逆臣 셩토하고,
남의庒制 밧지말아　獨立自由 ᄒᆞ고보면
忠臣遺恨 씨스리라.　一進會民 六十萬名
兩忠臣이 붓그럽다.　우리나라 유죠ᄒᆞᆫ것
죠금업고 日本壓制ᄲᅮᆫ이로다.　一進會도 ᄉᆞ람이라.
一심으로 나아오쇼.　어셔어셔 나아오쇼.
大韓獨立 大路上으로　쥭을ᄉᆞᄊᆞ 두려말고
獨立權을 차ᄌᆞ보세.　大韓乾坤 너른世界
一심바다 輔國ᄒᆞ세.　忠臣이 고만이며
忠臣이 고만인가　쥭것슬 두려말고
一심으로 忠君ᄒᆞ셰. (이상 12. 11)

이 작품의 지은이는 정확한 이름을 알 수 없고, “강우생(慷憂生)”이라는 필명(筆名)으로 보아 애국심이 열렬한 사람임을 짐작할 수 있을 뿐이다. 이 작품의 표현 기법은 가사 형태를 취하고 있으나, 그 형식의 다듬기가 약 10년 전의 『독립신문』에 소개된 작품에 비하여 훨씬 후퇴되었다. 특히 8자시(4·4조)라고도 일컬을 정도의 율조가 깨어진 것은 가사 형식으로서도 파격의 작품이다. 다만 대한제국의 외교권을 빼앗긴 을사늑약

(乙巳勒約) 이후 민영환(閔泳煥 : 4194-4238) 시종무관장(侍從武官長)이 11월 4일 새벽에 전국 국민과 주한 외국 사절들에게 유서를 남기고 자결한 이후 많은 중대신(重大臣)들과 선비들이 스스로 목숨을 끊어 순국하는 당시의 나라 상황을 노래한 것이다.

4. 3. 교가(校歌) 및 단가류(團歌類)

신생 학교들과 기타 각종 단체들이 비온 뒤의 죽순처럼 나타나면서 그에 따른 "단체가류(團體歌類)"들도 많이 지어졌다.

이 창가류의 문학 양식은 전문 문학 작가들에 의하여 각급 공사립 학교들의 교가(校歌)와 여러 단체들의 단가(團歌)로 끊임없이 발전하여 오늘에 이르렀다.

교가의 경우는 고종 23(4219)년에 설립된 배재학당의 교가가 현재로서는 가장 오래된 원형을 지니고 있는 듯하다.

우리 배재학당, 배재학당 노래합시다.
노래하고, 노래하고, 다시 합시다.
우리 배재학당 노래합시다.
영원 무궁하도록 라라라라 시스붐바 배재학당 시스붐바
라라라라 시스붐바 배재학당 시스붐바.

이 배재학당의 교가는 교육 이념이나 설립 정신이 전혀 나타나 있지 아니하여 마치 응원가 같아 보인다. 후렴의 성격을 가진 "시스붐바"는 "sis-boom-bah"이다. 이는 아메리카 합중국의 속어로 "구경하는 스포츠"라는 뜻임을 생각하면 더욱 교가로서의 맛보다는 응원가로서의 맛이 짙으나, 아직까지 고치지 아니하고 있는 것은 전통의 계승이라는 아름다운 역사 인식 때문이라고 본다.

또 『대한매일신보』 광무 11년에 해당하는 순종 융희 1(4240)년 1월 16일에 따르면, 「모충교가(慕忠校歌)」라는 가사(歌辭) 형태의 작품이 실려 있다. 그 전문을 그대로 소개한다.

배재학당(培材學堂)
시도기념물 제16호, 서울 중구 서소문로 11길 19(정동)에 위치, 출처 : 문화재청

天下萬國 人物中에	立節死義 一等이라.
圃隱先生 仙竹事는	古老相傳 들어더니,
我國忠臣 閔忠正은	幸生一世 目睹로다.
血化허야 딕가되니	萬古綱常 이아닌가?
大한江山 光榮이오.	五洲世界 頌聲이라.
어리셕은 男女들아	徒自追悼 全如마라.
國家柱石 大臣되면	危亂世에 當然事라.
우리同胞 二千萬이	自强之心 奮發處라.
冬十一月 歲丙午에	縉紳章甫 齊會허야
生초一幅 忠正像을	精一교에 妥奉허니
分明忠竹 兩三叢이	永使蒼生 感心이라.
학徒들아 학徒들아	晝宵一心 瞻仰ᄒᆞ야
愛國精神 본바다셔	習與成性 홀지어다.

이 작품은 당시 함경북도 북청군 상로덕면(北青郡上老德面)에 살고 있는 유지(有志) 신사(紳士)들이 교육상에 열심 분발하여 재산을 모아 학교를 세운 뒤에 그를 기념(紀念)한 노래이다. 그러나 내용은 을사늑약(乙巳勒約)을 반대하여 순절하신 충정(忠正) 민영환(閔泳煥 : 4184－4238)을 추모한 애도가(哀悼歌)라고 할 수 있다.

이로써 당시의 노래 문학의 수준이 정치, 경제, 국방 의식만큼이나 어지럽고 수준도 낮았음을 짐작할 수가 있다. 다만 천손족(天孫族)으로서의 정통성과 나라사랑에 대한 생각만은 대단히 높았음을 깨달을 수가 있다.

[5장]
이야기 문학

필자는 이미 고려시대 이야기 문학에서 수필과 소설이 발생하였음을 밝힌 바가 있다. 다시 한 번 정리하여 설명하면 이러하다.

지금 우리가 소설(小說)이라고 하는 용어를 글자 그대로 그 뜻을 풀이하면, "짧은 이야기" 또는 "토막 이야기"라는 뜻이 된다. 이 짧은 이야기는 모두가 지어진 것들이지만, 입말 이야기로 그 지은이를 알 수가 없이 아득한 옛날로부터 입에서 입으로 전하여 오다가 어느 시기에 문자로 정착된 이른바 구전문학(口傳文學)의 한 가지인 입말 이야기 문학[神話 · 說話 · 傳說]과 처음부터 글말 이야기로 지어진 수필(隨筆)과 소설(小說)의 두 가지가 있다. 여기서는 이미 『중고문학사』에서 필자가 언급한 대로 갈등 구조로 구성된 "거짓꾸며낸 이야기"를 "소설(小說)"이라고 하며, "있는 사실의 이야기이거나, 꾸며낸 이야기일지라도 갈등 구조적 구성이 아닌 이야기"를 "수필(隨筆)"로 보고 그렇게 다룬다.

1. 입말 이야기 문학[口傳說話]

1. 1. 조선 왕실의 이야기

1. 1. 1. 목조(穆祖)의 이야기

조선 태조 이성계(李成桂 : 3668-3741)의 고조부인 이안사(李安社)는 고려 고종 때에 선주지사(宣州知事)에 임명되어 정치를 잘하여 이름이 높았다. 원(元)나라의 힘이 강하여지자 원나라에 귀순하여 지방관리인 달로화적(達魯花赤)이 되어 여진(女眞)을 다스리어 증손인 이자춘(李子春=桓祖)까지 원나라 벼슬을 지냈다. 그래서 『東國輿地勝覽(동국여지승람)』의 「경흥도호부(慶興都護府)」조에는 다음과 같은 이야기가 실려 전한다.

적도(赤島)는 경흥부의 남쪽 40리에 있다. 둘레가 12리(6km)이다. 목조(穆祖)가 알동(斡東)에 있을 때에 목조가 여진의 여러 천호(千戶)를 찾아가면, 반드시 그들은 소를 잡고 잔치를 여러 날 베풀어서 극진히 접대하였고, 여러 여진인 천호들이 알동에 오면, 목조도 또한 그렇게 대접하였다. 그리하여 마침내 서로 자주 모여서 잔치를 벌였고, 익조(翼祖=李行里)가 목조의 뒤를 이어받은 뒤에도 그대로 하였다. 익조의 위엄과 덕이 차츰 커지니, 여러 천호들의 부하들이 익조를 따르게 되었다. 이에 많은 천호들은 이를 시기하여 익조를 살해하기로 결정하였다. 마침내 익조에게 거짓말로 여진의 여러 천호들이 통고하기를, "우리는 북쪽 지방에 가서 사냥을 하여 올 것이니, 20일 동안은 만나지 못하겠다."고 하였다. 익조도 이를 허락하였는데, 약속한 날이 지났는데도 그들은 오지 아니하였다. 익조는 직접 해관성(奚關城)을 가보려 하여 가는 도중에 어떤 노파가 물통을 머리에 이고 손에는 대접 하나를 들고 왔다. 익조는 마침 목이 말라 물을 마시려고 노파에게 부탁하니, 노파가 대접을 깨끗이 씻어 물을 떠서 익조께 드리면서

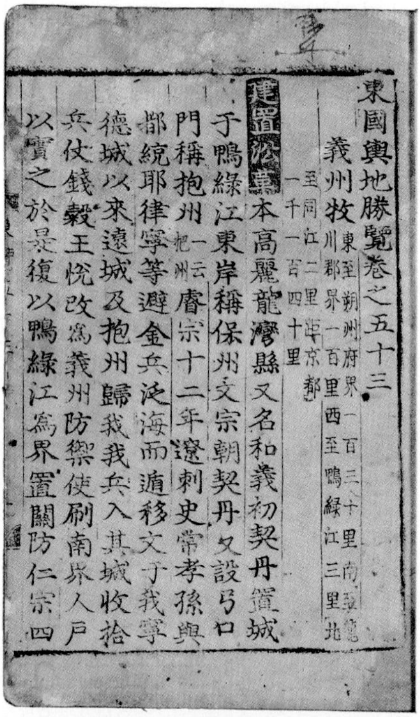
東國輿地勝覽卷之五十三
義州牧 東至朔州府界一百三十里南至龜川郡界一百里西至鴨綠江三里北至同江二里距京都一千一百四十里
建置沿革 本高麗龍灣縣又名和義初契丹置城于鴨綠江東岸稱保州文宗朝契丹又設弓口門稱抱州一云把州睿宗十二年遼刺史常孝孫與都統耶律寧等避金兵泛海而遁移文于我寧德城以來遠城及抱州歸我我兵入其城收拾兵仗錢穀王悅改爲義州防禦使刷南界人戶以實之於是復以鴨綠江爲界置關防仁宗四

동국여지승람(東國輿地勝覽) 권 53
크기 : 세로 29.7cm, 가로 20.1cm, 소장품
번호 : 구5720, 출처 : 국립중앙박물관

말하기를, "나으리는 모르고 있는 모양입니다. 여기 사람들이 사실은 응원병을 청하러 간 것이요, 나으리의 위엄과 덕망이 애석하기 때문에 내가 어쩔 수 없이 이렇게 알려 드리는 것입니다." 하였다. 익조는 황급히 돌아와서 집안 식구들을 배에 태워 먼저 떠나보내면서 "두만강을 따라 내려와서 적도(赤島)에서 만나자." 고 약속을 하고, 익조는 손부인(孫夫人)과 같이 경흥 뒷산 마루턱에 올라 바라보니, 알동 벌판에 말을 탄 적의 군사들이 가득히 몰려오고 있었다. 선봉 300여 명은 이미 아주 가까운 거리까지 다가오고 있었다. 익조는 부인과 함께 말을 달리어 바닷가에까지 이르렀다. 바닷가에서 적도까지의 거리가 600보(약 1,200m)는 되는데, 여기는 본시 조수가 없고, 물이 깊어서 배가 아니면 건널 수가 없는데, 약속한 배도 아직 오지 아니하였다. 어쩔 수 없이 발을 동동 구르며 초조히 기다리는데, 갑자기 바닷물이 갈라지며 100보(약 200m) 쯤만이 열리지 아니하였다. 익조는 부인과 같이 흰말 한 마리를 함께 타고 건너가고, 따르는 사람들이 다 건너자 물이 다시 들어와 전과 같아졌다. 적(賊)들은 뒤따르다가 건너지 못하고 그냥 돌아가 버렸다. 북방 사람들은 아직까지도 "이것은 하늘의 조화요, 사람의 능력으로 되지 아니할 일이라." 고들 말하고 있다. 익조는 그곳에서 움을 파고 살았다. 그 터가 지금까지도 남아 있다. 알동 사람들은 익조가 적도에 있다는 말을 듣고 모두들 그리로 찾아들 왔다. 익조는 다시 덕원부(德源府)로 옮겨 살았다.

이 이야기는 『龍飛御天歌(용비어천가)』·『北關錄(북관록)』·

『燃藜室記述(연려실기술)』 등에도 실리어 전하여 온다.

1. 1. 2. 도조(度祖)의 이야기

『동국여지승람』의 「慶興都護府(경흥도호부)」조에는 다음과 같은 이야기도 실려서 전한다.

> 세상에 전하기를, "도조가 젊었을 때에 백룡이 꿈에 나타나서 '나는 적지(赤池)에 있는 백룡(白龍)인데, 흑룡(黑龍)이 내가 사는 곳을 빼앗으려 하니 그대가 활을 잘 쏘니, 나를 위하여 쏘아주시오.' 하였다. 도조는 이튿날 활과 살을 가지고 못가로 가보니, 과연 두 용이 싸우고 있었는데, 주객을 분간할 수가 없어서 그냥 돌아갔다. 그날 밤에 백룡이 또 꿈에 나타나서 '그대는 어찌하여 쏘지 아니하였는가?' 하였다. 도조가 '두 용이 싸우는데, 흑과 백을 분간하기 어려워서 쏘지 못하였다.' 하니, '내일 먼저 오는 것이 나이니, 모름지기 기억하라.' 하였다. 도조가 이튿날 아침에 가서 보니, 또 두 용이 싸우고 있었다. 뒤에 온 용을 쏘아서 한 번에 그 용의 허리를 맞히니, 객룡이 피를 흘려서 적지에 가득 찼다. 그래서 이 못을 사룡지(射龍池)라고 불렀다."

이 이야기는 사룡지(射龍池)의 연기설화이기도 하며, 조선 건국의 신성함을 드러내려는 『용비어천가』에도 인용되고 있다.

1. 1. 3. 환조(桓祖)의 이야기

이긍익(李肯翊 : 4039 – 4139)의 『燃藜室記述(연려실기술)』에는 전주이씨 제21세조인 환조(桓祖)에 관하여 다음과 같은 이야기가 실려 있다.

(전략) 환조의 장사 때에 태조가 함흥(咸興)에 있으면서 길지(吉地)를 구하였으나 얻지 못하였다. 마침 길가에서 스승과 제자인 두 스님들이 앉아 쉬면서 스승이 제자 중에게 동산을 가

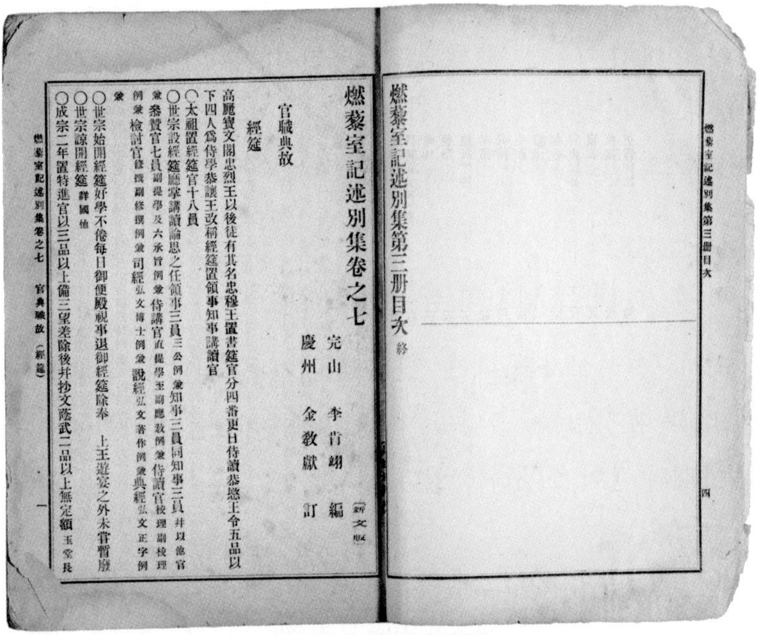
燃藜室記述別集第三冊目次 四

燃藜室記述別集第三冊目次 終

燃藜室記述別集卷之七 [新文版]

完山 李肯翊 編
慶州 金敎獻 訂

官職典故

經筵

高麗寶文閣忠烈王以後徒有其名忠穆王置書筵官分四番更日侍讀恭愍王令五品以下四人爲侍學恭讓王改稱經筵置領事知事講讀官

○太祖置經筵官十八員

○世宗設經筵廳掌講讀論思之任領事三員三公例兼知事三員同知事三員幷以他官兼參贊官七員副提學及六承旨例兼侍講官直提學至副應敎例兼侍讀官校理副校理例兼檢討官修撰副修撰例兼司經弘文博士例兼說經弘文著作例兼典經弘文正字例兼

○世宗諒闇經筵 詳國恤

○世宗始開經筵好學不倦每日御便殿視事退御經筵除奉 上王遊宴之外未嘗暫廢

○成宗二年置特進官以三品以上備三望差除後幷抄文蔭武二品以上無定額 玉堂長

燃藜室記述別集卷之七 官典職故 (經筵) 一

연려실기술(燃藜室記述)

크기 : 세로 21.8cm, 가로 15.2cm, 소장품번호 : 증 8959, 출처 : 국립중앙박물관

리키면서 말하기를, "이곳에 왕이 날 만한 땅이 있는데, 너도 아느냐?" 하니, 제자가 "산이 세 갈래로 내려온 중에서 가운데 줄기의 짧은 산기슭이 정혈(正穴)인 것 같습니다." 하니, 스승 스님이 "너는 자세히 알지 못하는구나. 사람에게 비유하면, 두 손을 쓰는데 오른손이 긴요함과 같이 오른편 산기슭이 진혈(眞穴)이다."라고 이야기하는 것을 태조의 집 사내 종놈이 엿듣고서 집으로 달려가서 태조께 아뢰니, 태조가 말을 재촉하여 따라가 함관령(咸關嶺) 밑에서 두 스님들을 만나 매우 간절히 청하여 마침내 함께 집으로 와서 지성으로 절하며 그 장지를 얻었다.(하략)

이 이야기는 『北路陵殿志(북로능전지)』와 『五山說林(오산설림)』에도 비슷하게 실려서 전한다. 여기서의 스승 스님은 나옹(懶翁) 스님이고, 제자 스님은 무학(無學)이었다고 한다.

1. 1. 4. 태조(太祖)의 잠룡시(潛龍時) 이야기

역시 『연려실기술』에는 『芝峰類說(지봉유설)』과 『藥泉集(약천집)』과 휴정(休靜) 스님의 『山水記(산수기)』를 참고한 이야기를 아래와 같이 소개하고 있다.

무학(無學) 스님이 안변(安邊)의 설봉산(雪峰山) 아래 토굴을 파고 살았다. 태조가 잠룡시(潛龍時)에 무학 스님을 찾아가서 묻기를, "꿈에 허물어진 집 안으로 들어가서 세 개의 서까래를 지고 나왔으니, 이것이 무슨 징조입니까?" 하였다. 무학 스님이 축하하며 말하기를, "몸에 세 개의 서까래를 진 것은 그것이 임금 왕(王)자의 형상입니다." 하였다. 또 묻기를, "꿈에 꽃이 떨어지고 거울이 떨어졌으니, 이것은 무슨 징조입니까?" 하니, 곧 대답하기를, "꽃이 떨어져 날리면 마침내 열매가 맺어지고, 거울이 떨어지면, 어찌 소리가 나지 아니 하리오?" 하였다. 태조가 크게 기뻐하며, 곧 그 땅에다가 절을 처음으로 짓고 그 절 이름을 석왕(釋王)이라고 하였다. 예전에는 태조의 친필이 있었는데, 전란 중에 잃어버리고, 지금은 판각(板刻)된 것만 남아 있다.

이 이야기는 곧 태조 이성계(李成桂)가 왕이 되기 이전에 왕이 될 조짐들이 있었음을 알려주는 도참성(圖讖性)이 강한 석왕사의 연기담(緣起譚)이다.

또 지퇴당(知退堂) 이정형(李廷馨 : 3881 - 3940)의 『東閣雜記(동각잡기)』에는 태조 이성계의 잠룡시의 이야기로 다음과 같은 글이 있다.

잠저에 있을 때에 어떤 사람이 문밖에 와서 이상한 글을 드리면서 "지리산(智異山)의 바위 속에서 얻었는데, '목자(木子)가 돼지를 타고 내려와서(태조가 을해년에 탄생하였다. 원주) 다시 삼한(三韓)의 지경을 바로잡는다(木子乘猪下復正三韓境)." 하였다. 사람을 시켜서 맞아들이라고 한 즉, 벌써 가버리고 없으므로 찾지 못하였다. 고려조 서운관(書雲觀)에 간직된 비기(秘記) 중에는 구변진단지도(九變震檀之圖)에 나무를 세워

> 아들을 얻는다(建木得子)라는 말이 있으며, 또 왕씨가 멸망하고, 이씨가 일어난다는 말이 있었는데, 고려조가 끝나도록 숨기고 발표하지 아니하였다.

는 것이다. 이도 역시 이성계가 조선을 건국하고 태조가 될 조짐을 미리 알려준 예언(豫言)이다. 이 이야기는 『연려실기술』에도 실려서 전한다.

조선 왕실에 관한 설화는 이밖에도 너무 많다. 여기서는 이상으로 줄인다.

1. 2. 조선 민간의 이야기

1. 2. 1. 윤회(尹淮)의 거위 살린 이야기

세종대왕 시대 문신으로 왕의 특별한 사랑을 받았던 청향당(淸香堂) 윤회(尹淮 : 3713 - 3769)가 젊었을 때에 체험한 이야기로 널리 알려진 전래담(傳來談)이다.

> 윤회(尹淮)가 젊었을 때에 시골길을 지나간 때가 있었다. 날이 저물어 잠을 잘만한 집을 찾아 들었는데, 주인이 머물러 자기를 허락하지 아니하므로 뜰에 앉아 있는데, 주인집의 아이가 커다란 진주(眞珠)를 가지고 놀다가 뜰에 떨어뜨렸다. 마침 그 곁에 흰 거위 한 마리가 있다가 곧 삼켜버렸다. 얼마 아니

되어 주인이 구슬을 찾았다. 그러나 끝내 찾지 못하였다. 집 주인은 윤공이 훔친 것으로 의심하여 공을 묶어두었다가 날 새기를 기다리어 장차 관가에 고발하려 하였다. 공은 변명도 하지 아니하고, 다만 말하기를, "저 거위도 내 곁에 매어 두라!" 고 하였다. 그 이튿날 아침 구슬이 거위의 뒷구멍으로부터 나왔으므로 주인이 부끄러운 빛으로 "어제는 왜 말하지 아니하였소?" 하고 사과하였다. 공은 "만일에 어제 내가 말하였다면, 당신이 반드시 저 거위의 배를 째어 구슬을 찾을 것이므로 욕됨을 참고 기다리었소." 하였다.(『연려실기술』 권 3)

이 이야기는 한때 초등학교 국어 교과서에도 실리어 많은 사람들에게 읽히어졌다. 여기서 우리들은 청향당의 동물애호의 인도주의(人道主義) 정신과 괴로움을 참는 정신을 본받아야 할 것이다.

1. 2. 2. 장원백(壯元栢) 이야기

간암(艮菴) 또는 어우당(於于堂)이라 호 하는 유몽인(柳夢寅 : 3892-3956)의 『於于野談(어우야담)』에는 다음과 같은 이야기가 실려 전한다.

세종(世宗)이 장차 과거(科擧)를 보이려 할 때에 꿈에 한 마리의 용이 성균관(成均館) 서쪽 정자의 잣나무에 서리고 있는 것을 보시고 깨어서 이상히 생각하시고, 관노(官奴)를 시켜 가만히 가보게 하니, "한 선비가 행탁(行橐)을 베고 잣나무 아래에 누워 잣나무에다 발을 걸치고 자더이다."라고 아뢰었다. 과거가 발표되매, 최항(崔恒 : 3742 - 3807)이 장원에 올랐는데, 관노가 그의 얼굴을 보니, 바로 그 사람이었다. 이로부터 그 잣나무를 "장원백(壯元栢)"이라고 일컫게 되었다.

이 이야기는 세종 때에 지금의 서울특별시 명륜동에 있는 성균관대학교 서편에 있었던 잣나무에 얽힌 연기담이다.

1. 2. 3. 해와 달이 된 오누이

임석재(任晳宰)가 4275년에 지금 북한의 평안도에서 채집한 『한국구전설화(韓國口傳說話)』에 실어서 발표된 것을 오늘날 표준어로 고치어 소개한다.

옛날에 어떤 산골에 집이 가난해서 남의 집에 가서 방아품도 팔고, 베도 매주고 일도 해 주면서 근근이 살아가는 이도 있었다. 일하러 갈 때는 젖먹이와 대여섯 살 된 남매는 집에다 두고 갔다.

하루는 산 너머에 부잣집에 가서 온종일 일을 해주고 개떡을 얻어가지고 밤늦게 집으로 돌아오느라고 고개 하나를 넘으니까 범이 길을 딱 막고 앉아서 그 "개떡을 주면 안 잡어 먹겠다."고 하여 이 여자는 개떡을 주었다. 그랬더니 범은 개떡을 먹고 어디론가 가버렸다. 이 여자는 또 고개를 넘어가니까 아까의 범이 나와서 길을 막고서 “잡아먹겠다.”고 했다. 여자는 저고리를 벗어주며 “잡아먹지 말라.”고 하니까, 범은 “그래라.” 하고, 저고리를 받아가지고 갔다. 여자가 고개 하나를 넘어가니까 아까의 범이 길을 막고 앉아서 잡아먹으려고 하여 속곳을 벗어주며 “잡아먹지 말라.”고 하니까, 범은 속곳과 치마를 받아가지고 갔다. 고개를 또 넘어가니까 아까 그 범이 길을 막고 “잡아먹겠다.”고 하여 팔을 떼어주며 “잡아먹지 말라.”고 하니까 범은 팔을 먹고 갔다. 고개를 또 넘어가니까, 범이 또 길을 막고 “잡아먹겠다.”고 하여 다리를 떼어주니까, 범은 그 다리를 먹고 갔다. 고개를 또 넘어가니까 그 범이 길을 막고 잡아먹으려고 하였다. 이번에는 줄 것이 없으니까 범은 달려들어서 이 여자를 잡아먹었다. 범은 여자를 잡아먹고 그 여자의 저고리와 치마와 속곳을 입고 그 여자의 집으로 가서 “아가야 엄마 왔다. 문 열어라.”고 하였다. 아이들이 들어보니까 저희 어머니 목소리가 아니니까 “우리 엄마 목소리가 아니니까 못 열어주겠다.”고 하였다. “얘들아! 내가 먼 길을 오느라고 바람을 많이 쐬어서 목이 쉬어서 그렇다. 어서 문 열어라.” 하였다. 아이들은 “엄마 손 좀 만져 봐.” 하니까, 범은 손을 문 구멍으로 들이밀었다. 아이들은 범의 손을 만져보고 “우리 엄마 손은 보드라운데 이 손은 꺼끌꺼끌하여 엄마 손이 아니여요.” 하였다. 범은 “부잣집에서 베를 매느라고 풀이 묻어서 그렇다.”고 하였다. 아이들은 이 말을 듣고 그런가 하고 문을 열어 주었다.

범은 방에 들어와서 “애기 젖 좀 주어야 하겠다.” 하고 애기를 안고 윗방에 앉아서 잡아먹느라고 오독오독 소리를 냈다. 아이들이 이 소리를 듣고 "엄마 무엇을 먹어?" 하였다. "부잣집에서 콩 볶은 것을 주어서 먹는다."고 하였다. "우리도 좀 주어." 하니까, 범은 애기 손가락을 던져 주었다. 아이들은 이것을 보고 깜짝 놀라고 "저것은 엄마가 아니고 범이다." 하고 도망하려고 "똥 마려!" 하였다. 범은 "거기서 누어라." 하였다. 아이들은 "뒷간에 간다." 하고 나와서 멀리 도망쳐서 우물 옆에 있는 나무에 올라가서 있었다.

뒷간에 간다고 나가던 아이들이 암만 기다려도 오지 아니하여 범은 아이들을 찾으러 나섰다. 여기저기 찾아보아도 없어서 우물이 있는 데까지 와서 우물 안을 들여다보니까 그 속에 아이들이 있어서 "얘들아, 이리 나오거라! 어서 이리 나와!" 하고 소리쳤다. 그 꼴이 하도 우스워서 아이들은 "히히" 하고 웃었다. 범은 웃음소리를 듣고 나무 위를 쳐다보고 "너희들이 어떻게 하여 그 높은 데 올라가 있느냐?" 하고 물었다. 사내아이는 "앞집에서 기름을 얻어가지고 와서 나무에 바르고 올라왔다."고 하였다. 범은 앞집에 가서 기름을 얻어가지고 와서 나무에 바르고 올라가려고 하였는데 미끄러워서 올라가지 못하였다. 그래서 "어떻게 하여 올라갔느냐?"고 또 물었다. 어린 계집아이가 "옆집에서 도끼를 얻어다가 나무를 찍어서 올라왔다."고 말하였다. 범은 옆집에 가서 도끼를 얻어다가 나무를 찍어서 올라왔다. 범이 차차 차차 올라와서 거의 이 아이들이 있는 데까지 올라오게 되었다. 아이들은 이것을 보고 잡혀 먹히게 되어서 하늘에다 대고 "하느님 우리를 살리려면 새 동아줄을 내려 보내 주시고, 죽이려면 썩은 동아줄을 내려주시오." 하고 빌었다. 그랬더니 새 동아줄을 내려 보내 주어서 이 아이들은 그 동아줄을 타고 하늘로 올라갔다.

범은 나무에 다 올라서 보니 아이들은 동아줄을 타고 하늘로 올라가서 범도 하늘에다 대고 빌었다. "하느님 나를 살리려면 새 동아줄을 내려주고, 죽이려면 썩은 동아줄을 내려 보내시오." 그랬더니 썩은 동아줄이 내려 왔다. 범은 그 동아줄울 타고 하늘로 올라가다가 동아줄이 끊어져서 아래로 떨어졌다. 범이 떨어진 밑에는 수숫대를 비어낸 수숫대 끝들이 있었는데, 거기에 찔려서 피를 흘리고 죽었다. 수숫대에 피 같은 것이 묻어 있는 것은 "그 범의 피가 묻어서 그렇다."고 한다.

아이들은 하늘에 올라가서 "사내아이는 달이 되고, 계집아이는 해가 되었다."고 한다.

이 이야기는 우리나라 전국에 고루 흩어져서 전하여 오는 민담(民譚)이다. 여기서 우리는 우리 조상들이 권선징악(勸善懲惡)의 정신으로 약한 어린이들을 도와주고 보호하는 반면에, 힘이 세고 악한 짓을 하는 범 같은 강자(强者)를 벌주는 심판을 하느님으로 하여금 대신하게 하여 하느님을 믿고 숭모하는 자세를 지키며 살게 하였다.

2. 글말 참 이야기 문학(국문 수필)

2. 1. 기행수필(紀行隨筆)

조선시대 기행수필은 의외로 많은 양이 전하여지고 있다. 그 중요한 것들을 소개하면 대략 아래와 같다.

2. 1. 1. 일반 기행

① 「금남(錦南) 표해록(漂海錄)」 = 이 작품은 성종 때에 『東國通鑑(동국통감)』을 편찬한 최보(崔溥 : 3787 – 3837)가 성종 19(3821)년에 제주추쇄경차관(濟州推刷敬差官)이 되어 제주도에 가 있을 때에 나주(羅州)에 살던 본가의 아버지가 돌아가시매 상주가 되어 귀가하려고 장사하러 육지로 가는 장삿배를 탔는데, 그 배가 풍랑을 만나 명(明)나라 영파부(寧波府)에 표착하여 몇 번의 죽살이 끝에 북경(北京)을 지나 의주(義州)로 돌아와 성종의 명에 의하여 뜻글로 지은 뜻글본 기행문을 뒤에 국문으로 뒤친 것이다. 명나라의 정보가 어두웠던 당시의 일본에서는 뜻글본을 여러 번 출판하여 국제적으로 유명하였다.[49]

② 「임진록(壬辰錄)」 = 이 작품은 국문 소설 『임진록』과는 전혀 다른 참 있었던 이야기로, 임진왜란(壬辰倭亂)을 피하여 서

49 윤치부, 『註解 표히록』, 박이정, 1998.

동국통감(東國通鑑)
크기 : 세로 32.3cm, 가로 21.5cm, 소장품번호 : 구 4187, 출처 : 국립중앙박물관

울에서 평안도 가산(嘉山)까지 갔다가 돌아온 피란일기 형식의 기행 기록이다. 임진왜란 당시 영의정이던 서애(西厓) 유성룡(柳成龍 : 3875-3940)의 셋째 아들 수암(修巖) 유진(柳袗 : 3915-3968)이 10세에 임진왜란을 당하여 선조 25(1592)년 4월부터 이듬해 3월까지 11개월 동안 가족과 헤어져 보호자를 따라 양주 → 김화(金化) → 춘천 → 포천 → 가평 → 양근(楊根) → 수안(遂安) → 은산(殷山) → 가산(嘉山) → 귀가(歸家)로 피란한 옛 일을 노경에 회상하여 입으로 이야기하면서 국문으로 받아쓰

게 하여 후일에 닥칠 전란에 참고하도록 한 전쟁 피란 이야기이다. 지은이는 국문본 『임자일록(壬子日錄)』을 짓기도 하고, 뜻글문집 『修巖集(수암집)』도 남기고 있다.[50]

③ 날리가[亂離歌]=이 작품은 이름과 달리 영조 4(4061)년 3월에 이인좌(李麟佐 : ?-4061)가 정희량(鄭希亮 : ?-4061) 등과 공모(共謀)하여 소현세자(昭顯世子)의 적파손(嫡派孫)인 밀풍군(密豊君) 탄(坦 : ?-4062)을 왕으로 추대하려는 이른바 "이인좌의 난"을 평정하고자 출정한 관군 중의 기마병(騎馬兵) 한 사람이 영조 4년 3월 17일부터 4월 19일까지 33일 동안 종군하면서 체험한 전공과 상부 지휘층의 부정부패와 말단 군인들에게 배급되어야 할 식량의 착취 등의 일들을 기록하여 고발한 전쟁 종군 기록이다.[51]

④ 남정기(南征記)=이 작품은 경주부윤(慶州府尹)을 지낸 윤학동(尹學東 : 4043-4104)의 어머니이신 광산김씨(光山金氏 : 4022-4105)가 아들 윤학동(尹學東)이 기장현감(機張縣監)이 되어 내행(內行)으로 따라가게 된 지은이가 감격과 노정·견문들을 국문으로 기록한 비망기(備忘記)의 성격이 짙은 기행문이다. 내용은 지은이의 나이 30에 과부가 되어 9세의 외아들을 데리고 가난 속에서 아들이 과거에 급제하여 이조정랑(吏曹正郞)이 되었다가 횡성현감(橫城縣監)으로 나갈 때에 내행으로

50 洪在烋, 「壬辰錄」, 『中央日報』(1973. 3. 5-27)
51 柳鐸一, 「未發表作品-날리가-에 對하여」, 『국어국문학』 61호, 1973.

동행하였고, 2년 임기를 마친 뒤 다시 기장현감으로 부임하게 되매, 역시 내행으로 동행하면서 보고 들은 사실들을 기록한 것이다.[52]

⑤ 후송(後松)의 귀양 이야기 = 이것은 작품 이름이 아니다. 후송(後松)은 이름이 유의양(柳義養 : 4051－4121), 본관은 전주이다. 문과에 급제하여 홍문관 부수찬으로 있을 때에 지금의 경상남도 남해군(南海郡)으로 영조 47(1771)년에 유배되어 6개월을 있다가 방면되어 귀가한 뒤 『남해문견록(南海聞見錄)』을 어린 딸에게 이야기로 들려주어 국문으로 기록하여 남기게 하였고, 그 이듬해에는 다시 지금의 충청남도 아산(牙山)으로 유배되었고, 그 이듬해인 영조 49(4106)년 5월 26일에는 지은이가 사헌부 집의(司憲府執義)로 있다가 함경도 종성(鐘城)으로 유배되어 12월 초에 방면의 소식을 듣고, 3일에 귀환하면서 가고 오며 듣던 일들을 귀가한 뒤 11세의 어린 딸에게 이야기로 들려주어 『북관노정록(北關路程錄)』을 남기어 한 사람의 유배객이 3년 동안 남해와 종성의 조선 전국의 최남단과 최북단 및 중부지방인 아산으로 여행할 수 있었던 것은 대단히 드문 일을 기록으로 남긴 것이다. 지은이의 저술과 작가 정신으로 볼 때에 아산지역 유배기도 있었을 듯하나, 그의 뜻글 문집과 함께 일제 암흑시대에 없어지게 된 것 같다.[53]

52 최강현, 『韓國文學의 考證的研究』, 고려대학교 민족문화연구소, 1996.
53 최강현, 『후송유의양의 유배기 남해문견록』, 신성출판사, 1999.
———, 『후송유의양의 유배기 북관노정록』, 신성출판사, 1999.

⑥ 의유당 관북유람일기(意幽堂關北遊覽日記)=「동명일기(東溟日記)」로 유명한 이 작품은 그동안 이희찬(李羲贊)의 아내인 연안김씨(延安金氏 : 4098-4125)의 작품으로 알려져 왔으나, 지난 4310(1977)년에 『意幽堂遺稿(의유당유고)』가 발굴되어 학계에 보고되면서 영조 45-49(4102-4106)년의 4년간에 함흥판관(咸興判官)을 지낸 신대손(申大孫 : 4061-4121)의 배위인 의령남씨(宜寧南氏 : 4060-4156)의 작임이 확인되었다. 아울러 그 지어진 연대도 60년이 소급된 영조 49(4106)년이다. 이것은 「동명일기(東溟日記)」라는 이름으로 연안김씨의 작이라고 잘못 알려진 지 100년이 가까워지는 데도 아직 그 잘못이 바로 잡아지지 아니하고 있다.[54]

⑦ 남정일기(南征日記)=일명 『남행록(南行錄)』, 이 작품은 영조 51(4108)년 11월에, 박성원(朴盛源 : 4044-4130)이 흑산도(黑山島)로 귀양갈 때에 그의 손자인 창수(昌壽)가 할아버지를 모시고 유배지에서 생활하다가 이듬해 1월에 돌아올 때까지의 일을 기록한 것이다.[55]

⑧ 화성일기(華城日記)=이 작품은 정조께서 그의 생모이신 혜경궁 홍씨(惠慶宮洪氏 : 4068-4148)의 회갑을 맞아 돌아가신 아버지의 능침이 있는 지금의 수원(水原)의 행궁(行宮)에서 수

54 李聖姸, 「意幽堂關北遊覽日記의 作者考」, 『隨筆硏究』 3집, 1974.
柳鐸一, 「의유당유고(未發表)와 그 作者」, 『국어국문학』 76호, 1977.
55 崔康賢, 『韓國文學의 考證的硏究』, 高大民族文化硏究所, 1996.

연(壽宴)을 베풀고자 정조 19(4129)년 2월 9일에 장엄한 능행행(陵行幸) 출발, 2월 12-13일 연회, 2월 17일 환궁한 일을 수행하였던 이희평(李羲平)이 돌아와서 국문으로 지은 기행수필이다.[56]

⑨ 자경지함홍일기(慈慶志咸興日記)=이 작품은 순조의 왕비 명경왕후 김씨(明敬王后金氏 : 4122-4190)가 친가 오빠인 김원근(金元根 : 4092-4143)이 순조 10(4143)년 2월에 함경도 관찰사로 부임하는 작은아버지[金明淳]를 모시고 3월 18일-29일까지는 서울에서 함흥까지 갔다가 함흥에서 18일 동안 놀고, 4월 19일-5월 6일 사이에 금강산까지 구경하고 돌아온 기행일기이다. 책 제목은 아무래도 "자경지함홍일기(自京至咸興日記)"가 옳을 듯하다.[57]

⑩ 동유기(東遊記)=정확한 지은이와 연대를 알 수 없는 어떤 벼슬아치가 휴가를 얻어 금강산을 구경하고 지은 기행록인데, 현재는 상권이 없는 불완전한 작품이다.[58]

⑪ 신도일록(薪島日錄)=이 작품은 철종 11(4193)년 11월 7일부터 고종 1(4196)년 12월 18일까지 경평군(慶平君) 이세보(李世輔 : 4165-4228)가 유배 생활을 통하여 체험한 일들을 기록한 유배 기록이다.

56 姜漢永, 『意幽堂日記 · 華城日記』, 新丘文化社, 1974.
57 崔康賢, 『韓國文學의 考證的硏究』, 高大民族文化硏究所, 1996.
58 ———, 「동유기」, 『韓國學報』 4, 一志社, 1976.

⑫ 금강록 = 희당(希堂) 조병균(趙秉均 : 4188 - ?)이 고종 27(4223)년 5월 13일 - 6월 4일의 50일 동안에 지금의 충청남도 부여의 진사(進士)로 금강산(金剛山) 일대를 두루 구경하고 돌아와서 지은 국문 기행록이다.[59]

2. 1. 2. 명 · 청계 사행기

① 조천일승(朝天日乘) = 인조 1(3956)년 반정 뒤 동지 성절겸 사은사(冬至聖節兼謝恩使)로 서해를 건너 명(明)나라 등주(登州)를 지나 북경(北京)에 다녀온 사행기이다. 7월 25일 방물을 싸는 일과 출발 후 평안도 선사포(宣沙浦)에서 배를 타고 명나라에 들어갔다가 이듬해 4월 2일 선사포 앞바다로 돌아온 내용이다. 지은이는 화천(花川) 조즙(趙濈 : 3901 - 3964)이다. 같은 지은이의 뜻글 『燕行錄(연행록)』[60]의 모본(母本)이다. 이 작품은 일명 『조천일록(朝天日錄)』 또는 『계해수로조천록(癸亥水路朝天錄)』이라고도 한다.[61]

② 죽천행록(竹泉行錄) = 이 책은 인조 2(3957)년에 한성판윤(漢城判尹)으로 인조 등극 뒤에 2번째 주청사(奏請使)에 임명되

59 ―――, 『韓國文學의 考證的研究』, 高大民族文化研究所, 1996.
60 趙南權, 『燕行錄』, 복사본.
61 崔康賢, 『韓國紀行文學研究』, 一志社, 1982.
―――, 『계해수로조천록』, 신성출판사, 2000.
조면희, 『뱃길로 간 북경기행 및 수창시』, 체우기획부, 2002.
―――, 『한글 朝天日乘 및 漢文燕行錄 및 酬唱詩』, 체우기획부, 2002.

어 명나라에 간 이덕형(李德泂 : 3899-3978)과 부사(副使) 오숙(吳䎘 : 3925-3967)과 서장관(書狀官) 채유후(蔡裕後 : 3932-3993)의 일행으로 6월 20일 왕께 고별인사를 올리고 서울을 떠나 7월 4일 안주(安州)에 이르러 병이 들어 길을 갈 수 없는 서장관 채유후를 대신하여 바뀐 서장관 홍습(洪霫 : 3919-3970, 뒤에 개명한 洪翼漢)의 일행으로 평안도 철산군 선사포(宣沙浦=旋槎浦)에서 배를 타고 북경(北京)을 다녀온 사실을 정사의 반당으로 동행하여 돌아와서 지은 국문 기행록이다. 원래 건곤(乾坤)의 두 책이었는데, 현재 곤 책만 전하여 전반부가 잃어진 불완전본이다.[62]

③ 노가재 연행일기(老稼齋燕行日記)=이 작품은 노가재(老稼齋) 김창업(金昌業 : 3991-4054)이 숙종 38(4054)년 동지사겸 사은사(冬至使兼謝恩使)로 청나라에 가는 백씨인 몽와(夢窩) 김창집(金昌集 : 3982-4055)을 따라갔다가 돌아와서 지은 같은 이름의 뜻글 기행록을 국역한 것이다.

④ 을병연행록(乙丙燕行錄)=이 작품은 10권 10책 본과 20권 20책 본의 2종류가 있는데, 지은이는 담헌(湛軒) 홍대용(洪大容 : 4064-4116)이다. 담헌이 영조 46(4098)년 11월 2일 서울을 출발하여 이듬해 4월 27일 서울에 돌아오기까지의 청나라 여행을 한 내용을 귀국한 뒤에 부녀자들을 위하여 국문으

62 조규익, 『17세기 국문 사행록 죽천행록(竹泉行錄)』, 박이정, 2002.

로 지은 사행수필(使行隨筆)이다.[63]

⑤ 연행록 = 정조 17(4126)년 8월부터 이듬해 2월 22일까지 사은부사 지포(芝浦) 이재학(李在學 : 4078-4134)의 반당으로 청나라를 다녀온 휴휴당(休休堂) 이계호(李繼祜 : 4087-4166)가 처음부터 국문으로 기록한 2권 2책의 연행 일기이다.[64]

⑥ 무오연행록 = 정조 22(4131)년 8월 9일- 이듬해 3월 30일에 동지 성절 겸 사은사 이조원(李祖源 : 4068-4139)의 서장관 서유문(徐有聞 : 4095-?)이 청나라 연경(燕京)을 다녀와서 국문으로 쓴 6권 6책의 사행기이다.

2. 1. 3. 일본계 사행기

현재 전하는 국문 일본계 사행기는 공교롭게도 단 한 편도 없다. 다만 수필의 영역에 들기는 하지만, 장가(長歌)인 가사형태로 된 「일동장유가(日東壯遊歌)」 한 편이 전하여 오고 있을 뿐이다. 이 작품은 퇴석(退石) 김인겸(金仁謙 : 4040-4105) 진사가 영조 48(4105)년 임진 통신사 조엄(趙曮 : 4052-4110)의 종사관(從事官) 김상익(金相益 : 4054-?)의 서기(書記)로 일본을 다녀와서 뜻글 기행록 『東槎錄(동사록)』을 바탕으로 지은 국문가사이다.[65]

63 김태준, 『燕行錄』, 明知大國學資料刊行委員會, 1983.
64 최강현, 『휴휴당의 연행록』, 신성출판사, 2004.
65 최강현, 『일동장유가』, 보고사, 4340(2007).

2. 2. 비망수필(備忘隨筆)

여기서 "비망수필(備忘隨筆)"이라고 하는 것은 인생 일대에 단 한 번밖에 경험하거나 체험한 일을 본인은 물론 후손들에게도 오래오래 기억시키기 위하여 남기고 싶은 이야기를 글자로 기록한 작품을 가리킨 것이다. 현재 전하는 작품으로 가장 오래된 것은 인조의 등극 전후의 왕실에서 있었던 이야기이다.

① 인목대비 술회문(仁穆大妃述懷文) = 조선 제14대왕 선조(宣祖)의 계비인 인목대비(仁穆大妃) 연안 김씨(延安金氏 : 3917 - 4013)가 광해군(光海君 : 3908 - 3974)에 의하여 폐위되어 지금의 덕수궁(德壽宮)인 서궁(西宮)에 유폐되어 있을 때에 그 참담한 실상을 스스로 이야기한 것인데, 그 지어진 연대는 광해군 13(3954)년 경으로 추정된다.[66]

② 계축일기(癸丑日記) = 일명 서궁록(西宮錄). 이제까지 학계에서는 궁중소설(宮中小說)이라고 그 문학적 갈래를 소설, 곧 거짓으로 꾸며낸 이야기로 다루어 왔으나, 이는 실재하였던 역사적 사실의 이야기이므로 허구성(虛構性)이 있는 소설로 다루어서는 아니 된다고 필자는 주장한다. 앞에서 소개한 「인목대비 술회문」이 지은이 스스로가 밝힌 것인데 비하여, 이는 거의 같은 내용을 제3자의 처지에서 객관적으로 기술한 것이 근본적으로 다르다. 그 지어진 연대는 인조반정이 일어난 광해

66 金一根, 「仁穆大妃의 述懷文을 公開하면서」, 『文學思想』 2호, 1972. 11.

군 15(3956, 계해)년이다.

이와 같은 인조의 왕위 등극과 직간접적 내용을 담고 있는 작품으로는 인목대비의 친가 쪽의 어떤 사람이 선조대왕의 승하로부터 광해군의 죄악상과 반정의 성공과 상벌에 관한 일을 소상히 밝히어 인조 20(3975)년경에 지은 것으로 추정되는 이름을 알 수 없는 사람의 「계해반정록(癸亥反正錄)」도 있다.[67]

③ 산성일기(山城日記)=이제까지는 이 작품을 인조를 호종한 어떤 궁중 나인(宮中內人)의 작품으로 알려져 왔으나, 실은 구포(鷗浦) 나만갑(羅萬甲 : 3925-3975)이 뜻글로 쓴 『丙子錄(병자록, 일명 丙子南漢日記)』을 모본으로 하여 재미나게 읽을 수 있도록 3인칭 화하여 골라 뽑아 뒤친 것임이 밝혀졌다. 따라서 뒤친 사람의 이름은 현재 알 수 없으나, 그 원 지은이는 나만갑으로 인정하여야 한다.[68]

④ 숙창궁입궐일기(淑昌宮入闕日記)=지은이는 알 수 없으나, 내용은 정조 2(4111)년에 정조의 초비 효의왕후 김씨(孝懿王后金氏 : 4086-4154)가 대를 이을 아들을 낳지 못하므로, 홍국영(洪國榮 : 4081-4113)이 13세의 자기 누이를 후궁으로 입궐시키어 원빈(元嬪)을 삼고 숙창궁(淑昌宮)이라는 궁호를 내린 사연을 밝힌 비망기적 수필이다.

67 정병욱, 「癸亥反正錄解題」, 『文學思想』 3호, 文學思想社, 1972. 12.

68 崔康賢, 「隨筆」, 『韓國文學槪說』, 螢雪出版社, 1978.
高憲植, 『山城日記의 文獻學的硏究』, 高麗大學校 敎育大學院 碩士論文, 1981.

⑤ 어제자경전기(御製慈慶殿記) = 이 작품은 순조가 직접 뜻글로 그의 2(4135)년경에 지으신 「御製慈慶殿記」를 국문으로 뒤친 것이다. 뒤치어진 연대는 알 수 없으나, 그 내용은 순조의 할머니이신 정조의 생모 혜경궁 홍씨(惠慶宮洪氏 : 4068 - 4148)가 거처하던 자경전(慈慶殿)이라는 집채를 정조비요, 지은이의 어머니이신 효의왕후 김씨께 물려준 사실을 적은 것이다. 이와 비슷한 작품으로 역시 순조께서 친히 지은 뜻글 「御製景春殿記(어제경춘전기)」를 국문으로 뒤친 「어졔경츈뎐긔」가 있는데, 그 내용은 수렴청정을 하던 순조의 할머니이며, 영조(英祖)의 계비로 대왕대비(大王大妃)이던 정순왕후 김씨(貞純王后金氏 : 4078 - 4138)가 승하하자, 순조가 거려(居廬) 5개월 만에 병이 나자 순조의 할머니이신 혜경궁 홍씨가 정성으로 간병하여 쾌유되었다. 순조는 그 할머니의 따뜻한 정과 사랑에 고마운 뜻을 밝힌 것이다.[69]

⑥ 비서(飛書) = 이 책은 속설로 "강화(江華) 도령"으로 알려져 온 원범(元範, 개명 昪)이라는 "강화 도령님"을 모셔다가 철종(哲宗)으로 왕위에 오르게 한 내력과 왕위에 오른 뒤에 당시의 조정 원로대신들이 왕께 임금의 도리를 아뢴 글들을 국문으로 쓴 것이다. 이와 관계가 있는 작품으로 원범(元範) 도령을 헌종의 계승자로 지목한 대왕대비의 국문 교서(敎書)를 받들

69 金用淑, 「御製景春殿記에 대하여」, 『靑坡文學』 12집, 淑大 國語國文學科, 1977.

고 모시러 간 판중추(判中樞) 정원용(鄭元容 : 4116-4206)과 도승지 홍종응(洪鍾應)과 동행하여 강화도에 갔던 한림(翰林) 윤정선(尹定善 : 4159-4198)이 지은 「긔유긔ᄉᆞ(己酉記事)」도 있다.

2.3. 서간수필(書簡隨筆)

2.3.1. 무덤 속 부부의 사랑 이야기 ❶

가옹(家翁) 안민학(安敏學)은 유인(孺人) 곽씨(郭氏) 영전(靈前)에 고하네. 나는 임인생(壬寅生 : 중종 37, 3876)이요, 자네는 갑인생(甲寅生 : 명종 9, 3887, 1554)으로 정묘년(丁卯年 : 명종 22, 3900) 열 엿샛날 합궁(合宮)하니 그적에 나는 스물다섯인 때요, 자네는 나이가 열셋인 때에 나도 아버지가 없는 궁한 과부의 자시기이요, 자네도 궁한(窮寒)한 과부의 자식으로서 서로 만나니, 자네는 아이요, 나는 어른이오나 뜻이 자소(自少)로 독실(篤實)히 못할 선비를 배우고자 홀로 부부(夫婦)의 유별(有別)이 인도(人道)의 대절(大節)이므로 압닐(狎昵)하지 못하게 하여 자네와 나와 함께 압닐히 말인들 함부로 해대서 밥 먹을 때인들 있으면, 내가 자네에게 밤이나 낮이나 매양 가르치되 "어머님께 봉양을 지성으로 하고, 지아비를 승순(承順)하는 것이 부인네 도리라." 이르던 간이 10년을 같이 살며 바라는 것이로되,

그대 내 뜻을 이받고자 할까마는 궁한 집에 과부 어머님 위에 있고, 나 하나 오활(迂闊)하고 졸(拙)하여 가사(家事) 따위는 전혀 차리지 못하니, 고시(姑媤)께 봉양하고자 하는 정이 극하나 어찌할꼬? 내 입을 의복도 못하고, 행여 방적(紡績)이나 하여도 나를 "하여 주려고 한다." 하여 하니, 그대는 겨울이라도 아무런 저고리 하나와 영오 장옷 하나나 하고, 누비덧치마만 입고, 바지도 벗고 차가운 구들에서 서어한 자리에서 견디니, 인내(忍耐) 구득기야 이 위에 있을까? 그대 점점 자라 키도 커가니 내 매양 부소(浮笑)하느라 이르되, "내라서 그대를 길러 내었으니, 나를 더욱 공경(恭敬)하라!" 한 간이 그대가 넋이 되었다고 잊으리있까? 내 벗이 있다고 해도 서울에 있으니, 내 어머니를 번거로이 하여 헛이름을 얻어 두 번 지이 공도(公道)로 참봉(參奉)을 하니, 내 내 몸을 돌아보니, 히부끄리 다니고자 하는 뜻인 줄을 그대 사뭇 알면서도 조금도 그것을 기뻐하는 뜻이 없고, 내 매양 그대에게 이르되, "어머님이 하 하라고 하심 마지못하여 나중에 파주(坡州)나 아무 데나 산소 있는데 가 새집을 짓고 죽으로 끼니를 이을망정 봉친을 시름하고, 수석 간에 가 살다가 죽자." 하니 그대 좋게 여겨 들으니, 내 매양 그렇게 하였네. "물욕이 적은 이는 그대 같은 이가 없도다." 하며 매양 살 땅을 못 얻어 하더니, 어찌하여 내 몸에 재앙이 쌓이어서 병든 나는 살았고, 병 없던 그대는 백년해로(百年偕老)할 언약을 저버리고 갑자기 하루아침에 어디로 가신고? 이 말을 이르건대, 천지가 무궁하고 우주가 공활할 뿐이로세. 차라리 죽어가서 그대와 넋이나 함께 다녀 이 언약을 이루고 홀어버이 공경하여 울지도 마음대로 못하거든 내 설은 뜻을 알겠는가? 그대 5-6년부터 매양 심열이 있어서 봄이면, 자다가 그 "찬 냉수를 달라!" 하고, 혓바늘이 돋고 하니, 그대 명도(命途)가 기박하여 모자간에 변(變)도 만나고, 나도 사나워 그로 인하여 그대가 마음을 쓰게 한 일이 많고, 그도 하 성식(聲息)이 몰라 조그만 일이라도 "두어라!" 하지 아니하니, 그리하여 병이 많이 들고, 겨울이면 의복도 그리 엉성하게 입으니, 술남(뒷날의 장자 璀)이 9월에 낳은 후부터는 산후 조리도 잘 못하니, 더욱 병이 들어 나중에는 을축(乙丑 : 乙亥의 잘못, 선조 8, 3908)년 6월부터는 아래 자식 서듯이 기운이 편하지 아니하여 누웠다 일어났다 하고, 음식도 데 먹고 하니, 내나 그대 어머님이 다 "태기(胎氣)라" 하여 또 아들이 일할까 하여 기뻐 일 아니하더니, 그러므로 나 믿어서 약(藥)도 진시히 못하고, 그 해 8월 추석제(秋夕祭)를 홍주(洪州) 두 분네 제하러 가서 인하여 유산(流産)하고, 9월 스무날 후에야 온 그대의 병이 중하여 있으니, 그때부터야 짐짓 병인 줄을 알고, 의약(醫藥)을 시작하려 하되, 그대가 약을 아니 먹으니, 가까스로 인삼 형개산(荊芥散)을 설흔 남은 복을 먹다 벌써 병이 겨웠고, 그대 명(命)이 그만하기로 인력(人力)이 어찌 할고커니와 그리 병들게 하기는 오로 내 남진[男便]이 되어서 무무 상효 탓이니, 한 넋이 대답할까? 자식이 둘이 있으니, 딸이 가계(家計)할 것이려니와 술남이나 제 목숨이 길어 살아나면, 이는 그대 비록 죽어도 그대 이어가고 우리 다 죽은 후라도 자손이 있어서 제(祭)할 것이로라 하기로 위자(慰藉)하네. 죽지 아녀 살아 있음은 사나이 일생말(一生末) 서러워 그저 살까? 내 뜻은 자식이 있으니, 그대 3

년을 지내고 양첩(良妾)이나 하여 그대 자식을 후에 어려운 일 없게 하고자 하네만은 노친이 계시니, 일을 마음대로 못할 것이네. 일정 내 뜻대로 3년째 기다리다 장간들 아니 들리라 할까 하거니, 그대 위하여 한 해를 거상(居喪)을 입네. 첩이나 장가나 하다 쉬 하지 거상을 보낸 후에야 이내 할까? 술남이 살아나면, 그대 조상(祖上) 봉사(奉祀)를 오로 맡기고 그대 기물(器物)을 오로 두 자식 나눠 주고, 나는 쓰지 말고자 하네. 그대 죽을 때 그대 "파주(坡州)의 그대 아버님 분묘 근처에다가 묻으라." 하니, 이는 나 죽은 후에 부디 홍주(洪州) 선영(先塋)에 갈 것이니, 이제 그대를 시랑(侍郎) 아버님 곁에다가 묻을 것이로되, 내 아니 죽어는 전에는 고혼(孤魂)이 될 것이오. 파주도 아조(我祖)분이 계시니, 그대 임종에 이른 말을 좇아 파주로 할여(割輿)하거니, 내 거기 들기 어려우니, 나는 곧 홍주로 가 들며 술남이가 어버이를 제곰 두며, 우린들 죽어서나 한데 갈까? 이 일이 이제 기필치 못할세. 내라 병든 것이 이리 망극(罔極)한 상혼(喪魂) 보고, 얼마나 오래서 죽을까? 아니 죽었을 때라도 꿈에나 자주 보고 싶은 뜻이니, 속더라도 어림짐작하여 그대가 두루 잘 알아주면, 조금은 내 슬픔이 덜어지겠지? 밤늦게까지 그렇게 하면, 자네가 말을 하여 주지 아니할까? 그대 어머님과 자식들은 내가 살아 있으니, 어련히 알아서 할까? 잊고 각각 삶이 망망하고 서럽고 그리운 정이야 평생을 근심하여도 끝이 있을까? 이제 처치하는 일만 하네. 죽어도 정령(精靈)이 있으니 모르겠는가? 하니 망극망극(罔極罔極)하되, 붓을 잡아 쓰노라 하니, 정신이 없어 글자도 그릇되며 지나간 말도 차서(次序)가 없으니 자세히

> 보소. 관은 승지(承旨) 아주버님과 장령(掌令) 아주버님네가 하여 주시었네. 벗들도 진정하여 돌아보네. "말이 여기에 이르니, 너무 가슴 아파서 죽고 싶네.[言之至此長慟欲絶]" 이라. 병자(丙子: 선조 9, 3909) 5월 초10일 입관시장(入棺時藏)이라.

이 작품은 땅속에 묻힌 지 400여 년 만에 시신(屍身)을 모신 관(棺) 속에서 발굴된 귀중한 애제문류(哀祭文類) 수필이다. 비록 한지(韓紙) 조각에 먼저 간 관 속의 아내의 시신 가슴 위에 얹어 매장하였던 글이 땅속에 묻힌 지 400여 년 뒤에 천장하는 과정에서 발굴된 애절한 부부애(夫婦愛)를 밝힌 사랑의 이야기이다.

지은이 안민학(安敏學 : 3875 – 3934)은 본관은 광주(廣州)이고, 자는 이습(而習), 호는 풍애(楓崖) · 호월당(湖月堂)이라고도 하였다. 아버지는 정암(靜庵) 조광조(趙光祖)의 문인으로 기묘사화(己卯士禍)로 은둔하다가 일찍 작고한 담(曇)이고, 어머니는 참판 정언지(鄭彦智)와 우의정 정언신(鄭彦信)의 누이인 동래정씨(東萊鄭氏)이다. 집이 가난하여 26세 때인 명종 22(3900)년에야 14세의 현풍곽씨(玄風郭氏)와 결혼하여 결혼 생활 10년째인 선조 9(3909)년에 1남 1녀를 둔 채 23세의 젊은 부인 곽씨가 작고하게 되었다. 이에 지은이 풍애는 장례 때에 국문으로 편지를 써서 아내의 시신 앞가슴에 얹어 함께 매장하여 살아서 못다한 부부 사랑의 이야기를 남기었다. 지은이는 뒤에 음사

(蔭仕)로 벼슬이 사도시첨정(司導寺僉正)에 이르렀으며, 송강(松江) 정철(鄭澈) 등과 교유하였다. 저술로는 뜻글 문집『楓崖集(풍애집)』이 전한다.[70]

2. 3. 2. 무덤 속 부부의 사랑 이야기 ❷

이 작품도 무덤 속의 관(棺) 안 시신 위에서 약 420년 동안 잠자다가 햇빛을 보게 된 매우 드문 문학 자료이다.

지난 4331년 지금의 경상북도 안동시 정상동에서 택지 개발 사업 중에 무연고 묘지를 발굴하는 과정에서 남자 시신의 가슴을 덮었던 한지(韓紙)에 국문으로 기록된 살아 있는 아내가 먼저 가는 남편, 곧 "원이 아버지"께 전하는 사랑 이야기를 적은 편지이다. 여기서는 현대 표기로 고치어 절절한 사랑 이야기의 내용만을 소개하기로 한다.

원이 아버지께

당신은 언제나 나에게,
"둘이 머리 희어지도록 살다가 함께 죽자!"
고 하셨지요? 그런데 어찌 나를 두고 당신 먼저 가십니까? 나와 어린아이는 누구의 말을 듣고 어떻게 살라고 다 버리고 당신

70 具壽榮, 「400年 屍身 위에 덮인 기적의 한글 文學」, 『文學思想』 77호, 文學思想社, 1979. 2.
崔康賢, 『韓國古典隨筆講讀』, 고려원, 1983.

먼저 가십니까? 당신은 나에게 어떻게 마음을 가져왔고, 나는 당신에게 어떻게 마음을 가져왔었나요? 함께 누우면 언제나 나는 당신에게 말하곤 했지요.

"여보! 다른 사람들도 우리처럼 서로 어여삐 여기고 사랑할까요? 남들도 정말 우리 같을까요?"

어찌 그런 일들 생각하지도 않고, 나를 버리고 먼저 가시는가요? 당신을 여의고는 아무리 해도 나는 살 수 없어요. 빨리 당신에게 가고 싶어요. 나를 데려가 주세요. 당신을 향한 마음을 이승에서 잊을 수 없고, 서러운 뜻 한이 없습니다. 내 마음 어디에 두고, 자식 데리고 당신을 그리워하며 살 수 있을까 생각합니다. 이 내 편지 보시고 내 꿈에 와서 자세히 말해 주세요. 당신 말을 자세히 듣고 싶어서 이렇게 글을 써서 넣어드립니다. 자세히 보시고 나에게 말해 주세요. 당신 내 뱃속의 자식 낳으면, "보고 말할 것 있다." 하고 그렇게 가시니, 뱃속의 자식 낳으면, 누구를 아버지라 하라시는 거지요? 아무리 한들 내 마음 같겠습니까? 이런 슬픈 일이 또 있겠습니까? 당신은 한갓 그곳에 가 계실 뿐이지만, 아무리 한들 내 마음 같이 서럽겠습니까? 한도 없고, 끝도 없어 다 못 쓰고 대강만 적습니다. 이 편지 자세히 보시고 내 꿈에 와서 당신 모습 자세히 보여 주시고, 또 말해 주세요. 나는 꿈에는 당신을 볼 수 있다고 믿고 있습니다. 몰래 와서 보여 주세요. 하고 싶은 말 끝이 없어 이만 적습니다.

앞에 소개한 안민학(安敏學)의 글은 먼저 가는 아내에게 준 남자의 글인데 비하여 이 글은 먼저 가는 남편에게 살아남은 임신 중인 아내가 남긴 사랑 이야기의 편지이다.

이 글에서의 돌아간 "원이 아버지"는 몰락한 양반가인 고성 이씨(固城李氏)라고만 알려졌다. 이 작품들은 임진왜란(壬辰倭亂)이 있기 전 비슷한 시기의 것으로, 굳이 문학적 유형으로 정리한다면, 애제류 서간 수필(哀祭類書簡隨筆)이라고 하겠다.

특히 이 편지야말로 오늘날의 어떤 시인이나 소설가일지라도 이처럼 진솔한 자기 부부만의 지극한 사랑을 담아 죽음과 삶의 갈림길에서 살아남은 이의 애틋한 정을 표현하여 내기가 어려울 만큼 훌륭한 글이다.

2. 3. 3. 고양에 아기네전 답상백

이 작품은 아버지의 상을 당하여 시묘중(侍墓中)인 송강(松江) 정철(鄭澈 : 3869 – 3925)의 형제들에게 그 어머니께서 국문으로 써서 보낸 편지이다.

2. 3. 4. 채서방집

이 작품은 지난 4311년에 지금의 충청북도 청주시의 오래된 무덤 속에서 출토된 채무이(蔡無易 : 3870 – 3927)의 계배(繼配) 순천김씨(順天金氏)의 관 안에 들어 있던 유품 속에서 나온 국문 편지이다. 그 연대는 분명하지 아니하나, 임진왜란 이전인 것은 틀림이 없으나, 작품 속에 구체적인 연도가 기록되어 있

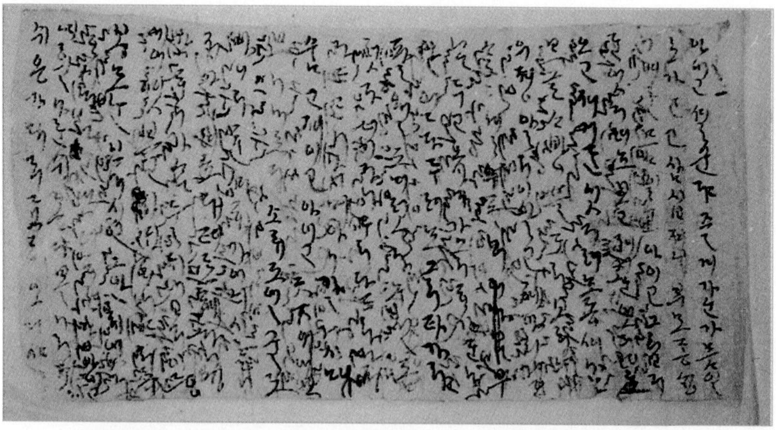

청주 출토 순천김씨 의복 및 간찰(淸州 出土 順天金氏 衣服 및 簡札)
국가민속문화재 제109호, 소장 : 충북대박물관, 출처 : 문화재청

지 아니한 것이 안타깝다. 이제 그 여러 편지들 중의 한 편을 가려서 전문을 오늘의 쓰기로 고치어 소개한다.

요사이는 기운이 어떠하니, 동생들도 다 내려오고, 서방님도 나갔다 하니, 더 근심하노라. 우리는 무사하다. 다 좋이 있노라. 다만 저 다리나 나면 아니 보랴? 네 손은 어떠한고? 너는 그리 병드니, 내 젊은 때처럼 마음이나 정신이 있으면, 적으나 아니 돌아보랴? 내 마음이 매양 취한 듯 싱숭생숭하니, 내 이불 일도 다 잊고, 한 여느 일을 사지 그미 저고리도 못하여 주노라. 정신은 간 데 없고, 바느질은 어이없거니와 올해는 꾸리 낱도 손에 걸어보지 못하니, 죽을 날을 기다리노라. 밧 이만 하노라.

시월 보름날[71]

71 趙健相, 「淸州出土諺簡에 대한 硏究」, 『忠北大論文集』 17집, 1979.

이라고 한 내용으로 보면, 순천김씨의 친가 어머니가 늙어서 병이 들어 바느질은 물론 베 짜기 같은 여성이 할 일들을 제대로 할 수 없게 된 뒤에 자기 정황을 딸에게 전한 안부 편지임을 짐작할 수가 있다.

2. 3. 5. 선조(宣祖)의 국문 편지

이것은 선조 27(3927)년 12월 20일에 선조대왕께서 여러 옹주(翁主)들에게 보낸 "제아지(諸阿只)"라는 국문 편지이다. 그 내용은 너무 짧아서 요즈음 말로 표현한다면, 신년 인사 엽서[연하카드]라고 하겠다.

> "新歲예 너흐네 萬福ᄒᆞ니 깃거ᄒᆞ노라." 1줄의 짧은 글이다.

라고 한 내용은 15자에 지나지 아니하나, 임진왜란으로 인하여 왕실의 가족들이 산지사방으로 흩어져 있어 연락이 잘 되지 아니하여 궁금한 마음을 새해를 맞이하게 되는 연말을 당하여 억조창생(億兆蒼生)의 주인인 임금으로서의 아버지가 사랑하는 딸들에게 전하는 왕이기 이전의 자상한 아버지의 정이 몇천 마디의 긴 이야기보다도 더 깊은 뜻이 잘 전하여지고 있다.[72]

---

72 金一根, 「李朝親筆諺簡總覽」, 『學術誌』(建國大) 12집.

2. 3. 6. 인목대비(仁穆大妃)의 국문 편지

이 작품은 광해군 15(3956)년 인조반정이 성공한 뒤에 선조의 후궁(後宮)인 인빈(仁嬪)에게 인목대비(仁穆大妃 : 3917－3965)가 보낸 국문 편지이다. 그 전문을 현대 쓰기로 고치어 소개한다.

> 기운이나 편안하옵신가 하옵나이다. 미망인은 궁천 극통(窮天極痛)한 변란을 소장에서 만나 대화(大禍)가 육친(肉親)에게 밎고 윤기(倫紀)도 상하니, 위로 종사(宗社)께 득죄하고, 아래로 생민(生民)이 도탄(塗炭)함이 다 원부(怨婦)의 허물이니, 천하(泉下)에 가도 뵈올 데 없으며, 삼광하(三光下)에 어찌 용납하리있까? 국모(國母)에 임하기 부끄러워하옵나이다.[73]

여기서의 인빈(仁嬪)은 달성위(達城尉) 서경주(徐景霌 : 3912－3976)의 배위인 선조의 맏딸 정신옹주(貞愼翁主)와 해숭위(海嵩尉) 윤신지(尹新之 : 3915－3990)의 배위인 선조의 둘째 딸인 정혜옹주(貞惠翁主)와 동양위(東陽尉) 신익성(申翊聖 : 3921－3977)의 배위로 선조의 셋째 딸인 정숙옹주(貞淑翁主)와 금양군(錦陽君) 박미(朴瀰 : 3925－3978)의 배위로 선조의 다섯째 딸인 정안옹주(貞安翁主)와 전창군(全昌君) 유정량(柳廷亮)의 배위로 선조의 여섯째 딸인 정휘옹주(貞徽翁主)의 생모이신 저경궁 경혜 유덕 인빈 김씨(儲慶宮敬惠裕德仁嬪金氏)를 가리킨다.

73 앞주의 책.

또 여기서의 "미망인(未亡人)"은 이 작품의 지은이인 인목대비 자신을 가리킨 말인데, 이 말은 남편을 여읜 과부(寡婦)가 남존여비(男尊女卑) 사상의 사회에서 남편이 먼저 서거(逝去)하면 따라서 함께 죽어 순절하여야 하는데, 자기는 그러지 못하였음을 겸손하게 표현한 자칭어이다. 오늘날과 같은 남녀평등 사회에서는 남이나 자신이나 간에 이 말을 쓸 필요가 없다.

2. 3. 7. 순조(純祖)의 국문 편지

이 작품은 순조가 15(4148)년경에 순조의 맏딸인 명온공주(明溫公主)가 한글로 뜻글시[韓·漢詩]를 지어 퇴고(推敲)를 청한 편지의 답장으로 쓴 편지이다. 그 전문을 현대 쓰기로 소개한다.

> 글씨 보고 든든하며 이 글 오절 지었기 두어 귀 고쳐 보내니 보아라.
>
> 저두요상향은　　날 생각함인가? 그윽히 감사하노라.
> 산창낙목향　　뫼창에 나무 떨어지는 소리에
> 기첩시인수　　첩이나 시하는 사람의 근심인가?
> 수월몽변고?　　파리한 달이 꿈가에 외로웠으니,
> 잔등위수유　　쇠잔한 등잔은 누를 위하여 머물렀는가?
> 이 글이 또 네 일을 생각함이로다.[74]

74 앞주의 책.

라고 하여 부녀 간의 뜻글시 창작에 관한 의견을 나눈 것이 마치 일반 사가의 부녀 간처럼 느껴지게 하고 있다.

2. 3. 8. 명성황후민씨(明成皇后閔氏)의 국문 밀지(密旨)

이 작품은 고종 31(4227)년 7월 하순–9월 하순의 약 60일간에 명성황후민씨(明成皇后閔氏 : 4184–4228)께서 친가 손자인 민응식(閔應植 : 4177–4236) 부자에게 보낸 10통의 편지 중의 하나이다. 고종 19(1882)년 임오군란(壬午軍亂) 때에 민응식의 집에서 피란한 민황후는 뒤에 군란이 평정되자 귀경하여 대궐에 있던 중 고종 31년 6월에 시아버지인 홍선대원군(興宣大院君)이 일본의 힘을 빌어 집권하게 되자, 당시 통제사 겸 강화유수(統制使兼江華留守)이던 민응식은 겉으로는 전라도 강진현 고금도(康津縣古今島)에 정배 중이나, 속으로는 함경도 쪽으로 피신하여 숨어 있는 민응식에게 민황후께서 보낸 밀서(密書)이다. 그중 한 편의 일부를 현대쓰기로 소개한다.

그리 간 후 소식 막연하니 경경일념(耿耿一念) 아직도 놓이지 아니하더니, 이재순(李載純 : 4154–?)에게 한 편지를 보니, 그렇듯 죽을 고생을 하였으니, 너무 불상 못 잊히이고, 가슴이 아프고 눈물만 난다. 시방은 어디 가 있으며, 의복 음식에 구차막심하고, 너도 차마 불상하다. 나는 이런 때는 구하여 줄 도리가 없으니, 차마 불상하고 빈 마음뿐이다.(중략) 병승(丙承)이와 내행(內行)은 엇지 된지 차마 궁금 불상하다. 둘이 늦은 걱정 말고 우선 피화(避禍)하여 호시절(好時節)을 기다려라. 봉서(封書) 쓰니 앞이 막힌다. 이 준상이는 기간 죽게 되어 달아나고, 우경성이가 너와 영준(泳駿 : 4185-4268) 둘의 심복(心腹)이라 죽을 지경이다. 다 불상하고 혹 돈냥 만진 놈 다 죽기 쉬우니 더러 치워라. 이런 말 이를 데도 없어 궁금히 지내었다. 부디 보중하여라.

칠월 염팔일.[75]

2. 3. 9. 김추사(金秋史)의 사랑 편지

이 작품은 추사(秋史) 김정희(金正喜 : 4119-4189)가 제주(濟州)로 유배되어 머물고 있을 때에 부부간에 오간 국문 편지가 30여 편이 전한다. 그중에서 1편을 원문대로 소개하면 아래와 같다.

나ᄂᆞᆫ 사라 잇다 ᄒᆞ올 길이 업ᄉᆞᆸ. 여긔 지내ᄂᆞᆫ 모양은 일향 별병(一向別病)은 업ᄉᆞ오나, 완인ᄒᆞ기 엇지 다 이르오며, 먹ᄂᆞᆫ것도 그 모양이오니, 그리 져리 아니 견ᄃᆡ여 가ᄋᆞᆸ. 일것 ᄒᆞ야 보낸 ᄎᆞᆫ물(饌物)은 마른 것 외의난 다 샹ᄒᆞ야 먹을 길이 업ᄉᆞᆸ. 약식 인졀미가 앗갑ᄉᆞᆸ. 슈이 와도 셩이 오기 어려온 ᄃᆡ 일곱 달 만의도 오고, 쉬어야 두어 달만의 오ᄋᆞᆸ난 거시 엇지 셩이 올가 보ᄋᆞᆸ. 셔울셔 보낸 침채(김치)난 원악 염(鹽)을 과히 ᄒᆞᆫ 거시라 변미(變味)ᄂᆞᆫ ᄒᆞ야시나, 그려도 침채의 쥬린 입이라 견ᄃᆡ여 먹

75 鄭炳昱, 「언제면 君臣이 한자리에」, 『文學思想』 25호, 文學思想社, 1974. 10.

어습. 싀오젓만 변미ᄒᆞ고, 조긔졋과 장복기가 변미 그리 아니ᄒᆞ오니 이샹ᄒᆞ옵. 미어와 산포난 관겨치 아니ᄒᆞ옵. 어란(魚卵) 갓튼 거시나 그 즈음셔 엇기 쉽거든 어더 보닋옵. 산채난 더러 잇나 보닋. 여긔 샤롬은 슌젼 먹지 아니ᄒᆞ오니, 고이ᄒᆞᆫ 풍속이옵. 고ᄉᆞ리 쇼로쟝이와 두룹은 잇기 혹 어더 먹습. 도모지 져지[市]와 쟝(場)이 업ᄉᆞ오니 범거시[凡物] 미미가 업ᄉᆞ오니, 이셔도 모로고 어더 먹기 어렵습.

의복은 세초(歲初) 션의(鮮衣) 보내신 거손 다 기호(畿湖) 거시니 도로혀 웃습. 도로 보내올 길도 업습고, 다 아직 두어ᄉᆞ오며, 양지완편의 온 의복은 여름ᄉᆞ리가지 와ᄉᆞ오니 아직 대여 입ᄉᆞ올가 ᄒᆞ오면, 즉금 입난 져고리가 마치 ᄒᆞ나흘 가지고 입ᄉᆞ오니 과히 더럽고 더러 히여져 입기 어려오나, 다른 야로(野老) 것 밧고아 입기 어렵고 죠곰 어려오나 아니 견듸옵. 가을 미쳐나 ᄒᆞ야 보내게 ᄒᆞ옵. 그는 미리 부쳐야 씌의 미쳐 입지. 그러치 못ᄒᆞ면 심동(深冬)될 염려가 잇습. 쪄 입난 긴팔 등거리도 ᄒᆞ나 보내게 ᄒᆞ옵.

이 편지는 추사가 제주도(濟州島)로 귀양살이가 옮겨진 뒤에 추사가 서울의 부인께 보낸 첫 번째 국문 편지이다. 그 당시 유배생활 중인 추사가 얼마나 궁핍한 삶을 살았는가를 짐작할 수가 있을 뿐만 아니라, 서울에서 인편을 통하여 반찬 같은 물건을 전달받아 생활하는데 빨라야 2개월, 늦은 때에는 7개월까지도 걸렸다는 사실에서 의복 같은 것들은 철[季節]에 맞추어 입지 못하는 사정도 알 수가 있다. 이것으로서 당시의 조선사회의 교통과 삶이 얼마나 불편하였는가도 함께 깨달을 수가

서귀포 김정희 유배지(西歸浦 金正喜 流配址)
사적 제487호, 제주 서귀포시 대정읍에 위치, 출처 : 문화재청

있다. 이러한 조선시대 국문 편지는 이제까지 "언간(諺簡)" 또는 "언문 편지"라고 깎아내려 천한 말로 일컬어져 왔다. 그러나 우리들 스스로가 이처럼 우리 국문을 깎아내려 표현하는 것은 다시 생각하여야 한다. 현재 많은 양의 국문 편지들이 공공 도서관에 전하여 오고 있으나, 아직도 깊이 있는 연구가 이루어지지 아니하고 있다. 대표적인 작품으로 후학들이 꼭 읽어보아야 할 것들은 영조 때의 문신이었던 이봉환(李鳳煥)이 그의 어머니께 올린 글들이고, 그 외에 사돈 간의 여인들이 주고받은 글들과 시집간 딸들과 주고받은 모녀 사이의 글들과 같은 것들이 많이 있다.

2.4. 서발류수필(序跋類隨筆)

① 석보상절서(釋譜詳節序) = 이 작품은 수양대군(首陽大君 : 3750-3801, 뒤의 세조대왕 : 재위 3788-3801)이 김수온(金守溫) 등의 도움을 받아 돌아가신 어머니 소헌왕후 심씨(昭憲王后沈氏 : 3728-3779)의 명복(冥福)을 빌고자 부왕 세종의 명을 받아 석가(釋迦)의 일대기를 국문으로 찬술한 동기를 기록한 것이다.

② 월인석보서(月印釋譜序) = 이 작품은 세조가 세종의 『월인천강지곡(月印千江之曲)』과 『석보상절』을 개고 합본(改稿合本)하여 세조 5(379)년에 간행하면서 그 간행의 경위를 밝힌 글이다.

③ 내훈서(內訓序) = 성종의 어머니인 소혜왕후한씨(昭惠王后韓氏 : 3770-3837)의 『내훈(內訓)』을 간행하면서 그 경위를 기록한 것이다.

④ 『어제여사서서(御製女四書序)』 = 이 글은 영조께서 친히 뜻글로 지으신 『御製女四書序(어제여사서서)』를 이덕수(李德壽 : 4006-4077)가 국역한 것이다.

⑤ 백련봉서(白蓮峰序) = 이 작품은 의유당(意幽堂) 의령 남씨(宜寧南氏 : 4060-4156)의 『意幽堂遺稿(의유당유고)』에 실려 있다.[76]

76 崔康賢, 『韓國古典隨筆講讀』, 고려원, 1984.

2. 5. 애제수필(哀祭隨筆)

① 뎡경부인 니시 제문(貞敬夫人李氏祭文) = 이 작품은 정조 때의 문신 윤숙(尹塾 : 4066 - 4130)이 사도세자(思悼世子)를 구원하려다가 영조 47(4104)년에 제주도로 유배되었다가 이듬해 5월에 풀려서 귀가하여 보니, 이미 사랑하는 아내가 석 달 전인 2월에 작고한 것을 알고, 이듬 해 제삿날인 영조 49(4106)년 2월 17일에 불행하게 먼저 작고한 것을 보고, 아내의 혼령께 지어 바친 국문 제문이다. 1만 5천여 글자에 달하는 긴 내용의 제문이다.[77]

② 조침문(弔針文) = 일명 「제침문(祭針文)」이라고도 한다. 지은이는 유씨부인(兪氏夫人)으로, 일찍 홀로 되어 시삼촌(媤三寸)께서 동지사(冬至使)로 연경(燕京)을 다녀오면서 사다 준 여러 쌈의 바느질 바늘을 아들로 생각하며, 바느질로 생애를 꾸려가는 과정에서 마지막 한 개의 바늘이 부러지매 그 정든 바늘을 사람으로 비유하여 지은 제문이다. 그 지어진 연대는 분명하지는 아니하나, 대체로 순조(純祖 : 재위 4134 - 4167) 때로 짐작하고 있다.

77 金一根, 「貞敬夫人李氏祭文」, 『人文科學論叢』 9집, 建國大學校, 1976.

2.6. 잠계수필(箴戒隨筆)

① 우암선싱계녀서(尤庵先生戒女書)=이는 우암(尤庵) 송시열(宋時烈 : 3940－4022)이 탄옹(炭翁) 권시(權諰 : 3937－4005)의 아들 유(惟)에게로 출가시키면서 큰딸에게 준 훈계서이다. 남의 집 며느리로서 지켜야 할 당시 여성의 도리를 간결하면서도 치밀하게 국문으로 써서 준 글이다.[78]

② 여줌(女箴)=이 작품은 기록은 줄글체로 띄어쓰기도 없이 쓰여 있으나, 실은 가사체(歌辭體) 작품이다. 지은이는 밝혀져 있지 아니하나, 그 내용으로 볼 때에 서포(西浦) 김만중(金萬重 : 3970－4025)의 형님인 서석(瑞石) 김만기(金萬基 : 3966－4020)의 둘째아들 죽천(竹泉) 김진규(金鎭圭 : 3991－4049)가 국내외 고금 여성들의 처세 사례를 들어 결혼한 여자들의 몸가짐에 관한 교훈을 담은 것이다.[79]

③ 녀ᄌᆞ슈힝녹=일명 『여자행실록(女子行實錄)』, 지은이와 지어진 연대는 알 수 없으나, 내용은 "총설 · 십세전 행실장 · 십사오세 행실장 · 남편 섬기는 장 · 일가 화목장 · 봉제사장 · 자식 나아 기르는 장 · 비복 애휼장 · 의복 선불선하는 장 · 부귀장 · 비천장 · 혼인하는 장 · 부모 상사장 · 계모장 · 치가장" 등 15개 장으로 나누어 여자가 지켜야 할 행실을 가르치고 있다.

78 申貞淑, 「韓國傳統社會의 內訓에 대하여」, 『국어국문학』 47호, 국어국문학회, 1970.
79 최강현, 『김중렬 교수 화갑 기념논총』, 동간행회, 1998.

④ 녀ᄌᆞ슈지(女子須知) = 이 작품도 지은이와 지어진 연대를 알 수 없다. 내용은 부녀자들에게 꼭 지켜야 할 훈계와 도리를 가르치는 조선시대 여성들의 생활 교재이다.

2.7. 전장수필(傳狀隨筆)

① 션됴힝장(先祖行狀) = 이 작품은 인조 27(3982)년 5월 7일 당시 좌의정이던 백헌(白軒) 이경석(李景奭 : 3928 - 4004)이 지어 올린 인조대왕 행장(仁祖大王行狀)을 효종(孝宗)께서 직접 국문으로 뒤치시고 효종의 왕비 인선왕후 장씨(仁宣王后張氏 : 3951 - 4007)가 친히 쓰신 것이다.[80]

② 라구포부인힝장(羅鷗浦夫人行狀) = 이 작품의 제목은 가칭이다. 이 작품은 뜻글로 『丙子南漢日記(병자남한일기)』를 지은 구포(鷗浦) 나만갑(羅萬甲)의 배위인 정경부인 초계정씨(貞敬夫人草溪鄭氏 : 3923 - 3985)의 국문 행장이다. 초계 정씨는 수몽(守夢) 정엽(鄭曄 : 3896 - 3958)의 따님으로 현모양처이었다. 그 지은이와 연대는 현재로서는 알 수가 없다.[81]

③ 증조고 가장초(曾祖考家狀草) = 이 작품은 피전자(被傳者)의 아들 김진수(金震粹 : 3955 - 4006)가 효종 6(3988)년에 뜻글

80 애산학회, 「인조대왕 행장 영인」, 『애산학보』 1, 애산학회, 1981.
81 崔康賢, 『韓國文學의 考證的硏究』, 高麗大學校民族文化硏究所, 1996.

로 자기 아버지 김경여(金慶餘 : 3929-3986)의 전(傳)을 짓자, 지은이 김진수의 할머니, 곧 피전자 김경여의 어머니인 84세의 송씨(宋氏)부인이 피전자의 증손녀들에게 주고자 효종 9(3991)년에 국문으로 뒤친 것이다.[82]

④ 정경부인 히평윤씨 힝장=이 작품은 『구운몽(九雲夢)』의 지은이로 유명한 서포(西浦) 김만중(金萬重 : 3970-4025)이 그의 어머니이신 정경부인 해평윤씨(貞敬夫人海平尹氏 : 3950-4022)가 돌아가신 이듬해인 숙종 16(4023)년에 지금의 경상남도 남해군(南海郡)의 배소에서 뜻글과 국문으로 지은 행장을 뒤에 지은이의 조카 죽천(竹泉) 김진규(金鎭圭 : 3991-4049)에게 주어 내용을 부연시켜 국문으로 뒤친 뒤 제목을 「태부인행장습유록(太夫人行狀拾遺錄)」이라고 한 것이다. 이 작품은 북헌(北軒) 김춘택(金春澤 : 4003-4050)이 아버지 진구(鎭龜 : 3984-4037)의 배위인 어머니 정경부인 한산이씨(貞敬夫人韓山李氏 : 3984-4039)가 시아버지로 숙종(肅宗)의 국구(國舅)가 된 서석(瑞石) 김만기(金萬基 : 1633-1687)의 며느리로 시할머니 정경부인 해평윤씨를 모시고 정숙과 덕행의 모범을 보인 일들을 기리어 국문으로 「정경부인 니씨 힝녹(貞敬夫人李氏行錄)」을 지은 것과, 건암(健庵) 김양택(金陽澤 : 4045-4110)이 김만기의 배위로 자녀를 잘 길러 따님이 숙종의 인경왕후(仁敬王后)가

82 史在東, 「어머니가 쓴 아들의 드라마」, 『文學思想』 34호, 文學思想社, 1975. 7. 金慶餘, 『松厓集』, 松厓集刊行委員會, 1979.

되어 서원부부인(西原府夫人)이 된 할머니의 전(傳)으로 「청주 한씨 행장(淸州韓氏行狀)」을 짓는 본보기가 되었다.[83]

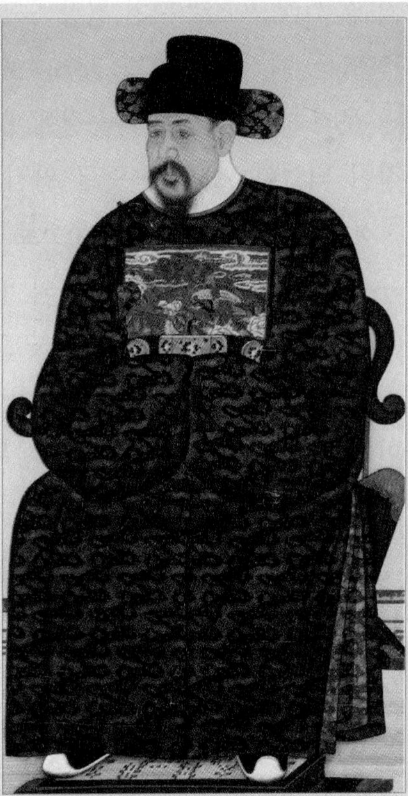
이산해(李山海) 영정
시도유형문화재 제197호, 출처 : 문화재청

⑤ 정경부인 한산이씨 고행록(貞敬夫人韓山李氏苦行錄)=이 작품은 조선 문장 팔가(八家)의 한 사람인 아계(鵝溪) 이산해(李山海 : 3871-3942)의 손녀로, 퇴당(退堂) 유명천(柳命天 : 3966-4038)의 삼취 배위인 정경부인 한산이씨(貞敬夫人韓山李氏 : 3992-4060)가 18세에 시집 와서 남편의 직함 덕에 당시 가장 나이가 어린 정경부인이 되어 한평생 삶의 고됨을 국문으로 기록한 것이다.[84]

⑥ 증조비 니부인 힝녹(曾祖妣李夫人行錄)=이 작품은 경종(景

83 宋百憲, 『서포가문행장(西浦家門行狀)』, 螢雪出版社, 1977.
84 金英培 외, 『韓山李氏 苦行錄의 語文學的 硏究』, 태학사, 1999.

宗) 때에 영의정을 지낸 간재(艮齋) 최규서(崔奎瑞 : 3983-4068)가 뜻글로 지은 작고한 부인의 행장을 그의 증손녀가 출가하기 전에 국문으로 뒤친 전장 수필이다. 원 지은이 최규서는 고죽(孤竹) 최경창(崔慶昌 : 3872-3916)의 후손으로 숙종 6(4013)년 문과에 급제하여 벼슬길에 올라 경종 1(4054)년에는 영의정이 되었다. 16세에 뜻글 원저 「亡室貞敬夫人李氏行狀(망실정경부인 이씨 행장)」을 국문으로 뒤친 이는 삼산퇴로(三山退老) 윤사국(尹師國 : 4061-4142)의 배위가 된 정경부인 해주최씨(貞敬夫人海州崔氏 : 4059-4138)로, 그가 출가하기 전인 11세 때인 영조 12(4069)년에 증조할아버지인 간재가 돌아가신 뒤 먼저 돌아가신 증조할머니의 행록을 국문으로 뒤친 것이다.[85]

⑦ 망자부 홍씨 행록(亡子婦洪氏行錄)=이 작품의 원 이름은 그냥 "힝록"인데, 필자가 가명을 부친 것이다. 이 작품은 정조 17(4126)년에 좌의정을 지낸 몽오(夢梧) 김종수(金鍾秀 : 4061-4132)가 영조 50(4107)년에 24세의 아들 약연(若淵 : 4083-4106)과 약연의 후취인 남양홍씨(南陽洪氏 : 4087-4107)가 사별한 남편을 따라 순절(殉節)하자, 그 절의를 가문(家門)의 영예로 인식하고 자부(子婦)의 생애와 순절하기까지의 일들을 소상하게 기술한 묘지문(墓誌文)에 가까운 전장 수필이다.[86]

⑧ 션부인가전(先夫人家傳)=이 작품은 13세에 홍인한(洪麟

85 崔康賢, 『韓國文學의 考證的研究』, 高麗大學校民族文化研究所, 1996.
86 앞주와 같은 책.

漢 : 4055 - 4109)의 배위가 되어 부군이 이조참판(吏曹參判)으로 승차(陞差)하던 해에 작고한 둔암(屯庵) 신방(申昉 : 4018 - 4069)의 딸인 정경부인(貞敬夫人) 평산신씨(平山申氏 : 4056 - 4096)의 아들인 이고당(二古堂) 홍낙원(洪樂遠 : 4076 - 4108)이 작고한 그 어머니의 생애를 국문으로 기록한 전장수필(傳狀隨筆)이다. 피전자 정경부인 평산신씨는 『의유당유고(意幽堂遺稿)』의 지은이인 의령남씨(宜寧南氏 : 4060 - 4156)의 부군인 신대손(申大孫 : 1728 - 1788)의 누님이고, 『한중만록(閑中漫錄)』(일명 읍혈록)의 지은이인 혜경궁 홍씨(惠慶宮洪氏 : 4068 - 4148)의 친가 숙모이다. 또 피전자 정경부인 평산신씨는 생시에 시댁 집안 일가인 홍만종(洪萬宗 : 3976 - 4058)이 뜻글로 지은 『歷代總目(역대총목)』을 국문으로 뒤친 여류 번역가이기도 하다.

⑨ 슉인 김시 힝녹(淑人金氏行錄) = 이 작품은 일명 "츙주공부인 월셩 김시 힝녹"이라고도 한다. 피전자 충주공 부인 월성 김씨는 충주목사(忠州牧使)를 지낸 서일수(徐日修 : 4042 - 4109)의 배위인 숙인월성김씨(淑人月城金氏 : 4042 - 4098)이다. 지은이는 피전자의 둘째 딸로 윤홍(尹哄)께로 시집 간 딸 대구서씨(大邱徐氏 : 4064 - ?)로 자기가 어렸을 때에 돌아가신 친가 어머니의 생전의 모습과 행적을 듣고 본 일들에 관하여 기록하였다.[87]

87 최강현, 『조선시대 우리 어머니』, 박이정, 1997.

⑩ 상덕총녹 = 이 작품은 다산(茶山) 정약용(丁若鏞 : 4095-4169)의 서매(庶妹)인 정씨(丁氏 : 4109-?)가 그의 시아버지인 번암(樊巖) 채제공(蔡濟恭 : 4053-4132)의 생애를 그린 전장수필이다.[88]

⑪ 한중만록(閑中漫錄) = 일명 『한중록(恨中錄)』, 또는 『읍혈록(泣血錄)』이라고도 하는 이 작품을 이제까지는 많은 사람들이 소설(小說)로 다루어 왔으나 근래에는 수필로 보는 이들이 많아지고 있다. 그 지어진 동기와 내용은 정조의 어머니 혜경궁 홍씨(惠慶宮洪氏)가 정조 19(4128)년에 회갑을 맞이하였을 때에 혜경궁 홍씨의 친가 조카인 홍수영(洪守榮)의 부탁을 받아 궁중에서의 여러 가지 어려운 일을 슬기롭게 헤치어낸 자서전적 일대기를 국문으로 쓴 것이다. 혜경궁 홍씨(惠慶宮洪氏)는 고종 때에 장헌세자(莊獻世子 = 思悼世子)가 장조(莊祖)로 추존되면서 경의왕후(敬懿王后)로 추존되었다.

⑫ 이딜부 슉부인 이시힝녹(姨侄婦淑夫人李氏行錄) = 이는 『의유당유고(意幽堂遺稿)』의 지은이인 의유당(意幽堂) 의령남씨(宜寧南氏 : 4060-4156)가 친정 이질부인 연안이씨(延安李氏 : 4071-4118)의 생애담(生涯談)을 기록한 전기(傳記)이다.[89]

⑬ 규한록(閨恨錄) = 이 작품은 고산(孤山) 윤선도(尹善道 : 3920-4004)의 운손 종부(雲孫宗婦)요, 경원군(慶原君) 이극돈

88 河聲來, 「傳記文學의 새 봉우리」, 『文學思想』 61호, 文學思想社, 1977.
89 앞주와 같은 책.

(李克墩 : 3768 - 3836)의 후손인 전주이씨(全州李氏 : 4137 - 4196) 부인이 순조 20(4153)년에 17세로 출가하여 한 살 아래인 남편 윤광호(尹光浩 : 4138 - 4153)가 결혼 당년 봄에 요졸(夭卒)하여 신혼 50일을 살고 청상과부(靑孀寡婦)가 되어 여러 대에 걸쳐 벼슬살이를 하는 종가(宗家)의 종통(宗統)을 바르게 이어가는 과정에서 있었던 한(恨)이 서린 일들을 잘 묘사한 자서전적 비망 수필(自敍傳的備忘隨筆)이기도 한 전장수필(傳狀隨筆)이다.[90]

⑭ 윤상공선정녹(尹相公善政錄) = 이 작품은 윤취동(尹取東)의 따님으로 피전자 윤영렬(尹英烈 : 4187 - 4272)의 누님인 이원시(李源始)의 배위 윤씨(尹氏 : 4168 - 4253)가 지은 국문 전장수필이다. 피전자 윤상공(尹相公)은 대한민국 제2공화국 초대 대통령 윤보선(尹潽善)의 할아버지로 고종 때에 삼남토포사(三南討捕使)를 지내고, 육군참장(陸軍參將)을 역임한 경재(敬齋) 윤영렬(尹英烈)의 생애와 그가 벼슬살이하면서 겪은 일과 주고받은 글들을 국역하여 소개한 것이다.[91]

90 朴堯順, 「恨中錄에 견줄 李朝女流文學의 白眉」, 『文學思想』 6호, 1973. 3.
91 柳基龍, 『尹相公善政錄』, 螢雪出版社, 1983.

3. 글말 거짓 이야기 문학(국문소설)

3.1. 국문소설의 흐름

훈민정음이 창제된 이후 국문 소설이 나오기까지는 그리 오랜 시간이 흐르지 아니하였다. 그것은 사재동(史在東)의 연구 업적에 의하면,

> 15세기 훈민정음의 반포·실용 직후에 불교계에서는 시대적 요청과 포교의 방편으로 획기적인 국문불서를 서둘러 찬성하게 되었다. 그 국문불서는 불교계 서사문학·소설 형태를 집대성하여 가장 훌륭한 산문 문학집으로 불교계 서사 작품들이 망라·편입되어 국문화되었다. 그리하여《釋譜詳節》·《月印釋譜》가 찬역되었고,《釋迦如來十地修行記》가 국문화되었으며,《勸念要錄》과《팔상명행록》이 편역되어 나왔다. 이러한 국문불서 산문문학집 속에는「안락국태자전」·「목련전」·「선우태자전」·「금우태자전」·「금강공주전」·「왕랑반혼전」과 같은 국문소설들이 수록·유통되었다. 이 작품들은 불교사상의 주체적 심화, 허구·연설의 정립, 표현·문체의 정착 등에서 소설의 수준을 유지하여 형성기 국문소설로 규정되었고, 나아가 이와 유사한 많은 작품들과 합세하여 국문소설의 형성계맥을 확고히 정립하였다.[92]

92 史在東,『韓國文學流通史의 硏究 II』(中央人文社, 1999), 쪽 117.

면서 "「안락국태자전」은 「안락국전」으로, 「목련전」은 「나복전」으로, 「선우태자전」은 「금송아지전」으로, 「금광공주전」은 「박씨전」으로 전개되는 등 그 실체를 드러내었다."고 주장하고 있다. 그리고 이어서 "이러한 기반 위에서 「薛公瓚傳」이 창작되었던 것이다."라고 조선시대 국문소설의 전개 과정을 소상히 밝혀주고 있다.[93]

원래 "소설(小說)"이라는 말은 『莊子(장자)』의 「外物篇(외물편)」에서 "자잘한 이야기로 꾸며서 현령과 같은 벼슬을 구하여도 크게 출세하기는 역시 어렵다.[飾小說以于縣令其於大達亦遠矣]"라는 구절에서 찾고 있다. 그러나 이는 오히려 수필성이 강한 토막 이야기를 뜻한다고 보아야 한다. 할머니가 밥상머리에서 어린 손자를 데리고 밥을 먹이면서 들려주는 옛이야기 같은 것들은 설화요, 수필이고, 아버지가 사냥이나 전쟁에 나갔다가 돌아와서 들려주는 꾸며진 용맹담이나 체험한 남녀 또는 암수 짐승들의 사랑이야기들을 선악 대결의 갈등 구조로 들려주는 이야기는 소설이라고 하겠다. 다시 말하면, 같은 이야기 문학이지만, 수필에는 갈등(葛藤)과 분쟁이 없는 실재하였던 일인데 반하여 소설에는 갈등과 분쟁의 구조로 거짓 꾸민 이야기로 집필되어 있는 것이 다르다.

조선시대 국문소설의 남상(濫觴)은 사재동(史在東)에 따르

93 앞주의 책, 쪽 118.

면, 조선왕조 제4대 세종 임금 때에 그의 아들 수양대군(首陽大君)에게 명하여 세종 31(3782)년에 짓게 된 『석보상절(釋譜詳節)』에 들어 있는 「안락국태자전」·「목련전」·「선우태자전」·「금광공주전」 등에서 찾을 수 있다. 그 뒤에 이어지는 작품은 조선 제9대왕 성종 때의 문신이요, 학자이던 나재(懶齋) 채수(蔡壽 : 3782-3848)가 중종 6(3844)년에 뜻글로 지었다가 다시 국문으로 고쳐 지은 『설공찬전(薛公瓚傳)』에서 찾을 수 있다. 채수는 본관이 인천(仁川), 자는 기지(耆之), 호가 나재(懶齋), 시호는 양정(襄靖)이다. 예종 1(3802)년 문과에 급제하여 각조 참판을 거쳐 평안도 관찰사를 지내고, 연산군 12 (3839)년 중종반정에 참여하여 분의정국공신(奮義靖國功臣) 4등에 녹훈되고, 인천군(仁川君)에 봉작되었다. 중종 6(3844)년에는 이 『설공찬전(薛公瓚傳=薛公瓚還魂傳)』을 지어 사림(士林)들의 비난을 받아 불태워지기까지 하였으나, 지난 4329(1996)년에 이복규에 의하여 새로 발굴되어 조선시대 훈민정음이 창제된 이후 67년 만에 국문소설이 창작된 것을 알게 되었다.[94] 이 작품이 지어진 뒤에 허응당(虛應堂) 또는 나암(懶庵)이라고 호하는 보우(普雨 : 3848-3898) 스님이 명종 20(3898)년경에 지은 것으로 알려진 불교소설인 『왕랑반혼전(王郎返魂傳)』에 이어 석주(石洲) 권필(權韠 : 3902-3945)이 선조 26(3925)

94 이복규, 『설공찬전』, 시인사, 1997.

홍길동전(洪吉童傳, 딱지본 소설)
소장품번호 : 한구 438, 국립한글박물관 소장, 출처 : e뮤지엄

년에 지은 『周生傳(주생전)』에 이어 교산(蛟山) 허균(許筠 : 3902-3951)이 광해군 10(3951)년 경에 지은 『홍길동전(洪吉童傳)』을 이어 현종 13 (4005)년경에 지어진 지은이의 이름을 잃은 『소생전(蘇生傳)』에 이어 숙종 18(4025)년경에 서포(西浦) 김만중(金萬重 : 3970-4025)이 지은 『구운몽(九雲夢)』·『사씨남정기(謝氏南征記)』와 졸수재(拙修齋) 조성기(趙聖期 : 3971-4022)의 『창선감의록(彰善感義錄)』이 같은 시대에 출현하였고, 이어서 회헌(晦軒) 이정작(李廷綽 : 4011-4091)의 『옥린몽(玉麟夢)』과 남영로(南永魯 : 4143-4190)가 헌종 6(4173)년경에 지은 것으로 알려진 『옥루몽(玉樓夢)』으로 이어진다. 탕옹(宕翁)이라는 이가 지은 『옥선몽(玉仙夢)』, 그 밖에 지은이와 지어진 연대가 분명하게 밝혀지지 아니한 『강상련(江上蓮 = 심청전)』·『계월선전(桂月仙傳)』·『곽분양전(郭汾陽傳)』·『곽재우전(郭再祐傳)』·『금강취유록(金剛聚遊錄)』·『금산사몽유록(金山寺夢遊錄)』·『금송아지전』·『김덕령전(金德齡傳)』·『김경여

전(金慶餘傳)』·김진옥전(金振玉傳)』·『김태자전(金太子傳)』·『남정팔난기(南征八難記)』·『달천몽유록(達川夢遊錄)』·『대관재몽유록(大觀齋夢遊錄)』·『두껍전』·『명주기봉(明珠奇逢)』·『박씨부인전(朴氏夫人傳)』·『보은기우록(報恩奇遇錄)』·『비군전』·『사명당실기(四溟堂實記)』·『사수몽유록(泗水夢遊錄)』·『사육신전(死六臣傳)』·『삼강명행록(三綱明行錄)』·『삼국지통속연의(三國志通俗演義)』·『삼설기(三說記)』·『삼생기연(三生奇緣)』·『삼학사전(三學士傳)』·『생육신전(生六臣傳)』·『서동지전(鼠同知傳)』·『서화담전(徐花潭傳)』·『서해무릉기(西海武陵記)』·『소대성전(蘇大成傳)』·『소진장의전(蘇秦張儀傳)』·『숙영낭자전(淑英娘子傳)』·『숙향전(淑香傳)』·『심청전(沈淸傳)』·『양산백전(梁山伯傳)』·『양주봉전(梁朱鳳傳)』·『양풍운전(梁豊雲傳)』·『옥주호연(玉珠好緣)』·『옹고집전(壅固執傳)』·『왕비호전(王飛虎傳)』·『왕시전』·『운영전(雲英傳)』·『유효공선행록(劉孝公善行錄)』·『유충렬전(劉忠烈傳)』·『육효자전(六孝子傳)』·『이대봉전(李大鳳傳)』·『인현왕후덕행록(仁顯王后德行錄)』·『재생연전(再生緣傳)』·『전우치전(田禹治傳)』·『정향전(丁香傳)』·『제마무전(諸馬武傳)』·『조웅전(趙雄傳)』·『조자룡전(趙子龍傳)』·『최현전(崔賢傳)』·『취미삼선록(翠微三仙錄)』·『피생몽유록(皮生夢遊錄)』·『한강현전(韓江玄傳)』·『홍계월전(洪桂月傳)』·『홍경래실기(洪景來實記)』·『화용도(華容道)』·『효장황제장대기공록(孝莊皇帝粧臺紀功錄)』·『흑룡일기(黑龍日記)』들이

창작 또는 뜻글본의 뒤치기 또는 차이나 소설의 뒤치기[飜案] 작품으로 널리 읽혀지면서 옮겨 베끼거나, 매매를 위한 방각본(坊刻本)의 출현으로 조선시대 국문소설들이 놀랍게 발전하였다. 그 결과는 서울의 종로거리에는 전기수(傳奇叟)라는 신직업인까지 등장하여 갖가지 고소설들을 외워서 구연(口演)하여 돈벌이를 하기도 하였다. 이는 전사전업인(轉寫專業人), 곧 책을 베껴 써서 주고 품값을 받아서 삶을 꾸리어가는 몰락한 양반(兩班)들과 여러 가지 소설책을 세를 놓아 돈을 받거나 놋그릇 같은 생활에 필요한 물건들과 바꾸어 살아가는 사람들이 출현하여 문화 사회적 발전과 경제 활동의 근대화를 이루는데 큰 역할을 하였다.[95]

3. 2. 국문소설의 유형(類型)

여기서는 국문으로 지어진 조선시대 소설을 그 유형별로 나누어 살펴보고자 한다. 조선시대 국문 소설의 유형에 관하여는 학자들에 따라 그 종류가 약간의 차이가 있다. 필자는 다음과 같은 9유형으로 나누어 살피기로 한다.

① 가정·가문소설(家庭·家門小說)　② 괴기소설(怪奇小說)

95 金東旭 외, 『韓國古小說入門』, 開文社, 1985.

③ 꿈소설[夢遊·夢字小說]
④ 애정소설(愛情小說)
⑤ 영웅소설(英雄小說)
⑥ 우화소설(寓話小說)
⑦ 유가소설(儒家小說)
⑧ 종교소설(宗教小說)
⑨ 판소리소설

3. 2. 1. 가정·가문소설(家庭·家門小說)

가정·가문소설(家庭·家門小說)은 조선시대 남존여비사상(男尊女卑思想)의 사회에서 본부인과 둘째 부인, 또는 셋째의 내연 여자들로 인하여 일어나는 가족 사이의 갈등과 가문(家門)과 가문 사이를 중심으로 전개되는 꾸민 이야기의 작품들을 말한다. "가정소설"은 일명 "가족소설(家族小說)"이라고도 하는데, 엄밀한 의미로는 가족소설과 가정소설과 가문소설들이 약간의 차이가 있으나, 일반적인 넓은 의미로 볼 때에는 그 소설 구성의 범주가 크냐 작으냐에 따라 다를 뿐인데, 뒤늦게 조선 왕실의 낙선재(樂善齋)에서 발굴된 대장편 국문소설들을 묶어서 가문소설이라고 언급하고 있다.[96]

"가문소설(家門小說)"이라는 학술용어를 처음으로 학계에 제시한 이수봉(李樹鳳 : 1933 - 2014)은 가문소설을 세 가지 유형으로 나누어 누대형(累代型), 양문형(兩門型), 변용형(變容型)

96 金起東은 그의 "『韓國古典小說硏究』(教學社, 1981)"에서 "가정소설"과 "가문소설"을 독립시키어 다루고 있다. 필자는 함께 묶어서 다룬다.

을 제시하였다. 이에 따라 필자가 대장편 소설들을 포함하여 나름대로 정리하여 보이면, 대체로 다음과 같다.[97]

첫째, 누대형(累代型) : 『문장 풍류 삼대록(文章風流三代錄)』, 『소로천삼대록(蘇老泉三代錄)』, 『양문충의록(楊門忠義錄)』, 『유씨삼대록(劉氏三代錄)』, 『이씨세대록(李氏世代錄)』, 『임씨삼대록(林氏三代錄)』, 『조씨삼대록(曺氏三代錄)』, 『하씨선행후대록(河氏善行後代錄)』, 『해동이씨삼대록(海東李氏三代錄)』 등이다.

둘째, 양문형(兩門型) : 『곽장양문록(郭張兩門錄)』, 『유이양문록(劉李兩門錄)』, 『윤하정삼문취록(尹河鄭三門聚錄)』, 『하진양문록(河陳兩門錄)』 등이다.

셋째는, 변용형(變容型) : 『고씨효절록(高氏孝節錄)』, 『곽해룡전(郭海龍傳)』, 『구래공정충직절기(寇萊公貞忠直節記)』, 『금고기(今古記)』, 『김월향전(金月香傳)』, 『김인복전(金仁福傳)』, 『김인향전(金仁香傳)』, 『김취경전(金就景傳)』, 『낙성비룡(洛成飛龍)』, 『명주기봉(明珠奇逢)』, 『명주보월빙(明紬寶月聘)』, 『명행정의록(明行貞義錄)』, 『범문정충절언행록(范文正忠節言行錄)』, 『벽허담관제언록(碧虛談關帝言錄)』, 『보은기우록(報恩奇遇錄)』, 『빙빙전(聘聘傳)』, 『소운전(蘇雲傳)』, 『사씨남정기(謝氏南征記)』, 『삼강명행록(三綱明行錄)』, 『쌍주기연(雙珠奇緣)』, 『쌍천기봉(雙釧奇

97 여기서는 작품 이름의 가나다순으로 나열하여 독자들에게 기억하기 편하게 하였다. 사실상 지은이는 물론 지어진 연대를 확실하게 알 수 없기 때문에 연대순 배열이 무의미하기 때문이다.

逢)』, 『설씨내범(薛氏內範)』, 『성현공숙열기(聖賢公淑烈記)』, 『소대성전(蘇大成傳)』, 『소현성록(蘇賢聖錄)』, 『송씨가전(宋氏家傳)』, 『숙녀지기(淑女知己)』, 『숙영낭자전(淑英娘子傳)』, 『심청전(沈淸傳)』, 『양문충의록(楊門忠義錄)』, 『양주봉전(楊朱鳳傳)』, 『양풍운전(楊風雲傳)』, 『양현문직절기(楊賢門直節記)』, 『어룡전(魚龍傳)』, 『엄씨효문청행록(嚴氏孝門淸行錄)』, 『옥낭자전(玉娘子傳)』, 『옥단춘전(玉丹春傳)』, 『옥란기봉(玉鸞奇逢)』, 『옥선현봉소설록(玉璿賢封素說錄)』, 『옥소기봉(玉簫奇逢)』, 『옥원중합록(玉鴛重合錄)』, 『완월회맹연(玩月會盟宴)』, 『월영낭자전(月影娘子傳)』, 『위씨절행록(衛氏節行錄)』, 『유문성전(柳文星傳)』, 『유승상전(柳丞相傳)』, 『음양옥지환(陰陽玉指環)』, 『이계룡전(李季龍傳)』, 『이해룡전(李海龍傳)』, 『인봉소(麟鳳詔)』, 『임호은전(林虎隱傳 = 적강칠선전)』, 『임화정연(林花鄭延)』, 『장화홍련전(薔花紅蓮傳)』, 『재생연전(再生緣傳)』, 『적성의전(翟成義傳)』, 『정을선전(鄭乙善傳)』, 『정진사전(鄭進士傳)』, 『정해경전(鄭海慶傳)』, 『조생원전(趙生員傳)』, 『조충의전(趙忠毅傳)』, 『진대방전

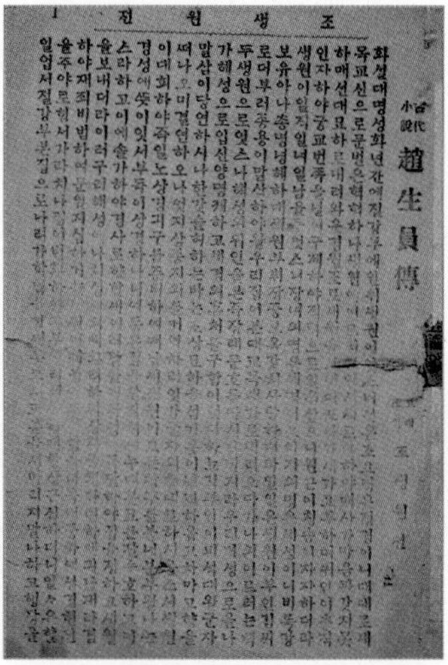

조생원전(趙生員傳, 딱지본 소설)
지정문화재 제649호, 소장품번호 : 민속 52575, 국립민속박물관 소장, 출처 : e뮤지엄

(陳大方傳)』, 『진성운전(陳聖雲傳)』, 『진주탑(眞珠塔)』, 『창선감의록(彰善感義錄)』, 『천수석(泉水石)』, 『청백운전(淸白雲傳)』, 『현몽쌍룡기(現夢雙龍記)』, 『현봉쌍의록(顯封雙義錄)』, 『현씨양웅쌍린기(玄氏兩雄雙麟記)』, 『화문록(花門錄)』, 『화산선계록(華山仙界錄)』, 『화씨충효록(花氏忠孝錄)』, 『화정선행록(和靜善行錄)』, 『화진전(花珍傳)』, 『화형옥전(花荊玉傳)』, 『황운전(黃雲傳)』, 『황월선전(黃月仙傳)』, 『효의정충예행록(孝義貞忠禮行錄)』 등의 작품들을 들 수 있다.[98]

3. 2. 2. 괴기소설(怪奇小說)

여기서 "괴기소설(怪奇小說)"이라고 한 것은 이제까지 많은 학자들이 차이나의 한(漢)나라와 당(唐)나라 시대의 신기소설(神奇小說) 또는 지괴소설(志怪小說)을 흉내 내어 지은 작품들을 싸잡아서 "전기소설(傳奇小說)"이라고 하는 유(類)의 소설들을 "전기소설(傳記小說)"과 구별하기 위하여서 불러온 것이다.

"괴기소설(怪奇小說)"이라는 말은 후한(後漢) 왕충(王充)이 지은 『論衡(논형)』에서 "괴기지문(怪奇之文)"이라고 한 것에서 비롯된다. 우리나라에서는 우리어문학회의 『국문학개론(國文學槪論)』에서 처음 쓰기 시작하였는데, 학자에 따라서는 "괴담

98 李樹鳳, 『家門小說硏究』, 東亞大學校大學院, 1978. (박사학위 논문).

소설(怪談小說)"이라고도 하였다.[99] 이들의 공통점은 현실 세계의 사람들의 일이 아닌 땅속 귀신의 세계, 하늘 위의 세계, 신선의 세계, 죽음의 세계, 꿈속의 세계, 물속의 세계 따위를 결합하여 표현하고 있다는 점이다.

조선시대 대표적인 국문 괴기소설들은 나재(懶齋) 채수(蔡壽)가 중종 6(3844)년에 뜻글로 지었다가 다시 국문으로 고쳐 지은 『설공찬전(薛公瓚傳)』을 비롯하여 아래와 같은 작품들이 유명하다.

『가심쌍완기봉』, 『금방울전[金鈴傳]』, 『금산사몽유록(金山寺夢遊錄)』, 『금송아지전』·『김원전(金圓傳)』, 『동선기(洞仙記)』, 『사수몽유록(泗水夢遊錄)』, 『옥선전(玉仙傳)』, 남호거사(南湖居士) 김제성(金濟性)의 『왕회전(王會傳)』, 『옹고집전(壅固執傳)』 등이 대표적인 작품들이다.

이 괴기소설류의 조선시대 작품들은 동봉(東峰) 김시습(金時習)이 지은 「만복사저포기(萬福寺樗蒲記)」·「이생규장전(李生窺墻傳)」·「취유부벽정기(醉遊浮碧亭記)」, 백호(白湖) 임제(林悌 : 3882-3920)의 「원생몽유록(元生夢遊錄)」 등과 같은 뜻글자 소설들에 훨씬 더 많다. 그 자세한 것은 뜻글 문학 분야에서 다시 설명하겠다.

99 우리어문학회, 『國文學概論』, 一成堂書店, 1948.
趙潤濟, 『國文學概說』, 東國文化社, 1955.
金起東, 『李朝時代小說論』, 精研社, 1959.

3. 2. 3. 꿈소설[夢遊·夢字小說]

꿈소설은 이제까지 학계에서 몽유소설(夢遊小說)과 몽자소설(夢字小說)로 나누어 설명하거나, 어느 한쪽으로 몰아서 설명하여 오던 것을 필자가 꿈을 제재로 하였다는 공통점을 취하여 "오래 전에 죽은 인물의 망령을 꿈속에서 만나 기이한 일을 체험하다가 꿈에서 깨어나는 이야기"로 된 뜻글자체[韓·漢文體] "몽유소설(夢遊小說)"과 이 몽유록과는 조금 다른 형식으로 꿈이라는 상상의 공간에서 일어나는 일들을 다루어내는 소설들을 묶어서 "꿈소설"이라고 이름하여 보았다. "○○몽(夢)"류와 같이 작품 이름에 "몽(夢)"자가 붙어 있는 것을 "몽자소설(夢字小說)"이라고 하여 "몽유록(夢遊錄)"계 소설과 구별하여 왔다. 이 몽자소설들은 조선시대 국문소설로는 서포(西浦) 김만중(金萬重)의 『구운몽(九雲夢)』, 회헌(晦軒) 이정작(李廷綽 : 4011－4091)의 『옥린몽(玉麟夢)』, 담초(潭樵) 남영로(南永魯 : 4143－4190)가 헌종 6(4173)년경에 지은 것으로 알려진 『옥련몽(玉蓮夢)』·『옥루몽(玉樓夢)』, 탕옹(宕翁)이라는 이가 지은 『옥선몽(玉仙夢)』, 지은이를 알 수 없는 『금생이문록(今生異聞錄)』, 『난학몽(鸞鶴夢)』, 『보홍련몽(補紅蓮夢)』, 『오일론심기(五一論心記)』, 『유화기몽(柳花奇夢)』, 『이화몽(梨花夢)』 등을 들 수가 있고, 뜻글자체 몽유록과 같은 국문소설 몽유록으로는 『문성궁몽유록(文聖宮夢遊錄)』, 『제마무전(諸馬武傳)』 같은 작품도 있으나, 그 구성 형식은 조금 다르다.

3. 2. 4. 애정소설(愛情小說)

애정소설(愛情小說)은 남녀 사이의 애정문제를 중요한 주제로 다룬 소설을 가리킨다. 현재 전하는 조선시대 국문 애정소설로 가장 유명한 작품은 역시 수십 종의 이본과 여러 나라의 외국어로 번역된 바 있는 『춘향전(春香傳=獄中佳人=獄中佳花)』을 들 수가 있다. 『정향전(丁香傳)』과 『운영전(雲英傳)』은 세종대왕 시대에 왕족과 기녀와 궁녀를 주인공으로 등장시켜 지어진 애정소설들이다. 앞의 것은 세종의 형님인 양녕대군(讓寧大君)과 기녀 정향(丁香) 사이의 애정담이고, 뒤의 것은 세종의 아들인 안평대군(安平大君)의 궁녀 영영(英英)과 소년 진사(進士) 김생(金生)과의 열애담이다.

춘향전(春香傳, 딱지본 소설)
소장품번호 : 한구 444, 국립한글박물관 소장, 출처 : e뮤지엄

지은이와 지어진 시대를 알 수 없는 『권용선전(權龍仙傳)』, 『권장군전(權將軍傳)』, 『금향정기(錦香亭記)』, 『김상서전(金尙書傳=김희경전)』, 『김일선전』, 『배비장전(裵裨將傳)』, 『백학선전(白鶴扇傳)』, 『소부인전(蘇夫人傳)』, 『수매청심록(脧梅淸心錄)』, 『숙영낭자전(淑英娘子傳)』, 『숙향전(淑香傳)』, 『신유복전

(申遺腹傳)』, 『십이봉전환기(十二峰轉換記)』, 『쌍성봉효록』, 『쌍열옥소삼봉(雙烈玉簫三逢)』, 『앵무전(鸚鵡傳)』, 『여자충효록(女子忠孝錄)』, 『영영전(英英傳)』, 『옥단춘전(玉丹春傳)』, 『유록전(柳綠傳)』, 『윤최재합록(尹崔再合錄)』, 『이진사전(李進士傳)』, 『이춘풍전(李春風傳)』, 『장학사전(張學士傳)』, 『정향전(丁香傳)』, 『채봉감별곡(彩鳳感別曲)』, 『평산냉연사재자전(平山冷燕四才子傳)』, 『홍백화전(紅白花傳)』 등이 대표적이다.

3. 2. 5. 영웅소설(英雄小說)

영웅소설(英雄小說)이란 남자이든, 여자이든 영웅이 주인공으로 등장하여 그가 영웅적 활약을 전개하는 그의 생애담(生涯談)을 서술한 작품을 이른다. 조선시대에는 역사상으로 실존 인물을 주인공으로 하여 창작하기도 하고, 가공적 인물을 주인공으로 하여 창작하기도 하였다. 영웅(英雄)은 대부분 전쟁이라는 싸움을 통하여 성쇠를 거듭하기 때문에 일부 학자들이 "군담소설(軍談小說)" 이라고 별도로 분류하는 작품군들도 거의가 그 주인공은 영웅적 활약을 한다. 또 조선시대 영웅소설에 나타나는 주인공은 대체로 고귀한 혈통의 귀공자(貴公子)나 귀공녀(貴公女)로 출생하여 비범하고 탁월한 능력을 지니고 자라다가 갑자기 변고를 당하여 가정이 파괴되며, 고아가 되어 온갖 고난을 겪고, 어른이 되어 안정을 찾을 무렵에 또 역경에 빠져서 갖가지 시련을 지혜와 용기로 극복하여 최후의 승리를 쟁취한다.

기존의 군담소설은 오직 싸움 이야기를 주된 내용으로 하는 데 비하여 영웅소설은 영웅의 일생을 그리면서 싸움 이야기를 내용으로 하여 군담소설보다 폭이 넓다. 또 영웅소설은 실존 인물을 영웅으로 그려낸 이른바 역사 영웅소설과 지은이가 상상의 인물을 주인공으로 하여 영웅으로 묘출한 이른바 창작 영웅소설들도 있다. 또 이 영웅소설에는 차이나의 영웅소설을 국문으로 뒤친 이른바 번안 영웅소설(翻案英雄小說)이라는 것들도 있다.

여기서는 영웅소설의 폭을 넓혀서 군담소설과 역사상 실재하였던 인물을 주인공으로 하여 창작된 기존의 역사소설(歷史小說)이라는 작품들과 차이나의 뜻글자 소설들을 우리말과 글로 뒤친 이른바 번안 영웅소설까지를 싸잡아서 설명하기로 한다.

먼저 실존 인물을 영웅으로 등장시키어 지어진 영웅소설 작품들을 소개하면 대체로 아래와 같다.

『강감찬전(姜邯贊傳)』·『강태공전(姜太公傳)』, 『곽재우전(郭再祐傳)』·『김덕령전(金德齡傳)』·『김유신전(金庾信傳)』·『도원수권율전(都元帥權慄傳)』·『박씨전(朴氏傳)』·『배시황전(裵是愰傳)』·『사명당전(四溟堂傳)』·『삼학사전(三學士傳)』·『서산대사전(西山大師傳)』·『서화담전(徐花潭傳)』·『설재전(薛才傳)』·『설홍전(薛弘傳)』·『연개소문전(淵蓋蘇文傳)』·『유검필전(庾黔

弼傳)』·『을지문덕전(乙支文德傳)』·『이순신전(李舜臣傳)』·『임경업전(林慶業傳 = 임장군전)』·『임진록(壬辰錄)』·『홍경래전(洪景來傳)』·『홍계월전(洪桂月傳)』·『홍윤성전(洪允成傳)』 등이 유명하다.

이들 중 실재하였던 인물이 아닌 가공인물(架空人物)을 주인공으로 한 작품들은 대부분 차이나를 배경으로 하는 특징이 있다.

다음 창작 영웅소설은 『강릉추월전(江陵秋月傳)』·『곽해룡전(郭海龍傳)』·『김진옥전(金振玉傳)』·『김취경전(金就景傳)』·『남홍량전(南洪量傳)』·『박한림전(朴翰林傳)』·『백학선전(白鶴扇傳)』·『소대성전(蘇大成傳)』, 『소현성전(蘇玄聖傳)』, 『양주봉전(楊朱鳳傳)』·『양풍운전(楊風雲傳)』·『여장군전(女將軍傳)』, 『여중호걸전(女中豪傑傳)』, 『옥주호연(玉珠好緣)』, 『옥환기봉(玉環奇逢)』·『유충렬전(劉忠烈傳)』·『이대봉전(李大鳳傳)』·『이봉빈전(李鳳彬傳)』·『이상서전(李尙書傳)』·『장경전(張景傳)』, 『장국진전(張國鎭傳)』·『장백전(張伯傳)』·『장학사전(張學士傳)』·『정각록』·『정수정전(鄭水晶傳)』·『정현무전(鄭賢武傳)』·『직금회문(織錦回文)』·『해당향(海棠香)』·『현수문전(玄壽文傳)』·『화산중봉기(華山重逢記)』·『황부인전(黃夫人傳)』·『황운전(黃雲傳)』, 『황장군전(黃將軍傳)』 등이다.

다음 역사소설로는, 조선 건국의 역사적 사실을 소설화하여 이성계(李成桂)·이지란(李之蘭 = 佟之蘭) 등을 영웅화한 『조선 개국록(朝鮮開國錄)』을 비롯하여 임진왜란(壬辰倭亂)이라는 역사적 사실을 소재로 하여 사명당(四溟堂)을 영웅화한 『임진록(壬辰錄)』 등이 대표적인 작품들이다. 또 번안 영웅소설로는 『강태공전(姜太公傳)』·『곽해룡전(郭海龍傳)』·『곽분양전(郭汾陽傳)』·『관운장전(關雲長傳)』·『당태종전(唐太宗傳)』·『대명영렬전(大明英烈傳)』·『대성공자훈계록(大聖孔子訓戒錄)』·『몽결초한송(夢決楚漢訟)』·『사각전(謝角傳)』·『사대장전(史大將傳)』·『산양대전(山陽大戰)』·『서한연의(西漢演義)』·『설인귀전(薛仁貴傳)』·『소진장의전(蘇秦張儀傳)』·『오자서실기(伍子胥實記)』·『왕비호전(王飛虎傳)』·『용문전(龍文傳)』·『월왕전(越王傳)』·『유문성전(柳文成傳)』·『유충렬전(劉忠烈傳)』, 『이태백실기(李太白實記)』·『장비전(張飛傳)』·『장인걸전(張仁傑傳)』·『장자방전(張子房傳)』·『장풍운전(張豊雲傳)』·『제갈량전(諸葛亮傳)』·『제환공전(齊桓公傳)』·『적벽대전(赤壁大戰)』·『조웅전(趙雄傳)』·『조자룡전(趙子龍傳)』·『주국안언동전(周國顔彦同傳)』·『주봉전(朱奉傳 = 주해선전)』·『주원장전(朱元璋傳)』·

유문성전(柳文成傳, 딱지본 소설)
소장품번호 : 한구 426, 국립한글박물관 소장, 출처 : e뮤지엄

『진성운전(陳聖雲傳)』·『진시황전(秦始皇傳)』·『진장군전(陳將軍傳)』·『춘추열국지(春秋列國誌)』·『초한전(楚漢傳)』·『화용도(華容道)』 등이 많이 읽힌 작품들이다.

3. 2. 6. 우화소설(寓話小說)

우화소설(寓話小說)은 "가전(假傳)" 또는 "가전체(假傳體)", "우화(寓話)" 또는 "우의(寓意)", "의인소설(擬人小說)" 등 여러 가지 이름으로 일컬어져 왔다. 현재 전하는 조선시대 국문소설로 대표적인 우화소설은 『까치전』, 『녹처사연회(鹿處士宴會)』, 『두껍전=섬동지전=섬설록=섬처사전=섬호』, 『서동지전(鼠同知傳)=서대주전=서옥기=쥐전』, 『어룡전(魚龍傳)』, 『여용국전(女容國傳)=효장황제장대기공록』, 『웅치전(雄雉傳)=자치가=장끼전=화충전』, 『콩쥐팥쥐전』, 『토끼전=별주부전=토별전=토생전=수궁가』들이다. 이들은 대체로 하나의 작품이 여러 가지 이름으로 일컬어지고 있는 것으로 보아 이 작품들의 독자층의 폭이 매우 넓었음을 짐작하게 한다.

조선 후기, 곧 임진왜란과 병자호란을 겪으면서 기존 질서와 권력자들의 허상(虛像)에서 벗어나려는 자존(自存)의 서민 의식이 깨이면서 우화소설은 고려시대의 가전수필(假傳隨筆)이 보여주는 덤덤한 맛을 버리고, 훨씬 역동적인 선악 갈등적 표현으로 이미 익숙하여 버릇처럼 되어버린 당시 사회의 제도와 풍습 속에 묻어 있는 문화적 부정(不正)과 부조리를 교훈적·윤리적 목적의식의 잣대로 마름질하여 비인간적 행태를 문제 삼아 역설적·풍자적으로 신랄하게 비판하였다. 이러한 우화소설의 비판은 비민주적 폐쇄 사회에서 부도덕한 억압 속에 눌려 지내던 조선시대 독자들의 가슴에 맺혀 있는 기존 질서에 대한 부정적 원망 감정을 사람이 아닌 동물이나, 식물들을 주인공으로 대치시켜 시원하게 응징하여 대리만족의 쾌락을 느끼게 하여 문학의 효용적 역할을 충실히 감당하게 하였다.

3. 2. 7. 유가소설(儒家小說)

여기서 유가소설(儒家小說)이라고 한 것은 이제까지의 선학들이 삼강오륜(三綱五倫)을 강조하거나, 권선징악(勸善懲惡)과 계세훈교(戒世訓敎)를 주제로 한 소설들을 "윤리소설(倫理小說)"이라고 하거나, "도덕소설(道德小說)"이라고 일컬어온 조선시대의 그러한 국문소설들을 묶어서 이른 것이다. 오늘날 세계인들은 유학(儒學)을 종교로 대접하고 있지만, 엄밀한 의미에서는 신앙의 대상이나 주체가 되는 신(神)이 없기 때문에 종교는 아니라고 한다. 굳이 종교로 대접하려면, 그 이름을 "조상숭배교(祖上崇拜敎)"라고 하여야 옳을 것이다. 조선시대 유가소설로는 다음과 같은 작품들이 많이 읽혀졌다.

나라에 대한 충(忠)을 주제로 한 『소학사전(蘇學士傳)』·『소운전(蘇雲傳)』·『보심록(報心錄)』 등과 부모님께의 효(孝)를 강조한 『김효증전(金孝曾傳)』·『심청전(沈淸傳)』·『적성의전(狄成義傳)』 등과 부부의 정열(貞烈)을 중시한 『김학공전(金鶴公傳)』·『옥낭자전(玉娘子傳)』·『장한절효기(張韓節孝記)』, 『춘향전(春香傳)』, 형제애(兄弟愛)를 주제로 한 『흥부전(興夫傳)』 등과 같이 인간의 윤리 도덕적인 문제를 문학적으로 승화시켜 유가적 도덕실천(儒家的道德實踐)을 강조한 것들도 많이 있다.

3. 2. 8. 종교소설(宗教小說)

여기서 종교소설(宗教小說)이라고 한 것은 김기동(金起東)이 "도덕소설(道德小說)" 또는 "윤리소설(倫理小說)" 및 "이상소설(理想小說)"이라고 한 것들과 사재동(史在東)이 "불교소설(佛教小說)"이라고 한 것들을 묶어서 이른 것이다.

3. 2. 8. 1. 도선소설(道仙小說)

여기서 필자는 "종교소설(宗教小說)"이라고 하여 말하는 도선소설(道仙小說)이란, 소설의 주인공이 도선가(道仙家)로 초인간적 능력의 방술(方術), 곧 도술(道術)과 선술(仙術)을 발휘하여 갖가지 어려운 일을 당할 때마다 신기한 이적(異蹟)을 발휘하여 적을 섬멸하거나 항복을 받아 성공하기도 하고, 작품

속의 주인공이 성공한 뒤에 선술을 부리어 신선이 되는 줄거리의 소설들을 가리킨다. 차이나의 『서유기(西遊記)』나 『수호지(水滸志)』 같은 작품들의 영향을 받아 이루어진 것으로 보고 있다. 조선 시대 국문소설 중에는 『곽재우전(郭再祐傳)』, 『남정팔난기(南征八難記)』, 『도원수 권율전(都元帥權慄傳)』, 『박씨부인전(朴氏夫人傳=정경 충열 명원부인 박씨전)』, 『북송연의(北宋演義)』, 『사명당전(四溟堂傳)』, 『손천사 영이록(孫天師靈異錄)』, 『임진록(壬辰錄)』, 『적벽대전(赤壁大戰)』, 『전우치전(田禹治傳)』, 『제갈량전(諸葛亮傳)』, 『최고운전(崔孤雲傳)』, 『홍길동전』 등이 대표적이다.

이들은 대체로 이제까지 신선소설(神仙小說)이라고 하거나, 영웅소설(英雄小說) 또는 군담소설(軍談小說)이라고 일컬어져 오는 작품들에서 흔히 볼 수가 있다.[100]

3.2.8.2. 불교소설(佛敎小說)

조선시대 불교소설은 조선시대 국문소설의 시원(始源)에 속하는 조선 왕실의 『석보상절(釋譜詳節)』과 『월인석보(月印釋譜)』의 창작에서 비롯된다. 그 대표적인 작품들은 『목련전(目連傳)』, 『안락국전(安樂國傳)』, 『왕랑반혼전(王郎返魂傳)』 등을 들 수 있다.

100 최창록, 『韓國神仙小說研究』, 螢雪出版社, 1984.

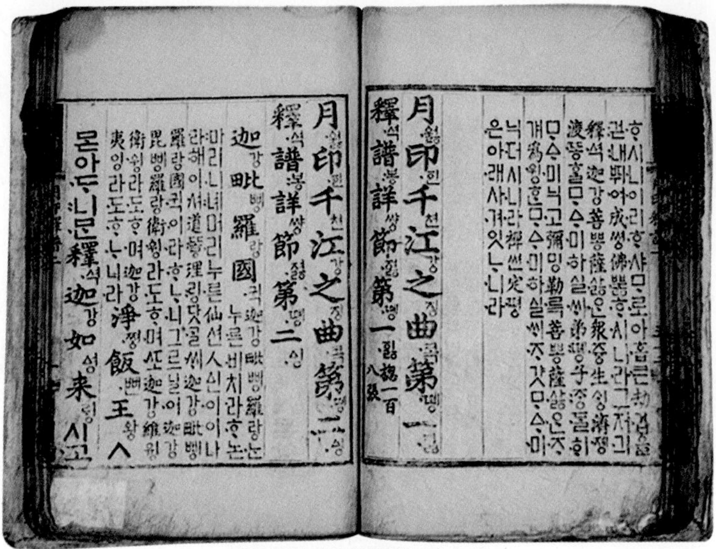

월인석보(月印釋譜) 권 1~2
보물 제745-1호, 출처 : 문화재청

3. 2. 9. 판소리소설

조선 후기에 이르러 이른바 "광대(廣大)"라고 하는 음악과 곡예를 겸한 악곡예능인(樂曲藝能人)들에 의하여 구경꾼들이 모인 장소인 판에서 일정한 장단의 가락에 맞추어 긴 이야기의 줄거리를 노래로 불리워지다가 어느 때에 문자로 정착되면서 이른바 "판소리소설"이 형성되기에 이르렀다. 현재 전하는 판소리계 소설들은 다음과 같은 작품들이 유명하다.

『가로지기타령 = 횡부가 = 변강쇠타령』, 『가짜신선타령』, 『강릉매화타령(江陵梅花打令) = 매화전』, 『무숙이타령』, 『박타령 = 홍보가(興甫歌)』, 『배비장타령(裵裨將打令)』, 『수궁가(水宮

歌)=두껍전=별주부전(鱉主簿傳)=토별가(兎鼈歌)』, 『심청가(沈淸歌)』, 『열녀춘향수절가(烈女春香守節歌)=춘향가』, 『오유란전(烏有蘭傳)』, 『옹고집전(壅固執傳)』, 『왈짜타령』, 『자치가』, 『적벽가(赤壁歌)』, 『화용도(華容道)』 등이다.

여기서 우리들이 주의할 점은 조선시대에 들어와서 훈민정음이 창제되어 우리말을 소리 나는 대로 표현할 수 있게 되었다는 사실이다. 그 결과는 작게는 세종대왕의 참 속뜻대로 조선 건국이 당신의 할아버지이신 태조 개인의 욕심을 성취하기 위하여서 역성혁명(易姓革命)을 일으키었다는 오해를 씻어내고 200여 년 전부터 어지신 하느님의 깊은 뜻에 따라 당연한 귀결이었다는 「용비어천가(龍飛御天歌)」의 창작으로 고려의 유민으로 흩어졌던 민심을 조선의 백성으로 하나가 될 수 있게 하였다. 또 당시에는 절대 다수의 무지 몽매하던 많은 백성들을 글을 읽을 줄 아는 사람으로 바꾸어 유학(儒學)의 실천 도덕 수행의 당위성을 깨우쳐 각종 윤리 서적들의 출간과 불교 경전의 보급으로 선업수행(善業遂行)을 강조하기도 하고, 생업에 필요한 각종 기술 서적들과 굶주림을 피할 수 있는 구황서적(救荒書籍)들의 간행으로 국민의 일상생활의 질을 높이는 데에 큰 영향을 끼치었다.

글을 읽을 수 있는 사람이 많아졌다는 것은 글을 읽을 수 없는 글 소경[文盲]의 수가 적어지고, 문화의 수준이 높아지게 되었음을 반영한다. 그것은 훈민정음이 창제된 이후 5년경인 세종 31(3782, 1449)년에 수양대군(首陽大君)이 부왕의 명에 의하여 지은 『석보상절(釋譜詳節)』에 들어있는 「안락국태자전」·「목련전」·「선우태자전」·「금광공주전」 등과 나재(懶齋) 채수(蔡壽)가 중종 6(3844)년에 뜻글로 지었다가 다시 국문으로 뒤친 『설공찬전(薛公瓚傳)』에서 찾을 수가 있다. 국문 소설이 나타나면서 국문 보급은 연산군(燕山君 : 재위 3827-3839) 이후로는 비록 지하에서일지라도 더욱 가속도가 붙어서 빨리 널리 보급되기에 이르렀다. 그 당시에는 잘 몰랐지만, 지금에 와서 보면, 우리 천손족들이 200여 개 세계의 여러 나라 중에서 글 소경[문맹] 비율이 가장 낮은 나라로 인정받고 있다는 사실 그 자체가 우리는 그만큼 문화민족이라는 증거가 된다.

특히 근래에는 인도네시아국 소수민족인 쯔아쯔아족들에게서 우리의 국문을 정규 공용문자로 사용하게 되었다는 것은, 곧 우리 나랏 글자[國字]가 만능 표기의 표음 문자로 배우기 쉽고 쓰기가 편한 글자임이 증명되고 있다.

앞으로 우리는 글자가 없거나 글을 몰라서 말하기와 쓰기의 말 생활이 어려운 후진 민족들에게 우리의 글자를 잘 가르치어 그들의 갑갑한 삶의 질을 드높이어 행복한 생활을 유지하게 하여야 한다. 그것이야말로 우리 천손족(天孫族)이 세계인류들과 함께 평화와 행복을 추구하는데 지도 민족(指導民族)이 되어 단제(檀帝) 할아버지의 "홍익인간(弘益人間)" 정신의 구현이 절로 이루어지게 하는 지름길이 될 것이다.

[6장]
뜻글 문학[韓 · 漢文學]

1. 뜻글시[韓 · 漢詩]

1. 1. 오언 고시(古詩)

조선시대 뜻글 문학[韓 · 漢文學]은 건국 초기에는 전 왕조이었던 고려의 유신(遺臣)들이 중신(重臣)이 되고, 설혹 두문동(杜門洞)에 들어가 숨어서 사는 유학자들도 당(唐) · 송(宋) · 명(明)[이상 漢族], 요(遼) · 금(金) · 원(元)[이상 東夷族]의 문학을 본받았으므로 크게 달라진 것이 없다.

조선 초기 뜻글시[韓 · 漢詩]를 비롯한 각종 뜻글자 문학 작품들에 관하여 성종 9(3811, 1478)년에 왕명을 받든 당시 홍문관 대제학(弘文館大提學) 눌재(訥齋) 양성지(梁誠之 : 3748－3815) · 예문관 대제학(藝文館大提學) 사가(四佳) 서거정(徐居正 : 3753－

옥오재(玉吾齋)
시도유형문화재 제9호, 대전 대덕구 계족로에 위치, 출처 : 문화재청

3821)들이 편찬한 "조선시대 한국문학사"라고 할 수 있는 『동문선(東文選)』의 정편(正編)과 숙종 39(4046)년에 당시 대제학(大提學)이던 옥오재(玉吾齋) 송상기(宋相琦 : 3990－4056)가 왕명을 받들어 편찬한 『속동문선(續東文選)』에 각각 지은이와 작품들이 지은이의 생존 연대순으로 잘 정리되어 있다.

여기서는 정·속 『동문선』과 개인 문집과 시선집(詩選集)들을 참고하여 당시에 유명하였던 5언 고시 작가들만을 소개한다.

「賀李中樞貞幹年七十壽九十慈親[중추 이정간이 나이 70세에 90세의 어머님께 헌수함을 치하함]」이라는 시를 지은 김자지(金自知 : 3700－3768)를 비롯하여 강회백(姜淮伯 : 3689－3735), 변계량(卞季良), 서거정(徐居正), 김수온(金守溫), 신숙주

(申叔舟 : 3750 - 3808), 성임(成任 : 3754 - 3817), 강희안(姜希顔 : 3752 - 3796), 이승소(李承召 : 3755 - 3817), 강희맹(姜希孟 : 3757 - 3816), 노사신(盧思愼 : 3760 - 3831), 성간(成侃 : 3760 - 3789), 성현(成俔 : 3762 - 3837), 김종직(金宗直 : 3764 - 3825), 김시습(金時習), 홍귀달(洪貴達 : 3771 - 3837), 안침(安琛 : 3778 - 3848), 유호인(兪好仁 : 3778 - 3827), 김흔(金訢 : 3881 - ?), 남효온(南孝溫), 조위(曺偉), 신종호(申從護 : 3789 - 3830), 홍언충(洪彦忠 : 3806 - 3841), 박은(朴誾 : 3812 - 3837), 조광조(趙光祖), 김정(金淨), 이황(李滉), 사임당신씨(師任堂申氏), 황진이(黃眞伊 : 중종조인), 허엽(許曄), 양응정(梁應鼎 : 3852 - 3915), 구봉령(具鳳齡 : 3859 - 3919), 송덕봉(宋德峰), 이이(李珥 : 3869 - 3927), 정철(鄭澈), 윤근수(尹根壽), 이성중(李誠中 : 3872 - 3925), 허성(許筬), 허봉(許篈), 서성(徐渻), 이덕형(李德馨), 이달(李達), 허초희(許楚姬), 권필(權韠), 허균(許筠), 김유(金瑬), 조찬한(趙纘韓 : 3905 - 3964), 정영방(鄭榮邦), 박미(朴瀰), 김만중(金萬重), 이재(李縡), 윤봉구(尹鳳九), 임창택(林昌澤 : 4015 - 4056), 임상덕(林象德 : 4016 - 4052), 김성탁(金聖鐸 : 4017 - 4080), 심육(沈錥 : 4018 - 4086), 강재항(姜再恒 : 4022 - 4089), 남극관(南克寬 : 4022 - 4047), 이상정(李象靖), 임성주(任聖周), 이헌경(李獻慶 : 4052 - 4124), 유도원(柳道源 : 4054 - 4124), 김이안(金履安 : 4055 - 4124), 유한준(兪漢雋 : 4065 - 4144), 이영익(李令翊 : 4071 - 4113), 이언진(李彦瑱, 이가환(李家煥), 황오(黃五 : 4209 -

?)들이 있었다.

여기서는 현재 『동문선』에 실려 전하는 조선시대 오언 고시로 통정(通亭) 강회백(姜淮伯)의 「유감(有感)」을 소개한다.

蒼海無垠堮　　끝없는 푸른 바다 하늘에 닿았는데,
瀰漫天地間　　푸른 물결 하늘과 땅 그 사이에 가득 찼네.
其大固無外　　그 크기는 참으로 가와 끝이 없는데,
中有三神山　　그 가운데 봉래 방장 영주의 삼산 있네.
扶桑倚天東　　해 뜨는 부상은 하늘 동쪽 가에 있어
可望不可攀　　바라는 보겠으나 올라가진 못하겠네.
蛟龍之窟穴　　용과 이무기가 살고 있는 굴이던가?
黿鼉之所安　　자라와 악어들이 머무는 곳이라네.
誰能掣巨鼇　　큰 자라 끌어올 이 그 사람이 누구인가?
使之安波瀾　　그것들을 부리어서 물결을 잠재우면,
難可限南北　　남쪽과 북녘까지 가가 없으련만.
九萬其鵬搏　　구만리 창공에는 붕새가 날개 치네.
嗚呼皇王澤　　아아! 황제 같은 새 임금의 덕택이네!
比則寬莫寬　　그 뉘와 견주어도 더없이 넓으시니,
何如浴沂風舞雩　　욕기와 풍무우 그 멋과 같으시네.
翺翔羽儀朝天衢　　우의로 훨훨 날아 하늘궁에 조회하고,
導疏壅遇淸人　　막힌 것을 소통시켜 맑은 세계 여시었네.

(『동문선』 권 5)

라는 이 작품은 조선 건국의 송축시로 풀이된다. 그리고 이 시에서의 "嗚呼皇王澤(오호황왕택)"은 명(明)나라 주원장(朱元璋)의 덕으로도 풀이가 되지만, 조선 태조의 덕치를 드높이어 이른 것으로도 감상이 가능하므로, 필자는 여러 모로 분석하여 감상할 만한 구라고 본다.

1.2. 오언 절구(絶句)

조선시대 오언절구 시의 지은이는 성석린(成石璘 : 3671-3756), 유방선(柳方善 : 3721-3776), 강석덕(姜碩德 : 3728-3792), 정인지(鄭麟趾 : 3729-3811), 김수온(金守溫), 권남(權擥 :

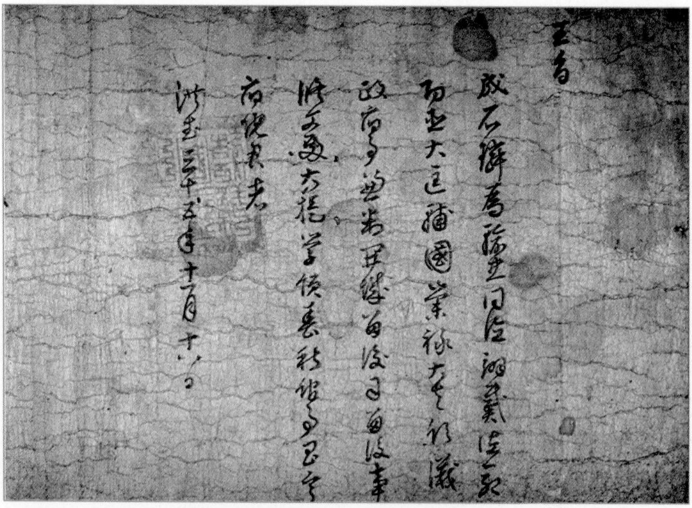

성석린(成石璘) 고신왕지(告身王旨)
태종 2년(1402) 성석린을 영의정부사로 임명하면서 내린 사령장, 보물 제746호, 출처 : 문화재청

3748 - 3798), 이석형(李石亨 : 3748 - 3810), 성삼문(成三問 : 3751 - 3789), 강희안(姜希顔 : 3752 - 3796), 성임(成任 : 3754 - 3817), 강희맹(姜希孟 : 3757 - 3816), 김종직(金宗直 : 3764 - 3825), 최숙정(崔淑精 : 3766 - 3813), 김극검(金克儉 : 3772 - 3832), 남효온(南孝溫 : 3787 - 3825), 조위(曺偉 : 3787 - 3836), 최숙생(崔淑生 : 3790 - 3853), 정희량(鄭希良 : 3802 - ?), 김천령(金千齡 : 3802 - 3837), 이원(李黿 : ? - 3837), 김세필(金世弼 : 3806 - 3866), 신항(申沆 : 3810 - 3840), 이행(李荇 : 3811 - 3867), 박은(朴誾 : 3812 - 3837), 신광한(申光漢 : 3817 - 3928), 김정(金淨 : 3819 - 3854), 최수성(崔壽峸 : 3820 - 3854), 정염(鄭磏 : ? - 3882), 이언적(李彦迪 : 3824 - 3886), 정사룡(鄭士龍 : 3824 - 3903), 기준(奇遵 : 3825 - 3854), 임억령(林億齡 : 3829 - 3901), 조욱(趙昱 : 3831 - 3890), 임훈(林薰 : 3833 - 3917), 이황(李滉 : 3834 - 3904), 조식(曺植 : 3834 - 3905), 성제원(成悌元 : 3837 - 3892), 김인후(金麟厚 : 3843 - 3893), 노수신(盧守愼 : 3848 - 3923), 양사언(楊士彦 : 3850 - 3917), 윤결(尹潔 : 3850 - 3881), 양응정(梁應鼎 : 3852 - 3915), 이후백(李後白 : 3853 - 3911), 휴정(休靜 : 3853 - 3937), 덕봉송씨(德峰宋氏 : 3854 - 3911), 구봉령(具鳳齡 : 3859 - 3919), 고경명(高敬命 : 3866 - 3925), 송익필(宋翼弼 : 3867 - 3932), 이이(李珥), 정철(鄭澈), 하응림(河應臨 : 3869 - 3900), 백광훈(白光勳 : 3870 - 3915), 이성중(李誠中 : 3872 - 3926), 최경창(崔慶昌 : 3872 - 3915), 오운(吳澐 : 3873 - 3950), 봉원부부인정양

정(蓬原府夫人鄭楊貞 : 3874 - 3953), 이덕홍(李德弘 : 3874 - 3929), 홍가신(洪可臣 : 3874 - 3948), 김현성(金玄成 : 3875 - 3954), 이순인(李純仁 : 3876 - ?), 양대박(梁大樸 : 3877 - 3925), 이순신(李舜臣 : 3878 - 3931), 이정형(李廷馨 : 3881 - 3940), 유근(柳根 : 3881 - 3960), 임제(林悌 : 3882 - 3920), 이상길(李尙吉 : 3889 - 3970), 김흥국(金興國 : 3890 - 3956), 서성(徐渻 : 3891 - 3941), 오윤겸(吳允謙 : 3892 - 3969), 이달(李達 : 3894 - 3951), 이수광(李睟光 : 3896 - 3961), 허초희(許楚姬 : 3896 - 3922), 옥봉이씨(玉峰李氏 : ? - 3928), 신흠(申欽 : 3899 - 3961), 권필(權韠 : 3902 - 3945), 허균(許筠 : 3902 - 3951), 양형우(梁亨遇 : 3903 - ?), 김유(金瑬 : 3904 - 3951), 이안눌(李安訥 : 3904 - 3970), 조찬한(趙纘韓 : 3905 - 3964), 부안기 매창(扶安妓 梅窓 : 3906 - 3943), 조희일(趙希逸 : 3908 - 3971), 정영방(鄭榮邦 : 3910 - 3983), 박경응(朴慶應 : 3918 - 3996), 이행원(李行遠 : 3925 - 3981), 이명한(李明漢 : 3928 - 3978), 정두경(鄭斗卿 : 3930 - 4006), 이소한(李昭漢 : 3931 - 3978), 안동장씨(安東張氏 : 3931 - 4013), 이득원(李得元 : 3933 - 3972), 강백년(姜柏年 : 3936 - 4014), 김득신(金得臣 : 3937 - 4017), 홍우원(洪宇遠 : 3938 - 4010), 송시열(宋時烈 : 3940 - 4022), 이유태(李惟泰 : 3940 - 4155), 박장원(朴長遠 : 3945 - 4004), 심유(沈攸 : 3953 - 4021), 소두산(蘇斗山 : 3960 - 4025), 남용익(南龍翼 : 3961 - 4025), 신정(申晸 : 3961 - 4020), 김만중(金萬重 : 3970 - 4025), 김성구(金聲久 : 3974 - 4010), 김창집

(金昌集 : 3981－4055), 임영(林泳 : 3982－4029), 김유경(金有慶 : 4002－4081), 고시언(高時彦 : 4004－4067), 이병연(李秉淵 : 4004－4084), 홍태유(洪泰猷 : 4005－4048), 이진망(李眞望 : 4005－4070), 어유봉(魚有鳳 : 4005－4077), 권계(權棨 : 4005－4082), 이덕수(李德壽 : 4006－4077), 윤동수(尹東洙 : 4007－4072), 현덕윤(玄德潤 : 4009－4070), 김철근(金鐵根 : 4011－401)의 부인 청창(晴窓) 청주곽씨(淸州郭氏), 윤순(尹淳 : 4013－4074), 이재(李縡 : 4013－4079), 김덕오(金德五 : 4013－4081), 윤봉조(尹鳳朝 : 4013－4094), 신유한(申維翰 : 4014－4085), 윤봉구(尹鳳九 : 4014－4100), 임창택(林昌澤 : 4015－4056), 임상덕(林象德 : 4016－4052), 채지홍(蔡之洪 : 4016－4074), 김성탁(金聖鐸 : 4017－4080), 심육(沈錥 : 4018－4086), 황택후(黃宅厚 : 4020－4070), 권만(權萬 : 4021－4082), 강재항(姜再恒 : 4022－4089), 남극관(南克寬 : 4022－4047), 오광운(吳光運 : 4022－4078), 이광덕(李匡德 : 4023－4081), 유척기(兪拓基 : 4024－4100), 조관빈(趙觀彬 : 4024－4090), 조현명(趙顯命 : 4024－4085), 이종성(李宗城 : 4025－4092), 조구명(趙龜命 : 4025－4070), 민우수(閔遇洙 : 4027－4089), 신경(申暻 : 4029－4099), 이덕주(李德冑 : 4029－4084), 김도수(金道洙 : 4032－4075), 오원(吳瑗 : 4033－4073), 김원행(金元行 : 4035－4105), 유정원(柳正源 : 4035－4094), 윤형로(尹衡老 : 4035－?), 조재호(趙載浩 : 4035－4095), 송명흠(宋明欽 : 4038－4111), 이광사(李匡師 : 4038－4110), 최흥원(崔興遠 :

4038-4119), 김낙행(金樂行 : 4041-4099), 윤광소(尹光紹 : 4041-4119), 이용휴(李用休 : 4041-4115), 황경원(黃景源 : 4042-4120), 송능상(宋能相 : 4043-4091), 송덕상(宋德相 : 4043-4116), 송문흠(宋文欽 : 4043-4085), 서명서(徐命瑞 : 4044-4128), 이상정(李象靖 : 4044-4114), 임성주(任聖周 : 4044-4121), 신경준(申景濬 : 4045-4114), 안정복(安鼎福 : 4045-4124), 이광정(李光靖 : 4047-4122), 서명응(徐命膺 : 4049-4120), 이민보(李敏輔 : 4050-4132), 안석경(安錫儆 : 4051-4107), 이복원(李福源 : 4052-4124), 이헌경(李獻慶 : 4052-4124), 이광려(李匡呂 : 4053-4116), 김종후(金鍾厚 : 4054-4113), 유도원(柳道源 : 4054-4124), 김이안(金履安 : 4055-4124), 김익(金熤 : 4056-4123), 홍양호(洪良浩 : 4057-4135), 목만중(睦萬中 : 4060-?), 황윤석(黃胤錫 : 4062-4124), 이종휘(李種徽 : 4064-4130), 홍대용(洪大容 : 4064-4116), 성대중(成大中 : 4065-4142), 박윤원(朴胤源 : 4067-4132), 이선(李愃 : 4068-4098), 이만운(李萬運 : 4069-4153), 이영익(李令翊 : 4071-4113), 정종로(鄭宗魯 : 4071-4149), 김정묵(金正默 : 4072-4132), 박준원(朴準源 : 4072-4140), 이언진(李彦瑱 : 4073-4099), 이덕무(李德懋 : 4074-4025), 이충익(李忠翊 : 4077-4149), 유득공(柳得恭 : 4082-?), 박제가(朴齊家 : 4083-4138), 영수합서씨(令壽閤徐氏 : 4090-4156), 이서구(李書九 : 4087-4158), 홍인모(洪仁謨 : 4088-4145), 이승훈(李承薰 :

4089-4134), 장혼(張混 : 4092-4161), 삼의당김씨(三宜堂金氏 : 4102-4156), 이양연(李亮淵 : 4104-4186), 정일당강씨(靜一堂姜氏 : 4105-4165), 김헌기(金憲基 : 4107-4175), 한재렴(韓在濂), 최임(崔琳 : 4121-4174), 남상교(南尙敎 : 4116-4199), 김정희(金正喜 : 4119-4189), 최상룡(崔象龍 : 4119-4182), 유한당홍씨(幽閑堂洪氏 : 4124-?), 숙선옹주(淑善翁主 : 4126-4169), 이조헌(李祖憲 : 4129-?), 성천기(成川妓) 운초(雲楚), 신응조(申應朝 : 4137-4232), 박규수(朴珪壽 : 4140-4209), 윤정기(尹廷琦 : 4143-?), 죽서박씨(竹西朴氏 : 4152-?), 이상수(李象秀 : 4153-4215), 서응순(徐應淳 : 4157-4213), 김홍락(金興洛 : 4160-4232), 김석준(金奭準 : 4164-4248), 한장석(韓章錫 : 4165-4227), 정일헌남씨(貞一軒南氏 : 4173-4255), 이건창(李建昌 : 4185-4231), 청한당김씨(淸閑堂金氏 : 4186-4233), 황오(黃五 : 4209-?), 지재당(只在堂) 강담운(姜澹雲 : 고종 때 사람), 소파(小坡) 오효원(吳孝媛 : 4222-?)들이 유명하다. 이 형식의 시를 한 수 감상하기로 한다.

世亂人心破	세상이 어지러워 인심이 흩어져도
吾儕力量堅	우리들의 힘과 국량 굳고도 탄탄하네.
期將一片石	앞으로 반드시 한 조각 돌을 갖고
共補女媧天	여왜와 힘을 모아 하늘을 기우려네.

(『增補海東詩選(증보해동시선)』)

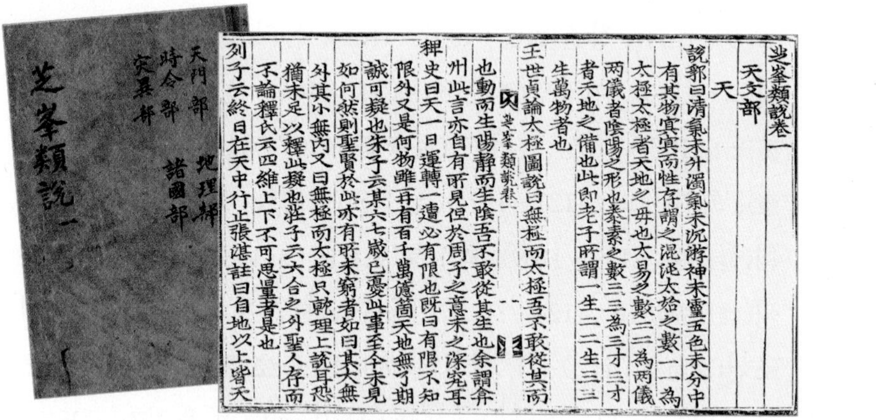
芝峯類說 一

天文部 地理部
時令部 諸國部
災異部

芝峯類說卷一
天文部
天
說郛曰淸氣未升濁氣未沉游神未靈五色未分中
有其物寘寘而性存謂之混沌太始之數一一爲
太極太極者天地之母也太易之數二二爲兩儀
兩儀者陰陽之形也叅素之數三三爲三才三才
者天地之備也此卽老子所謂一生二二生三三
生萬物者也
王世貞論太極圖說曰無極而太極吾不敢從其而
也動而生陽靜而生陰吾不敢從其生也余謂弇
州此言亦自有所見但於周子之意未之深究耳
稗史曰天一日運轉一遭必有限也旣曰有限不知
限外又是何物雖再有百千萬億箇天地無了期
誠可疑也朱子云某六七歲已憂此事至今未見
如何然則聖賢於此亦有所未窮者如曰其大無
外其小無內又曰無極而太極只就理上說耳恐
猶未足以釋此疑也莊子云六合之外聖人存而
不論釋氏云四維上下不可思量者是也
列子云終日在天中行止張湛註曰自地以上皆天

지봉유설(芝峯類說, 이수광 著)

분류기호 : 古朝 91, 출처 : 국립중앙도서관

이 작품은 호를 학천(鶴泉) 또는 쌍천(雙泉)이라고 하는 성여학(成汝學)의 「어지러운 때에 내 뜻을 말함[昏朝言志]」이다. 지은이의 생몰 연대는 알 수 없으나, 그의 단짝 시우는 지봉(芝峰) 이수광(李睟光 : 3896 - 3961)이었다고 하니, 그와 같은 또래인 것을 짐작할 수 있다. 지은이는 우계(牛溪) 성혼(成渾 : 3868 - 3931)의 제자로 50세가 되어 사마시에 합격하여 벼슬은 겨우 별제(別提)에 그쳤다. 첫째 구에서는 아마도 광해군 시대의 어지러운 정치 현실을 지적한 듯하고, 둘째 구에서는 지은이를 비롯한 당시의 젊은 선비들로서 역량이 단단함을 밝히었으며, 셋째 구에서는 기어코 한 개의 돌덩이를 가지고라도 무너진 하늘을 보수하였다는 여왜(女媧)와 함께 하늘(여기서는 조선의 왕실)을 보호하겠다는 자기의 숨은 뜻을 명확하게 밝힌 것으로 풀이된다.

1.3. 오언 율시(律詩)

조선시대 오언 율시의 지은이들로는 다음과 같은 사람들이 널리 알려졌다. 이행(李荇), 정이오(鄭以吾 : 3687-3767), 권진(權軫), 이직(李稷 : 3695-3764), 권우(權遇 : 3696-3752), 변중량(卞仲良 : ?-3731), 이원(李原), 변계량(卞季良), 안순(安純 : 3704-4773), 하연(河演 : 3709-3786), 양여공(梁汝恭 : 3711-3764), 어변갑(魚變甲 : 3713-3767), 윤회(尹淮 : 3713-3769), 유방선(柳方善), 정인지(鄭麟趾), 이개(李塏 : ?-3789), 김수온(金守溫 : 3742-3814), 권남(權擥), 윤자운(尹子雲 : 3749-3811), 신숙주(申叔舟), 서거정(徐居正), 성임(成任), 이승소(李承召), 강희맹(姜希孟), 성간(成侃), 김종직(金宗直), 정난종(鄭蘭宗 : 3766-3822), 허종(許琮 : 3767-3827), 김시습(金時習), 김수녕(金壽寧 : 3770-3806), 홍귀달(洪貴達), 김극검(金克儉), 성현(成俔), 양희지(楊熙止 : 3772-3837), 이원(李黿), 유순(柳洵 : 3774-3850), 허침(許琛 : 3777-3838), 노공필(盧公弼 : 3778-3849), 유호인(兪好仁), 김흔(金訢), 이의무(李宜茂 : 3782-3840), 남효온(南孝溫), 조위(曺偉), 신종호(申從濩), 최숙생(崔淑生), 강혼(姜渾 : 3797-3852), 김일손(金馹孫 : 3797-3831), 권민수(權敏手 : 3799-3850), 권오복(權五福 : 3800-3831), 정희량(鄭希良), 성중엄(成重淹 : 3804-3834), 김세필(金世弼), 박은(朴誾), 이주(李冑 : ?-3847), 한훈(韓訓 : ?-3837), 김안국(金安國 : 3811-3876), 이행(李荇), 유여주(兪汝舟 : 3813-?)의 아내 김씨(金氏), 유희령

(柳希齡 : 3813-?), 성세창(成世昌 : 3814-3881), 신광한(申光漢), 김정(金淨), 소세양(蘇世讓 : 3819-3895), 심언광(沈彦光 : 3820-?), 최수성(崔壽峸), 서경덕(徐敬德 : 3822-3879), 이언적(李彦迪), 정사룡(鄭士龍), 기준(奇遵), 민제인(閔齊仁 : 3825-3882), 임억령(林億齡), 성운(成雲 : 3830-3921), 조욱(趙昱), 이준경(李浚慶 : 3832-3905), 이황(李滉), 성제원(成悌元), 임형수(林亨秀 : 3837-3880), 홍섬(洪暹 : 3837-3918), 엄흔(嚴昕 : 3841-3886), 김인후(金麟厚), 박지화(朴枝華 : 3846-3925), 윤현(尹鉉 : 3847-4911), 노수신(盧守愼), 보우(普雨 : 3848-3898), 이홍남(李洪南 : 3848-?), 정유길(鄭惟吉 : 3848-3911), 심수경(沈守慶 : 3849-3932), 양사언(楊士彦), 윤결(尹潔), 휴정(休靜), 강극성(姜克誠 : 3859-3909), 구봉령(具鳳齡), 기대승(奇大升 : 3860-3905), 구사맹(具思孟 : 3864-3937), 신응시(辛應時 : 3865-3918), 고경명(高敬命), 송익필(宋翼弼), 김명원(金命元 : 3867-3935), 이이(李珥), 정철(鄭澈), 하응림(河應臨), 백광훈(白光勳), 백대붕(白大鵬 : ?-3925), 김성일(金誠一 : 3881-3925), 유영길(柳永吉 : 3871-3934), 최경창(崔慶昌), 최입(崔岦 : 3882-3945), 송남수(宋枏壽 : 3870-3959), 이성중(李誠中), 오운(吳澐), 김현성(金玄成), 유성룡(柳誠龍 : 3875-3940), 양대박(梁大樸), 유희경(劉希慶 : 3878-3969), 심희수(沈喜壽 : 3881-3955), 임제(林悌), 홍적(洪迪 : 3882-3924), 허봉(許篈), 이호민(李好閔 : 3886-3967), 이항복(李恒福), 차천로(車天輅 : 3889-3948), 서

성(徐渻), 김지남(金止南 : 3892－3964), 오윤겸(吳允謙), 유몽인(柳夢寅), 임전(任錪 : 3893－3944), 이덕형(李德馨), 이수광(李睟光), 이춘영(李春英 : 3896－3939), 전식(全湜 : 3896－3975), 이정귀(李廷龜), 현덕승(玄德升 : 3897－?), 신흠(申欽), 최유연(崔有淵 : 3901－?), 권필(權韠), 허균(許筠), 김상헌(金尙憲), 김유(金瑬), 이안눌(李安訥), 이춘원(李春元 : 3904－3939), 조찬한(趙纘韓), 홍서봉(洪瑞鳳), 조희일(趙希逸), 윤계선(尹繼善 : 3910－3937), 김육(金堉 : 3913－3991), 이식(李植 : 3917－3980), 박경응(朴慶應), 신익성(申翊聖), 이지화(李之華 : 3931－3999), 이민구(李敏求 : 3922－4003), 박미(朴瀰), 오숙(吳䎘 : 3925－3967), 정홍명(鄭弘溟), 이명한(李明漢), 구봉서(具鳳瑞 : 3930－3977), 정두경(鄭斗卿), 이소한(李昭漢), 이시명(李時明)의 부인 안동장씨(安東張氏), 채유후(蔡裕後 : 3932－3993), 정태화(鄭太和 : 3935－4006), 유계(兪棨 : 3940－3997), 이유태(李惟泰), 한양조씨(漢陽趙氏 : 3942－4002), 오달제(吳達濟 : 3941－3970), 심유(沈攸), 소두산(蘇斗山), 이단상(李端相 : 3961－4002), 윤증(尹拯 : 3962－4047), 이민서(李敏敍 : 3966－4021), 김만중(金萬重), 김창집(金昌集), 박제장(朴悌章)의 부인 영흥김씨(永興金氏 : 3986－?), 홍세태(洪世泰 : 3986－4058), 박태보(朴泰輔 : 3987－4022), 조태채(趙泰采 : 3993－4055), 최창대(崔昌大 : 4002－4053), 채팽윤(蔡彭胤 : 4002－4064), 김춘택(金春澤 : 4003－4050), 홍태유(洪泰猷), 이진망(李眞望), 어유봉(魚有鳳), 권계(權棨), 이덕수(李德

壽), 윤동수(尹東洙), 이하곤(李夏坤 : 4010-4057), 이재(李縡), 김덕오(金德五), 윤봉조(尹鳳朝), 박치화(朴致和 : 4013-4100), 호연재김씨(浩然齋金氏 : 4014-4055), 신유한(申維翰), 윤봉구(尹鳳九), 임창택(林昌澤), 한원진(韓元震 : 4015-4084), 임상덕(林象德), 채지홍(蔡之洪), 김성탁(金聖鐸), 심육(沈錥), 황택후(黃宅厚), 권만(權萬), 신광하(申光河 : 4021-?), 강재항(姜再恒), 남극관(南克寬), 오광운(吳光運), 이광덕(李匡德), 유척기(兪拓基), 조현명(趙顯命), 이종성(李宗城), 조구명(趙龜命), 민우수(閔遇洙), 신경(申暻), 김도소(金道洙 : 4032-4075), 오원(吳瑗), 김원행(金元行), 유정원(柳正源), 윤형로(尹衡老), 조재호(趙載浩), 송명흠(宋明欽), 이광사(李匡師), 최흥원(崔興遠), 김낙행(金樂行), 윤광소(尹光紹), 이용휴(李用休), 황경원(黃景源), 송능상(宋能相), 송덕상(宋德相), 송문흠(宋文欽), 이인상(李麟祥), 이상정(李象靖), 임성주(任聖周), 신경준(申景濬), 신광수(申光洙), 안정복(安鼎福), 임희성(任希聖), 이광정(李光靖), 서명응(徐命膺), 이민보(李敏輔), 안석경(安錫儆), 이명환(李明煥), 이헌경(李獻慶), 이광려(李匡呂), 채제공(蔡濟恭), 김종후(金鍾厚), 유도원(柳道源), 김익(金熤), 정범조(丁範祖), 김상정(金相定), 목만중(睦萬中 : 4060-?, 1727-?), 김종수(金鍾秀), 권엄(權𢾗), 황윤석(黃胤錫), 이종휘(李種徽), 홍대용(洪大容), 부용당신씨(芙蓉堂申氏), 유한준(兪漢雋), 박윤원(朴胤源), 이만운(李萬運), 이동급(李東汲), 이영익(李令翊), 정종로(鄭宗魯), 김정묵(金正默), 이언진(李

彦瑱), 천수경(千壽慶), 이덕무(李德懋), 이가환(李家煥), 유득공(柳得恭), 이만수(李晩秀), 차좌일(車佐一), 이승훈(李承薰), 남공철(南公轍), 한치응(韓致應), 윤행임(尹行恁), 조수삼(趙秀三), 김조순(金祖淳), 이복현(李復鉉), 한익상(韓益相), 삼의당김씨(三宜堂金氏), 신위(申緯), 이학규(李學逵), 박윤묵(朴允默), 홍직필(洪直弼), 남상교(南尙敎), 정원용(鄭元容), 김정희(金正喜), 최상룡(崔象龍), 김명희(金命喜), 유한당홍씨(幽閑堂洪氏), 숙선옹주(淑善翁主), 윤정현(尹定鉉), 조희룡(趙熙龍), 기정진(奇正鎭), 신좌모(申佐謨), 유신환(兪莘煥), 이만용(李晩用), 이상적(李尙迪), 김입(金笠), 윤정기(尹廷琦), 남병철(南秉哲), 김평묵(金平默), 죽서박씨(竹西朴氏), 이상수(李象秀), 서응순(徐應淳), 김홍락(金興洛), 한장석(韓章錫), 정일헌남씨(貞一軒南氏), 이건창(李建昌), 청한당김씨(淸閑堂金氏), 유길준(兪吉濬), 황오(黃五), 김명규(金明奎) 등이다. 이 시형의 대표적인 작품을 한 수 소개한다.

立極唐堯際　　요임금 시대에 나라의 임금 되셔
神功靖海堧　　신령스런 공으로 나라를 안정했죠.
祠宮依九月　　사당의 집채는 구월산 밑에 짓고,
香火逮千年　　제사를 모셔 온지 일천년 이어졌죠.
禹會塗山罷　　우임금은 도산씨를 만나 왕업 마치었고,
箕封玉馬旋　　기자께선 무왕 후에 옥마로 귀환했죠.
東民報遺澤　　동쪽 천손족은 끼친 은덕 갚으려니,

歌舞鬧會顚　　노래와 춤으로 산마루가 들썩이죠.

이 작품은 교산(蛟山) 허균(許筠 : 3902－3951)이 지은 「九月山檀君祠(구월산 단군사)」의 전문이다.[101]

첫 구에서는 단제(檀帝)께서 환국(桓國)을 이어 조선(朝鮮)을 세우신 일과 때를 알려준 것이고, 둘째 구에서는 단제께서 나라를 잘 다스린 그 공적을 밝힌 것이며, 셋째 구는 사당의 집채가 있는 위치를 알려준 것이고, 넷째 구는 단제(檀帝)의 혼령께 제의(祭儀)를 올린 것이 오래되었음을 알린 것이며, 다섯째 구는 우임금이 도산씨(塗山氏)를 아내로 만나 그의 덕으로 17주(主) 471년의 왕업을 마치었다는 하(夏)나라 역사를 말한 것이다. 여섯째 구는 하(夏)나라를 이어 일어났던 은(殷)나라가 망한 뒤 주(周)나라의 무왕(武王)에게 홍범구주(洪範九疇)를 가르쳐준 기자(箕子)는 이제까지 큰 나라 섬기기에 이골이 난 과거 조선 어른들은 무왕의 스승인 기자(箕子) 천자를 무왕의 신하(臣下)로 만들어서 "조선 왕에 봉하였다[封朝鮮王]."고 스스로가 우리 역사를 깎아내리면서도 부끄러워하기는커녕 오히려 한(漢)·당(唐)·송(宋) 한족(漢族)의 문화속국을 자랑으로 여기는 어리석음을 행하였다. 부조리한 사회악(社會惡)을 고쳐보겠다는 개혁의지가 굳세었던 혁명가 허교산도 이 큰 나라 섬기

101 許筠, 『惺所覆瓿藁』, 권 1 「詩部」 참조. 이 단제(檀帝)의 사당을 소재로 한 5언율시로 교산과 같은 시대 사람 김육(金堉)의 시 「檀君祠(平壤)」도 유명하다.

는 낡은 의식에서 벗어나지 못하고, 기자를 무왕이 봉작을 주어 조선으로 옥마(玉馬)를 타고 돌아온 것으로 노래한 것이다. 일곱째 구는 동이족(東夷族) 백성들은 단제(檀帝)께서 베풀어 주신 은혜의 보답으로 제의(祭儀)를 행한다는 것이고, 마지막 끝구는 앞 구의 내용과 연결되는 단제의 공훈을 치하하는 온 국민들의 노래와 춤으로 구월산 꼭대기까지 들썩들썩 요란하다는 것으로 더할 수 없는 기쁨을 밝힌 것이다.

1.4. 오언 배율(排律)

현재 널리 알려진 조선시대 오언 배율 시는 이직(李稷), 변계량(卞季良)들의 작품들을 비롯하여 『동문선』에 소개된 지은이들은 대략 아래와 같다. 유방선(柳方善), 최항(崔恒), 서거정(徐居正), 최숙정(崔淑精), 안침(安琛), 김흔(金訢), 신종호(申從護), 권건(權健), 조성(趙晟), 조욱(趙昱), 성제원(成悌元), 양사언(楊士彦), 구봉령(具鳳齡), 서성(徐渻), 백진남(白振南), 이성중(李誠中), 조찬한(趙纘韓), 심유(沈攸), 김춘택(金春澤), 신익황(申益愰), 어유봉(魚有鳳), 권계(權棨), 이재(李縡), 채지홍(蔡之洪), 임상덕(林象德), 심육(沈錥), 권만(權萬), 남극관(南克寬), 이광덕(李匡德), 민우수(閔遇洙), 김도수(金道洙), 유정원(柳正源), 조재호(趙載浩), 황경원(黃景源), 송문흠(宋文欽), 이인상(李麟祥), 이상정(李象靖), 임성주(任聖周), 신광수(申光洙)의 「안정복(安鼎

福), 이광정(李光靖), 이민보(李敏輔), 안석경(安錫儆), 이복원(李福源), 이헌경(李獻慶), 이광려(李匡呂), 김종후(金鍾厚), 김이안(金履安), 정범조(丁範祖), 성대중(成大中), 이충익(李忠翊)」들의 작품들이 유명하다. 여기서는 변계량(卞季良)의 작품 「奉呈鄭三峰[정삼봉께 바침]」을 소개한다.

天挺人中健	하느님이 가려 뽑은 사람 중의 굳센 이는
髫年志四方	댕기머리 어린 시절 천하에 뜻을 뒀죠.
雪螢窮聖學	열심히 공부하여 성학을 깨치어서
風虎佐興王	임금 따라 일어나서 왕을 도우셨죠.
偉量呑江海	크신 국량은 강해를 다 마시고,
全材作棟樑	완전한 재국은 나라의 동량이죠.
一身周禮樂	자신의 한 몸이 주나라의 예악이며
餘事漢文章	틈만 나면 뜻글 짓기 힘을 썼죠.
號令傾軍府	군부를 호령하여 이리저리 지휘하니,
經綸冠廟堂	경륜은 조정에서 백관을 지휘했죠.
溫溫瞻麗日	온화한 성품은 따뜻한 해와 같고,
凜凜望秋霜	늠름한 그 기상은 엄격하여 기대됐죠.
功誓山河大	건국의 공 산하만큼 크게 서약하니,
名垂竹帛光	그 이름은 역사책에 기록되어 빛이 나죠.
鹽梅聞傅說	왕을 보좌함에 부열 같다 소문나고,
帷幄見張良	신기한 정략 짬은 장양과 흡사했죠.
勤儉書之訓	근검은 상서의 가르침을 지켜가니,
盈謙易所詳	영만과 겸양원리 역경에 자세하죠.

願言崇令德　　바라건대 빛나는 덕 높이 쌓으시어
終始似汾陽　　처음부터 끝까지 곽분양과 같으소서.

(『동문선』 권 11)

이 작품은 조선 건국이 성공하고, 이른바 "왕자의 난"에 의하여 이방원(李芳遠 : 뒤에 태종이 됨)에 의하여 정삼봉이 죽음을 당하기 전에 지은이 변춘정이 지어서 정삼봉께 그의 훈업을 기리어 올린 송축시이다.

태종 헌릉 신도비(太宗 獻陵 神道碑)
보물 제1804호, 출처 : 문화재청

1.5. 칠언 고시(古詩)

이 시체의 유명한 지은이들은 『동문선』과 개인 문집에 따르면, 대체로 다음과 같은 이들의 작품들이 유명하다.

이직(李稷), 변계량(卞季良), 유방선(柳方善), 김수온(金守溫), 최항(崔恒), 권남(權擥), 신숙주(申叔舟), 서거정(徐居正), 강희맹(姜希孟), 성간(成侃), 김종직(金宗直), 최숙정(崔淑精), 김시습(金時習), 홍귀달(洪貴達), 성현(成俔), 허침(許琛), 유호인(兪好仁), 김흔(金訢), 조위(曺偉), 신종호(申從護), 김수동(金壽童), 권건(權健), 정희량(鄭希良), 김세필(金世弼), 홍언충(洪彦忠), 박은(朴誾), 권달수(權達手), 이황(李滉), 양사언(楊士彦), 송덕봉(宋德峰), 양응정(梁應鼎), 구봉령(具鳳齡), 송익필(宋翼弼), 정철(鄭澈), 이성중(李誠中), 서성(徐渻), 조찬한(趙纘韓), 조희일(趙希逸), 장유(張維), 심유(沈攸), 김만중(金萬重), 임창택(林昌澤), 임상덕(林象德), 강재항(姜再恒), 오광운(吳光運), 이광덕(李匡德), 송덕상(宋德相), 임성주(任聖周), 권헌(權攇), 임희성(任希聖), 이민보(李敏輔), 안석경(安錫儆), 이복원(李福源), 이헌경(李獻慶), 이광려(李匡呂), 김종후(金鍾厚), 유도원(柳道源), 정범조(丁範祖), 유한준(兪漢雋), 김정묵(金正默), 이언진(李彦瑱), 이가환(李家煥), 이충익(李忠翊) 등이 대표적인 인물들이다.

필자는 이 칠언 고시의 지은이들 중에서 삼괴정(三魁亭) 신종호(申從濩 : 1456-1497)의 「題日出扶桑圖[부상에 해가 뜨는 그림에 씀」을 소개한다.

東方碧海蘸天濕 동쪽의 푸른 바다 하늘을 담고 있고,
鰲極浮浮如覆笠 자라 모양 섬은 둥둥 갓을 쓴 듯 떠 있네.
搏桑枝頭鷄一聲 부상나무 가지 끝에 닭이 한 홰를 치니,
萬縷丹霞吹水立 일만 가닥 붉은 놀이 물 마시며 일어서네.
羲和女子獨西行 해 수레를 끄는 희화 홀로 서로 갔다더니,
浪底敲日玻瓈聲 물결 밑의 해를 때려 유리구슬 소리 내네.
火龍擎出黃金輪 화룡이 황금바퀴 받들고 솟아나니,
霓旌絳節紛縱橫 무지개기 붉은 절월 가로세로 나부끼네.
人間更漏過未畢 사람 세상 경고 치기 아직 못다 알려
三十六宮夜如漆 수많은 대궐들도 모두 캄캄 칠야이네.
蘭房香夢春酣湘 미인의 침실에는 향몽이 무르익고,
寶欄十二湘簾密 열두 보란에는 반죽발이 겹겹이네.
須臾千門萬戶闢 잠깐 사이 천가의 문 만호들이 활짝 열려
一抹晨光射天赤 한 가닥 새벽빛이 붉게 하늘 쏘고 있네.
看圖使我雙眸開 이 그림 보노라니 내 두 눈이 확 열리고,
況然身在琅琊臺 내 몸이 낭야대에 서 있는 듯 황홀하네.
秦橋鞭石血未乾 진시황의 해맞다리 일꾼들은 피뿐인데,
羨門安期安在哉 죽은 이와 안기생은 어디 있나 모르겠네.
兩袖仙飆冷似水 두 팔의 소매 바람 물처럼 차가우니,
吾欲乘此觀蓬萊 나는 이 바람 타고 봉래 구경 가고 싶네.

(『속동문선』 권 5)

이 작품은 부상(扶桑)에서 아침 해가 떠오르는 한 폭의 그림을 보고 그 화제(畵題)로 지은 것이다. 너무도 사실적이어서 마치 그림이 없어도 그 그림을 감상하는 듯한 정감이 느껴진다. 제1·2구에서는 지리적 공간으로서의 동쪽 바다와 갓을 덮어 놓은 것 같은 섬을 설명하였으며, 제3·4구에서는 해가 뜰 무렵의 시간과 물속에서 솟아오르는 햇빛의 우림을 그린 것이다. 제5·6구는 요임금 때의 천문(天文)과 일월 역수(日月曆數)를 관리하였다는 희씨(羲氏)와 화씨(和氏)의 이야기로 시간의 흐름을 말하면서 바닷물 속에서 햇덩이가 솟아오르는 모양을 파려 유리구슬을 두드리는 듯한 파도소리와 연관시켜 공감각적으로 묘사하고 있다. 제7·8구는 햇덩이를 황금 수레바퀴를 화룡이 몰고 솟아나오니, 화려한 무지갯빛 깃발과 절월이 현란하듯 함을 그리었고, 제9·10구는 인간계의 아침 통행금지 해제의 북도 울리기 전이라 수많은 대궐들까지도 칠야처럼 어둡다고 날이 밝기 전의 암흑을 상상하게 하고 있다. 제11·12구는 찬란한 해가 물 위로 솟아오르기 전에 두루 흩어져 비치는 햇살을 형상화한 것이며, 제13·14구는 마침내 햇발이 물결 위로 떠오르며 비치는 햇살을 그린 것이다. 제15·16구는 물 밖으로 불끈 솟는 햇덩이를 보는 순간 지은이의 눈이 밝아지며 지은이 스스로가 마치 옛날 진시황(秦始皇)이 해돋이 구경을 위하여 지금의 차이나 땅 진황도(秦皇島)에 돌을 쌓아 만든 낭야대(琅琊臺)에 올라 있는 듯한 자기의 착각을 그려낸 것이고, 제17 · 18구는 진시황이 해맞이를 위하여 돌다리를 놓아 바다로 나갈 때에 석공들을 혹독하게 부린 고사를 인용하여 그 인부들의 몸에 흐르는 피를 보는 듯 그때의 광경이 생생한데, 그 시절 참혹하게 죽은 사람들의 무덤 속에 있는 시신들이나 당시의 신선(神仙)으로 이름 높던 안기생이 보이지 아니함을 안타까워한 것이고, 제19 · 20구는 바닷바람이 물처럼 차가워 정신이 번쩍 드니, 지은이는 이 바람을 타고 신선들이 산다는 삼신산(三神山)의 하나인 봉래산(蓬萊山)에 가서 구경이나 하고 싶다는 자기의 소망을 피력하고 있다.

1. 6. 칠언 절구(絶句)

조선시대 칠언 절구를 지은이들은 너무나 많다. 『동문선』과 기타 문집에 나타난 유명 작가들을 정리하면, 대략 아래와 같다.

변중량(卞仲良), 성석린(成石璘), 하윤(河崙), 남재(南在), 유창(劉敞), 이행(李行), 정이오(鄭以吾), 강회백(姜淮伯), 권홍(權弘), 함부림(咸傅霖), 이직(李稷), 황희(黃喜), 이원(李原), 변계량(卞季良), 이맹균(李孟均), 윤상(尹祥), 신개(申槩), 안지(安止), 박연(朴堧), 양여공(梁汝恭), 정흠지(鄭欽之), 어변갑(魚變甲), 신인손(辛引孫), 권제(權踶), 유응부(兪應孚), 하연(河演), 하위지(河緯地), 유방선(柳方善), 이인손(李仁孫), 이개(李塏), 홍일동(洪逸童), 정창손(鄭昌孫), 남수문(南秀文), 김수온(金守溫), 최항(崔

恒), 강맹경(姜孟卿), 박원형(朴元亨), 권남(權擥), 이석형(李石亨), 강희안(姜希顔), 박팽년(朴彭年), 신숙주(申叔舟), 성삼문(成三問), 서거정(徐居正), 성임(成任), 이승소(李承召), 강희맹(姜希孟), 노사신(盧思愼), 성간(成侃), 손순효(孫舜孝), 이극감(李克堪), 최응현(崔應賢), 김종직(金宗直), 홍유손(洪裕孫), 이파(李坡), 허종(許琮), 김시습(金時習), 유문통(柳文通), 이원(李黿), 홍귀달(洪貴達), 성현(成俔), 김수녕(金壽寧), 김극검(金克儉), 양희지(楊熙止), 남이(南怡), 유순(柳洵), 허침(許琛), 노공필(盧公弼), 유호인(兪好仁), 임사홍(任士洪), 김흔(金訢), 정여창(鄭汝昌), 김굉필(金宏弼), 이주(李胄), 남효온(南孝溫), 이정(李婷), 조위(曺偉), 최보(崔溥), 신종호(申從護), 권주(權柱), 김수동(金壽童), 최숙생(崔淑生), 권건(權健), 신용개(申用漑), 권민수(權敏手), 권오복(權五福), 김천령(金千齡), 어세겸(魚世謙), 남곤(南袞), 박영(朴英), 성중엄(成重淹), 한경기(韓景琦), 김세필(金世弼), 이희보(李希輔), 홍언충(洪彦忠), 김안국(金安國), 이행(李荇), 박은(朴誾), 조광조(趙光祖), 신광한(申光漢), 김정(金淨), 소세양(蘇世讓), 심언광(沈彦光), 서경덕(徐敬德), 신잠(申潛), 이언적(李彦迪), 정사룡(鄭士龍), 기준(奇遵), 민제인(閔齊仁), 성수침(成守琛), 신희복(愼希復), 성수종(成守琮), 주세붕(周世鵬), 임억령(林億齡), 홍춘경(洪春卿), 조욱(趙昱), 임훈(林薰), 이황(李滉), 조식(曺植), 성제원(成悌元), 사임당신씨(師任堂申氏), 정렴(鄭磏), 김인후(金麟厚), 이정(李楨), 임형수(林亨秀), 노수신(盧守愼), 보우

(普雨), 송인(宋寅), 차식(車軾), 양사언(楊士彦), 윤결(尹潔), 허엽(許曄), 양응정(梁應鼎), 이후백(李後白), 휴정(休靜), 덕봉송씨(德峰宋氏), 박순(朴淳), 김첨경(金添慶), 강극성(姜克誠), 구봉령(具鳳齡), 문익성(文益成), 기대승(奇大升), 정지연(鄭芝衍), 구사맹(具思孟), 황정욱(黃廷彧), 고경명(高敬命), 윤두수(尹斗壽), 성혼(成渾), 정작(鄭碏), 김명원(金命元), 송익필(宋翼弼), 이이(李珥), 이해수(李海壽), 정철(鄭澈), 황윤길(黃允吉), 백광훈(白光勳), 윤근수(尹根壽), 유영길(柳永吉), 이산해(李山海), 정곤수(鄭崑壽), 이달(李達), 이성중(李誠中), 최경창(崔慶昌), 최입(崔岦), 김늑(金玏), 오운(吳澐), 봉원부부인 정양정(蓬原府夫人鄭楊貞), 이정암(李廷馣), 홍가신(洪可臣), 김현성(金玄成), 서익(徐益), 이우(李瑀), 유성룡(柳誠龍), 윤안성(尹安性), 백대붕(白大鵬), 이순인(李純仁), 한호(韓濩), 양대박(梁大樸), 유정(惟政), 조헌(趙憲), 유희경(劉希慶), 심희수(沈喜壽), 이정형(李廷馨), 임제(林悌), 홍적(洪迪), 고흥유씨(高興柳), 허봉(許篈), 이상길(李尙吉), 차천로(車天輅), 서성(徐渻), 유몽인(柳夢寅), 이덕형(李德馨), 장운익(張雲翼), 이수광(李睟光), 신흠(申欽), 최전(崔澱), 옥봉이씨(玉峰李氏), 윤의립(尹義立), 권필(權韠), 정온(鄭蘊), 허균(許筠), 김상헌(金尙憲), 박엽(朴燁), 변헌(卞獻), 김유(金瑬), 이안눌(李安訥), 조찬한(趙纘韓), 홍서봉(洪瑞鳳), 부안기 매창(扶安妓 梅窓), 조희일(趙希逸), 임숙영(任叔英), 윤계선(尹繼善), 황종해(黃宗海), 조상우(趙相禹), 이식(李植), 박경응(朴慶應), 이경여(李敬

興), 최명길(崔鳴吉), 홍익한(洪翼漢), 이민구(李敏求), 박미(朴瀰), 이경석(李景奭), 이명한(李明漢), 허목(許穆), 정두경(鄭斗卿), 이소한(李昭漢), 이시명(李時明)의 부인 안동장씨(安東張氏), 손필대(孫必大), 이득원(李得元), 임유후(任有後), 강백년(姜柏年), 김득신(金得臣), 홍우원(洪宇遠), 윤집(尹集), 송시열(宋時烈), 이유태(李惟泰), 신유(申濡), 윤선거(尹宣擧), 서원리(徐元履)의 부인 청풍김씨(淸風金氏), 심유(沈攸), 소두산(蘇斗山), 윤증(尹拯), 김석주(金錫胄), 김만중(金萬重), 김창집(金昌集), 홍세태(洪世泰), 조태채(趙泰采), 신진화(申鎭華)의 부인 안동김씨(安東金氏), 김춘택(金春澤), 신익황(申益愰), 홍태유(洪泰猷), 이진망(李眞望), 윤동수(尹東洙), 어유봉(魚有鳳), 권계(權棨), 이덕수(李德壽), 이하곤(李夏坤), 이재(李縡), 조문명(趙文命), 윤봉조(尹鳳朝), 김덕오(金德五), 박치화(朴致和), 호연재김씨(浩然齋金氏), 윤봉구(尹鳳九), 신유한(申維翰), 한원진(韓元震), 임상덕(林象德), 채지홍(蔡之洪), 김성탁(金聖鐸), 심육(沈錥), 황택후(黃宅厚), 권만(權萬), 강재항(姜再恒), 남극관(南克寬), 이광덕(李匡德), 박문수(朴文秀), 유척기(兪拓基), 조관빈(趙觀彬), 조현명(趙顯命), 이종성(李宗城), 조구명(趙龜命), 이희지(李喜之)의 부인 연일정씨(延日鄭氏), 민우수(閔遇洙), 신경(申暻), 김도소(金道洙), 오원(吳瑗), 김원행(金元行), 유정원(柳正源), 윤형로(尹衡老), 조재호(趙載浩), 송명흠(宋明欽), 이광사(李匡師), 최흥원(崔興遠), 김낙행(金樂行), 황덕길(黃德吉), 윤광소(尹光紹), 이용휴

(李用休), 황경원(黃景源), 권헌(權攇), 송덕상(宋德相), 송문흠(宋文欽), 이인상(李麟祥), 이상정(李象靖), 임성주(任聖周), 신경준(申景濬), 신광수(申光洙), 안정복(安鼎福), 임희성(任希聖), 이광정(李光靖), 이민보(李敏輔), 이복원(李福源), 이헌경(李獻慶), 채제공(蔡濟恭), 김종후(金鍾厚), 유도원(柳道源), 김이안(金履安), 김익(金熤), 정범조(丁範祖), 홍양호(洪良浩), 김상정(金相定), 목만중(睦萬中), 의유당(意幽堂) 의령남씨(宜寧南氏), 김종수(金鍾秀), 권엄(權欕), 황윤석(黃胤錫), 이종휘(李種徽), 홍대용(洪大容), 성대중(成大中), 부용당(芙蓉堂) 고령신씨, 박종악(朴宗岳), 이선(李愃), 이동항(李東沆), 이만운(李萬運), 박지원(朴趾源), 이영익(李令翊), 정종로(鄭宗魯), 김정묵(金正默), 박준원(朴準源), 조진관(趙鎭寬), 이언진(李彦瑱), 이덕무(李德懋), 이충익(李忠翊), 유득공(柳得恭), 박제가(朴齊家), 영수합(令壽閤) 달성서씨(達城徐氏), 이서구(李書九), 이승훈(李承薰), 장혼(張混), 남공철(南公轍), 한치응(韓致應), 조수삼(趙秀三), 윤행임(尹行恁), 김조순(金祖淳), 강준흠(姜浚欽), 이학규(李學逵), 박윤묵(朴允默), 정일당강씨(靜一堂姜氏), 홍석주(洪奭周), 김매순(金邁淳), 정정당황씨(情靜堂黃氏), 조인영(趙寅永), 권돈인(權敦仁), 남상교(南尚敎), 김정희(金正喜), 최상룡(崔象龍), 변종운(卞鍾運), 이시원(李是遠), 유한당홍씨(幽閑堂洪氏), 이조헌(李祖憲), 조두순(趙斗淳), 홍현주(洪顯周), 홍현주의 부인 숙선옹주(淑善翁主), 연천(淵泉) 김이양(金履陽)의 소실 성천기(成川妓) 운초(雲楚),

서헌순(徐憲淳), 유신환(兪莘煥), 김영작(金永爵), 이상적(李尙迪), 김병연(金炳淵), 정지윤(鄭芝潤), 현기(玄錡), 신헌(申櫶), 정현덕(鄭顯德), 이유원(李裕元), 금원김씨(錦園金氏), 남병철(南秉哲), 김평묵(金平默), 죽서박씨(竹西朴氏), 강위(姜瑋), 이상수(李象秀), 김병학(金炳學), 한치원(韓致元), 정건조(鄭健朝), 서응순(徐應淳), 전기(田琦), 김흥락(金興洛), 김석준(金奭準), 민태호(閔泰鎬), 신정희(申正熙), 한장석(韓章錫), 정일헌(貞一軒) 의령남씨, 김홍집(金弘集), 조성하(趙成夏), 이기(李沂), 이건창(李建昌), 청한당김씨(淸閑堂金氏), 유길준(兪吉濬), 황오(黃五), 지재당(只在堂) 강담운(姜澹雲 : 고종 때 사람), 이남규(李南珪), 소파(小坡) 오효원(吳孝媛) 등이 유명한 작가들이다.

필자는 이 시 형태의 대표적인 작품으로 『題金剛山(제금강산)』을 들어 보인다. 호를 소총(篠叢) 또는 광진자(狂眞子)라고 하는 홍유손(洪裕孫 : 3778-3862)의 문집 『篠叢遺稿(소총유고)』에 실려 있는 다음의 작품을 감상한다.

生先檀帝戊辰歲	단제의 무진년전 세상에 태어나서
眼及箕王號馬韓	기자 조선 직접 보고 마한도 호령했네.
留與永郎遊水府	동해의 물에서는 영랑과 같이 놀고,
又牽春酒滯人間	좋은 술 춘주 마셔 인간에 머물렀네.

이 작품은 생육신(生六臣)의 한 사람으로 이름이 널리 알려진 추강(秋江) 남효온(南孝溫)이 지은 「유금강산기(遊金剛山

記)」에 설악산 어느 큰 바위에 새겨져 있는 "題金剛山(제금강산)"을 옮겨 싣는다면서 그 비범한 뜻에 감탄하고 있고, 또 어우당(於于堂) 유인몽(柳寅夢 : 3892-3956)으로 된 곳도 있으나, 소총(篠叢)의 작이 옳다고 필자는 생각한다.[102]

이 작품은 금강산(金剛山)을 사람으로 비유하여 그 나이가 오래인 것을 제1·2구의 "生先檀帝戊辰歲 眼及箕王號馬韓"에서 "단제(檀帝)"보다 먼저 태어나서 기자(箕子)를 직접 보고, 마한(馬韓)을 호령하였다고 하였다. 여기서의 "단제(檀帝)"는 우리 천손족(天孫族)의 국조(國祖)이신 "단임금[檀君]"님을 천자(天子)요 황제(皇帝)라는 뜻으로 높이어 이른 것이고, "무진

귀면암(鬼面巖)
가로 9cm×세로 14.1cm
소장품번호 : 민속025780
출처 : 국립민속박물관

102 柳夢寅, 『於于野談』에도 篠叢의 작으로 기록되어 있고, 또 韓丙鎬, 『金剛詩文』下, 昌文社, 1940에도 같다.

세(戊辰歲)"는 단제 조선[古朝鮮]이 건국된 해, 곧 서력기원 전 2333년을 가리킨 것이다. 지금의 우리는 이 말과 정신을 이어받아 우리 천손족의 할아버지를 "단군(檀君)"이 아닌 "단제(檀帝=Emperor Dhan)"로 고쳐 불러서 우리 겨레의 자존감을 유지하여야 할 것을 강요한 것이다.

제3·4구에서는 금강산이 신라시대 화랑(花郞) 또는 신선이었다고 하는 영랑(永郞)과 함께 어울리어 동해 바다 지금의 해금강 삼일포(三日浦)에서 머물면서 봄에 담구어 겨울에 마신다는 좋은 술인 춘주(春酒)를 가져다가 마시며 인간 세계에 머물고 있었음을 노래하고 있다.

이 작품의 지은이 소총 홍유손(洪裕孫 : 3778-3862)은 본관이 남양(南陽), 자가 여경(餘慶), 호가 소총 외에 광진자(狂眞子)도 있다. 부리(府吏) 순치(順致)의 서자이기 때문에 벼슬길에 나가기를 단념하였다. 성정이 활달하고 글짓기를 잘하여 당시 남양부사가 그의 글재주를 아껴 아전의 힘든 일을 면제하여 주었다. 서울의 김종직(金宗直 : 3764-3825)의 문하에 들어가 공부하여 동봉(東峯) 김시습(金時習 : 3797-3825)과 추강(秋江) 남효온과 교류하여 시율(詩律)로 화합하여 당시의 명공거경(名公巨卿)들이 다투어 교유를 청하였다. 76세에 결혼하여 아들 지성(至誠)을 얻었다고 한다.

1.7. 칠언 율시(律詩)

하윤(河崙), 정이오(鄭以吾), 강회백(姜淮伯), 한상경(韓尙敬), 이직(李稷), 변계량(卞季良), 허조(許稠), 이맹균(李孟畇), 안지(安止), 양여공(梁汝恭), 윤회(尹淮), 권제(權踶), 하위지(河緯地), 유방선(柳方善), 권채(權採), 정창손(鄭昌孫), 신석조(辛碩祖), 김수온(金守溫), 박원형(朴元亨), 박중손(朴仲孫), 이석형(李石亨), 김담(金淡), 강희안(姜希顔), 박팽년(朴彭年), 이개(李塏), 권반(權攀), 서거정(徐居正), 이승소(李承召), 강희맹(姜希孟), 노사신(盧思愼), 김종직(金宗直), 허종(許琮), 김시습(金時習), 이인형(李仁亨), 김수녕(金壽寧), 이육(李陸), 성현(成俔), 양희지(楊熙止), 유순(柳洵), 허침(許琛), 노공필(盧公弼), 유호인(兪好仁), 홍유손(洪裕孫), 이의무(李宜茂), 채수(蔡壽), 남효온(南孝溫), 조위(曺偉), 권주(權柱), 최숙생(崔淑生), 권건(權健), 유순정(柳順汀), 정광필(鄭光弼), 신용개(申用漑), 권민

유순정(柳順汀) 초상

시도유형문화재 제209호, 경기도박물관 소장, 출처 : 문화재청

수(權敏手), 김감(金勘), 정희량(鄭希良), 남곤(南衮), 성중엄(成重淹), 김세필(金世弼), 홍언충(洪彦忠), 박상(朴祥), 김안국(金安國), 이행(李荇), 박은(朴誾), 신광한(申光漢), 유관(柳灌), 유운(柳雲), 김정(金淨), 소세양(蘇世讓), 김연(金緣), 송인수(宋麟壽), 심언광(沈彦光), 김구(金絿), 서경덕(徐敬德), 정사룡(鄭士龍), 기준(奇遵), 민제인(閔齊仁), 박광우(朴光佑), 임억령(林億齡), 성운(成運), 조욱(趙昱), 이황(李滉), 성제원(成悌元), 임형수(林亨秀), 홍섬(洪暹), 김인후(金麟厚), 박지화(朴枝華), 노수신(盧守愼), 보우(普雨), 이홍남(李洪男), 정유길(鄭惟吉), 심수경(沈守慶), 박승임(朴承), 양사언(楊士彦), 윤결(尹潔), 양응정(梁應鼎), 권벽(權擘), 이영(李英), 박순(朴淳), 구봉령(具鳳齡), 문익성(文益成), 구사맹(具思孟), 신응시(辛應時), 황정욱(黃廷彧), 고경명(高敬命), 송익필(宋翼弼), 정작(鄭碏), 이이(李珥), 정철(鄭澈), 백광훈(白光勳), 이산해(李山海), 이달(李達), 이성중(李誠中), 최경창(崔慶昌), 최입(崔岦), 오운(吳澐), 이덕홍(李德弘), 윤국형(尹國馨), 양대박(梁大樸), 유희경(劉希慶), 임제(林悌), 홍이상(洪履祥), 허봉(許篈), 이호민(李好閔), 한응인(韓應寅), 이항복(李恒福), 차천로(車天輅), 한준겸(韓浚謙), 서성(徐渻), 차운로(車雲輅), 이수광(李睟光), 이춘영(李春英), 전식(全湜), 허초희(許楚姬), 이정귀(李廷龜), 신흠(申欽), 허균(許筠), 양형우(梁亨遇), 김유(金瑬), 이안눌(李安訥), 최명길(崔鳴吉), 조찬한(趙纘韓), 조희일(趙希逸), 박경응(朴慶應), 장유(張維), 박미(朴瀰), 정

홍명(鄭弘溟), 김세렴(金世濂), 이명한(李明漢), 정두경(鄭斗卿), 이득원(李得元), 김홍욱(金弘郁), 홍우원(洪宇遠), 홍석기(洪錫箕), 이유태(李惟泰), 이일상(李一相), 심유(沈攸), 홍주국(洪柱國), 소두산(蘇斗山), 이단상(李端相), 김수항(金壽恒), 박세당(朴世堂), 윤증(尹拯), 김석주(金錫胄), 김만중(金萬重), 홍수주(洪受疇), 이진백(李震白), 오도일(吳道一), 임영(林泳), 김창협(金昌協), 김창흡(金昌翕), 홍세태(洪世泰), 박태보(朴泰輔), 조태채(趙泰采), 조유수(趙裕壽), 김조순(金祖淳), 이의현(李宜顯), 이병연(李秉淵), 홍태유(洪泰猷), 신익황(申益愰), 어유봉(魚有鳳), 권계(權堦), 이덕수(李德壽), 윤동수(尹東洙), 이하곤(李夏坤), 심상정(沈尙鼎), 이재(李縡), 조문명(趙文命), 김덕오(金德五), 윤봉조(尹鳳朝), 박치화(朴致和), 김호연재(金浩然齋), 윤봉구(尹鳳九), 임창택(林昌澤), 한원진(韓元震), 임상덕(林象德), 채지홍(蔡之洪), 김성탁(金聖鐸), 심육(沈錥), 황택후(黃宅厚), 이기진(李箕鎭), 권만(權萬), 강재항(姜再恒), 남극관(南克寬), 오광운(吳光運), 이광덕(李匡德), 유척기(兪拓基), 조관빈(趙觀彬), 조현명(趙顯命), 이종성(李宗城), 조구명(趙龜命), 민우수(閔遇洙), 신경(申暻), 이천보(李天輔), 김도소(金道洙), 오원(吳瑗), 김원행(金元行), 유정원(柳正源), 윤형로(尹衡老), 조재호(趙載浩), 이광사(李匡師), 최흥원(崔興遠), 윤광소(尹光紹), 이용휴(李用休), 황경원(黃景源), 송능상(宋能相), 송덕상(宋德相), 송문흠(宋文欽), 이인상(李麟祥), 이상정(李象靖), 임성주(任聖周), 권헌(權

德), 김이곤(金履坤), 신광수(申光洙), 안정복(安鼎福), 임희성(任希聖), 이광정(李光靖), 서명응(徐命膺), 이민보(李敏輔), 안석경(安錫儆), 이복원(李福源), 이헌경(李獻慶), 이광려(李匡呂), 채제공(蔡濟恭), 김종후(金鍾厚), 유도원(柳道源), 김이안(金履安), 김익(金熤), 홍양호(洪良浩), 목만중(睦萬中), 김종수(金鍾秀), 황윤석(黃胤錫), 이종휘(李種徽), 성대중(成大中), 유한준(兪漢雋), 박윤원(朴胤源), 윤숙(尹塾), 이선(李愃), 이동항(李東沆), 이만운(李萬運), 엄계응(嚴啓膺), 이동급(李東汲), 정종로(鄭宗魯), 김정묵(金正默), 박준원(朴準源), 심낙수(沈樂洙), 이언진(李彦瑱), 이덕무(李德懋), 이가환(李家煥), 이충익(李忠翊), 유득공(柳得恭), 박제가(朴齊家), 이만수(李晩秀), 이서구(李書九), 장혼(張混), 정약용(丁若鏞), 조수삼(趙秀三), 심상규(沈象奎), 임득명(林得明), 신위(申緯), 박윤묵(朴允默), 홍석주(洪奭周), 김매순(金邁淳), 이광문(李光文), 조기영(趙耆永), 조인영(趙寅永), 권돈인(權敦仁), 남상교(南尙敎), 정용원(鄭容元), 홍종응(洪鍾應), 김정희(金正喜), 최상룡(崔象龍), 강시영(姜時永), 김명희(金命喜), 변종운(卞鍾運), 이시원(李是遠), 이원조(李源祚), 유재건(劉在建), 윤정현(尹定鉉), 조용화(趙容和), 김흥근(金興根), 조두순(趙斗淳), 조희룡(趙熙龍), 허전(許傳), 홍현주(洪顯周), 신좌모(申佐謨), 권용정(權用正), 조병귀(趙秉龜), 김영작(金永爵), 이만용(李晩用), 이상적(李尙迪), 신석우(申錫愚), 김세호(金世鎬), 강진(姜溍), 김병기(金炳冀), 김병연(金炳淵), 정지윤(鄭芝潤), 홍우길(洪祐吉), 정현

덕(鄭顯德), 김상현(金尙鉉), 이경민(李慶民), 이유원(李裕元), 남병철(南秉哲), 송근수(宋近洙), 죽서박씨(竹西朴氏), 강위(姜瑋), 이상수(李象秀), 전기(田琦), 김영수(金永壽), 오경석(吳慶錫), 한장석(韓章錫), 최익현(崔益鉉), 민태호(閔台鎬), 이남규(李南珪), 이헌영(李鑢永), 조성하(趙成夏), 이중하(李重夏), 어윤중(魚允中), 이도재(李道宰), 김복한(金福漢), 유찬(劉燦), 황오(黃五) 등이 나남 없이 모두가 인정하는 이름 높은 뜻글 시인들이다.

이 시체의 대표적인 작품으로 필자는 고려의 유신이면서 조선 개국 후 이조판서를 지낸 한재(漢齋) 이맹균(李孟畇 : 3704-3773)의 「송경회고(松京懷古)」를 음미할 만하다고 본다.

五百年來王氣終	오백년 이어오던 고려는 끝이 나고,
操鷄搏鴨竟何功	계림과 압록강을 잡았던 공 어디 갔나?
英雄一去豪華盡	영웅들 한번 가니 호화도 사라지고
人物南遷市井空	인물들 한양 가니 저잣거리 텅 비었네.
上苑煙霞微雨後	가랑비 뒤 만월대엔 안개 놀 촉촉한데,
諸陵草樹夕陽中	능침들은 석양 숲에 여기저기 널려 있네.
秋風客恨知多少	추풍은 길손의 한 절로 알아 풀어주고,
往事悠悠水自東	지난 일을 유유한 물 서쪽으로 실어 가네.

(『동문선』 권 17)

이 작품의 지은이 한재(漢齋)는 고려 우왕 11(3718)년에 문과에 급제하여 사인(舍人) 벼슬을 지내고, 조선이 건국한 뒤 2차례나 명나라에 사행으로 다녀왔다. 또 경기도 관찰사도 지냈으나, 아마도 이 작품은 지은이가 명나라에 사행으로 나갈 때에 그 길을 지나며 착잡한 느낌이 있어서 지은 것으로 추정된다.

제1·2구는 고려왕조의 건국과 종말을 안타깝게 생각한 것이다. "조계박압"은 신라의 다른 이름인 "계림(鷄林)"을 잡고, 요(遼)·원(元)·명(明)나라들과의 경계 지역인 압록강(鴨綠江)을 점령한 것을 표현한 것이다.

제3·4구는 나라가 망하니, 고려의 화려한 문화가 사라지고, 행정 수도가 바뀜에 따라 지배 계급의 인물들도 새 수도인 한양(漢陽)으로 옮아가서 송경(松京)은 허울뿐인 고려의 옛 서울로 폐허가 된 것을 밝힌 것이다.

제5·6구는 고려의 궁중에 있던 만월대(滿月臺) 안의 왕실 정원(庭園)인 비원[秘苑=上苑]의 아름다운 뜰이 추적추적 내리는 약한 가을 빗발에 지나는 나그네에게 서글픈 생각이 떠오르게 한다는 풍광과 여기저기 잡풀 속에 묻힌 채 흩어져 있는 고려 왕실의 왕릉들이 지는 햇빛에 무상함을 읊은 것이다.

제7·8구는 소슬한 가을바람이 지나는 나그네의 망국한(亡國恨)을 알아서 날려주는 듯하다고 자기 위로를 하면서 지나간 옛일들은 유유히 흐르는 강물이 동에서 서쪽으로 실리어 흘러가서 인간사나 국사(國事)가 덧없음을 밝히면서 항원의식으로 독립하려는 고려의 민족적 주체 의식이 다시 명나라 섬기기 쪽으로 옮겨지는 것을 근심한 것으로 풀이할 수도 있다.

1.8. 칠언 배율(排律)

지금 전하는 조선시대 칠언 배율은 그 유작으로 보아 그리 활발하게 지어지지는 아니한 듯하다. 『동문선』과 『속동문선』에 소개된 조선시대 유명작가는 그리 많지 아니하다. 형재(亨齋) 이직(李稷), 괴애(乖崖) 또는 식우(拭疣)라고 호 하는 김수온(金守溫) 등을 비롯하여 최항(崔恒), 박원형(朴元亨), 성현(成俔), 김흔(金訢), 김감(金勘), 성제원(成悌元), 서성(徐渻), 박미(朴瀰), 이진백(李震白), 최석정(崔錫鼎), 김춘택(金春澤), 신익황(申益愰), 어유봉(魚有鳳), 권계(權棨), 이덕수(李德壽), 윤동수(尹東洙), 이재(李縡), 임상덕(林象德), 김성탁(金聖鐸), 이광덕(李匡德), 권헌(權憲), 안정복(安鼎福), 서명응(徐命膺), 이헌경(李獻慶) 등의 작품이 많이 읽히었다.

필자는 태허정(太虛亭) 최항(崔恒)이 수양대군(首陽大君 = 뒤에 世祖가 됨)의 동생으로 글짓기와 글씨를 잘 쓰면서 연락(宴樂)을 좋아하여 당시의 뛰어난 선비들에게 인기가 매우 높았던 안평대군(安平大君) 용(瑢 : 4751 - 3786)과 함께 놀다가 잠이 들어 도원(桃源)에서 노는 꿈을 꾸고 그 풍경을 그리게 하고, 그 「몽유도원도(夢遊桃源圖)」를 구경하고 지은 「桃源圖三十韻(도원도 30운)」을 조선시대 칠언 배율의 하나로 소개한다.

桃源縹渺隔東韓	도원은 아득하여 동한과는 멀리 있고,
梅竹何從驀地看	안평은 어떻게 졸지에 보게 됐나?

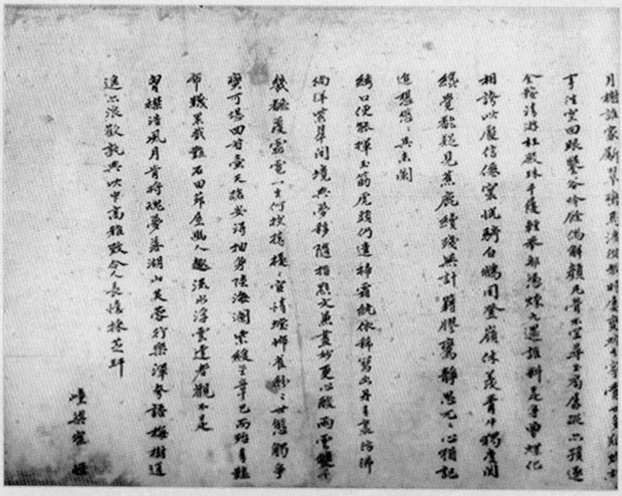

몽유도원도 화제(최항 필)
크기 : 가로 16.4cm, 세로 11.9cm,
천리대학 중앙도서관 소장, 출처 : 국립중앙박물관

亡我天遊酣一枕　나를 잊고 하늘에서 놀다가 함께 자니,
馳神高臥任三竿　편히 자며 꿈을 꾸니 해가 벌써 중천이네.
高懷杳杳耽奇勝　높은 뜻은 아득하여 기이한 경치 찾고,
逸思飄飄跨汗漫　안일한 생각은 훨훨 날아 멀리 노네.
却向武陵聊放浪　무릉을 찾아서 문득 즐겨 방랑하며,
且携詞客共躋攀　또 시인들 데리고서 함께 기어 올라갔네.
地靈豈自嫌幽討　땅 신령이 어찌 절로 명승 유람 싫어하리?
造物應爲好戲謾　조물도 좋은 놀이 즐기게 허하였네.
入洞茫然迷磴逕　동천에 들자마자 망연히 길 헤매다가
穿林忽爾遇山冠　갑자기 숲길 뚫다 산꼭대기 이르렀네.
行通未有乾坤闊　통하는 길 없어도 천지는 넓고 넓어

坐覺無何日月閑	앉아서 깨달으니 세월 감을 모르겠네.
百轉丹崖屛掩映	온 구비 붉은 벼랑 병풍처럼 비치는데,
千盤碧澗玉淙潺	즈믄 반석 흐르는 물 맑은 옥소리네.
高低竹塢靄交密	높고 낮은 대숲 언덕 아지랑이 자욱한데,
遠近川原霞亂攢	원근의 내와 언덕 놀이 가득 모여드네.
柴戶半開依古樹	사립문 반쯤 열린 고목 밑의 초가집에
漁舟一葉漾前灣	고기잡이 배 한 척이 물굽 앞에 매여 있네.
雲扃何代開蒼巘	구름 속에 닫힌 집은 언제 숲길 열었으며
月榭誰家斸翠巒	높은 정자 뉘 집인데 푸른 산봉 깎아냈나?
馬渡從敎時屢變	강을 건넌 동진 원제 때를 많이 바꿔 놓고,
蛇分寧覺世多艱	유방이 뱀을 잘라 세상 고난 많음 알고,
爛柯事往空回眼	도끼자루 썩은 고사 별 수 없이 돌아보며,
鑿谷吟餘偶解顔	골짜기를 뚫는다는 시에 절로 웃어 보네.
凡骨不宜尋玉局	평범한 이는 신선 바둑 못둠 당연하고,
孱蹤亦預逐金鞍	잔약한 발로 걸어 말 탄 주인 앞서 가네.
淸遊得殿珠千履	신선놀이 귀족의 뒤 따라서 가능했고,
輕擧那憑煉九還	신선의 구전 연단 없이 날아 가볍다네.
誰料是身曾蝶化	이 몸이 일찍 나비 된 것을 누가 알랴?
相誇此處信仙寰	예가 참 선계임을 서로가 자랑하네.
怳騎白鶴同登嶺	황홀하게 백학 타고 함께 재를 넘고,
休羡靑牛獨度關	노자가 청우 타고 서역 감을 불워 말게.
纔覺翻疑見蕉鹿	겨우 사슴 잃고서야 인생무상 깨달으니,
續殘無計藉膠鸞	끊어진 꿈 이으려나 난교를 못 얻겠네.
靜思兀兀心猶記	고요한 맘 생생하니 생각이 기억 같아

追想悠悠興未闌	생각수록 유유하니 흥이 아직 무르익네.
繡口便能揮玉筯	뛰어난 문인이 문득 소전 날려 쓰고,
虎頭仍遣掃霜紈	비해당 보내어서 비단 화폭 그려내네.
依稀寫出丹靑裏	울긋불긋 채색 그림 화폭 속에 그려지니,
彷彿徜徉紫翠間	얼룩덜룩 그 그림이 너무도 선계 같네.
境與夢移隨指點	지경이 꿈과 같아 손으로 가리키니,
文兼畵妙更心酸	글과 그림 묘하여서 더욱 마음 괴롭다네.
雨雲兩手幾翻覆	비와 구름 두 손으로 몇 번이나 뒤집었고,
露電一生何控摶	이슬과 번개 같은 한 생애를 어이 버틸까?
擾擾宦情蟬怖雀	시끄러운 벼슬살이 매미 참새 피하면서
紛紛世態觸爭蠻	세태가 어지러워 작은 것에 목숨 거네.
可堪回首壺天路	호중천 그 길을 버릴 수가 전혀 없고,
安得抽身陸海瀾	육해의 물결에서 몸 빼낼 수가 없네.
紫綬金章已而殆	권력과 빛난 문장 이미 위태롭고,
靑鞋布襪果哉難	푸른 신 베버선도 과연 처신 어렵다네.
石田茆屋幽人趣	자갈 밭 띠 집은 은일사의 취미이고,
流水浮雲達者觀	흐르는 물 뜬구름은 달관자의 생각이네.
不是胸襟浩風月	내 가슴은 풍월만큼 넓지가 아니하니,
肯將魂夢落湖山	혼몽이 호산에 져 누구도 안 즐기네.
芙蓉行樂渾夸語	부용의 행락이란 모두가 허풍이고,
梅樹逍遙亦浪歡	매화나무 숲의 소풍 역시 헛된 기쁨이네.
孰與此中高雅致	뉘와 함께 이곳에서 고상하게 즐기면서
令人長憶採芝玕	지초 옥돌 캐낸 사람 길이 기억하게 하네.

(『太虛亭集(태허정집)』 권 1)

2. 악부(樂府)

악부(樂府)는 원래 차이나의 한(漢)나라 때의 관청 이름이었다. 한무제(漢武帝)가 하늘과 땅에 제사를 지내는 예[郊祀之禮]를 정하면서 이연년(李延年)을 협율도위(協律都尉)를 삼아 악부(樂府)라는 관청을 두어 각지의 민가(民歌) 138편(篇)을 수집하게 된 것에서 문예 창작의 가곡(歌曲)까지를 함께 묶어서 일컫게 된 것이다. 이 문예 창작의 이름 악부(樂府)에는 세 가지 성격의 바탕이 있으니, 문학성(文學性)과 음악성(音樂性)과 무도성(舞蹈性)이다. 따라서 악부 문학은 결국 종합 예술 창작 활동이라고 하겠다. 그래서 그 갈래도 또한 많다. 곡(曲), 농(弄), 성시(聲詩), 인(引), 창(唱), 편(篇), 교묘가사(郊廟歌辭), 금곡가사(琴曲歌辭), 무곡가사(舞曲歌辭), 상화가사(相和歌辭), 신곡가사(新曲歌辭), 신악가사(新樂歌辭), 연사가사(燕射歌辭), 잡곡가사(雜曲歌辭), 고취곡사(鼓吹曲辭), 근대곡사(近代曲辭), 횡취곡사(橫吹曲辭), 청상곡사(淸商曲辭), 단소요가(短簫鐃歌), 잡가요사(雜歌謠辭), 금조(琴操), 오경전(五更轉) 등의 여러 가지 악부체시(樂府體詩)가 있다. 한고조(漢高祖)의 「대풍가(大風歌)」와 초패왕(楚覇王)의 「해하가(垓下歌)」 등이 그 대표적 보기 작품으로 일컬어지고, 당송(唐宋) 시절의 장단구(長短句)들과 금·원(金·元)나라 시절의 남북곡(南北曲)들은 악부체(樂府體)의 변체(變體)라고 한다. 한나라 악부의 관원들이 문학의 가사를 모아 음악의 관현(管絃)에 올리는 일을 하였으므로 가사 자체도 악부라고 부르게 된 것이다.

조선시대에 들어와서는 고려 말년의 익재(益齋) 이제현(李齊賢)의 「益齋小樂府(익재소악부)」를 본받아서 점필재(佔畢齋) 김종직(金宗直)의 「東都樂府(동도악부)」를 위시하여 이동양(李東陽)의 『西涯擬古樂府(서애의고악부)』, 조위(曺偉)의 「樂府(악부)」, 심광세(沈光世)의 『海東樂府(해동악부)』, 이형상(李衡祥)의 『甁窩樂府(병와악부)』, 이익(李瀷)의 『海東樂府(해동악부)』, 임창택(林昌澤)의 『海東樂府(해동악부)』, 남극관(南克寬)의 「續東都樂府(속동도악부)」(8수), 오광운(吳光運)의 『海東樂府(해동악부)』, 남유용(南有容)의 『擬古樂府(의고악부)』, 이광사(李匡師)의 『東國樂府(동국악부)』, 신광수(申光洙)의 『關西樂府(관서악부)』, 이복휴(李福休)의 『海東樂府(해동악부)』, 김양근(金養根)의 「東方古樂府(동방고악부)」(34수), 신위(申緯)의 『小樂府(소악부)』, 이학규(李學逵)의 『嶺南樂府(영남악부)』·『海東樂府(해동악부)』, 조현범(趙顯範 : 정조 때)의 『江南樂府(강남악부)』, 홍석주(洪奭周)의 『擬古詠史樂府(의고영사악부)』, 이유원(李裕元)의 『嘉梧樂府(가오악부)』·『고악부(古樂府)』·『해동악부(海東樂府)』·『小樂府(소악부)』, 윤달선(尹達善)의 『廣寒樓樂府(광한루악부)』(일명 湖南樂府) 등이 유명하다.

2.1. 사(詞)

“사(詞)”는 악부(樂府)에 딸린 한 시체(詩體)로 “시여(詩餘)”, 또는 “장단구(長短句)”, 또는 “전사(塡詞)”, 또는 “아사(雅詞)”라고도 일컬어진다. 사(詞)는 작품의 길이에 따라 소령(小令), 중조(中調), 장조(長調)로 나누어진다. 소령은 58자 이내의 사(詞)이며, 중조는 59에서 90자에 이르는 사를 이르고, 장조는 다시 91자 이상의 긴 분량의 사를 이르는데, 근사(近詞), 만사(慢詞), 인사(引詞)라는 다른 이름으로 불리기도 한다.

조선에 들어와서는 태조 2(3726, 1393)년에 삼봉(三峰) 정도전(鄭道傳)이 명나라를 다녀오다가 평양(平壤)에 이르러 뱃놀이를 하면서 산천 경치의 아름다움을 노래한 「江之水詞(강지수사)」를 비롯하여 권근(權近)의 「功臣都監行太上殿誕日祝壽北斗醮禮靑詞文(공신도감 행태상전 탄일축수 북두 초례청사문)」(외 13수), 강희맹(姜希孟)의 「歌詞(가사)」(8수), 성간(成侃)의 「宮詞(궁사)」, 김시습(金時習)의 「調詞(조사)」, 성현(成俔)의 「田歌詞(전가사)」(12수), 박증영(朴增榮)의 「壽星靑詞(수성청사)」, 신광한(申光漢)의 「歌詞(가사)」, 박하담(朴河淡)의 「詞(사)」(2편), 조식(曺植)의 「狐白裘詞(호백구사)」(14수), 주이(周怡)의 「白鷗詞(백구사)」, 송인(宋寅)의 「歌詞(가사)」(2편), 양사언(楊士彦)의 「牛女詞(우녀사)」, 장경세(張經世)의 「擬古歌詞(의고가사)」(외 94수), 임제(林悌)의 「淸江詞(청강사)」(외 2수), 장현광(張顯光)의 「謁圃隱先生畫像詞(알포은선생화상사)」, 허초희

(許楚姬)의 「四時詞(사시사)」(외 6수), 이춘영(李春英)의 「過大堤題一詞以悼亡(과대제 제일사이도망)」, 이정구(李廷龜)의 「柳枝詞(유지사)」, 신흠(申欽)의 「白紵詞(백저사)」, 허균(許筠)의 「宮詞(궁사)」, 하홍도(河弘度)의 「記夢詞(기몽사)」, 이경석(李景奭)의 「臨江詞(임강사)」(외 2수), 도경유(都慶兪)의 「病吟酒泉別詞(병음주천별사)」(외 3수), 유의건(柳宜健)의 「歌詞(가사)」, 이운영(李運永)의 「羽化橋詞(우화교사)」, 홍양호(洪良浩)의 「田家四時詞(전가사시사)」, 이복휴(李福休)의 「桓雄詞(환웅사)」, 범경문(范慶文)의 「春江詞(춘강사)」, 이우신(李友信)의 「燈火詞(등화사)」, 정약용(丁若鏞)의 「三聲詞(삼성사)」, 조수삼(趙秀三)의 「上元竹枝詞(상원죽지사)」, 한익상(韓益相)의 「遊仙詞(유선사)」, 양진영(梁進永)의 「擬樂府詞(의악부사)」, 이학규(李學逵)의 「四木戲詞(사목희사)」(외 25수), 유최진(柳最鎭)이 엮은 『病樵詩餘(병초시여)』, 양진영(梁進永)의 『擬樂府詞(의악부사)』, 신좌모(申佐模)의 「倣關西樂府體寄按使韓柳下啓源十三絶(방관서악부체 기안사 한유하계원 십삼절)」, 이만용(李晩用)의 「西京樂府(서경악부)」(100수), 임헌회(任憲晦)의 「次朱子反招隱操(차주자반초은조)」(5수), 이유원(李裕元)의 「四時詞(사시사)」(13수)·「詩餘(시여)」(46조 54결), 강위(姜瑋)의 「詩餘(시여)」(13수), 백회순(白晦純)의 「歌詞(가사)」(3수), 유중교(柳重教)의 「詞(사)」(2편), 유대원(柳大源)의 「詞(사)」·「詩餘(시여)」, 황재영(黃在英)의 「悔遊詞(회유사)」, 김훈(金勳)의 「謁江漢祠詞(알강한사사)」, 육용정

(陸用鼎)의 「關山答詞(관산답사)」(외 5수) 등이 유명하다.

여기서는 매월당(梅月堂) 김시습(金時習)의 「憶王孫(억왕손)」을 소개한다.

騷騷風竹響西軒	우수수 대바람이 서헌에 울리는데,
天外斜陽獨閉門	하늘가 저녁놀에 외로이 문을 닫네.
宿鳥爭枝相與喧	잠잘 새 자리다툼 서로가 지저귀니,
已黃昏月上山城	벌써 황혼 되어 산성에 달 오르니,
似玉盆	솟은 달 옥쟁반 모양이 흡사하네.

(『梅月堂詩集』 권 8)

김시습(金時習) 초상
보물 제1497호, 종로구 불교중앙박물관 소장, 출처 : 문화재청

이 작품은 아마도 단종(端宗)이 숙부 수양대군(首陽大君)에게 왕위를 빼앗긴 뒤 노산군(魯山君)이 되어 유배지에서 승하한 뒤에 전일 세종대왕께서 어린 자기에게 훗날 "이 왕손을 잘 보필하여 달라!" 하신 분부의 말씀을 생각하면서 그 유훈을 제대로 수행하지 못한 자기의 도의적 부끄러움으로 단종을 흠모하면서 지은 것인 듯하다.

지은이 김시습은 본관이 강릉(江陵), 자는 열경(悅卿), 호는 매월당 이외에 동봉(東峰), 벽산(碧山), 설잠(雪岑), 청한자(淸寒子), 췌세옹(贅世翁)이라고 하였다. 나이 5세에 『대학(大學)』과 『중용(中庸)』에 정통하여 신동(神童)이라 일컬어져서 세종대왕께서 불러 만나 보시고, 안고 있던 세손(世孫)의 앞날을 부탁하는 특명을 받고 열심히 공부에 몰두하던 중 수양대군의 왕위 찬탈이 있게 되자, 읽던 책을 불에 태우고, 머리를 깎고 스님이 되어 설잠(雪岑)이라고 하며, 여러 곳을 두루 돌며 인생사의 덧없음을 글을 지어 개탄하였다. 특히 입산하며, 호를 "설잠(雪岑)"이라고 한 것은 그 속뜻이 매우 깊다.

매월당은 성종 12(3814)년에 47세의 나이로 결혼하여 선비로서의 삶을 살았다. 저서로 뜻글 단편소설집인 『金鰲新話(금오신화)』와 뜻글 문집 『梅月堂集(매월당집)』이 전한다.

2. 2. 곡(曲)

곡(曲)은 악곡(樂曲), 또는 가곡(歌曲)이라는 뜻 이외에 산곡(散曲)과 희곡(戱曲)을 아울러 이르기도 한다. 대륙에서는 원(元)나라 시대에 원곡(元曲)이라고 하여 산곡과 희곡을 아울러 일컬었고, 명나라 때에는 명곡(明曲)이라고 하여 산곡과 희곡을 아울러 이르기도 하였다.

조선시대에는 성종 때의 문신이며 학자이던 성현(成俔)의 「鼓吹曲(고취곡)」(외 9수)을 비롯하여 서성(徐省)의 「次張籍採蓮曲(차장적 채련곡)」, 허초희(許楚姬) 여사의 「鳳凰曲(봉황곡)」(외 9수), 신흠(申欽)의 「採蓮曲(채련곡)」, 남구만(南九萬)의 「藩邦曲(번방곡)」(10수), 신광수(申光洙)의 「寒碧堂十二曲(한벽당십이곡)」, 양주익(梁周翊)의 「蛟龍山迎神曲(교룡산영신곡)」(외 40수), 홍양호(洪良浩)의 「青丘短曲(청구단곡)」, 조종현(趙宗鉉)의 「憂息曲(우식곡)」, 김여(金鑢)의 「黃城俚曲(황성이곡)」, 이우신(李友信)의 「山有花曲(산유화곡)」·「會蘇曲(회소곡)」, 이복휴(李福休)의 「馬韓曲(마한곡)」(외 19수) 등이 유명하다.

秋淨長湖碧玉流　가을 물 맑은 호수 푸른 구슬 흐르는데,
荷花深處繫蘭舟　부용화 핀 깊은 곳에 목란배가 매여 있네.
逢郎隔水投蓮子　임을 만나 물 건너로 연밥을 따 던지고는
或被人知半日羞　혹시나 누가 봤나 한나절 부끄렸네.

(『蘭雪軒集(난설헌집)』)

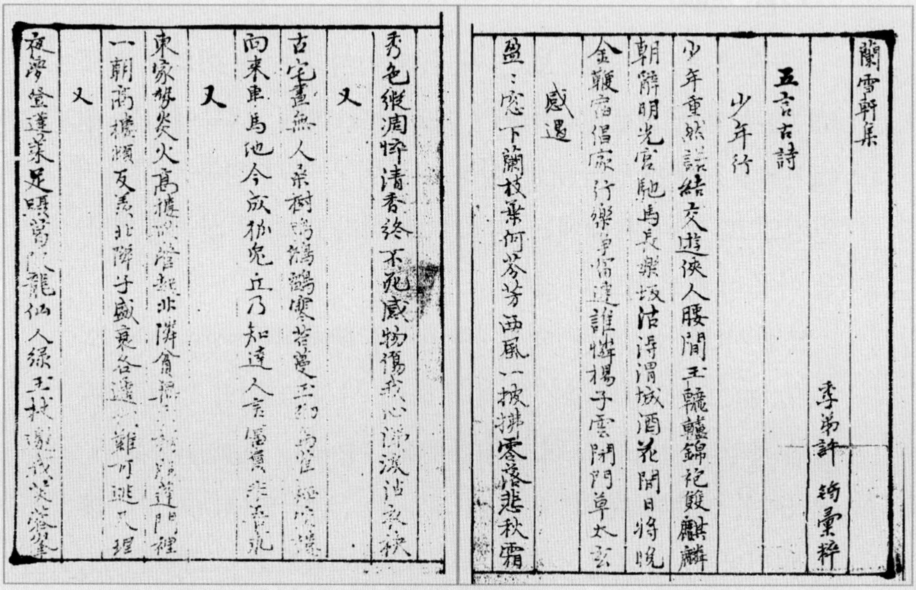
蘭雪軒集

五言古詩

少年行 季弟許筠彙粹

少年重然諾結交遊俠人腰間玉轆轤錦袍雙麒麟朝辭明光宮馳馬長樂坂沽得渭城酒花間日將晩金鞭宿倡家行樂爭留連誰憐揚子雲閉門草太玄

感遇

盈盈窓下蘭枝葉何芬芳西風一披拂零落悲秋霜秀色縱凋悴清香終不死感物傷我心涕淚沾衣袂

又

古宅晝無人桑樹鵂鶹鳴寒苔蔓玉砌鳥雀棲空樓向來車馬地今成狐兎丘乃知達人言富貴非吾求

又

東家勢炎火高樓歌管起北隣貧無衣枵腹蓬門裡一朝高樓傾反羨北隣子盛衰各遷易難可逃天理

又

夜夢登蓬萊足躡葛陂龍仙人綠玉杖邀我芙蓉峰

난설헌집(蘭雪軒集)

청구기호 : 위창古3648-98-2, 국립중앙도서관 소장

이 작품은 허초희(許楚姬) 여사의 「采蓮曲(채련곡)」 전문이다. 지은이는 본관이 양천(陽川), 자는 경번(景樊), 호가 난설헌(蘭雪軒)이다. 아버지는 초당(草堂) 허엽(許曄)이며, 교산(蛟山) 허균(許筠)의 유일한 동복(同腹) 누님이다. 17세에 서당(西堂) 김성립(金誠立)과 결혼하여 겨우 10년을 살고 작고하였다. 저술로 『蘭雪軒集(난설헌집)』이 전한다.[103]

103 장정룡, 『허난설헌평전』, 새문사, 2007.

3. 사부(辭賦)

3. 1. 사(辭)

조선시대 사문학의 지은이와 작품도 조선시대 문학사라고 할 수 있는 『동문선』과 『속동문선』과 개인 문집에 소개된 지은이와 작품을 소개하면 아래와 같다.

서거정(徐居正)의 「青山白雲圖辭(청산백운도사)」(외 22수), 강희맹(姜希孟)의 「香山辭(향산사)」, 어세겸(魚世謙)의 「招子晉辭(초자진사)」, 김종직(金宗直)의 「山中人辭(산중인사)」, 김시습(金時習)의 「祭閣招魂辭(제각 초혼사)」(외 1수), 유호인(兪好仁)의 「夢遊青鶴洞辭(몽유청학동사)」, 권오복(權五福)의 「南齊雲辭(남제운사)」, 김안국(金安國)의 「信古堂辭咸陽盧生員友明(신고당사 함양 노생원우명)」, 김정(金淨)의 「臨絶辭(임절사)」(외 1수), 민제인(閔齊仁)의 「苦寒辭(고한사)」(외 4수), 조욱(趙昱)의 「自悼辭(자도사)」(외 2수), 김인후(金麟厚)의 「弔比干辭(조비간사)」(외 4수), 노수신(盧守愼)의 「삼자부부(三字符賦)」(외 2수), 양응정(梁應鼎)의 「大匠不棄材(대장 불기재)」(외 2수), 구봉령(具鳳齡)의 「錦江辭(금강사)」, 정상(鄭詳)의 「招魂辭(초혼사)」, 유정(惟政) 스님의 「聞龍旌西指痛哭而作(문용정 서지 통곡이작)」(외 5수), 정경세(鄭經世)의 「次歸去來辭(차귀거래사)」, 이수곤(李壽崑)의 「悲垓下辭(비해하사)」, 서용갑(徐龍甲)의 「愛君辭(애군사)」, 허균(許筠)의 「毁壁辭(훼벽사)」(외 1수), 이민성(李民宬)의

「和歸去來辭幷序(화귀거래사병서)」(외 1수), 조찬한(趙纘韓)의 「기룡사(騎龍辭)」(외 5수), 정영방(鄭榮邦)의 「月晩歌寄柳德茂(월만가기유덕문)」(외 1수), 장유(張維)의 「와명사(蛙鳴辭)」, 이시명(李時明)의 「감춘사(感春辭)」, 신천익(愼天翊)의 「청호가사(聽胡笳辭)」(외 13수), 박장원(朴長遠)의 「惜餘春辭(석여춘사)」(외 10수), 윤휴(尹鑴)의 「夙夜辭(숙야사)」(외 3수), 남구만(南九萬)의 「歸田樂辭(귀전락사)」, 이서우(李瑞雨)의 「和歸去來辭(화귀거래사)」(외 1수), 임방(任昉)의 「和歸去來辭(화귀거래사)」, 오상렴(吳尙濂 : 숙종 때 사람)의 「擬秋風辭(의추풍사)」(외 6수), 김창집(金昌集)의 「和歸去來辭(화귀거래사)」, 신익황(申益愰)의 「秋夜辭(추야사)」, 이광정(李光庭)의 「和歸去來辭(화귀거래사)」(외 1수), 정내교(鄭來僑)의 「次歸去來辭(차귀거래사)」, 한원진(韓元震)의 「次歸去來辭(차귀거래사)」, 조현명(趙顯命)의 「次歸去來辭(차귀거래사)」(외 1수), 남유용(南有容)의 「聞鷄鳴辭(문계명사)」(외 2수), 신경준(申景濬)의 「畵舫齋辭(화방재사)」, 임희성(任希聖)의 「和陶淵明歸去來辭幷序(화도연명귀거래사병서)」, 서명응(徐命膺)의 「次歸去來辭韻竝序(차귀거래사운병서)」(외 2수), 이민보(李敏輔)의 「襟流軒次歸去來辭(금류헌차귀거래사)」, 홍낙명(洪樂命)의 「反歸去來辭(반귀거래사)」, 황윤석(黃胤錫)의 「次韻歸去來辭(차운귀거래사)」(외 2수), 유한준(兪漢雋)의 「淸商曲(청상곡)」(외 1수), 이덕무(李德懋)의 「秋風辭(추풍사)」 홍석주(洪奭周)의 「和歸去來辭(화귀거래사)」(외 2수), 성해응(成海應)

묘향산(妙香山)
평안북도에 위치, 출처 : 위키백과

의 「綵花辭(채화사)」, 홍직필(洪直弼)의 「和陶淵明歸去來辭(화도연명귀거래사)」, 한필교(韓必教)의 「次歸去來辭(차귀거래사)」, 임헌회(任憲晦)의 「和歸去來辭(화귀거래사)」, 한장석(韓章錫)의 「擎天臺辭幷序(경천대사병서)」 등도 유명하다.

山之高深兮不可以往觀 산이 높고 깊음이여 가볼 수가 없는데,
兀然成老兮薄此塵寰 오똑 앉아 늙음이여 여긴 좁은 속세로다.
鬢髮蕭疎兮戴盈冠 머리털 빠짐이여 모자 안에 가득하고,
白日易暮兮凋朱顔 세월의 빠름이여 붉던 얼굴 주름졌네.
身纏五勞兮腰脚酸 오로로 병듦이여 허리 다리 시큰시큰
陟巘凌危兮羞所難 바위산 험함이여 오르기가 어렵구나.

朝馳神遊兮躡巑岏	아침잠 꿈속이여 험한 산도 올랐다네.
返故居兮形開質頑	이전 집 되 옴이여 옷 벗고 눕게 됐네.
送師西歸兮發長歎	스님의 서행이여 긴 탄식 절로 나니,
恨無翼兮同躋攀	날개 없는 원한이여 함께 산행 못함이네.

이 작품은 「香山辭(향산사)」의 전문이다. 지은이는 자를 경순(景醇), 호를 사숙재(私淑齋), 시호를 문량(文良)이라고 한 강희맹(姜希孟)이다. 내용은 지금의 평안북도에 있는 묘향산(妙香山) 구경을 떠나는 어느 스님을 정토행(淨土行)으로 보내면서 함께 가지 못하는 자기의 안타까운 마음을 진솔하게 표현한 것이다.

3. 2. 부(賦)

조선시대 부(賦) 문학의 지은이와 작품도 조선시대에 이루어진 한국 문학사라고 할 수 있는 『동문선』과 『속동문선』에 소개된 지은이와 작품을 소개하면 아래와 같다.

괴애(乖崖)·식우(拭疣)라는 호를 가진 김수온(金守溫)의 「喜晴賦(희청부)」·「鳳山賦(봉산부)」를 비롯하여 박팽년(朴彭年)의 「送李古阜賦(송이고부부)」(외 1수), 신숙주(申叔舟)의 「集賢殿有二瓮蓮賦(집현전유이옹연부)」(외 4수), 서거정(徐居正)의 「烏圓子賦[고양이를 말함]」·「次韻祈戶部謁箕子祠賦(차운 기호부

알기자사부)」(외 3수), 강희맹(姜希孟)의 「雙溪齋賦(쌍계재부)」(외 2수), 김종직(金宗直)의 「擬登樓賦(의등루부)」(외 2수), 김시습(金時習)의 「斬衣賦(참의부)」(외 12수), 홍귀달(洪貴達)의 「適庵賦(적암부)」, 성현(成俔)의 「石假山賦(석가산부)」, 유양춘(柳陽春 : 성종 때 사람)의 「喜雨賦(희우부)」, 채수(蔡壽)의 「獨鶴賦(독학부)」, 남효온(南孝溫)의 「大椿賦(대춘부)」·「藥壺賦(약호부)」·「得至樂賦(득지락부)」, 송흠(宋欽)의 「漢江賦(한강부)」, 김일손(金馹孫)의 「秋懷賦(추회부)」(외 2수), 권오복(權五福)의 「愛蓮賦(애련부)」(외 4수), 정희량(鄭希良)의 「天心仁愛人君賦(천심인애인군부)」(외 2수), 이목(李穆)의 「弘文館賦(홍문관부)」, 박은(朴誾)의 「次李白惜餘春賦(차이백석여춘부)」(외 1수), 이원(李黿)의 「述志賦(술지부)」 등이 있다.

그 밖의 개인 문집에서는 다음과 같은 작가와 작품들을 감상할 수가 있다.

월헌(月軒) 정수강(丁壽崗)의 「立春賦(입춘부)」(외 7수) 등을 비롯한 김안국(金安國)의 「慶雲圖賦(경운도부)」(외 2수), 조광조(趙光祖)의 「春賦(춘부)」, 김정(金淨)의 「登高丘賦(등고구부)」, 소세양(蘇世讓)의 「次和正使太平樓賦(차화정사태평루부)」(외 2수), 박증영(朴增榮)의 「喜雨賦(희우부)」, 민제인(閔齊仁)의 「酒賦(주부)」(외 16수), 박운(朴雲)의 「次悶己賦(차민기부)」, 이해(李瀣)의 「爲君難賦(위군난부)」(외 2수), 조욱(趙昱)의 「幽蘭在空谷(유란 재공곡)」, 조식(曺植)의 「軍法行酒賦(군법행주부)」(외

2수), 김희삼(金希參)의 「風月無邊賦(풍월무변부)」(외 1수), 나익(羅瀷)의 「傀儡賦(괴뢰부)」, 김인후(金麟厚)의 「擊毬賦(격구부)」(외 12수), 노수신(盧守愼)의 「孝悌賦(효제부)」(외 4수), 주이(周怡)의 「郊祀賦(교사부)」, 박승임(朴承任)의 「叱石賦(질석부)」(외 5수), 오건(吳健)의 「不誠無物賦(불성무물부)」(외 4수), 양응정(梁應鼎)의 「射賦(사부)」(외 2수), 여응구(呂應龜)의 「君山晩笛賦(군산만적부)」, 김우굉(金宇宏)의 「仲尼元氣賦(중니원기부)」(외 4수), 구봉령(具鳳齡)의 「大音希聲賦(대음 희성부)」(외 1수), 김부윤(金富倫)의 「志士惜日短(지사석일단)」, 권호문(權好文)의 「守歲賦(수세부)」, 송정황(宋庭篁)의 「誠者天之道(성자천지도)」(외 2수), 전경창(全慶昌)의 「落葉賦(낙엽부)」, 정상(鄭詳)의 「見賢思齊(견현사제)」(외 17수), 송익필(宋翼弼)의 「影賦(영부)」, 송양(宋亮)의 「心如一家主賦(심여일가주부)」(외 2수), 이개립(李介立)의 「義路賦(의로부)」(외 3수), 조팽년(趙彭年)의 「木覓山賦(목멱산부)」(외 14수), 장현광(張顯光)의 「冶隱竹賦(야은죽부)」(외 60수), 이상길(李尙吉)의 「自耕百畝(자경백무)」(외 2수), 장용한(張龍翰)의 「堯舜與人同賦(요순여인동부)」(외 1수), 서용갑(徐龍甲)의 「擬憎蒼蠅賦(의증창승부)」(외 1수), 정전(鄭佺)의 「用人如用醫賦(용인여용의부)」(외 2수), 허균(許筠)의 「東征賦(동정부)」(외 8수), 이민성(李民宬)의 「鳳凰來儀賦(봉황내의부)」(외 7수), 이안눌(李安訥)의 「鳳凰翔于千仞賦(봉황상우천인부)」(외 9수), 이춘원(李春元)의 「次秋興賦(차추흥부)」, 김봉조(金奉祖)의

「憫忠閣賦(민충각부)」(외 1수), 조찬한(趙纘韓)의 「遊楓嶽賦(유풍악부)」(외 37수), 이민환(李民寏)의 「獨樂園賦(독락원부)」(외 2수), 조희일(趙希逸)의 「青梅煮酒論英雄賦(청매자주론영웅부)」(외28수), 정영방(鄭榮邦)의 「哀周房山鶴賦(애주방산학부)」(외 1수), 조우신(趙又新)의 「問禮於老子賦(문예어노자부)」(외 2수), 여희필(呂姬弼)의 「三公不換此江山賦(삼공불환차강산부)」(외 1수), 이만승(李曼勝)의 「德高毁來賦(덕고훼래부)」, 오익(吳瀷)의 「飛燕傳書賦(비연전서부)」, 신천익(愼天翊)의 「惜秋蘭賦(석추란부)」(외 19수), 하홍도(河弘度)의 「四友賦(사우부)」, 허목(許穆)의 「感遊賦(감유부)」, 김경여(金慶餘)의 「安民是甲兵賦(안민시갑병부)」(외 11수), 하진(河溍)의 「倚巖爲屋賦(의암위옥부)」, 송시열(宋時烈)의 「次感春賦(차감춘부)」, 윤휴(尹鑴)의 「弔箕子賦(조기자부)」(외 6수), 남몽뢰(南夢賚)의 「東國通鑑賦(동국통감부)」(외 1수), 권적(權適)의 「賢者國家之器用賦(현자 국가지기용부)」(외 5수), 이서우(李瑞雨)의 「紈扇賦(환선부)」(외 4수), 김석주(金錫胄)의 「詩能窮人賦(시능궁인부)」(외 29수), 김창협(金昌協)의 「東征賦(동정부)」, 서종태(徐宗泰)의 「天愬賦(천소부)」(외 6수), 홍세태(洪世泰)의 「鷹賦(응부)」, 김시보(金時保)의 「海島賦(해도부)」(외 4수), 김진규(金鎭圭)의 「竹梅麪賦(죽매면부)」(외 2수), 박태한(朴泰漢)의 「映花堅賦(영화견부)」, 최창대(崔昌大)의 「翫雪月賦(완설월부)」(외 1수), 이광정(李光庭)의 「山木賦(산목부)」(외 3수), 이익(李瀷)의 「秋聲賦(추성부)」(외 3수), 신정하

(申靖夏)의 「東門樓賦(동문루부)」, 한원진(韓元震)의 「次朱子感春賦(차주자감춘부)」, 채지홍(蔡之洪)의 「述志賦(술지부)」(외 1수), 강재항(姜再恒)의 「山居賦(산거부)」(외 4수), 오광운(吳光運)의 「夢遊賦(몽유부)」(외 4수), 조관빈(趙觀彬)의 「次韓昌黎悶己賦(차한창려민기부)」(외 3수), 조구명(趙龜命)의 「北方有佳人賦(북방유가인부)」(외 5수), 남유용(南有容)의 「鏡賦(경부)」(외 1수), 황경원(黃景源)의 「弔長城賦(조장성부)」(외 2수), 송정옹(宋鼎顒)의 「龍山賦幷序(용산부병서)」(외 1수), 권헌(權攇)의 「感靈賦(감령부)」(외 1수), 이헌경(李獻慶)의 「夢遊南海賦(몽유남해부)」(외 3수), 정범조(丁範祖)의 「鹿皮帶賦(녹비대부)」(외 1수), 오재순(吳載純)의 「感離(감리)」(외 1수), 황윤석(黃胤錫)의 「述志賦(술지부)」(외 3수), 이종휘(李種徽)의 「感白(감백)」(외 6수), 유한준(兪漢雋)의 「廣韓(광한)」(2수), 박윤원(朴胤源)의 「雪賦(설부)」, 이선(李愃)의 「太極賦(태극부)」(외 5수), 이양오(李養吾)의 「次韻幽通賦(차운유통부)」, 이영익(李令翊)의 「東國樂府(동국악부)」, 박준원(朴準源)의 「甘澍賦(감주부)」, 홍석주(洪奭周)의 「招隱士賦(초은사부)」(외 4수), 성해응(成海應)의 「食薑賦(식강부)」(외 1수), 박윤묵(朴允默)의 「異鳥賦(이조부)」(외 4수), 김매순(金邁淳)의 「淸暑賦(청서부)」(외 3수), 홍직필(洪直弼)의 「感春賦(감춘부)」(외 1수), 윤봉한(尹鳳翰)의 「鶴賦幷小敍(학부병소서)」(외 2수), 목태림(睦台林)의 「佛法論賦(불법론부)」(외 8수), 박종영(朴宗永)의 「彈琴臺賦(탄금대부)」(외 1수), 임헌회(任憲

晦)의 「次感春賦(차감춘부)」(외 1수), 이상수(李象秀)의 「哀志賦(애지부)」(외 2수), 한장석(韓章錫)의 「白魚賦(백어부)」, 이진용(李晉用)의 「伯嫂氏慶筵賦(백수씨경연부)」(외 1수) 등과 같이 개인 문집들에도 여기 저기 많이 보이나, 여기서는 줄이면서 성종 때에 「육신전(六臣傳)」을 지어 생육신(生六臣)의 한 사람으로 높이 추앙받은 추강(秋江) 남효온(南孝溫)의 「大椿賦(대춘부)」를 음미할 수 있도록 소개한다.

夢予乘胡蝶兮	나는 꿈속에서 나비를 탔었다네.
飄飜飜其上征	너울너울 하늘 위로 날아서 올라갔네.
冷凍雨洒塵兮	찬비가 얼음처럼 티끌을 씻어내네.
使飄風戒行	회오리 바람에게 조심하여 가라 했네.
過銀河而牛斗兮	은하수를 지나가서 견우성과 북두성과
歷大微而帝庭	대미별을 지나가니 천자의 뜰이었네.
仍大人於九霄兮	인하여 구소에서 대인을 만났는데,
雙眼爲予而青	나를 본 그의 두 눈 파랗게 바뀌었네.
予乃揖而宿之	나는 곧 인사하고 게서 편케 쉬었다네.
敬而神之載前而致辭曰	신으로 모시어서 그 앞에서 아뢰었네.
予生下土幾三十春	저는 땅에 태어나서 거의 설흔 살입니다.
居閑處獨孤陋寡聞	한가히 홀로 살아 배움 없어 고루터니,
世界之外行逢異人	세상 밖서 뛰어나게 훌륭한 이 만났습죠.
盍敎異辭慰我涸鱗	별한 말로 건어 같은 저를 달래 주오소서.
大人聞言而眷予	대인은 그 말 듣고 나를 돌봐 주시면서
留至貴之奇說	곁에 두고 총애하며 이상한 말 일러 줬죠.

言有大而無當	그 말이 너무 커서 감당할 수 전혀 없고,
猶河漢而無極	은하수와 흡사하여 더할 수가 전혀 없죠.
邃古之初有大椿者	먼 옛날 처음에 대춘이란 나무 있어
其生其長曠邈之野	넓고 먼 들판에서 나고 자라나서
霜皮溜雨鐵幹剝落	상피는 비에 젖고 철간은 박락했죠.
蟻穴百圍之根	일백 알음둘이 큰 뿌리에 개미 굴 내.
鸞栖萬丈之葉	만 길 위의 나뭇잎엔 난새가 깃들었죠.
雨師卦天瓢雷公臧霹靂	우사는 달을 걸고 뇌공은 벽력 숨겨
敷榮造化之功	꽃이 활짝 피어남은 조화의 공입니다.
扶持神明之力	오래 버텨 내는 것은 신명의 힘입니다.
以一萬六千年爲春秋	일만 육천 년을 봄가을로 삼고요,
以八百四十二月爲朝夕	팔백사십이 개월을 조석으로 삼습니다.
茫茫堪輿人世遞代	아득히 넓은 인간 세상 번갈아 변하지만,
惟椿獨立閱幾年載	저 대춘만 홀로 서서 몇 해를 살고 있나?
醯鷄旋磨	해파리가 매방아를 돌려서 찧는 것은
陰康大庭之沿革也	음강씨와 대정씨가 교대로 바뀜이요,
蚊蜃交雷	모기와 이무기가 우레처럼 소리 냄은
軒轅涿鹿之戰伐也	헌원과 치우와의 탁록에서 싸움이요,
杳如兒戲	어둑할 때까지 어린아이 놀 듯함은
包羲八卦之畫也	포희씨가 팔괘를 그린 것과 같습니다.
蹶如歷塊	뛰듯이 일어나서 흙덩이를 밟듯함은
共工不周之觸也	공공씨가 부주산에 머리를 박음이요.
視若彈丸	대춘의 생김새가 탄알처럼 뵈는 것은
女媧之鍊石也	여왜씨가 보천할 돌 다듬은 것이지요,

視若蓬矢	대춘이 쑥대화살 비슷하게 뵈는 것은
后羿之射日也	후예가 활을 들어 해를 쏘는 것이라오.
杯水覆堂九河決矣	마루에 쏟은 물잔 구하를 휩쓸었고,
半顆崩頹砥柱折矣	반 덩이 돌 무너짐은 지주산을 꺾어냈죠.
俄頃瞬息五百籙矣	눈 깜박 숨 한 번에 오백 년이 지나갔죠.
若朝若暮商六百曆矣	아침인지? 저녁인지? 은 육백 년 지나갔고,
文武道喪周東轍矣	문무의 도를 잃자 주왕조가 동천했죠.
齊晉交覇春秋作矣	제와 진이 엇바꿔서 춘추시대 패자됐죠.
觀天地之變態兮	대춘은 그간의 천지 변태 두루 봤죠.
與無極而爲隣	우주의 근원으로 이웃하여 태어나서
羌風霜而不凋兮	아! 바람과 서리에도 시들지 아니하고,
歷萬古而長春	오랜 세월 두고두고 언제나 봄이었죠.
若夫蟪蛄春生而夏死	마치 저 매미처럼 봄에 나서 여름 죽죠.
朝菌暮生而朝衰	아침 버섯 저녁에 나 아침이면 시드는 듯.
曾春秋晦朔之未識兮	일찍 춘추 시대에는 하루 그믐 몰랐기에
豈大椿長年之可知	대춘의 오랜 나이 어떻게 헤아리죠?
玆其爲大小之辨兮	이 대춘의 크고 작음 구별도 예서 되죠.
黃帝之所聽瑩	황제가 그 이야기 듣고서 의심하고
而衆人之所共咍也	뭇사람 모두들도 대춘을 비웃었죠.
余聞而疑之	나도 그 말 듣고 대춘을 의심하고,
又從而詰之曰	또 남들을 따라 그를 꾸짖어 말하였죠.
子言大矣聞者皆驚	그대 말이 너무 커서 듣는 이가 다 놀래리.
愚見異是子其試聽	내 생각은 다르니 자네 한 번 들어보게.
洪鈞肇判奇偶以成	하늘이 처음 열릴 때에 홀수 짝수 생겨

品類亭毒有萬其生	사물들이 자라나서 생긴 것이 만 가지네.
物之不齊物之情也	사물이 다른 것은 사물들의 실상이네.
有小有大有短有長	크고 작고 짧고 긴 것 제각각 다 있으며,
有多有寡有存有亡	많고 적음 있고 없음 모두가 각각 있네.
非喪無得非弱無强	잃어야 얻게 되며 약함 있어 강함 있네.
非死無生榮	죽음이 아니면 삶과 영광 역시 없네.
非晝夜無光	낮이 아니면 밤도 빛도 모두 없다네.
惟大小得喪之一體兮	크고 작음 얻고 잃음 모두가 한 가질세.
亦晝夜死生之一理	밤낮과 죽살이도 역시 같은 이치이네.
道無往而不在兮	도는 가는 곳마다 없는 곳이 없지.
曾何辨於彼此	일찍이 무엇으로 이것저것 분별할까?
是故至道因是	이러므로 지극한 도야말로 옳은 거네.
大觀齊物天不能驕乎地	크게 보면 만물 같아 하늘과 땅도 같네.
日不能傲乎月	해도 달을 얕볼 수가 전혀 없으며,
飛不能笑乎潛	나는 새는 물고기를 비웃지 못한다네.
動不能多乎植	동물이 식물보다 많을 수는 없습니다.
孰指而爲非兮	누가 그를 그르다고 손가락질할 것이며,
孰指而爲是	누가 그를 옳다고 손가락질 하겠는죠?
堯桀皆土兮孔跖俱死	요와 걸도 돌아갔고 공자 도척 다 갔습죠.
莫大於秋毫兮太山爲小	추호보다 큰 것 없고 태산도 작아지죠.
莫壽於殤子兮彭祖爲夭	상자보다 장수 없고 팽조도 요사했죠.
鳳凰增擊而高逝兮	봉황새 날개 치며 높이높이 날아가니,
鴟得腐而仰嚇	올빼미는 썩은 것을 물고 껄껄 웃는다죠.
鵾鵬九萬而圖南兮	곤이 화한 붕새 날아 구만리 남하하니,

鷃蓬蒿而自得	작은 안새 쑥대밭서 즐겁게 노닌다죠.
亦各守性兮其義一也	역시 각각 본성 지킴 그 뜻이 하나입죠.
而況天之生物	하물며 하늘이 사물을 내심에
因才以篤覆之非讐	재주 따라 독복함도 은원이 아니라죠.
培之非德始得理而俱生	기름도 덕이 아닌 이치로 함께 냈죠.
竟與化而俱滅	마침내 변화 따라 모두가 사라지죠.
菌小年而何損	버섯이 수명 짧다 무엇이 나쁠 거며,
椿大年而何益	참죽이 오래 산들 무엇이 이로운가?
知小之可安兮	앎이 적으면 편안히 살만하고,
高大之可忽	높고 큰 것은 홀대 받기 쉽죠.
知死之可輕兮	죽음을 아는 것은 가벼운 일일 게고.
長年之可却	오래 사는 것은 물리칠 수 있다죠?
吾以子爲異之敎	나는 자네 위하여서 별 가르침 주고 있네.
曾說大椿而已	일찍이 대춘을 달랠 뿐이었죠.
吾恐造化之本意	나는 조화의 본뜻이 두렵습죠.
在此而不在彼也	여기에 있으면 저기엔 없다지요.
大人曰咈	큰 어른이 말씀하기 "아니다" 하시면서
達士因辭而求義	달사는 좋은 말로 의리를 구하셨고,
賢人聞一而知十	어진 이는 하나 듣고 열을 안다 하시었죠.
予初托漆園之滑稽	나는 처음으로 칠원의 골계되어
以寓夫至道之玄密	지극한 도의 묘리 비유하여 말했건만,
何子見之凡庸	그대 어찌 보는 것이 그리도 아둔하여
無反隅之知識	변죽을 울려 줘도 아무것도 모르고,
反挾堅白之鳴	도리어 견백의 논리로 떠들면서

强攎愚小之抱	억지로 어리석고 소인임을 숨기지만,
變風止乎禮義	시경의 음란시도 예의에 맞았으니,
大椿可以喩道	큰 참죽도 나무이나 도에 비유되죠.
盖其至人無已	대체로 위인은 자기를 희생하나,
神人無爲	신령스런 사람들은 행함이 없다 하고,
亡我喪我無是無非	나를 잊고 잃으면 옳고 그름 또한 없죠.
乘六氣之正理	여섯 가지 바른 기운 이치를 알아야만
知天地之玄機	천지의 묘한 기미 겨우 알게 된다지요.
得至樂而游至樂	지락을 얻어야 지락으로 놀 것이죠.
澹無慮而無思	고요하면 근심 걱정 생각도 모두 없네.
亦何異於大椿	또한 큰 참죽과 무엇이 다를까요?
超氣埃而獨奇	기운과 티끌 넘어 홀로 기이해요.
縵者懷憂窖者繫俗	게으른 자 근심 안고 움사람은 속되다죠.
惴惴縵縵叨叨怛怛	겁 많은 게으른 이 슬퍼만 하고 있어
留如詛盟發若機栝	맹세하듯 머물더니 마치 활틀 쏘듯 하니,
托眞氣於守勝	이기는 데만 참된 기운 의지하여
終貿貿而老洫	마침내 눈 어두운 늙은이가 되었습죠.
何所見之偏小	어이하여 보는 것이 치우치고 적습니까?
類朝菌之晦朔	초하루 그믐 모른 아침 버섯 같은 것들
是故賢愚不齊	이러므로 어진 이와 바보는 다르다죠.
大小異級	크고 작음은 등급이 다르지만,
愚於賢何知	어리석은 사람이야 어진 이를 몰라보죠.
小於大何及	큰 것을 작은 것이 어찌 미칠 수 있죠?
辨乎榮辱而已	영화와 욕됨을 분별할 뿐이라네.

宋榮安知列子之御風	송영은 열자의 바람 몰이 어찌 알며,
止於免行而已	땅을 밟고 다니는 것 면하였을 뿐이라네.
列子安知至人之無功	열자가 위인의 공 없음을 어찌 알리?
且如三皇繼天五帝立極	또 삼황은 하늘 이어 오제의 위에 올라
巍巍蕩蕩凞凞穆穆	높디높고 넓디넓고 밝고 밝아 위의 있죠.
放勳安安重華大智	요임금은 편안하고 순임금은 슬기 밝고,
禹受舜禪湯革夏季	우는 순의 뒤를 잇고 탕은 하를 멸하여서
有德有壽有名有位	덕과 긴 수명과 명예와 제위 있죠.
四岳九官之輔翼	요의 네 방백들과 순의 구관 도와주니,
伯益阿衡之左右	백익과 아형이 좌우에서 지켜 줬죠.
作新民於鼓舞	국민을 새롭게 해 북을 치며 춤추어서
措天下於仁壽	어질고 장수보다 천하를 잡았다죠.
名與日月而齊明	그들의 명예로움 해달처럼 밝게 빛나
德配天地而竝久	덕은 천지에 짝될 만큼 오래 가죠.
彼昏不知背繩黑而追曲	걸주는 바름 버려 굽은 길로 달리면서
甘自暴而自棄	즐겨 절로 포악하고 스스로 선정 안해
顧爲世之大戮	참으로 세상에서 크게 죽임 당하였죠.
與草木而同腐	풀과 나무처럼 똑같이 썩었다죠.
名不傳於後日	후세에 그들 이름 전하지 아니하네.
是故堯死異於跖死	이러므로 요의 붕과 도척 죽음 다르지요.
爲善異於爲惡	착한 일과 악한 일은 그 함이 다릅니다.
子驅而同之甚癡且惑	그대는 몰아서 치와 혹을 같게 보니,
嗚呼太上立德	아! 아! 가장 높은 것은 큰 덕을 세우는 것
所謂大椿下愚不移	이른바 대춘처럼 큰 바보는 못 옮기죠.

所謂朝菌然則斯春也	아침 버섯처럼 그렇게 봄이 짧죠.
豈獨莊叟之逍遙	어찌 홀로 장자처럼 소요하며 살고 있죠?
抑亦有關於斯文	아니면 역시나 이 유도와 관계있나?
予聞而奇之再拜而謝之曰	난 그 말 이상하여 두 번 절해 아뢰니다.
僕本鹵莽術業蒼黃	저는 본래 거칠어서 학술이 엉망이죠.
聞以方外之說	별세계의 이야기를 듣고자 하였더니,
得聞爲學之方聞小聞大	학문하는 비법 크고 작은 것을 잘 배웠죠.
又聞聖人之異於尋常也	또 성인은 범인들과 다름도 들었습죠.
俄欠伸而倏悟	갑자기 기지개로 잠에서 깨어보니,
但落月之空樑	오직 지는 달이 빈집 들보에 걸렸군요.

이 작품은 지은이가 꿈속에서 한 마리 나비를 타고 훨훨 날아서 자기가 본 "대춘(大椿)"이라는 참죽나무를 의인화하여 동양 철학 중에서 대표적인 도교(道敎)와 유도(儒道)를 말하면서 우리 이족(夷族)들 나라의 고대사(古代史)의 일부를 이야기하고 있다. 선진시대(先秦時代) 장주(莊周)의 저술인 『莊子(장자)』에서 암시 받아 지은 것 같다. 『장자』「內篇(내편)」의 "소요유(逍遙遊)"에는 "큰 참죽나무[大椿 : 일설에는 무궁화]는 8천 년을 봄[春]으로 삼고, 또 8천 년을 가을[秋]로 삼았다."고 한다. 이를 사람으로 비정하여 큰 참죽나무가 보고 들은 작품의 내용은 거의 『장자(莊子)』의 내용을 요약한 듯 비슷한 이야기들이 많다. 이 작품에 등장되는 황제(黃帝) 헌원(軒轅)을 비롯한 포희(包羲)와 여왜(女媧) · 공공(共工) · 요(堯) · 순(舜) · 우(禹) ·

탕(湯) 등 많은 옛날 인물들은 이제까지 차이나인들의 선조로 다루어져 왔으나, 이들은 이족(夷族)이었다는 점과 알에서 출생하였다는 여러 증거들을 바탕으로 우리 천손족(天孫族)임을 확인할 수 있다. 조선시대 초기에 언급된 황하 문명의 주체들이 바로 우리 선조들임을 나라 안팎으로 널리 알려서 우리 겨레의 정통성(正統性)을 확립하여야 한다.

이 작품의 지은이인 남효온은 자를 백공(伯恭), 호를 추강(秋江)·행우(杏雨), 시호를 문정(文貞)이라고 한 점필재(佔畢齋) 김종직(金宗直)의 문인이다. 어려서 사육신(死六臣)의 충절에 감

사육신의 사당

사육신묘(死六臣墓), 시도유형문화재 제8호, 서울시 동작구 노량진동에 위치, 출처 : 문화재청

동 받아 28세 때인 성종 12(3814)년에 단종(端宗)의 어머니 문종의 비 안동권씨(安東權氏)의 소릉(昭陵) 복위를 상소하고, 벼슬에 뜻을 두지 아니하고 전국을 방랑하다가 병사하였으나, 연산군 10(3837)년 갑자사화(甲子士禍)에 그 상소의 일과 점필재의 제자였다는 일로 부관참시(剖棺斬屍)의 벌을 받았다. 중종반정(中宗反正) 뒤에 좌승지(左承旨)에 추증되었다. 이맹전(李孟專)·조여(趙旅)·원호(元昊)·김시습(金時習)·성담수(成聃壽)들과 생육신(生六臣)으로 일컬어진다. 지은이는 금강산을 구경하고 돌아오다가 큰 바위에 쓰여 있는 「題金剛山(제금강산)」이라는 시에서 "생선단제무진세(生先檀帝戊辰歲)"라는 구를 보고 그의 「遊金剛山記(유금강산기)」에 소개하기도 한 것으로 보아 지은이의 겨레의식이 당시로서는 남달랐던 것 같다.

4. 기행문(紀行文)

조선시대에 들어오면, 교통이나 생활 여건은 고려시대에 비하여 그리 훌륭히 개선되지는 아니하였지만, 왕명을 받들고 국내를 여행하고 지은 수헌(睡軒) 권오복(權五福)의 「關東錄(관동록)」(3823. 11. 18-12. 16)이라는 시집과 「紀行(기행)」(3823. 윤 9. 8-10. 29)이라는 기행 시집과 같은 기행문학 작품들이 조선시대에 들어와서는 많이 지어졌다.

특히 조선시대에는 중원 대륙을 향한 대명(對明)·대청(對淸)의 큰 나라 섬기기 외교[事大外交]를 통한 기행과 태평양상의 일본(日本) 나라와 동북 대륙의 몽골[蒙古]·여진(女眞)과의 교린외교 관계를 통한 많은 외교 사절들의 왕래에서 얻어진 경험과 체험을 바탕으로 창작된 각종 조천록(朝天錄)과 연행록(燕行錄)과 통신사행들의 수많은 기록물들만 하여도 조선시대 기행문학 작품들은 대단히 많이 오늘날까지 남아 전하여지고 있다. 그 밖에 일반 선비들이 개인적으로 자의적 여행으로 명산이나 이름 있는 절들을 유람하고 남긴 일반 기행문들과 타

조선통신사 행렬도
대영박물관 소장, 출처 : 위키백과

의적인 임금님의 명령에 의하여 일생일대에 한 번의 기회로 얻어진 국제적 관광 여행을 통하여 얻어진 기행 작품들도 상당히 많이 전하고 있다. 필자가 정리한 조선시대 외교 사절들이 남긴 기행시문들과 국내 명산 특히 금강산 기행 시문의 목록을 제시하는 것으로 조선시대 뜻글 기행 작품들을 개관하기로 한다.

4. 1. 명 · 청계 사행록(明 · 淸系使行錄)

1. 赴京錄(가칭), 『樗軒遺稿』, 樗軒 李石亨(1415-1477), 1459. 4. 6-
2. 遊燕詩(가칭), 『虛白堂集』 4, 虛白堂 成俔(1439-1504),
3. 赴京日記, 『陽谷朝天錄』, 蘇世讓(1486-1562), 1533. 12. 16-1534. 4. 24.
4. 葆眞堂燕行日記(印本 1책), 葆眞堂蘇巡(1499-1559), 1533. 12. 1-1534. 5. 13.
5. 朝天錄, 『湖陰雜稿』, 湖陰 鄭士龍(1491-1570), 1534.-
6. 朝天錄, 『檜山文集』 2, 檜山 丁煥(1497-1540).
7. 甲辰朝天錄, 『湖陰雜稿』, 湖陰 鄭士龍, 1534.-
8. 朝天錄, 『沖齋先生文集』 7, 沖齋 權橃(1478-1548), 1539. 윤7. 17-12. 16.
9. 赴京錄(가칭), 『習齋集』 2, 習齋 權擘(1520-?), 1546.

10. 朝天錄,『東湘集』7, 東湘 許震童(1525-1610), 1572. 8. 6-1573. 2. 11.
11. 荷谷朝天記, (印本 3:3책), 荷谷 許篈(1551-1588), 1574. 5. 11-10. 2.
12. 朝天日記,『重峰集』10-12, 重峰 趙憲(1544-1592), 1574. 5. 11-9. 14.
13. 鶴峰朝天日記, (寫本 1책), 鶴峰 金誠一(1538-1593), 1577. -
14. 朝天行錄,『西潭文集』, 西潭 黃璡(1542-1606), 1587. 5. 23-
15. 朝天錄,『臨淵齋集』, 臨淵齋 裵三益(1534-1588), 1587. -
16. 朝天錄,『月汀先生集』3-4, 月汀 尹根壽(1537-1616), 1589. -
17. 朝天錄上,『晩翠集』, 晩翠 吳億齡(1552-1618), 1589. -
18. 赴京日錄,『柏谷先生集』3, 柏谷 鄭崑壽(1538-1602), 1592. 8. 20-12. 8.
19. 燕行日記,『松江集』拾遺 5, 松江 鄭澈, 1593. 5. 28-10. 13.
20. 丁丑行錄,『簡易集』6, 簡易 崔岦(1539-1612), 1577. -
21. 辛巳行錄,『簡易集』6, 簡易 崔岦, 1581. -
22. 甲午行錄,『簡易集』7, 簡易 崔岦, 1594. -
23. 朝天錄,『苔泉集』3-4, 苔泉 閔仁伯(1552-1626), 1595. 6. 12-10. 20.

24. 燕行錄, (寫本 1책), 石塘 權悏(1542-1618), 1597. 2. 10-5. 20.
25. 朝天錄, 『芝峰先生集』 10, 芝峰 李睟光(1563-1628), 1597. 8.-1598. 1.
26. 丁酉朝天錄, 『惺所覆瓿藁』 1, 蛟山 許筠(1569-1618), 1597.-
27. 朝天日乘, 『白沙先生集』 23, 李恒福(1556-1618), 1598. 10. 21-1599. 4. 24.
28. 戊戌朝天錄, 『月沙先生集』 2-3, 月沙 李廷龜(1564-1635), 1598.-
29. 朝天錄, 『可畦先生文集』 2,可畦 趙翊(1556-1613), 1599. 9. 11-1600. 1. 10.
30. 皇華日記, 『可畦先生文集』 9,可畦 趙翊, 1599. 9. 11-1600. 1. 10.
31. 朝天錄, 『東岳集』 2, 東岳 李安訥(1571-1637), 1601. 4. 28-10. 10.
32. 朝天錄, 『知退堂集』, 知退堂 李廷馨(1549-1607), 1602.-
33. 甲辰朝天錄, 『月沙先生集』 4-5, 月沙 李廷龜, 1604.-
34. 朝天日記, (寫本 1책), 西村 崔沂(1553-1616), 1607. 6. 15-
35. 朝天日錄, 『后泉遺稿』 3, 后泉 蘇光震(1566-1618), 1608.-
36. 朝天錄, 『晩翠集』, 晩翠 吳億齡(1552-1618), 1608.-

37. 己酉西行記,『惺所覆瓿藁』7, 蛟山 許筠, 1609.-
38. 朝天錄,『庚戌朝天日錄』, (寫本 2책), 失名氏, 1610. 8. 6 -1611. 2. 6.
39. 續朝天錄,『芝峰先生集』16, 芝峰 李晬光(1563-1628), 1611. 8.-1612. 5.
40. 朝天錄,『苟全先生文集別集』, 苟全 金中清(1567-1629), 1614. 4. 21-1615. 1. 15.
41. 丙辰朝天錄,『月沙先生集』6, 月沙 李廷龜, 1616.-
42. 乙丙朝天錄(사본 1책), 蛟山 許筠, 1615. 윤8. 9-1616. 3. 3.
43. 朝天錄,『苟全先生文集』, 苟全 金中清, 1615. 윤8. 9-1616. 3.
44. 朝天錄,『東川集』, 東川 李尙吉(1556-1637), 1617. 4. 10 -1618. 윤4. 26.
45. 梨川相公使行日記(사본1책), 李弘胄(1562-1638), 1619. 5. 17-11. 30.
46. 庚申燕行錄,『月沙先生別集』3, 李廷龜, 1619. 10. 3-1620. 5. 27.
47. 西征日錄,『東溟先生文集』6, 黃中允(1577-1648), 1620. 3. 26-8. 17.
48. 庚申朝天錄,『月沙先生集』7-8, 月沙 李廷龜, 1620. 4.-
49. 庚申朝天紀事,『月沙先生集』63, 李廷龜, 1620. 6. 25-

8. 12.

50. 海槎朝天日錄, 『楸灘先生遺集』, 吳允謙(1559-1636), 1622. 4. 29-10. 16.
51. 朝天錄, 『燕行錄』, 花川 趙濈(1568-1631), 1623. 7. 25-1624. 4. 16.
52. 朝天日乘(사본 1책), 花川 趙濈, 1623. 7. 25-1624. 4. 2.
53. 航海路程日記(사본 1책), 白沙 尹暄(1573-1627), 1624. -
54. 朝天錄, 『竹泉遺稿』 1, 李德泂(1566-1645), 1624. 6. 20-1625. 6. 12.
55. 花浦先生朝天航海錄(사본 1책), 洪翼漢(1586-1637), 1624. 7. 3-10. 5.
56. 槎行錄, 『沙西文集』, 沙西 全湜(1563-1642), 1625. -
57. 朝天錄, 『淸陰集』 9, 淸陰 金尙憲(1570-1652), 1626. 8. 3-1627. 5.
58. 市北先生路程記(사본 1책), 市北 南以雄(1575-1648), 1626. 8. -
59. 朝天錄, 『苕川先生集』 2, 苕川 · 天台山人 金地粹(1585-1636), 1626. -
60. 雪汀先生朝天日記(인3권 2책), 李忔(1568-1630), 1629. 7. 8-1630. 6. 2.
61. 瀋陽日記(사본 1책), 魏廷喆(광해군시대인), 1631. -
62. 朝天錄後, 『東岳集』 20, 李安訥(1571-1637), 1632. 6. 1

-1633. 4. 12.

63. 朝天錄, 『無住先生逸稿』, 無住 洪鎬(1586-1646), 1632.-
64. 北行日記, 『莊巖集』 2, 莊巖 羅德憲(1573-1640), 1636. 2. 9-4. 28.
65. 朝天日記(사본 1책), 潛谷 金堉(1580-1658), 1636. 6. 15 -1637. 6. 2.
66. 瀋中日記(『儒軒集』 6 : 3), 박황(1597-1648), 1637. 1. 30 -4. 29.
67. 瀋陽日乘, 『魯庵集』 3, 魯庵 金宗一(1597-1675), 1637. 7. 19-1639. 5.
68. 瀋館錄, 『竹堂先生集』 1, 竹堂 申濡(1610-1665), 1639. 2.-
69. 瀋陽日記(寫本 1책), 失名氏, 1644. 1.-4.
70. 燕行錄, 『白軒集』 7, 白軒 李景奭(1595-1671), 1646.-
71. 燕行錄(『無何堂遺稿』 책 6), 洪柱元(1606-1672), 1647(시 213수)-1653(시 24수).
72. 陽坡朝天日錄(사본 1책), 陽坡 鄭太和(1602-1673), 1649. 3. 20-6. 29.
73. 燕山錄, 『先君遺卷』 地, 李烋(1604-1651), 1649. 11. 1-1650. 3. 19.
74. 燕臺錄, 『竹堂先生集』 6, 竹堂 申濡, 1652. 6. 4-
75. 癸巳燕行日乘, 『晩沙遺稿』 3, 沈之源(1593-1662), 1653.

11. 3－1654. 2. 23.

76. 燕行錄上,『沂川先生文集』2, 洪命夏(1607－1667), 1653. 11. 3－1654. 2. 23.

77. 燕途紀行,『松溪集』5－7, 麟坪大君李㴭(1622－1658), 1656. 8. 1－12. 16.

78. 燕行詩(가칭),『青湖遺稿』2, 李一相(1612－1666), 1656. 8. 1－12. 16.

79. 丁酉燕行日乘,『晩沙遺稿』3, 沈之源(1593－1662),1657. 10. 28－1658. 3. 1.

80. 翠屛公燕行日記(사본 1책), 趙珩(1606－1679), 1660. 10. 24－1661. 2. 17.

81. 燕京錄,『雪峰遺稿』, 姜栢年(1603－1681), 1660. 10. 24－1661. 2. 17.

82. 朝天日錄,(陽坡遺稿』), 陽坡 鄭太和, 1662. 7. 26－11. 14.

83. 郞善君癸卯燕京錄,『青丘學叢』4, 李俁(1637－1693), 1663. 5. 12－9. 15.

84. 燕行錄下,『沂川先生文集』2, 沂川 洪命夏(1607－1667), 1664. 2. 13－

85. 燕行錄,『壺谷集』12, 南龍翼(1628－1692), 1666. 10. 10－1667. 1. 12.

86. 使燕錄,『燕行日記』, 西溪 朴世堂(1629－1703), 1668.－

87. 燕行日記,『老峰先生集』10, 閔鼎重(1628－1692), 1669.

10. 18-1670. 2. 23.

88. 李進士海澈燕行錄(사 1책), 李海澈(顯宗時人), 1670. 5. 13-10. 24.

89. 燕行日錄, 『野村集』 4, 孫萬雄(1643-1712), 1677. 11. 3-1678. 3. 7.

90. 燕行日記, 『檀溪集』3, 金海一(1640-1691), 1678. 10. 27-1679. 3. 21.

91. 燕行錄, 『汾厓集』, 汾厓 申晸(1628-1687), 1680.-

92. 擣椒錄, 『息庵先生遺稿』 6-7, 息庵 金錫胄(1634-1684), 1682.-

93. 燕行日錄, 『兩世燕行錄』, 是窩 韓泰東(1646-1687), 1682. 7. 24-11. 8.

94. 燕行日記, 『逸巖公日記』, 일암(윤반의 자), 尹攀(1637-1685), 1683. 11. 1-1684. 3. 13.

95. 甲子燕行雜錄, 『藥泉集』, 藥泉 南九萬(1629-1711), 1684.-1685.

96. 丙寅燕行雜錄, 『藥泉集』, 藥泉 南九萬, 1686.-

97. 燕槎錄, 『西坡集』, 西坡 吳道一(1645-1703), 1686.-

98. 燕行詩集, 『拈軒集』 拈軒 任相元(1638-1697), 1687.-

99. 燕行日記續, 『檀溪集』4, 金海一, 1689. 10. 11-1690. 2. 7.

100. 徐文重燕行記錄(사본 1책), 徐文重(1634-1709), 1690. 7. 1-1691. 3. 18.

101. 柳命天燕行日記(사본 1책), 柳命天(1633-1705), 1693. 11. 3-1694. 3. 12.
102. 後燕槎錄,『西坡集』, 西坡 吳道一(1645-1703), 1694. -
103. 燕行日記(사본 1책), 歸窩 兪得一, 1694. 8. 2-11. 13.
104. 燕行錄,『壺隱集』, 壺隱 洪受疇(1642-1704), 1695. -
105. 燕槎錄(『晩退堂集』 책 2), 洪萬朝(1645-1725), 1696. 7. 25-1697. 2. 1.
106. 瀋行錄(사본 1책), 尹弘禽(1641-?), 1698. -
107. 燕行錄(사본 1책), 姜銑(1645-?), 1699. 11. 3-1700. 3. 20.
108. 燕行錄(사본 1책), 失名氏, 1700. -
109. 燕行雜錄(『疏齋集』 11, 疏齋 李頤命(1658-1722), 1704. -
110. 燕行錄(사본 1책), 失名氏, 1711. 11. 27-
111. 閔鎭遠燕行錄(사본 1책), 閔鎭遠(1664-1736), 1712. 2. 22-7. 26.
112. 燕行塤篪錄(『夢窩集』 권 3), 金昌集, 1712. 6. 23-1713. 3. 30.
113. 燕行日記(1책), 老稼齋 金昌業, 1712. 6. 23-1713. 3. 30.
114. 연행록(사본 6권 6책), 老稼齋 金昌業, 1712. 6. 23-1713. 3. 30.
115. 崔德中燕行錄(사본 1책), 崔德中(?-?), 1712. 11. 1-1713. 3. 29.

116. 燕行日錄(『兩世燕行錄』, 月嶽 韓祉(1675-?).
117. 燕行日錄(사본 1책), 二知堂 趙榮福(1672-1728), 1719. 11. 4-1720. 3. 26.
118. 一庵燕記(사본 5권 5책), 一庵 李器之(1690-1722), 1720. 7. 27-
119. 庚子燕行雜識(사본 1책), 陶谷 李宜顯(1669-1745), 1720.-
120. 燕行錄(사본 1책), 李正臣(?-?), 1721. 3. 4-4. 30.
121. 西征錄(사본 1책), 韓元震(1682-1751), 1723. 7. 26-10. 11.
122. 燕行日記, 『有懷堂集』 8, 有懷堂 權以鎭(1668-1734), 1724. 3. 15-7. 17.
123. 燕行詩(가칭), 『墨沼稿』 1, 墨沼 趙錫命(1674-1753), 1724.
124. 燕行錄(『鶴巖集』 2), 趙文命(1680-1748), 1725. 5. 1.-
125. 燕行日記(『鶴巖集』 6), 趙文命, 1725. 5. 18.-9. 29.
126. 燕行錄(사2권 2책), 五友堂 金舜協(1693-1732), 1729. 8. 10-1730. 1. 18.
127. 燕行日記, 『鶴巖集』 6, 鶴巖 趙文命, 1731.-
128. 燕槎錄, 『鶴塘遺稿』 1, 趙尙絅(1681-1746), 1731. 11. 7-1732. 5. 8.
129. 壬子燕行雜識, 『陶谷集』, 陶谷 李宜顯(1669-1745),

1732. 7. -

130. 韓德厚燕行日錄(寫本 1책), 韓德厚(1680-?), 1732. 7. 28-12. 17.

131. 甲寅燕行錄, 『畢依齋遺稿』, 畢依齋 黃梓(1689-?), 1734. -

132. 丁巳燕行日記, 『止庵遺稿』 7·8, 李喆輔(1691-?), 1737. 7. 25-12. 11.

133. 燕槎錄, 『覆醬具』, 止庵 李喆輔, 1737. 7. 25-12. 11.

134. 燕行日記(사본 1책), 洪昌漢(1698-?), 1741. 1. 2-4. 6.

135. 丁卯燕行錄, 『覆醬具』, 止庵 李喆輔, 1747. 11. 6-1748. 1.

136. 燕京雜識(『松湖集』 6), 松湖·知足堂, 兪彦述(1703-1773), 1749. -

137. 燕行錄(『歸錄集』4), 歸錄 趙顯命, 1750. -

138. 庚午燕行錄, 『畢依齋遺稿』, 畢依齋 黃梓(1689-?), 1750. -

139. 燕行錄(사본 1책), 失名氏, 1755. 8. 25-(국도 한 63-41).

140. 燕行日錄(사본 1책), 失名氏, 1755. 11. 29-1756. 3. 17.

141. 庚辰燕行錄(사본 1책), 徐命臣(1701-?), 1760. 7. 24-12. 5.

142. 北轅錄(사본 5:5책), 李義鳳(1733-1801), 1760. 11. 2-1761. 4. 6.

143. 서원록(사 11책), 위의 북원록 국역본(1765. 5-1769. 4. 국역완).
144. 瀋陽日錄, 『雲溪漫稿』, 雲溪 金鐘正(1722-1787), 1764.-
145. 湛軒燕記, 『湛軒集』, 湛軒 洪大容(1731-1783), 1765. 11. -1766. 2.
146. 燕行錄(사본 1책), 嚴璹(1716-1786), 1773. 11.-1774.
147. 燕行紀事(사본 1책), 李岬(1737-?), 1777. 10. 26-1778. 3. 29.
148. 燕行錄(사본 4책), 李在學(1745-1806), 1777-1778.
149. 含忍錄, 『樊巖集』 13-14, 樊巖 蔡濟恭(1720-1799), 1778. 3. 18-7. 3.
150. 入燕記, 『青莊館全書』 66-67, 雅亭 李德懋(1741-1793), 1778.-
151. 隨槎錄(사본 1책), 盧以漸(1720-1788), 1780. 5. 25-10. 27.
152. 熱河日記(사본 26권 10책), 燕巖 朴趾源, 1780. 6. 24-
153. 燕雲紀行, 『耳溪集』 耳溪 洪良浩(1724-1802), 1782.-
154. 輶車集, 『屐園遺稿』 12, 屐園 李晚秀(1752-1820), 1783. 6. 13-11. 15.
155. 農隱入瀋記(사본 1책), 農隱 李田秀(1759-?), 1783. 6. 13-11. 9.
156. 燕行錄(사본 1책), 李鼎運(正祖時人), 1784. 12. 11-

1785. 4. 13.

157. 燕行日乘(사본 1책), 沈樂洙(1739-1799), 1786. 5. 22-윤7. 9.

158. 兪彦鎬燕行錄(사1책), 則止軒兪彦鎬(1730-1796), 1787. 10. 20-1788. 3. 24.

159. 燕行紀(사본 4권 2책), 徐浩修(1736-1799), 1790. 1. 13-10. 10,

160. 竝世集(사본 1책), 泠齋 柳得恭(1749-?), 1790. -

161. 燕行日記(사본 1책), 金士龍(正祖時人), 1791. 11. 23-1792. 1. 7.

162. 燕行錄(사본 1책), 金正中(正祖時人), 1792. 11. 2-1793. 3. 16.

163. 燕行日記, 『芝圃遺稿』 11-14, 芝圃, 1793. 10. 22-1794. 3. 20.

164. 연행록(5권 5책), 李繼祜(1754-1833), 1793. 10. 22-1794. 2. 21.

165. 燕雲續詠, 『耳溪集』 耳溪 洪良浩(1724-1802), 1794. -

166. 戊午燕錄(사본 1책), 徐有聞, 1798. 10. 19-1799. 3. 17.

167. 무오연행록(사본 6권 6책), 徐有聞, 1798. 10. 19-1799. 3. 30.

168. 燕臺錄(사본 1책), 泠齋 柳得恭(1749-?), 1801. 1. 22-6. 11.

169. 李基憲燕行錄(사본 1책), 李基憲(1763-?), 1801. 10. 27-1802. 3. 30.
170. 薊山紀程(사본 1책), 失名氏, 1803. 10. 21-1804. 3. 25.
171. 芝汀燕記(사본 3권 1책), 元在明(1763-1817), 1804. 10. 30-1805. 3. 15.
172. 輶軒錄, 『乙丑日記』, 姜哲欽(1768-?), 1805.-
173. 燕詩(가칭), 『隱几集』, 隱几 李始源(1753-1807), 1805.-
174. 赴燕詩(가칭), 『襟溪集』 1, 襟溪 李鳳秀(1778-1852), 1805.-
175. 燕行錄(사본 1책), 李敬卨(純祖時人), 1809.-
176. 續北征詩(사본 1책), 襟湖 李時秀(純祖時人), 1812. 7. 6-
177. 燕行日記, 『木山藁』 권8, 木山 李基敬(1713-1789), 1815. 6. 13-8. 20.
178. 北遊漫錄, 『簡山北遊錄』, 龜軒 李好敏(1762-?), 1821. 10. 11-1822. 2. 8.
179. 隨槎閑筆(사본 2권 1책), 權復仁(1830-?), 1822. 7. 26-11. 27.
180. 燕行錄(사본 16책), 酉堂金魯敬(1766-1840), 1822. 10. 20-1823. 3. 17.
182. 薊程散考(사본 1책), 金學敏(1780-?), 1822.-
183. 燕行雜錄(사본 16권 16책), 冷泉徐有素(1775-?),

1822. 10. 20–1823. 3. 17.

184. 遊燕藁(사 3권 3책), 陶厓 洪錫謨(純祖時人), 1826. 10. 27–1827. 3. 20.
185. 筆譚(사본 1책), 翠微 申在植(1770–1843), 1827. 1. 9–
186. 赴燕日記(사본 1책), 失名氏, 1828. 4. 13–10. 4.
187. 燕薊紀程(사본 1책), 心田 朴思浩(純祖時人), 1828. 10. 25–1829. 4. 4.
188. 朴來謙瀋槎日記(사본 1책), 朴來謙(1780–?), 1829. 7. 16–10. 8.
189. 燕行錄(사본 1책), 柳相祚(1763–1838), 1829. 10. 27–1830. 3. 24.
190. 輶軒續錄(사본 4권 2책), 姜時永(1788–?), 1829. –
191. 燕行日錄(사본 1책), 經山 鄭元容(1783–1873), 1831. 11. 20–1832. 3. 11.
192. 燕轅直指(사본 1책), 金景善(1788–?), 1832. 6. 20–1833. 4. 2.
193. 鏡浯遊燕日錄(사본 2책), 任百淵(1802–1866), 1836. 10. 16–1837. 3. 16.
194. 相看錄(사본 1책), 翠微 申在植(1770–1843), 1836. 10. 16–(시집)
195. 西行錄(사본 2책), 尹程(1809–?), 1844. 10. 26–1845. 2. 12.

196. 燕槎錄(『石來堂草稿』 4), 石來堂 李憲球(1784-1858), 1845. 6. 25-
197. 燕行日錄(사본 3책), 梧墅 朴永元(1791-1854), 1846. 3. 12-7. 21.
198. 北槎錄(사본 1책), 尹致定(1800-?), 1847. 12. 23-1848. 1. 13.
199. 燕行日記(사4권 4책), 桐泉 李啓朝(1793-1856), 1849. 10. 1-1850. 2. 15.
200. 燕行日記(사본 1책), 黃惠庵(純祖時人), 1849. -
201. 出疆錄(사본 1책), 金景善(1788-?), 1850. 11. 12-1851. 5. 23.
202. 石湍燕行錄(사본 3책), 權時亨(1790-?), 1850. 11. 24-1851. 2. 28.
203. 輶軒三錄(사본 1책), 姜時永(1788-?), 1853. -
204. 夢經堂日史(사 5권 4책), 徐慶淳(1804-?), 1855. 10. 4-1856. 1. 22.
205. 北轅錄(사본 1책), 姜長煥(1806-?), 1855. 10. 19-1856. 3. 5.
206. 燕行日記(사본 3책), 朴齊寅(1818-1884), 1860. 2. 8-8. 17.
207. 입연기(사본 2책), 申錫愚(1805-1865), 1860. 11. 26-12. 20.

208. 燕遊錄(石版 1책), 石樵 崔秉翰(1820-?), 1862. 1. 29-7. 2.
209. 燕行日記, 『燕行鈔錄』, 李恒億(哲宗時人), 1862. 10. 21-1863. 4. 4.
210. 燕槎日記(사본 1책), 鄭羲永(哲宗時人), 1863.-
211. 燕行日記(사본 1책), 柳厚祚(1798-1868), 1866. 4. 9-6. 6.
212. 燕行詩(가칭), 『石山遺稿』, 石山 李承輔(1814-1880), 1867. 6.-
213. 北槎譚草(사본 1책), 失名氏, 1873. 12. 26-1874. 2. 11.
214. 燕槎日錄(사본 1책), 失名氏, 1875. 7. 30-
215. 林翰洙燕行錄(사본 1책), 林翰洙(1817-1886), 1876. 5. 16-9. 29.
216. 西征記, 『問議紀行』, 魚允中(1848-1896), 1882. 2. 2-7. 15.
217. 李承五燕槎日記(사본 1책), 李承五(1837-?), 1887. 4. 22-8. 7.
218. 燕轅日錄(사본 2책), 失名氏, 1888. 3. 13-1889. 1. 30.
219. 燕行錄(사본 1책), 小華 洪鐘永(1839-?), 1890. 5. 24-11. 6.
220. 錦舲燕槎抄(사본 1책), 失名氏, 朝鮮末,
221. 燕中聞見(사본 1책), 失名氏, (국립 중앙도서관, 한 51

-나 128)

222. 黃梁吟(中),『玉壺集』3, 玉壺 李肇源(1758-1832).
223. (비사행록)錦南漂海錄,『漂海錄』, 崔溥(1454-1504), 1488. 1. 30-1489. 6. 4.
224. (비사행록)乘槎錄,『江海乘槎錄』, 江海 崔斗燦(1779-1821), 1817. -

등이 유명하다.

이 작품들은 기행문학 작품으로서의 중요성보다 못하지 아니하게 역사 기록으로서의 가치도 크다. 이들 기록에 의하여 외국 특히 명나라와 청나라의 문화를 수용하면서 서학(西學)이라는 서양 종교[가톨릭]와 서양의 천문 과학 문물과 서양의 신학문을 받아들일 수도 있었다.

4. 2. 일본계 사행록(日本系使行錄)

1. 老松堂日本行錄(사 1책), 宋希璟(1376-1446), 1420. 윤 1. 15-10. 25
2. 海東諸國記(사 1책), 保閑堂·希賢堂 申叔舟(1417-1475), 1443.
3. 東槎錄(『花山先生逸稿』 附錄), 花山 權柱(1457-1505), 1493.

4. 海槎錄(사 1책), 鶴峰 金誠一(1538-1593), 1590.
5. 日本往還日記(사 1책), 秋浦 黃愼(1560-1617), 1596. 8. 3-12. 9.
6. 海行錄(사 1책), 失名氏, 1605. 12. 10-1607. 1. 12.
7. 海槎錄(인 2권 1책), 三休子・七松・石村 慶暹(1562-620), 1607. 1. 12-7. 17.
8. 東槎日錄(印 1책), 土塘・湫灘 吳允謙(1559-1636), 1617. 7. 4-10. 18.
9. 東槎日錄(사 1책), 朴梓(1564-?), 1617.
10. 扶桑錄(사 1책), 石門 李景稷(1577-1640), 1617. 7. 4-10. 18.
11. 東槎錄(印 1책), 道村 姜弘重(1577-1642), 1624. 8. 20-1625. 3. 26.
12. 海槎錄(사 1책), 東溟 金世濂(1593-1646), 1636. 8. 11-1637. 3. 9.
13. 丙子日本日記(사본 1책), 任絖(1579-1644), 1636. 10. 6-1637. 2. 25.
14. 東槎錄(사 1책), 漫浪 黃㦿(1604-?), 1636. 10. 6-1637. 2. 25.
15. 東槎錄(사 1책), 柱峰・龍洲・髯翁 趙絅(1586-1669), 1643.-
16. 海槎錄(『竹堂先生集』 2-3), 竹堂・泥翁 申濡(1610-

1665), 1643. 2. 20-

17. 癸未東槎日記(사본 1책), 滓溟 尹順之(1591-1666), 1643. 2. 20-11. 20.
18. 扶桑錄(사 2:1책), 壺谷 南龍翼(1628-1692), 1655. 4. 20-1656. 2. 12.
19. 聞見別錄(사 1책), 壺谷 南龍翼(1655. 4. 20-1656. 2. 12.
20. 東槎錄(사 1책), 樂貧居士 洪禹載(숙종조인), 1682. 5. 4-11. 14.
21. 東槎日錄(사 1책), 廣川 金指南(1654-?), 1682. 5. 5-11. 16.
22. 東槎日記(사 2책), 遯窩·靖庵·青坪 任守幹(1665-1721), 1711. 5. 15-1712. 2. 25.
23. 東槎錄(사 1책), 金顯門(숙종조인), 1711. -
24. 素雅堂叢書(사 3:3책), 北谷 洪致中(1667-1732), 1719. -
25. 海遊錄(사 2책), 青泉 申維翰(1681-1752), 1719. 4. 11-1720. 1. 24.
26. 海槎東遊錄(『青泉集』 속집 3-6), 青泉 申維翰, 1718. 1. -
27. 海遊聞見雜錄(『青泉集』 속집 7-8), 青泉 申維翰.
28. 扶桑紀行(사 1책), 菊堂 鄭后僑(1675-1755), 1719. -
29. 扶桑錄(사 2권 2책), 金潝(숙종조인), 1719. 4. 11-9. 27.
30. 四養齋外集桑蓬集(사 12권 6책), 姜浩溥(1690-1778), 1727. 10. 24-1728. 4. 8.

31. 상봉녹(위 책의 국역본, 2:2책), 1727. 12. 19-1728. 4. 4.
32. 奉使日本時聞見錄(사 2책), 蘭齋 曺命采(1700-1763), 1748. 2. 12-윤7. 30,
33. 隨使日錄(사 1책), 洪惠海(영조조인), 1748.-
34. 海槎日記(사 1책), 永湖·濟谷·濟庵 趙曮(1719-1777), 1763. 8. 3-1764. 7. 8.
35. 日觀記(사 10권 4책), 南玉(1722-?), 1763.-
36. 日本錄(사 1책), 青城 成大中(1732-1812), 1763.-
37. 東槎錄抄(『青丘稗說』 14), 退石金仁謙(1707-1772), 1763. 8. 3-1764. 7. 8.
38. 海行日記(사 1책), 徐有大(1732-1802), 1763. 8. 3-1764. 7. 8.
39. 溟槎錄(사 1책), 吳大齡(영조조인), 1763. 8. 3-1764. 7. 8.
40. 東槎錄(사 1책), 柳相弼(순조조인), 1811. 2. 12-6. 1.
41. 海行詩捷(『青山島遊錄』 7), 青山 金善臣(순조조인), 1811. 2. 15-
42. 海槎錄(사 3권 3책), 蒼山 金綺秀(1832-?), 1872.-
43. 日東記遊, 『修信使記錄』, 蒼山 金綺秀, 1876. 2. 22-6. 1.
44. 修信使日記, 『修信使記錄』, 蒼山 金綺秀, 1876. 5. 8-11. 18.
45. 滄槎紀行(사 1책), 安光默(1832-?), 1876. 4. 4-6. 1.
46. 修信使日記, 『修信使記錄』, 道園, 金弘集(1842-1896),

1880. 5. 28-8. 11.

47. 日槎集略(사 1책), 東蓮 李鑢(1837-1910), 1881. 2. 2-8. 30.
48. 日本內務省視察記(사 3책), 竹泉 朴定陽(1841-1904), 1881.-
49. 日本工務省視察記(사 1책), 姜文馨(1831-?), 1881.-
50. 日東錄(사 1책), 姜晉馨(1830-?), 1881. 1. 28-8. 2.
51. 東京日記(寫 1책), 東山 宋憲斌(1841-?), 1881. 3. 11-윤7. 23.
52. 使和紀略(사 1책), 玄玄居士 朴泳孝(1861-1939), 1887. 9. 25-1889. 9. 27.
53. 東槎漫錄(寫 1책), 朴戴陽(고종조인), 1884. 10. 17-1885. 2. 20.

등이 유명하다.

이 작품들도 조·일간(朝·日間)의 외교사(外交史)와 문물 교류를 연구하는 데에 귀중한 문헌적 가치가 높다. 이들 작품군에서 조선 전기의 것들이 조선의 문학과 예술 등의 문화를 일본에 전하여 주는데 이바지하였다면, 조선 후기의 것들은 일본의 서양화된 문물을 조선에서 배워오는데 필요한 교재의 역할을 하였다.

4. 3. 금강산 기행시문(金剛山紀行詩文)

1. 世祖東巡錄(『世祖大王實錄』 38), 지은이 모름, 1466. 3. 16－윤3. 28.
2. 東行記(『臥遊錄』 9), 慵齋 成俔(1439－1504), 1481.
3. 遊金剛山詩(가칭) (『虛白堂集』 詩 2·7·9), 慵齋 成俔(1439－1504), 1481.
4. 三日浦賦(『虛白堂集』 文 1), 慵齋 成俔(1439－1504), 1481.
5. 金剛山記(『秋江集』 3, 『生六臣合集』 7), 南孝溫(1454－1492), 1485. 4. 15－윤4. 21.
6. 高城三日浦序(『虛白亭集』 2), 虛白亭 洪貴達(1438－1504), 1485. 8. 16.

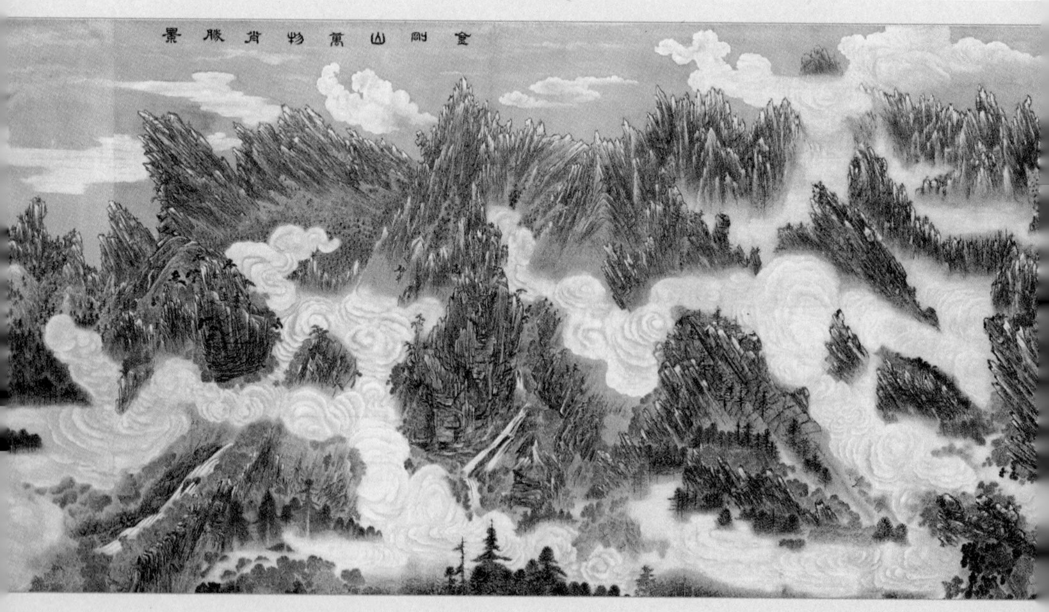

7. 遊金剛山錄(『臥遊錄』 7), 再思黨 李黿(?-1504), 1493. 5. 15.
8. 金剛山詩(가칭) (『勿齋集』), 勿齋 孫孝孫(1423-1497).
9. 遊關東詩(가칭) (『武陵集』 2), 武陵 周世鵬(1495-1554), 1529.
10. 遊金剛山記(『東洲先生逸稿』 中), 成悌元(1506-1559), 1531. 5. 8-8. 25.
11. 金剛錄(『龍門集』 2), 遇庵·葆眞庵·龍門 趙昱(1498-1557), 1531. 8.
12. 遊山錄(『蘇齋集』 1), 蘇齋·伊齋 盧守愼(1515-1590), 1539. 4. 18-6. 11.
13. 東關錄(『漁村集』 4), 漁村 沈彦光(1487-1540) 1540 이전.

금강산만물초승경도(金剛山萬物肖勝景圖, 김규진)
유물번호 : 창덕28312, 크기 : 세로 883cm, 가로 205.1cm, 출처 : 국립고궁박물관

14. 關東日錄(『湖陰雜稿』 3), 湖陰 鄭士龍(1491-1570), 1540. 9.
15. 關東日錄(『關東日錄』), 耻齋 洪仁佑(1515-1554), 1553. 4. 9-5. 21.
16. 楓嶽紀行(『栗谷全書』 1), 栗谷 李珥(1536-1584), 1554. 가을.
17. 楓嶽行(『栗谷全書』 拾遺 1), 栗谷 李珥, 1554. 가을.
18. 遊金剛山錄(『謙庵先生文集』 5), 柳雲龍(1539-1601), 1557. 9. 10-9. 18.
19. 遊楓嶽雜詠(가칭) (『蓬萊集』 1·2), 蓬萊 楊士彦(1531-1584), 1564. 가을.
20. 金剛錄(『臥遊錄』 8) 栢谷 鄭昆壽(1538-1602), 1569. 8. 26-28.
21. 金剛山紀行錄(『青溪集』 坤) 青溪 梁大樸(1544-1592), 1572. 4. 4-5. 20.
22. 金剛山詩(가칭) (『玉洞先生文集』 1), 文益成(1526-1584), 1576. 여름.
23. 關東別曲(『松江歌辭』), 松江 鄭澈(1536-1593), 1580. 봄.
24. 關東錄(『竹牖先生集』 1), 竹牖 吳澐(1540-1617), 1581. 봄.
25. 關東錄(『於于集』 1), 於于堂 柳夢寅(1559-1623), 1590. 봄.
26. 遊金剛山記(『敬庵集』 16), 敬庵 盧景任(1569-1620), 1595. 9. 15.
27. 關東錄(『晩翠先生遺稿』 2), 晩翠堂金盖國(1548-1603),

1596. 2. 25-1597. 2. 13.

28. 關東錄(가칭) (『知退堂集』 1), 知退堂 李廷馨(1548-1607), 1598.
29. 金剛山詩(가칭) (『市隱集』 1), 市隱 韓舜繼(宣祖時人)
30. 金剛山詩(가칭) (『八谷集』 1), 八谷 具思孟(1531-1604).
31. 金剛山記(『琴易堂集』 5), 琴易堂 裴龍吉(1556-1609), 1600. 여름.
32. 遊金剛山記(『月沙集』 38), 月沙 李廷龜(1564-1635), 1603. 8. 1-30.
33. 楓嶽紀行(『惺所覆瓿藁』 1), 蛟山 許筠(1569-1618).
34. 東征賦(『惺所覆瓿藁』 1), 蛟山 許筠(1569-1618), 1603.
35. 關東遊山詩(『藏谷文集』), 藏谷 權泰一(1569-?), 1606. 11.-30.
36. 丁未東遊記(『龜沙金剛錄』), 龜沙 權㻏(1574-1650), 1607. 7. 30-9. 12.
37. 遊金剛山記(『滄洲遺稿』), 滄洲 李炯胤(1593-1645), 1615. 8. 27-윤8. 26.
38. 遊關東詩(가칭) (『東湖集』 1), 東湖 李舒(1566-1651), 1617.
39. 金剛錄(『臥遊錄』 7), 守夢 鄭曄(1574-1625), 1618. 윤4. 1-14.
40. 關東續別曲(『頤齋詠言』), 頤齋·梅湖 曺友仁(1561-1625), 1623. 가을.

41. 遊山錄(『潛窩遺稿』 坤), 潛窩 李命俊(1572-1630), 1628. 4. 12-7. 6.
42. 遊楓嶽賦(『玄洲集』 12), 玄洲 趙纘韓(1572-1631).
43. 遊金剛內外山諸記(『樂全堂集』 7), 東淮 申翊聖(1588-1644), 1631. 8.
44. 東遊錄(『東洲集』 6), 東洲·觀海道人 李敏求(1589-?), 1631.
45. 遊楓嶽記(『白洲集』 16), 白洲 李明漢(1595-1645), 1640. 4. 13-15.
46. 遊金剛錄(『一翁集』 2), 一翁 朴慶應(1584-1663), 1649. 4. 11-5. 23.
47. 楓嶽錄(『白軒先生集』 10), 白軒 李景奭(1595-1671), 1651. 9. 17-9. 28.
48. 楓嶽山詩(가칭) (『八松集』 3), 八松 尹煌(1571-1639).
49. 遊楓嶽記(『木齋集』 7), 木齋 洪汝河(1621-1678), 1657. 9. 1-
50. 金剛山結語(『沃盧亭集』 7), 沃盧亭 宋光淵(1638-1695).
51. 巴東紀行(『魯西先生遺稿續集』 3), 尹宣擧(1610-1669), 1664. 1. 21-5. 2.
52. 金剛山詩(가칭) (『東里集』 5), 東里 李殷相(1617-1678), 1664. 8. 9-8. 29.
53. 金剛山道路記(『六寓堂集』), 梅山 · 六寓堂 李夏鎭(1628-1682), 1664. 8. 9-9. 1.

54. 重遊楓嶽記(『名山記詠』 上), 鄭斗源(1581-?), 1668. 3-
55. 金剛山詩(가칭) (『三淵集』), 三淵 金昌翕(1653-1722).
56. 東遊記(『農巖集』 23), 農巖 金昌協(1651-1708), 1671. 8. 11-9. 10.
57. 楓嶽錄(『白湖全書』 34), 白湖 尹鑴(1617-1680), 1672. 7. 24-8. 23.
58. 遊嶺東詩(가칭) (『滄溪先生文集』 1), 林泳(1649-1696), 1675. 10. 24-
59. 楓嶽詩(가칭) (『止窩稿』 中), 止窩 趙大壽(1655-1721), 1676. 가을.
60. 北征錄(『游齋集』 4), 游齋 李玄錫(1647-?), 1679.
61. 楓嶽日記(『谷雲集』 3), 谷雲 金壽增(1624-1701), 1680. 9. 18-10. 6.
62. 楓嶽詩(가칭) (『謙齋集』 4), 謙齋 趙泰億(1675-1728).
63. 觀楓嶽內山記(『晩靜堂記』 1), 晩靜堂·松涯 徐宗泰(1652-1719).
64. 楓嶽詩(가칭) (『東溪遺稿』 3), 東溪 李英輔(肅宗時人), 1684.
65. 金剛錄(사 1책), 兪命岳(1667-?), 1684. 3. 27-4. 13.
66. 楓嶽記遊(『芝村先生文集』 1), 芝村 李喜朝(1655-1724), 1685. 4. 7-
67. 關東錄(『松月齋集』 5), 李時善(1625-1715), 1686. 8. 19

-9. 21.

68. 海山唱酬錄(『芝村先生文集』 19), 芝村 李喜朝(1655-1724), 1688. 5. 1-
69. 關東錄(가칭) (『懶隱集』 2), 懶隱 李東標(1644-1700), 1690. 8. 11-
70. 遊金剛山小記(『寤齋集』 3), 寤齋 趙正萬(1656-1739), 1690. 8. 17-9. 9.
71. 東遊錄(『養窩集』 12), 養窩 李世龜(1646-1700), 1691. 9. 2-
72. 東遊錄(『游齋集』 8 · 9), 游齋 李玄錫(1647-?), 1692.
73. 東遊錄(『景淵集』 2), 景淵 李玄祚(1654-1710), 1692. 3. 21-
74. 東遊記(『圃陰集』 6), 圃陰 金昌緝(1662-1713), 1692. 8. 20-9. 27.
75. 關東錄(『西坡集』 6), 西坡 吳道一(1645-1793), 1695. 봄.
76. 金剛山詩(가칭) (『西溪集』 3), 西溪 朴世堂(1629-1703).
77. 遊楓嶽詩(가칭) (『直齋集』 1), 直齋 李箕洪(1681-?), 1697.-
78. 東遊錄(『弘道先生遊稿』 5), 弘道·玉洞 李溆(1662-1723), 1700. 8. 17-10. 12.
79. 金剛山詩(가칭) (『新安世稿』 續), 南天祐(1635-1716), 1703. 가을-

80. 금강산·사군유산기(사본), 실명씨, 1705. 윤4. 1-5. 8.
81. 關東錄(『玉川集』 7), 玉川 趙德鄰(1658-1737), 1708. 4. 16-5. 1.
82. 關東續錄(『玉川集』 7), 玉川 趙德鄰(1658-1737), 1708. 9. 10-
83. 關東四月錄(『玉川集』 8), 玉川 趙德鄰(1658-1737), 1708. 4.
84. 關東九月錄(『玉川集』 8), 玉川 趙德鄰, 1708. 9.
85. 遊金剛山記(『陶谷集』 25), 陶谷 李宜顯(1669-1745), 1709. 9. 1-
86. 遊金剛錄(『虛靜集』 下), 虛靜 釋法宗(1670-1733), 1711. 4. 10-
87. 金剛錄(『長皐世稿』 8), 月灘 金昌錫(1652-1720), 1711경
88. 東遊錄(『順庵集』 2), 順庵 李秉成(1674-?), 1712. 8.
89. 楓嶽錄(『樗村先生遺稿』 41), 樗村 沈錥(1685-1753), 1713. 11. 7-16.
90. 東遊錄(『頭陀草』 4-5), 澹軒·澹庵 李夏坤(1677-1724), 1714. 3. 19-4. 20.
91. 楓岳遊記(『西堂私載』 4), 西堂 李德壽(1673-1744), 1714. 8. 22-9. 1.
92. 北征錄(『游齋集』 4), 游齋 李玄錫(1647-?), 1715.
93 遊金剛山(『長皐世稿』 9), 龜洲 金世鎬(1652-1722).

94. 東行錄(『寒圃齋集』 1), 寒圃齋 李健命(1663-1722).

95. 金剛山詩(『有懷堂集』 2), 有懷堂 權以鎭(1668-1734), 1722. 8. 15-9. 14.

96 楓嶽錄(『希庵集』 22), 希庵 · 思窩 蔡彭胤(1669-1731), 1723. 3. 13-

97. 陪遊金剛錄(『喜懼齋遺稿』), 喜懼齋 李道翼(1692-1762) · 1724. 4. 21-

98. 關東錄(『明庵集』 3), 明庵 鄭栻(1683-1746), 1727. 1. 20.

99. 遊楓嶽日記(『月谷集』 10), 月谷 吳瑗(1700-1740), 1727. 윤3. 17-4. 5.

100. 遊金剛山記(『杞園集』 20), 杞園 魚有鳳(1672-1744), 1731. 4. -

101. 再遊金剛內外山記(『杞園集』 20), 상동, 1733. 9. 4-29.

102. 遊楓嶽詩(가칭) (『渼湖集』 1), 渼湖 金元行(1702-1772), 1736. 9. 9-

103. 楓嶽錄(사 1책), 李百源(英祖時人), 1738. 8. 24-9. 8.

104. 東遊錄(『明村遺稿』), 明村 朴淳愚(1686-1759), 1739. 3. 3-4. 30.

105. 金剛別曲(『明村遺稿』), 明村 朴淳愚, 1739. 3. 3-4. 30.

106. 東遊錄(『止庵遺稿』 8), 止庵 李喆輔(1691-?) 1740. 3. 17-4. 10.

107. 東遊紀行(『屛溪集』 2), 屛溪 尹鳳九(1681-1767), 1740.

3. 22-6

108. 東征記(『鳳巖集』 13), 鳳巖 · 三患齋 蔡之洪(1683-1741), 1740. 4. 1-5. 10.

109. 遊楓嶽記(『忍庵集』 乾), 忍庵 趙載道(英祖時人), 1742. 4. 16-

110. 遊楓嶽記(『文藁』), 晩慕 鄭基安(1695-1767), 1742. 8. 10-

111. 蓬萊紀遊(사본 1책), 朴春榮先考(英祖時人), 1743. 윤4. 25-5. 12.

112. 再入楓嶽記(『忍庵集』 乾), 忍庵 趙載道(英祖時人), 1743. 8. 20-25.

113. 金剛路史(사본 1책), 廣巖居士 金德欽(英祖時人), 1745. 4. 17-5. 12.

114. 遊楓嶽錄(『晩慕遺稿』 6), 晩慕 鄭基安(1695-1767), 1745. 9. 2-10. 10.

115. 海嶽之行(『海嶽集』 3), 海嶽 李明煥(1718-1764), 1746. 3. 28-4. 28.

116. 遊金剛山詩(가칭) (『止庵遺稿』 1), 止庵 李喆輔(1691-?), 1746. -

117. 海山日記(『醇庵集』 5), 醇庵 吳載淳(1727-1792), 1748. 윤7. 12-8. 9.

118. 東遊日記(『東遊日錄』), 宋周相(1687-1753), 1749. 4. 13-5. 22.

119. 東遊錄(『恥齋漫錄』), 恥齋 金相直(영조조인), 1751.
120. 遊金剛山錄(『三山先生文集』 5), 三山 柳正源(1702-1761), 1755. 4. 27-5. 7.
121. 東征日錄(『雲溪漫稿』 8), 雲溪 金鍾正(1722-1787), 1759. 3. 16-5. 8.
122. 遊金剛山詩(가칭) (『知守齋集』 1), 知守齋 兪拓基(1691-1762), 1760-
123. 遊金剛山詩(가칭) (『雷淵集』 7), 雷淵 南有容(1698-1773), 1760.
124. 楓嶽紀行(사본 1책), 朴宗植(1729-?), 1760. 4. 12-5. 5.
125. 東行記(사본 1책), 霅橋 安錫儆(1718-1774), 1761. 4. 1-5. 13.
126. 遊金剛山詩(가칭) (『圃巖集』 6), 圃巖 尹鳳朝(1680-1761).
127. 遊金剛山詩(가칭) (『本庵續集』 1), 本庵 金鍾厚(?-1780), 1763-
128. 東遊錄(사본 1책), 失名氏, 1764. (가람 古 915. 16-Us6j)
129. 關東雜詠(『溪村先生文集』 2), 李道顯(1726-1722), 1767. 8. 28-9. 18.
130. 遊金剛山記(『溪村先生文集』 6), 李道顯, 1767. 8. 28-9. 18.

131. 蓬萊山詩(가칭) (『玉局齋集』 6), 玉局齋 李運永(1722-1794), 1770. -
132. 金剛遊賞錄(사본 1책), 失名氏, 1772. 8. 20-9. 10.
133. 東遊錄(『澹翁集』 4), 澹翁 趙靈(1716-1776), 1774. 8.14-9. 18.
134. 遊金剛山詩(가칭) (『及健齋漫錄』), 及健齋 李時秀(1745-1821), 1775. 4.
135. 東遊日記(『慵齋文類』), 失名氏, 1775. 10. 1-29.
136. 楓嶽詩(『安窩遺稿』 3), 安窩 洪樂仁(1740-1777).
137. 東遊日記(『博泉東遊錄』), 博泉 徐承輔(1754-?), 1778. 윤4. 13-5. 3.
138. 遊楓嶽小敍(『海左集』 8), 海左 丁範祖(1723-1801), 1779.
139. 山海遊引(『窮悟集』 1), 窮悟 任天常(1754-?), 1780. 1-
140. 金剛錄(사 1책), 柳憲國(1735-?), 1780. 3. 9-4. 3.
141. 東遊日記(『性澤先生集』 12), 心齋 宋煥箕(1728-1807), 1781. 7. 29-9. 29.
142. 東遊記(『雲湖集』 5), 雲湖 任靖周(1727-1796), 1782. 9. 1-26.
143. 金剛詩(『江漢集』 2), 江漢 黃景源(1709-1787).
144. 東遊詩(가칭) (『喜泉集』 1), 喜泉 李寀(正祖時人), 1785 이전.

145. 高城紀行錄(『七巖文集』 3), 七巖 金夢華(1723-1792), 1787. 10. 1-5.
146. 遊金剛山記(『豹庵遺稿』 4), 忝齋 姜世晃(1713-1791), 1788.9. 13-9.17.
147. 東遊錄(사본 1책), 失名氏, 1790. 9. 20-10. 19.
148. 海山錄(『遲庵先生文集』 4), 遲庵 李東沆(1736-1804), 1791. 3. 27-5. 21.
149. 金剛記(『愚谷遺稿』 7), 愚谷 李敦秀(1767-1799), 1795. 3. 12-4. 23.
150. 金剛別曲(사본 1책), 失名氏, 1796. 3. 21 -
151. 東遊錄(『損齋先生文集』 1·13), 損齋 南漢朝(正祖時人), 1796. 4. 13-
152. 遊金剛錄(『壽靜齋集』 8), 壽靜齋 柳鼎文(1782-1839), 1796. 4. 29-5. 6.
153. 金剛山史(『華南漫錄續』 1), 華南山人 金相休(1757-?), 1798. 3. 7-26.
154. 東行日記(『膽猗軒遺稿』 乾), 膽猗軒 趙弼鑑(1767-1826), 1802.4.21-6. 20.
155. 金剛詩(『梅山集』 1), 梅山 洪直弼(1776-1851), 1802. 8.
156. 동유풍악록(『강재유고』 4), 강재 김정현(1778-1839), 1804. 9. 3-9. 27.
157. 遊金剛詩(가칭)(『豊墅集』 1), 豊墅 李敏輔(純祖時人), 1805.

158. 金剛山詩(가칭) (『東海公遺稿』 2), 趙琮鎭(1767-1845), 1806. 2. 12-3. 13.
159. 楓嶽記(목판 1책), 竹石 徐榮輔(1759-1816), 1806. 9. 3-9.
160. 慈慶志咸興日記(사본 1책), 金元根(1786-1832), 1810. 3. 18-4. 18.
161. 東征錄(『鶴坡遺稿』 15), 鶴坡 趙星復(1772-1830), 1818. 2. 11-
162. 艮觀錄(사본 1책), 홍석모(1781-1857), 1818. 8. 10-9. 3.
163. 東遊錄(가칭) (『葛川集』 2), 葛川 金熙周(1760-1830), 1818. 8. 12-8. 30.
164. 金剛遊山錄(『葛川集』 6), 葛川 金熙周(1760-1830), 1818. 8. 12-8. 30
165. 金剛山記(『六橋稿略』 2), 六橋 李祖默(1792-1840), 1818. 9. 9.
166. 金剛觀敍(『成齋集』 15), 羽堂·菊齋·醉齋趙秉鉉(1791-1849), 1819. 9. 6-10. 17.
167. 北遊錄(『好古窩集』 16), 好古窩 柳徽文(1773-1832), 1819. 9. 11-10. 8.
168. 봉내곡(寫本 1책), 樊川 金在華(1768-1841), 1824. -
169. 乘遊錄(사본 1책), 丁稚種(1793-?), 1825. 2. 26-4. 16.
170. 東遊記(『六玩堂集』 5), 六玩堂 李豊翼(1804-?) 1825. 8. 4-9. 2.

171. 遊金剛山錄(『書巢集』), 書巢·樵庵 宋洪直(1783-1836), 1826 봄.
172. 東遊詩程(『九松遺稿』), 九松 權用銓(1785-1837), 1826. 3. 16-
173. 東遊小記(『快客東遊錄』), 失名氏, 1826. 4. 2-15.
174. 東遊錄(『文山集』 8), 文山 李載毅(1772-1839), 1827. 가을.
175. 海山錄(사본 1책), 渾齋 姜哲欽(1778-1856), 1828. 3. 16-
176. 楓嶽指掌圖兼詩軸(두루말이), 鰲隱 李冕朝(1773-?), 1830. 8. 17-9. 2.
177. 再遊楓嶽錄(가칭) (『鰲隱遊稿』 3), 鰲隱 李冕朝, 1830. 8. 17-9.2.
178. 東遊錄(사본 1책), 崔東煥(憲宗時人), 1831. 3. 15-
179. 金剛遊賞錄(사본 1책), 失名氏, 1832.
180. 海山日記(『晴沼遺稿』 地), 晴沼 趙容和(1793-?), 1834. 8. 22-9. 16.
181. 金剛山詩(가칭) (『迂山稿』 2), 迂山 李承元(憲宗時人), 1838. 5-
182. 東遊錄(사본 1책), 劉在健(1793-1880), 1838. 8. 6-9. 3.
183. 金剛錄(가칭) (『金陵集』 3), 金陵·穎翁 南公轍(1760-1840).
184. 金剛山詩(가칭) (『重山齋集』 1), 重山 李趾秀(1779-1842),

1840. 8.

185. 夢遊錄(사본 1책), 晩喜 洪炳謨(1801-1881), 1841. 윤 3. 18-4. 13.

186. 東遊錄(『谷靑冗語』), 安樂窩·庸庵 李顯養(1783-1852), 1842. 8. 4-9. 6

187. 遊金剛山錄(『農廬集』 3), 農廬 姜獻圭(1797-1860), 1847. 8. 13-

188. 東遊錄〔『金剛錄』 柳心永(哲宗時人)〕, 1847. 10. 4-7.

189. 東遊金剛山錄(『默齋記思』), 默齋 趙鼎和(哲宗時人), 1848 이전.

190. 楓嶽詩(가칭) (『雲石遺稿』 1), 雲石 趙寅永(1782-1850).

191. 東遊記 권지일(사본 1책), 失名氏, 1853. 8. 17-9. 2.

192. 東遊錄(사본 1책), 失名氏, 1853. 8. 17-9. 18.

193. 金剛山詩(가칭) (『耘石外史』 10), 耘石·冠巖 洪敬謨 (1774-1855).

194. 金剛山遊山錄(『여행편』), 止軒 朴熺鉉(1814-1880), 1855. 2. 23-

195. 東行山水記(『峿堂集』 13), 峿堂 李象秀(1820-1882), 1856. 3. 29-

196. 東遊錄(『蘭史集』 坤), 蘭史 崔鉉九(高宗時人), 1859. 3. 2-4. 7.

197. 關東張遊歌(사본 1책), 失名氏, 1859. 8. 18-

198. 金剛詩序(가칭)(『白渠集』), 白渠 兪萬柱(高宗時人), 1860.
199. 金剛小伯翫景記(사본 1책), 陳德立의 伯氏. 1861. 봄
200. 金剛山記(사본 1책), 小荷 趙成夏(1845-1881), 1865. 7. 26-9. 8.
201. 東遊詩(사본 1책), 小荷 趙成夏(1845-1881), 1865. 7. 26-9. 8.
202. 金剛山詩(『斗南詩選』 3), 斗南 趙寅圭(高宗時人), 1865. 7. 29-
203. 東遊金剛錄(사본 1책), 健庵 權濂(1846-1896), 1867.
204. 東遊錄(사본 1책), 失名氏, 1868. 3. 13-윤 4. 12.
205. 東遊日記(사본 1책), 立齋·南谷 宋近洙(1818-1902), 1868. 3. 21-윤 4. 8.
206. 養氣錄(사본 1책), 淵齋 宋秉璿(1836-1905), 1868. 3. 21-윤4. 8.
207. 東遊錄(사본 1책), 留齋主人, 1873. 4. 1-21.
208. 東遊記(사본 1책), 韓山李氏(고종시인), 1874. 5. 27-7. 24.
209. 금강산유샹녹(『金剛山遊上錄』), 失名氏, 1876. 3. 24-4. 16.
210. 生見奇話(사본 1책), 雲淸 趙東肅(1826-1882), 1878. 4. 21-6. 9.
211. 三遊觀記(『絅堂集』 下), 絅堂 徐應淳(1824-1880), 1979-

212. 東遊錄(『寒州集』 2), 寒州 李震相(1818-1886), 1879. 윤3.
213. 金剛日記(사본 1책), 石樵 金元履(高宗時人), 1879. 윤3. 16-4. 17.
214. 金剛錄(『海嶽錄』), 學山, 1881. 4. 19-5. 12.
215. 金剛山詩(가칭) (『勉菴集』), 勉菴 崔益鉉(1833-1906), 1882. 4. 3-
216. 金剛山詩(가칭) (『石農遺稿』 1), 石農 趙秉禧(1855-1907), 1883.
217. 金剛山歌(가칭) (『修堂集』), 修堂 李南珪(1855-1907), 1885.
218. 東遊錄(사본 1책), 失名氏, 1887. 4. 21-5. 13.
219. 금강녹(사본 1책), 希堂 趙秉均(1855-1891), 1890. 5. 13 -7. 1.
220. 蓬萊日錄(사본 1책), 希堂 趙秉均, 1890. 5. 13-7. 1.
221. 東遊日記(『仙浦漫錄』), 南五一(高宗時人), 1891. 4. 1-5. 29.
222. 金剛山詩(가칭) (『舫山集』 5), 舫山 許薰(1836-1907), 1898. 4. 14-
223. 東遊錄(『舫山集』 14), 舫山 許薰(1836-1907), 1898. 4. 14-7. 1.
224. 金剛錄(가칭) (『凝窩集』 2), 凝窩 李源祚(高宗時人), 1898. 5.

225. 東遊錄(사본 1책), 素石 鄭基源(1848-1911), 1903. 4. 6.
226. 東遊錄(『鐘山集』 2), 鐘山 趙存榮(高宗時人), 1906. 8.-9.
227. 金剛山詩(가칭) (『荷棲集』 2), 荷棲 趙璥(1717-1787).
228. 西園錄(『晦谷集』 2), 晦谷 曺溪英(仁祖時人)
229. 金剛山詩(가칭) (『屯庵集』 1), 屯庵 申昉(1685-?).
230. 楓嶽詩(가칭) (『槎川詩抄』 上), 槎川·嶽下 李秉淵(1816-?).
231. 楓嶽詩(가칭) (『芸窩集』 地), 芸窩 洪重聖.
232. 楓嶽詩(가칭) (『茅州集』 4), 茅州 金時保.
233. 嶽海錄(『西州集』 3), 西州 曺夏望.
234. 楓嶽詩(가칭) (『凡翁遺稿』), 凡翁 李天翊.
235. 楓嶽詩(가칭) (『近齋集』 3), 近齋 朴胤源.
236. 楓嶽詩(가칭) (『直齋集』 1), 直齋 李箕洪.
237. 嶺東詩卷(가칭) (『后溪集』), 后溪 趙裕壽.
238. 金剛遊(『臥雲遺稿』), 臥雲 宋煥經(正祖時人).
239. 楓嶽詩(가칭) (『杞園集』 6·7), 杞園 魚有鳳.
240. 楓嶽詩(가칭) (『陶溪遺稿』 1), 陶溪 尹弘圭(純祖時人).
241. 楓嶽詩(가칭) (『石見樓詩抄』 乾), 石見樓 李復鉉(純祖時人).
242. 楓嶽詩(가칭) (『南山集』 3), 南山 柳榮河(哲宗時人).
243. 楓嶽詩(가칭) (『對山集』 1), 對山 姜璡(高宗時人).

등이 널리 읽혀진 작품들이다.

이들 작품은 세계적 명산으로 그 이름이 널리 알려진 금강산(金剛山)이 불교 신자가 아닌 일반인에게까지도 불국토(佛國土)라는 이상세계(理想世界)로 인식되기도 하고, 유학자(儒學者)들에게는 영원불멸의 신선(神仙)들의 세계로 이해되기도 하였다. 그리고 이들 기행문에서는 우리가 살고 있는 이 국토의 아름다움을 통하여 애국사상을 높이 드날리기도 한 사실을 확인할 수가 있다.

4. 4. 기타 기행 시문

1. 關東錄(『古隱文集』 5), 古隱 趙居南(1789-1838), 1810. 4. 17-.
2. 東遊錄(『梨陰稿』), 梨陰 李運源(1758-1822), 1815. 3. 3-12.
3. 看羊錄(사 1책), 睡隱 姜沆(1567-1618), 1597. 2. 8-1600. 9. 5.
4. 海上錄(사 2권 2책),月峰鄭希得(1573-1640), 1597. 8. 12-1599. 7. 28.
5. 萬死錄(사 1책), 湖山 鄭慶得(1569-1630), 1597. 8-1599. 7. 함평향토문화연구회, 1986. 역간.
6. 丁酉避亂記(사 1책), 隱窩 鄭好仁(1579-1634), 1597. 8. 12-1599. 7. 23.
7. 錦溪日記(사 1책), 錦溪 魯認(1566-1622), 1599. 2. 21-6. 27.

8. 北征錄(사 1책), 申瀏(1619-1680), 1658. 4. 6-8. 27.
9. 漂舟錄(사 1책), 李志恒(영조조인), 1756. 4. 13-1757. 3. 5.
10. 漂海錄(사 1책), 張漢喆(1744-?), 1770. 12. 25-1771. 5. 8.
11. 漂海錄(사 1책), 文順得 口述 丁若銓·柳庵 記, 1801. 12 -1805. 1. 8.
12. 漕行日錄(사 1책), 趙熙百(1825-1900), 1874. 12. 17-1875. 5. 19.
13. 使和記略(사 1책), 朴泳孝(1861-1939), 1882. 8. 1-11. 28.
14. 朴定陽米行日記(『竹泉稿』), 朴定陽(1841-1905), 1887. 9. 25-1889. 9. 27.
15. 環璆日記(『閔忠正公遺稿』 3), 閔泳煥(1861-1905), 1896. 3. 11-10. 21.
16. 環璆吟艸(사 1책), 金得鍊(1852-?), 1896. 3. 11-10. 21.
17. 赴俄記程(『閔忠正公遺稿』 4), 閔泳煥(1861-1905), 1897. 1. 11-7. 17.
18. 西槎日記(사 1책), 義陽君 李載覺(1873-?), 1902. 양 1. 30-8. 20.
19. 海遊歌(사 1책), 金漢弘(1877-1943), 1903. 12-1908. 8.(국문가사).

등의 작품들 중 3-7의 5종 책들은 임진왜란의 후유증을 증언하는 실기(實記)들이고, 8번의 책은 조선 효종(孝宗) 9(3991)년에 청나라의 요청에 의하여 제2차 러시아 정벌대장으로 출전하였던 신유(申瀏) 장군의 전투기록으로 영웅소설『배시황전』과 연관이 있는 작품이며, 9-11의 작품들은 조선시대에 고기잡이 또는 장삿배를 탔다가 제주 앞바다와 동해에서 풍랑을 만나 외국을 여행할 수 있는 천재일우(千載一遇)의 기회를 맞이하여 갖가지 고난을 극복하고 귀국한 표해기록(漂海記錄)들이다. 특히 11번의 작품은 흑산도 어부(漁夫)인 문순득(文順得)이 지금의 필리핀에 표착하였다가 여러 해 만에 살아서 귀국하여 마침 흑산도로 귀양 와서 살고 있던 정약전(丁若銓)·유암(柳菴)에게 각각 다른 시간에 구술하여 문자화된 매우 희귀한 자료이다. 이 표류기들은, 곧 태평양 내해에 위치한 우리나라가 앞으로 우리들이 어떻게 하느냐에 따라 해양대국(海洋大國)으로 무한 발전의 가능성이 있음을 가르쳐주는 매우 귀중한 기행 작품들이라고 하겠다.

또 12의 작품은 지금의 전라남도에 딸린 옛날 함열현감(咸悅縣監)과 겸직으로 조운판관(漕運判官)에 제수되어 큰 배 12척에 대동세(大同稅)로 받은 쌀을 싣고 서해안을 따라 강화도(江華島)를 거쳐 서울의 서강(西江)의 광흥창(廣興倉)까지 운반하여 오면서 겪은 일을 기록한 일기인데, 부수 작품으로 국문가사「도해가」가 있다. 13-14의 작품들은 박영효(朴泳孝)가 임오군란(壬午軍亂)으로 인한 제물포조약(濟物浦條約)의 실행을 위하여 수신사(修信使)가 되어 일본을 다녀온 일기와 박정양(朴定陽)이 미국 특파전권대사로 아메리카 합중국에 가서 외교활동을 한 보고서를 비롯하여 조선왕조 말엽과 대한제국 시대의 외교 업무를 통하여 얻은 일회적 체험의 공사적(公私的) 견문 기록들이다. 그중에서 15-17의 작품들은 기록의 시작은 달라도 러시아 황제 니콜라이 2세의 즉위 대관식(戴冠式)을 축하하기 위하여 미국 공사로 있던 민영환(閔泳煥)이 니콜라이 황제 2세의 대관식에 특명전권공사로 축하 사절로 참여하기 위하여 갈 때에 동행한 김득련(金得鍊)이 러시아를 여행하고 지은 조선 최초의 러시아 기행시문들이다. 이 작품들은 한국 기행문학 연구의 기본 자료가 되는 문학작품들일 뿐만 아니라 우리나라 근세의 중요한 역사 기록이기도 하다.

여기서는 조희백(趙熙百)의 『조행일록(漕行日錄)』의 일부를 소개한다.

4. 4. 1. 조행일록(漕行日錄)

갑술(고종 11, 4207)년 12월 17일에 함열현감(咸悅縣監) 겸 성당창 조세 영운관(聖堂倉租稅領運官)에 임명되었다. 8읍(邑)은 남원(南原), 진산(珍山), 익산(益山), 금산(錦山), 고산(高山), 운봉(雲峰), 용담(龍潭), 함열(咸悅)들이다. 성당창은 현청(縣廳)에서 동북쪽으로 20리[8km] 거리에 있다. 을해(고종 12, 4208)년 1월 27일에 함열현에 도착하였다. 오랫동안 읍무

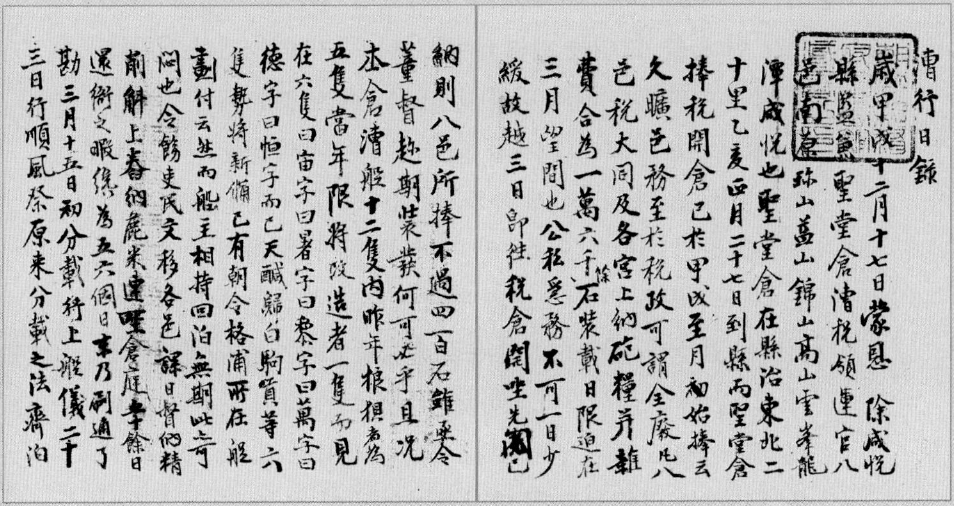
漕行日錄
歲甲戌十二月十七日 蒙恩 除咸悅
縣監兼 聖堂倉漕稅領運官 八
邑 礪山 益山 錦山 高山 雲峯 龍
潭 咸悅也 聖堂倉在縣治東北二
十里 乙亥正月二十七日到縣 而聖堂倉
捧稅開倉 已於甲戌至月初始捧云
久曠邑務 至於稅政 可謂全廢 凡八
邑稅大同及各宮上納砲糧 并雜
費 合爲一萬六千餘石 裝載日限迫在
三月望間也 公私急務 不可一日少
緩 故越三日 即往稅倉 [illegible]
納則八邑所捧不過四百石 雖發令
董督 趂期裝發 何可必乎 且況
本倉漕船十二隻內 昨年狼狽者爲
五隻 當年限將改造者一隻 而見
在六隻 曰宙字 曰暑字 曰來字 曰萬字 曰
德字 曰恒字 而已 天賦歸白駒資等六
隻 新將新備 已有朝令格浦所在船
劃付云 然而船主相持回泊 無期此亦
罔也 令飭吏民 文移各邑 課日督促 精
斛上春納 麗米 運 聖倉庭 十餘日
還衙之暇 纔爲五六個日 事乃例通了
勘 三月十五日 初分載 行上船儀 二十
三日 行順風祭 原來分載之法 齊泊

조행일록(漕行日錄, 조희백 著)
분류기호 : 古朝 51, 출처 : 국립중앙도서관

를 버려두어 세정에 이르러는 거의 전폐되었다고 이를 만하였다. 8읍의 세곡인 대동미(大同米)와 각 궁(宮)에 바치는 포량(砲糧)과 잡화를 합하면, 16,000여 석이나 된다. 이를 포장하여 배에 실어야 하는 마감 날이 3월 보름께로 다가왔다. 공사간으로 급한 일들이 많아서 하루도 잠시를 늦출 수가 없었다. 그러므로 3일을 지나 곧 세곡을 모아놓은 성당창으로 가서 먼저 살펴보았다. 8읍에서 이미 납부한 세곡들이 겨우 400석에 불과하였다. 비록 명령을 내려 독촉을 한들 기한을 맞추어 떠나는 것을 어떻게 반드시 할 수 있는가? 또 게다가 성당창의 세곡을 싣고 갈 배들 12척 속에는 작년에 낭패를 본 배들이 5

척이나 되었다. 금년 안으로 고치어 만들어야 할 배도 1척이 있어서 현재 쓸 수 있는 배는 6척뿐이니, 주자(宙字)배와 서자(暑字)배와 여자(黎字)배와 만자(萬字)배와 덕자(德字)배와 항자(恒字)배뿐이었다. 이에 12척을 모두 갖추어 세곡들을 싣고 곰나루[熊浦]로 옮겨 정박하게 하고, 곧 관아로 돌아왔다. 내일 출발 준비를 하기 위하여 오랫동안 어머님께 문안을 올리지 못하고, 또 나라의 일을 위하여 고을 원으로 부모 봉양을 한다는 뜻이 어디에 있는가? 상봉하솔의 온갖 일들을 모두 아우에게 맡기었다. 22일 행장을 꾸리어 곧바로 곰나루로 향하여 도착하니, 아직 해가 솟아오르기 전이었다. 아우가 뒤따라 오니, 이는 배에 올라 떠나는 것을 보고 곧 다시 돌아와서 어머님을 모실 생각이었다.(중략) 석양이 거의 다 져서 어두워지려 할 때에 동남쪽 하늘 가장자리로 하나의 석곽과 누대 같은 것이 갑자기 공중에 솟아오르니, 그 형용이 기이하고도 기이하여 말로 표현할 수가 없었다. 처음에는 성곽이 한일자를 그어가듯 수백 리에 이르도록 뻗어졌는데, 대충 보면 마치 담흑색의 병풍과 가리개처럼 보이었고, 자세히 보면 오색이 영롱하게 빛나는데, 그 속에 무지개 모양의 다리와 단청이 화려한 집들의 사이사이로 층층이 솟아오르기도 하고, 때로는 곧장 땅에서 치솟 듯 구멍이 뻥 뚫리면서 아자창(亞字窓), 만월문(滿月門), 반월문(半月門), 부처님의 머리통, 말의 몸뚱이, 학의 모양들이 그 속에 온전히 갖추어져 있었으니, 마치 한 칼로 잘라 낸 반쪽 머리처럼 들쭉날쭉한 것이 없이 편편하였다. 해가 질 때까지 사라지지 아니하였다. "그 물형의 변화가 섬광이 번쩍이듯 짧은 동안에 천변만화하니, 이 기운이 무엇인가?" 하니, 뱃사공이 대답하기를, "장차 비바람이 일어나려면 간혹 이런 기운이 있는데, 속담에는 '산놀이'라고도 합니다." 하였다. 나는 말하기를, "너희들이 어떻게 알겠느냐? 이것이 신기루라는 것이다."라고 하였다.(하략)[104]

이 작품은 조희백(趙熙百)이 고종 11(4207)년 12월 17일에 함열현감 겸 성당창 조세 영운관(咸悅縣監兼聖堂倉租稅領運官)에 임명되어 이듬해 1월 27일 현지에 도착하여 세곡(稅穀) 대동미(大同米)와 각궁(各宮)에 바치는 포량(砲糧)과 잡화(雜貨)들을 12척의 배에 싣고, 1월 22일에 함열에서 출발하여 서해안의 뱃길을 따라 북상하여 지금의 인천광역시의 월미도(月眉島)를 거쳐 강화군(江華郡)의 연미정(燕尾亭)을 지나 5월 19일에 서울특별시 마포구 서강(西江)의 광흥창(廣興倉)에 이른 기행문이다.

104 "歲甲戌十二月十七日蒙恩咸悅縣監兼聖堂倉租稅領運官八邑南原珍山盆山錦山高山雲峰龍潭咸悅也聖堂倉在縣治東北二十里乙亥正月二十七日到縣久曠邑務至於稅政可謂全廢凡八邑稅大同及各宮上納砲糧幷雜貨合爲一萬六千餘石裝載日限迫在三月望間也公私急務不可一日少緩故越三日卽往稅倉開坐先閱已納則八邑所捧不過四百石雖亟令董督赴期裝發何可必乎且況本倉漕船十二隻內昨年狼狽者爲五隻當年限將改造者一隻而見在六隻曰宙字曰暑字曰黎字曰萬字曰德字曰恒字而已於是十二船俱爲裝載使之移泊于熊浦卽爲還衙明裝治發久曠定省又此離闈輿奉城養之義安在哉奉率百事專付季君二十二日裝束行李直向熊浦赴日未出時也季君隨後此爲觀登船旋卽還侍計也(중략)夕陽將盡東南天際一城郭樓臺忽起空中其形奇奇不可言初如城郭一字劃去延袤數百里泛看則如淡黑色屛幛細看則玲瓏五色粧其裏虹橋彩閣間間層出或驀地出孔亞字窓滿月門半月門佛頭馬體鶴形俱備其中而全形則如城如橋一刀割斷平頭參差至日落時不滅其物形之變化閃急間千萬其態此何氣也船人對曰將欲風雨間或有此氣俗云山遊也余曰爾等何以知之此是蜃氣樓也.(하략)"

지은이는 본관이 풍양(豊壤)이고, 자는 순기(舜起), 호는 수산(睡山) 철종 6(4188)년에 사마시에 합격하여 진사가 되고, 이듬해에 참봉(參奉)이 되어 진산군수(珍山郡守) 등의 여러 고을 원을 지냈다. 저술로는 국문가사 「도히가(渡海歌)」가 전한다.[105]

4. 4. 2. 해천추범(海天秋帆)

이 글은 충정공(忠正公) 계정(桂庭) 민영환(閔泳煥)이 궁내부특진관(宮內府特進官)으로 고종 33(4229)년 4월 1일(음력 2월 19일) 특명전권공사(特命全權公使)의 직함을 가지고 러시아 황제 니콜라이 2세의 즉위 대관식(戴冠式)을 축하하기 위하여 학부협판(學部協辦) 윤치호(尹致昊), 러시아 파견 특명전권공사 2등 참

민영환(閔泳煥)이 1896년 니콜라이 2세의 대관식에 참석했을 때(앞줄 왼쪽 세 번째) 사진

출처 : 위키백과

105 崔康賢, 『韓國文學의 考證的 硏究』, 高麗大學校民族文化硏究所, 1996.

사관 김득련(金得鍊), 외부주사(外部主事) 김도일(金道一, 러시어 가능), 종인(從人) 손희영(孫熙榮), 러시아인 주서 윤 러시아 공사관 서기 스테인[師德仁]들을 일행으로 서울을 출발하여 인천의 제물항(濟物港)에서 러시아 군함 꾸레 · 시호를 타고 상해(上海)를 거쳐 일본 신호(神戶)→캐나다 앵커우벌항→기차로 아메리카 합중국 뉴욕의 먼트리올→잉글랜드 상선 루카니아호로 워싱턴→아일랜드 퀸스타운→잉글랜드 리벌불항→기차로 런던→퀴인볼오→배로 하이랜드 풀나싱항→기차로 도이치 베를린→페르시아 왓사오→러시아 모스끄→상트페테르부르크→니샷트→노보제비치예→바조바야→시베리아 일꾸쓰계→빼칼대호(바이칼大湖)→백레미세푸쓰갓야→가이다롭쓰갓야→시들예전쓰갓야→이그나시노→첼냐예뽀→아라제→미해로세면옴쓰갓야→허발홉쓰크→니마→우스리스크→블라디보스토크(海參威)→배를 타고 동해로 부산(釜山)→인천(仁川)→10월 21일 귀경의 204일 동안의 세계 일주 여행을 하고 지은 일기식 기행문이다. 여기에 그 일부를 소개한다.

(전략) (5월) 26일 (음력 14일/러시아력 14일) 맑음. 아침 6시에 일행들이 대례복을 입고 파스코프 러시아법은 대관식의 의례를 예배당에서 행하게 되어 있는데, 관모를 벗지 아니하면 예배당에 들어갈 수가 없다. 우리나라와 청나라, 터키, 페르시아 등 각국 공사들이 모두 관모를 벗을 수 없어서 예배당에 들어가지 아니하고, 예배당 밖에 머물면서 누 위에 올라가 구경을 하였다.

예배당은 궁내에서 멀지 아니한 곳에 있었다. 아침 8시에 황제와 황후가 걸어서 나왔다. 비단 장막을 만들어 4면을 버티어 받들고 따라가면서 햇볕을 가리어 주었다. 시위대와 보병들이 늘어서 있고, 시종하는 사람들의 의장(예관은 황금 지휘봉을 들고 앞에서 인도하였다.) 전일의 황제가 이동할 때의 방식대로 모두 걸어서 마차를 따라 궁궐 밖에서 호위하였다.

황제와 황후가 예배당에 들어간 뒤 꽤 오래 있다가 종소리가 끊임없이 울렸다. 이것은 대관이 끝난 뒤 희랍교주에게 기원과 축복을 받는 것이라고 하였다. 교주 2인(노란 빛 갓과 옷을 입었다.) 중에 한 사람은 물그릇을 들고, 한 사람은 짧은 빗자루를 들고 황제가 갈 길을 두루 물을 뿌리고 쓸었다. 이것을 "성수세진(聖水洗塵)"이라고 하였다.

한낮 12시에 황후가 관(冠)을 쓰고 먼저 돌아갔다. 갓은 금강석을 모아 엮어 만든 것(우리나라의 화관과 모양이 비슷하다.)이고, 등에다 황색 수를 놓은 치마를 걸치었는데(겉은 황색 비단에 수를 놓아 금빛이고, 속은 하얀 담비 가죽이었다.) 길이는 약 10m(數三丈)쯤 되는데, 가까이서 모시는 사람이 받들고 갔다. 잠시 뒤에 황제가 관을 쓰고 나오는데, 관은 금강석을 모아 엮어 만든 것(우리나라 금관과 비슷하다.)이고, 몸에는 황색 두루마기(황후의 치마와 같았다.)를 가까이서 모시는 사람이 역시 받들고 갔다. 황제는 왼손에 지구의를 들고(영토를 넓히겠다는 뜻이었다.) 오른손에는 황금 지휘봉을 잡고(황제의 위엄을 보이는 뜻이다.) 걸어서 옆에 있는 예배당 가까운 네다섯 곳을 거쳐서 궁으로 돌아갔다.(두 사람의 관과 두루마기와 지구의와 치마와 지휘봉은 모두 대대로 전하여 오는 것들이다.) 궁내부에서 큰 천막을 쳐 놓고(누각에 의지한 것 같았다.) 잔치를 열었다. 각국 사신들 일행과 참석한 벼슬아치들이 남녀 구별 없이 같은 탁상에 앉는데, 술과 안주들이 풍성하고도 깨끗하였다. 오후 2시에 공관으로 돌아왔다.

저녁 8시에 말이 끄는 수레를 타고 길거리를 이리저리 돌아보았다. 방방곡곡 가가호호마다 담장과 벽과 문틀에 쇠줄로 오색의 유리등을 꿰어달아 천태만상을 이루어 길 양쪽 옆으로 시렁을 매어 세우고 오색 유리등을 수레바퀴 크기로 둥글게 묶어서 기름초와 전기 가스를 일시에 불붙이니, 위아래로 사방이 환하게 밝기가 대낮같이 밝았다. 크레믈린궁 담을 따라 돌아가며 구경을 하였다. 그 안에 예배당과 여러 곳의 높은 탑이 치솟아 있었다. 오색 유리로 층층마다 가리처럼 엮어서 달아 놓고, 전기로 불을 켜니 영롱하고도 찬란하였다. 보는 사람의 눈을 어지럽게 하였다. 또 벽을 층층으로 쌓아 쇠관으로 물을 이끌어다가 큰 폭포를 만들었으니, 역시 장관이었다. 옛사람이 광릉(廣陵)에서 등불을 구경하고 그 대단함을 일컬어 오산(鰲山)의 불나무라고 하였더니, 이것이야말로 기이하고도 교묘하기가 참으로 상상할 수가 없는 것이었다.

27일(음력 15일/러시아력 15일) 맑음. 이 도시는 사방으로 산이나 고개도 없고 또한 큰 강도 없었다. 둘레는 28-32km(70-80리)가 되고, 살고 있는 사람들의 수가 1백여만 명이나 된다. 풍속은 자못 소박하여 예스러웠다. 새는 드물지만, 비둘기와 할미새는 아주 많아서 집집마다 떼를 지어 모여 들었다. 오후 1시에 마차를 타고 남쪽을 향하여 8-12km(수십 리)를 가서 높은 언덕에 올라가니 천막을 넓게 펼쳐 놓았는데, 탁상과 의자가 매우 정교하고도 깔끔하였으며, 화분의 꽃들은 향기가 매우 짙었다.(이렇게 설치하여 놓고 황제가 올라오기를 기다리었다.) 망원경으로 북쪽을 향하여 멀리 바라보니, 온 도시가 차례로 눈앞에 펼쳐져서 또 하나의 좋은 풍경이 되었다. 청국대사 이홍장(李鴻章)이 병으로 인하여 그 아들 경방(經芳)을 대신 참석시켰으나 밖에 나가고 없어서 만나지 못하였다. 각처에 등불을 켜니 어제와 같았다.(중략)

6월 10일(음력 29일/러시아력 29일) 맑음. 우리나라 국기(國旗)를 옥상에 걸었다. 서양 풍속에 집을 짓는데, 몇 층이고, 몇 칸씩이나, 혹은 여러 가호로 나누어 빌려서도 사는데, 오갈 때에 각기 문이 있어 서로 문란하지가 않았다. 지금 우리가 들어 있는 집도 역시 독채가 아니어서 좁고 불편한 일이 많았다. 오후 2시에 마차를 타고 네바(曳瓦) 강가로 갔다. 강둑 위에 큰 돌 한 덩이가 있는데, 높이는 한 길이 넘고 둘레는 두 길이 된다. 위에는 구리를 녹여 틀에 부어서 만든 전 러시아 대황제 표드르(彼得)가 말을 타고 달리는 상이 서 있다. 왼손은 말고삐를 잡고, 오른손은 북쪽을 가리키고, 말은 머리를 쳐들고 발굽을 펴서 달리는 모양을 하고 있다. 대제 표드르는 서력 1672년에 출생하여 나이 25세에 즉위하였다. 당시의 러시아는 아직 미개하여 나라 안에 난리가 많았다. 이에 부국강병을 도모하여 한미한 복장으로 유럽 여러 나라를 돌아다니면서 여러 가지 학문의 이치를 배우고 연습하였다. 몰래 선창에 들어가 스스로 목수라고 속이고 배를 만들고 항해하는 여러 가지 방법을 열심히 배웠다. 잉글랜드에 들어가 정치를 공부하고 돌아왔다. 상트페테르부르크를 선택하여 처음으로 토지를 개간하여 궁전을 새로 짓고 포대를 조성하여 마침내 수도를 세웠다. 이것이 곧 수도로 되어 서쪽과 북쪽을 편안히 지키는 곳이다. 다음 해에는 스웨덴과 싸워서 패하였으나, 웅대하고도 담대한 생각은 잃지 아니하였다. 이에 말하기를, "이번은 나를 이겼지만, 사실은 내가 너를 이길 것을 가르쳐 준 것이다."라고 하였다. 4년 뒤에 또다시 싸워서 크게 이겨 핀란드와 라트비아 각지를 얻었다. 개선하면서 나라 사람들에게 말하기를, "20년 전에는 나도 또한 야인이었으나, 능히 스스로 굳세어져서 이렇게 된 것은 오직 정치에 힘써 다스림을 도모하는 것만 알았기 때문이다."라고 하였다. 나이 53세에 병으로 죽으니, 나라 사람들이 우러러 사모하여 동상을 만들어 기념하였다. 그리고 상트페테르부르크를 수도의 이름으로 삼아 중흥을 기리었다.(중략)

(10월) 19일(음력 13일/러시아력 7일) 맑음. 오늘은 배가 서쪽을 향하여 가는데, 하늬바람이 심하게 불어 배가 흔들려서 견디기 어려웠다. 갑판에 올라 사방을 바라보니 북쪽의 바닷가로 섬들이 별들과 바둑알들처럼 널리 흩어져 있었다. 이는 호남 경계와 한라산이 있는 넓은 지역이 가로로 걸쳐져 구름과 안개가 아득한 사이의 동남쪽으로 뻗어져 있었다.

20일(음 14일/러시아력 8일) 흐리다가 해가 났다. 배가 북쪽을 향하여 가는데, 멀리 바라보이는 산과 가까이 보이는 낮으막한 언덕 산들이 좌우로 층을 지어 겹쳐져 있으나 그 이름들은 알 수가 없었다. 이미 호서지방의 서천만(舒川灣)으로 들어와서 620km(1550리)를 왔다. 낮 12시에 인천항에 닿아 배를 대었다. 반년의 여행 끝에 이제 서울에 들어가게 되었다. 기쁨과 다행함을 견딜 수가 없었다. 감리 이재정(李在正)과 경무관 김순근(金順根)과 외부 파견 교섭국장 김각현(金珏鉉)과 러시아 공사 위패(韋貝, 베베르)와 비서승 김홍륙(金鴻陸) 등이 같이 세 쪽으로 된 배를 타고 와서 인사를 하였다. 오후 2시에 함께 하륙하였다. 순신창(順信昌)에 숙소를 정하니, 집의 아우 영찬(泳瓚)과 매형 승지(承旨) 김영적(金永迪)이 나와서 맞이하는데, 벌써 며칠동안 머물고 있었다. 친구들과 집안사람들이 서울에서 많이들 와서 기쁘게 악수를 하고 지난 이야기들을 나누니, 그 기쁨이 대단하였다. 감리서(監理署)에서 술과 안주와 저녁밥을 준비하여 보내주어 일행들이 배불리 먹고 인하여 머물러 잤다. 밤에 번개가 치고 비가 쏟아졌다.

21일(음력 15일/러시아력 9일) 맑음. 아침에 일찍 일어나서 일정을 재촉하여 아침 7시에 길을 떠나서 20km(50리)를 와서 낮 12시에 오류동(梧柳洞)에 도착하였다. 친구와 집 사람들이 역시 서울서 많이 와서 기다리고 있었다. 기쁘기가 비할 데가 없었다. 8km(20리)를 가서 오후 5시에 마포에 이르렀다. 궁내부대신 이재순(宮內大臣李在純), 외부대신 이완용(外部大臣李完用), 내부대신 박정양(內部大臣朴定陽), 군부대신 이윤용(軍部大臣李允用), 학부대신 민종묵(學部大臣閔鍾默), 법부대신 한규설(法部大臣韓圭卨), 농상공부대신 조병직(農商工部大臣趙秉稷), 의정부 찬정(議政府贊政) 윤용선(尹容善)·남정철(南廷哲), 궁내협판 윤정구

(宮內協辦尹定求), 외부협판 고영희(外部協辦高永喜), 내부협판 신석희(內部協辦申奭熙), 탁지협판 김재풍(度支協辦金在豊), 학부협판 민상호(學部協辦閔商鎬), 법부협판 권재형(法部協辦權在衡), 한성판윤 이채연(漢城判尹李采淵), 경무사 이종건(警務使李鍾健), 경무관 백명기(警務官白命基), 의정부 총무국장 이상재(議政府總務局長李商在), 외부통상국장 조성협(外部通商局長趙性協), 외부주사 이기(外部主事李琦), 내부참사관 오명환(內部參事官吳命煥), 특진관(特進官) 민영규(閔泳奎) · 민병석(閔丙奭) · 이우면(李愚冕), 장예원경 김규홍(掌隷院卿金奎弘), 의정부 참찬 김명규(議政府參贊金明圭), 규장원경 김종한(奎章院卿金宗漢), 왕태자비궁대부 민영기(王太子妃宮大夫閔泳琦), 궁내부 참서 이종직(宮內府參書李鍾稙), 궁내부 주사(宮內府主事) 오재풍(吳在豊) · 최홍준(崔泓俊) 등이 수레를 타고 차례로 와서 이야기를 하는데, 부짜따와 스테인[師德仁]이 뒤따라 다다랐으며, 러시아 공사(公使) 위베르[韋貝]가 인천항에서 뒤늦게 도착하였다. 궁내부에서 술과 안주를 마련하여 접대를 하였다. 저녁 6시에 4km(10리)를 가서 돈의문(敦義門)을 지나 참서관(參書官) 김득련(金得鍊)과 김도일(金道一)과 함께 들어가서 복명을 하고, 러시아 황제가 보내는 회답 친서를 올리었다. "신들이 입대(入對)하여 임금님의 용안을 우러러 뵈오니, 성체(聖體)가 안강하시며 기분도 좋으시매, 엎드려 경하하오며 기쁜 심정을 견딜 수 없사옵니다." 하였다. 임금님께오서 먼 길의 업무에 괴롭게 애씀이 어떠하였는가를 물으시었다. "사랑으로 돌보아 주심이 융숭하신데, "신들은 조금도 보답하지 못하여 황송하기 그지없을 따름이옵니다." 하였다. 물러나와서 집

에 들어가 어르신들을 뵈오니, 다 편안하시었고, 식구들도 모두 별일이 없어서 기쁘고도 다행하였다.

이번 여행은 무릇 7개월을 지나며 8개국(청나라, 일본, 아메리카 합중국, 잉글랜드, 하일랜드, 도이칠랜드, 러시아, 몽골)을 지났으며, 27,342.4km(6만 8천 3백 6십 5리)를 돌았다. 상트페테르부르크[彼得]의 낮 12시는 우리나라 서울의 오후 7시 45분이다.[106]

106 "(五月) 二十六日(陰十四日/俄十四日)晴卯正一行者大禮服同빠스끕불난손往土耳其公館會同各公使入귀령님宮俄法戴冠禮行於禮拜堂而不免冠不許入其堂我國及淸國土耳其波斯各使皆以不免冠不入仍留堂外樓上觀光禮拜堂在宮內不遠地辰正皇帝皇后步出作錦幙四面撑奉隨步遮陽侍衛隊及步軍排立侍從儀仗(禮官執金杖/先行前導)如前日動駕式皆步從馬車宮外護衛皇帝皇后入堂良久鐘鳴不絶此戴冠後受希臘敎主祈祝云敎主二人(着金冠/金衣)一持水盂一持短箒遍灑御路此稱聖水洗塵也午正皇后戴冠先還冠是金剛鑽結成(似我邦/花冠樣)背施黃色繡裙(外黃錦繡金/內白銀鼠皮)長數三丈近侍奉而行少頃皇帝戴冠而出冠而金剛鑽(似我邦/花冠樣)身加黃袍(上同)近侍亦奉而行皇帝左手捧地球(廣開彊/土之意)右手執金杖(以示皇/威之意)步行歷臨近傍禮拜堂四五處而還宮(兩冠/袍球ㅣ裙仗皆/世傳)自宮內府設大幕(依如/樓閣)開宴各國使一行及參班諸官男女共卓酒饌豊潔未正回館戌正乘馬周歷街上坊坊曲曲戶戶家家墻壁門楣以鐵絲聯貫五色玻璃燈結成千形萬象路兩傍立架以五色玻璃燈團結車輪大而油燭電煤一時幷燃上下四方通明如晝環覽크레믈린宮垣其內禮拜堂及諸處聳高塔以五色玻璃隨層罩結以電氣發火玲瓏璀璨眩人眼目又築成層壁以鐵管引水作大瀑亦壯觀古人以廣陵觀燈盛稱其鰲山火樹而如此奇巧眞是料想不到者也.
二十七日(陰十五日/俄十五日)此都四無山嶺亦無大江周可七八十里居民百餘萬風俗頗有樸古禽鳥稀少而鳩鴿甚多家家群集未初乘馬車向南行數十里登高原設幙宏敞床椅精緻盆花芬馥(設此以待/皇帝登臨)向北以鏡遠望全都列在眼前亦一勝景也淸國大使李鴻章因恙使其子經芳替來因出他未晤各處點燈如昨.(중략)
(六月)十日(陰二十九日/俄二十九日) 晴懸我國旗於屋上西俗築屋幾層幾間或幾戶分賃居之往來各有門無相紊亂而今我所住亦非全屋多有狹隘難便未正乘馬車往曳

이 작품은 조선 말엽 근대화(近代化)의 소용돌이 속에서 우리나라 최초의 세계 일주의 기행문이라는 점에서 그 가치를 찾아야 한다. 끝부분에서 8개국을 7개월 동안에 돌아본 것으로 밝히고 있으나, 실지는 잉글랜드의 속국이었던 캐나다와 아일랜드 및 도이칠랜드의 속국이었던 폴란드를 포함하면 11

瓦江邊岸上有巨石一塊高丈餘周二丈上立銅鑄前俄皇大彼得騎馬像左手執繮右手北指馬揚首伸蹄作驅馳狀大彼得生於西曆千六百七十二年年二十五卽位當時我國尙在未化國中多亂乃圖富强微服遊歐羅巴諸國學習格治諸學潛投船廠自稱木匠勸學造船行船各法入英講求政治而歸覔出彼得堡始行開墾地畝新築宮殿營造礮台遂建爲都卽此北京蓋鎭撫西北也次年前瑞典敗而雄膽未喪乃云今雖勝我實敎我以勝彼也四年後又戰大捷得芬蘭及茵戞立亞各地凱旋而語國人曰二十年前我亦野人也所以能自强如此者惟知勵政圖治耳年五十三病崩國人仰慕鑄像記念仍以彼得名其都稱中興焉(중략)

十九日(陰十三日/俄七日)晴今日船行向西西風大作簸搖難耐登加板四望北邊島嶼星羅棋布此是湖南漢拏山一帶橫亘東南在雲靄縹緲間.

二十日(陰十四日/俄八日) 陰或陽船向北行遠山近巒左右層疊未可知其名已入湖西舒川灣行一千五百五十里午正抵泊仁港半載羈旅今將入京不勝喜幸監理李在正警務官金順根外部派遣交涉局長金珏鉉俄公使韋貝秘書丞金鴻陸竝乘三板來見未正同爲下陸定寓於順信昌舍弟永瓚妹兄金承旨永迪出來已留數日知舊及家人自京多來欣握叙懷其喜可掬自監理署備送酒肴夕飯一行飽湌仍止宿夜雷雨.

二十一日(陰十五日/俄九日) 晴早起催程辰初發行五十里午正到梧柳洞知舊及家人亦多自京待欣唔無比行二十里酉初到麻浦宮內大臣李在純外部大臣李完用內部大臣朴定陽軍部大臣李允用學部大臣閔鍾默法部大臣韓圭卨農商工部大臣趙秉稷議政府贊政尹容善南廷哲宮內協辦尹定求外部協辦高永喜內部協辦申奭熙度支協辦金在豊學部協辦閔商鎬法部協辦權在衡漢城判尹李采淵警務使李鍾健警務官白命基議政府總務局長李商在外部通商局長趙性協外部主事李琦內部參事官吳命煥特進官閔泳奎閔丙奭李悳冕掌隷院卿金奎弘議政府參贊金明圭奎章院卿金宗漢王太子妃宮大夫閔泳琦宮內府參書李鍾稙宮內府主事吳在豊崔泓俊輪流來唔부짜따師德仁追到俄公使韋貝自仁港追到自宮內府備酒肴接待酉正行十里從敦義門入同參書官金得鍊金道一復命進呈俄皇回答親書臣等入對仰瞻聖體安康睿候調安伏不勝慶忭之忱下詢以遠役勞苦之狀寵眷隆崇臣等未有涓埃報答皇豐萬萬退出反面親節粗安家中俱穩喜幸此行凡七閱月經八國周歷六萬八千三百六十五里彼得午正爲我京戌初三刻."(『閔忠正公遺稿』 권 3)

개국을 구경한 것이다. 이 여행의 일행이었던 윤치호의 『윤치호일기』(권 4)와 김득련의 『환구일기(環璆日記)』·『부아기정(赴俄記程)』 등도 이 시기의 기행문학 작품집으로 관심을 가질 만하다.

이 작품의 지은이 민영환은 본관이 여흥(驪興), 자가 문약(文若), 호는 계정, 시호가 충정이다. 고종 15(4211)년에 문과에 급제하여 벼슬이 각조 판서를 지내고, 고종 32(4228)년에는 아메리카 합중국에 머무는 전권대사에 임명되었으나, 왜놈들이 명성황후를 시해하여 불발되고, 이듬해 2월에 왕과 태자가 러시아 공사관으로 파천을 하고, 4월에는 러시아 니콜라이 2세 황제의 즉위식에 전권대사로 다녀와서 여러 기관의 대신을 지내다가 독립협회의 활동을 지원한다는 지탄을 받아 시종무관장(侍從武官長)으로 있을 때에 한국 외교가 일본에 의하여 을사늑약(乙巳勒約)이 체결되자 활복 자결이라는 죽음으로 저항하였다. 그는 가계로 보면, 고종과는 내외종간이고 명성황후 민씨는 고모가 되니, 민영환의 생부는 고종의 아버지인 홍선대원군(興宣大院君)의 막내 처남 민겸호(閔謙鎬)이고, 양부는 중부(仲父)인 민태호(閔台鎬)이었으나, 이들은 반란군과 난민들에게 각각 타살되는 불행을 당하였다.

5. 비지(碑誌)

조선시대 비지(碑誌) 작품들을 『동문선』과 『속동문선』에서는 "비명(碑銘)"과 "묘지(墓誌)"라고 나누어서 소개하고 있는데, 중요한 지은이들의 이름만을 뽑아 보이면 다음과 같다.

서거정(徐居正)을 비롯하여 김수온(金守溫), 이승소(李承召), 김종직(金宗直), 홍귀달(洪貴達), 신종호(申從濩), 김일손(金馹孫), 권오복(權五福) 등이 있다.

그 밖의 문집들에 나타난 작가들은 채팽윤(蔡彭胤), 이의현(李宜顯), 이진망(李眞望), 홍태유(洪泰猷), 이덕수(李德壽), 윤동수(尹東洙), 이광정(李光庭), 조태억(趙泰億), 이재(李縡), 조문명(趙文命), 윤봉조(尹鳳朝), 박필주(朴弼周), 윤봉구(尹鳳九), 이익(李瀷), 임창택(林昌澤), 임상덕(林象德), 김성탁(金聖鐸), 심육(沈錥), 권만(權萬), 강재항(姜再恒), 이광덕(李匡德), 조현명(趙顯命), 유척기(兪拓基), 이종성(李宗城), 조구명(趙龜命), 민우수(閔遇洙), 신경(申暻), 이천보(李天輔), 김도수(金道洙), 오원(吳瑗), 김원행(金元行), 송명흠(宋明欽), 이광사(李匡師), 최흥원(崔興遠), 김낙행(金樂行), 윤광소(尹光紹), 황경원(黃景源), 송능상(宋能相), 송덕상(宋德相), 송문흠(宋文欽), 임성주(任聖周), 신경준(申景濬), 신광수(申光洙)의 「안정복(安鼎福), 임희성(任希聖), 이광정(李光靖), 서명응(徐命膺), 이민보(李敏輔), 안석경(安錫儆), 이복원(李福源), 이헌경(李獻慶), 이광려(李匡呂), 김종후(金

鍾厚), 유도원(柳道源), 김이안(金履安)」, 김익(金熤)의 「정범조(丁範祖), 황윤석(黃胤錫), 유언호(兪彦鎬), 이종휘(李種徽), 성대중(成大中), 유한준(兪漢雋), 박윤원(朴胤源), 이만운(李萬運), 이동급(李東汲), 정종로(鄭宗魯), 이충익(李忠翊), 유득공(柳得恭), 서영수(徐瀅修), 박제가(朴齊家)」 등의 작품들이 유명하다.

여기서 비명(碑銘)과 묘지(墓誌)의 보기 글들 1편씩을 뽑아 보기로 한다.

5. 1. 기자묘비명(箕子廟碑銘)

세종 9(3760) 무신년 여름 4월 6일(갑자)에 국왕 전하께서 전지를 내리시어 친절하게 말씀하시었습니다. "옛날 주(周)나라 무왕(武王)이 은(殷)나라를 정벌하여 이긴 뒤에 은나라 태사(太師)를 우리나라에 봉하여 그가 주나라의 신하가 되지 아니하려는 뜻을 이루게 하였다. 우리나라의 예악 문물이 나라 안에서 비슷한 것이 이제까지 2000여 년이나 된다. 그 이유를 생각하여 보면, 기자(箕子)의 가르침이 옳아서 영향하였기 때문이다. 돌아보니, 그의 사당집은 좁고 더러우며, 쳐다보고 굽어보기조차 어려우매 태종께서 일찍이 중수하기를 명하시었다. 내(세종대왕)가 그 뜻을 받들어 독려하여 이제 이루어졌다. 마땅히 돌에 새겨서 오래도록 보여야 하겠으니, 사신(史臣)은 그 글을 지어라!" 하시었습니다.

신 계량(季良)은 어명을 받잡고 삼가 두려워서 감히 사양하지 못하겠습니다.

신이 조심스레 생각하옵건대, 공자(孔子)는 문왕(文王)과 기자(箕子)를 역경(易經)의 명이괘(明夷卦)에 나란히 말하였으며, 또 미자(微子)와 비간(比干)과 함께 3인(仁)으로 일컬었으니, 기자의 덕은 하나하나 다 기릴 수가 없습니다.

옛날 우(禹)가 홍수를 막고 땅을 다스리니, 하늘이 홍범(洪範)을 내려 주시어 떳떳한 도리가 베풀어진 것이 생각납니다. 그러나 그 이야기는 일찍이 순(舜)임금의 우(虞)나라나 문왕(文王)의 하(夏)나라 시대의 글에서는 한 번도 보이지 아니하였습

기자묘(箕子墓)

출처 : 평양에 있는 기자묘, 지정문화재 제478호, 국립민속박물관

니다. 1000여 년을 지나 기자에 이르러서 처음으로 드러났습니다. 그때에 기자가 무왕을 위하여 그 사실을 말하지 아니하였다면, 낙서(洛書)와 하늘과 사람에 관한 학문이 뒷날의 사람들이 어디에서 그것을 알겠습니까? 기자께서 우리 유학(儒學)에 공이 있음이 어찌 우연이겠습니까? 기자라는 분은 무왕의 스승이신데, 무왕이 다른 곳이 아닌 우리 조선에 봉하였으므로, 조선의 국민들은 아침저녁으로 친히 가까이 하여 군자는 큰 도의 요점을 들을 수 있었고, 소인들은 지극한 선치의 다스림의 은혜를 입을 수 있어서 그 교화는 길에 떨어진 물건을 줍지 아니하는 풍습에 이르렀습니다. 이것이 어찌 하늘이 우리나라를 후하게 하고, 어질고 착한 이를 주어 우리나라 국민들에게 은혜를 베풀어 주었으니, 사람의 힘으로는 미칠 수가 없는 것이 아니겠습니까? 정전(井田)의 제도와 팔조(八條)의 법이 밝기가 해와 별들 같아서 우리나라 사람들이 대대로 그의 가르침을 따라서 천 년 뒤에까지 그가 살아 있을 때와 같이 근심스러운 모습으로 바라보며 제사를 지내며 저절로 그치지 못하였습니다. 넓게 생각하시는 우리 태종대왕께서는 밝으시고 기억력이 좋으셔서 옛일을 살피시고 경서와 역사 기록들을 즐겁게 읽으시었으며, 우리 전하(세종)께서는 하늘이 내리신 지혜와 밝은 자질로 성인의 학문을 밝히어 홍범구주(洪範九疇)의 도를 이으셨습니다. 대체로 정신으로 모으심이 있고 마음으로 녹이심이 있으셨습니다. 그런 까닭에 태종께서는 지으라 하시었고, 전하께서는 이어 닦으시어 기자의 덕을 높이고, 그의 공을 보답하는 예의를 이룬 것이 지성에서 나왔으니, 실로 전대 군왕들이 얻을 수도 없고, 짝할 수도 없는 것입니다. 높은 벼슬아치들과 선비들과 서민들이 서로 이끌어서 이 가르침으로 일어나 이를 실행하여 하늘의 밝은 빛에 가까워지매 하늘이 펴서 주신 복에 참여함을 얻은 것이 의심되지 아니하니, 아! 장하십니다. 무릇 집을 지은 것이 몇 채 있고, 밭과 토지도 두어서 나라의 큰 제사에 쓰는 기장과 피쌀을 대어주게 하고, 다른 부역을 면제시키어 청소에 응하게 하였으며, 부윤에게 명하여 제사 모시는 일을 맡게 하였으니, 사당의 일은 대체로 유감될 것이 없습니다. 신 변계량은 감격을 이기지 못하여 삼가 손을 모아 절을 올리고, 엎드려 명(銘)을 지어 바치옵니다. 명은 아래와 같습니다.[107]

嗚呼箕子 文王爲徒 아아! 기자께서는 문왕의 스승되셔
允也洪範 帝訓是敷 아름다운 홍범이여! 제훈이 여기 있네.

---

107 宣德二年歲在戊申夏四月中甲子國王殿下傳知苦曰昔周武王克殷封殷太師于我邦遂其不臣之志也吾東方文物禮樂侔擬中國迨今二千餘祀惟箕子教是賴顧其祠宇隘陋不稱瞻式我 父王嘗命重營予承厥志而督之今古成矣宜刻諸石以示永久史臣其文之臣季良承命祇慄不敢辭臣竊惟孔子以文王箕子竝列於易象又稱爲三仁則箕子之德不可得而讚也思昔禹之平水土也天錫洪範彝倫叙矣然其說未嘗一見於虞夏之書歷千餘年至箕子而始發向非箕子爲武王而陳之則洛書天人之學後之人何從而知之箕子之有功於斯道也豈偶然哉箕子者武王之師也武王不以封於他方而于我朝鮮朝鮮之人朝夕親炙君子得聞大道之要小人得蒙至治之治之澤其化至於道不拾遺此豈非天厚東方畀之仁賢以惠斯民非人之所能及也耶井田之制八條之法炳如日星吾邦之人世服其教後之千祀如生其時愀然對越自有不能已者矣洪惟我恭定王聰明稽古樂觀經史而我 殿下以天縱睿哲之資緝熙聖學其於洪範九疇之道盖有神會而心融者矣所以作之述之以致其崇德報功之典者出於至誠實非前代君王所可得而儷也卿士若民相率而起是訓是行以近天子之耿光而得與於敷錫之福也無疑矣於戲盛哉凡爲屋若干置田以供粢盛復戶以應灑掃命府尹以謹享祀廟宮之事盖無憾矣臣季良不勝感激謹拜手稽首而獻銘銘曰.(하략)

匪直師殷 實師武王 은나라의 빛난 스승 실은 무왕 스승이네.
殷棄以亡 周訪以昌 은은 버려 망하였고, 주는 찾아 창성했네.
大哉天下 身佩安危 크도다. 천하 같고, 몸엔 안위 지니셨네.
斂而東來 天其我私 거두어 동래하심 하늘이 우릴 돕네.
以敎以治 八條其章 교화로 다스리니, 팔조가 그 법이네.
孰愚不明 孰柔不剛 아둔한 이 그 누구며 모두가 꿋꿋하네.
漢書稱美 道不拾遺 한서도 칭찬했듯 도가 본래 모습이네.
俾夷爲華 唐有基碑 동이를 화로 삼고 당에서는 비 세웠네.
亹亹我王 光紹絶學 우리 임금 힘쓰시어 끊긴 학문 빛내셨네.
心契其理 躬行其法 마음 이치 하나 되고, 법을 몸소 실천했네.
旣作乃述 祠宇翼翼 홍범 해설하시었고, 사당집 나는 듯네.
有峙其堂 神御攸寧 산같이 우뚝한 집 기자신을 봉안했네.
歲時享祀 克敬克誠 때맞추어 제사 올려 지성으로 공경하네.
嗟嗟小臣 潛心遺經 아! 아! 소신 변계량은 잠심하고 지냈더니,
今承王命 稽首撰銘 이제 왕명 받들고서 삼가 명을 짓습니다.
盛德之光 彌萬億齡 성덕의 빛나심이 억만 년 이으소서.

지은이 춘정(春亭) 변계량(卞季良)은 기자(箕子)를 주(周)나라 무왕(武王)의 스승이라고 밝히면서 기자가 주나라 제후로 봉하여진 것이 아님을 증언하고 있다. 오늘날 우리들은 이 점을 주의 깊게 살피어 감상하여야 할 것이다.

5. 2. 조여숙묘갈(趙與叔墓碣)

아아! 여숙(與叔 : 趙廣臨의 字)이 돌아간 지 일 년이 지나니, 나는 더욱 슬프다. 나는 여숙을 슬퍼하는 것이 아니다. 그의 학문이 나를 슬퍼하게 한다. 여숙의 학문은 과거에 응시하기 위한 시험공부가 아니기 때문에 세상 사람들은 믿지 아니하였으나, 나는 홀로 그를 믿었다. 그를 믿는 마음이 깊었으므로 그를 슬퍼하는 마음도 깊었다. 나와 같이 슬퍼하는 사람들도 역시 많았다. 여숙은 마음이 비어 밝고, 외모는 공손하며, 말씨도 겸손하여 학문을 안으로 담고 밖으로 드러내지 아니하는 나의 친구 중의 한 사람일 뿐이었다.

그러나 그의 자품은 초탈 고매하여 한 번에 묘리를 터득할 수 있는 곳에 뛰어 오르고자 하여 공부를 위한 공부를 우선하지 아니하니, 그가 대체로 고매하고 현명한 탓이었다. 나는 일찍이 그 병을 꼬집으니, 여숙은 두려워하는 태도로 벌떡 일어나 사과하였다. 참으로 허물을 고치는 데에 인색하지 아니한 사람이었다.

여숙의 성은 조(趙)이고, 이름은 광림(廣臨)이다. 고조(高祖) 연(涓)은 태종(太宗)을 도와 공이 있어 한천부원군(漢川府院君)에 봉하여져 자손들이 대대로 그 음덕을 입었다. 아버지는 훈(勛)이니, 금산군수(金山郡守)이고, 어머니는 이씨(李氏)인데, 해[太陽]를 태몽으로 꿈꾸고 여숙을 계미(3798)년에 낳았다. 여숙은 어려서는 성품이 민첩하고 밝았으며, 어른이 되어서는 순수하여 마음을 깨끗이 하여 염계(濂溪) 주돈이(周敦頤)와 낙양(洛

陽)의 정호(程灝)·정이(程頤)의 학문에 뜻을 두고 늘 하루같이 방에 꼿꼿이 앉아 사방 벽에 성현들의 가르침을 써 붙여 놓고 스스로 반성하였다. 집이 가난하여도 태연하였다. 할아버지와 할머니를 모시고 있어 한 마루에 조부모님들과 부모님들의 네 분 어른들과 같이 살았지만, 어른들 모두가 기뻐하시었다. 아우 광보(廣輔)와 광좌(光佐)가 있으므로, 이들에게 『소학(小學)』을 강론하여 착하게 살기를 인도하는데 힘썼다. 평생에 지닌 것이 남보다 뛰어난 점이 있음에도 여러 사람들이 하자는 대로 따라 하여 일찍이 남보다 튀는 일을 하지 아니하여 남들로부터 더욱 존경과 사랑을 받았다. 나와 병오(丙午 : 3819)년에 같이 진사(進士)가 되었으며, 임자(壬子 : 3825)년에 문과에 급제하여 승문원 정자(承文院正字)를 제수 받고, 봉상시(奉常寺) 봉사(奉事)로 벼슬을 마치었다. 여러 벗들이 널을 마련하고 염습을 하여 한 달이 지나 경기도 고양(京畿道高陽) 땅 언덕에 장사를 지내니, 갑인(甲寅 : 1494)년 5월 임인일이었다. 여숙은 유씨(柳氏)를 아내로 맞이하였으나 자식이 없었다. 그 아버지가 소리 내어 하늘을 우러러 울면서 "내 아이가 일찍이 죄를 지은 것이 없는데, 하느님이 어찌하여 이다지도 혹독하게 벌을 주심이 이리도 심하십니까?" 하더니, 또한 돌아가시었다. 그 벗들이 더욱 가슴 아파 서로가 돈을 내어 서유자(徐孺子)의 고사를 따라 묘소에 비석을 세우고 모두가 나에게 명(銘)을 지으라고 부탁하였다. 아아! 내가 여숙의 명문을 짓는단 말인가? 명(銘)이 아니라면, 짓지도 아니할 것이다. 이에 명을 짓는다.

조선에 태어나서 또 천 년 뒤인지라
늙으신 공자(孔子)마저 뵙지도 못하였네.
계미년에 태어나서 갑인년에 졸했으니,
나이 삼십 이 세이니 안자와 같은 수네.
규수의 돌비 머리 우뚝 솟음이여!
어찌하면 그대 썩지 않게 할 수 있나?[108]

이 작품의 지은이 김일손(金馹孫)은 자를 계운(季雲), 호를 탁영(濯纓)이라고 하였다. 김종직(金宗直)의 문인으로 성종 17(3819)년 문과에 급제하여 춘추관 기사관(記事官)으로 『성종실록(成宗實錄)』의 사초(史草)를 썼다. 이 사초가 뒤에 무오사화(戊午士禍)의 꼬투리가 되었다. 저술로 문집 『濯纓集(탁영집)』이 전한다.

108 嗚呼與叔亡踰年吾益悲非吾悲與叔與叔之學能使余悲也與叔之學非科擧之學世人不信而余獨信之信之深故悲之深同余悲者亦多與叔心地虛明貌恭而言遜內其學而不出吾朋友中一人耳然其資禀超邁欲一蹴妙到而不以工夫爲先盖高明之過也余嘗砭其病與叔瞿然起謝眞不吝改者也與叔姓趙諱廣臨高祖涓翊太宗有功封漢川府院君子孫世蔭焉父勖金山郡守母李氏夢日而生與叔癸未歲也幼性警透長而醇靜心濂洛常一室危坐帖聖賢訓於四壁以自省家貧晏如王父母俱存一堂四親無不得其懽心有弟廣輔廣佐日講小學務道以善平生所存有過人者而群居循循未嘗崖異人益敬愛同余丙午進士後登壬子第授承文正字終奉常奉事諸友具棺斂旣踰月窆于京畿高陽之原甲寅五月壬寅也與叔娶柳氏無子其父號天慟曰吾兒未嘗得罪于天天何酷甚亦卒其友朋益傷之相與謀各出貲依徐孺子故事竪石于墓道咸屬余銘嗚呼余尙銘與叔乎不銘則不著乃銘曰生海隅又千載不得尼叟生癸未死甲寅三十有二顔之壽圭首之碣兮安能使爾以不朽.(『속동문선』 권 20)

6. 비평(批評)

조선시대 뜻글 문학으로서의 비평(批評)은 조선시대 한국문학사(韓國文學史)인 『동문선』과 『속동문선』에는 "비평"이라는 항이 전혀 없고, 비슷한 말로 신하들이 올린 글에 대한 임금님께서 내리는 비답(批答)이 있을 뿐이다. 그러나 오늘날의 비평에 걸맞는 문학 양식을 예로부터 시화(詩話)라는 낱말로 흔히 써왔다.

조선시대 뜻글 시화로는 사가(四佳) 서거정(徐居正)이 성종 5(3807)년에 엮은 『東人詩話(동인시화)』를 비롯하여 용재(慵齋) 또는 허백당(虛白堂)이라고 호 하는 성현(成俔)의 『慵齋叢話(용재총화)』, 김우굉(金宇宏)의 「金日磾殺子論(김일제 살자론)」, 이제신(李濟臣)의 『淸江詩話(청강시화)』, 교산(蛟山) 허균(許筠)의 『惺叟詩話(성수시화)』·『鶴山樵談(학산초담)』, 김만중(金萬重)의 『西浦漫筆(서포만필)』, 양경우(梁慶愚 : 인조 때 사람)의 『霽湖詩話(제호시화)』, 현묵자(玄默子) 홍만종(洪萬宗)의 『旬五志(순오지)』·『詩話叢林(시화총림)』·『小華詩評(소화시평)』, 홍중인(洪重仁)의 『東國詩話(동국시화)』, 희곡(希谷) 이지연(李止淵)의 시문집 『希谷遺稿(희곡유고)』의 별집인 『希谷遺稿別編(희곡유고별편)』 「萬理燭(만리촉)」에는 "論帝王氣(논제왕기)"·"논맹장기(論猛將氣)" 등의 논술이 23편이나 실려 있다.

뜻글 문학[韓·漢文學]에서의 비평에는 논(論)과 변(辨), 설

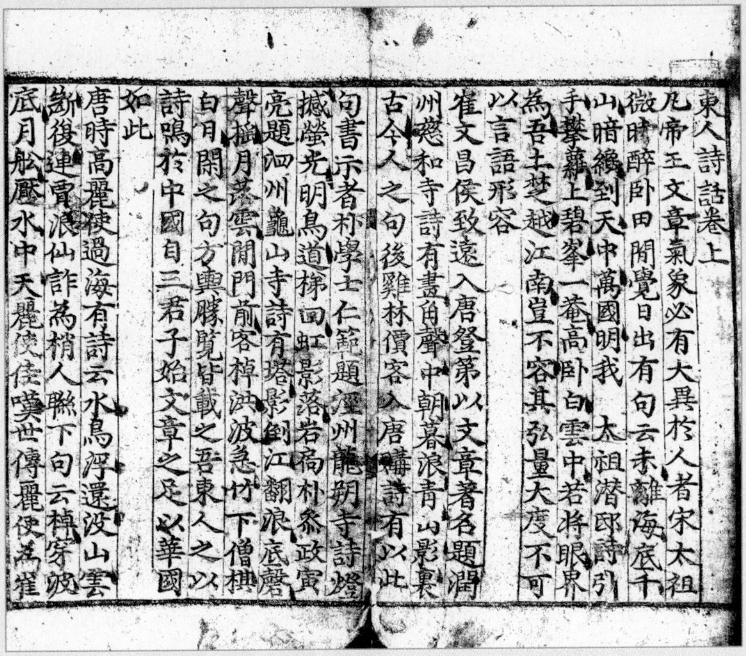
東人詩話卷上
凡帝王文章氣象必有大異於人者宋太祖
微時醉卧田間覺日出有句云未離海底千
山暗纔到天中萬國明我　太祖潛邸詩引
手攀蘿上碧峯一菴高卧白雲中若將眼界
爲吾土楚越江南豈不容其弘量大度不可
以言語形容
崔文昌侯致遠入唐登第以文章著名題潤
州慈和寺詩有畫角聲中朝暮浪青山影裏
古今人之句後雞林賈客入唐購詩有以此
句書示者朴學士仁範題涇州龍朔寺詩燈
撼螢光明鳥道梯回虹影落岩扃朴參政寅
亮題泗州龜山寺詩有塔影倒江翻浪底磬
聲搖月落雲間門前客棹洪波急竹下僧棋
白日閑之句方輿勝覽皆載之吾東人之以
詩鳴於中國自三君子始文章之足以華國
如此
唐時高麗使過海有詩云水鳥浮還沒山雲
斷復連賈浪仙詐爲梢人聯下句云棹穿波
底月船壓水中天麗使嘆世傳麗使爲崔

동인시화(東人詩話)

청구기호 : 古貴 3611-5, 출처 : 국립중앙도서관

(說)과 책(策)도 있다. 권근(權近)의 「壬午年會試策問題(임오년 회시 책문제)」(외 3수), 변계량(卞季良)의 「孝寧大君字說(효령대군자설)」·「殿試對策(전시대책)」(외 12수), 박팽년(朴彭年)의 「瘦馬說(수마설)」, 송경원(宋慶元)의 「武王不褒夷齋論(무왕 불포 이재론)」, 김시습(金時習)의 「古今帝王國家興亡論(고금 제왕 국가 흥망론)」(외 3수)·「不義富貴如浮雲辨(불의 부귀 여부운변)」(외 2수)·「人才說(인재설)」(외 8수), 김세필(金世弼)의 「楊

君誼字說(양군의자설)」, 권벌(權橃)의 「春秋胡傳箚疑(춘추 호전 차의)」(외 4수), 김안국(金安國)의 「唐太宗不受康國內附論(당태종불수강국 내부론)」, 김정(金淨)의 「女媧氏煉石補天辨(여왜씨 연석보천변)」·「釋守侃字保和說(석수간자보화설)」, 박운(朴雲)의 「紫陽心學至論(자양 심학지론)」, 김취문(金就文)의 「徐市論(서불론)」(2수)·「進齋說(진재설)」(외 3수), 김인후(金麟厚)의 「誅沙門論(주사문론)」(외 1수), 유희춘(柳希春)의 「續諱辨(속휘변)」·「觀水說(관수설)」·「立春裸耕議(입춘나경의)」, 박승임(朴承任)의 「四皓有無辨(사호유무변)」, 오건(吳健)의 「宋理宗崇尙理學論(송이종 숭상 이학론)」(외 2수), 여응귀(呂應龜)의 「抃不識周濂溪論(변불식주렴계론)」, 구봉령(具鳳齡)의 「求觀聖人之道必自孟子始(구관성인지도 필자맹자시)」(외 2수)·「蜀犬吠日說(촉견폐일설)」, 김부윤(金富倫)의 「神在日考(신재일고)」, 송양(宋亮)의 「經說(경설)」, 송익필(宋翼弼)의 「家禮註說(가례주설)」(외 4수), 유성룡(柳誠龍)의 「李必鎬談神仙論(이필호 담신선론)」(외 2수)·「釣名說(조명설)」(외 6수), 조팽년(趙彭年 : 3882-3945)의 「范純仁論救蔡確論(범순인 논구채확론)」(외 1수), 장현광(張顯光)의 「人心道心說(인심도심설)」(외 10수), 유몽인(柳夢寅)의 「中江罷市辨誣(중강파시변무)」, 이정구(李廷龜)의 「向化胡人朴尙吉等處置論(향화호인 박상길등 처치론)」·「遣使日本議(견사일본의)」(외 18수), 이수광(李睟光)의 「畜猫狗說(휵묘구설)」·「斥絶虜使議(척절노사의)」, 장용한(張龍翰)의 「性理論(성리론)」, 이항복(李恒福)의 「楊林都正娶北道人爲妻刷還議(양림도정 취북도인위처 쇄환의)」(외 82수), 정전(鄭篆)의 「杜衍以韜晦戒門生論(두연 이도회 계문생론)」, 이민성(李民宬)의 「東海無潮汐論(동해무조석론)」(외 4수), 김유(金瑬)의 「虞祭服色議(우제 복색의)」(외 4수), 조찬한(趙纘韓)의 「德有吉有凶辨(덕유길유흉변)」·「伯夷死名說(백이사명설)」(외 3수), 신적도(申適道)의 「心性情志意辨(심성정지의변)」(외 2수)·「仁義禮智說(인의예지설)」(외 3수), 박치함(朴致諴)의 「兄弟夫婦辨(형제부부변)」(외 1수)·「日月行度說(일월행도설)」(외 2수), 조상우(趙相禹)의 「乙丑封事(을축봉사)」, 여희필(呂姬弼)의 「五百義士論(오백의사론)」, 이식(李植)의 「矮松說(왜송설)」(외 2수), 이만승(李曼勝)의 「鷄不鳴說(계불명설)」, 허목(許穆)의 「論理氣(논이기)」·「經說(경설)」(외 10수), 윤순거(尹舜擧)의 「問極字說(문극자설)」, 하진(河溍)의 「天說辨(천설변)」, 김홍욱(金弘郁)의 「論兵制(논병제)」(외 3수), 송시열(宋時烈)의 「論武夷櫂歌九曲詩(논무이도가 구곡시)」·「近思錄誤本辨證(근사록 오본 변증)」(외 5수)·「辨柳元之禮說(변유원지예설)」(외 40수), 박장원(朴長遠)의 「詩說(시설)」(외 10수)·「李泌好談神仙詭誕論(이필호 담신선 궤탄론)」(외 3수), 이문재(李文載)의 「坤復辨(곤복변)」(외 2수)·「朞三百註解(기삼백주해)」(외 2수), 윤휴(尹鑴)의 「四端七情人心道心說(사단 칠정 인심 도심설)」(외 20수), 홍여하(洪汝河)의 「禮志論(예지론)」, 정시한(丁時翰)의 「四七辨證(사칠변증)」(외 1수), 김수항(金壽恒)의 「中宗廢

妃愼氏神主處置議(중종 폐비신씨신주 처치의)」(외 54수), 남구만(南九萬)의 「東史辨證(동사변증)」·「家禮起疑(가례기의)」, 박세채(朴世采)의 「學法總說(학법총설)」, 임방(任昉)의 「淸淨經題目辨(청정경 제목변)」, 이여(李畬)의 「斷髮文身論(단발문신론)」, 이담명(李聃命)의 「景福宮遺趾說(경복궁유지설)」, 김창집(金昌集)의 「國恤中婚姻及小祥後儒生布帶議(국휼중 혼인급소상후유생포대의)」(외 20수), 정제두(鄭齊斗)의 「名兒說(명아설)」(외 26수), 김창협(金昌協)의 「周公論(주공론)」(외 2수)·「戒愼恐懼通貫動靜說(계신공구 통관동정설)」·「性惡論辨(성악논변)」(외 2수)·「靜觀齋李公端相集論七閏爲一章書考證(정관재 이공단상집 논칠윤위일장서 고증)」, 박광일(朴光一)의 「右正不正之辨(우정부정지변)」(외 3수)·「克己復禮爲仁說(극기복례위인설)」(외 13수), 이건명(李健命)의 「婦人年九十封爵議(부인년구십 봉작의)」(외 21수), 박태한(朴泰漢)의 「色說(색설)」(외 2수)·「堪輿諸家五行辨(감여 제가오행변)」, 정석달(鄭碩達)의 「答李甁窩理氣辨(답이병와이기변)」·「發蒙說(발몽설)」, 이만부(李萬敷)의 「安氏圖書先後天說辨證(안씨도서 선후천설변증)」(외 3수)·「經書論思之說(경서 논사지설)」(외 16수)·「眉叟先生古篆評(미수선생 고전평)」(외 1수), 채팽윤(蔡彭胤)의 「魏齊論(위제론)」(외 6수), 김춘택(金春澤)의 「論學講理(논학강리)」(외 3수), 홍태유(洪泰猷)의 「孟子不尊周論(맹자불존주론)」(외 13수), 신익황(申益愰)의 「先儒人心道心說同異總辨(선유인심도심설 동이 총변)」(외 3수), 이덕수(李德壽)의 「詩能窮人辨(시능궁인변)」(외 9수), 이간(李柬)의 「天地辨後說(천지변후설)」(외 6수), 이현익(李賢益)의 「困知記辨幷序(곤지기변병서)」(외 4수), 이재(李縡)의 「人不可以不學說(인불가이불학설)」(외 3수), 이익(李瀷)의 「論朋黨(논붕당)」(외 145수), 임창택(林昌澤)의 「이백론(李白論)」(외 5수), 한원진(韓元震)의 「黃勉齋五行說辨(황면재 오행설변)」(외 20수)·「元亨利貞說(원형이정설)」(외 20수), 윤봉구(尹鳳九)의 「中庸首章圖說(중용수장도설)」(외 45수), 임상덕(林象德)의 「論四端七情(논사단칠정)」(외 10수)·「原性辨(원성변)」(외 2수), 채지홍(蔡之洪)의 「四端辨(사단변)」(외 72수), 김성탁(金聖鐸)의 「晉兒啓蒙質疑辨(진아계몽질의변)」(외 1수), 심육(沈錥)의 「成德論(성덕론)」, 이세형(李世珩)의 「太極圖解五行說(태극도해 오행설)」(외 7수)」·「李栗谷四七說辨(이율곡사칠설변)」, 권만(權萬)의 「字母說(자모설)」(외 4수), 강재항(姜再恒)의 「辨夷齊傳(변이제전)」(외 8수)·「箕子朝周議(기자조주의)」(외 15수)·「八條說(팔조설)」(외 14수)·「論孟子非早孤(논맹자비조고)」(외 28수)·「東史評証(동사평증)」, 오광운(吳光運)의 「程叔子廢嫡孫立己子辨(정숙자 폐적손 입기자변)」, 이광덕(李匡德)의 「管仲如其仁論(관중여기인론)」(외 1수), 조관빈(趙觀彬)의 「追憶南忠壯說(추억남충장설)」(외 5수), 조구명(趙龜命)의 「釣而不忘論(조이불망론)」(외 5수), 신경(申暻)의 「江上問答辨(강상문답변)」, 원경하(元景夏)의 「反歐陽子朋黨論(반구양자 붕당론)」(외 4수)·「仁孫名字說(인손명자설)」

(외 1수), 이천보(李天輔)의 「秦穆公論(진목공론)」(외 9수), 김도수(金道洙)의 「性論(성론)」, 권재운(權載運)의 「婚姻辨(혼인변)」·「觀海說(관해설)」, 유정원(柳正源)의 「鳥嶺山城設鎭議(조령산성설진의)」(외 6수), 윤형로(尹衡老)의 「論性說辨(논성설변)」(4수), 조재호(趙在浩)의 「安順庵天學或問辨疑(안순암천학혹문변의)」(외 3수), 김낙행(金樂行)의 「朱書愛之之理便是仁辨(주서 애지지리 편시인변)」(외1수)·「無極太極說起疑(무극태극설기의)」(외 2수), 윤광소(尹光紹)의 「恩怨說(은원설)」(외 3수), 이용휴(李用休)의 「字韻辨解(자운변해)」(외 1수)·「虎說(호설)」(외 4수)·「軍器考(군기고)」(외 2수), 남용만(南龍萬)의 「書洪範篇難疑(서홍범편난의)」(외 6수)·「東海無潮汐辨(동해무조석변)」, 송능상(宋能相)의 「禮說辨(예설변)」(외 12수), 송덕상(宋德相)의 「經義問辨(경의문변)」(외 9수), 송문흠(宋文欽)의 「童子服議(동자복의)」(외 20수), 이인상(李麟祥)의 「雲樓九解(운루구해)」(외 5수), 이상정(李象靖)의 「理氣動靜說(이기동정설)」(외 33수), 임성주(任聖周)의 「韓南塘元震禮說辨(한남당원진예설변)」(외 107수), 권헌(權攇)의 「傳神論(전신론)」·「尙書辨(상서변)」·「御馬說(어마설)」, 신경준(申景濬)의 「詩則(시칙)」(외 3수), 안정복(安鼎福)의 「經書疑義(경서의의)」, 이광정(李光靖)의 「天理人欲同行異情辨(천리인욕동행이정변)」(외 1수), 서명응(徐命膺)의 「新法渾天圖說(신법혼천도설)」, 이민보(李敏輔)의 「원론(原論)」, 안석경(安錫儆)의 「諸葛孔明論(제갈공명론)」(외 4수), 이복원(李福

源)의 「七言雙韻辨(칠언쌍운변)」, 이헌경(李獻慶)의 「禮樂論(예악론)」(외 9수)·「五國城辨(오국성변)」(외 3수)·「墓祭說(묘제설)」(외 2수), 이광려(李匡呂)의 「論東國女子不笄(논동국여자불계)」, 김종후(金鍾厚)의 「心氣質辨(심기질변)」, 유도원(柳道源)의 「教兒說(교아설)」(외 4수), 신광유(申光裕)의 부인 윤지당(允摯堂) 임씨(任氏)의 「論輔果(논보과)」(외 10수)·「理氣心性說(이기심성설)」(외 5수), 김이안(金履安)의 「散宜先論(산의선론)」·「莘夷辨(신이변)」·「未發氣質說(미발기질설)」(외 4수)·「儀禮經典起疑(의례경전기의)」(외 2수), 정범조(丁範祖)의 「辨封建論說(변봉건논설)」(외 9수)·「淸倭論(청왜론)」(외 6수), 서창경(徐昌鏡)의 「論學(논학)」·「辨異端(변이단)」, 오재순(吳載純)의 「王氏伯夷論辨(왕씨백이론변)」(외 3수)·「喜怒哀樂未發說(희노애락미발설)」(외 8수), 조경(趙璥)의 「書筵講說(서연강설)」(외 2수), 황윤석(黃胤錫)의 「華音方言字義解(화음방언자의해)」·「箕子八條辨(기자팔조변)」(외 4수), 이종휘(李種徽)의 「革舊俗策(혁구속책)」(외 8수)·「評東史本紀(평동사본기)」(외 46수), 박윤원(朴胤源)의 「豫讓論(예양론)」(외 1수)·「興學校說(홍학교설)」(외 3수), 박지원(朴趾源)의 「伯夷論(백이론)」(외 2수)·「筆洗說(필세설)」, 이양오(李養吾)의 「東海無潮汐論(동해무조석론)」·「山海經辯(산해경변)」(외 2수)·「人心舜澆說(인심순요설)」(외 1수), 이동급(李東汲)의 「無極太極說(무극태극설)」(외 3수), 정종로(鄭宗魯)의 「虛名辨(허명변)」, 김정묵(金正默)의 「經書辨答補遺(경서변

답보유)」(외 4수), 박준원(朴準源)의 「土爐說(토로설)」(외 2수), 윤기(尹愭)의 「論近世風習(논근세풍습)」(외 19수), 이덕무(李德懋)의 「奕棊論(혁기론)」·「有無說(유무설)」(외 3수), 민응윤(閔應允)의 「論尹氏無禍福說(논윤씨 무화복설)」(외 5수), 황덕일(黃德壹)의 「聖賢氣像集說(성현기상집설)」(외 19수), 서형수(徐瀅修)의 「大學衍義補對(대학연의보대)」(외 9수), 남한호(南漢皜)의 「或問小註盧玉溪體用析合說辨(혹문소주 노옥계 체용석합설변)」(외 3수)·「中庸不偏不倚說(중용불편불의설)」(외 6수), 서유구(徐有榘)의 「樂浪七魚辨(낙랑 칠어변)」(외 4수)·「惡亦不可不謂之性說(악역 불가불 위지성설)」·「本史補編論斷(본사보편논단)」·「詩策(시책)」, 이학규(李學逵)의 「錢論(전론)」·「亂臣婦人辨(난신부인변)」(외 2수), 박윤묵(朴允默)의 「死生論(사생론)」(외 1수)·「知命說(지명설)」(외 9수), 한경원(韓慶元)의 「箕子朝周辨(기자조주변)」(외 1수)」·「虛靈氣稟說(허령기품설)」(외 2수), 김매순(金邁淳)의 「論鄭仁弘李爾瞻事(논정인홍이이첨사)」(외 2수)·「雲石說(운석설)」(외 3수), 윤봉한(尹鳳翰)의 「善惡論(선악론)」·「霜菊說(상국설)」(외 2수), 정백휴(鄭伯休)의 「論趙景烈日月辨(논조경열일월변)」, 정유곤(鄭裕昆)의 「喜怒亦有理發論(희노역 유리발론)」·「中庸率性忠怒講說辨(중용솔성 충노강설변)」(외 2수)·「無極而太極說(무극이태극설)」(외 2수), 조인영(趙寅永)의 「霜嶽辨(상악변)」, 김정희(金正喜)의 「太極卽北極辨(태극즉북극변)」(외 8수)·「實事求是說(실사구시설)」(외 6수),

김좌영(金佐永)의 「范增亦人傑論(범증역인걸론)」(외 1수), 박성양(朴性陽)의 「木硯說(목연설)」(외 5수), 이상수(李象秀)의 「箕子朝周論(기자조주론)」(외 16수) · 「悔吝說(회인설)」(외 30수), 안숙(安潚)의 「正氣論(정기론)」과 같은 작품들은 오늘날에 읽어도, 우리 선인들의 일상생활과 그들의 정서를 이해하는데 매우 훌륭한 수필문학 작품들이므로 현대문학적 수필로 계승할 필요가 있다.

6. 1. 입지론(立志論)

배우는 사람은 성인(聖人)을 배우기 위한 것이고, 뜻이 있는 사람은 그 배움을 이루려 하는 것이다. 그러므로 뜻을 세우지 아니할 수가 없다. 그래서 성인을 배우겠다는 사람은 뜻이 굳세고 씩씩하지 아니하면, 물욕에 흔들리거나 빼앗기지 아니할 사람이 거의 없어서 여러 사람들의 입에 오르내리게 된다. 그러나 성인을 배우겠다는 뜻이 굳고 씩씩하여 앎이 밝아 지킴이 단단하면, 옳지 아니한 것도 억지로 잡아서 더듬어 바로잡을 수가 있다. 대체로 사람들이 이와 같은 형체가 있어서 이러한 마음도 있기에 사물에 느낌이 없을 수가 없으며, 사물에 느낌이 있어서 그 물욕을 절제하지 못하면, 사물이 사람을 끌어들이어 사물로 변하게 된다. 그러므로 성인(聖人)은 중(中) · 정(正) · 인(仁) · 의(義)로서 만대를 두고 잊지 못할 교훈을 주시어 배우려는 사람으로 하여금 알아서 그 도를 실행하게 하여 그 본연의 성품을 회복하게 하시었다. 성인을 배우려고 뜻을 세운 사람이 순임금님처럼 될 수가 없을까 근심하며, 내가 어찌 힘쓰지 아니하며, 어찌 마음속으로 두려워만 하겠는가? 그러나 착한 일을 행하기는 마치 높은 곳에 오르는 것과 같고, 욕심을 따름은 마치 물이 낮은 곳으로 흐르는 것과 같아서 저절로 왕도의 세대는 멀어지고 성인들은 돌아가시었다. 그 뒤 근대에는 이른바 성인을 배우겠다는 사람들이 쓰러지듯 공리(功利)의 이야기 속으로 빠져드니, 그 누가 산에 오르기처럼 어려운 일에 억지로 하늘의 이치를 마음속에 지니고 있을 것이며, 물 흐르듯이 쉬우면 사람들의 물욕을 막을 수가 있겠는가? 이렇게 볼 것 같으면, 굳세어 빠르고 센 바람과 딴 길로 흐르는 때에 우뚝하게 서서 굽히지 아니하고 외로이 공과 이름을 세워 정의를 지키는 세상에서 물욕과 공리를 따라 옮기지 아니하고, 그 성인을 배우는 사람이 하늘 아래에 몇 사람이나 있겠는가? 이처럼 성인을 배우겠다는 뜻을 굳고 강하게 세우지 아니하면, 성인을 배우는 것은 이루지 못한다. 이것은 모두 평일에 앎이 밝지 못하여 굳고 강하게 붙잡아 머물지 못하는 데에서 비롯된다. 이러한 지경에 이르면, 주(周)나라의 문왕(文王)이 기약하지도 아니하였음에도 8백 여 나라가 모인 것은 그때에는 천하 사람들의 마음이 한 사람도 달리 하는 이가 없었기 때문이다. 어쩌다가 달리 하는 사람이 있더라도 멀어서 미치지 못하는 백이(伯夷)와 숙제(叔齊)가 글을 올려 깨우치기를 마치 천자(天子)가 사악한 제후를 정벌할 때에 달리는 말처럼 그 옳고 그름을 주장하며 버틴 것은 마치 일만 길의 긴 강둑을 터뜨리어 물결이 사납게 흘러 넘쳐 높은 산을 뒤덮고 바위벽을 무너트리는 기세라도 우뚝하게 솟아오른 모양이 만 길이나 될 만큼 성인을 배우려는 뜻이 강하고 씩씩하면 흐르는 물을 막을 수 있는 것과 비유할 수 있으니 어떠한가? 배우려는 사람이 세운 뜻이 그 강하기가 이와 같으면, 반드시 흔들리거나 그 뜻을 빼앗길 걱정이 없을 것이다. 앞으로 성인을 배운 공리를 볼 수가 있을 것이다. 그러나 마땅히 강하여야 할 것에 강한 것이 군자의 강함이요, 마땅하지 아니한 일에 강하면, 그냥 강한 사람의 강함이다. 그러므로 반드시 착한 덕을 밝히는 공을 쌓는데 노력하지 아니하면 아니 된다.[109]

이는 정여창(鄭汝昌)이 지은 「立志論(입지론)」의 전문이다. 학자(學者)의 뜻매김을 "성인(聖人)을 배우는 사람"이라고 하

109 學者所以學聖人也而志者所以成其學也故不可不立者志也而志立而不强毅則鮮不爲物欲所撓奪而衆口之所遷動也然而志之强毅在於知之明守之固而非可以强捉摸而定也蓋人有是形則有是心而不能無感於物感於物而不節其欲則物將引人而化物也故聖人定之以中正仁義以垂訓於萬世而欲使學者知而行之以復其本然之性有志於學者其可不致其如舜之憂而不强其吾何畏之意乎然而從善如登從欲如流自世遠人亡之後近代之所謂學者靡然入於功利之說其孰能强其如登之難而以存天理脫其如流之易而以遏人欲乎以此而觀則毅然特立於疾風橫流之際而不屈介然守正於建功成名之世而不移以成其學者天下有幾人哉是如立志之不强學聖之不能也而皆由於平日之知不明守不固而强把捉以定也至如當不期而會者八百餘國之時天下之心無一人之或異而以藐然之身扣翰如之馬於黃鉞白旄之中而以抗其是非譬如決萬丈之障堤而放奔猛之橫流高山壁巖靡不崩圮而屹然不汨萬仞之强毅爲如何哉學者之立志其强如是則必無撓奪之患而將見其學聖之功矣然當强而强君子之强也而不當强而强强者之强也不可不盡於明善之功也.(『一蠹集』)

고, 입지(立志)는 곧 "성인을 배우려는 학자가 강하고 씩씩하게 세우는 뜻"이라고 하면서 주(周)나라의 문왕(文王)과 백이(伯夷)와 숙제(叔齊)의 고사를 들어 입지의 중요성을 강조한 글이다. 오늘날의 학자들도 학문에 뜻을 두겠다면, 이처럼 입지(立志)를 만인지강의(萬仞之强毅)로 하여야 함을 배울 수 있다. 지은이는 본관이 하동(河東)이고, 자는 백욱(伯勗), 호는 일두(一蠹), 시호는 문헌(文獻)이다. 점필재(佔畢齋) 김종직(金宗直)의 문인으로 성종 21(3823)년 문과에 급제하여 예문관 검열(藝文館檢閱)을 거쳐 안음현감(安陰縣監)에 그치고 무오사화(戊午士禍)에 연루되어 배소인 종성(鐘城)에서 작고하였다.

주(周)나라 문왕(文王)
출처 : 위키백과

6. 2. 不義富貴如浮雲辨[불의한 부귀는 뜬구름 같다는 변]

이 세상에는 더할 수 없이 즐거운 것이 있다. 거문고나 가야금도 아니고, 퉁소나 피리들도 아니며, 쇠북과 아홉 마당 음악과 여러 가지 문무(文武)의 춤으로 드높은 집과 드넓은 큰 집채와 바람막이 난간과 달맞이 정자와 대나무 숲과 꽃이 핀 언덕 사이에서 술잔을 주고받으며 즐기는 것도 아니다. 군자가 이 세상에서 스스로 즐길만한 것이 있으니, 남에게 알릴 것도 없고, 다만 자기의 가슴속과 몸으로 체득하여 깨닫는 것이다. 오묘한 즐거움과 참된 취미는 물질에 있는 것이 아니고, 나에게 있는 것이다. 무엇이 즐거운 일인가? 편안한 것이라면, 노인에게나 있을 것이요, 추억을 만들고자 한다면, 젊은이들에게나 있을 것이다. 나아가서는 추운 겨울과 더운 여름이 서로 바뀌며 해와 달이 산고개와 흐르는 시내를 밝게 비추어 주는 데에도 즐거움이 있다. 아버지와 아들 사이에는 친함이 있고, 임금과 신하의 사이에는 의리가 있어야 한다. 머물러 살 때에는 공손하여야 하며, 일을 할 때에는 공경하며, 남과 성실하게 지내면 행위가 거친 만맥(蠻貊)들에게서도 가난과 천한 신분의 어려움에서는 부귀(富貴)가 들어오지 아니하므로 저절로 얻지 못한다. 사람의 욕심은 깨끗하여지고, 하늘의 이치는 구별이나 차별이 없는 모양이어서 사는 곳마다 편안하고, 가는 곳마다 즐거움이 있을 뿐이다. 대바구니 나물밥을 먹고 한 표주박의 찬물을 마시더라도 무엇이 아쉬우며, 무엇이 근심스럽겠는가? 사물도 잊고, 나도 잊어버리는 경지가 된다. 증점(曾點)은 말하기를, "늦은 봄날에 봄옷을 장만하여 입고, 아이들과 어른들이 기수(沂水)에서 목욕을 하고, 무우(舞雩)에서 바람을 쐬며 시를 읊조리고 돌아오겠습니다." 하였다. 공자는 말씀하시기를, "나는 증점과 같이 하려네." 하시었으니, 한 모임으로 어울려야 한다. 사소한 것들은 한 꼬치에 꿰어 시원스레 버리어야 한다. 한 사람 한 사람이

> 자기를 이기어 예의(禮儀)를 회복하여 어짊을 행하느라 결기를 뽐내며 밥 먹기도 잊어버리고 열심히 공부하여야 한다. 의롭지 아니한 부귀로 부모를 봉양하는 것은 성대하여도 뜬구름처럼 보아야 한다. 그러면 가진 것이 없으니, 막연하여 마음이 흔들릴 것도 없으므로 내 집 안에 편안함과 즐거움만이 있다. 덕도 있고, 지위도 있는 사람들의 부귀가 뜬구름과 같다고 멸시하여 능중자(陵仲子)가 "작록(爵祿)은 불의(不義)가 된다."고 한 말로 하는 것은 아니다.[110]

이 작품은 김시습(金時習)이 지은 「不義富貴如浮雲辨[불의한 부귀는 뜬구름과 같다는 변]」의 전문이다. 지은이 김시습은 본관이 강릉(江陵), 자가 열경(悅卿), 호가 동봉(東峰), 매월당(梅月堂), 벽산(碧山), 청한자(淸寒子), 췌세옹(贅世翁)이라고 하였다. 5세에 『대학(大學)』과 『중용(中庸)』을 달통하여 신동(神童)이라 일컬어지고, 세종대왕의 부름을 받아 세손(世孫=단종)을 잘 보필하라는 당부와 함께 비단 1필을 선물로 받고, 과거

110 天地之間至樂者存焉非絲非竹非金鏞九成萬無觴爵交酬於高堂大廈風欞月榭竹林花塢之間君子之於世也自有可樂者存不可以告人只是自家胸中體會方見妙樂眞趣不在於物在於我何謂樂欲安則老者存焉欲懷則少者存焉乃至寒暑相推日月代明山峙川流在父子則有親在君臣則有義居處恭執事敬與人忠之蠻貊之貧賤患難之富貴無入而不自得人欲淨盡天理渾然所處而安所遇而樂飯簞蔬食飮瓢冷水何思何慮忘物忘我曾點道暮春者春服旣成與冠童浴沂風雩詠而歸夫子曰吾與點也和一團些者一串穿却捏了都是箇克己復禮爲仁發憤忘食做底模樣視不義富貴奉養之盛輕如浮雲而無有漠然無所動搖我家安樂中也非謂以有德有位者之富貴蔑視如浮雲而以爵祿爲不義如於陵仲子也.(『梅月堂文集』 권 5).

공부를 열심히 하였다. 미처 출세하기 전에 수양대군(首陽大君=세조)이 단종을 폐위하고 등극한 소식을 듣고 공부하던 책을 모두 불 태운 뒤 스님이 되어 설잠(雪岑)이라고 하며 여러 곳을 방랑하다가 47세에 환속하였으나, 아내가 돌아간 뒤 재혼하지 아니하고 변절하여 세조의 총애를 받은 사람들을 비난하여 후세인들은 그를 생육신(生六臣)의 한 사람으로 존경하였다. 홍산(鴻山)의 무량사(無量寺)에서 작고하니, 유언대로 절 옆에 묻고 부도(浮屠)를 세웠다. 저술로는 문집 『梅月堂集(매월당집)』과 단편 소설집 『金鰲新話(금오신화)』가 있다.

6. 3. 대인설(大人說)

사람에게는 네 가지 소원이 있다. 안으로는 신령스럽고 싶은 것과 굳세고 싶은 것이고, 밖으로는 고귀한 신분과 넉넉한 경제력이다. 고귀하여지려면 벼슬을 하는 것보다 나은 것이 없으며, 경제적으로 넉넉한 것은 욕심을 내지 아니하는 것보다 넉넉한 것이 없다. 굳세기는 싸우지 아니하는 것보다 강한 것은 없고, 신령스럽기는 모르는 것보다 더 신령스러운 것은 없다. 그러나 몰라서 신령스럽지 아니한 것은 아둔하고 어리석은 사람에서 알 수 있다. 싸우지 아니하면서 굳세지 아니한 것은 나약한 사람에서 알 수 있다. 욕심을 내지 아니하여 경제적으로 넉넉하지 아니한 것은 빈궁한 사람에서 알 수 있다. 벼슬을 하

> 지 아니하여 고귀한 신분이 못되는 것은 미천한 사람에서 알 수 있다. 알려고 하지 아니하여도 신령스럽고, 싸우지 아니하고도 강하고, 욕심을 내지 아니하고도 경제적으로 넉넉할 수 있는 것은 대인이라야만 그렇게 할 수가 있다.(『土亭先生遺稿(토정선생유고)』 권 상)[111]

이 작품은 이지함(李之菡)이 지은 「大人說(대인설)」의 전문이다. 지은이 이지함은 본관이 한산(韓山)이며, 자는 형중(馨仲), 호는 토정(土亭), 시호는 문강(文康)이다. 어려서 아버지를 여의고, 형 성암(省庵) 지번(之蕃)에게서 글을 배우고, 화담(花潭) 서경덕(徐敬德)의 문에 들어가 학문을 하여 잡술에 뛰어나 당시의 사람들에게서는 이인(異人)으로 명성이 매우 높았다. 선조 6(3906)년에 천거를 받아 6품 벼슬을 시작하여 포천현감(抱川縣監)을 지냈다. 저술로 『土亭先生遺稿(토정선생유고)』가 전한다.

111 人有四願內願靈强外願富貴貴莫貴於不爵富莫富於不欲强莫强於不爭靈莫靈於不知然而不知而不靈昏愚者有之不爭而不强懦弱者有之不欲而不富貧窮者有之不爵而不貴微賤者有之不知而能靈不爭而能强不欲而能富不爵而能貴能大人能之.(『土亭先生遺稿』권 상).

7. 서간(書簡)

조선시대 서간(書簡) 문학 자료는 매우 풍성하다. 그 증거는 쉬운 말로 "편지틀", 또는 "편지투"라고 하는 "간독(簡牘)", 또는 "척독(尺牘)"이라는 책들이 많이 남아 있다는 점에서 찾을 수가 있다. 현재까지 전하고 있는 유명한 간독들을 소개하면 대략 다음과 같다.

① 退溪先生短牘抄(퇴계선생 단독초)=퇴계(退溪) 이황(李滉)의 편지를 모아 엮은 편지투의 글이다.

② 退溪先生書節要(퇴계선생 서절요)=퇴계(退溪) 이황(李滉)이 여러 사람들에게 준 편지 249편을 대산(大山) 이상정(李象靖)이 모아 엮은 것이다.

③ 搢紳赤牘(진신적독)=이명환(李明煥), 홍억(洪檍), 김종후(金鍾厚), 이서구(李書九), 남공철(南公轍), 김매순(金邁淳), 박지원(朴趾源)들의 편지를 가려 뽑아 엮은 편지투의 교본이다.

④ 青丘尺牘(청구척독)=실명씨(失名氏)가 받은 김수항(金壽恒)·조인영(趙寅永)들에게서 받은 편지를 모아 엮은 편지틀이다.

⑤ 惕齋書牘(척재서독)=척재(惕齋) 이서구(李書九)의 편지들 85편을 모아 엮은 것이다.

⑥ 阮堂尺牘(완당척독)=고종 4(4200)년에 남병길(南秉吉)이

완당(阮堂) 김정희(金正喜)의 편지들을 모아 엮은 활자본이다.

⑦ 海隣尺素(해린척소)=우선(藕船) 이상적(李尙迪)이 역관의 신분으로 청나라를 12번이나 오가면서 청나라 문인 39명에게서 받은 편지 108편들을 모아 엮은 편지틀이다.

⑧ 楚吏謝書簡集(초리사서간집)=초산수(楚山倅) 오익선(吳益善, 고종 때 사람)이 원으로 있을 때에 교유하던 사람들 10여인과 주고받은 안부 편지들을 모아 엮은 편지틀이다.

⑨ 尺牘要覽(척독요람)=편지를 주고받는 관계를 기준으로 하여 겉봉투를 만드는 방법과 주소를 쓰는 방법에서부터 표준이 될 내용을 제시하여 편지쓰기의 모범을 보인 편지틀이다. 이 책은 "內篇(내편)"에서 事親(사친)·事君(사군)·敬兄諸父(경형제부)·夫婦(부부)·長幼(장유)·朋友附雜著(붕우부잡저), "外篇(외편)"에서 邦國慶哀(방국경애)·子孫(자손)·科擧(과거)·官爵附使臣(관작부사신)·追榮(추영)·贈謚(증시)·綽楔(작설)·壽耋(수질)·遠遊附省掃(원유부성소)·遭罹(조이)·敍用附宥還(서용 부유환)·疾病(질병)·弔慰(조위)·儒賢問答(유현문답)으로 나누어 구체적인 편지 내용을 예시하여 놓기도 하였다. 조선시대 사대부나 유생들이라면, 누구나 뜻글[韓·漢文]로 편지를 썼기 때문에 지금 전하는 것들이 너무도 많기에 여기서는 하나하나 소개하는 것을 줄인다.

7. 1. 송강(松江)의 편지

삼경(三更 : 밤 11 - 1시)에 일어나 율곡(栗谷 : 李珥)의 영구를 호송(護送)하며 홍제원(弘濟院)에 이르러 곡을 하고 보내는데, 온몸이 춥고 떨리어 수레에서 내리어 술 석 잔을 마시고 집에 돌아오려니, 갑자기 슬픔이 더욱 성하여 거의 기진할 것 같았네. 이제야 비로소 머리를 들고 일어나서 밥을 서너 숟가락을 먹고 나니, 형을 만나 이야기라도 하고 싶은 생각이 간절하지만, 데리고 갈 종도 없고 타고 갈 말도 없으니 어찌하리오. 하루 종일 베개를 깔고 엎드려 있으니 애간장이 마디마디 끊어지는 듯하오.[112] (『松江鄭澈文集(송강 정철문집)』 續集 권 2)

이 편지는 송강(松江) 정철(鄭澈)이 선조 17(3917)년 3월 율곡(栗谷) 이이(李珥)의 영서(永逝)를 당하여 친한 벗으로서의 슬픔을 같은 벗인 우계(牛溪) 성혼(成渾)에게 보낸 「與牛溪書[우계에게 보낸 글]」의 전문이다.

7. 2. 완당(阮堂)의 편지

이상적(李尙迪)군에게 부탁한 책 보따리가 언제쯤이나

112 三更護栗翁柩至弘濟院哭送滿身寒戰下車飮酒三盃到家輒薾然將盡今始擡首喫飯三四匙切欲就語而無奴馬奈何終日伏枕寸腸如裂.(『松江鄭澈文集』 續集 권 2)

와서 받아볼 수 있을 것인지 알 수 없을까? 근래에 아전 홍석호(洪錫祜)에게 따로 편지 한 통을 주어 오는 편을 빌어 헤아리어 부쳐 보내게 하였네. 그런데 들으니, "전에 거둬들인 세곡(稅穀)을 호송하여 갔던 하인들이 거의 모두 돌아왔다."고 하는데, 아직도 소식이 없네. 게다가 아전 홍석호는 편지도 전하지 아니하고 힘도 쓰지 아니하여서 그런 것이 아닌지? 역시 이상한 일이 한두 가지가 아니네. 또한 이런 일들을 빌어서 살아가는 것도 한때의 심심풀이 시간을 보내는 방법이 되기도 한다네. 그리고 궁한 사람의 셈이 느려서 머뭇거리며 나아가지 못하기 때문에 그러한 것이 아니겠나? 그렇게 하려는 것도 한때의 시간 보내기인데, 역시 망령됨이 심한 것이지? 집에 갊아 있는 책의 겉장에 제목을 쓰지 아니한 글씨본 두 틀은 푸른 천으로 옷을 입히어 만든 누런 나무 뚜껑의 상자가 그 이름을 "장진첩(藏眞帖)"이라고 하는 것이네. 안에는 당(唐)나라 초기의 명신이었던 저수량(褚遂良)이 쓴 「千字文(천자문)」과 당나라 현종 때의 서예가 종소경(鍾紹京)이 쓴 「靈飛經(영비경)」에서부터 송(宋)나라와 원(元)나라 사람들이 쓴 글들에 이르기까지 있네. 겨를이 있으면 찾아내어 가을에 심부름꾼이 올 때에 홍산(鴻山)의 아저씨께서 빌려 가신 청(淸)나라 단목국호(端木國瑚)가 지은 『周易指(주역지)』라는 책도 역시 찾아다가 이곳으로 함께 보내주면 좋겠네. 보내줄 수 있겠지? 어떤가?[113]

113 李君尙迪許所託書包不知何時可得付來耶頃因洪吏錫祜有另申一書而俾圖借便寄來之地聞舊收護送下隷幾盡歸來而遂無聞抑洪吏不所傳書而亦不致力而然耶亦可訝蕘亦從此等處藉爲一時消遣法而窮人之籌觸籌觸跙跙而然耶其欲爲一時消遣亦妄甚耶家藏有不題簽之法帖兩套青布匣黃木衣此名藏眞帖者也內有褚書千文鍾書靈飛以及宋元人書者幸隨暇覓出付送於秋伻來時鴻山叔主借去端木國瑚周易指亦爲覓來同送之地如何如何.(『阮堂先生全集』 권 2)

이 글은 추사(秋史) 김정희(金正喜)가 헌종 11(4178)년에 막냇동생인 금미(琴眉) 김상희(金相喜)에게 보낸 편지이다. 내용은 지은이가 제주도(濟州道)에서 귀양살이를 하면서 청(淸)나라에 들어간 역관 이상적(李尙迪)에게 부탁한 책과 집에 보관되어 있는 책들을 보내달라는 부탁의 글이다.

이 글에서 이상적(李尙迪)은 본관이 우봉(牛峰)이며, 자를 혜길(惠吉), 호를 우선(藕船)이라고 한 역관(譯官)이다. 글씨를 잘 쓰고 금석학(金石學)에 조예가 깊었는데 완당(阮堂)께 배운 것이다. 또 장진첩(藏眞帖)이라고 하는 것은 명(明)나라 신종(神宗) 때 사람 진원서(陳元瑞)가 새긴 『渤海藏眞帖(발해장진첩)』을 이른 것이다. 홍산의 아저씨는 당시에 홍산현감(鴻山縣監)을 지내고 있던 추사(秋史)의 재당숙인 김노겸(金魯謙)이다.

이 글의 지은이 추사는 본관이 경주(慶州)이고, 자를 원춘(元春), 호를 과파(果坡), 노과(老果), 시암(詩庵), 예당(禮堂), 완당(阮堂)이라고 하였다. 박제가(朴齊家)의 문인으로 순조 14(4147)년에 문과에 급제하여 벼슬이 병조판서에 이르렀다. 순조 5(4138)년에는 20세의 젊은이로 연행사행으로 청나라에 들어가는 아버지를 따라 연경(燕京)에 가서 당시 청나라의 큰 선비로 이름 높던 완원(阮元)과 옹방강(翁方綱) 등과 사귀어 실학에 심취되었다. 금석(金石), 도서(圖書), 묵화(墨畵), 시문(詩文), 전예(篆隷)의 학문에 정성을 쏟아 당시 조선의 고증학(考證學)을 국제화하였으며, 서예(書藝)는 추사체(秋史體)라는 고유한 서법(書法)을 이룬 명필로 유명하였으나 벼슬길은 평생에 13년의 귀양살이로 제주도와 북청(北靑)으로 옮아 다니기도 하였다.[114]

8. 서발(序跋)

여기서 말하는 "서발(序跋)"은 "서(序)"와 "발(跋)"을 합친 말이다. "서(序)"는 일명 "서록(序錄)", 또는 "서략(序略)"이라고도 일컫는다. 반면 "발(跋)"은 일명 "서후(書後)", 또는 "제후(題後)"라고도 하여 "서"가 책이나 글의 앞에 놓이는가 하면, "발"은 책이나 글의 뒤에 놓이며, 서가 자세한 반면 발은 간단한 것이 다르다. 또 서문이 비교적 지은이의 인생관이나 철학 사상과 문학관(文學觀)의 반영이라면, 발문은 그 책이나 글이 어떻게 이루어졌거나 출판될 수 있었는가를 밝혀주는 것이 보통이다.

현재 개인 문집들에서 많이 읽히는 서발들을 소개하면, 대략 아래와 같다. 정도전(鄭道傳)의 「朝鮮經國傳序(조선경국전서)」, 권근(權近)의 「送懶菴上人遊金剛山詩序(송나암 상인 유금

114 藤塚鄰, 淸朝文化東漸の硏究』, 國書刊行會, 1975.

강산시서)」(외 66수), 박홍생(朴興生)의 「對句聯珠詩序(대구연주시서)」(외 1수)·「隱陽攝要跋尾文(은양섭요발미문)」(외 1수), 박팽년(朴彭年)의 「明皇誡鑑序(명황계감서)」(외 24수), 신숙주(申叔舟)의 「東國正韻序(동국정운서)」(외 22수), 김정(金淨)의 「贈志悅上人序(증지열상인서)」(외 4수)·「顔樂堂詩集跋(안락당시집발)」, 서거정(徐居正)의 「三國史節要序(삼국사절요서)」(외 73수), 김세필(金世弼)의 「關東酬唱錄序(관동수창록서)」(외 4수), 김안국(金安國)의 「送禮曹尹參議朝京師序(송예조 윤참의 조경사서)」(외 9수)·「南忠簡公守陵詩軸跋(남충간공수릉시축발)」(외 2수), 소세양(蘇世讓)의 「老松先生使日本行錄序(노송선생 사일본행록서)」(외 4수)·「千字文跋(천자문발)」(외 5수), 이언적(李彦迪 : 3824-3886)의 「中庸九經衍義序(중용 구경 연의서)」(외 3수)·「書忘齋忘機堂無極太極說後(서망재 망기당 무극 태극설후)」, 박운(朴雲)의 「衛生方序(위생방서)」, 김취문(金就文)의 「擊蒙編跋(격몽편발)」, 김인후(金麟厚)의 「己卯諸賢帖序(기묘제현첩서)」(외 1수)·「大學講義跋(대학강의발)」(외 1수), 유희춘(柳希春)의 부인 송덕봉(宋德峰)의 「斲石文序(착석문서)」, 유희춘(柳希春)의 「慕齋先生集序(모재선생집서)」(외 2수)·「漂海錄跋(표해록발)」(외 1수), 노수신(盧守愼)의 「皇華集序(황화집서)」(외 4수)·「晦齋先生大學補遺後跋(회재선생 대학보유후발)」(외 3수), 주이(周怡)의 「壽瑞集序(수서집서)」, 박승임(朴承任)의 「睡軒集序(수헌집서)」(외 3수)·「尊堯集跋(존요집발)」(외 3수), 오건(吳

健)의 「送人赴燕京序(송인부연경서)」, 김우굉(金宇宏)의 「寓庵集跋(우암집발)」, 김부윤(金富倫)의 「贈鄭景善自省錄溪山詠小識(증정경선자성록 계산영소지)」, 윤두수(尹斗壽)의 「平壤志序(평양지서)」(외 1수)·「遁村先生集跋(둔촌선생집발)」(외 1수), 정상(鄭詳)의 「金鞍洞座目重修序(금안동 좌목 중수서)」, 권문해(權文海)의 「大東韻玉跋(대동운옥발)」, 송양(宋亮)의 「定性紀序(정성기서)」, 송익필(宋翼弼)의 「玄繩編序(현승편서)」(외 4수), 허항(許沆)의 「元堂洞肅觴序(원당동숙상서)」·「書宗姪一家訓屛序後(서종질일가훈병서후)」, 유성룡(柳成龍)의 「許荷谷朝天記序(허하곡 조천기서)」(외 6수)·「孝經大義跋(효경대의발)」(외 30수), 이개립(李介立)의 「贈別鄭子靜序(증별정자정서)」, 김장생(金長生)의 「家禮輯覽序(가례집람서)」(외 8수)·「楊浦崔澱稿跋(양포최전고발)」(외 2수), 장현광(張顯光)의 「易學圖說序(역학도설서)」(외 3수)·「奇高峰集跋(기고봉문집발)」(외 11수), 유몽인(柳夢寅)의 「送冬至使尹僉知存中序敬立(송동지사윤첨지존중서경립)」(외 43수)·「梁琴新譜跋(양금신보발)」(외 5수), 이덕형(李德馨)의 「正氣錄序(정기록서)」(외 3수)·「晦齋先生論太極書跋(회재선생 논태극서발)」(외 1수), 강응철(康應哲)의 「送冬至使鄭景任序(송동지사 정경임서)」(외 1수), 오명립(吳名立)의 「詩經類編序(시경유편서)」, 이수광(李睟光)의 「琴巖遺稿序(금암유고서)」(외 2수)·「西潭集跋(서담집발)」(외 2수), 정경세(鄭經世)의 「虛白亭文集序(허백정문집서)」(외 7수)·「正氣錄跋(정기록발)」(외

21수), 최현(崔晛)의 「送朴大丘弘長使日本序(송박대구 홍장 봉사일본서)」(외 3수) · 「寒岡先生文集跋(한강선생 문집발)」(외 4수), 이정귀(李廷龜)의 「皇華集序(황화집서)」(외 28수) · 「正氣錄跋(정기록발)」(외 8수), 이항복(李恒福)의 「惺所雜稿序(성소잡고서)」(외 14)수 · 「李正郎安訥朝天錄跋(이정랑안눌 조천록발)」(외 6수), 서용갑(徐龍甲)의 「醉吟亭序(취음정서)」(외 3수), 허균(許筠)의 「世說刪補注解序(세설산보주해서)」(외 20수), 김상헌(金尙憲)의 「送稚川尹判書朝天詩序(송치천윤판서 조천시서)」(외 18수) · 「題李學士子時遊楓嶽錄(제이학사 자시 유풍악록)」(외 16수), 조찬한(趙纘韓)의 「贈尹靜春赴燕京序(증윤정춘 부연경서)」 · 「權石泉遊山錄跋(권석천 유산록발)」(외 1수), 이민환(李民寏)의 「博約說序(단약설서)」(외 2수) · 「題成仁錄後(제성인록후)」, 조상우(趙相禹)의 「姜竹窓集序(강죽창집서)」(외 2수), 조우신(趙又新)의 「送左承旨沙西全公湜朝天序(송좌승지 사서전공식 조천서)」, 이식(李植)의 「送金學士世濂使日本序(송김학사세렴 사일본서)」(외 30수) · 「金鶴峰海槎錄跋(김학봉 해사록발)」(외 26수), 최명길(崔鳴吉)의 「馬經跋(마경발)」(외 3수), 이시명(李時明)의 「永慕錄序(영모록서)」 · 「書先君子贈徽逸五倫說後(서선군자 증휘일 오륜설후)」(외 1수), 오익(吳瀷 : 3914－?)의 「敬老宴詩帖序(경로연시첩서)」(외 2수), 신천익(愼天翊)의 「玄洲先生文集跋(현주선생 문집발)」(외 2수), 허목(許穆)의 「朗善君金石貼序(낭선군금석첩서)」(외 54수) · 「趙文正公蘭山詩畵帖跋(조문정공난산시화첩발)」(외 38수), 윤순거(尹舜擧)의 「送崔子迪惠告航海朝天序(송최자적 혜고 항해조천서)」(외 4수)·「魚陵志跋(어릉지발)」, 이신규(李身圭)의 「青襟錄序(청금록서)」, 양여매(楊汝梅)의 「不慍齋序(불온재서)」(외 8수), 김홍욱(金弘郁)의 「先祖桑村公遺墟感述詩序(선조 상촌공유허 감술시서)」(외 2수), 송시열(宋時烈)의 「養老宴序(양노연서)」(외 103수)·「海東異蹟跋(해동이적발)」(외 212수), 심유(沈攸)의 「重修同宗會序(중수동종회서)」, 홍여하(洪汝河)의 「李孝子傳序(이효자전서)」(외 9수)·「題李君集俗離遊錄(제이군집 속리유록후)」(외 7수), 이원정(李元禎)의 「大菴朴先生文集序(대암박선생문집서)」·「趙松堂文集跋(조송당문집발)」(외 1수), 양도남(楊道南)의 「鴒原契序(영원계서)」·「道也亭記跋(도야정기발)」, 이단하(李端夏)의 「德水李氏世稿序(덕수이씨 세고서)」(외 3수)·「東賢行蹟跋(동현행적발)」(외 2수), 김수항(金壽恒)의 「沙溪先生文集序(사계선생문집서)」(외 4수)·「錦湖集跋(금호집발)」(외 8수), 박세채(朴世采)의 「送金久之赴燕山序(송김구지 부연산서)」(외 14수)·「跋栗谷先生續集(발율곡선생속집)」(외 62수), 김만기(金萬基)의 「送外兄李擇之赴永興序(송외형이택지 부영흥서)」(외 5수)·「書林氏家藏東征將士簡牘後(서임씨가장 동정장사 간독후)」(외 1수), 권현(權顯)의 「太師廟謄錄跋(태사묘등록발)」(외 2수), 김만중(金萬重)의 「宋詩抄序(송시초서)」(외 1수)·「先伯氏瑞石先生集跋(선백씨서석선생집발)」(외 1수), 권상하(權尙夏)의 「梧灘集序(오탄집서)」(외 14수)·「土亭集跋(토정집발)」(외 47수), 이기홍(李箕洪)의 「送李同甫之任鎭川序(송이동보지임진천서)」(외 4수)·「老師耽羅謫中與權致道書後跋(노사탐라적중 여권치도서발)」(외 2수), 김기하(金器夏)의 「贈克上人序(증극상인서)」·「六寸契文跋(육촌계문발)」, 임영(林泳)의 「日記序(일기서)」(외 2수)·「靜觀齋集跋(정관재집발)」(외 3수), 김창협(金昌協)의 「贈黃敬之欽赴燕序(증황경지흠부연서)」(외 16수)·「書魚判官漢明丙子江都津頭日記後(서어판관한명 병자강도진두일기후)」(외 15수), 이여(李畬)의 「受敎輯錄序(수교집록서)」(외 5수)·「光國志慶錄跋(광국지경록발)」(외 2수), 박세형(朴世衡)의 「有信契序(유신계서)」·「刮磨錄後序(괄마록후서)」, 서종태(徐宗泰)의 「送李季心赴日本序(송이계심 부일본서)」(외 8수)·「跋赤谷楓嶽錄後(발적곡풍악록후)」(외 4수), 송징은(宋徵殷)의 「送鎭川倅李同甫喜朝序(송진천수 이동보희조서)」(외 5수)·「題閔永叔東遊日錄後(제민영숙 동유일록후)」(외 7수), 홍세태(洪世泰)의 「金季明東槎錄序(김계명동사록서)」(외 7수)·「妙軒詩集跋(묘헌시집발)」, 박태보(朴泰輔)의 「送李參判赴燕序(송이참판부연서)」(외 7수), 박광일(朴光一)의 「新平宋氏族譜序(신평송씨족보서)」·「東遊錄跋(동유록발)」(외 2수), 송상기(宋相琦)의 「送從叔季應奎運氏遊金剛山序(송종숙계응규운씨 유금강산서)」(외 6수)·「思任堂畵帖跋(사임당화첩발)」(외 2수), 김진규(金鎭圭)의 「淮陽誌序(회양지서)」(외 5수), 조정위(趙正緯)의 「送內舅息庵金公赴燕序(송내구식암김공부연서)」, 정석달(鄭碩達)의

「家禮或問序(가례혹문서)」, 이관명(李觀命)의 「蒼洲集序(창주집서)」(외 1수)·「辛丑甲契跋(신축갑계발)」(외 5수), 이건명(李健命)의 「送奏請書狀宋學士王汝序(송주청서장 송학사 왕여서)」(외 3수)·「李邦彦正臣海東筆跡跋(이방언정신 해동필적발)」(외 3수), 박태한(朴泰漢)의 「送通信使尹丈趾完序(송통신사 윤장지완서)」(외 1수), 이만부(李萬敷)의 「送成徵君達卿遊楓嶽錄序(송성징군달경 유풍악록서)」(외 22수)·「韓師琴譜跋(한사금보발)」(외 42수), 채팽윤(蔡彭胤)의 「楓嶽錄序(풍악록서)」(외 15수), 이의현(李宜顯)의 「題昭代風謠卷首(제소대풍요권수)」, 김춘택(金春澤)의 「送李邦華序(송이방화서)」(외 18수), 홍태유(洪泰猷)의 「文遊錄序(문유록서)」(외 8수), 권계(權榮)의 「書權氏忠孝記事後(서권씨충효기사후)」(외 6수), 이덕수(李德壽)의 「送叔使日本序(송숙사일본서)」(외 36수)·「寫眞小跋(사진소발)」(외 18수), 윤동수(尹東洙)의 「園翁集序(원옹집서)」(외 7수), 이광정(李光庭)의 「艮齋遺集序(간재유집서)」(외 37수)·「楊蓬萊車五山詩帖後識(양봉래차오산시첩후지)」(외 14수), 김하구(金夏九)의 「天命集錄序(천명집록서)」(외 8수)·「恭書五代祖遺簡後(공서 오대조 유간후)」 이간(李柬)의 「楓崖集序(풍애집서)」(외 5수), 이하곤(李夏坤)의 「南行集序(남행집서)」(외 34수), 이현익(李賢益)의 「送季通序(송계통서)」·「延平先生要語跋(연평선생요어발)」, 윤순(尹淳)의 「夢悟遺稿序(몽오유고서)」(외 2수)·「梧陰集跋(오음집발)」(외 6수), 이재(李縡)의 「百千堂遺稿序(백천당유고서)」(외 6수)·「栗谷先

生全書跋(율곡선생 전서발)」(외 18수), 조문명(趙文命)의 「歷代史要序(역대사요서)」(외 3수)·「書金孝子重鎭傳後(서김효자 중진전후)」(외 5수), 윤봉조(尹鳳朝)의 「海上錄序(해상록서)」(외 22수)·「跋權景賀金剛詩錄後(발권경하금강시록후)」(외 19수), 신유한(申維翰)의 「寅賓閣集序(인빈각집서)」(외 9수), 정내교(鄭來僑)의 「金生天澤歌譜序(김생천택가보서)」(외 3수), 이익(李瀷)의 「擇里志序(택리지서)」(외 98수), 윤

조문명(趙文命) 초상
시도유형문화재 제419호, 소장 : 이화여자대학교박물관, 출처 : 문화재청

봉구(尹鳳九)의 「送兪子成從大爺四宰公赴燕序(송유자 성종대야 사재공 부연서)」(외 16수)·「孝宗大王在瀋館時題名錄跋(효종대왕 재심관시 제명록발)」(외 23수), 임창택(林昌澤)의 「題西河詩集序(제서하시집서)」(외 3수), 한원진(韓元震)의 「自警詩序(자경시서)」(외 6수)·「經義記聞錄跋(경의기문록발)」(외 24수), 윤봉구(尹鳳九)의 「寒水齋先生文集序(한수재선생문집서)」(외 17수)·「題孝子朴泝源行錄後(제효자박소원 행록후)」(외 23수), 채지홍(蔡之洪)의 「세심요결서(洗心要訣序)」(외 8수)·「제한씨부훈후(題韓氏婦訓後)」(외 15수), 임상덕(林象德)의 「東史會綱序

(동사회강서)」(외 1수)·「故李將軍漆室憂國歌後跋(고이장군칠실우국가후발)」(외 3수), 김성탁(金聖鐸)의 「隨見雜錄序(수견잡록서)」(16수), 권용(權墉)의 「西菴集序(서암집서)」(외 3수)·「李白石遺稿跋(이백석유고발)」(외 6수), 심육(沈錥)의 「尹氏遺事後序(윤씨유사후서)」(외 3수), 이세형(李世珩)의 「遊仙査序(유선사서)」·「退陶書節要跋(퇴도서절요발)」, 이기진(李箕鎭)의 「壬戌世遊錄序(임술세유록서)」(외 2수)·「南漢日記後識(남한일기후지)」(외 7수), 강재항(姜再恒)의 「追遠錄前序(추원록전서)」(외 13수)·「追遠錄後集跋(추원록후집발)」(외 10수), 이광덕(李匡德)의 「青囊妙訣序(청낭묘결서)」(외 5수), 유척기(兪拓基)의 「送尹副使景儒汲赴燕序(송윤부사 경유급부연서)」(외 3수)·「平陽朴先生彭年草書墨刻帖跋(평양박선생팽년 초서묵각첩발)」(외 22수), 조관빈(趙觀彬)의 「李白川梅花詩序(이백천매화시서)」(외 4수)·「題趙士輝明翼楓嶽詩軸跋後(제조사휘명익풍악시축발후)」(외 4수), 조현명(趙顯命)의 「鷺洲集序(노주집서)」(외 15수)·「御製詩跋(어제시발)」(외 26수), 조구명(趙龜命)의 「竝世雜史序(병세잡사서)」(외 28수), 민우수(閔遇洙)의 「農圃集序(농포집서)」(외 3수), 신경(申暻)의 「絅菴集跋(경암집발)」(외 43수), 이덕주(李德胄)의 「嘉林四稿序(가림사고서)」(외 4수), 남유용(南有容)의 「諺解曺大家女戒七篇序(언해조대가여계칠편서)」(외 29수)·「簡牘小卷跋(간독소권발)」(외 37수), 원경하(元景夏)의 「青泉子海遊錄序(청천자 해유록서)」(외 10수)·「高景逸山中課程小跋(고경일

산중과정 소발)」(외 3수), 이천보(李天輔)의 「桂南集跋(계남집발)」(외 10수), 김도수(金道洙)의 「送洪保伯禹哲赴燕序(송홍보백우철부연서)」(외 3수), 오원(吳瑗)의 「情話集序(정화집서)」(외 8수), 권재운(權載運)의 「送景元讀書山房序(송경원 독서산방서)」(외 2수)·「王考遺墨跋(왕고유묵발)」, 이석(李瀷)의 「北溪遺稿跋(북계유고발)」(외 6수), 김원행(金元行)의 「詩文初稿序(시문초고서)」(외 6수)·「書曺大家女誡後(서조대가여계후)」(외 23수), 조재호(趙在浩)의 「題金而性遺卷後(제김이성유권후)」(외 2수), 유정원(柳正源)의 「河洛指要識(하락지요지)」(외 2수), 송명흠(宋明欽)의 「煌煌集序(황황집서)」(외 4수), 윤광소(尹光紹)의 「自警圖說序(자경도설서)」(외 9수)·「黑巖集跋(흑암집발)」(외 18수), 이용휴(李用休)의 「送樊巖蔡尙書赴燕序(송번암 채상서 부연서)」(외 37수)·「跋甲寅弔客錄(발갑인조객록)」(외 41수), 남용만(南龍萬)의 「送洪學士赴燕京序(송홍학사 부연경서)」(외 6수)·「許貞簡公遺事跋(허정간공유사발)」(외 5수), 황경원(黃景源)의 「送金副使龍慶入燕序(송김부사용경입연서)」(외 52수), 송덕상(宋德相)의 「大谷集序(대곡집서)」(외 18수)·「書忠孝傳家書後(서충효전가서후)」(외 8수), 이상진(李象辰)의 「虎溪書院講會題名錄序(호계서원강회 제명록서)」(외 6수)·「書申周伯贈通信副使詩後(서신주백증통신부사시후)」(외 4수), 이인상(李麟祥)의 「名山紀序(명산기서)」(외 7수), 김정한(金正漢)의 「黃山寺續禊會錄序(황산사속계회록서)」, 송정옹(宋鼎顒)의 「送金雙巖赴慈仁序(송김쌍

암부자인서)」(외 3수)·「陶山書院從遊錄後識(도산서원종유록후지)」(외 1수), 이상정(李象靖)의 「鶴峰先生續集序(학봉선생속집서)」(외 6수)·「龍蛇日錄跋(용사일록발)」(외 44수), 임성주(任聖周)의 「小學本註跋(소학본주발)」(외 14수), 권헌(權攇)의 「孔子通紀後錄序(공자통기후록서)」(외 20수)·「祭金約傳後(제김약전후)」(외 11수), 신경준(申景濬)의 「二柳集序(이류집서)」(외 21수)·「東國輿地圖跋(동국여지도발)」(외 10수), 신광수(申光洙)의 「嶠南詩稿序(교남시고서)」(외 13수), 안정복(安鼎福)의 「泣血錄序(읍혈록서)」(외 21수)·「磻溪年譜跋(반계연보발)」(외 12수), 임희성(任希聖)의 「書江都日記後(서강도일기후)」(외 3수), 이광정(李光靖)의 「開谷集序(개곡집서)」(외 19수)·「金苟全朝天帖跋(김구전조천첩발)」(외 21수), 서명응(徐命膺)의 「送冬至書狀官李汝愼徽中之燕序(송동지서장관이여신휘중지연서)」(외 27수)·「奎章閣志跋(규장각지발)」(외 10수), 이민보(李敏輔)의 「鹿門集序(녹문집서)」(외 4수), 안석경(安錫儆)의 「遠遊篇序(원유편서)」(외 20수)·「書管子後(서관자후)」(외 6수), 조운도(趙運道)의 「書杏堂寃稿後(서행당원고후)」, 이복원(李福源)의 「大典通編序(대전통편서)」(외 6수)·「奎章閣志跋(규장각지발)」(외 6수), 이헌경(李獻慶)의 「送洪侍郎良浩燕槎之行序(송홍시랑 양호 연사지행서)」·「燕槎續詠跋(연사속영발)」(외 5수), 이광려(李匡呂)의 「書群芳譜後(서군방보후)」, 김종후(金鍾厚)의 「閔統制家乘序(민통제가승서)」·「書荷堂詩卷後(서하당시권후)」(외 11수), 유도원(柳

道源)의 「石泉亭庚子小會後識(석천정경자소회후지)」(외 4수), 신광유(申光裕)의 부인 윤지당(允摯堂) 임씨(任氏)의 「讀書先夫子所寫詩經後(독서선부자소사시경후)」(외 1수), 김이안(金履安)의 「送尹伯常遊四郡山水序(송윤백상유사군산수서)」(외 2수)·「怪石詩跋(괴석시발)」(외 20수), 김익(金熤)의 「遊楓嶽序(유풍악서)」(외 3수), 정범조(丁範祖)의 「洪侍郎君擇燕行錄序(홍시랑 군택 연행록서)」(외 93수)·「題沈景眉壽錫楓嶽錄後(제심경미수석풍악록후)」(외 23수), 서창경(徐昌鏡)의 「門中傳守錄序(문중전수록서)」·「族譜跋(족보발)」,김진동(金鎭東)의 「送堂弟翰之赴召序(송당제 한지부소서)」(외 6수)·「文峰先生文集跋(문봉선생문집발)」(외 8수), 오재순(吳載純)의 「雲谿遺稿序(운계유고서)」(외 12수)·「書北關高氏所藏帖後(서북관 고씨 소장첩후)」(외 17수), 위백규(魏伯珪)의 「冠山耆英會序(관산기영회서)」(외 16수)·「鄭公帝得海上錄跋(정공제득해상록발)」(외 20수), 조경(趙璥)의 「送申師中李季浩遊金剛序(송신사중이계호 유금강서)」(외 12수)·「豊墅酬唱錄跋(풍서수창록발)」(외 11수), 황희(黃熙)의 「蘇齋先生文集續刊敦事錄序(소재선생문집속간돈사록서)」, 황윤석(黃胤錫)의 「不憂軒集序(불우헌집서)」(외 15수)·「跋隱松堂行狀(발은송당행장)」(외 48수), 유언호(兪彦鎬)의 「東宮寶墨跋(동궁보묵발)」(외 31수), 이종휘(李種徽)의 「題破閑集後(제파한집후)」(외 37수), 박윤원(朴胤源)의 「鶴山和杜詩序(학산화두시서)」(외 21수)·「題平叔夢金剛詩後(제평숙몽금강시후)」(외 7수), 이만운(李

萬運)의 「楓嶽聯句序(풍악연구서)」(외 11수)·「暘溪集跋(양계집발)」(외 6수), 박지원(朴趾源)의 「海印寺唱酬序(해인사창수서)」(외 31수)·「湛軒所藏淸明上河圖跋(담헌소장 청명상하도발)」(외 4수), 이양오(李養吾)의 「詩學指南序(시학지남서)」(외 7수)·「書伯夷傳後(서백이전후)」(외11수), 이동급(李東汲)의 「屛庵盧公傳後敍(병암노공전후서)」(외 4수), 정종로(鄭宗魯)의 「隅谷先生遺墟詩序(우곡선생유허시서)」(외 13수)·「申氏孝烈錄跋(신씨효열록발)」(외 2수), 박준원(朴準源)의 「送庶從叔汝施遊俗離序(송서종숙여시유속리서)」(외 3수)·「石隱遺稿跋(석은유고발)」(외 1수), 이수인(李樹仁)의 「防意齋遺稿序(방의재유고서)」(외 3수)·「書進士龜溪崔公事蹟後(서진사 귀계 최공사적후)」(외 7수), 윤계(尹堦)의 「沈從叔壽錫東遊錄序(심종숙수석동유록서)」(외 10수), 「書先君遺稿後(서선군유고후)」(외 4수), 이덕무(李德懋)의 「西湖烟月篇序(서호연월편서)」(외 8수)·「書多寶塔碑帖後(서다보탑비첩후)」(외 16수), 이가환(李家煥)의 「春水集序(춘수집서)」(외 13수)·「李氏三世忠孝錄跋(이씨삼세충효록발)」(외 16수), 민응윤(閔應允)의 「贈及師遊金剛問答序(증급사유금강문답서)」(외 3수), 홍석주(洪奭周)의 「送柳錫老赴燕序(송유석로부연서)」(외 45수)·「弘齋全書印本考誤跋(홍재전서 인본고오발)」(외 5수), 황용한(黃龍漢)의 「聞韶金氏四古物序(문소김씨사고물서)」(외 7수)·「老先生手畢千字文後敍(노선생 수필 천자문후서)」(외 16수), 황덕일(黃德壹)의 「四禮要儀序(사례요의서)」(외 2수)·「歷代百家

詩史跋(역대백가시사발)」(외 2수), 서형수(徐瀅修)의 「洪範直指序(홍범직지서)」(외 21수) · 「敬跋宣賜經書正文後(경발선사경서정문후)」(외 17수), 황덕길(黃德吉)의 「東賢學則序(동현학칙서)」(외 20수) · 「書邃古史後(서수고사후)」(외 24수), 남한호(南漢皜)의 「族姪養正日記序(족질양정일기서)」(외 2수), 성해응(成海應)의 「送楓石徐學士之淮陽府伯序(송풍석 서학사지 회양부백서)」(외 51수) · 「題韓石峯筆帖後(제한석봉 필첩후)」(외 61수), 정약용(丁若鏞)의 「牧民心書序(목민심서서)」(외 20수) · 「跋水雲亭帖(발수운정첩)」(외 20수), 서유구(徐有榘)의 「石鼓文序(석고문서)」(외 7수) · 「保晩齋集跋(보만재집발)」(외 12수), 김조순(金祖淳)의 「雲石小稿序(운석소고서)」(외 9수) · 「正宗大王御製詠雪詩跋(정종대왕 어제 영설시발)」(외 5수), 김여(金鑢)의 「題丹良稗史卷後(제단량패사권후)」(외 107수), 이면백(李勉伯)의 「道峰二客序(도봉이객서)」(외 5수), 삼의당김씨(三宜堂金氏)의 「送夫子讀書山堂序(송부자독서산당서)」(외 6수), 이학규(李學逵)의 「金稚聞伽倻草序(김치문 가야초서)」 · 「書剪燈新話後(서전등신화후)」(외 2수), 박윤묵(朴允默)의 「漁山先生詩稿序(어산선생 시고서)」(외 20수) · 「旌孝錄跋(정효록발)」(외 8수), 한경원(韓慶元)의 「懷仁學校規範序(회인학교 규범서)」(외 7수) · 「先代遺蹟跋(선대유적발)」(외 5수), 탄재(坦齋) 윤광연(尹光演)의 부인 정일당(靜一堂) 강씨(姜氏)의 「書世牒後 代夫子作(서세첩후 대부자작)」(외 1수), 김매순(金邁淳)의 「三韓義烈女傳序(삼한 의열녀전서)」(외 18

手)·「金忠毅公文記遺事跋(김충의공문기유사발)」(외 22手), 홍직필(洪直弼)의 「送姜文老周欽遊燕序(송강문로주흠유연서)」(외 20手)·「送姜文老周欽遊燕序(송강문로주흠유연서)」·「題金氏四孝錄後(제김씨사효록후)」(외 22手), 채하(蔡何)의 부인 정정당(情靜堂) 황씨(黃氏 : 영조 때 사람)의 「書高麗烈女傳後(서고려열녀전후)」, 유치명(柳致明)의 「斗巖金公文集序(두암 김공문집서)」(외 20手)·「大山先生實記跋(대산선생 실기발)」(외 31手), 윤봉한(尹鳳翰)의 「桃杏膓錄序(도행장록서)」(외 4手), 박기녕(朴箕寧)의 「一庬翁逸稿序(일방옹일고서)」(외 2手)·「鄕校節目後跋(향교절목후발)」, 정유곤(鄭裕昆)의 「門講時示諸郎序(문강시 시제랑문)」(외 1手)·「書庸學講義錄後(서용학강의록후)」, 조인영(趙寅永)의 「靑城集序(청성집서)」(외 23手)·「濯纓集跋(탁영집발)」(외 20手), 송홍직(宋洪直)의 「送冬至使禮安君柳序(송동지사 예안군유서)」·「書小白山九志會序後(서소백산 구지회서후)」(외 2手), 성근묵(成近默)의 「東遊錄序(동유록서)」(외 2手)·「無忝錄跋(무첨록발)」(외 5手), 김정희(金正喜)의 「全唐詩序(전당시서)」(외 10手)·「書圓嶠筆訣後(서원교필결후)」(외 14手), 김진우(金鎭宇)의 「李侯養老宴詩序(이후양노연시서)」(외 2手)·「書吳永俊手稿後(서오영준 수고후)」(외 1手), 최상룡(崔象龍)의 「小學贅疑序(소학췌의서)」(외 8手)·「羅默軒文集跋(나묵헌문집발)」, 이광정(李光靖)의 「竺山全氏族譜序(축산전씨 족보서)」(외 18手)·「敬書退陶先生梅花詩帖後(경서퇴도선생 매화시첩후)」(외 20手), 송내희(宋

來熙)의 「唐詩選序(당시선서)」(외 23수)·「一養遺稿後序(일양유고후서)」(외 23수), 기정진(奇正鎭)의 「重刊箕子志序(중간 기자지서)」(외 130수)·「扶風七老會酬唱錄跋(부풍 칠로회 수창록발)」(외 66수), 조병덕(趙秉悳)의 「青松堂實記序(청송당실기서)」(외 9수)·「題慷慨翁任公行狀後跋(제강개옹임공행장후발)」, 정백휴(鄭伯休)의 「향삼물연의서(鄉三物衍義序)」, 조면호(趙冕鎬)의 「送領選使金洵卿允植序(송영선사김순경윤식서)」, 홍전(洪壂)의 「九皐書院講學序(구고서원강학서)」(외 1수), 송달수(宋達洙)의 「七星菴同遊錄序(칠성암 동유록서)」(외 17수)·「題巖棲齋同苦題名錄跋(제암서재고제명록발)」(외 13수), 소휘면(蘇輝冕)의 「送淸狂子姜文丈歸景雲齋序(송청광자 강문장 귀경운재서)」(외 19수), 송근수(宋近洙)의 「文獻攷略序(문헌고략서)」(외 30수)·「華陽志跋(화양지발)」(외 22수), 이상수(李象秀)의 「壬戌七月旣望泛舟詩序(임술 칠월기망 범주시서)」(외 62수)·「眞興王北巡狩碑跋(진흥왕 북순수비발)」(외 30수), 최익현(崔益鉉)의 「福川吳氏世譜序(복천오씨세보서)」(외 78수)·「跋沙厓集(발사애집)」(외 67수), 안숙(安潚)의 「溥齋序(보재서)」(외 2수)들이 유명하다.

여기서는 이의현(李宜顯)의 「題昭代風謠卷首(제소대풍요권수)」와 정약용(丁若鏞)의 「跋朝鮮地圖帖(발조선지도첩)」의 전문을 소개한다.

조선시대 뜻글로 쓰여진 서발(序跋)로는 역시 세종대왕이 지으신 것으로 알려진 「훈민정음서(訓民正音序)」가 가장 훌륭한 작품으로 우리나라 모든 사람들이 나와 남의 다름이 없이 인정하고 있다. 그 다음은 『용비어천가(龍飛御天歌)』의 서문일 것이다.

8. 1. 훈민정음서(訓民正音序)

나라의 말소리가 중국과 달라서 글자로 서로 뜻이 통하지 아니하므로 어리석은 백성들이 말하고 싶은 일이 있어도 마침내 그 사정을 펴낼 수 없는 사람이 많다. 나는 이를 민망하게 생각하여 새로 스물 여덟 자를 만들어서 사람마다 쉽게 배워서 날마다 쓰기에 편하게 할 뿐이다.[115]

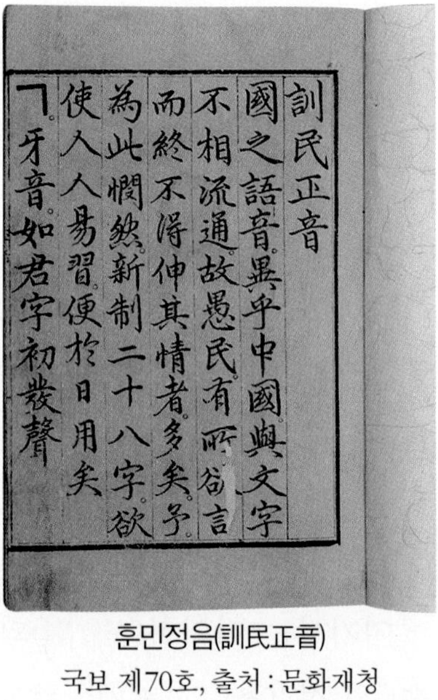
訓民正音
國之語音異乎中國與文字
不相流通故愚民有所欲言
而終不得伸其情者多矣予
為此憫然新制二十八字欲
使人人易習便於日用矣
ㄱ牙音如君字初發聲

훈민정음(訓民正音)
국보 제70호, 출처 : 문화재청

115 "國之語音異乎中國與文字不相流通故愚民有所欲言而終不得伸其情者多矣予爲此憫然新制二十八字欲使人人易習便於日用耳."

이 글은 오늘날로 치면 세종대왕께서 대국민 담화문 발표를 한 것과 비슷한 성격의 글이다. 조선 건국 초기에는 조선 팔도(朝鮮八道) 사이의 사투리가 너무 심하게 달라서 훈민정음 이전의 고려시대 입말 살이[口語生活]와 글말 살이[文語生活]는 세 가지 유형이 있었다. 하나는 순수한 우리 입말을 뜻글자[韓·漢文]의 뜻과 소리를 빌어서 쓴 온빈글쓰기[完全借字表記]의 「도이장가(悼二將歌)」 같은 경우이고, 둘은 우리말의 토와 풀이씨[用言]들은 뜻글자의 뜻과 음을 빌어서 쓰고 체언(體言)은 뜻글자로 표기하는 반빈글쓰기[部分借字表記]의 「역대전리가(歷代轉理歌)」 같은 경우이며, 셋은 뜻글자로만 쓰는 이른바 뜻글 문장체[韓·漢文文章體]의 경우이다. 이 세 가지 형태의 글쓰기는 우리말을 적는데도 나라 안에서 그 뜻이 잘 소통될 수 없었음을 지적한 것으로 풀이하여야 한다. 조선왕조에 들어와서 「훈민정음」이라는 우리나라의 새 글자가 제정 반포되어 오늘날까지 이어져오는 것은 우리 겨레의 문화 발전에 헤아릴 수 없이 많은 힘이 되고 있다.

첫째, 현재 우리 천손족의 나라 한국은 세계 200여 개 나라들 중에서 글 소경의 비율[文盲率]이 가장 낮은 나라로 세계인들에게서 존경 받고 있는 겨레와 나라가 되었다.

둘째, 말은 있으되, 글자가 없어서 미개할 수밖에 없는 나라에 우리의 자랑스러운 훈민정음(오늘날의 한글)을 해외에 수출할 수 있게 되었다.

셋째, 훈민정음 곧 한글이 있어 우리말을 지킬 수 있었고, 또 나라의 권력을 잃어버리어 식민지 생활로 35년을 살다가도 다시 나라의 주권을 찾을 수 있었다.

넷째, 전자 제품의 기계화에 따른 속도주의 사회에서 국문을 활용하므로 우리 천손족이 세계 1등 국민이 될 수 있다.

다섯째, 국문은 곧 한국인들의 상징물이 될 뿐 아니라 도안(圖案, 디자인)의 세계화와 선도(先導)에 따라서는 더없이 훌륭한 무기(武器)가 될 수 있다.

여섯째, 편리함을 추구하는 세계인들에게 가장 사랑받는 삶의 도구로 널리 활용될 수도 있다.

일곱째, 문명의 이기(利器)들이 새로이 나타나면서 동시에 나타나는 갖가지 희한한 소리들을 모두 기록할 수 있는 만능문자(Universal Letter)로서의 신비성(神秘性) 때문에 지구상의 모든 인류들로부터 존경 받는 글자가 될 수도 있을 것이다.

여덟째, 앞으로는 이상의 장점들이 있는 우리 국자를 상업적으로 잘만 활용하면 세계 최대의 부자 나라가 될 수도 있을 것이다. 예를 들어 설명하면, 오늘날 온 세계인 한 사람이 몇 개씩 가지고 일상생활의 실용품으로 쓰고 있는 이른바 "손 전화(모바일폰, 스마트폰)" 이라는 손 전화기의 문자판을 우리의 국문 글자〔한글=이하 "한글"로 또는 "국문"자로 통일함.〕로 통일화하여 국제 특허를 출원하여 받아두면, 그 경제적 가치는 상상을 초월할 것이기 때문이다.

8. 2. 題昭代風謠卷首[소대풍요의 책머리에 씀]

우리나라는 글을 숭상하여 다스리었으므로, 공부하는 사람들과 높은 벼슬아치들이 시 짓기와 글 짓기와 그림 그리기 등으로 무성하게 나라의 꽃을 피웠음은 참으로 더 말할 것이 없다. 그 자취는 서민들이 사는 시골구석에서까지도 함부로 범할 수가 없이 뛰어난 작품들도 또한 매우 많았다. 그 재주와 풍조는 저절로 아름답게 창작하여 이 시집에 실려 있는 것들과 같으니, 어느 것 하나 빼어버릴 수가 없다. 이것이야말로 어찌 사람의 지위에 따라 그 작품을 용납하거나 다 버릴 수가 있겠는가? 나는 더욱 믿는다. 하늘이 사람의 재주를 사랑하지 아니하여 그렇게 한다면, 이는 사람의 힘으로는 할 수 없다는 것을 걱정할 뿐이다. 하늘이 사람의 재주를 사랑한다면 신분이 낮고 천한 사람도 좋은 작품을 지을 수가 있고, 그렇지 아니하면 높은 지위에 있는 사람도 보잘 것 없는 작품을 지을 수밖에 없는 것이 이치의 대세가 그러하다. 나는 이에 이 책을 어루만지면서 끝내 슬픔을 견디지 못하겠다.

도곡 시골 늙은이 이의현(李宜顯)은 쓴다.[116]

이 『昭代風謠(소대풍요)』는 성재(省齋) 고시언(高時彦 : ? - 3947)이 지어 영조 13(4070)년에 오광운(吳光運) 등이 간행하

116 我朝右文爲治學士大夫類以詩書翰墨蔚爲國華固亡論已其跡其閭井卑陋不得犯而上之者亦頗各鳴其藝風調自佳如斯集所列却不可少是豈容以人地盡廢之耶余益信天不愛才爲之則是患不力耳爲則下者上不爲則上者下理勢然也余於是不堪撫卷一慨. 陶谷樵叟李宜顯草.

였는데, 이미 숙종 때에 홍세태(洪世泰)가 엮은 『海東遺珠(해동유주)』를 모본으로 하여 아전들과 중인들의 서민 시인 162명의 작품 685수를 모은 이른바 여항시집(閭巷詩集)이다. 편찬자의 서문을 비롯한 이의현·오광운·윤광의(尹光毅)·조명교(曺命敎)들의 서문과 오광운·최경흠(崔景欽) 등의 발문이 있다. 이 책을 이어서 간행된 것이 『風謠續選(풍요속선)』과 『風謠三選(풍요삼선)』이다.

이 작품을 지은 이의현(李宜顯)은 본관이 용인(龍仁)이고, 자는 덕재(德哉), 시호는 문간(文簡)이며, 도곡(陶谷)은 호이다. 농암(農巖) 김창협(金昌協)의 제자로 벼슬에 뜻이 없었으나, 좌의정을 지낸 아버지 이세백(李世白)의 엄명으로 문과에 응시하여 벼슬길에 나아가 경종 때에 각조 판서를 지내고 세제(世弟) 책봉의 일에 연루되어 평안도 운산(雲山)으로 귀양 갔다가 영조가 즉위한 뒤에 귀양이 풀려 벼슬을 다시 하여 영의정에 이르렀다.

8. 3. 발조선지도첩(跋朝鮮地圖帖)

모두 팔 폭으로 된 한 첩의 조선지도(朝鮮地圖)가 있는데, 정항령(鄭恒齡)이 지은 것이다. 정지정(鄭止亭) 이후로는 조선 지도를 짓는 사람들이 매양 하나같이 하나의 도(道)를 그릴 때마다 지형의 넓고 좁음과 길고 짧음을 살피지 아니하고, 오직 책

면만을 보고 고루 늘어놓아 지면을 채우기에만 힘을 썼다. 그래서 산(山)과 시내[川]와 길의 이수[道里]는 헤아릴 수가 없었다. 정씨는 이러한 잘못을 힘써 바로잡아 가장 정밀하고도 사실과 같아졌다. 내가 경기도와 충청도와 전라도와 경상도와 황해도 지방을 거의 다 두루 돌아다닐 때에 이 지도를 가지고 다니며 확인하며 살펴보았더니, 모두 어그러짐이 없었다. 그러므로 이것이야말로 가장 좋은 지도임을 알 수 있게 되었다. 만약에 이 지도에 씨줄과 날줄만 더 그려 넣었더라면, 더욱 좋았을 것이다.[117]

이 글을 지은 정약용(丁若鏞)은 본관이 나주(羅州)이고, 자를 미용(美鏞) 또는 송보(頌甫)라 하고, 호를 다산(茶山) 또는 사암(俟庵)·여유당(與猶堂)이라고 하였으며, 시호는 문도(文度), 천주교 교명은 요안이라고 하였다. 정조 13(4122)년에 문과에 급제하여 벼슬이 부승지(副承旨)를 지나고 형조참의에 이르렀다. 수원성 축조 때에 도르래를 발명하여 크게 공헌하였으며, 정조 15년에 있었던 이른바 신해사옥(辛亥邪獄)에 연루되어 강진(康津)으로 귀양 가서 19년을 지내며 저술활동에 매진하였다. 저술로는 『丁茶山全書(정다산전서)』, 또는 『與猶堂全書(여유당전서)』라고 하는 전집이 전하고 있다. 또 이 글에 나오는

117 有朝鮮地圖八幅共一帖鄭氏(恒齡)之所作也鄭止亭以來撰輿地書者每圖劃一道不問地形之闊狹扁楕唯視册面務均布以實之故山川道里皆不可攷鄭氏力矯此失最爲精實余於京畿三南海西遊歷殆遍所至携此圖按驗之皆不爽以故知其爲善本也若加經緯線尤善.

「조선지도」를 그린 정항령(鄭恒齡)은 본관이 하동(河東), 자가 현로(玄老), 호가 지정(止亭)이다. 영조 19(4076)년 문과에 급제하여 영조 32(4089)년에는 정언(正言)이 되었다. 지리학에 밝아 「東國大地圖(동국대지도)」를 제작하여 영조의 극찬을 받고, 홍문관에 1부를 모사하여 두게 하였다고도 한다.

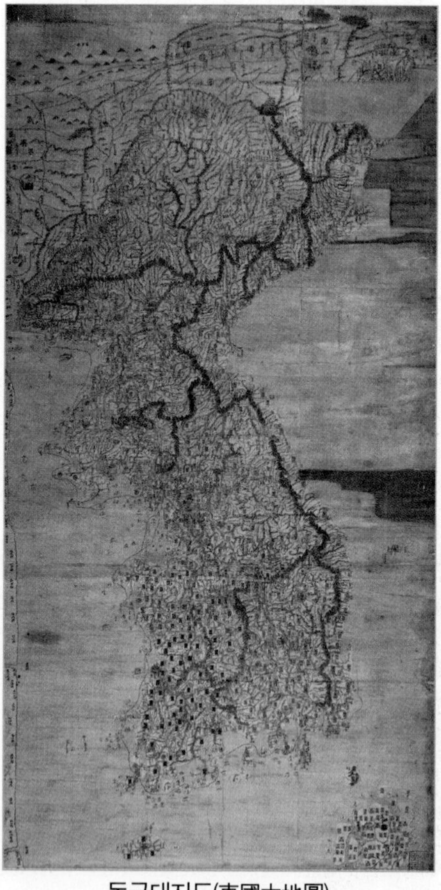

동국대지도(東國大地圖)
보물 제1538호, 국립중앙박물관 소장, 출처 : 문화재청

9. 송찬(頌贊)

김수로(金粹老)의 「周公頌(주공송)」, 박팽년(朴彭年)의 「八駿圖頌幷序(팔준도송병서)」, 신숙주(申叔舟)의 「在昌城聞康翎進白鹿各道進箋賀乃上頌(재창성 문강영진 백록각도 진전하 내상)」, 김시습(金時習)의 「箕子贊(기자찬)」(외 28수), 김인후(金麟厚)의 「耕者讓畔幷序(경자양반병서)」·「高麗太祖眞贊(고려태조진찬)」, 이수광(李睟光)의 「晩唐詩贊(만당시찬)」(외 7수), 허균(許筠)의 「御札頌(어찰송)」(외 1수)·「大嶺山神贊幷序(대령산신찬 병서)」(외 46수), 박치함(朴致諴)의 「東郊親籍田頌幷序(동교 친적전송 병서)」, 허목(許穆)의 「靈雨頌(영우송)」(외 1수), 송시열(宋時烈)의 「朴思庵畫像贊(박사암 화상찬)」(외 3수), 정제두(鄭齊斗)의 「送李仲輔謫靈巖序(송이중보적영암서)」(외 2수), 정석달(鄭碩達)의 「松竹贊(송죽찬)」(외 1수), 이익(李瀷)의 「蜂蜜贊(봉밀찬)」(외 11수), 조구명(趙龜命)의 「臨鏡贊(임경찬)」(외 28수), 「원경하(元景夏)의 「皇壇頌(황단송)」, 김원행(金元行)의 「율곡선생찬(栗谷先生贊)」(외 2수), 이용휴(李用休)의 「季父星湖先生像贊幷小序(계부 성호선생상찬 병소서)」(외 10수)·「夢金尺頌(몽금척송)」, 김진동(金鎭東)의 「庚戌生聖人頌幷序(경술생 성인송병서)」(외 1수), 조경(趙璥)의 「伯氏像贊(백씨상찬)」, 유언호(兪彦鎬)의 「三寅劒贊(삼인검찬)」(외 2수), 김양근(金養根)의 「梅頌(매송)」, 이수인(李樹仁)의 「鄕飮酒禮頌幷序(향음주례송병서)」, 이덕무(李德懋)의 「喜雨頌(희우송)」, 홍석주(洪奭周)의 「靈芝頌(영지송)」(외 1수)·「柳錫老像贊(유석로상찬)」(외 6수), 성해응(成海應)의 「乙支文德贊(을지문덕찬)」(외 4수), 김조순(金祖淳)의 「新製羔毫頌(신제고호송)」(외 1수), 이학규(李學逵)의 「木頭菜頌(목두채송)」·「菊花贊(국화찬)」, 박윤묵(朴允默)의 「鑄字贊(주자찬)」(외 6수), 홍직필(洪直弼)의 「菊花贊(국화찬)」(외 7수), 김정희(金正喜)의 「金復奎孝子也純祖癸未贈參判旌閭頌(김복규 효자야 순조 계미 증참판 정려송)」(외 1수), 최익현(崔益鉉)의 「畵像自贊(화상자찬)」 등을 통하여 송찬류의 수필문학에는 찬이 주로 화상찬(畵像讚)들인데, 송류의 글보다 적었음을 알 수가 있다.

9. 1. 염송(念頌)

心想一金山　마음은 황금산을 한결같이 생각하며
手回珠百八　손으로는 백팔 염주 돌리고 또 돌리네.
反觀念者誰　염불하는 이 사람이 누구인가 돌아보라!
非心亦非物　마음도 아니고 물건 또한 아니라네.

이 작품은 서산대사(西山大師) 청허(淸虛) 휴정(休靜) 스님이 지은 「念頌(염송)」의 전문이다. 지은이에 관하여는 앞에서 언급한 바가 있으므로 여기서는 줄인다.

서산대사(西山大師) 휴정
기증자 : 이홍근(李洪根), 127.2×78.5cm,
소장품번호 : 동원(東垣)-002591-00000, 국립중앙박물관 소장

9. 2. 화상자찬(畵像自贊)

古我今我	옛날에도 나이었고, 이제도 나이건만,
壯衰之形容逈別	젊은 때와 늙은 모양 너무도 달라졌네.
語爾默爾	말을 해도 너이고 침묵해도 너인데,
好惡之物情不同	좋아하고 싫어함은 같지가 아니하네.

知時識勢	때를 알고 형세를 미리 알게 되면,
雖未有民國長筭	백성과 나라 위한 긴 꾀는 못 내어도
引義當道	의로움 이끌어서 도리에 맞게 하고
誓不負芹曝彝衷	임금님께 충간하기 꼭 시행 맹세하네.

이 작품은 면암(勉菴) 최익현(崔益鉉)의 「畵像自贊(화상자찬)」의 전문이다. 지은이는 본관이 경주(慶州), 자는 찬겸(贊謙), 면암은 그의 호이다. 화서(華西) 이항로(李恒老)에게 글을 익혀 23세에 명경과(明經科)에 급제하여 벼슬이 공조판서에 이

최익현(崔益鉉) 초상
보물 1510호, 82.2×55.0cm,
소장품번호 : 신수(新收)-001452-00000, 국립중앙박물관 소장

르렀다. 여러 차례 왕께 간언을 올렸다가 유배 생활도 하였지만, 광무 9(4238)년 을사늑약(乙巳勒約)이 이루어지매 그 조약을 지지한 다섯 신하를 반대하는 「請討五賊疏[오적을 잡아 없이하기를 청하는 소]」를 올리고, 의병을 모집하여 왜병과 싸우다가 왜군에 잡히어 대마도(對馬島)의 엄원위수영(嚴原衛戍營)에 갇히어 단식 투쟁으로 순국하였다. 저술로는 뜻글 문집 『勉菴先生文集(면암선생문집)』이 있다.

10. 애제(哀祭)

조선시대 애제수필(哀祭隨筆)에 속하는 애사(哀詞)와 제문(祭文)은 신숙주(申叔舟)의 「己未文科同年祭正郎權琦文(기미문과 동년 제정랑 권기문)」(외 1수), 권오복(權五福)의 「三角木覓等山祈雨祭文(삼각목멱등산 기우제문)」(외 20수), 김안국(金安國)의 「右議政權鈞祭文(우의정 권균제문)」(외 5수), 김정(金淨)의 「祭高麗太祖文(제고려태조문)」(외 15수), 소세양(蘇世讓)의 「祭羅府君世纘文(제나부군세찬문)」(외 1수), 박증영(朴增榮)의 「哀辭金濯纓(애사 김탁영)」, 이언적(李彦迪)의 「祭先妣孫氏文(제선비 손씨문)」(외 8수), 민제인(閔齊仁)의 「祭姜舍人溫文(제강사인온문)」, 박운(朴雲)의 「松堂朴先生文(제송당 박선생문)」(외 5수),

조욱(趙昱)의 「祭長水城隍神文(제장수 성황신문)」, 이문량(李文樑)의 「祭退溪李相公(제퇴계 이상공)」(외 2수), 김난상(金鸞祥)의 「祭金久庵文(제김구암문)」, 김인후(金麟厚)의 「祭梁氏女文(제양씨녀문)」(외 3수), 유희춘(柳希春)의 「祭吏曹參議許曄(제이조참의 허엽)」(외 35수), 박승임(朴承任)의 「親祭祈雨文(친제기우문)」(외 15수), 양응정(梁應鼎)의 「祭曺南冥文(제조남명문)」(외 4수), 오건(吳健)의 「祭黃錦溪文名俗良(제황금계문 명속량)」(외 3수), 김우굉(金宇宏)의 「祭退溪先生文(제퇴계선생문)」, 권호문(權好文)의 「祭柳監司景深文(제유감사경심문)」(외 6수), 윤두수(尹斗壽)의 「祭從弟李咸悅文(제종제 이함열문)」(외 2수), 권문해(權文海)의 「社稷壇祈雨祭文(사직단 기우제문)」(외 11수), 송양(宋亮)의 「祭金景惺文(제김경성문)」(외 2수), 송익필(宋翼弼)의 「伯嫂崔氏哀辭(백수최씨애사)」·「祭寒暄堂靜庵兩先生文(제한훤당 정암 양선생문)」(외 3수), 정철(鄭澈)의 「祭亡女崔家婦文(제망녀최가부문)」(외 11수), 허항(許沆)의 「祭南冥先生文(제남명선생문)」(외 1수), 유성룡(柳成龍)의 「祭具柏潭文(제구백담문)」(외 9수), 조헌(趙憲)의 「祭土亭先生文(제토정선생문)」(외 11수), 이개립(李介立)의 「祭伯氏文(제백씨문)」, 장현광(張顯光)의 「祭寒岡鄭先生文(제한강정선생문)」(외 20수), 이상길(李尙吉)의 「祭活溪李先生文(제활계이선생문)」(외 1수), 유몽인(柳夢寅)의 「伯嫂哭女姪哀辭(백수 곡여질애사)」·「敎鄭汝昌家廟致祭書(교정여창가묘 치제서)」, 이덕형(李德馨)의 「祭金庾信文(제김유신문)」(외

1수), 강응철(康應哲)의 「祭金汝遇書光文(제김여우 서광문)」(외 5수), 신지제(申之悌)의 「祭鶴峰金先生文(제학봉 김선생문)」(외 6수), 이수광(李睟光)의 「祭任持平叔英文(제임지평숙영문)」(외 2수), 정경세(鄭經世)의 「祭西厓先生文(제서애선생문)」(외 30수), 최현(崔晛)의 「제여헌 장선생문(祭旅軒張先生文)」(외 23수), 이정구(李廷龜)의 「李永柔盾吉虛葬哀辭(이영유 순길 허장애사)」·「關王廟親祭文(관왕묘 친제문)」(외 36수), 이서(李序)의 「祭寒岡鄭先生文(제한강정선생문)」(외 9수), 이항복(李恒福)의 「祭宋東萊象賢文(제송동래상현문)」(외 2수), 김상헌(金尙憲)의 「具監査哀辭(구감사애사)」·「祭左議政楸灘吳公文(제좌의정추탄오공문)」(외 14수), 조검(趙儉)의 「祭從弟汝剛健文(제종제 여강건문)」(외 2수), 김유(金瑬)의 「祭朴錦溪東亮文(제박금계 동량문)」(외 8수), 이춘원(李春元)의 「哀金將應河 二首(애김장응하 이수)」, 김봉조(金奉祖)의 「祭西厓先生文(제서애선생문)」(외 6수), 조찬한(趙纘韓)의 「祭愼佐郞哀辭海翊(제신좌랑애사 해익)」(외 1수)·「月出山九井峰祈雨文(월출산 구정봉 기우문)」(외 14수), 이민환(李民寏)의 「祭申五峰文(제신오봉문)」, 정추(鄭錘)의 「祭晴暉堂李公文(제청휘당 이공문)」, 김집(金集)의 「祭尹大諫輝文(제윤대간휘문)」(외 3수), 신적도(申適道)의 「祭李敬亭文(제이경정문)」(외 6수), 정충신(鄭忠信)의 「祭玉城府院君張公文(제옥성부원군 장공문)」, 조희일(趙希逸)의 「祭無等山神文(제무등산신문)」(외 24수), 정영방(鄭榮邦)의 「祭愚伏先生文(제우복선생문)」(외

11수), 김기후(金基厚)의 「祭柳洗馬袗文(제유세마진문)」(외 4수), 조상우(趙相禹)의 「祭沙溪金先生文(제사계 김선생문)」(외 22수), 조우신(趙又新)의 「祭沙西全先生湜文(제사서 전선생 식문)」(외 17수), 이식(李植)의 「祭家廟文(제가묘문)」, 이만승(李曼勝)의 「祭李芝峯家祭文(제이지봉가제문)」(외 1수), 오익(吳瀷)의 「祭仲父判官府君文(제중부 판관부군문)」(외 10수), 신천익(愼天翊)의 「祭玄洲先生文(제현주선생문)」(외 1수), 이명한(李明漢)의 「祭守夢鄭先生文(제수몽정선생문)」(외 16수), 허목(許穆)의 「鄭生東奭哀詞(정생동석애사)」(외 30수)·「祭完平李相國文(제완평 이상국문)」(외 14수), 신상(申恦)의 「鰲山君李擢男致祭文(오산군 이탁남 치제문)」(외 3수)·「書重逢錄後(서중봉록후)」, 신홍망(申弘望)의 「祭旅軒張先生文(제여헌장선생문)」(외 6수), 이신규(李身圭)의 「祭修巖柳公文(제수암 유공문)」(외 25수), 양여매(楊汝梅)의 「祭亡室盧氏文(제망실 노씨문)」(외 1수), 김홍욱(金弘郁)의 「判書南以恭賜祭文(판서 남이공 사제문)」(외 3수), 전유경(全有慶)의 「祭外祖孫鄒川英濟墓文(제외조손추천영제묘문)」(외 1수), 송시열(宋時烈)의 「文谷相公李氏女哀辭(문곡상공 이씨녀 애사)」·「祭松江鄭相公文(제송강정상공문)」(외 196수), 이문재(李文載)의 「祭愼獨齋金先生文(제신독재김선생문)」(외 8수), 윤휴(尹鑴)의 「祭李祖然文(제이조연문)」(외 33수), 남몽뢰(南夢賚)의 「祭熊川渰死將士文(제웅천 엄사 장사문)」(외 7수), 홍여하(洪汝河)의 「祭九世祖考妣文(제구세조고비문)」(외3수), 이원정(李

元禎)의 「祭鄭領相太和文(제정영상태화문)」(외 31수), 양도남(楊道南)의 「祭盧國寶文(제노국보문)」(외 4수), 이단하(李端夏)의 「祭竹所金參贊文(제죽소 김참찬문)」(외 5수), 정시한(丁時翰)의 「祭李厦卿文(제이하경문)」(외 6수), 권적(權迪)의 「月出山九井峰祈雨文(월출산구정봉기우문)」(외 9수), 이광정(李光靖)의 「祭百弗翁崔如浩文(제백불옹 최여호문)」(외 4수), 이단상(李端相)의 「淸風錦繡山祈雨文(청풍금수산기우문)」(외 8수), 김수항(金壽恒)의 「祭亡兒文(제망아문)」(외 28수), 박세채(朴世采)의 「祭淸陰金先生文(제청음김선생문)」(외 48수), 김만기(金萬基)의 「祭季父參判府君文(제계부참판부군문)」(외 7수), 김석주(金錫胄)의 「箕子廟遣近臣致祭文(기자묘견근신치제문)」(외 14수), 권현(權顯)의 「祭亡兒命傑文(제망아명걸문)」(외 16수), 박창우(朴昌宇)의 「祭尹直長益品文(제윤직장익품문)」(외 3수), 송지식(宋之栻)의 「祭立齋盧先生文(제입재노선생문)」(외 13수), 김만중(金萬重)의 「大司成金湜贈領議政金權領議政金堉淸風府神宇賜額祭文(대사성김식 증영의정 김권 영의정 김육 청풍부 신우 사액제문)」(외 10수), 임방(任昉)의 「祭愼獨齋先生墓文(제신독재 선생묘문)」(외 21수), 권상하(權尙夏)의 「判尹李啓以光夏哀辭(판윤이계이광하애사)」·「祭尤齋先生文(제우재선생문)」(외 24수), 이기홍(李箕洪)의 「祭同春先生文(제동춘선생문)」(외 16수), 이진백(李震白)의 「祭亡弟文(제망제문)」, 이여(李畬)의 「祭亡妹金氏婦文(제망매 김씨부문)」(외 41수), 이담명(李聃命)의 「祭松潭蔡先

生應鱗及夫人申氏(제송담채선생응린급부인신씨)」(외 25수), 김기하(金器夏)의 「祭安東金昌緝(제안동김창집)」(외 62수), 임영(林泳)의 「祭東岡李先生端相文(제동강이선생단상문)」(외 5수), 정제두(鄭齊斗)의 「祭南溪朴先生文(제남계박선생문)」(외 2수), 김창협(金昌協)의 「四嫂李孺人哀辭(사수 이유인애사)」(외 5수)·「祭尤齋先生文(제우재선생문)」(외 46수), 서종태(徐宗泰)의 「朴孺人哀辭(박유인애사)」(외 3수)·「祭壺谷南尙書文(제호곡남상서문)」(외 12수), 송징은(宋徵殷)의 「南進士克寬哀辭(남진사극관애사)」(외 1수)·「東明王廟致祭文(동명왕묘치제문)」(외 54수), 홍세태(洪世泰)의 「慎子貞哀辭(신자정애사)」·「祭琴婢墓文(제금비묘문)」(외 5수), 박태보(朴泰輔)의 「祭雲達山文(제운달산문)」(외 18수), 박광일(朴光一)의 「尤菴先生畵像改貌奉安祭文(우암선생 화상 개모 봉안제문)」(외 13수), 송상기(宋相琦)의 「祭伯舅谷雲先生文(제백구 곡운선생문)」(외 23수), 김진규(金鎭圭)의 「祭叔父西浦先生文(제숙부 서포선생문)」(외 40수), 조정위(趙正緯)의 「祭內從弟金道淵文(제내종제김도연문)」, 정석달(鄭碩達)의 「趙公哀詞(조공애사)」·「祭葛庵李先生文(제갈암이선생문)」(외 9수), 홍주화(洪冑華)의 「祭尤菴先生文(제우암선생문)」(외 5수), 이관명(李觀命)의 「南營將延年哀辭(남영장연년애사)」(외 3수)·「祭亡弟寒圃墓文(제망제한포묘문)」(외 17수), 이건명(李健命)의 「監司崔重泰哀辭(최감사중태애사)」(외 3수)·「祭朴判書權文(제박판서권문)」(외 36수), 권성제(權聖躋)의 「祭大山

李先生文(제대산이선생문)」(외 8수), 이만부(李萬敷)의 「祭姑叔化隱閔公諱昌道文(제고숙 화은 민공휘창도문)」(외 16수)·「金處士哀辭(김처사애사)」(외 8수), 채팽윤(蔡彭胤)의 「祭韓成叔文(제한성숙문)」(외 35수), 김춘택(金春澤)의 「李美伯哀辭(이미백애사)」(외 8수), 김정(金怔)의 「祭梧陰成公文(제오음성공문)」(외 15수)」, 홍태유(洪泰猷)의 「申汝會遇華哀辭(신여회우화애사)」(외 5수), 이진망(李眞望)의 「左議政崔錫恒賜祭文(좌의정최석항사제문)」(외 8수), 어유봉(魚有鳳)의 「祭領議政鹿川李公文(제영의정녹천이공문)」(외 26수), 권계(權棨)의 「祭葛庵先生文(제갈암선생문)」(외 11수)·「金通明哀辭(김통명애사)」(외 3수), 윤동수(尹東洙)의 「祭伯祖明齋先生文(제백조명재선생문)」(외 19수), 이광정(李光庭)의 「祭荷堂先生文(제하당선생문)」(외15수), 조태억(趙泰億)의 「社稷祈穀祭文(사직기곡제문)」(외 88수), 김하구(金夏九)의 「南坦之哀辭(남탄지애사)」·「祭外祖考府君文(제외조고부군문)」(외 10수), 이하곤(李夏坤)의 「祭貞敬夫人黃氏文(제정경부인황씨문)」(외 34수), 이간(李柬)의 「祭遂庵先生文(제수암선생문)」(외 13수), 「이현익(李賢益)의 「祭農巖先生文(제농암선생문)」(외 3수), 윤순(尹淳)의 「祭副提學崔公昌大文(부제학최공창대문)」(외 16수), 이재(李縡)의 「金君德旅哀辭(김군덕여애사)」(외 2수)·「判書金鎭圭致祭文(판서 김진규 치제문)」(외 18수), 김덕오(金德五)의 「祭吳判書始復文(제오판서시복문)」(외11수), 윤봉조(尹鳳朝)의 「祭厚齋金公文(제후재김공문)」(외 23수), 이산두(李

山斗)의 「李國卿廷藎哀辭(이국경 정신애사)」(외 5수)·「祭柳子範聖疇文(제유자범성주문)」(외 23수), 이익(李瀷)의 「祭蔡參判希庵彭胤文(제채참판희암팽윤문)」(외 41수), 윤봉구(尹鳳九)의 「同知申公聖夏哀辭(동지신공성하애사)」(외 2수)·「祭濯纓金先生馹孫文(제탁영김선생일손문)」(외 33수), 한원진(韓元震)의 「處士朴君哀辭(처사박군애사)」(외 1수)·「溫陽觀善齋二先生眞像奉安祭文(온양 관선재 이선생 진상 봉안 제문)」(외 4수), 윤봉구(尹鳳九)의 「同知申公聖夏哀辭(동지신공성하애사)」(외 2수)·「祭南塘韓公元震文(제남당한공원진문)」(외 32수), 채지홍(蔡之洪)의 「祭寒水齋先生文(제한수재선생문)」(외 34수), 김성탁(金聖鐸)의 「李和國哀辭(이화국애사)」(외 6수)·「祭伊湖公文(제이호공문)」(외 24수), 권용(權墉)의 「朴君守忠哀辭(박군수충애사)」·「祭權姨兄文(제권이형문)」(외 3수), 심육(沈錥)의 「祭士英文(제사영문)」(외 19수), 이세형(李世珩)의 「祭宋梅軒定夫文(제송매헌정보문)」(외 5수), 권득중(權得重」의 「祭李進士安卿文(제이진사안경문)」(외 4수), 이기진(李箕鎭)의 「故李頤命致祭文(고판서이이명 치제문)」(외 12수), 권만(權萬)의 「申上舍思達哀辭(신상사사달애사)」(외 5수)·「祭夷叔通文(제이숙통문)」(외 20수), 오광운(吳光運)의 「江原道觀察使進香敬順王大妃文(강원도관찰사진향경순왕대비문)」(외 15수), 이광덕(李匡德)의 「祭伯父文(제백부문)」(외 11수), 유척기(兪拓基)의 「肅宗大王發靷時議政府率百官進香祭文(숙종대왕 발인시 의정부 솔백관 진향제문)」(외 30

수)·「兪正言晦之彦明哀辭(유정언 회지언명 애사)」, 조관빈(趙觀彬)의 「側室女母愛哀辭(측실녀 모애 애사)」(외 2수)·「忠武公李舜臣墓賜祭文(충무공 이순신묘 사제문)」(외 40수), 조현명(趙顯命)의 「甑山縣令尹公哀辭(증산현령윤공애사)」(외 4수)·「祭龍文(제용문)」(외 76수), 조구명(趙龜命)의 「南生克寬哀辭(남생남관애사)」(외 6수)·「祭趙參判泰東文(제조참판태동문)」(외 29수), 민우수(閔遇洙)의 「祭亡室文(제망실문)」(외 16수), 신경(申暻)의 「祭厚齋先生文(제후재선생문)」(외 11수), 이덕주(李德冑)의 「祭姨祖母淑人金氏文(제이조모숙인김씨문)」(외 14수), 남유용(南有容)의 「烈婦金孺人哀辭(열부 김유인애사)」(외 7수)·「祭龜潭神文(제귀담신문)」(외 48수), 이천보(李天輔)의 「宗廟親祭文(종묘친제문)」(외 20수), 김도수(金道洙)의 「朴文卿哀辭(박문경애사)」(외 3수), 원경하(元景夏)의 「貞陵親祭祭文(정릉친제제문)」(외 4수), 오원(吳瑗)의 「閔夫人哀詞(민부인애사)」(외 3수)·「祭亡室文(제망실문)」(외 24수), 권재운(權載運)의 「祭權同知益齡文(제권동지익령문)」, 이석(李潚)의 「祭西堂李尙書德壽文(제서당 이상서 덕수문)」, 이의태(李宜泰)의 「祭漏窩李近仲文(제누와 이근중문)」(외 9수), 김원행(金元行)의 「祭亡兒文(제망아문)」(외 41수), 유정원(柳正源)의 「奉旨祭癘鬼文(봉지제여귀문)」(외 9수), 윤형로(尹衡老)의 「祭陶庵李先生文(제도암이선생문)」(외 4수), 조재호(趙在浩)의 「祭大山李先生文(제대산이선생문)」(외 20수), 송명흠(宋明欽)의 「祭亡子婦申氏文(제망자부신씨문)」(외 47수),

최흥원(崔興遠)의 「祭曺仲吉文(제조중길문)」(외 15수), 김낙행(金樂行)의 「祭逋軒權公德秀(제포헌 권공덕수)」(외 2수), 윤광소(尹光紹)의 「梧川李相公宗城哀辭(오천이상공종성애사)」(외 1수)·「告亡兒文(고망아문)」(외 21수), 이용휴(李用休)의 「祭表從趙處士春卿文(제표종조처사춘경문)」(외 2수), 남용만(南龍萬)의 「祭花溪柳公文(제화계유공문)」(외 6수), 황경원(黃景源)의 「李獻可獻輔哀辭(이헌가 헌보애사)」(외 1수)·「祭尤庵宋先生文(제우암송선생문)」(외 24수), 송덕상(宋德相)의 「祭從孫秉圭文(제종손병규문)」(외 24수), 송문흠(宋文欽)의 「祭李獻可文(제이헌가문)」(외 7수), 이상진(李象辰)의 「祭菊潭李公文(제국담이공문)」(외 33수), 이인상(李麟祥)의 「兪子太素哀辭(유자태소애사)」(외 3수)·「祭宋士行文(제송사행문)」(외 13수), 김정한(金正漢)의 「族弟季遇驥行哀辭并序(족제계우기행애사병서)」·「祭伯氏忍齋公文(제백씨인재공문)」(외 15수), 송정옹(宋鼎顒)의 「祭訥齋李先生文(제눌재이선생문)」(외 14수), 이상정(李象靖)의 「祭權士安文(제권사안문)」(외 21수), 임성주(任聖周)의 「祭申聖父(제신성보)」(외 24수), 권헌(權攇 : 4045-4103)의 「文獻書院牧隱李先生合祭祭文(문헌서원 목은 이선생 합제제문)」(외 14수), 신광수(申光洙)의 「哭朱道行文(곡주도행문)」(외 30수), 안정복(安鼎福)의 「祭星湖先生文(제성호선생문)」(외 19수), 임희성(任希聖)의 「祭舅氏洪公廷命文(제구씨홍공정명문)」(외 12수), 이광정(李光靖)의 「祭荷塘權先生文(제하당권선생문)」(외 4수), 서명응(徐命膺)의 「健元

陵親祭文(건원릉 친제문)」(외 25수), 이민보(李敏輔)의 「祭晉菴兄文(제진암형문)」(외 16수), 안석경(安錫儆)의 「祭朴思伯文(제박사백문)」(외 12수), 조운도(趙運道)의 「日月山祈雨祭文(일월산기우제문)」(외 7수), 이복원(李福源)의 「祭繼母文(제계모문)」(외 35수), 이헌경(李獻慶)의 「朴士受哀辭(박사수애사)」(외 4수)·「淮陽府社祈雨祭文(회양부사기우제문)」(외 29수), 김종후(金鍾厚)의 「祭仲祖文(제중조문)」(외 18수)·「從母妹申氏哀辭(종모매신씨애사)」(외 2수), 유도원(柳道源)의 「祭李小山文(제이소산문)」(외 6수), 윤지당(允摯堂) 임씨(任氏)의 「祭伯氏正言公文(제백씨정언공문)」(외 3수), 김이안(金履安)의 「閔擇之哀辭(민택지애사)」(외 2수)·「祭亡弟文(제망제문)」(외 13수), 김익(金熤)의 「祭叔父文(제숙부문)」(외 41수), 정범조(丁範祖)의 「哀戚兄沈士粹敬純辭(애척형 심사수 경순사)」(외 6수)·「祭石北申聖淵文(제석북 신성연문)」(외 31수), 서창경(徐昌鏡)의 「祭南野朴先生文(제남야박선생문)」(외 10수), 김진동(金鎭東)의 「祭荷堂權先生文(제하당 권선생문)」(외 15수), 오재순(吳載純)의 「祭亡兒允常文(제망아 윤상문)」(외 10수), 「招務稼子魂辭(초무가자혼사)」(외 2수), 위백규(魏伯珪)의 「祭屛溪先生文(제병계선생문)」(외 4수), 조경(趙璥)의 「青松子哀辭(청송자애사)」(외 4수)·「寧陵親祭文(영릉친제문)」(외 20수), 황희(黃熙)의 「妹兄申君任重仁哀辭(매형 신군임중인 애사)」·「祭金夢弼文(제김몽필문)」(외 31수), 황윤석(黃胤錫)의 「祭渼湖先生文(제미호선생문)」(외 17수)·「金士緯

哀辭幷序(김사위 애사병서)」(외 2수), 유언호(兪彦鎬)의 「祭申氏文(제신씨문)」(외 27수)·「金得之魯材哀詞(김득지노재애사)」(외 6수), 이종휘(李種徽)의 「祭伯氏文(제백씨문)」(외 9수)·「宋士顯哀詞(송사현애사)」(외 1수), 성대중(成大中)의 「祭永湖趙公文(제영호조공문)」(외 2수)·「李童子天燮哀詞(이동자천섭애사)」(외 18수), 윤운(尹惲), 산효각(山曉閣), 신부용(申芙蓉)의 「祭李兄文(제이형문)」(외 1수), 김양근(金養根)의 「祭族祖渼湖先生文(제족조 미호선생문)」(외 30수), 박윤원(朴胤源)의 「淑夫人延安李氏哀辭(숙부인 연안이씨애사)」(외 6수)·「祭鹿門任公文(제녹문임공문)」(외 23수), 이만운(李萬運)의 「祭大山李先生文(제대산이선생문)」(외 35수)·「南宗伯哀詞(남종백 애사)」(외 4수), 이양오(李養吾)의 「祭霽巖崔丈文(제제암최장문)」(외 17수), 이영익(李令翊)의 「申仲厚哀詞(신중후애사)」(외 3수)·「祭世母申恭人文(제세모신공인문)」(외 2수), 정종로(鄭宗魯)의 「悼宋敬一詞(도송경일사)」(외 5수)·「祭樊巖蔡相國濟恭墓文(제번암채상국제공묘문)」(외 32수), 김정묵(金正默)의 「祭亡室黃氏文(제망실황씨문)」(외 6수), 박준원(朴準源)의 「金君聖文在行哀辭(김군성문재행애사)」(외 2수)·「祭內舅石隱兪公文(제내구석은 유공문)」, 이수인(李樹仁)의 「崔稺玉哀辭(최치옥애사)」(외 6수)·「祭蔡樊巖濟恭文(제채번암제공문)」(외 15수), 이덕무(李德懋)의 「廣陵散人哀辭(광릉산인애사)」·「代舅氏祭外王母完山李氏墓文(대구씨 제외왕모 완산이씨묘문)」, 이충익(李忠翊)의 「祭宋相與文(제송상여문)」(외 6

수), 홍석주(洪奭周)의 「仲妹哀辭(중매애사)」(외 4수)·「祭亡兒文(제망아문)」(외 31수), 황용한(黃龍漢)의 「祭舅氏金公用休文(제구씨 김공용휴문)」(외 13수), 황학(黃澩)의 「祭遂庵權先生文(제수암권선생문)」(외 2수), 남한호(南漢皓)의 「祭百弗菴崔先生文(제백불암최선생문)」(외 14수), 성해응(成海應)의 「訓練大將徐公英輔哀辭(훈련대장 서공영보애사)」(외 36수), 「姨母孺人李氏祭文(이모유인이씨제문)」(외 27수), 서유구(徐有榘)의 「伯氏六十二歲初度日祭文(백씨 육십이세 초도일제문)」(외 10수), 김조순(金祖淳)의 「送痘神文(송두신문)」(외 19수), 이면백(李勉伯)의 「姜觀齋哀辭幷序(강관재애사병서)」·「祭沈丈人文(제심장인문)」(외 5수), 삼의당 김씨(三宜堂金氏)의 「祭長女文(제장녀문)」(외 2수), 박윤묵(朴允默)의 「祭痘神文(제두신문)」(외 22수), 한경원(韓慶元 : 4104－4162)의 「亡兒哀辭(망아애사)」·「祭王考知足堂府君文(제왕고 지족당부군문)」(외 10수), 탄재(坦齋) 윤광연(尹光演)의 부인 정일당(靜一堂) 강씨(姜氏)의 「祭無心翁洪公絲浩文代夫子作(제무심옹홍공사호문대부자작)」(외 3수), 김매순(金邁淳)의 「送痘神文(송두신문)」(외 19수), 홍직필(洪直弼)의 「華泉李公哀辭(화천 이공애사)」(외 2수)·「祭近齋先生文(제근재선생문)」(외 26수), 유치명(柳致明)의 「祭敬堂張先生文(제경당장선생문)」(외 21수), 윤봉한(尹鳳翰)의 「祭裴涵仲文(제배함중문)」, 정백휴(鄭伯休)의 「祭隨軒先生趙公文(제수헌선생조공문)」(외 19수), 정유곤(鄭裕昆)의 「祭隨軒趙公之鉉文(제수헌 조공지현문)」

(외 26수), 조인영(趙寅永)의 「祭始祖侍中公墓文(제시조시중공묘문)」(외 42수), 송홍직(宋洪直)의 「哀李璟玉秉時辭幷序(애이경옥병시사 병서)」·「祭葛川金公熙周文(제갈천김공희주문)」(외 18수), 성근묵(成近默)의 「祭姜景會文(제강경회문)」(외 13수), 김정희(金正喜)의 「禮安李氏哀逝文(부인예안이씨애서문)」(외 4수), 김진우(金鎭宇)의 「趙季和秉中哀辭(조계화 병중애사)」(외 2수)·「祭趙周卿文(제조주경문)」(외 8수), 최상룡(崔象龍)의 「李聖休在廷哀辭(이성휴재정애사)」(외 2수)·「祭漆室族兄文(제칠실족형문)」(외 7수), 김좌영(金佐永)의 「祭利川府使延安李公文(제이천부사연안이공문)」(외 14수)·「金夫人辛氏哀辭(김부인신씨애사)」(외 3수), 송내희(宋來熙)의 「祭重山齋李公趾秀文(제중산재이공지수문)」(외 15수), 기정진(奇正鎭)의 「祭勒齋尹五榮文(제늑재윤공오영문)」(외 5수), 이종상(李鍾祥)의 「祭葛菴李先生文(제갈암이선생문)」(외 18수), 조병덕(趙秉悳)의 「祭梅山洪氏文(제매산홍씨문)」(외 20수), 조면호(趙冕鎬)의 「西事雜絶(서사잡절)」, 홍전(洪㙉)의 「邊君哀辭幷序(변군애사병서)」·「九皐洞城隍祭文(구고동성황제문)」(외 10수), 송달수(宋達洙)의 「李汝恭基淵哀辭(이여공기연애사)」·「祭李承旨趾秀文(제이승지지수문)」(외 9수), 소휘면(蘇輝冕)의 「祭鼓山任公憲晦文(제고산임공헌회문)」(외 12수), 송근수(宋近洙)의 「祭內兄石友李公時敏文(제내형석우이공시민문)」(외 28수), 이상수(李象秀)의 「吳處士敬常哀辭(오처사경상애사)」·「祭竈神文(제조신문)」(외 19수),

최익현(崔益鉉)의 「祭心巖文公文(제심암문공문)」, 이능구(李能九)의 「祭宗兄晩惺公龍九文(제종형만성공용구문)」(외 6수) · 「辛蓮卿泳龜哀辭(신연경영구애사)」, 안숙(安潚)의 「祭告桂庭閔忠貞泳煥文(제고계정민충정영환문)」 등에서는 조선 후대로 내려오면서 애사가 점점 적어짐을 이해하게 된다.

10. 1. 곡제삼녀문(哭第三女文)

사람이 살다가 죽는 것은 사람이면 한 번씩 거치는 일이고, 오래 살고 일찍 죽는 것은 사람들이 마음대로 할 수 있는 일이 아니다. 많은 사람들이 어찌하여 오래 사는 것은 기뻐하고, 죽어서 저 세상으로 돌아가는 것은 슬퍼하는가? 또 살면서 근심만 끼친다면, 일찍 죽는 것이 더 낫다.

너는 갑인(4127)년 음력 5월에 태어나서 을묘(4128)년 음력 3월에 죽었으니, 네가 세상에 살았던 것이 며칠이나 되며, 네가 나에게서 사랑 받은 것은 또한 몇 달이나 되느냐?

나는 너의 죽음을 다행한 일이라고 말하면서 슬퍼하지 아니한다. 만약 네가 커서 유모의 가르침을 받아 말은 온순하게 하며, 용모는 유순하게 하고, 삼을 삼아 길쌈을 하며, 누에를 쳐 실을 뽑아 비단을 짜고 베를 짜서 옷을 만들며, 수를 놓는 여자의 일을 배우다가 하루아침에 나를 버리고 일찍 죽었다면, 내 슬픔이 어떠하겠느냐? 또 네가 어른[成人]이 되어 첫닭이 우는 소리에 세수하며 양치질을 하고, 더펄 머리털을 빗질하며 옷섶에 노리개를 차고 향주머니를 달아 향내를 풍기며, 아침 인사를 올리어 부모님을 기쁘게 하다가 하루 저녁에 나를 버리고 죽었다면, 나의 가슴 아픔이 또 어떠하겠느냐? 이에 이르지 아니하고 네가 일찍 죽었기 때문에 나는 너의 죽음을 다행이라고 말하며 슬퍼하지 아니한다.

또 오늘날의 사람들은 살아서는 부모가 길러주신 은혜를 갚지 못하고, 부모가 세상을 떠나는 것도 보지 못하고 일찍 죽고 마니, 이보다 더 큰 불효는 없다. 어찌 너처럼 일찍 죽는 것만 하겠느냐? 오래 살면서 집에 들어와서는 불효하고, 집밖에 나가서는 불경하며, 말하는 것이 미쁘지 아니하고, 행동이 독실하지 아니하며 공경스럽지 아니하면, 이보다 못된 것은 없다. 어찌 너처럼 일찍 죽는 것과 같겠느냐? 나는 그러므로 사람이 살고 죽는 것을 가지고 근심하거나 기뻐하지 아니한다.[118]

이 작품은 담락당(湛樂堂) 하욱(河昱)의 아내인 삼의당(三宜堂) 김씨(金氏)의 "哭第三女文(곡제삼녀문)"의 전문이다. 태어난

118 生也死也人之所一度也壽也夭也人之所不必也夫何以生而寄爲喜也死而歸爲悼也且生而貽憂不如其死也壽而不淑不如其夭也汝生於甲寅之仲夏死於乙卯之暮春汝之寄於世能幾日而汝之爲余愛亦幾月矣余以汝死謂幸也非悼也若其免懷姆敎婉娩聽從執厤枲治絲繭織紝組紃學女事一朝辭余而夭則余之哀倘如何且如及笄鷄初鳴咸盥漱櫛縰拂髦衿纓佩容臭昧爽而朝一夕棄我而死則余之慟尤如何哉汝不至乎此而倏然早逝余故以汝之死謂幸也非悼也且今之人其生也不能克父母養不能終父母壽不孝莫大豈如汝之死也其壽也入則不孝出則不悌言不忠信行不篤敬不肖莫甚豈如汝之夭也余故不以人生死爲憂喜也.(「哭第三女文」)

지 10개월을 살다가 죽은 셋째 딸의 죽음을 애도(哀悼)한 글이다.

지은이 삼의당 김씨는 같은 마을에 사는 몰락한 양반가의 남녀로 부부의 연을 맺어 두 내외가 시를 짓거나 문을 지었다. 그 작품들은 4263년에 간행된 『三宜堂集(삼의당집)』에 전한다.

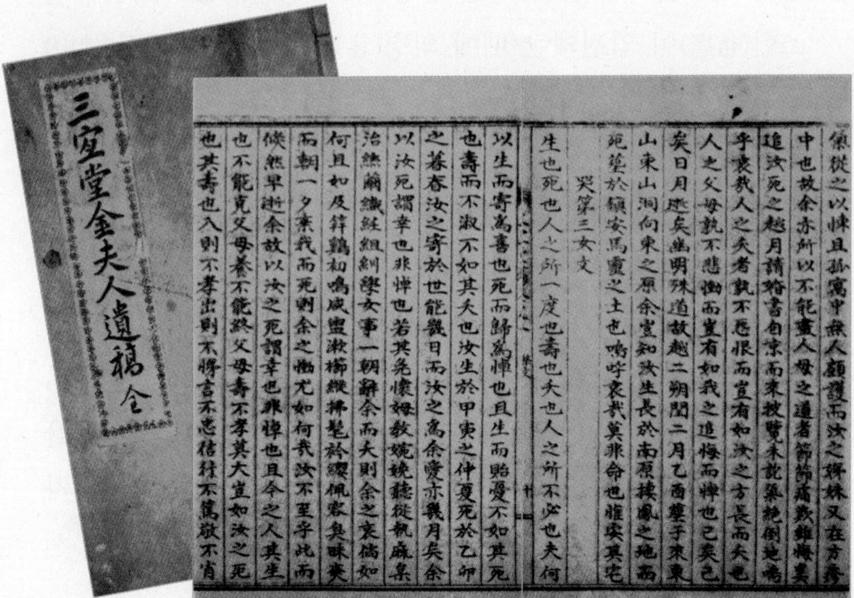
三宜堂金夫人遺稿 全

係從之以悌且孫寓中無人顧護而汝之姊妹又在方務
中也故余亦所以不能盡人母之道者節節爲歎雖悔奚
追汝死之越月講婚書自京而來披覽未訖氣絶倒地嗚
乎哀哉人之夭孰不悲恨而豈有如汝之方長而夭也
人之父母孰不悲慟而豈有如我之追悔而悼也已矣已
矣日月逝矣幽明殊道故越二朔閏二月乙酉瘞于來東
山東山洞向東之原余豈知汝生長於南原棲鳳之地而
死葬於鎭安馬靈之土也嗚呼哀哉莫非命也雖然其宅

哭第三女文

生也死也人之所一度也壽也夭也人之所不必也夫何
以生而寄爲喜也死而歸爲悼也且生而貽憂不如其死
也壽而不淑不如其夭也汝生於甲寅之仲夏死於乙卯
之暮春汝之寄於世能幾日而汝之爲余愛亦幾月矣余
以汝死謂幸也非悼也若其免懷姆教娩娩聽從執麻枲
治絲繭織紝組紃學女事一朝辭余而夭則余之哀倘如
何且如及笄雞初鳴盥漱櫛縰拂髦衿纓佩容臭昧爽
而朝一夕索我而死則余之慟尤如何哉汝不至乎此而
倏然早逝余故以汝之死謂幸也非悼也且今之人其生
也不能克父母養不能終父母壽不孝莫大焉如汝之死
也其壽也入則不孝出則不悌言不忠信行不篤敬不肖

삼의당김부인유고(三宜堂金夫人遺稿)
청구기호 : 古3648-10-491, 국립중앙도서관 소장

10. 2. 제조여식문(祭趙汝式文)

> 나의 벗 여식(汝式)은 공자(孔子)와 안자(顔子)를 배우고, 가의(賈誼)와 굴원(屈原)을 사모하였다. 곧게 살다가 죽으려 하더니, 마침내 절의를 지키어 작고하였도다. 아! 슬프구려! 여식이여![119]

이 글은 한국의 셰익스피어라고 일컬어지는 조선시대 최고의 문인으로 정파에 따라 사랑과 미움으로 가득찬 칭찬과 악평의 소용돌이에 묻혀 버린 송강(松江) 정철(鄭澈)이 그의 벗 조헌(趙憲)이 임진왜란 때에 의병(義兵)을 일으켜 금산(錦山) 전투에서 순국한 소식을 듣고, 선조 25(3925)년 9월에 지은 제문이다.

조헌은 본관은 배천(白川), 자는 여식(汝式), 호는 중봉(重峰), 시호는 문열(文烈)이다. 명종 22(3900)년 문과에 급제하여 교서관(校書館)에 있다가 여러 벼슬을 거쳐 선조 7(3907)년 질정관(質正官)으로 명나라에 다녀와서 유명한 「東還封事(동환봉사)」를 지어 임금께 바치고, 벼슬이 공주제독(公州提督)이 되었을 때에 율곡(栗谷)을 변호하며 정여립(鄭汝立)의 발호를 공격하는 소를 올려 벼슬을 그만두고, 옥천(沃川)에서 머물며 역시 시

119 "吾友汝式學孔顔而慕誼原欲死於直終死於節吁嗟乎汝式." (『松江鄭澈文集』 別集 권 3).

정(施政)의 잘못을 간하여 길주(吉州)로 귀양 갔다. 조정에서 그의 선견지명(先見之明)을 인정하고 귀양을 풀어주매 서울로 상경하여 일본 도둑들의 침입을 대비하라고 여러 차례 건의하였으나, 들어지지 아니하다가 마침내 왜병(倭兵)들의 침략을 받게 되자 옥천에서 의병을 일으켜 전공이 컸으나, 순찰사(巡察使)의 시기로 인하여 홍성(洪城)으로 옮아 다시 의병 천여 명을 모아 활약하여 청주(淸州)를 거쳐 금산(錦山) 전투에서 전사하였다. 이때에 함께 전사한 의병의 수가 700이나 되어 지금까지도 700의총(義塚)은 항일성지(抗日聖地)로 길이 가꾸어지고 있다.

이 글에서 여식(汝式)이 "곧게 살다가 죽으려 하더니, 마침내 절의를 지키어 작고하였도다.[欲死於直終死於節]"라고 한 것은 조중봉(趙重峰)의 강직한 성품 때문에 의롭지 아니한 것을 보고는 참지 못하고 여러 차례 상소하여 귀양살이의 형벌에도 굽히지 아니하는 그의 충직(忠直)을 가리킨 것이고, 절(節)로써 작고한 것은 왜군과의 싸움에서 순국한 것을 이른 것이다. 이 제문이 그 분량은 지극히 짧으나, 나라를 지키다가 성스럽게 순국한 벗의 넋을 기림에 있어서 더 어떤 표현도 다 쓸데없는 군더더기 잡소리에 지나지 아니할 것이기에 가슴속에서 우러나는 진솔한 슬픔을 다한 명제문(名祭文)이라고 극찬할 수가 있다.

11. 일기(日記)

조선시대에 들어오면, 고려시대에 비하여 일기문학 작품들이 많이 지어졌다. 현재 학계에 널리 알려진 대표적인 작품들을 소개하면 아래와 같다.

① 在嶺南日記(재영남일기) = 용헌(慵軒) 황사우(黃士祐)가 경상도 도사(慶尙道都事)로 재직 중인 중종 13(3851)년 11월 17일부터 중종 15(3853)년 9월 8일까지의 일을 기록한 일기이다.

② 默齋日記(묵재일기) = 묵재(默齋) 이문건(李文楗)이 중종 30(3868)년에서 명종 22(3900)년까지의 생활을 기록한 일기이다. 여기에는 국문 고소설 「설공찬전」, 「왕시전」, 「왕시봉전」, 「비군전」, 「주생전」 등 5편도 실려 있다.[120]

③ 石潭日記(석담일기) = 율곡(栗谷) 이이(李珥)가 명종 20(3898)년 7월 13일부터 선조 14(3914)년 11월까지 17년간 벼슬살이를 하면서 적은 일기인데, 일명 "經筵日記(경연일기)"라고도 한다.

④ 眉巖日記(미암일기) = 미암(眉巖) 유희춘(柳希春)이 선조 1(1567)년 10월부터 선조 10(1577)년 5월까지의 일을 기록한 일기이다.

120 李福揆, "『묵재일기(默齋日記)』 소재 5종 국문 · 국문본 소설에 대하여" 『古典文學硏究』 12, 1997.

⑤ 禹公癸甲日錄(우공계갑일록) = 추연(秋淵) 또는 연암(淵庵)이라고 호한 우성전(禹性傳)이 선조 16(3916)년 6월부터 이듬해 8월까지 동서당론(東西黨論)과 자기 주변의 일들을 기록한 일기이다.

⑥ 北謫日記(북적일기) = 중봉(重峰) 조헌(趙憲)의 유배일기이다. 선조 22(3922)년 5월 8일-6월 17일 동안 함경도 길주(吉州)에 도착하기까지의 사실을 기록한 일기이다.

⑦ 龍蛇日記(용사일기) = 송암(松巖) 이노(李魯)가 학봉(鶴峯) 김성일(金誠一)이 경상우도 초유사(慶尙右道招諭使)로 있을 때 학봉의 막료로, 학봉이 일본행 통신사 종사관으로

조선통신사 내조도(일본 고베시립미술관 소장)

갔던 선조 23(3923)년부터 선조 26(3926)년 4월 졸하여 고향에 장례를 모실 때까지의 일을 일기 형식으로 기록한 전쟁일기이다.

⑧ 忠武公亂中日記(충무공난중일기) = 충무공(忠武公) 이순신(李舜臣)이 선조 25(3925)년 1월 1일부터 선조 30(3930)년 11월 17일까지 기록한 전쟁일기이다. 중간 중간 중요한 내용이 여러 곳에서 많이 훼손되어 작품의 가치를 떨어트린다.

⑨ 李相國日記(이상국일기) = 오리(梧里) 이원익(李元翼)이 선조 25(3925)년부터 인조 1(1623)년까지 32년간의 일기이다. 일명 "오리일기(梧里日記)"라고도 한다.

⑩ 龍蛇日記(용사일기) = 약포(藥圃) 정탁(鄭琢)이 선조 25(3925)년 7월 17일부터 이듬해 1월 12일까지 자기가 직접 겪은 임진왜란의 실상을 기록한 뜻글 일기이다.

⑪ 龍蛇亂中日記(용사난중일기) = 도세순(都世純)이 직접 체험한 임진왜란의 참상을 기록한 일기이다.

⑫ 晉興君日記(진흥군일기) = 동고(東皐) 강신(姜紳)이 선조 29(3929)년 8월 28일부터 광해 2(3943)년 12월 10일까지의 정유왜란(丁酉倭亂)의 전황과 민심과 조명연합군(朝明聯合軍)의 전공과 대명외교(對明外交)와 대왜화의(對倭和議) 체결의 갈등, 임해군(臨海君)의 처벌, 광해군의 등극, 북인(北人)들의 분열 등을 기록한 일기이다.

⑬ 公山日記(공산일기) = 가외(可畏) 조익(趙翊)이 선조 35(3935)년 5월 3일 - 선조 40(3940)년 6월 20일간의 유배 일기이다. 가외(可畏)는 이 작품 이외에 「辰巳日記(진사일기)」, 「皇華日記(황화일기)」도 저술한 것이 있다.

⑭ 白沙先生北遷日記(백사선생북천일기) = 백사(白沙) 이항복(李恒福)이 광해군 9(3950)년 11월 1일부터 이듬해 8월 7일까지 인목대비 김씨(仁穆大妃金氏) 폐위사건으로 북청(北靑)으로 유배되어 작고한 뒤 장례를 모신 일까지의 일을 백사의 제자인 정충신(鄭忠信)이 지은 일기이다.

⑮ 甲丁日記(갑정일기) = 수옹(睡翁) 송갑조(宋甲祚)가 인조 2(3957)년 이괄(李适)의 난과 인조 5(3960)년 정묘호란(丁卯胡亂)까지의 5년간의 일기이다. 일명 "수옹선생일기(睡翁先生日記)"라고도 한다.

⑯ 南漢紀略(남한기략) = 청음(淸陰) 또는 석실산인(石室山人)이라고 호 하는 김상헌(金尙憲)이 병자호란을 겪고 지은 일기.

⑰ 병자남한일기(丙子南漢日記) = 구포(鷗浦) 나만갑(羅萬甲)이 병자호란의 전말을 기록한 일기. 일명 「丙子錄(병자록)」인데, 국문 수필 「산성일기(山城日記)」는 이 작품을 3인칭 소설 형태로 축약하여 뒤친 것이다.[121]

---

121 최강현, 『韓國古典隨筆講讀』, 고려원, 1984.

⑱ 南漢日記(남한일기) = 석지형(石之珩 : 3943-?, 1610-?)이 인조를 호종하여 남한산성에 들어가서 경험한 일들을 기록한 3969(1636)년 12월 14일-이듬해 1월 30일간의 일기.

⑲ 江都日記(강도일기) = 어한명(魚漢明)이 병자호란 때에 수운판관(水運判官)으로 수운(水運)의 임무를 띠고 지금의 김포시 통진읍(通津邑)에 들어가서 당시 피난 중이던 봉림대군(鳳林大君)을 강도(江都)로 옮긴 3969(1636)년 12월에서 이듬해 1월까지의 일들을 기록한 전쟁일기이다.

⑳ 우산선생 병자 창의록 = 안방준(安邦俊)이 64세의 노구에도 고향인 보성(寶城)에서 병자호란이 일어난 소식을 듣고 의병 300여 명을 모아 남한산성에 이르매 이미 싸움이

병자호란 당시 남한산성에서 항쟁 중인 조선군을 그린 기록화
남한산성역사관 소장

끝난 뒤라 귀향하여 동참하였던 의병들의 인물 사전을 만든 기록이다.

㉑ 庚辰日錄(경진일록) = 윤휴(尹鑴)가 인조 18(3973)년 3월 1일부터 삼산(三山)에 살면서 현종 6(3998) 10월 24일까지의 일상생활 중에 있었던 일들을 기록한 일기이다.

㉒ 北征日記(북정일기) = 효종 1(3983)년 청나라의 원군 요청에 따라 러시아 정벌을 위하여 포수 200명을 이끌고 흑룡강(黑龍江)으로 가서 임무를 마치고 귀국한 일을 4월 6일부터 7월 27일까지 기록한 신유(申瀏)의 전쟁일기이다. 이 작품은 국문 고소설『배시황전(裵是愰傳)의 시대와 공간적 배경이 같다.

㉓ 西峰日記(서봉일기) = 서봉(西峰) 이시방(李時昉)의 생애에 관련된 자료들을 연보(年譜) 형식으로 엮은 일기.

㉔ 三山日記(삼산일기) = 남파(南坡) 장학(張㶅)이 현종 1(3993)년 9월부터 이듬해 5월 1일 귀양이 풀린 날까지의 보은(報恩)에서의 유배일기이다.

㉕ 海西暗行日記(해서암행일기) = 동계(東溪) 박만정(朴萬鼎)이 숙종 22(4029)년 3월 6일부터 5월 13일까지 60여 일간 황해도 일대를 두루 돌면서 시골 사람들의 삶의 실상과 고을 수령들의 선정(善政)과 민폐 여부를 자세히 살피어 복명한 암행일기이다.

㉖ 端居日記(단거일기) = 사시자(謝施子) 남극관(南克寬)이 숙

종 38(4045, 임진)년 7월 1일-8월1일까지 글을 읽은 일기이다.

㉗ 孚齋日記(부재일기) = 부재(孚齋) 엄경수(嚴慶遂)가 숙종 32(4039)년 2월부터 숙종 44(4051)년 5월 작고할 때까지 쓴 일기이다.

㉙ 戊申日記(무신일기) =김학령(金鶴齡)이 숙종 12(4019)년부터 영조 22(4079)까지의 일을 기록한 사본 1책의 간결한 일기이다.

㉚ 楚山日記(초산일기) = 우암(尤庵) 송시열(宋時烈)의 제자 민진강(閔鎭江)이 숙종 15(1689)년 6월 8일부터 7월 22일까지 우암이 정읍(井邑)에서 사약을 받아 절명한 일과 장례를 마치고 문상객(問喪客)들이 헤어지는 일까지를 기록한 일기이다.

㉛ 李齋日記(이재일기) = 엄경도(嚴敬道)가 숙종 32(4039)년부터 44(4050)년까지의 일상생활 내용을 기록한 일기이다.

㉜ 咫聞日記(지문일기) = 김두벽(金斗璧)이 숙종 34(4041)년 1월 1일부터 숙종 37(4046)년 9월 10일까지의 시정(時政)과 생활 중의 일들을 기록한 일기이다.

㉝ 市隱日錄(시은일록) = 시은(市隱) 김상석(金相奭)이 숙종 44(4051)년부터 영조 41(4098)년까지의 벼슬살이를 기록한 일기이다.

㉞ 北遷日記(북천일기) = 회와(晦窩) 윤양래(尹陽來)가 경종

2(4055, 1722)년에 진주 겸 주청 사행(進奏兼奏請使行)의 부사(副使)로 연경(燕京)을 다녀와 복명(復命)한 뒤 바로 갑산(甲山)에 정배되어 4월 18일 서울을 떠나 배소에 도착한 7월 8일까지 27일간의 일기이다.

㉟ 關北日記(관북일기) = 회와(晦窩) 윤양래(尹陽來)가 영조가 즉위한 뒤 귀양이 풀린 뒤 회와가 함경도 관찰사로 부임하여 머물러 있었던 동안인 영조 5(4062)년 10월 20일-영조 6(4063)년 7월 3일까지의 일기.

㊱ 隨錄(수록) = 엄숙(嚴璹)이 영조 33(4090, 1757)년 10월부터 정조 10(4119)년 2월까지 개인의 크고 작은 일들을 일기체로 기록한 작품이다.

㊲ 桂房日記(계방일기) = 담헌(湛軒) 홍대용(洪大容)이 영조 50(4107)년 12월 1일-이듬해 8월 21일까지 익위사(翊衛司) 시직(侍直)으로 있으면서 동궁(東宮, 뒷날 정조)께 강론한 일기이다.

㊳ 惠嬪宮日記(혜빈궁일기) = 정조의 생모인 혜경궁 홍씨(惠慶宮洪氏)가 혜빈(惠嬪)으로 있을 때에 궁중에서 일어난 일들을 영조 40(4097)년 1월 1일부터 이듬해 12월 13일까지 날짜별로 기록한 궁중일기이다.

㊴ 海石日記(해석일기) = 김재찬(金載瓚)이 영조 50(4207)년 지은이가 벼슬살이를 시작하여 순조 27(4160)년 벼슬을 그만둘 때까지의 54년 동안의 벼슬살이를 기록한 일기이다.

㊵ 坎窞日記(감담일기) = 담정(藫庭)이라고 호 하는 김여(金鑢)가 정조 21(4130)년 11월 12일 – 12월 10일간(27일)에 함경도 부령(富寧)으로 유배되어 배소에 도착하기까지의 노정과 견문들을 기록한 유배의 기행일기이다. 일명 "北遷日錄(북천일록)"이라고도 한다.

㊶ 習靜齋日錄(습정재일록) = 이기헌(李基憲)이 순조 즉위년(4133) 3월 21일부터 12월 18일까지의 벼슬살이의 삶을 적은 일기이다.

㊷ 雪巖日錄(설암일록) = 설암(雪巖) 김노(金鏴)가 순조 6(4139)년부터 순조 28(4161)년까지의 벼슬살이 내용을 쓴 일기이다.

㊸ 日乘(일승) = 강희영(姜羲永)이 수안군수(遂安郡守)로 부임하는 아버지 강준흠(姜浚欽)을 따라가서 생활하면서 순조 11(4144)년 7월 9일부터 순조 13(4146)년 12월 29일까지의 일을 기록한 일기이다.

㊹ 洪氏日記(홍씨일기) = 실명씨가 순조 11(4144)년 홍경래(洪景來)의 난이 일어난 12월 18일부터 난이 평정된 이듬해 6월 26일까지의 일을 기록한 전란일기이다. 일명『壬申平亂錄(임신평란록)』.

㊺ 陣中日記(진중일기) = 당시의 의병장(義兵將) 현인복(玄仁福)으로 추정되는 지은이가 순조 11(4144)년 12월 18일부터 이듬해 10월 13일 토역경과(討逆慶科)를 시행한 일

까지를 기록한 일기이다.

㊻ 南維日記(남유일기) = 김계온(金啓溫)이 전라도 관찰사로 임명된 순조 14(4147)년 3월 16일-9월 21일간의 일기.

㊼ 西繡日記(서수일기) = 탑서(塔西) 박내겸(朴來謙)이 순조 22(4155)년 윤 3월16-7월 28일까지 관서지방(關西地方)을 암행어사로 다녀온 일기이다.

㊽ 嚴齋日錄(엄도일록) = 엄도(嚴齋 : 4109-4169, 1776-1836)가 순조 22(4155, 1822)년 함경도 삼수부(三水府)로 유배된 뒤의 일을 기록한 유배 일기이다.

㊾ 北征日記(북정일기) = 장준홍(張俊泓)이 헌종 12(4179)년 12월 20일 사도시주부(司導寺主簿)로 제수된 일부터 시작하여 함경도에 유배되어 헌종 14(4181)년 1월 27일 유배가 풀린 사문(赦文)이 내려지고, 3월 20일 배소에서 귀환하기 위하여 출발하기까지의 일기이다.

㊿ 東山日記(동산일기) = 정현유(鄭顯裕)가 철종 11(4193)년에서 고종 3(4199)년까지의 사헌부 지평과 홍문관 교리 등의 벼슬생활을 하면서 체험한 일들을 기록한 일기이다.

51 東津日記(동진일기) = 고종 때의 무신 이종원(李鍾元)이 동진첨사(東津僉使)로 있을 때인 고종 3(4199)년 7월 11일-고종 6(4202)년 2월 20일 사이에 있었던 일을 적은 일기이다.

52 江北日記(강북일기) = 최종범(崔宗範)이 고종 9(4205)년 6

월 1일-7월 15일의 45일간의 조선 북부 이른바 서간도(西間島) 지방의 인물, 자연, 환경 등을 정찰한 첩보수집 일기이다.[122]

㊼ 東京日記(동경일기) = 송헌빈(宋憲斌)이 고종 18(1881)년 신사유람단(紳士遊覽團)의 이원회(李元會)의 수행원으로 일본에 가서 일본의 신문물을 견학하면서 보고 들은 것을 기록한 일기이다.

㊽ 留京日記(유경일기) = 장시택(張時澤)이 고종 19(4215)년 7월 9일-9월 12일까지 서울에서 보고 들은 일을 소상히 기록하여 임오군란(壬午軍亂)의 전후 일을 이해하는데 도움이 될 일기이다.

㊾ 甲乙日記(갑을일기) = 실명씨가 고종 21(1884)년 11월 27일-이듬해 2월 14일 사이에 있었던 일을 기록한 일기이다.

㊿ 南征日記(남정일기) = 이중하(李重夏)가 고종 31(4227)년 5월 1일에서 6월 27일까지의 일기와 장계를 싣고 있다. 청나라 장수 엽지초(葉志超) 등을 영접하면서 있었던 일을 기록한 일기이다.

57 李鍾弼日記(이종필일기) = 이종필(李鍾弼)이 고종 31(4227)년 9월 11일부터 이듬해 12월 24일까지의 일기로, 지은이가 용강현령(龍岡縣令)에 임명되어 부임하는 과정에서

122 최강현, 『간도개척비사』, 신성출판사, 2004.

보고 들은 산천 풍토미와 연회에서의 기녀들과 임지에서의 일들을 기록한 일기이다.

⑱ 乙未日錄(을미일록) = 실명씨가 고종 32(4228)년 1월 1일 - 12월 29일간의 나라의 정치에 관한 기사들을 기록한 일기이다.

⑲ 昨匪窩日記(작비와일기) = 작비와(昨匪窩) 김명규(金明圭)가 건양 1(4229)년 8월 23일부터 광무 2(4231)년 12월 6일까지의 정치적 사건을 중심으로 기록한 일기이다.

⑳ 庚子日月(경자일월) = 조건희(趙健熙)가 광무 4(4233)년 1월 1일부터 12월 30일까지의 생활 내용을 기록한 일기이다.

이상의 여러 작품들이 귀중한 문학성과 역사성을 포함한 일기 작품들이다.

11. 1. 충무공 난중일기(忠武公 亂中日記)

여기서는 충무공(忠武公) 이순신(李舜臣) 장군의 『忠武公亂中日記(충무공난중일기)』에서 그 일부를 소개한다.

선조 25(3925)년 (1월 1일 - 4월 14일 줄임).

4월 15일(갑진) 맑다. 나라의 성종 공혜왕후 한씨(成宗恭惠王

后韓氏)의 제삿날이라서 공무를 보지 아니하였다. 순찰사에게 보낼 답장과 별록을 써서 곧바로 역졸을 시켜 급히 보냈다. 해가 질 때에 영남 우수사인 원균(元均)이 보낸 전통 속에 "왜놈들의 배 90여 척이 나와서 부산의 절영도 앞에 배들을 대고 있다."고 하였으며, 같은 시간에 또 경상좌도 수사인 박홍(朴泓 : 3867-3926, 1534-1593)이 보낸 공문이 왔는데, "왜적들의 배 350여 척이 이미 부산포 건너편에 와 있다."고 하였기에 즉시 장계를 보냈다. 아울러 순찰사와 병사와 전라우수사인 이억기(李億祺)에게도 보냈다. 경상도 관찰사의 공문도 왔는데, 역시 같은 내용이었다.

16일(을사) 22시쯤에 영남우수사(원균)의 공문이 왔는데, "부산이 큰 진이지만 벌써 함락되었다."고 하였다. 분하고도 원통함을 견딜 수가 없다. 곧바로 장계를 지어 급히 올려 보내고, 또 경상도와 전라도와 충청도의 삼도 순찰사와 좌우수사와 병사들에게도 공문을 보내었다.

17일(병오) 날씨가 흐리다가 비가 내리더니, 늦게야 날씨가 맑아졌다. 영남 우병사인 김성일(金誠一)이 공문을 보내었는데, "왜적이 부산을 함락시킨 뒤에 그대로 머물면서 물러가지 아니한다."고 하였다. 늦게 활쏘기를 하여 5돌림을 쏘았다. 인하여 경계근무를 하는 수군과 교대할 수군들이 계속하여 제 근무지로 모여들었다.

18일(정미) 아침에는 날씨가 흐리었다. 이른 아침 동헌으로 나가서 공무를 보았다. 순찰사가 보낸 공문이 왔는데, "발포 권간(鉢浦權管)이 이미 파면되어 갔고, 임시 지휘관 장수를 정하여

부산진순절도(釜山鎭殉節圖)

조선 선조 25년(1592) 4월 13일과 14일 이틀 동안 부산진에서 벌어진 왜군과의 전투 장면을 변박(卞璞)이 그린 기록화이다. 보물 제391호, 육군사관학교 육군박물관 소장, 출처 : 문화재청

보내라."고 하였다. 그래서 나대용(羅大用)을 바로 오늘 정하여 보내었다. 14시경에 영남우수사의 공문이 왔는데, "동래(東萊)도 또한 함몰되었으며, 양산(梁山 : 조방장 趙英珪)과 울산(蔚山 : 조방장 李彦誠) 두 고을은 조방장이 원(員)이 되어 성에 들어가 지키다가 또한 모두 패하였다."고 하였다. 그 분하고도 원망스러움을 말로는 다할 수가 없었다. "경상좌도 병사(兵使) 이각(李珏)과 경상좌도 수사(水使) 박홍(朴泓)들이 군사를 이끌고 동래(東萊) 뒤쪽에 이르러 진을 쳤다가 곧 회군하였다."고 하니, 더욱 가슴 아팠다. 저녁에 순천부사(順天府使) 권준(權俊)이 군대를 거느리고 오는데, 병방(兵房 : 아전)이 석보창(石堡倉 : 지금의 여천군 쌍봉면 봉계리 석창)에 머물면서 명령을 따르지 아니하므로 잡아다가 가두었다.

19일(무신) 맑다. 아침에 방어지마다 해자를 파는 일로 군관을 정하여 보냈다. 아침을 일찍 먹고 출근하여 동문에 올라서 친히 방어지 공사를 독려하였다. 오후에 상격대(上隔臺)를 돌아보았다. 오늘 입대하기 위하여 모여든 군사 700명을 점고하는 일도 있었다.

20일(기유) 맑다. 동헌에 나가서 공무를 보았다. 경상도 관찰사가 공문을 보내 왔는데, "수가 많은 왜적들이 몰아치므로 그 앞을 막아낼 수가 없게 되니, 왜적들은 이긴 기세를 타고 무인지경처럼 쳐들어온다."고 하면서 "전함을 정비하여 와서 구원하라는 글을 상부에 알렸다."는 것이었다.

21일(경술) 맑다. 성 머리에 군대를 늘어세우는 일로 과녁 터에 앉아서 지휘하였다. 오후에는 순천부사가 와서 빈궁함을 듣

동래부순절도(東萊府殉節圖)

선조 25년(1592) 4월 15일 임진왜란 당시 동래성에서 왜군의 침략에 대응하다 순절한 부사 송상현과 군민들의 항전 내용을 묘사한 그림이다. 보물 제392호, 육군사관학교 육군박물관 소장, 출처 : 문화재청고 갔다.

22일(신해) 새벽에 상황 파악도 하고 부정행위도 찾아내기 위하여 군관을 발송하였다. 배응록(裵應祿)이 절갑도(折甲島)로 갔고, 송일성(宋日成)이 금오도(金鰲島)로 갔다. 또 이경복(李景福)과 송한련(宋漢連)과 김인문(金仁問)들은 두산도(斗山島 = 突山島)의 적대목(敵臺木)을 실어내리는 일을 하기 위하여 군사 50명씩을 각각 거느리고 가도록 하고, 나머지 군사들은 모두 방어선 구축의 일을 하게 하였다. 23일부터 30일까지 원문이 결락되었다. (하략)[123]

위에서 보듯이 충무공이 임진왜란을 당하여 처음 왜적과의

123 (壬辰一月 一日 - 四月 十四日 줄임) 十五日甲辰晴 以國忌不坐 修巡使答簡及別錄卽令驛子馳送日沒時嶺南右水使傳通內倭船九十餘出來釜山前絶影島駐泊一時又到水使關倭賊三百五十餘隻已到釜山浦越邊云故卽刻馳啓兼移巡使兵使右水使處嶺南方伯關亦到如是.

十六日乙巳二更嶺南右水使移關釜山巨鎭已爲陷城云不勝憤惋卽馳啓又移文三道.

十七日丙午陰雨晩晴嶺南右兵使送關賊倭釜山陷城後仍留不退云晩射後五巡仍番水軍及奔赴水軍續續到防.

十八日丁未朝陰早朝出東軒公事巡使關來到鉢浦權管已爲汰去假將定送云故羅大用卽日定送未時到嶺南右水使關東萊亦爲陷沒梁山蔚山兩守亦以助防將入城竝爲見敗云其爲憤惋不可勝言兵使水使領軍到東萊後面遽卽回軍云尤可痛也夕順天領軍兵房留在石堡倉不爲領付故捉致囚禁.

十九日戊申晴朝品防掘鑿事定送軍官早食後出東門上親督品防役午後巡見上隔臺是日奔赴軍七百名逢點役事.

二十日己酉晴出東軒公事嶺南方伯移關大敵熾張其鋒莫能敵者長驅乘勝如入無人之境云而整理戰艦來援事請啓云.

二十一日庚戌晴城頭軍列立事坐于帿基出令午後順天來聽約而去.

二十二日辛亥曉候望摘奸事軍官發送裵應祿往折甲島宋日成往金鰲島又使李景福宋漢連金仁問等斗山島敵臺木連下事各率軍人五十名送之餘軍品防役事.(23 - 30일간 원문 없음) (하략)

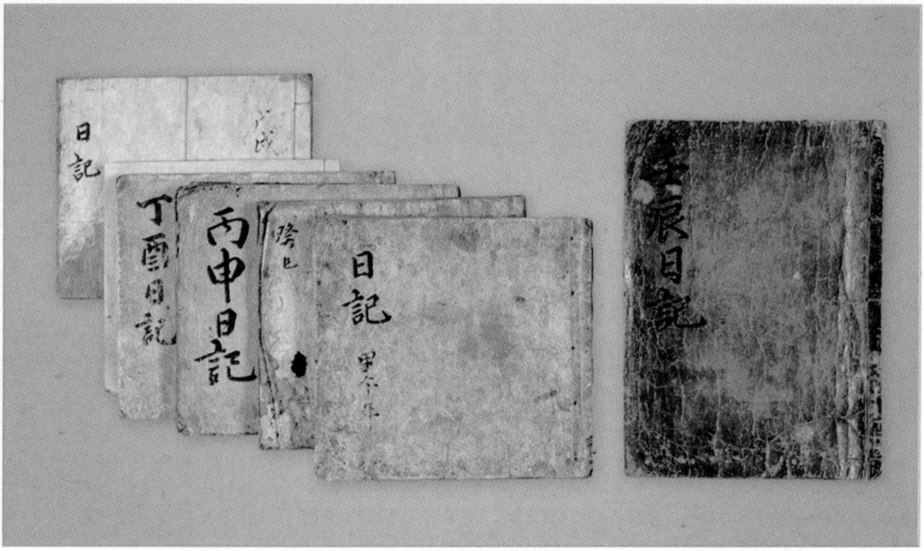

이순신(李舜臣) 난중일기(亂中日記) 및 서간첩(書簡帖) 임진장초(壬辰狀草)
국보 제76호, 출처 : 문화재청

해전(海戰)이 볼만한데, 불행히도 그 부분이 결락되어 매우 아쉽다.

원래 이충무공의 친필 일기는 모두 7책 205장에 별도의 장계(狀啓)들과 최후 10일간의 일기가 따로 기록되어 있었는데, 정조 때에 『李忠武公全書(이충무공전서)』를 편찬하면서 편찬자들이 책 이름을 『亂中日記(난중일기)』라고 하여 전서 권 5-8에 실었다. 위에 소개한 부분은 현재 전하는 친필 일기에는 없으나 전서(全書)에만 있는 것이다. 현재 전하는 친필 초고본과 전서본의 내용에는 "상당한 차이가 나 있음을 발견하게 된

다.”는 것이다.[124]

『난중일기』의 지은이 이순신(李舜臣) 장군은 본관이 덕수(德水)이고, 자는 여해(汝諧), 시호가 충무(忠武)이다. 선조 9(3909)년 무과에 급제하여 권지 훈련원 봉사(權知訓練院奉事)로 벼슬살이를 시작하여 발포만호(鉢浦萬戶)를 거쳐 선조 19(3919)년에 사복시주부(司僕寺主簿)가 되었다가 조산만호 겸 녹도 둔전사의(造山萬戶兼鹿島屯田事宜)가 되었다. 이충무공은 국방 강화를 위하여 병력 증강을 함경절도사(咸慶節度使) 이일(李鎰)에게 요구하였다가 거절되었는데, 마침 호인(胡人)들이 침입하여 착한 국민을 많이 죽이므로 충무공이 홀로 대적하여 포로로 잡혀갔던 백성들 60여 명을 데리고 돌아왔다. 그러나 절도사는 1차 패전의 책임을 충무공에게로 돌리어 잡아 옥에 가두고 사형에 처할 것을 나라에 상소하였다. 나라에서는 충무공이 무죄임이 증명되자 해임만으로 종결하였다. 뒤에 전라도 순찰사(巡察使) 이광(李洸)에게 발탁되어 조방장(助防將)·선전관(宣傳官)을 지내고, 선조 22(3922)년에는 정읍현감(井邑縣監)이 되었는데, 유성룡(柳誠龍)의 천거로 고사리첨사(高沙里僉使)가 되어 만포첨사(滿浦僉使)·진도군수(珍島郡守)를 지나 전라좌도 수군절도사(全羅左道水軍節度使)가 되었다. 왜군의 침입이 있을 것을 짐작하고, 군사를 조련하고, 거북선을 수리하여 임진왜란이 일어나

124 이은상, 『난중일기』, 현암사, 1968.

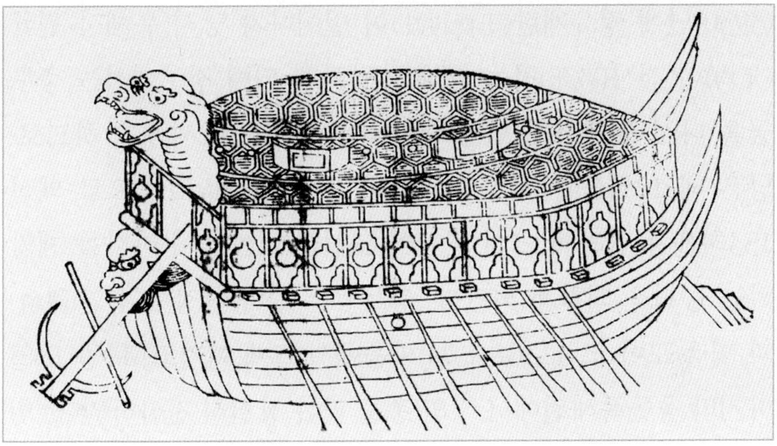

거북선(龜船) 전라 좌수영 귀선도
이충무공전서에 실린 그림, 현충사관리소 소장

자 원균(元均)의 패전군사를 도와 도처에서 전공을 세워 1차 옥포(玉浦)와 적진포(赤津浦) 싸움, 2차 사천(泗川)·당포(唐浦)·율포(栗浦) 싸움, 3차 한산도(閑山島)·안골포(安骨浦) 싸움, 4차 부산포(釜山浦) 싸움에서 적선들을 엄청나게 많이 물속에 침몰시키는 전공을 세웠다. 나라에서는 그 공적을 크게 기리어 정헌대부(正憲大夫)의 위(位)에 수군통제사(水軍統制使)의 직을 내리었다. 그러나 충무공의 전공(戰功)을 질투한 소인배들의 장난으로 이적행위(利敵行爲)의 죄를 받아서 서울까지 압송되어 사형(死刑)에 처하여진 것을 판중추부사(判中樞府事) 정탁(鄭琢)의 구원으로 사형이 면제되고, 권율(權慄) 장군의 휘하에서 아무 벼슬과 직책이 없이 군대 생활을 하게 되었다. 선조 30

(3930)년에 정유재란(丁酉再亂)이 일어나자 당시 통제사 원균(元均)이 전사(戰死)하는 대패를 당하게 되매 정부에서는 충무공을 다시 통제사에 임명하여 적을 맞이하여 싸우게 하므로, 남은 배 12척을 가지고 9월 16일 울돌목[鳴梁海峽]으로 왜선 133척을 유인하여 크게 이기어 조선군(朝鮮軍)이 바다를 제압하는 능력을 되찾게 되었다. 충무공은 명나라 장수 진인(陳璘)과 힘을 모아 고금도(古今島) 싸움에서 크게 이기고, 11월 18일 마지막 울돌목해전에서 적의 총을 맞아 장렬히 전사하였다. 힘을 모아 함께 왜적과 싸운 명나라 장수 진인(陳璘)은 충무공을 평하여 "천하를 경영할 만한 재주와 구멍 뚫린 하늘을 깁고, 해님을 목욕시키는 공이 있다.[有經天緯地之才, 補天浴日之功.]"라고 더할 수 없이 칭찬하였다.

권율(權慄) 장군 묘
시도기념물 제2호, 경기 양주시 장흥면 권율로에 위치, 출처 : 문화재청

11. 2. 유경일기(留京日記)

「留京日記(유경일기)」는 호를 창주(蒼洲)라고 하는 장시택(張時澤)이 지금의 대구광역시(大邱廣域市)에 딸린 옛날의 인동현(仁同縣) 땅에서 은일(隱逸)하는 지사(志士)로 살면서 고종 19(4215)년 7월 초에 서울에 올라와 8월 20일까지 머무는 동안 보고 들은 당시의 서울에서 일어났던 많은 사건들과 어려운 일들이 나라의 명운(命運)을 어둡게 하여 망국의 그림자가 드리우는 그 느낌을 솔직하게 기록한 것이다. 그 앞부분 일부를 소개한다.

(전략 두 줄)

(7월) 초 9일 나는 한낮에 벼슬아치들이 모이어 쉬는 집채의 마루에 가서 도사(都事) 박교(朴教)와 더불어 내기바둑을 두고 술을 외상으로 사다가 마시었으니, 대체로 나그네의 회포를 풀려는 것이었다. 조금 있으니, 어떤 하인 한 사람이 와서 "군병 수천 명이 당시 호조판서(戶曹判書)로 선혜청당상(宣惠廳堂上)을 겸하고 있던 민겸호(閔謙鎬)의 집을 때려 부수는 변고가 일어났습니다. 그 근본 원인은 비록 자세히 알 수는 없지만, 이것이야말로 이미 변란입니다."라고 전하였다. 이 소문이 번질까 봐 소름이 끼치어 장기 내기를 끝낸 뒤에 집으로 편지를 보내기 위하여 집에서 보낸 편지가 온 진고개(泥峴 = 지금 서울의 중구 퇴계로 고개)로 가서 소매에 넣어갔던 편지를 봉하여 수표교(水標

橋=지금의 종로 2가와 을지로 2가)로 건너게 청계천 위에 놓았던 다리로 가서 벗 김씨를 찾아갔으나 만나지 못하여 편지를 맡겨 놓고 왔다. 거리는 소란한 광경이 가는 곳마다 모두 같았다. 이날 밤에는 확교(確橋)에 있는 서현보(徐賢輔)의 집에서 이야기를 나누며 보냈다. 인하여 들으니, “왜놈이 군중들이 마구 던지는 돌에 맞아 죽은 자가 셋이나 되었다.” 고 하였다. 또 들으니, “서소문(西小門) 밖에서는 왜놈이 칼을 휘두르며 나오던 또 세 놈이 이어서 저잣거리 상인들이 일제히 힘껏 던지는 돌에 그 수가 적어서 대적하지 못하고 인하여 넘어지매 개천에다 던져버렸다.” 고도 하였다. “우리나라 사람도 역시 갑자기 왜놈의 칼을 맞고 죽은 이가 있었다.” 고 하였다. 이날 밤에 천연정(天然亭=지금의 서울 서대문구 독립문 남쪽 300m쯤에 있었던 서호 연못가에 있었던 정자로 일본 공사관이 되어 淸水館이라고도 하였음)에 불을 질렀다. 높은 곳에 올라가 멀리서 이 불타는 것을 바라보니, 이것이야말로 장관이었다. 연기와 불꽃이 하늘을 뒤덮었으며, 성 안팎이 한 가지로 우레치듯 호응하는 사람들이 몇만 명인지 알 수가 없었다. 왜놈으로 그 안에 있는 왜놈들은 반드시 하나같이 태워 죽이려는 듯하였다. 그리고 “왜놈들을 배척하는 상소를 올렸던 선비 백낙관(白樂寬, 뒤에 다시 잡히어 제주도에 귀양 갔다가 졸함)이 의금부에 갇히어 있는지가 여러 달이 되었는데, 사람들이 모두 말하기를, ‘틀림없이 죽을 것이다.’ 하더니, 이날 군병들이 일제히 금부의 문을 때려 부수고 가마에 태워서 훈련원 안으로 모셔갔다.” 고 하였다. 이사람이야말로 다행한 일인지 불행한 일인지 아직은 알 수 없으나, 홍재학(洪在鶴, 조선말 우국지사)이 원통하게 참형당한 뒤로는 당당하게 왜놈을 배척하는 의리를 보인 사람이 없더니, 다만 이 사람 혼자서만 왕에게 왜를 물리쳐야 한다는 소를 올리었으니, 존경스럽기도 하였다.

10일 아침에 군병들이 대궐 안으로 곧바로 들어가니, 선혜청 당상 민겸호와 경기감사(京畿監司) 김보현(金輔鉉, 임오군란 때에 중희당(重熙堂)에서 피살됨)이 군병들의 칼끝에 죽임을 당하였다. 국모(國母)이신 민중전까지도 핍박하여 기강이 없으니 더할 수 없이 창황망조하시었고, 임금님을 모시는 사람으로는 대원군과 이재면(李載冕)과 김병시(金炳始)와 조영하(趙寧夏) 등 4-5명이 있었을 뿐이고, 나머지는 모두 달아나 숨어서 나라 임금님의 위급함을 알지 못하였으니, 이러한 자들을 나라의 녹을 받아먹는 신하라고 말할 수가 있겠는가?

29일 서양 사람 2명이 성내에 들어왔다가 나갔다.

8월 초1일 백관들이 국모를 맞이하고자 중로에 나갔을 때에 청(淸)나라 사람들이 "오(吳)"자를 쓴 깃발로 둘러싸 모시고 들어오는데, 우리나라 군병들은 몇 사람에 지나지 아니하니, 이도 또한 건국 초 이래로 전혀 없었던 일이었다. 뒷날 청나라 사람 오장경(吳長慶 = 청의 장군, 군사 3,000을 거느리고 서울의 치안을 맡았음)의 공적이 될지 어떠할지 아직은 모르겠다. "이날 육상궁(毓祥宮 = 일명 궁정동 칠궁)이 불에 탔다. 금위대장 조희순(趙希淳 = 趙義淳, 고종 때의 무장)이 굴번(屈番 = 일본인 掘本)을 죽인 우리나라 사람 셋을 잡아다가 목을 베어 길거리에 높이 매다는 벌을 주었다. 그 나머지 모화관과 천연정(天然亭)에 불을 놓은 사람들을 모두 잡아다가 포도청(捕盜廳 = 일명 포청, 뒤에 경무청

이 됨)에 가두었다."고 하였다. 처음에 난군들의 돌싸움에 왜인 굴본(掘本)이 맞아죽었다. 이름 모를 어떤 한 소년이 굴본의 허리를 뒤에서 끌어안고 말하기를, "저들은 참으로 의기(義氣)가 충만하여 감히 이렇게 죽음을 무릅쓰고 일으킨 일이다."라고 하였다. 많은 사람들이 똑같이 한 가지로, "통쾌한 일이다."라고 말하지 아니하는 이가 없었다. 헌데 도리어 정부의 처분은 왜인 굴본(掘本)을 위하여 원수를 갚아주려고 하였으니, 한탄할 만한 일이었다. "청인 장수 오장경이 이 사실을 들어 알고는 우리나라가 왜인들에게 수모를 당한 일에 관하여 우리나라를 꾸짖었다."고 하니, 오장경에게 부끄럽기도 하고, 오장경이 존경스럽기도 하였다.

초2일 지난달(7월) 13일에 대원군이 성 밖으로 나가 오장경의 군진으로 가서 사례를 하는데, 갑자기 청인들에게 붙잡혀 진중의 가마를 타고 옮겨지고 수행하여 호위하였던 기수(旗手)들도 역시 한 곳으로 잡혀 갔다고 하니, 속으로 그렇게 하도록 허락한 것인지 아닌지 알 수 없었다. "대원군의 본가에서조차도 역시 알지 못하였는데, 하룻밤을 지낸 뒤에 기수들은 풀려나왔다."고 하였다. 뒤에 들으니, "대원군은 배를 탄 뒤 배 안에서 뱃사공에게 '나는 대원군이다. 앞으로 남양(南陽)에 이르면 길에서 고향 사람들을 만나게 될 것이며 고향 사람들은 말하기를, 내가 곧 대원군이라고 하면서 백성들이 나를 살려줄 것이다.' 운운하더라."고 하였다. 들리는 소문에 "대원군은 남양에서 며칠 동안 머물러 있으면서 처음에는 집에 편지를 붙이어 6-7일을 지나지 아니하여 돌아올 것 같다고 기약하였으나, 그 뒤에 기약한 날이 지나도 돌아오지 아니하매 병조판서 조영하를 차출하여 배를 타고 뒤따라가서 청나라 임금께 아뢰게 하였다." 고 하였다. 서울 시내의 인심들은 오직 대원군이 돌아오기를 기다리면서 그가 돌아온 뒤에 어떻게 일을 처리할 것인가를 궁금하게 생각하고 있었다. 오경장의 군문에서는 매일 대자보를 붙이어 "백성들은 놀라지 말라!" 고 하여 사람들이 모두 물러나 돌아가니 인심이 조금 안정되었다.(하략)[125]

---

125 (전략 56자)

初九日余往午官堂與都事朴敎賭碁貰酒盖寬旅懷也俄有一隷來傳軍兵數千破碎時惠堂閔謙鎬家變之根因雖未詳此已變也此說風化之可懔而碁罷後欲付家信來到泥峴覓袖書封訪金友于水橋不逢置書而來街路喧動之光景到地皆然是夜話于碓橋徐賢輔家因聞倭人之亂石被殺者三人又聞西小門外倭人指揮劍出來者又三人而連被市廛之齊力投石小不敵衆因斃而投諸溝我人亦有猝受倭刃而死者是夜放火于天然亭登高遠望此是壯觀也烟焰漲天城外城內之同聲雷應者不知幾萬人倭之在其中者必將一爐燒盡而斥倭疏儒白樂寬積月在禁府人皆曰必死矣是日軍兵一齊撞破門領輿出護去于訓鍊內云此人之幸不幸姑未可知而洪在鶴寃死之後堂堂斥倭之義理人孰無之此人一疏吁可尙也.

十日朝軍兵直入大內惠堂閔謙鎬畿伯金輔鉉死於亂鋒之下歐逼 國母罔有紀極大殿左右只有大院位李載冕金炳始趙寧夏四五人而餘皆竄鼠不知君父之下落此是食祿之臣乎

二十九日洋人二名入城出去

八月初一日百官出迎坤殿于中路而淸人用吳字旗擁入我國軍兵不過幾名則此亦國初來所無之事異日長慶未知籍功如何也是日毓祥宮災禁將趙希淳捉我人之殺屈番者三人梟首其餘慕華館之放火天然亭者一並捉囚捕廳云當初屈番之死於亂石也有一童子從後抱腰云彼誠義氣所蓄有此敢死之擧也萬口同聲無不曰快事而朝廷之處分反欲爲屈番報讐可歎吳長慶聞知此事責我國之見侮於倭若是云可愧可尙

初二日前月十三日大院位出城回謝于吳陣而猝被胡人之傳陣轎去隨衛之旗手亦見執于一處不知裡許之如何本第亦不知經宿後乃放送旗手云矣後聞院位在船中謂梢工曰我乃大院君也前到南陽路逢鄕民則曰我是大院君而百姓活我云云矣聞留南陽數日始付家書而回還之期似不過六七天其後過期不還朝廷差送兵判趙寧夏追後浮海奏聞云矣都下人心惟待院位之歸後如何處事吳軍門連日榜文以示民勿驚故離者多還人情小定(하략).

이글은 곧 이른바 임오군란(壬午軍亂) 전후의 일을 한 사람의 경상도 선비의 눈과 귀를 통하여 조명된 당시의 망국으로 내리달리는 당시 시국 이야기이다.

12. 잠명(箴銘)

잠명(箴銘)은 "잠(箴)"과 "명(銘)"이 합하여져 된 말이다. "잠(箴)"은 원래 옷을 꿰매는 기구 또는 사람의 병을 고치는 의료기의 하나인 침(針, 鍼)의 뜻에서 온 것으로, 옷을 깁는 뜻을 가진 잠(箴)을 취하여 문체의 하나가 된 것이다. 그래서 나는 물론 남의 잘못을 지적하여 고치도록 권면한다는 비유적인 의미를 지닌 경계(警戒)의 말을 이르게 된 것이다. 이 잠에는 관잠(官箴)과 사잠(私箴)의 두 가지가 있는데, 관잠은 나 아닌 다른 사람의 잘못을 경계하거나, 규탄하거나 벼슬아치들을 경계하는 글들을 이르는 것이고, 사잠은 자기가 자신의 잘못을 뉘우쳐 경계하는 글을 이른다.

한편 "명(銘)"은 금석(金石)이나 생활 기물(器物) 같은 곳에 새기어 경계, 또는 공덕(功德)을 기리는 것으로 이름을 붙인다는 뜻에서 유래하였다. 현재 가장 오래 된 명문(銘文)은 은(殷)나라 탕(湯)임금이 그가 매일 쓰는 세수 대야의 바닥에 "참으로 오늘이 새롭구나! 또 날마다 새로워지리라.[苟日新日日新又日新.]"라고 새기어 왕으로서의 부지런한 자세를 취하여 어진 정치를 스스로 맹세한 것이다.

잠과 명은 그 형식면에서 4언을 위주로 하되, 5언, 6언, 9언 등도 있다. 조선시대 잠명으로는 다음과 같은 작가의 작품들이 유명하다.

박팽년(朴彭年)의 「愚愚箴幷序(우우잠병서)」, 신숙주(申叔舟)의 「新鑄大鐘銘幷序(신주대종명병서)」, 김안국(金安國)의 「磐水箴(반수잠)」(외 1수)·「投壺銘(투호명)」(외 2수), 조광조(趙光祖)의 「戒心箴(계심잠)」, 김정(金淨)의 「逸樂箴(일락잠)」(외 10수), 이언적(李彦迪)의 「元朝五箴(원조오잠)」(외 2수)·「知耻銘(지치명)」(외 2수), 민제인(閔齊仁)의 「知足箴(지족잠)」·「焦尾琴銘(초미금명)」, 조식(曺植)의 「革帶銘(혁대명)」(외 4수)·「誠箴(성잠)」, 노수신(盧守愼)의 「時習箴(시습잠)」, 주이(周怡)의 「几案銘(궤안명)」, 박승임(朴承任)의 「牛山箴(우산잠)」, 구봉령(具鳳齡)의 「玉舟銘(옥주명)」, 권호문(權好文)의 「松巖銘(송암명)」(외 3수), 정상(鄭詳)의 「石尊銘(석존명)」, 송양(宋亮)의 「心如一家主箴(심여일가주잠)」·「長尺銘(장척명)」, 송익필(宋翼弼)의 「梳貼銘(소첩명)」(외 1수), 허항(許沆)의 「戒酒箴(계주잠)」·「李君祠堂銘(이군사당명)」(외 2수), 김우옹(金宇顒)의 「敬身箴(경신잠)」(외 7수), 유성룡(柳成龍)의 「日傘銘(일산명)」(외 1수), 권기(權紀)의 「謹獨箴(근독잠)」, 장현광(張顯光)의 「草扇銘(초선명)」(외 1수), 이

수광(李睟光)의 「自新箴幷序(자신잠병서)」(외 1수)·「主一銘(주일명)」(외 1수), 최현(崔晛)의 「友愛箴(우애잠)」·「九知銘(구지명)」, 장용한(張龍翰)의 「東銘(동명)」(외 1수), 이항복(李恒福)의 「警夕箴(경석잠)」(외 3수)·「涵養銘(함양명)」, 허균(許筠)의 「睡箴(수잠)」(외 2수)·「陋室銘(누실명)」(외 7수), 김상헌(金尙憲)의 「鏡匣銘(경갑명)」, 이민성(李民宬)의 「驄騢塚銘(총이총명)」(외 1수), 신적도(申適道)의 「성찰잠(省察箴)」(외 1수)·「東壁銘(동벽명)」(외 1수), 이식(李植)의 「接物箴(접물잠)」·「四知軒銘(사지헌명)」, 이시명(李時明)의 「歲除自警箴(세제자경잠)」·「自警銘(자경명)」, 신천익(愼天翊)의 「自戒箴(자계잠)」(외 2수)·「玉龜涓滴銘(옥귀연적명)」(외 3수), 허목(許穆)의 「杖銘(장명)」(외 13수), 김홍욱(金弘郁)의 「養心箴(양심잠)」, 전유경(全有慶)의 「事父母箴(사부모잠)」(외 6수), 홍우원(洪宇遠)의 「視民如傷箴(시민여상잠)」, 송시열(宋時烈)의 「主一齋箴(주일재잠)」·「冽泉銘(열천명)」(외 11수), 윤휴(尹鑴)의 「訟心箴(송심잠)」(외 3수)·「敬義齋銘(경의재명)」(외 1수), 남몽뢰(南夢賚)의 「石鼎銘(석정명)」, 홍여하(洪汝河)의 「立箴(입잠)」(외 8수)·「洪聖位古劍銘(홍성위고검명)」(외 3수), 권적(權迪)의 「敬天箴(경천잠)」, 박세채(朴世采)의 「四十箴(사십잠)」(외 1수)·「獅子硯銘(사자연명)」(외 2수), 김만기(金萬基)의 「皇建其有極箴(황건기유극잠)」, 김석주(金錫胄)의 「新羅琴銘(신라금명)」(외 2수), 임방(任昉)의 「丹褓銘(단보명)」, 김창협(金昌協)의 「筆筒硯滴銘(필통연적명)」(외 1수), 서종

태(徐宗泰)의 「無淫于觀逸于遊于田獵箴(무음우관일우유우전렵잠)」·「黃金臺銘(황금대명)」, 정석달(鄭碩達)의 「養心堂箴(양심당잠)」·「浩然亭銘(호연정명)」, 조선장(曺善長)의 「知止齋銘(지지재명)」(외 1수), 이만부(李萬敷)의 「扶老銘(부로명)」(외 2수), 최창대(崔昌大)의 「口箴(구잠)」(외 3수), 채팽윤(蔡彭胤)의 「五面彩硯銘(오면채연명)」(외 2수), 어유봉(魚有鳳)의 「家傳硯銘(가전연명)」(외 7수), 권계(權棨)의 「四友銘(사우명)」(외 8수), 이광정(李光庭)의 「淸溫齋銘(청온재명)」(외 3수)·「齊家十箴(제가십잠)」(외 3수), 김하구(金夏九)의 「雷球銘(뇌구명)」, 이재(李縡)의 「忍箴爲趙淸世作(인잠위조청세작)」·「座右銘(좌우명)」(외 3수), 윤봉구(尹鳳九)의 「경명(鏡銘)」(외 12수), 한원진(韓元震)의 「靜坐窩銘(정좌와명)」, 임상덕(林象德)의 「悔箴(회잠)」·「水碓銘(수대명)」(외 6수), 채지홍(蔡之洪)의 「謹獨箴(근독잠)」(외 2수)·「眼鏡銘(안경명)」(외 4수), 오광운(吳光運)의 「硯滴銘(연적명)」(외 1수), 조관빈(趙觀彬)의 「上東宮箴(상동궁잠)」(외 1수)·「瓷筆筒銘(자필통명)」(외 2수), 조현명(趙顯命)의 「鏡箴(경잠)」(외 1수)·「琴銘(금명)」(외 4수), 조재호(趙在浩)의 「祛習箴(거습잠)」, 송명흠(宋明欽)의 「自警箴(자경잠)」·「困菴銘(곤암명)」, 최흥원(崔興遠)의 「讀大學箴(독대학잠)」(외 1수), 이용휴(李用休)의 「損上益下箴(손상익하잠)」(외 2수)·「琴銘(금명)」(외 16수), 남용만(南龍萬)의 「木枕銘(목침명)」(외 2수), 송문흠(宋文欽)의 「金伯愚周爵銘(김백우주작명)」(외 12수), 이인상(李麟祥)의 「華扇箴(화선

잠)」·「茅樓銘(모루명)」(외 4수), 송정옹(宋鼎顒)의 「自警箴(자경잠)」, 이상정(李象靖)의 「冬至五箴(동지오잠)」·「自警銘(자경명)」(외 9수), 권헌(權攇)의 「玄圭銘(현규명)」(외 1수), 안정복(安鼎福)의 「座右銘(좌우명)」(외 2수), 임희성(任希聖)의 「鯨鬚尺銘(경수척명)」(외 5수), 서명응(徐命膺)의 「鳩杖銘(구장명)」(외 2수), 이헌경(李獻慶)의 「三德枕銘(삼덕침명)」(외 2수), 윤지당(允摯堂) 임씨(任氏)의 「時習箴(시습잠)」(외 3수)·「尺衡銘(척형명)」(외 2수), 서창경(徐昌鏡)의 「啞琴銘(아금명)」, 정범조(丁範祖)의 「琴銘(금명)」, 위백규(魏伯珪)의 「玉果公廨箴(옥과공해잠)」·「八卦銘(팔괘명)」(외 3수), 조경(趙璥)의 「自銘(자명)」, 황윤석(黃胤錫)의 「烏晶眼鏡銘(오정안경명)」(외 4수)·「集古訓題斗兒册房示箴(집고훈제두아책방시잠)」(외 2수), 김양근(金養根)의 「册床銘(책상명)」(외 10수), 유언호(兪彦鎬)의 「菊枕銘(국침명)」(외 3수), 박윤원(朴胤源)의 「四不欺箴(사불기잠)」(외 3수)·「書架銘(서가명)」(외 7수), 이선(李愃)의 「勸學箴(권학잠)」(외 12수), 이양오(李養吾)의 「居家十箴(거가십잠)」(외 1수), 이영익(李令翊)의 「九容箴(구용잠)」·「硯銘(연명)」, 박준원(朴準源)의 「眼鏡銘(안경명)」(외 3수), 이수인(李樹仁)의 「知非箴(지비잠)」·「懼菴銘(구암명)」(외 2수), 이언진(李彦瑱)의 「硯滴銘(연적명)」, 이덕무(李德懋)의 「自修箴(자수잠)」(외 2수)·「木燈檠銘(목등경명)」(외 7수), 홍석주(洪奭周)의 「五箴(오잠)」(외 1수)·「季弟丌銘(계제기명)」(외 2수), 황용한(黃龍漢)의 「病中自箴(병중자잠)」, 성해

응(成海應)의 「松江琴銘(송강금명)」(외29수), 서유구(徐有榘)의 「漳河子琴銘(장하자금명)」(외 2수), 김조순(金祖淳)의 「六獻箴(육헌잠)」·「倭筆銘(왜필명)」(외 4수), 홍직필(洪直弼)의 「忍箴贈外孫閔泳和(인잠증외손민영화)」·「續寫照銘(속사조명)」, 채하(蔡何)의 부인 정정당(情靜堂) 황씨(黃氏 : 영조 때 사람)의 「懲忿齋銘(징분잼명)」, 정유곤(鄭裕昆)의 「晩悟亭銘(만오정명)」(외 1수), 송홍직(宋洪直)의 「九容箴(구용잠)」(외 1수), 성근묵(成近默)의 「天君箴(천군잠)」·「杖銘(장명)」, 김진우(金鎭宇)의 「杖銘(장명)」, 최상룡(崔象龍)의 「無求銘(무구명)」(외 2수), 이광정(李光靖)의 「書案銘(서안명)」, 기정진(奇正鎭)의 「李敎文書室箴(이교문서실잠)」, 홍전(洪壂)의 「知非八箴(지비팔잠)」(외 2수), 임헌회(任憲晦)의 「內賜繡枕銘(내사수침명)」(외 17수)·「初學箴(초학잠)」(외 2수), 송근수(宋近洙)의 「和贊善衣帶銘(화찬선의대명)」, 최익현(崔益鉉)의 「六宜齋銘(육의재명)」(외 2수), 이능구(李能九)의 「自警箴(자경잠)」·「硯銘幷叙(연명병서)」 등에서 우리는 배울 것이 많다.

12. 1. 戒心箴幷序[마음을 경계하는 잠과 서]

사람들이 하늘과 땅에서 굳셈과 부드러운 성품을 받아서 형체가 남녀로 성(性)이 된 것이므로 기(氣)는 사시(四時)이며, 마음은 곧 사덕(四德)입니다. 그러므로 천지의 기운의 크기는 너무 넓어서 포용하지 못하는 것이 없고, 사람의 마음은 너무도 신령스럽고 오묘하여 통하지 아니하는 것이 없습니다. 하물며 임금님의 한 마음은 하늘의 크기를 본받았으며, 천지의 기운과 만물의 이치는 모두 제 마음이 운용하는 가운데에 포함되어 있습니다. 하루의 아름다움과 한 사물의 성(性)도 제 법도에 따르지 아니하여 어그러지게 하고 마음을 바르지 아니하게야 하겠습니까? 그러나 사람의 마음은 욕심이 있으면, 이른바 신령스럽고 오묘한 마음이라도 가라앉으면, 사사로운 정을 어지럽게 하여 유통할 수 없으므로 하늘의 이치도 캄캄하게 어두워져서 기운마저 또한 크게 막히어 사람이 지켜야 할 도덕도 썩어서 만물들도 생명을 받지 못합니다. 하물며 임금님께서 음란한 소리와 아름다운 여색과 맛있는 음식의 꾐이 매일 앞에 모여들고, 권세가 높이 올라가면 또 교만하여지기 쉽겠습지요? 성상께오서는 이를 기억하시고, 이를 두려워하시어 신에게 "경계하는 글을 지어라!"고 명하시었습니다. 아! 지극하십니다. 신이 감히 가슴속 뜨거운 정성을 펴내어 만분의 일이라도 도와드리겠습니다.

天地絪緼 大化惟醇 천지 기운 서린 모양, 크게 변해 순미하죠.
氣通而形 理承其眞 기운 통해 형상되고, 이치가 그 참이었죠.
斂括方寸 萬象彌綸 마음속에 감싸 안아 만상이 가득하죠.
渾然昭晰 神用不忒 뒤섞여 밝게 비침 신묘함 그대로죠.

充微著顯 式揭人極 은미함 차고 나서 법 되어 사람답죠.
擴準四海 功躋位育 사해에 가득 차고, 공은 정위 훈육하죠.
偉哉靈妙 於穆天通 영묘함은 위대하여 하늘과 통함 깊죠.
巍巍堯業 亦此之衷 높고 높은 요의 업적 마음속에 가득하죠.
然體活虛 物感無從 몸통은 활허한데 물감은 문득 오죠?
情熾紛拏 潛移闕志 정불 솟아 어지러워 그 뜻이 사라지죠.
闇然沉昏 蕩乎奔馳 잠긴 듯 어둡고, 미친 듯 분주하죠.
眇綿晷刻 衆衆恣萃 길고 짧은 시간에도 온갖 방자 모이네요.
彝倫旣斁 天壤易位 인륜이 썩고 썩어 천지가 뒤바뀌죠.
生意隨遏 群品不遂 생의가 막히어서 만물도 나지 못해
自絶速禍 癸辛之喪 자결의 화 너무 빨라 생명을 잃는다죠.
君子是懼 動靜有養 군자 이를 겁내어서 조용히 맘 다듬죠.
敬以內持 義以外防 공경심을 속에 품고 겉으로는 의를 지녀
惺惺介然 視聽有常 절로 깨친 군은 자세 듣봄이 늘 같죠.
祇栗室幽 上帝臨赫 구석방서 조심하기 상제님이 보심이죠.
凜然自守 神明肅肅 굳세게 절로 지켜 엄숙한 신명 같고,
涵濡勿替 循循允修 입은 은덕 잘 지키고 끊임없이 닦아내죠.
涓涓其澄 浩浩其流 졸졸 맑은 물 흐름이 넓고도 넓습니다.
發揮萬變 卓然暾日 떨쳐 만변함은 높이 솟은 해와 같고,
義形於事 仁溥於物 맘속 의리 일로 들나 사물에도 어질다죠.
冲融和粹 盎然兩間 화평과 순수함이 둘 사이로 넘칩니다.
嗚呼操操 舍善惡攸 아! 마음의 선악들을 잡고 놓음 빠르지요.
關故聖授 受只傳心 성인의 가르치심 마음만이 전해 받죠.
法難明者 理易流者 법은 밝힘 힘이 들고, 이치는 쉬 흐르죠.

欲精惟一 庶存其德 하고 싶은 생각들은 늘 덕만 베푸소서.
願 上體躬 戒懼翼翼 바라건대 임금님은 몸소 조심하오소서.
克非如敵 發端若茁 잘못을 고치시어 싹 키우듯 하오소서.
察守惟密 中執屬屬 긴한 생각 살펴 지켜 중용만 챙기소서.
存心太極 永保無斁 태극을 맘에 두고 영보무역하소서.[126]

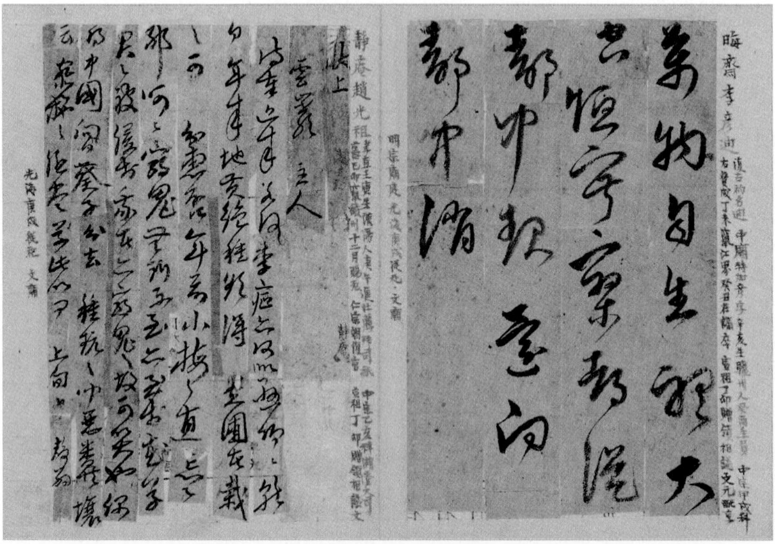

조광조(趙光祖)의 필적
조선명현필첩(朝鮮名賢筆帖), 가로 20.3cm×세로 30cm,
소장품번호 : 덕수 2260, 국립중앙박물관 소장, 출처 : e뮤지엄

126 人之於天地稟剛柔以形受健順以性氣則四時而心乃四德也故氣之大浩然無所不包心之靈妙然無所不通況人君一心體天之大天地之氣萬物之理皆包在吾心運用之中一日之俟一物之性其可不順吾度使之乖戾邪枉耶然人心有欲所謂靈妙者沉焉梏於情私不能流通天理晦冥氣亦否屯彝倫斁而萬物不受況人君聲色臭味之誘日湊於前而勢之高亢又易驕歟聖上是念是懼命臣述戒嗚呼至哉臣敢披割丹衷補冀萬一.

이 작품은 정암(靜庵) 조광조(趙光祖)가 당시의 임금이신 중종임금님께 바치고자 지은 잠(箴)이다. 지은이 조정암은 본관이 한양(漢陽), 자가 효직(孝直), 호는 정암(靜庵), 시호가 문정(文正)이다. 김굉필(金宏弼)의 문인으로 성리학(性理學)에 밝아 중종 5(3843)년 사마시에 장원으로 급제하고, 중종 10(3848)년 알성문과에 급제하여 벼슬이 대사헌(大司憲)과 세자부빈객(世子副賓客)을 겸하게 되어 왕도정치(王道政治)를 실현하려 급진적 개혁 정치를 수행하다가 남곤(南袞), 심정(沈貞), 홍경주(洪景舟) 등 훈구파들의 역공(逆攻)을 받아 능주(綾州)로 귀양갔다가 끝내 사사(賜死)되었다.

12. 2. 木燈檠銘[나무 등경명]

金趹蘭燭　쇠기둥에 목란 촛대
火煌煌兮　불꽃 밝고 밝구나야.
木檠磁盞　목등걸이 사기 등잔
亦火煌煌兮　그도 밝기 한 가지네.
火是一安　불도 늘 밝게 빛나
擇金與木　쇠와 나무 가리겠네.

(『青莊館全書』 권 4)

이 작품의 지은이는 이 작품의 제목 아래 “나는 새로운 생각으로 촛대 받침을 소나무로 만들어서 칠도 하지 아니하고, 장식도 하지 아니하여 심히 소박하다고 하겠다.[余創意松木作之不染不飾甚素樸云.]" 이라고 등잔 받침대를 지은이 스스로가 만들었음을 밝혀주고 있다. 지은이 이덕무(李德懋)의 자는 무관(懋官), 호를 아정(雅亭), 또는 형암(炯庵)이라고 하며, 본관은 완산(完山)이다. 서출(庶出)이라는 신분상의 제약 때문에 검서관(檢書官)을 거쳐 적성현감(積城縣監)을 지냈다. 심염조(沈念祖)를 따라 연경을 다녀와서 『北學議(북학의)』 등의 저술을 지어 실용의 학문을 주장하였다. 저술로는 『紀年兒覽(기년아람)』, 『磊磊落落書(뇌뢰낙락서)』, 『明遺民傳(명유민전)』, 『宋史補傳(송사보전)』, 『雅亭遺稿(아정유고)』, 『盎葉記(앙엽기)』, 『嬰處稿(영처고)』, 『禮記臆解(예기억해)』, 『蜻蛉國誌記(청령국지기)』, 『清脾錄(청비록)』, 『青莊館全書(청장관전서)』, 『寒竹堂涉筆(한죽당섭필)』이 있다.

13. 잡기(雜記)

잡기(雜記)는 오늘날 수필(隨筆)의 전형(典型)이다. 조선시대에는 이 유형의 글들이 매우 많이 지어졌다. 그 대표적인 것들을 먼저 정리하여 보이면, 다음과 같다.

조선 초기부터 인조 때까지의 뜻글 수필집 59종을 묶어서 꾸러미책[叢書]으로 엮은 『大東野乘(대동야승)』이 있는데, 그 엮은이와 연대를 정확히 알 수가 없는 것이 안타깝다. 또 『대동야승』의 내용에 순조 때까지의 수필집을 더하여 124종을 묶은 이장재(李長載)의 『靑丘稗說(청구패설)』이 있고,[127] 엮은이와 연대를 정확히 알 수 없지만, 조선 초부터 철종 때까지의 수필집 96종을 묶은 『大東稗林(대동패림)』 또는 『稗林(패림)』이라고 하는 꾸러미책도 있다.

여기서는 『대동야승』에 실려 있는 수필 작품집 목록을 소개한다.

① 성현(成俔)의 「慵齋叢話(용재총화)」, ② 서거정(徐居正)의 「筆苑雜記(필원잡기)」, ③ 남효온(南孝溫)의 「秋江冷話(추강냉화)」, ④ 남효온의 「師友言行錄(사우언행록)」, ⑤ 조신(曺伸)의 「搜聞瑣錄(수문쇄록)」, ⑥ 임보신(任輔臣)의 「丙辰丁巳錄(병진정사록)」, ⑦ 어숙권(魚叔權)의 「稗官雜記(패관잡기)」, ⑧ 차천로(車天輅)의 「五山說林草藁(오산설림초고)」, ⑨ 심광세(沈光世)의 「海東樂府(해동악부)」, ⑩ 이육(李陸)의 「靑坡劇談(청파극담)」, ⑪ 이자(李耔)의 「陰崖日記(음애일기)」, ⑫ 허봉(許篈)의 「海東野言(해동야언)」, ⑬ 안노(安璐)의 「己卯錄補遺(기묘록보유)」,

127 『청구패설(靑丘稗說)』의 124종은 「강수은 간양록초(姜睡隱看羊錄抄)」와 「수은 간양록(睡隱看羊錄)」은 중복되지만, 다른 책으로 헤아리었으며, 안방준(安邦俊)의 「우산집(牛山集)」은 두 책으로 나누어져 있어도 1종으로 헤아리었다.

⑭ 실명씨의 「己卯錄續集(기묘록 속집)」, ⑮ 실명씨의 「己卯錄別集(기묘록 별집)」, ⑯ 이중열(李中悅)의 「乙巳傳聞錄(을사전문록)」, ⑰ 김안로(金安老)의 「龍泉談寂記(용천담적기)」, ⑱ 심수경(沈守慶)의 「遣閑雜錄(견한잡록)」, ⑲ 이이(李珥)의 「石潭日記(석담일기)」, ⑳ 황혁(黃赫)의 「己丑錄(기축록)」, ㉑ 실명씨의 「己丑錄續(기축록속)」, ㉒ 권별(權鼈)의 「海東雜錄(해동잡록)」, ㉓ 우성전(禹性傳)의 「계갑일록(癸甲日錄)」, ㉔ 실명씨의 「계미기사(癸未記事)」, ㉕ 정철(鄭澈)의 「時政非(시정비)」, ㉖ 신흠(申欽)의 「象村雜錄(상촌잡록)」, ㉗ 조경남(趙慶男)의 「亂中雜錄(난중잡록)」, ㉘ 실명씨의 「歷代要見(역대요견)」, ㉙ 신경(申炅)의 「再造藩邦誌(재조번방지)」, ㉚ 실명씨의 「光海朝日記(광해조일기)」, ㉛ 실명씨의 「凝川日記(응천일기)」, ㉜ 실명씨의 「光海初喪錄(광해초상록)」, ㉝ 윤기헌(尹耆獻)의 「長貧胡撰(장빈호찬)」, ㉞ 박동량(朴東亮)의 「寄齋雜記(기재잡기)」, ㉟ 박동량의 「寄齋史草(기재사초)」, ㊱ 실명씨의 「璿源譜(선원보)」, ㊲ 이정형(李廷馨)의 「東閣雜記(동각잡기)」, ㊳ 정홍명(鄭弘溟)의 「畸翁漫筆(기옹만필)」, ㊴ 유성룡(柳誠龍)의 「雲巖雜錄(운암잡록)」, ㊵ 윤국형(尹國馨)의 「聞韶漫錄(문소만록)」, ㊶ 윤국형의 「甲辰漫錄(갑진만록)」, ㊷ 이기(李墍)의 「松窩雜說(송와잡설)」, ㊸ 권응인(權應仁)의 「松溪漫錄(송계만록)」, ㊹ 윤근수(尹根壽)의 「月汀漫筆(월정만필)」, ㊺ 윤두수(尹斗壽)의 「梧陰雜說(오음잡설)」, ㊻ 이제신(李濟臣)의 「淸江瑣語(청강쇄어)」, ㊼ 황유첨(黃有詹)의

「丁戊錄(정무록)」, ㊽ 실명씨의 「逸史記聞(일사기문)」, ㊾ 신익성(申翊聖)의 「淸白日記(청백일기)」, ㊿ 신익성의 「延平日記(연평일기)」, 51 실명씨의 「癸亥靖社錄(계해정사록)」, 52 안방준(安邦俊)의 「默齋日記(묵재일기)」, 53 윤선거(尹宣擧)의 「混定錄(혼정록)」, 54 한준겸(韓浚謙)의 「柳川箚記(유천차기)」, 55 이덕형(李德泂)의 「竹窓閑話(죽창한화)」, 56 이덕형의 「松都記異(송도기이)」, 57 김시양(金時讓)의 「紫海筆談(자해필담)」, 58 김시양공의 「荷潭破寂錄(하담파적록)」, 59 김시양의 「涪溪記聞(부계기문)」[128] 등이다. 이 중에서 ①, ③, ⑨, ⑩, ㊸-㊺, 58 등 8종은 『靑丘稗說(청구패설)』의 ①, 76, 77, 81, 82, 87, 105, 114 등과 중복된다.

『대동야승』과 중복되는 작품을 뺀 『청구패설』의 목록은 다음과 같다. ② 석지형(石之珩)의 「南漢日記(남한일기)」, ③ 이분(李芬)의 「李忠武公行錄(이충무공행록)」, ④ 윤봉오(尹鳳五)의 「辭大憲兼陳勉戒書(사대헌 겸진면계서)」, ⑤ 허목(許穆)의 「許贊成墓碑(허찬성묘비)」, ⑥ 실명씨의 「讓寧大君年譜(양녕대군연보)」, ⑦ 실명씨의 「潛谷筆談(잠곡필담)」, ⑧ 윤봉구(尹鳳九)의 「嘉善大夫禮曹參判兼同知經筵義禁府事尹君心衡行狀(가선대부예조참판겸동지경연 의금부사 윤군심형행장)」, ⑨ 차운로(車雲輅)의 「淮陽府使松巖金公鍊光墓誌銘(회양부사 송암 김공 연

128 『대동패림』에는 「북관기문」이라고 하였음.

광묘지명)」, ⑩ 실명씨의 「明倫錄(명륜록)」, ⑪ 민백순(閔百順)의 「宣廟中興誌(선묘중흥지)」, ⑫ 실명씨의 「西厓記事(서애기사)」, ⑬ 실명씨의 「金將軍遺事(김장군유사)」, ⑭ 실명씨의 「書表廷俊事(서표정준사)」, ⑮ 실명씨의 「鵝洲雜錄(아주잡록)」, ⑯ 실명씨의 「湖南節義錄(호남절의록)」, ⑰ 실명씨의 「璿源先系(선원선계)」, ⑱ 실명씨의 「列朝詔使(열조조사)」, ⑲ 실명씨의 「國朝年表(국조연표)」, ⑳ 실명씨의 「湖堂被選(호당피선)」, ㉑ 실명씨의 「儐官錄(빈관록)」, ㉒ 실명씨의 「文廟從享(문묘종향)」, ㉓ 실명씨의 「典禮故事(전례고사)」, ㉔ 실명씨의 「征土故事(정토고사)」, ㉕ 실명씨의 「科試故事(과시고사)」, ㉖ 실명씨의 「方官故事(방관고사)」, ㉗ 실명씨의 「儀章故事(의장고사)」, ㉘ 실명씨의 「制度故事(제도고사)」, ㉙ 실명씨의 「經費故事(경비고사)」, ㉚ 실명씨의 「褒寵故事(포총고사)」, ㉛ 실명씨의 「恩津九老賢傳錄(은진구로현전록)」, ㉜ 실명씨의 「國朝事實(국조사실)」, ㉝ 실명씨의 「尹妃廢議(윤비폐의)」, ㉞ 실명씨의 「廢愼妃議(폐신비의)」, ㉟ 실명씨의 「福城獄事(복성옥사)」, ㊱ 실명씨의 「己卯士禍(기묘사화)」, ㊲ 실명씨의 「金安老賜死本末(김안로 사사 본말)」, ㊳ 실명씨의 「乙巳獄事(을사옥사)」, ㊴ 실명씨의 「壁書獄事(벽서옥사)」, ㊵ 실명씨의 「己酉獄事(기유옥사)」, ㊶ 강항(姜沆 : 3900-3951)의 「姜睡隱看羊錄抄(강수은 간양록초)」, ㊷ 김세렴(金世濂)의 「聞見雜錄(문견잡록)」, ㊸ 실명씨의 「黑齒列傳(흑치열전)」, ㊹ 실명씨의 「西宮廢論(서궁폐론)」, ㊺ 실명씨의

「章陵追崇(장릉추숭)」, ㊻ 실명씨의 「丙子虜難(병자노란)」, ㊼ 실명씨의 「己丑獄事(기축옥사)」, ㊽ 실명씨의 「貞陵復議(정릉복의)」, ㊾ 조흡(趙潝)의 「天啓癸亥錄(천계계해록)」, ㊿ 신흠(申欽)의 「耳目所及(이목소급)」, 51 실명씨의 「尤庵先生幄對(우암선생악대)」,[129] 52 한홍조(韓弘祚)의 「江上後錄(강상후록)」, 53 실명씨의 「瀋陽日記(심양일기)」, 54 실명씨의 「壬辰兵事(임진병사)」, 55 실명씨의 「二陵事蹟(이릉사적)」, 56 실명씨의 「己巳實紀(기사실기)」, 57 실명씨의 「錦城記事(금성기사)」, 58 조기(趙紀)의 「湖關寇難(호관구남)」, 59 실명씨의 「戊申逆難(무신역난)」, 60 실명씨의 「東華傳世紀(동화전세기)」, 61 실명씨의 「己亥服制上(기해복제상)」, 62 실명씨의 「己亥服制下(기해복제하)」, 63 실명씨의 「丁卯虜難(정묘노난)」, 64 실명씨의 「黃池事蹟(황지사적)」, 65 실명씨의 「己巳紀事(기사기사)」, 66 실명씨의 「異蹟拾遺(이적습유)」, 67 최항(崔恒)의 「龍飛御天歌註釋(용비어천가 주석)」, 68 실명씨의 「東國歷代總目附地誌(동국 역대총목 부지지)」, 69 서영보(徐榮輔)의 「사군고(四君考)」, 70 이민환(李民寏)의 「紫巖柵中日錄(자암책중일록)」, 71 실명씨의 「文廟陞黜(문묘승출)」, 72 송주석(宋疇錫)의 「構禍事蹟(구화사적)」, 73 한원진(韓元震)의 「後洞問答(후동문답)」, 74 추의(鄒漪)의 「明季遺聞(명계유문)」, 75 이대기(李大期)의 「雪壑廋聞(설학수

129 『대동패림』에는 「악대연설(幄對筵說)」로 되어 있다.

문)」, ⑱ 강항의 「睡隱集(수은집)」, ⑲ 허봉(許篈)의 「荷谷粹語(하곡수어)」, ⑳ 안방준(安邦俊)의 「牛山集(우산집)」, ㉝ 윤신지(尹新之)의 「懷恩錄(회은록)」, ㉞ 나만갑(羅萬甲)의 「丙子錄(병자록)」, ㉟ 실명씨의 「爛餘(난여)」, ㊱ 실명씨의 「辛丑誣獄大概(신축무옥대개)」, ㊳ 실명씨의 「追從祀議(추종사의)」, ㊴ 실명씨의 「士夫國恤時除服(사부국휼시제복)」, ㊵ 실명씨의 「啓聖廟議(계성묘의)」, ㊶ 실명씨의 「換封竊科(환봉절과)」, ㊷ 강항의 「睡隱看陽錄(수은간양록)」, ㊸ 실명씨의 「國朝大事記(국조대사기)」, ㊹ 실명씨의 「變改宗系(변개종계)」, ㊺ 실명씨의 「改易儲嗣(개역저사)」, ㊻ 실명씨의 「西邊征土(서변정토)」, ㊼ 실명씨의 「北邊征土(북변정토)」, ㊽ 실명씨의 「乙亥獄事(을해옥사)」, ㊾ 성해응(成海應)의 「白頭山記(백두산기)」, ⑽ 실명씨의 「南塘韓元震行狀(남당 한공원진행장)」, ⑾ 실명씨의 「丙戌獄事(병술옥사)」, ⑿ 실명씨의 「辛巳獄事(신사옥사)」, ⒀ 이재(李縡)의 「三官記(삼관기)」, ⒁ 신유한(申維翰)의 「海遊錄(해유록)」, ⒃ 실명씨의 「國朝典謨上(국조전모상)」, ⒄ 실명씨의 「국조전모하」, ⒅ 실명씨의 「三藩紀事本末(삼번기사본말)」, ⒆ 임영(林泳)의 「嘉善大夫禮曹參判夏興君曺公墓誌銘(가선대부 예조참판 하흥군 조공묘지명)」, ⒇ 실명씨의 「忠臣豊川府使贈兵曹判書朴公行狀(충신 풍천부사 증병조판서 박공행장)」, ⑾ 실명씨의 「廣平田氏家乘(광평전씨가승)」, ⑿ 한태동(韓泰東)의 「執義時避嫌啓(집의시 피혐계)」, ⒀ 허균(許筠)의 「鶴山樵談(학산초담)」, ⒂

실명씨의 「國朝典謨(국조전모)」, ⑯ 실명씨의 「歷代派圖(역대파도)」, ⑰ 성해응의 「東學寺魂記釋(동학사혼기석)」, ⑱ 실명씨의 「昌寧世說(창녕세설)」, ⑲ 실명씨의 「奉敎嚴辨錄(봉교엄변록)」, ⑳ 실명씨의 「倡義錄(창의록)」, ㉑ 실명씨의 「日本國皇來歷世系(일본국황 내력세계)」, ㉒ 실명씨의 「江漢記蹟(강한기적)」, ㉓ 박양한(朴亮漢)의 「梅翁閑錄(매옹한록)」, ㉔ 성해응의 「端宗實錄(단종실록)」들이다.

또 『대동패림』은 『대동야승』의 ②, ⑤, ⑧, ⑩, ⑪, ⑰, ⑲, ㉓, ㉞, ㊲-㊺, 54, 58, 59 등 21종과 중복되고, 『청구패설』의 51, 72, 80, 83, 103, 105, 113, 123 등 8종이 중복된다. 이들 중복되는 작품을 뺀 『대동패림』의 목록을 보기로 한다.

① 실명씨의 「正宗記事(정종기사)」, ② 실명씨의 「純祖記事(순조기사)」, ③ 실명씨의 「憲宗記事(헌종기사)」, ⑧ 김정국(金正國)의 「思齋摭言(사재척언)」, ⑪ 유희춘(柳希春)의 「眉巖日記(미암일기)」, ⑯ 실명씨의 「癸甲錄(계갑록)」, ⑲ 실명씨의 「己丑獄案(기축옥안)」, ⑳ 안방준(安邦俊)의 「己丑記事(기축기사)」, ㉑ 안방준의 「壬丁事蹟(임정사적)」, ㉓ 김장생(金長生)의 「松江行錄(송강행록)」, ㉕ 박동량(朴東亮)의 「名山秘藏(명산비장)」, ㉖ 강연(姜綖)의 「菁川日記(청천일기)」, ㉗ 실명씨의 「安家奴案(안가노안)」, ㉘ 강신(姜紳)의 「晉興君日記(진흥군일기)」, ㉛ 이제신(李濟臣)의 「鯸鯖瑣語(후청쇄어)」, ㉜ 이제신의 「淸江思齋錄(청강사재록)」, ㉟ 이기(李墍)의 「艮翁疣墨(간옹우묵)」, ㊶ 이정

암(李廷馣)의 「遊齋日記(유재일기)」, ㊷ 이준(李濬)의 「遜齋日記(손재일기)」, ㊸ 조기(趙綺)의 「壬辰遺事(임진유사)」, ㊹ 이정형(李廷馨)의 「壽春雜記(수춘잡기)」, ㊺ 이정형의 「黃兎記事(황토기사)」, ㊼ 이원익(李元翼)의 「李相國日記(이상국일기)」, ㊽ 실명씨의 「童蒙筮告(동몽서고)」, ㊾ 이맹휴(李孟休)의 「接倭歷年考(접왜역년고)」, ㊿ 이정구(李廷龜)의 「戊戌辨誣錄(무술변무록)」, 51 유광익(柳光翼)의 「楓巖輯話(풍암집화)」, 52 이조민(李肇敏)의 「掛一錄(괘일록)」, 53 실명씨의 「鶴林雜錄(학림잡록)」, 54 홍헌(洪憲)의 「銀臺史綱(은대사강)」, 55 고상안(高尙顔)의 「效顰雜記(효빈잡기)」, 56 신흠(申欽)의 「山中獨語(산중독어)」, 57 신흠의 「晴窓軟談(청창연담)」, 58 정충신(鄭忠信)의 「北遷日錄(북천일록)」, 59 이식(李植)의 「澤堂家錄(택당가록)」, 60 이덕형(李德泂)의 「竹泉日記(죽천일기)」, 61 김군석(金君錫)의 「東閣散錄(동각산록)」, 65 실명씨의 「江都錄(강도록)」, 66 이문흥(李文興)의 「西郭雜錄(서곽잡록)」, 67 정개청(鄭介淸)의 「愚得錄(우득록)」, 68 정태화(鄭太和)의 「陽坡年紀(양파연기)」, 69 정재륜(鄭載崙)의 「公私聞見錄(공사문견록)」, 70 실명씨의 「甲寅錄(갑인록)」, 71 실명씨의 「己巳錄(기사록)」, 72 김진옥(金鎭玉)의 「宋門記述(송문기술)」, 74 이민보(李敏輔)의 「忠逆辨(충역변)」, 76 한홍조(韓弘祚)의 「黃江問答(황강문답)」, 77 김수증(金壽增)의 「谷雲雜錄(곡운잡록)」, 78 김수흥(金壽興)의 「退憂漫筆(퇴우만필)」, 79 조석주(趙錫周)의 「白野記聞(백야기문)」, 80 나양좌

(羅良佐)·김창흡(金昌翕)의 「羅金往復(나김왕복)」, ⑧1 이희조(李喜朝 : 3988-4057)의 「芝村問答(지촌문답)」, ⑧2 남학명(南鶴鳴 : 3987-?)의 「晦隱瑣錄(회은쇄록)」, ⑧3 나양좌의 「明村雜錄(명촌잡록)」, ⑧4 최규서(崔奎瑞)의 「病後漫錄(병후만록)」, ⑧5 이이명(李頤命)의 「疏齋漫錄(소재만록)」, ⑧6 이이명의 「燕行雜識(연행잡지)」, ⑧7 이이명의 「良役變通議(양역변통의)」, ⑧8 송상기(宋相琦)의 「南遷日錄(남천일록)」, ⑧9 민진원(閔鎭遠)의 「丹巖漫錄(단암만록)」, ⑨0 이문정(李聞政)의 「農叟遺稿抄(농수유고초)」, ⑨1 이문정의 「隨聞錄(수문록)」, ⑨3 구수훈(具樹勳)의 「二旬錄(이순록)」, ⑨4 남기제(南紀濟)의 「我我錄(아아록)」, ⑨6 구준원(具駿遠)의 「辛壬紀年提要(신임기년제요)」, ⑨7 이의철(李宜澈)의 「修書雜誌(수서잡지)」 등 97종이다.

이 밖의 다발책[叢書] 수필집으로는 이미 앞의 "기행문" 항에서 제시한 목록 속에 들어 있는 차이나계 기행록 다발인 『燕行錄選集(연행록선집)』이나, 일본계 기행록 다발인 『海行摠載(해행총재)』 등도 있고, 개인 문집 안에 들어 있는 잡저(雜著) 또는 잡기(雜記) 같은 글들이 너무 많다. 필자가 수집한 작품들의 목록을 이어서 소개한다.

송경원(宋慶元)의 「遯壑記(둔학기)」, 권오복(權五福)의 「戊午士禍事蹟(무오사화사적)」, 김정(金淨)의 「濟州風土錄(제주풍토록)」, 박운(朴雲)의 「關東行錄(관동행록)」, 김우굉(金宇宏)의 「西行日記(서행일기)」, 권호문(權好文)의 「遊淸凉山錄(유청량산록)」(외 1수), 송익필(宋翼弼)의 「記牛溪書後(기우계서후)」(외 3수), 정상(鄭詳)의 「月出山遊山錄(월출산유산록)」, 유성룡(柳成龍)의 「書壬辰事始末示兒輩(서임진사시말 시아배)」(외 41), 임제(林悌)의 「南溟小乘(남명소승)」, 조팽년(趙彭年)의 「讀書綱要(독서강요)」, 장현광(張顯光)의 「周王山錄(주왕산록)」, 신지제(申之悌)의 遊淸涼山錄(유청량산록)」, 이정구(李廷龜)의 「壬辰避兵錄(임진피병록)」, 이항복(李恒福)의 「壬辰變初事(임진변초사)」, 김상헌(金尙憲)의 陽山野人談錄(양산 야인담록)」, 이민환(李民寏)의 「建州聞見錄(건주문견록)」, 신적도(申適道)의 「창의록(倡義錄)」, 조희일(趙希逸)의 「學語初讀(학어초독)」, 정영방(鄭榮邦)의 「壬辰遭變事蹟(임진조변사적)」, 박치함(朴致諴)의 「讀書解(독서해)」, 허목(許穆)의 「禹侍中遺事(우시중유사)」, 이신규(李身圭)의 「懽侍日錄(환시일록)」, 남몽뢰(南夢賚)의 「遊俗離山錄(유속리산록)」, 양도남(楊道南)의 「病中口訣(병중구결)」, 김수항(金壽恒)의 「遺戒(유계)」, 남구만(南九萬)의 「溫陽溫泉北湯記(온양온천북탕기)」(외 43), 박세채(朴世采)의 「記栗谷先生入山時事(기율곡선생 입산시사)」(외 1수), 김석주(金錫胄)의 「醫訓(의훈)」, 박창우(朴昌宇)의 「南移錄(남이록)」, 이여(李畬)의 「庚午定山始末記(경오 정산시말기)」, 이담명(李聃命)의 「記丙子戰守失宜(기병자전수실의)」, 임영(林泳)의 「白雲峯登遊記(백운봉등유기)」, 정제두(鄭齊斗)의 「蕩春臺記(탕춘대기)」, 김창협(金昌協)의 「遊松京記(유송경기)」(외 7수), 박두세(朴斗世)의 『要路院夜話記(요로원야화기)』, 송상기(宋相琦)의 「遊鷄龍山記(유계룡산기)」, 김진규(金鎭圭)의 「毘瑟山湧泉寺古蹟記(비슬산 용천사 고적기)」, 홍주화(洪胄華)의 「華陽顚末(화양전말)」, 채팽윤(蔡彭胤)의 「君子亭記(군자정기)」(외 13수), 김춘택(金春澤)의 「廬山草堂記(여산초당기)」(외 7수), 어유봉(魚有鳳)의 「遊金剛山記(유금강산기)」(외 14수), 권계(權㮆)의 「漫錄(만록)」(외 16수), 이덕수(李德壽)의 「楓岳遊記(풍악유기)」(외 24수), 이광정(李光庭)의 「漢江同舟錄(한강동주록)」(외 18수), 이현익(李賢益)의 「遊俗離山記(유속리산기)」(외 4수), 이재(李縡)의 「記洪處士遠行蹟(기홍처사원행적)」(외 7수), 유척기(兪拓基)의 「遊伽倻記(유가야기)」, 조현명(趙顯命)의 「閑山島制勝堂記(한산도제승당기)」(외 10수), 조관빈(趙觀彬)의 「遊漢拏山記(유한라산기)」(외 3수), 신경(申暻)의 「記漢北遊行(기한북유행)」, 남유용(南有容)의 「月沙李文忠公家藏史書記(월사이문충공 가장사서기)」(외 8수), 이천보(李天輔)의 「李氏草堂記(이씨초당기)」(외 16수), 김도수(金道洙)의 「楓嶽別記(풍악별기)」(외 3수), 이석(李瀩)의 「東園記(동원기)」, 조재호(趙在浩)의 「金剛山小記(금강산소기)」(외 16수), 김낙행(金樂行)의 「聞見錄(문견록)」, 이용휴(李用休)의 「磊磊亭記(뇌뢰정기)」(외 3수), 황경원(黃景源)의 「石門山水記(석문산수기)」(외 45수), 송능상(宋能相)의 「遊龍潭不知島記(유용담부지도기)」(5수), 김정한(金正漢)의 「題知非錄(제지비록)」, 송정옹(宋鼎顒)의 「小白山遊錄(소백산유록)」(외 4수), 신경준(申景濬)의 「淳園花卉雜說

(순원화훼잡설)」, 안정복(安鼎福)의 「橡軒隨筆(상헌수필)」·「壬辰桂坊日記(임진계방일기)」, 이상정(李象靖)의 「南遊錄(남유록)」, 안석경(安錫儆)의 「山中雜說(산중잡설)」, 조운도(趙運道)의 「(遊淸凉山記(유청량산기)」, 이복원(李福源)의 「雪嶽往還日記(설악왕환일기)」, 이헌경(李獻慶)의 「天吼山記(천후산기)」(외 17수), 윤지당(允摯堂) 임씨(任氏)의 「中庸二十七條(중용이십칠조)」(외 1수), 정범조(丁範祖)의 「節婦姜氏旌閭事實(절부강씨 정려사실)」, 위백규(魏伯珪)의 「政絃新譜(정현신보)」, 조경(趙璥)의 「僮傔問答(동겸문답)」, 황윤석(黃胤錫)의 「玉山精舍記(옥산정사기)」(외 10수), 유언호(兪彦鎬)의 「恭庵記(공암기)」(외 13수), 이종휘(李種徽)의 「秋月軒記(추월헌기)」(외 42수), 윤운(尹惲)의 부인 산효각(山曉閣) 신부용(申芙蓉)의 「論天子興亡之理(논천자 흥망지리)」, 김양근(金養根)의 「太師廟櫃藏古物記(태사묘궤장고물기)」, 박윤원(朴胤源)의 「治道大綱(치도대강)」(외 2수), 이만운(李萬運)의 「유금산기(遊錦山記)」(외 13수), 이영익(李令翊)의 「信齋說(신재설)」(외 4수)·「論佛(논불)」(외 5수), 박준원(朴準源)의 「書船人盧貴贊事(서선인노귀찬사)」(외 2수), 민응윤(閔應允)의 「智異山記(지리산기)」(외 2수), 홍석주(洪奭周)의 「懲惡辨(징악변)」(외 1수)·「實事求是說(실사구시설)」, 성해응(成海應)의 「養魚小記(양어소기)」(외 8수)·「朝鮮辨(조선변)」(외 32수)·「楓嶽說(풍악설)」(외 13수), 김여(金鑢)의 「牛海異魚譜(우해이어보)」, 삼의당 김씨(三宜堂金氏)의 「禮成夜話記(예성야화

기)」(외 5수), 김매순(金邁淳)의 「遊華藏寺記(유화장사기)」(외 3수), 유치명(柳致明)의 「深衣考定辨(심의고정변)」(외 3수) · 「讀書說(독서설)」(외 10수), 목태림(睦台林)의 「西遊錄(서유록)」, 송홍직(宋洪直)의 「遊鳳凰山錄(유봉황산록)」, 김진우(金鎭宇)의 「日月山遊錄(일월산유록)」, 이종상(李鍾祥)의 「朞註算法(기주산법)」(외 19수), 서유영(徐有英)의 『錦溪筆談(금계필담)』, 홍전(洪壂)의 「東國蓮桂案識(동국연계안지)」, 송근수(宋近洙)의 「家庭聞見錄(가정문견록)」, 최익현(崔益鉉)의 「遊漢拏山記(유한라산기)」, 안숙(安潚)의 「非有子問答(비유자문답)」, 황오(黃五)의 「黃氏世家紀(황씨세가기)」 등이 독자들의 관심을 끄는 좋은 수필들이다. 여기서는 서애(西厓) 유성룡(柳誠龍)의 「讀書法(독서법)」과 성호(星湖) 이익(李瀷)의 「迷慾(미욕)」의 전문을 소개한다.

13. 1. 독서법(讀書法)

무릇 책을 읽을 때에 먼저 주해서(註解書)를 보는 것은 옳지 아니하다. 또 경문(經文)은 반복하여 음미하며 자세히 읽어야 한다. 자기 나름대로 새로운 뜻을 가질 때까지 기다리며 읽고서 곧 주해를 참고하여 견준다면, 거의 경서(經書)의 뜻이 환하게 밝아져서 다른 사람의 주장에 가리어지지 아니할 것이다. 만약 먼저 주해를 보면, 그 이야기에 영향을 받아 나의 마음속에

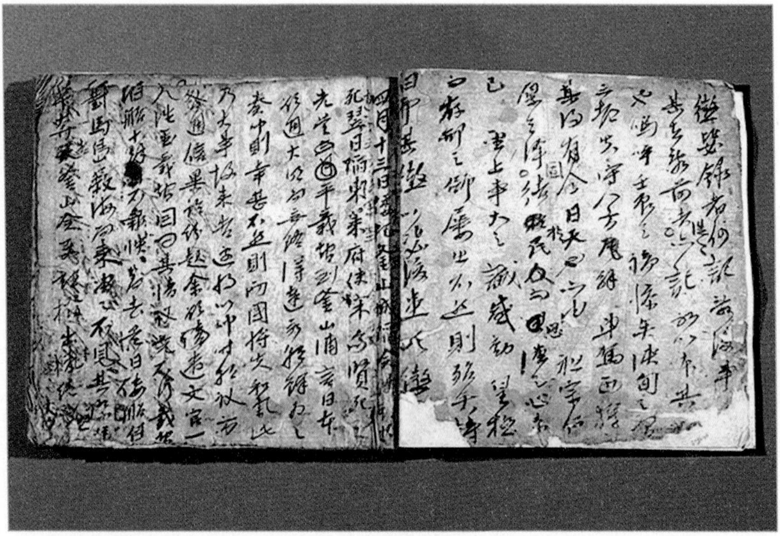

징비록(懲毖錄)
국보 제132호, 출처 : 문화재청

걸리게 되어 자기의 새로운 뜻을 가질 수 없게 될 것이다.[130]

이 작품은 유성룡(柳成龍)이 60자 남짓의 짧은 글로 책을 읽는 요령을 독자들에게 자상히 들려주고 있다. 지은이 유성룡은 본관이 풍산(豊山), 자가 이견(而見), 호가 서애(西厓), 시호가 문충(文忠)이다. 퇴계(退溪)의 문인으로 명종 21(3899)년 문과에 급제하고, 승문원 부정자(承文院副正字)로 벼슬길에 들어가 영의정에 이르렀다. 임진왜란 때에는 좌의정으로 왜군을

130 凡讀書不可先看註解且將經文反覆而詳味之待自家有新意却以註解叅校庶乎經意昭然而不爲他說所蔽若先看註解則被其說橫吾胸中自家竟無新意矣.

물리치고 평화가 올 무렵에 북인(北人)들의 탄핵을 받아 낙향하여 『懲毖錄(징비록)』을 저술하였으며, 뒤에 복직되어도 사양하며 『西厓集(서애집)』, 『永慕錄(영모록)』, 『慎錄(신록)』, 『觀花錄(관화록)』, 『雲巖雜記(운암잡기)』 등을 저술하였다.

13. 2. 미욕(迷慾)

지금 속담에 "어리석음[愚]"을 "미욱하다[迷慾]"고 말한다. 어리석은 사람은 반드시 다 모자라고 완악하고 둔한 사람이라고 때려잡을 수는 없다. 간혹 어떤 사람은 온갖 면으로 영리하고 똑똑하여 남의 말을 잘 듣고 살피는 것이 다른 사람보다 훨씬 앞서기도 한다. 그러나 도리와 옳은 마음을 가지고 있지 아니하여 쉽게 눈에 띄는 사물에 마음을 뺏기어 어두워진다. 한때의 이욕에 끌리어 사람의 도리를 등지고 의롭지 못한 데에 몸을 빠트리면서도 깨닫지 못하는 데에까지 이르기도 한다. 그가 돌아갈 곳을 살피면, 참으로 어리석은 사람이다. 만약 어리석음의 시초를 말한다면, 이 "미욱하다[迷慾]"는 말에서 찾을 수 있으니, 군자가 사람을 경계하는 데에서 비롯된 것이 틀림없다.[131]

131 今諺指愚曰迷慾愚者未必皆椎劣頑鈍或有百伶百俐聽察疾捷過越乎人者然不能以理義存心易以迷惑於外物之交蔽也至於迷於一時利欲背馳倫常不覺陷身於不義考其歸則誠愚也若言愚之苗脈則不外於此二字其始必君子戒人之辭乎.(『성호사설』「인사문」)

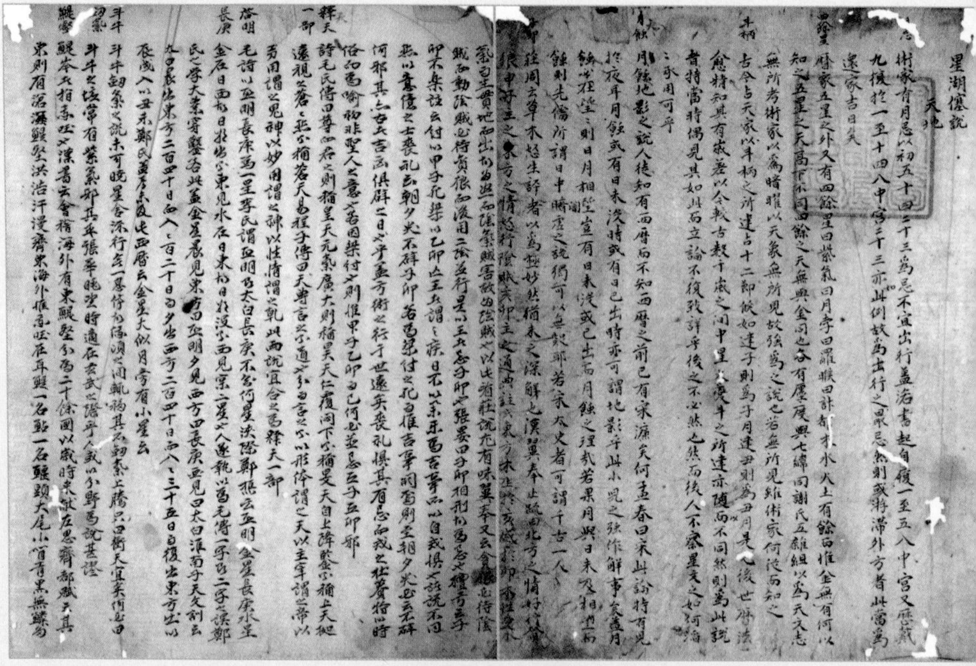

성호사설(星湖僿說)

청구기호 : 古091-2, 국립중앙도서관 소장

이 작품의 지은이는 성호(星湖) 이익(李瀷)이다. 본관은 여주(驪州), 자는 자신(子新), 호가 성호이다. 대사헌(大司憲)을 지낸 매산(梅山) 이하진(李夏鎭)의 5남, 숙종 31(4038)년 증광문과(增廣文科)에 급제하였으나 형 섬계(剡溪) 이잠(李潛)이 정쟁에 휘말려 희생되는 것을 보고 벼슬길을 접고 실학(實學)에 심취하여 매산학파(梅山學派)의 대가가 되었다. 저술로 문집 『星湖僿說(성호사설)』이 있다.

14. 전장(傳狀)

여기에서 말하는 "전장(傳狀)"은 "전(傳)"과 "행장(行狀)"을 합하여 이르는 "전장수필"을 말한다. 그러므로 수필적 "전"과 소설적 "전류(傳類)"들과는 자연히 구별되어야 한다. 그러나 아주 엄밀하게 구별하기는 그리 쉽지 아니하다. 이 책에서 필자는 갈등(葛藤)이 없는 사실(事實) 묘사는 수필로 보아 전장수필 항에서 다루고, 갈등적 구조로 지어진 허구적인 거짓이야기는 소설로 다루었다. 때로는 실존인물일지라도 그 서술이 선악 대결의 갈등이 있을 경우에는 꾸며진 이야기로 보아 소설로 다루었다.

또 "행장(行狀)"은 원래 "장(狀)"이라고만 일컬어지던 것이 단제기원 2600년대 이후부터 "행장(行狀)"이라고 불리게 되었다. 죽은 사람의 자손이나 형제들 중의 어떤 사람이 죽은 이의 고향, 생일, 죽은 날, 벼슬 유무와 생애의 행적 등을 기록하여 전기를 짓는 것은 보통 "가장(家狀)"이라고도 하며, 가족이 아닌 다른 사람에게 부탁하여 죽은 사람의 행적을 기록하여 지어 달라고 부탁하여 이루어진 것을 흔히 "행장"이라고 한다.

조선시대에 지어진 전장수필로 많이 읽혀진 작품들은 대체로 다음과 같은 것들을 들 수가 있다. 신숙주(申叔舟)의 「本朝文宗行狀(본조문종행장)」, 김영(金瑛)의 「先考司憲府掌令府君行狀(선고 사헌부장령부군행장)」, 김시습(金時習)의 「豫讓傳(예양전)」(외 9수), 권오복(權五福)의 「柳子光傳(유자광전)」, 이언적(李彦迪)의 「沙伐國傳(사벌국전)」·「仁宗大王行狀(인종대왕행장)」, 박운(朴雲)의 「先妣盆城許氏家傳(선비분성허씨가전)」·「先考成均進士府君行狀(선고성균진사 부군행장)」, 김취문(金就文)의 「倻溪宋公行狀(야계송공행장)」, 조경(趙璥)의 「先府君行狀(선부군행장)」, 노수신(盧守愼)의 「議政府右參贊兼知春秋館事李公行狀(의정부우참찬겸지춘추관사 이공행장)」, 송양(宋亮)의 「嵐亭金公行狀(남정 김공행장)」, 송익필(宋翼弼)의 「銀娥傳(은아전)」, 허항(許沆)의 「吳德溪傳(오덕계전)」, 김우옹(金宇顒)의 「天君傳(천군전)」·「南冥先生行狀(남명선생행장)」, 유성룡(柳成龍)의 「先考黃海道觀察使府君行狀(선고 황해도관찰사부군행장)」, 장현광(張顯光)의 「寒岡先生行狀(한강선생행장)」, 이상길(李尙吉)의 「祖考德川郡守府君行狀(조고 덕천군수 부군행장)」(외 5수), 정경세(鄭經世)의 「漢陰李公行狀(한음이공행장)」(외 3수), 최현(崔晛)의 「先考贈資憲大夫議政府左參贊府君言行錄(선고 증자헌대부 의정부좌참찬부군 언행록)」(외 1수), 이정구(李廷龜)의 「昭敬大王行狀(소경대왕행장)」(외 6수), 이항복(李恒福)의 「柳淵傳(유연전)」·「領議政思庵朴公行狀(영의정 사암박공행장)」(외 1수), 김상헌(金尙憲)의 「先府君行狀(선부군행장)」(외 5수), 김봉조(金奉祖)의 「先考朝奉大夫行山陰縣監府君家狀(선고 조봉대부 행산음현감부군가장)」, 조찬한(趙纘韓)의 「海上釣鰲客傳(해상 조오객전)」(외 4수), 이민환(李民寏)의 「申梧峰行狀(신오

봉행장)」, 정추(鄭錘)의 「先考處士府君家狀(선고 처사부군가장)」, 김집(金集)의 「皇考沙溪先生行狀(황고 사계선생행장)」, 조희일(趙希逸)의 「故通訓大夫行繕工監僉正尹起禎行狀(고 통훈대부 행선공감첨정 윤기정행장)」, 정영방(鄭榮邦)의 「先兄梅塢公行錄(선형 매오공 행록)」, 박치함(朴致諴)의 「一笑翁傳(일소옹전)」(외 1수), 이식(李植)의 「庶舅尹百祥傳(서구윤백상전)」(외 2수)·「定遠大院君行狀(정원대원군행장)」(외 14수), 이시명(李時明)의 「節制都尉府君行狀(절제도위 부군행장)」, 신천익(愼天翊)의 「亡弟湖山公行錄(망제 호산공행록)」, 하홍도(河弘度)의 「松亭先生河公行狀(송정선생 하공행장)」(외 1수), 허목(許穆)의 「清士列傳(청사열전)」(외 3수), 김경여(金慶餘)의 「尊周彙編列傳(존주휘편열전)」(외 1수), 윤순거(尹舜擧)의 「睡隱姜公行狀(수은강공행장)」(외 3수), 김홍욱(金弘郁)의 「先考行狀(선고행장)」, 홍우원(洪宇遠)의 「通政大夫守江原道觀察使丁公行狀(통정대부 수강원도관찰사 정공행장)」(외 7수), 송시열(宋時烈)의 「三學士傳(삼학사전)」(외 18수)·「沙溪金先生行狀(사계 김선생행장)」(외 28수), 박장원(朴長遠)의 「張季遇傳(장계우전)」(외 1수)」·「先朝考贈嘉善大夫吏曹參判府君行狀(선조고 증가선대부 이조참판부군행장)」, 이은상(李殷相)의 「先父君行狀(선부군행장)」, 홍여하(洪汝河)의 「白大鵬傳(백대붕전)」(외 6수)·「松巖先生權公行狀(송암선생 권공행장)」(외 8수), 이원정(李元禎)의 「旅軒張先生行狀(여헌장선생 행장)」(외 4수), 이단하(李端夏)의 「右議政李公謚

狀(우의정 이공시장)」(외 9수), 정시한(丁時翰)의 「先妣貞夫人趙氏行錄(선비 정부인 조씨행록)」, 권적(權迪)의 「盤桓堂秦公行狀(반환당 진공 행장)」, 이단상(李端相)의 「朴世采行狀(박세채행장)」, 김수항(金壽恒)의 「花王傳(화왕전)」·「貞敬夫人鄭氏行狀(정경부인 정씨행장)」(외 1수), 남구만(南九萬)의 「康世爵傳(강세작전)」·「錦洲君朴公請謚行狀(금주군박공청시행장)」(외 11수), 박세채(朴世采)의 「西湖三高士傳(서호삼고사전)」(외 3수)·「嘉善大夫司憲府大司憲退菴朴公行狀(가선대부 사헌부대사헌 퇴암박공행장)」(외 7수), 김만기(金萬基)의 「外曾祖考海嵩尉府君行狀(외증조고 해숭위부군행장)」(외 5수), 김석주(金錫胄)의 「亡室孺人李氏行狀(망실유인 이씨행장)」, 송지식(宋之栻)의 「先考通政大夫司憲府執義府君行狀(선고 통정대부 사헌부집의부군행장)」(외 7수), 김만중(金萬重)의 「先妣貞敬夫人行狀(선비 정경부인행장)」, 임방(任昉)의 「先考今是堂府君行狀(선고 금시당부군행장)」(외 1수), 권상하(權尙夏)의 「皇考執義府君行狀(황고집의부군행장)」(외 8수), 이기홍(李箕洪)의 「佐郎具公行狀(좌랑 구공행장)」(외 5수), 이진백(李震白)의 「祭亡弟文(제망제문)」, 이여(李畬)의 「先季父議政府左議政府君行狀(선계부 의정부좌의정부군행장)」, 이담명(李聃命)의 「副護軍慕巖李公行狀(부호군 모암이공행장)」, 김기하(金器夏)의 「朴君行狀(박군행장)」, 임영(林泳)의 「亡室安人曺氏行狀(망실 안인조씨행장)」(외 3수), 정제두(鄭齊斗)의 「先考妣行狀(선고비행장)」, 김창협(金昌協)의 「司憲府

大司憲兪公行狀(사헌부대사헌 유공행장)」(외 1수), 서종태(徐宗泰)의 「故金上士遇卿傳(고김상사 우경전)」(외 1수)·「祖考贈左贊成行南原府使府君行狀(조고증좌찬성 행남원부사부군행장)」(외 8수), 송징은(宋徵殷)의 「先考義禁府都事贈承政院左承旨府君狀(선고 의금부도사 증승정원좌승지부군장)」(외 7수), 박태보(朴泰輔)의 「李生傳(이생전)」(외 3수)·「사헌부지평박군가장(司憲府持平家狀)」, 박광일(朴光一)의 「義州府尹李公行狀(의주부윤 이공행장)」(외 7수), 송상기(宋相琦)의 「先府君行狀(선부군행장)」, 김시보(金時保)의 「亡室淑人尹氏行狀(망실숙인윤씨행장)」(외 2수), 김진규(金鎭圭)의 「外祖妣淑夫人德水李氏行狀(외조비숙부인덕수이씨행장)」(외 15수), 조정위(趙正緯)의 「先府君行狀(선부군행장)」, 정석달(鄭碩達)의 「曾祖考成均館生員贈戶曹正郎栢巖先正言行錄(증조고 성균관생원 증호조정랑 백암선정언 행록)」(외 1수), 이관명(李觀命)의 「肅宗大王行狀(숙종대왕 행장)」(외 8수), 조선장(曺善長)의 「祭季舅醉醒堂鄭公文(제계구취성당 정공문)」(외 7수), 이건명(李健命)의 「증좌찬성 황공청시행장(贈左贊成黃公請諡行狀)」(외 2수), 이만부(李萬敷)의 「효자 열부충노 열전(孝子烈婦忠奴列傳)」(외 6수)·「雲水堂河公行狀(운수당 하공 행장)」(외 5수), 최창대(崔昌大)의 「先考領議政府君行狀(선고 영의정부군행장)」(외 2수), 김춘택(金春澤)의 「母夫人行錄(모부인행록)」(외 4수), 신익황(申益愰)의 「祖考贈嘉善大夫兵曹參判府君行蹟記(조고 증가선대부 병조참판부군 행적기)」(외 3수),

어유봉(魚有鳳)의 「祖考江原道觀察使贈左贊成府君行狀(조고 강원도관찰사 증좌찬성부군행장)」(외 8수), 권계(權棨)의 「屛谷記(병곡기)」(외 4수)·「金生弘景行狀(김생홍경행장)」(외 2수), 윤동수(尹東洙)의 「祖考農隱府君行狀(조고 농은부군행장)」(외 8수), 이덕수(李德壽)의 「議政府左議政趙公泰億行狀(의정부좌의정 조공태억행장)」(외 4수), 이광정(李光庭)의 「朴烈婦薌娘傳(박열부 향랑전)」(외 6수)·「通政大夫掌隷院判決事知製教耆齋姜公行狀(통정대부 장예원판결사지제교 기재 강공행장)」(외 34수), 조태억(趙泰億)의 「漢城府判尹南致勳諡狀(한성부판윤 남공치근시장)」(외 9수), 김하구(金夏九)의 「祖考護軍贈通政大夫承政院左承旨府君行狀(조고 호군 증통정대부 승정원좌승지 부군행장)」(외 2수), 이간(李柬)의 「亡室安人尹氏行狀(망실 안인윤씨행장)」(외 4수), 이재(李縡)의 「烈婦李氏傳(열부이씨전)」·「縣監五恨朴公成乾行狀(현감 오한 박공성건행장)」(외 21수), 윤봉조(尹鳳朝)의 「永慕堂金公質行狀(영모당 김공질행장)」(외 12수), 정내교(鄭來僑)의 「金聖基傳(김성기전)」(외 5수), 이익(李瀷)의 「伯兄青雲居士李瀣行狀(백형 청운거사이해행장)」(외 22수), 윤봉구(尹鳳九)의 「戶長嚴興道傳(호장 엄흥도전)」·「素安齋尹公琛行狀(소안재 윤공침행장)」(외 5수), 임창택(林昌澤)의 「林將軍慶業傳(임장군 경업전)」(외 1수), 한원진(韓元震)의 「寒水齋先生行狀(한수재선생행장)」(외 6수), 임상덕(林象德)의 「淡婆姑傳(담파고전)」·「生妣恭人全州李氏行狀(생비 공인 전주이씨 행장)」(외 2수), 채지홍

(蔡之洪)의 「皇考僉樞府君蔡領行狀(황고 첨추부군채령행장)」(외 3수), 김성탁(金聖鐸)의 「敬窩金公烋行狀(경와김공휴행장)」(외 5수), 윤동원(尹東源)의 「松齋李公澳行狀(송재이공오행장)」(외 3수), 이세형(李世珩)의 「梅軒宋公行狀(매헌 송공행장)」, 권득중(權得重)」의 「先考處士府君行錄(선고처사부군행록)」, 권만(權萬)의 「海月黃公汝一行狀(해월황공여일행장)」(외 5수), 오광운(吳光運)의 「亡妹小娘子行狀(망매 소낭자행장)」(외 3수), 유척기(兪拓基)의 「先父君兪命岳行狀(선부군명악행장)」(외 1수), 조관빈(趙觀彬)의 「亡室貞夫人昌原兪氏行狀(망실 정부인 창원유씨행장)」(외 10수), 조현명(趙顯命)의 「桂處士泰衡行狀(계처사태형행장)」(외 13수), 조구명(趙龜命)의 「伯氏趙駿命行狀(백씨조준명행장)」(외 6수) · 「烏圓子傳(오원자전)」(외 7수), 민우수(閔遇洙)의 「姊氏金光澤妻行狀(자씨김광택처행장)」(외 5수), 신경(申暻)의 「孝妓斗蓮傳(효기두련전)」(외 4수) · 「郡守具公鼎勳行狀(군수구공정훈행장)」(외 8수), 남유용(南有容)의 「亡室恭人杞溪兪氏行狀(망실 공인 기계유씨행장)」(외10수), 원경하(元景夏)의 「祖妣淑敬公主行狀(조비 숙경공주행장)」, 이천보(李天輔)의 「參判金公雲澤行狀(참판김공운택행장)」, 김도수(金道洙)의 「碁者傳(기자전)」(외 1수), 오원(吳瑗)의 「亡室孺人安東權氏行錄(망실유인안동권씨행록)」(외 5수), 이석(李潡)의 「王孫海寧君伋行狀(왕손해녕군급행장)」(외 8수), 이의태(李宜泰)의 「伯姊朴恭人行錄(백제 박공인행록)」, 김원행(金元行)의 「松巖李公載亨行狀(송

암이공재형행장)」(외 8수), 조재호(趙在浩)의 「金義士傳(김의사전)」·「東巖柳先生行狀(동암유선생행장)」, 송명흠(宋明欽)의 「崔公基億傳(최공기억전)」(외 1수)·「判書贈左贊成金公行狀(판서 증좌찬성 김공행장)」(외 3수), 이광사(李匡師)의 「五兄恒齋李匡臣行狀(오형항재선생이광신행장)」(외 3수), 김낙행(金樂行)의 「孺人金氏行錄(유인김씨행록)」, 남용만(南龍萬)의 「花溪柳公行狀(화계 유공행장)」(외 2수), 윤광소(尹光紹)의 「西村白公光瑞行狀(서촌백공광서행장)」(외 13수), 이용휴(李用休)의 「烈婦孺人韓氏傳(열부 유인한씨전)」(외 3수), 황경원(黃景源)의 「洪翼漢傳(홍익한전)」(외 65수)·「嘉善大夫慶尙道觀察使兼兵馬水軍節制使巡察使大邱都護府使贈議政府左贊成謚忠烈黃公行狀(가선대부경상도관찰사겸병마수군 절제사 순찰사 대구도호부사 증의정부좌찬성 시충렬 황공행장)」(외 2수), 송덕상(宋德相)의 「祖妣宋晦錫妻行狀(조비송회석처행장)」(외 6수), 송문흠(宋文欽)의 「伯祖堤川縣監府君宋炳文行狀(백조제천현감부군송병문행장)」(외 4수), 이상진(李象辰)의 「禮曹正郎豊川任公行狀(예조정랑풍천임공행장)」, 김정한(金正漢)의 「族弟季遇驥行哀辭幷序(족제 계우기행애사병서)」·「祭伯氏忍齋公文(제백씨인재공문)」(외 15수), 송정옹(宋鼎顒)의 「祖考三省齋府君家狀(조고 삼성재부군 가장)」(외 5수), 이상정(李象靖)의 「東溪權公濤行狀(동계권공도행장)」(외30수), 권헌(權攇)의 「明山子傳(명산자전)」(외 9수), 신경준(申景濬)의 「江華崔氏傳(강화최씨전)」(외 2수), 신광수(申光洙)의 「鄭

烈婦傳(정열부전)」(외 1수), 안정복(安鼎福)의 「篤行南君行狀(독행남군행장)」(외 24수), 임희성(任希聖)의 「舅氏司諫院司諫洪公廷命行狀(구씨사간원사간홍공정명행장)」(외 4수), 이광정(李光靖)의 「竹閣李公光友行狀(죽각이공광우행장)」(외 16수), 서명응(徐命膺)의 「英宗大王行狀(영종대왕행장)」(외 7수), 이복원(李福源)의 「先父君行狀(선부군행장)」, 이헌경(李獻慶)의 「竹林節士傳(죽림절사전)」(외 4수)·「嘉善大夫司憲府大司憲孔公行狀(가선대부 사헌부대사헌 공공행장)」(외 6수), 김종후(金鍾厚)의 「申氏傳(신씨전)」·「萍湖處士李君商穆行狀(평호처사이군상목행장)」(외 8수), 신광유(申光裕)의 부인 윤지당(允摯堂) 임씨(任氏)의 「宋氏能相婦傳(송씨능상부전)」(외 1편), 김익(金熤)의 「先府君行狀(선부군행장)」(외1수), 정범조(丁範祖)의 「江原道觀察使兼兵馬水軍節度巡察使金公行狀(강원도 관찰사겸 병마수군절도순찰사 김공행장)」(외 24수)·「南將軍怡傳(남장군이전)」(외 4수), 위백규(魏伯珪)의 「義徒金公傳(의도김공전)」(외 3수)·「烈女朴氏行狀(열녀박씨행장)」(외 7수), 황희(黃熙)의 「先府君家狀(선부군가장)」, 황윤석(黃胤錫)의 「高麗義士朴公傳(고려의사 박공전)」(외 10수)·「司諫院正言不憂軒丁公行狀(사간원정언 불우헌정공행장)」(외 30수), 김진동(金鎭東)의 「嘉善大夫同知中樞府事眞一齋柳先生行狀(가선대부 동지중추부사 진일재유선생행장)」(외 6수), 김양근(金養根)의 「權氏家三忠孝傳(권씨가 삼충효전)」(외 7수)·「贈吏曹參議行宗簿寺正石屛李公行狀(증이조참의 행종부

시정 석병이공행장)」(외 15수), 박윤원(朴胤源)의 「晩庵李處士傳(만암 이처사전)」(외 3수)·「先考公州牧判官府君行狀(선고 공주목판관부군행장)」(외 4수), 이만운(李萬運)의 「通政大夫承政院修撰官今是堂李公行狀(통정대부 승정원수찬관 금시당이공행장)」(외 15수), 박지원(朴趾源)의 「穢德先生傳(예덕선생전)」(외 7수)·「炯菴行狀(형암행장)」, 이양오(李養吾)의 「金孝子行狀(김효자행장)」(외 5수), 이동급(李東汲)의 「處士崔公湜行狀(처사 최공식행장)」(외 4수), 이영익(李令翊)의 「外王父貞陵參奉柳公行狀(외왕부정릉참봉유공행장)」, 정종로(鄭宗魯)의 「遯峯先生金公行狀(둔봉선생김공행장)」(외 60수), 김정묵(金正默)의 「忠孝人騎保金應立傳(충효인기보 김응립전)」, 박준원(朴準源)의 「亡室行狀(망실행장)」, 이수인(李樹仁)의 「三從叔好古齋李公行狀(삼종숙 호고재 이공행장)」(외 3수), 이가환(李家煥)의 「還我小傳(환아소전)」·「右參贊秋潭尹公行狀(우참찬추담윤공행장)」, 민응윤(閔應允)의 「硯滴傳(연적전)」(외 2수), 이충익(李忠翊)의 「從祖兄信齋先生李令翊家傳(종조형신재선생이영익가전)」(외 5수), 홍석주(洪奭周)의 「內禁將趙公行狀(내금장 조공행장)」(외 33수), 황용한(黃龍漢)의 「烈婦咸陽朴氏傳(열부함양박씨전)」(외 2수)·「成均進士秋月堂韓公行狀(성균진사 추월당 한공행장)」(외 13수), 김재찬(金載瓚)의 「判書公金漢喆諡狀(판서공 김한철시장)」(외 6수), 성해응(成海應)의 「關西殉節諸臣傳(관서순절 제신전)」(외 33수)·「先妣行狀(선비행장)」(외 2수), 서유구(徐有榘)의 「金朴

二烈婦傳(김박이열부전)」(외 3수), 김조순(金祖淳)의 「李彦瑱傳(이언진전)」(외 3수)·「禮曹正郞朴公行狀(예조정랑 박공행장)」(외 2수), 김여(金鑢)의 「砲手李士龍傳(포수이사룡전)」(외 7수), 이면백(李勉伯)의 「桐山處士傳(동산처사전)」·「從祖父凡翁府君行狀(종조부범옹부군행장)」, 이학규(李學逵)의 「金孝子傳(김효자전)」, 한경원(韓慶元)의 「再從叔葛山公行狀(재종숙 갈산공행장)」(외 3수), 탄재(坦齋) 윤광연(尹光演)의 부인 정일당(靜一堂) 강씨(姜氏)의 「外姑孺人安東權氏行狀 代夫子作(외고유인 안동권씨행장 대부자작)」(외 1수), 김매순(金邁淳)의 「顧亨林先生傳(고형 임선생전)」(외 1수)·「四叔父洪州府君行狀(사숙부 홍주부군행장)」(외 2수), 홍직필(洪直弼)의 「宋將軍傳(송장군전)」(외 14수)·「邊安處士李公輔天行狀(변안처사이공보천행장)」(외 39수), 유치명(柳致明)의 「金基浚傳(김기준전)」·「壺谷先生行狀(호곡선생행장)」(외 47수), 심능숙(沈能淑)의 「孤隱先生傳(고은선생전)」(외 1수), 조인영(趙寅永)의 「孝顯王后金氏行狀(효현왕후김씨행장)」(외 24수), 김진우(金鎭宇)의 「族叔處士金公行狀(족숙처사 김공행장)」(외 2수), 기정진(奇正鎭)의 「東里處士傳(동리처사전)」(외 2수)·「成均生員槐陰金公行狀(성균생원 괴음김공행장)」(외 8수), 송내희(宋來熙)의 「全咸平夢星司果夢台兄弟傳(전함평몽성 사과몽태형제전)」(외 1수)·「漁隱吳公行狀(어은 오공행장)」(외 6수), 이종상(李鍾祥)의 「大司諫豊山柳公行狀(대사간 풍산유공행장)」(외 13수), 조병덕(趙秉悳)의 「先妣淑夫人恩津宋氏

行錄(선비 숙부인은진송씨행록)」(외 9수)·「孝子吳公傳(효자 오공전)」, 송달수(宋達洙)의 「高祖考行狀(고조고행장)」(외 2수), 임헌회(任憲晦)의 「忠孝烈尹氏三世傳(충효열 윤씨 삼세전)」(외 14수)·「先妣贈貞夫人洪氏家狀(선비 증정부인 홍씨가장)」(외 26수), 소휘면(蘇輝冕)의 「烈士趙淵傳(열사 조연전)」(외 1수)·「謹懼齋羅公喜厚行錄(근구재 나공희후행록)」(외 3수), 이상수(李象秀)의 「晩香傳(만향전)」(외 8수)·「烈婦羅氏行狀(열부 나씨행장)」(외 4수), 소휘면(蘇輝冕)의 「烈士趙淵傳(열사 조연전)」(외 1수)·「成均生員金公載白行狀(성균생원 김공재백행장)」(외 2수), 송근수(宋近洙)의 「本生先朝鳳谷府君行狀(본생 선조 봉곡부군행장)」(외 33수)·「石工李春福傳(석공 이춘복전)」(외 2수), 한장석(韓章錫)의 「工曹判書淵齋尹公宗儀行狀(공조판서 연재 윤공종의행장)」(외 4수), 최익현(崔益鉉)의 「崔晩悔翁傳(최만회옹전)」(외 6수)·「兵曹參判沙厓閔公行狀(병조참판 사애 민공행장)」(외 71수), 이진용(李晉用)의 「先府君監察公行狀(선부군 감찰공행장)」(외 5수), 안숙(安潚)의 「金安傳(김안전)」, 황오(黃五)의 「自傳(자전)」(외 2수) 등이 읽어볼 만하다.

14. 1. 삭낭자전(索囊子傳)

지금의 전주(全州)에 빌어먹고 사는 사람이 있었다. 이름을 물어도 모르고, 성을 물어도 역시 몰랐는데, 어떤 사람이 홍(洪)이라고 그를 불렀다. 많이 먹어도 배가 부르지 아니하고, 굶어도 배가 고프지도 아니하였다. 눈바람이 휘몰아칠 때에 옷을 벗고 벌거숭이로 있어도 추위를 타지 아니하였다. 사람들이 옷을 주어도 입지 아니하고, 곡식을 빌어서 먹고 사는데, 남는 것이 있으면, 그것을 굶주리는 사람에게 주었다. 일찍이 남과 함께 살지도 아니하였고, 또한 다른 사람과 이야기도 하지 아니하였다. 관사(館舍) 아래에서 자는데, 시내의 노인들도 모두 이 거지가 처음 이곳에 온 연대를 알지를 못하지만, 그의 용모는 늘 그대로이었다. 어떤 사람은 그를 삭낭자(索囊子)라고 불렀는데, 대체로 새끼를 꼬아 엮어서 주머니를 만들어서 길에 다닐 때에는 그것을 등에 지고 다니었으나, 그 안에는 아무 물건도 없으며 또한 이상한 일도 없었다. 자주 서울에 가서 놀아도 사람들이 가고 오는 것을 알지 못하였다. 헤어진 옷에 나막신을 신고 저잣거리에서 구걸을 하였다. 지금의 재상인 원두표(元斗杓)가 일찍이 전주부윤이 되었을 때에 마음속으로 그를 이상하게 생각하고, 그를 불러서 매우 두텁게 대접하여 주었더니, 역시 사양하지 아니하고 먹을 것을 주면 주는 대로 먹었다. 그에게 말을 시키면 말은 하지 아니하였다. 어느 날 하루아침에 어디로 갔는지 알지 못하였다. "그 후 남쪽에 큰 흉년이 들었는데도 이제까지 돌아오지 아니한 것이 몇십 년이 되었다." 고 한다. 이 사람이야말로 대체로 세속을 떠나서 노닐면서 인간 세상의 물정과 거리를 두고 세상을 잊어버린 채 그 자취를 없이하며 떠돌며 얻어먹으니, 지방의 추한 모양의 미친 사람 접여(接輿)와 같은 무리인가?

계묘(현종 4, 3996)년 정월 미수(眉叟, 許穆)가 씀.(『記言(기언)』 별집 권 14)[132]

이 작품은 호를 미수(眉叟)라고 하는 허목(許穆)이 지은 「索囊子傳(삭낭자전)」의 전문이다. 이 작품 속의 "접여(接與)"는 춘추시대 초(楚)나라 사람 육통(陸通)의 자인데, 소왕(昭王) 때에 시국이 어지러워지매 머리를 풀고 미친 체하고 벼슬을 거부하매, 당시 세상 사람들이 "초광(楚狂)"이라고 불렀다. 특히 공자(孔子)의 집앞을 지나며 공자를 풍자한 시의 지은이로도 유명하다.

지은이 허미수는 본관이 양천(陽川)이고, 이름은 목(穆), 자는 화보(和甫) 또는 문보(文父), 호가 미수(眉叟)이며, 시호가 문정(文正)이다. 한강(寒岡) 정구(鄭逑)에게서 글을 배우고 효종 8(3890)년에 지평(持平)이 되어 장령(掌令)이 된 뒤 자의대비 조씨(慈懿大妃趙氏)의 복제(服制)가 잘못되었음을 지적하여 현종 즉위년(3992)에 삼척부사(三陟府使)로 나가 2년 동안 선정

132 完山乞者問其名曰不知問其姓曰亦不知或以洪號之能多食而不飽或不食而不飢風雪裸體而不寒人與之衣則不取乞米而食有餘則亦與之餓者未嘗與人居亦未嘗與人言宿於館舍下府中耆老人皆不知乞者始來之年代而容貌不改或號曰索囊子盖結索爲囊行則荷之無它物亦無異事往往遊都下人莫知去來弊衣木履行乞於市今相國元公嘗爲完山尹心異之招延之甚厚亦不辭與之食則食之與之言則不言一朝不知所去其後南方大飢今不至者幾十年云斯人者盖遊方之外而不與事物相영樂忘世而泯其跡鶉居而鷇食土駘狂接與之倫耶癸卯正月眉叟書.(『記言』 별집 권 14)

을 베풀고 연천(漣川)으로 갔다. 숙종이 즉위하자 대사헌(大司憲)이 되어 벼슬이 우의정에 이르렀다. 저술로는 문집『記言(기언)』이 전한다. 이 작품은 뒤에 담정(藫庭) 김여(金鑢)의 문집『藫庭遺稿(담정유고)』권 9「丹良稗史(단량패사)」에 같은 이름으로 소개되어 있다.

14. 2. 생원 나옹공진 행장(生員懶翁公縉行狀)

공의 휘는 진(縉), 자는 사심(士深)이니, 현감 휘 계호(繼浩)의 둘째 아드님이시다. 돌아가신 어머니는 하동정씨(河東鄭氏)이시니, 참봉 팽(彭)의 따님이다. 공은 중종 21(3859, 병술)년생으로 용모와 의표가 순수하고 아름다우며, 성품이 엄격하게 반듯하고 강직하였다. 공이 나이가 겨우 7·8에 가정에서 훈계를 받을 때에 현감공(아버지)께서 그 영특한 재주를 지나치게 사랑하시어 일송정(一松亭)께서 심으신 소나무를 가리키시며 "양(兩)자로 운(韻)을 삼아 시를 지으라!"고 하시었다. 공은 붓을 들어 먹을 찍어 그 자리에서 바로 지어 바치시니, 그 시의 내용은 이러하였다.

根盤金鰲背　　뿌리는 금오산 등 위에 서리었고,
枝拂天雲腰　　가지는 천운산 허리에 떨고 있네.
青青歲寒節　　푸르고 푸르름은 추운 겨울 견딘 절개

恥封秦皇朝　　진시황에 벼슬 받음 부끄럽기 그지없네.

라고 하였다. 공이 비록 나이는 어리었지만, 역시 연산군(燕山君) 때에 벼슬을 그만두고 조용히 물러나신 일송정의 의리를 사모하는 마음이 있었던 것이다. 아는 사람들은 공이 맑은 지조 지키기를 좋아하기 때문이라고 생각하였다. 공은 점점 자라면서 소학(小學)에서 배운 대로 실천하며 효성과 우애가 도타워 더할 수 없었다. 재주가 뛰어나고 슬기로운데 경서(經書)와 역사(歷史) 책들을 읽으시었으며, 형님 연봉공(連峯公)을 따라 당시에 이름 있는 선비들과 어울려 놀았는데, 특히 남계(南溪) 김윤(金胤)과 동계(東溪) 백광성(白光成)들과 더욱 서로 공경하며 중히 여기시었다. 명종 7(3885, 임자)년에 사마시(司馬試)에 합격하시었고, 공의 문사와 서한들은 당시의 큰 선비가 되시었다. 또 거문고와 음악과 바둑이나 장기 두기에도 남보다 뛰어나시었다. 그러므로 사람들이 공을 사절(四絶)이라고 일컬었다. 공의 형님이신 연봉(連峯)께서 돌아가시매 뒤에 스스로 슬퍼하시어 시를 지으시니, 그 내용은 이러하였다.

冉疴天已矣　　염백우가 병이 드니 하늘도 못 돌보고,
顏夭命如何　　안자의 젊어 죽음 그 누가 어찌하리?
況復千秋後　　하물며 다시 그 천년 뒤의 오늘날에
春殘園棣柯　　형제의 정 봄동산 체가에 남아 있네.

이때부터 세상일을 저버리고 산수 자연에 묻히어 자유롭게 날을 보내시며 스스로 "게으른 늙은이[懶翁]"라고 말하였다. 선조 3(3903)년에 45세를 사시고 돌아가시매 오산촌(鰲山村) 뒤 홍치산(洪熾山) 등 병좌(丙坐)에 장례를 모시었다. 배위는 능성 구씨(綾城具氏)로 평장사(平章事) 민첨(民瞻)의 후손인 참봉 인형(仁亨)의 따님이시다. 규중 범절이 깨끗하고 아름다워서 학덕이 높은 여사(女士)의 행실이 있으시었다. 1남 3녀를 두시었다. 아드님 성(城)은 훈련원 주부(訓練院主簿)로 임진왜란 때에 도원수 신입(都元帥申砬)의 막좌(幕佐)가 되어 몸을 바치어 독전(督戰)하다가 전사(戰死)하시어 그 사적이 국사(國史)에 실리어 있다. 따님들은 강득황(姜得璜), 문홍박(文弘博), 정시(鄭侍)에게 시집보내시었으니, 그 내외 여러 손자 손녀들은 너무 많아서 다 기록하지 아니한다.[133]

이 작품은 피전자(被傳者)의 현손(玄孫)인 홍천윤(洪天潤)이 지은 「生員懶翁公縉行狀(생원 나옹공 진행장)」의 전문이다.

133 公諱縉字士深縣監諱繼浩之第二子也妣河東鄭氏參奉彭女公以嘉靖丙戌容儀粹美性度方毅年甫七八受訓家庭縣監公偏愛其穎悟嘗指一松亭所植松命作兩韻詩濡筆卽成以進曰根盤金鰲背枝拂天雲腰青青歲寒節恥封秦皇朝公雖幼稚亦有慕於一松公恬退於燕山朝之義也識者以爲有淸節之趣焉及長以小學律身孝友純至才智兼人涉獵書史隨兄連峯公從遊當時諸賢金南溪胤白東溪光成尤敬重焉 明廟壬子中司馬公文詞書翰爲時碩儒而又長於琴律圍棋故人目之四絶逮連峯捐世後輒自悼傷有詩曰冉疴天已矣顔夭命如何況復千秋後春殘園棣柯自是流落世事以泉石自適而自號曰懶翁以宣廟庚午卒享年四十有五葬于鰲山村後洪熾山負丙原配綾城具氏平章事民瞻後參奉仁享女壼範淸懿有女士行生一男三女男城官訓練院主簿壬辰之亂爲都元帥申砬幕佐挺身督戰而死事載國乘女婿姜得璜文弘博鄭侍內外諸孫不盡錄.(『豊洪寶鑑』, 쪽 192-193)

15. 주의(奏議)

조선시대 "주의(奏議)"는 현재로서는 이전의 어느 왕조보다도 비교적 남아 있는 자료들이 매우 풍부하다. 필자가 읽을 수 있는 개인 문집들을 통하여 정리한 유명인들의 대표적인 주의 작품 하나와 지은이만을 소개하면 아래와 같다.

김정(金淨)의 「請復故妃愼氏疏(청복고비신씨소)」(외 4수), 유성룡(柳成龍)의 「陳倭情奏文(진왜정주문)」(외 3수), 이정구(李廷龜)의 「陳賊情奏(진적정주)」(외 12수), 김홍욱(金弘郁)의 「請減鹽鐵疏(청감염철소)」(외 8수), 남구만(南九萬)의 「張希載定罪議(장희재 정죄의)」(외 35수), 정제두(鄭齊斗)의 「筵奏(연주)」(외 6수), 김진규(金鎭圭)의 「論日本國書稱號面奏(논일본국서 칭호면주)」(외 11수), 조정위(趙正緯)의 「의본조 임진 청병주문(擬本朝壬辰請兵奏文)」, 최창대(崔昌大)의 「陳情辭弘文館修撰疏(진정사홍문관수찬소)」(외 14수), 이진망(李眞望)의 「辨誣疏(변무소)」(외 4수), 조태억(趙泰億)의 「辭兼司書疏(사겸사서소)」(외 262수), 이삼(李森)의 「請禁將疏(청금장소)」(외 58수)·「請訓練都監軍需補用啓(청훈련도감군수보용계)」(외 20수), 윤순(尹淳)의 「辭正言疏(사정언소)」(외 56수), 조문명(趙文命)의 「辭檢閱疏(사검열소)」(외 92), 윤봉조(尹鳳朝)의 「乞郡疏(걸군소)」(외 40수), 임상덕(林象德)의 「乞歸養疏(걸귀양소)」(외 9수), 채지홍(蔡之洪)의 「辭別諭召命疏(사별유소명소)」(외 7수), 김성탁(金聖鐸)의 「辭持平疏

(사지평소)」(외 13수), 윤동원(尹東源)의 「辭持平疏(사지평소)」(외 12수), 오광운(吳光運)의 「擬唐陸請許渾瑊李晟等諸軍兵馬自取機便奏(의당육 청허혼감 이성등 제군병마 자취기편주)」, 이광덕(李匡德)의 「辭副校理疏(사부교리소)」(외 34수), 유척기(兪拓基)의 「通信使禮單勿送紋緞議(통신사 예단 물송문단의)」(외 20수), 조관빈(趙觀彬)의 「辭校理疏(사교리소)」(외 101수), 조현명(趙顯命)의 「辭職上疏(사직상소)」(외 497수), 이종성(李宗城)의 「辭兼說書疏(사겸설서소)」(외 208수)·「勞軍留陣後書啓(노군유진후서계)」(외 10수), 민우수(閔遇洙)의 「辭執義疏(사집의소)」(외 4수), 신경(申暻)의 「辭掌令疏(사장령소)」(외 18수), 남유용(南有容)의 「辭成均館大司成書(사성균관대사성서)」(외 52수), 오원(吳瑗)의 「陳情疏(진정소)」(외 23수), 김원행(金元行)의 「辭持平書(사지평서)」(외 25수), 유정원(柳正源)의 「辭戶曹參議書(사호조참의서)」(외 18수), 윤형로(尹衡老 : 4035－?, 1702－?)의 「箚錄論語(차록논어)」(외 35수), 조재호(趙載浩)의 「辭右議政書(사우의정서)」(외 34수), 윤광소(尹光紹)의 「辭司書疏(사사서소)」(외 24수), 황경원(黃景源)의 論春秋館法疏(논춘추관선법소)」(외 27수), 송능상(宋能相)의 「辭掌令疏(사장령소)」(외 9수), 송덕상(宋德相)의 「別論後辭疏(별유후사소)」(15수), 이상정(李象靖)의 「辭兵曹參知疏(사병조참지소)」(외 5수), 신광수(申光洙)의 「寧越弊瘼疏(영월폐막소)」, 이복원(李福源)의 「惠慶宮改服議(혜경궁개복의)」(외 32수)·「옥당연명차(玉堂聯名箚)」(외 52

수), 이헌경(李獻慶)의 「擬上金城方略奏(의상금성방략주)」, 김종후(金鍾厚)의 「辭諮議疏(사자의소)」, 김익(金熤)의 「討逆筵奏(토역연주)」(외 43수), 김조순(金祖淳)의 「庶類疏通收議(서류소통수의)」(외 4수), 성해응(成海應)의 「奴婢議(노비의)」(외 3수), 홍직필(洪直弼)의 「當宁嗣位後東廟位號加上當否議(당저 사위후 동묘위호가상당부의)」(외 6수), 송내희의 「大王大妃殿服色議(대왕대비전복색의)」(외 6수) 등이 유명하다.

15. 1. 擬上中宗大王辭職疏[중종대왕께 사직을 바라 올림]

초가집에서 살고 있는 생원인 신 서경덕(徐敬德)이 삼가 죽음을 무릅쓰고 두 번 절하며 임금님께 아뢰옵니다.

신은 어제 성은을 입어 후릉참봉(厚陵參奉 : 조선 정종과 정안왕후의 능을 돌보는 종9품관)의 벼슬을 받았사온데, 명을 듣고 나니 송구스럽기만 하옵니다. 조심스레 생각하옵건대, 전하께오서는 근년 이래로 인의의 정치를 행하시는데 마음을 두시고 옆에 두실 어진 사람을 목이 마를 때에 물을 구하시듯 찾으시었습니다. 경자(庚子 : 중종 35, 3873)년에는 성지를 밝히시고 좌우의 신료들에게 초야에 묻혀 있는 어진 이들을 천거하도록 영을 내리시었습니다. 그래서 대제학(大提學) 김안국(金安國)이 신의 사람됨을 지나치게 듣고 천거하는 사람들 속에 채워 넣어 아뢰었습니다. 이런 일이 있은 뒤로 외람되게도 참봉의 물망에 오르기를 여러 번 되풀이하였습니다. 이제 이조에서는 임금님의 밝으신 뜻을 급급히 받들어 어진 사람들을 찾고자 태학의 여러 학생들로 하여금 추천할 만한 사람들을 아뢰게 하였습니다. 신은 여기서도 또 외람되게 추천하는 속에 포함되어 미천한 신에게까지도 은혜로운 명령이 미치게 되었습니다. 신은 홍이 나서 뛰면서 생각하기를, 조정에서는 공정한 도리를 밝게 펴서 널리 어진 이를 널리 찾아 거두어들이다 보니 역시 산골에까지 미치었으니, 이러한 일은 옛날에도 그리 흔하지 아니한 거용(擧用)입니다. 식견이 있는 선비라면 그 누가 의관(衣冠)의 먼지를 털고 서로 경하(慶賀)하며 대궐로 들어가기를 바라지 아니하겠습니까? 신은 진실로 재주는 없사오나, 의리로는 급히 달려가서 임금님의 명령에 따라 은혜를 받잡고 힘써 스스로 채찍질하며 주어진 일에 충실하여야 할 것입니

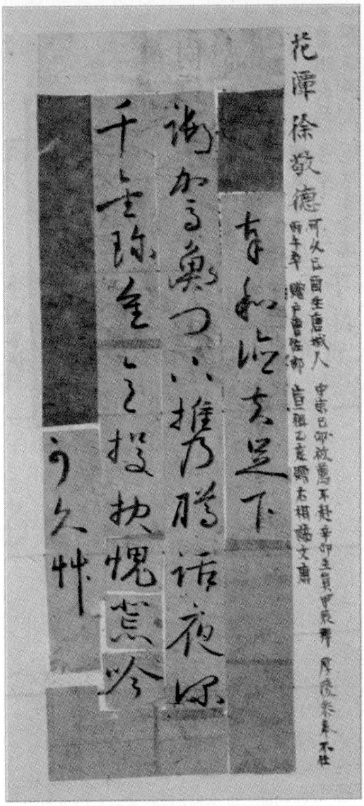

화담 서경덕(徐敬德)의 필서
조선명현필첩(朝鮮名賢筆帖), 가로 20.3cm × 세로 30.0cm, 소장품번호 : 덕수(德壽)-002260-00002, 국립중앙박물관 소장

다. 삼가 엎드려 생각하오니, 신은 본래 어리석은 유생으로 산야에서 태어나 자라서 분수가 단 것이 없어 적막한데, 가난이 겹쳐서 거친 음식과 나물국마저도 가끔은 끼니를 잇지 못할 때도 있어서 이처럼 살집이 없이 마른 몸이 일찍 쇠하여 자주 병이 들기도 합니다. 신은 나이가 50에 6년이 더 있습니다만, 70살 노인과 같습니다. 스스로 쓰임에 미칠 수 없음을 알고 있으므로 평소처럼 시골에서 남은 목숨을 길러 보존하는 것이 진실로 제 분수이옵니다. 신은 감히 어리석음을 무릅쓰고 임금님께서 내려주신 은혜로운 명령을 되돌려 올립니다. 엎드려 바라옵노니, 일찍이 내리신 벼슬을 거두어 윤허하여 주소서. 신은 두려워서 더할 수 없이 벌벌 떨림을 어쩔 수가 없습니다.[134]

이 작품은 주의(奏議)에 속하는 상소문(上疏文)의 하나인데, 화담(花潭) 서경덕(徐敬德)이 그의 나이 56세에 초야에 묻혀 있는 어진 선비로 중앙 관청에 추천되어 조선 품계에서 가장 낮은 종9품의 말단 능묘 관리인인 능참봉(陵參奉)에 제수된 것을 황공하게 생각하며 정중하게 사양한 「擬上中宗大王辭職疏(의

134 茅屋生員臣徐敬德謹昧死再拜上言于主上殿下 臣昨者伏蒙聖恩授厚陵參奉聞命惶懼竊以殿下 近年以來留神至治側席渴賢歲庚子明揚有旨令左右各擧遺逸故大提學臣金安國過聽 臣之爲人備數充薦自是之後獲忝備望參奉至於數再今吏曹上體睿旨急於得人令大學諸生衆推有才學者以報 臣又獲忝備報中猥使恩命及於臣之微賤臣鼓舞踊躍以爲朝廷布昭公道欲廣搜訪甄收亦及於林壑此曠古非常之擧也有識之士孰不彈冠相慶願進於闕下乎 臣誠不材義當奔赴應命拜恩勉自驅策以供所職竊伏惟念 臣本迂儒生長山野分甘窮寂加以貧寠疏食菜羹亦或不給玆以筋骸早衰病亦侵尋 臣年五十有六有同七旬之老自知無及於用莫若養素林泉以保餘年固其分也 臣敢冒昧上還恩命伏乞早賜兪允收復差除 臣無任戰懼之至.(『花潭集』 권2)

상중종대왕사직소)」의 전문이다. 이 글의 제목은 지은이가 작고한 뒤에 후학들이 문집을 엮으면서 당시의 임금님이신 중종이 승하한 뒤이므로 "중종대왕께 올리는 사직을 바라 올림"이라고 제목을 붙인 것 같다.

지은이 서화담은 본관이 달성(達城), 자는 가구(可久), 호는 복재(復齋) 또는 화담(花潭), 시호가 문강(文康)이다. 18세에 『大學(대학)』을 배우다가 "격물치지(格物致知)"를 크게 깨닫고 학문에 심취하여 벼슬을 포기하였으나, 어머니의 명에 따라 사마시(司馬試)에 합격하여 생원(生員)이 되고 도학(道學)에 전념하였다. 중종 35(3873)년에 유일(遺逸)로 천거되어 후릉참봉(厚陵參奉)에 제수되었으나, 나라를 다스릴 큰 자기 포부에는 너무도 낮은 직이므로 위의 글을 올리어 정중히 사양하고 자연 속에 숨어 굶주림을 즐기며 생을 마치었다. 선조 때에 우의정(右議政)에 추증되어 시호도 받았다. 저술로 문집 『花潭集(화담집)』이 전한다.

15. 2. 請賑恤北道軍民議[북도군민을 구휼하기를 청함]

북도는 추워서 괴로운데 수자리를 지키는 일도 또한 무겁습니다. 각 고을들의 군인들과 백성들이 매일 시름시름 여위어 말라가서 씩씩하게 살아가는 즐거운 모습을 아직은 볼 수가

> 없습니다. 그러므로 감히 도망하여 달아나는 것을 금하는 법만 있을 뿐입니다. 이제 만약 그들에게 먹고 살 수 있는 기회가 열리기만 하면 반드시 그 틈을 타서 서로 이끌고 흩어져 떠나서 여러 고을들의 둔진(屯鎭)들이 텅 비어서 수비에 참여할 사람들이 없게 될 것입니다. 진실로 자질구레한 근심거리가 아닙니다. 가까운 이웃의 관가 곡식이라도 그 양을 헤아리어 옮겨다가 형편에 따라 그들의 목숨을 구하여 살리고 먹을 것을 찾아 달아나는 일이 없도록 하심이 마땅합니다.[135]

이 작품은 정옥형(丁玉亨)이 우참찬(右參贊)으로 있을 때에 의정부(議政府)와 연명(聯名)으로 임금님께 올리었던 주의문(奏議文)이다. 중종 18(3856, 계미)년에 지은이가 함경도(咸鏡道) 변방의 국경 수비에 신경 쓸 것을 왕께 아뢴 점에서 지은이의 애국관(愛國觀)을 짐작할 수가 있다.

지은이는 본관이 나주(羅州)이고, 자는 가중(嘉仲), 호는 월봉(月峰), 시호는 공안(恭安)이다. 중종 8(3846)년 문과에 급제하여 승문원(承文院)에 들어가 여러 벼슬을 거치고, 대사간(大司諫), 대사헌(大司憲)을 지내고 당시의 권신인 김안로(金安老)의 미움을 받아 충청도 관찰사 등 지방관으로 나돌다가 뒤에 중앙으로 들어와서 벼슬이 각조판서를 지냈다. 인종(仁宗)이

135 北道寒苦戍役亦重各邑軍民日就凋瘵尙未見生生之樂緣有法禁不敢逃離耳今若開端就食則必乘便隙相率流離致使諸鎭空虛無與守備誠非細慮以附近官穀量數權移隨宜救活勿許就食爲當.(『月峰遺稿』)

즉위한 뒤 윤임(尹任)의 일당을 제거한 공로로 추성정난위사(推誠靖難衛社) 3등 공신에 책록되어 금천군(錦川君)의 작위를 받았다. 저술로 뜻글 문집 『月峰遺稿(월봉유고)』가 전한다.

16. 소설(小說)

이제까지의 많은 국문학사 책들에서는 국문소설과 뜻글소설을 묶어서 언급하면서 한국 소설의 발전시기를 고려시대를 준비기로 다루며 뜻글소설의 효시(嚆矢) 작품을 조선 세조 때의 동봉(東峰) 김시습(金時習)의 『金鰲新話(금오신화)』에 들어있는 「萬福寺樗蒲記(만복사저포기)」·「李生窺墻傳(이생규장전)」·「醉遊浮碧亭記(취유부벽정기)」·「南炎浮洲志(남염부주지)」·「龍宮赴宴錄(용궁부연록)」 등 5편을 들어 왔었다.[136] 그러나 근래에 와서는 통일신라시대 말엽 또는 고려 초기에 이루어진 것으로 파악되는 『新羅殊異傳(신라수이전)』에 실리어 있는 「寶開(보개)」·「首揷石枏(수삽석남)」·「圓光法師傳(원광법사전)」·「崔致遠(최치원)」·「虎願(호원)」 등을 거쳐 조선 초 『金鰲新話(금오신화)』로 이어지는 중간 작품을 조선 제9대왕 성종

136 丁奎福 외, 『韓國古小說研究』, 二友出版社, 1983.

때의 문신이요, 학자이던 나재(懶齋) 채수(蔡壽)가 중종 6(3844)년에 뜻글자로 지었다가 다시 국문으로 지은 『薛公瓚傳(설공찬전)』에서 찾고 있다. 채수는 본관이 인천(仁川), 자는 기지(耆之), 호가 나재(懶齋), 시호는 양정(襄靖)이다. 예종 1(3802)년 문과에 급제하여 각조 참판을 거쳐 평안도 관찰사를 지내고, 연산군 12(3839)년 중종반정에 참여하여 분의정국공신(奮義靖國功臣) 4등에 녹훈되고, 인천군(仁川君)에 봉작되었다. 중종 6(3844)년에는 이 『설공찬전(薛公瓚傳=薛公瓚還魂傳)』을 뜻글로 지어 사림(士林)들의 비난을 받아 불태워지기까지 하였으나, 지난 4329(1996)년에 이복규에 의하여 새로 발굴되어 조선시대 훈민정음이 창제된 이후 67년 만에 국문으로도 소설이 창작된 것을 알게 되었다.[137] 이 작품이 지어진 뒤에 추강(秋江) 남효온(南孝溫)의 「睡鄕記(수향기)」·「六臣傳(육신전)」, 월헌(月軒) 정수강(丁壽崗)의 「抱節君傳(포절군전)」, 취은(醉隱) 송세림(宋世琳)의 「朱將軍傳(주장군전)」, 희락당(希樂堂) 김안로(金安老)의 「蔡生傳(채생전)」으로 이어지고, 허웅당(虛應堂) 또는 나암(懶庵)이라고 호하는 보우(普雨) 스님이 명종 20(3898)년경에 역시 뜻글로 지었다가 뒤에 국역된 것으로 알려진 불교소설인 「王郎返魂傳(왕랑반혼전)」, 임제(林悌)의 「愁城誌(수성지)」·「花史(화사)」, 이항복(李恒福)의 「柳淵傳(유연전)」, 유몽인

137 이복규, 『설공찬전』, 시인사, 1997.

(柳夢寅)의 「野鼠婚天(야서혼천)」·「楓嶽奇遇錄(풍악기우록)」, 윤광계(尹光啓)의 「杵君傳(저군전)」, 지봉(芝峰) 이수광(李晬光)의 「趙完璧傳(조완벽전)」, 최현(崔晛)의 「琴生異聞錄(금생이문록)」, 석주(石洲) 권필(權韠)의 「郭索傳(곽삭전)」·「章敬天傳(장경천전)」·「蔣奉事傳(장봉사전)」·「酒肆丈人傳(주사장인전)」·「주생전(周生傳)」, 허균(許筠)의 「南宮先生傳(남궁선생전)」·「손곡산인전(蓀谷山人傳)」·「張山人傳(장산인전)」, 조찬한(趙纘韓)의 「大夫松傳(대부송전)」·「崔陟傳(최척전)」, 장유(張維)의 「氷壺先生傳(빙호선생전)」, 김득신(金得臣)의 「清風先生傳(청풍선생전)」·「歡伯將軍傳(환백장군전)」, 최효건(崔孝騫)의 「山君傳(산군전)」, 김만중(金萬重)의 「九雲夢(구운몽)」·「사씨남정기(謝氏南征記)」, 임방(任埅)의 「天倪錄(천예록)」, 임영(林泳)의 「義勝記(의승기)」, 이익(李瀷)의 「東方一士傳(동방일사전)」·「嚬笑先生傳(빈소선생전)」, 안서우(安瑞羽)의 「金剛誕遊錄(금강탄유록)」, 박양한(朴亮漢)의 『梅翁閒錄(매옹한록)』(단편집), 조구명(趙龜命)의 「烏圓子傳(오원자전)」, 남유용(南有容)의 「屈乘傳(굴승전)」, 신후담(愼後聃)의 「金華外傳(금화외전)」·「南興記事(남흥기사)」, 이용휴(李用休)의 「海西丐者(해서개자)」, 신광수(申光洙)의 「劒僧傳(검승전)」, 안정복(安鼎福)의 「효장황제장대기공록(孝莊皇帝粧臺紀功錄 = 女容國傳)」·「흑의인전(黑衣人傳)」, 노명흠(盧命欽)이 엮은 『東稗洛誦(동패낙송)』(단편집), 채제공(蔡濟恭)의 「萬德傳(만덕전)」·「李忠伯傳(이충백전)」, 박지원(朴趾

源)의 「廣文者傳(광문자전)」·「金神仙傳(김신선전)」·「馬駔傳(마장전)」·「閔翁傳(민옹전)」·「鳳山學者傳(봉산학자전)」·「兩班傳(양반전)」·「易學大盜傳(역학대도전)」·「穢德先生傳(예덕선생전)」·「虞裳傳(우상전)」·「許生傳(허생전)」·「虎叱(호질)」, 이덕무(李德懋)의 「管子虛傳(관자허전)」·「金申夫婦傳(김신부부전)」·「銀愛傳(은애전)」, 유득공(柳得恭)의 「柳遇春傳(유우춘전)」, 구구년(具龜年)의 「五一論心記(오일론심기)」, 이이순(李頤淳)의 「花王傳(화왕전)」, 남공철(南公轍)의 「崔七七傳(최칠칠전)」, 정약용(丁若鏞)의 「장천용전(張天慵傳)」·「조신선전(曹神仙傳)」·「竹帶先生傳(죽대선생전)」, 김조순(金祖淳)의 「五臺劍俠傳(오대검협전)」, 김여(金鑢)의 「賈秀才傳(가수재전)」·「丹良稗史(단량패사)」·「索囊子傳(삭낭자전)」·「流球王世子列傳(유구왕세자열전)」·「張雲水傳(장운수전)」·「韓淑媛傳(한숙원전)」, 유본학(柳本學)의 「金光澤傳(김광택전)」·「金風憲傳(김풍헌전)」·「烏圓傳(오원전)」·「李廷楷傳(이정해전)」·「李進士傳(이진사전)」, 이옥(李鈺)의 「歌者宋蟋蟀傳(가자송실솔전)」·「却老先生傳(각노선생전)」·「成進士傳(성진사전)」·「심생전(沈生傳)」·「유광억전(柳光億傳)」·「李泓傳(이홍전)」·「場禁先傳(장금선전)」·「抱虎妻傳(포호처전)」·「峽孝婦傳(협효부전)」, 심능숙(沈能淑)의 「孤隱先生傳(고은선생전)」·「李述源傳(이술원전)」·「李遇芳傳(이우방전)」, 황현(黃玹)의 「金衣公子傳(금의공자전)」, 권호이(權好爾)의 『洛東野諺(낙동야언)』(단편집), 성여학(成汝學)

의 「灌夫人傳(관부인전)」, 한성리(韓星履)의 「관성자전(管城者傳)」, 김만진(金萬鎮)의 「錢神傳(전신전)」, 만와옹(晚窩翁)의 「一樂亭記(일락정기)」, 지은이를 알 수 없는 「강도몽유록(江都夢遊錄)」, 「桂旬傳(계순전)」, 「金華寺夢遊錄(금화사몽유록)」, 「談囊傳(담낭전)」, 「丙子江都錄(병자강도록)」, 「辛未錄(신미록 = 洪景來傳)」, 「烏有蘭傳(오유란전)」, 「林慶業傳(임경업전)」, 「彰善感義錄(창선감의록)」 등이 유명하다.

16. 1. 천군전(天君傳)

여기서는 김우옹(金宇顒)이 젊었을 때에 스승 남명(南冥) 조식(曺植)의 명을 받아 지은 「천군전(天君傳)」을 소개하여 마음을 소재로 한 짧은 뜻글 소설을 감상한다.

곤륜산 아래로 꽉 찬 땅 위에 유인씨(有人氏)라고 하는 나라가 있었다. 그 땅은 원로산(圓顱山)에서 시작하여 교지국(交趾國) 땅에까지 이르는데, 국토의 넓이는 교지국과 비슷하나, 예의로써 제후들의 숭앙을 받아 실로 하(夏)나라의 맹주가 되었다. 희제(熙帝)가 임금으로 모셔지니, 건원제(乾元帝)의 아들이었다. 건원제는 태초(太初) 원년에 조(詔)하기를, "짐이 높고 높은 자리에 있으면서 임금의 정무를 보살피는데 일이 너무 많고 넓어서 홀로 행할 수가 없기에 능력이 있어 짐을 도와 다스릴

태백산(太白山)
중국 산시성(陝西省) 서남부 미현(眉縣)에 위치, 출처 : 위키백과

수 있는 사람을 가려 짐은 앞으로 제후를 봉하여 천하에 제후의 본을 삼으려 한다."하매 여러 신하들이 말하기를, "아드님으로 대를 잇게 하는 것이 좋겠습니다." 하였다. 곧 태사(太史)에게 책문을 짓도록 명하니, 그 책문의 내용은 이러하다.

"오직 현재 수많은 나라들이 천하에 널려 있어 그 수가 너무 많아 주인이 정하여지지 아니한 곳도 많다. 이에 내가 너에게 명하여 스스로 중토(中土)에서 복무하며 너의 형제와 융적들을 달래어서 나의 제실(帝室)을 돕도록 하라! 너에게 인의(仁義)의 궁실과 예지(禮智)의 구슬과 헌원(軒轅)의 보주와 수후(隋侯)의 보배와 왕부(王府)에 갊아 가지고 있는 모든 보화를 나누어 주노니, 너는 가서 조심하여 황음한 길에 빠지지 말고, 짐의 명령을 신하들이 하는 것처럼 하라! 생각하여 보면, 너의 팔다리와 같은 신하들과 마음속에 둔 팔과 같은 중신(重臣)들도 모두 너의 원수 같은 적이 되어 안에 있는 간신들과 밖에 있는 도둑들이 틈을 타서 네 나라의 근심이 될 것이다. 너는 이것을 경계하여 잊지 말고 조심하라! 성을 높이 쌓고, 해자를 깊이 파며, 문을 겹겹으로 하고, 야경 방망이를 두드려 조금도 소홀히 함이 없게 하라! 군병을 배치하고, 순라를 돌려 경계를 하며, 법을 밝게 시행하고, 도둑들을 꾸짖어서 조금도 소홀히 함이 없게 하라! 아! 슬프다! 조심함이 이기면 좋은 일만 있고, 게으름이 이기면 멸망하노니, 게으름을 피우지 말 것이며, 황음한 짓도 하지 말고, 하늘이 주시는 녹을 길이 편안히 하라!" 하였다.

원월 갑인일(元月甲寅日)에 제(帝)가 태사(太史)에게 명하여 유인씨(有人氏)나라의 국경을 정하고, 맏아들을 봉하게 하였다. 나라 사람들이 그를 존경하며 "천군(天君)"이라고 불렀다. 천군의 처음 이름은 이(理)이었는데, 유인국의 왕이 된 뒤에 사람들이 그 이름을 마음[心]이라고 고치고 가슴 바다[胸海]에 서울을 정하였다. 즉위 첫해에 천군은 신명전(神明殿)에서 조회를 받고, 여러 겹의 문을 활짝 열어놓도록 명한 뒤에 "매우 넓어 가리는 것이 없어서 꼭 내 마음과 같구나!" 하면서 이어 수석 총리대신[太宰] 경(敬)에게 명하여, "너는 나의 뱃속에 살면서 나의 궁부(宮府)를 장엄하고도 정숙하게 하라!" 고 하고, 차석 국무총리[百揆] 의(義)에게 명하여 "너는 수석 국무총리[太宰]를 받들어 도와 만 가지 업무에 따라 온갖 뜻을 빛나게 하라!" 고 하였다. 이에 두 국무총리[二相]들은 마음을 같이 하여 정치를 이루니, 백관들이 화합하고 맡아서 하는 일들이 정연하고 엄숙하여 감히 그 벼슬을 버릴 수 없었다. 수석 국무총리 태재가 말하기를, "아! 생각을 하여 보시오! 상제께서 이렇게 명하시었으니, 두 마음을 갖지 맙시다! 당신은 사람이 보지 못하는 곳[屋漏]에 있을 때에도 신(神)의 눈은 매우 밝아서 그대의 드나듦과 동정까지도 보고 있네. 그대는 임금님께 나아가 독대하면서 흐트러져 천제 앞에서 그대의 출생에 관하여 욕되게 하지 마시오!"라고 하였다. 차석 국무총리 백규가 말하기를, "아! 경계하겠습니다. 생각하여 보면, 이들 여러 가지 공적이 당신 한 사람에게 있으니, 혹시라도 여러 벼슬살이들이 헛되이 보내지 말게 하여 당신이 하늘의 벼슬살이를 대신하시오!" 하였다. 천군(天君)이 말하기를, "그렇소. 두 사람의 도움이 없었다면, 나는 임금이 될 수 없었을 것이오. 나 한 사람의 작은 몸이 대부의 자리에 있으면서 대부를 욕되게 하고 있으니, 나를 버리지 마시오!" 하였다. 모두 머리가 땅에 닿도록 고개를 숙여 말하기를, "만약 천군께서 저희 두 신하들을 버리시지 아니하신다면, 저희 두 사람이 감히 천군께 쓰임이 되지 아니하겠습니까? 천군께서 만약 버리신다면, 비록 임금님을 바르게 보필하고자 하여도 여러 소인들 틈에서 어찌하겠습니까?" 하였다. 천군은 깊이 감동하여 받아들였다. 이로 말미암아 두 사람의 국무총리들은 그들의 충성을 다하여 여러 신하들이 크게 화합하여 나라가 안으로 잘 다스려졌다. 마침내 천제의 명을 받아 사해의 안을 통섭하고, 우주의 밖까지도 감싸서 무릇 하늘과 땅 사이에 있는 일만 여러 나라들을 모두 유인씨 나라에 속하게 명하시었다. 남쪽으로는 천근에 이르고, 북으로는 월굴에까지 이르러 교화받지 아니하는 나라가 없이 국가가 강성하여 제실의 짝이 될 수 있었던 것은 두 국무총리들의 힘이었다. 천군은 자못 미행(微行)하기를 좋아하시어 무시로 드나드시니, 여러 신하들이 그가 향하는 곳을 아무도 알지 못하였다.그것은 태재가 늘 천군께 간하여 말리었기 때문이다. 말년에는 아첨하는 신하들이 공자(公子) 해(懈)와 공손(公孫) 오(傲) 등이 일을 꾸미어 태재 경(敬)을 좇아내니, 백규 의(義)도 자리가 불편하여 가버리었다. 이에 천군은 팔준마(八駿馬)를 타고 팔황(八荒) 밖까지 급히 달려가서 때로는 하늘로 올라가 날기도 하고, 때로는 땅으로 내려와 못에도 빠졌다. 법궁(法宮)이 오래 비고, 온갖 법도들이 느슨하게 풀어지니, 눈물 바닷길[銀海路]로 요망한 도둑 화독(華督)들이 머리[首]로 난을 일으키고, 입과 귀와 눈의 삼관(三關)에 여러 도둑들이 벌떼처럼 일어났다. 천군은 두루 돌아다니며 놀고 있어서 나라에 방비가 없으므로 도둑들이 가슴 바다[胸海]를 몰래 침입하여 칼날에 피도 묻히지 아니하고 성 밖까지 들어왔다. 우리 군사들이 임금이 서려 있는 기운을 살피어 나라의 앞날을 점치던 마음[靈臺] 밑에서 패전하여 장군 강(剛)이 죽고, 도둑들의 우두머리 유척(柳跖)이 스스로 임금이 되어 마음[方寸臺]에 들어와서 살게 되었다. 궁궐은 더러워지고, 연못과 집채들은 황폐하여 처량하게 되어 비린내가 나며, 갖가지 더러운 것들이 마음속[丹田]에 가득차서 입[玉淵]에 단내가 났다. 천군은 이미 나라를 잃고, 옛집과 남은 신하들은 한 사람도 따르는 이가 없었다. 오직 공자(公子) 양(良)만이 오히려 두루 알선하여 그 틈에 비록 쓰이지는 아니하였어도 차마 버리고 가지 못하여 빌어 모시[祈招]는 시를 지어 그 임금을 경계하였다. 천군은 가엽게 생각하며 자기를 살피어 잘못을 뉘우쳐 깨닫고 곧 명을 내리었다. "수레와 가마 등 탈 것들을 정돈하고, 말고삐를 돌리고 흩어진 군졸들을 불러 모으라!" 하였다. 태재(太宰) 경(敬)이 행재소로 찾아와서 인사를 올리며 천군을 왕위에 다시 오르게 하였다. 이에 백성들이 구름처럼 모여들어 욕망을 이겨내고 예의에 따라 생활하기 10년 만에 천군이 다시 껍데기[殼子] 속으로 들어가는데, 대장군 극기(克己)가 사물기(四勿旗)를 세운 선봉이 되어 앞에 서고, 공자(公子) 지(志)가 대중을 거느리어 원수(元帥)가 되었다. 대장군이 후원이 없는 외로운 군대로 도둑들 속으로 깊이 들어가 죽살이길 머리[生死路頭]에서 도둑을 만나 명령하기를, "솥과 시루[釜甑=부증]를 깨부수고 집들을 불을 질러 태워 없이 하고, 사졸들이 반드시 죽겠다는 의지를 보이게 하라!" 하였다. 피를 흘리며 싸우기 일백 합에 도둑들이 크게 무너졌다. 천군은 신명전(神明殿)에서 왕위에 올랐다. 백규 의도 또한 천군께 와서 태재와 나누어 안팎으로 나라를 다스리었다. 태재가 임금님께 권하여 "성벽을 굳게 하되, 들을 깨끗이 하고, 요해를 빼버리소서!"라고 하였다. 그러자 도둑의 무리들이 자주 변경을 침범하매, 대장군이 기운을 날리어 성곽을 순행하니 도둑들이 모두 달아나는데, 감히 그 날카로운 힘을 감당할 수 없었다. 장군이 추격하여 그들을 잡아 목을 베고, 군대를 진격시켜 도둑들의 소굴을 뒤엎어 다 없이하여 건원제(乾元帝)가 내려 주신 땅을 되찾게 되니, 군대가 돌아와서 싸움에 이긴 것을 대궐 뜰에서 알리었다. 이때부터 눈과 입과 귀의 삼궁(三宮)이 편안하고 조용하여 나라의 일천리가 빛나고 깨끗하여 나라의 어지러웠던 흔적이 없었다. 천군이 팔짱을 끼고 긴 옷을 입고 편하게 앉아서 다스리니, 태재는 천군의 덕을 도와서 만화(萬化)의 근본을 밝히고, 백규 의는 일의 변화에 따라 한결같이 근본을 써 선포하여 각각 그 직책을 받들었으므로 나라에 일이 없었다. 임금이 위에 있은 지 100년 만에 6룡을 타고 천제(天帝)의 뜰에 조회하러 가서 돌아오지 아니하였다. 태사공(太史公)이 말하기를, "내가 천군이 임금 노릇한 것을 보니, 태재 경(敬)의 보좌에 힘입은 것이 크다. 천군의 다스림은 경(敬)을 정승으로 등용한 까닭이고, 그 나라가 어지러웠던 것은 경을 버린 까닭이었으며, 그에게 나라가 돌아온 것은 경을 다시 쓴 까닭이다. 상제(上帝)와 짝이 되었던 것도 경 때문이었다. 만방을 다스린 것도 경 때문이니, 첫째도 태재요, 둘째도 태재이었다. 아! 슬프다! 한 사람의 정승을 얻으면 흥하고, 한 정승을 잃으면 망하는 것이니, 임금과 신하가 서로 가까워야 하는 것을 경계로 삼지 아니할 수 있겠는가?" 하였다.[138]

이 작품은 아직 학계에 널리 알려지지 아니한 동강(東岡) 김

138 有國於崑崙之下磅礴之上號曰有人氏其地自圓顱山至交趾土不過同而以禮義爲諸侯所宗實主夏盟以熙帝載其君則乾元帝之子也乾元帝太初元年詔曰朕居巍巍之上萬機寔繁無以獨運有能佐朕以治朕將寵之下土式是百辟僉曰胤子可乃命太史作策命其詞曰唯玆萬國逖在下地林林總總靡有定主肆予命汝自服于中土汝尙同爾兄弟撫玆戎醜以贊我帝室分汝以仁義之室禮智之琛軒轅氏之珠隋侯之璧王府珍藏咸錫予之往欽哉無荒墜朕命如不君惟爾股肱心臂皆汝仇敵內姦外寇投間抵隙爲汝邦患汝其戒此念之敬之高城深池重門擊柝罔有小忽陳兵巡警明法詰盜罔有小忽嗚呼敬勝則吉怠勝則滅無怠無荒永綏天祿元月甲寅帝使太史命彊有人之國封胤子爲國人尊之號曰天君天君初名理旣封於人庚名曰心都胸海元年天君受朝于神明殿命洞開重門曰軒豁無蔽正如我心爰命太宰敬曰汝宅腔子裏肅清我宮府命百揆義曰汝協于太宰順應萬務以熙百志於是二相同心政成事合百官有司整整肅肅無敢荒厥官太宰曰吁念哉上帝寔命無貳爾在屋漏神目孔昭出入起居及爾出王對越在天無忝爾所生

우옹(金宇顒)이 사람의 마음[天君]을 의인화한 이른바 천군소설(天君小說)이라는 우화소설(寓話小說)이다.

16. 2. 양반전(兩班傳)

이 작품은 당시 실용지학(實用之學)의 중견으로 이름 높은 연암 박지원이 지은 뜻글소설이다. 연암의 뜻글소설 9편 중에서 가장 뛰어난 작품으로 평가된다.

지은이는 본관이 반남이고, 자를 중미, 호를 연암, 시호가 문

百揆曰吁戒哉惟玆庶積在汝一人無或曠于庶官君其代于天工君曰兪靡二子之助我無以爲君予一人眇躬辱在大夫大夫無棄我皆稽首曰君若不棄二臣臣敢不爲用君如棄之雖欲匡輔其於群小何君深納焉由是二相得盡其忠群臣大和國內大治遂承帝命統攝四海之內包括宇宙之外凡命於兩儀之間萬餘國皆有人氏之屬南至于天根北至于月窟無有化外之邦國家强盛克配帝室者二相之力也君頗好微行出入無時群臣莫知其鄕太宰每諫止之末年佞臣公子懈公孫傲登用事逐太宰敬百揆不安位而去君於是乘八駿馬馳騖八荒之外或陞而天飛或降而淵淪法宮久空百度縱弛銀海路妖賊華督等首亂三關群盜蜂起君巡遊在外國無備禦賊襲胸海不血刃而入其郭我師敗績于靈臺之下將軍剛死之賊酋柳跖自立爲君入居方寸臺宮闕汚穢池殿荒凉腥膻醜種瀰漫丹田薰蒸玉淵天君旣失國故家遺臣無一從者唯公子良尙周旋其間雖不見庸不忍棄去乃作祈招之詩以警其君君惻然省悟卽命整駕回鑾收召散卒太宰敬詣行在使復其位於是百姓雲集克己恢復十年天君復入殼子裏大將軍克己建四勿旗爲前鋒公子志統大衆爲元帥大將軍孤軍深入遇賊于生死路頭命破釜甑旣燒廬舍視士卒必死血戰百合賊衆大潰君正位于神明殿百揆義亦來太宰分治內外太宰勸上堅壁淸野控制要害賊黨數犯邊大將軍厲氣巡城賊皆却走莫敢當其鋒將軍迫擊盡斬之進兵覆其巢穴盡復乾元帝所賜之地界師還告捷于丹墀自是三宮淸晏四野寧謐金甌千里瑩淨無痕天君拱已垂衣而治太宰輔君德以淸萬化之本百揆應事變以宣一本之用各恭其職國家無事上在位一百年乘六龍朝帝庭不還太史公曰予觀天君之爲君也其賴太宰敬之輔乎其治也以相敬其亂也以去敬其還也以復敬其配上帝也以敬其統萬邦也以敬一則太宰二則太宰嗚呼得一相而興失一相而亡人君可不愼所相與.(『東岡先生文集』 권 12)

박지원(朴趾源)의 초상
제작 작가 : 손자 박주수, 후손 박찬우 소장,
출처 : 위키피디아

도(文度)이다. 서울에서 출생하여 벼슬살이에 뜻이 없어 황해도 금천(金川)에 가서 실용의 학문에 관심을 가지고, 담헌(湛軒) 홍대용(洪大容)과 함께 자연과학에 관심을 가지고 지동설에 동조하였다. 정조 4(4113)년에 8촌 형이면서 정조의 고모부인 금성도위(錦城都尉) 박명원(朴明源)을 따라 청나라를 다녀오면서 청나라 학자들과 교유한 내용과 노정에서 듣본 기록인 『熱河日記(열하일기)』를 저술하였으며, 50세에야 벼슬살이를 시작하여 선공감감역(繕工監監役)·한성부판관(漢城府判官)·

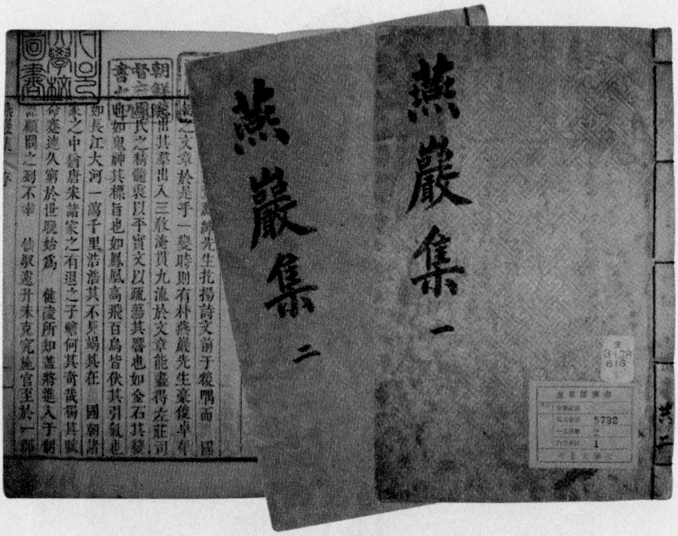

연암집(燕巖集)
1900년간 김택영 편. 서울대학교 규장각 도서관 소장

안의현감(安義縣監)·해미현감(海美縣監) 등을 지냈다. 저술로는 뜻글 문집 『燕巖集(연암집)』이 전한다.

「양반전」의 전문은 다음과 같다.

양반은 선비들의 겨레부치들을 높여서 이르는 말이다. 정선(旌善) 고을에 한 양반이 있었는데, 어질어서 글 읽기를 좋아하였다. 군수가 새로 도임하면, 언제나 반드시 그 양반의 초막집을 직접 찾아가 인사를 하였다. 그러나 집이 가난하여 고을에서 봄에 환곡으로 곡식을 받아먹고, 가을에 갚아야 하는 환상[糶糴米]으로 살면서 갚지를 아니한 지 여러 해가 되어 빚이 일천 석에 이르렀다.

강원도 관찰사가 순행하여 정선군의 조적부를 살피다가 크게 성을 내어 말하기를, "양반이 무엇하는 것인가? 군비만 축내는 것이니, 그 양반을 감옥에 가두라!" 고 명령을 내리었다. 군수는 마음속으로 그 양반이 가난하여 갚을 수 없는 것을 안타까워하면서도 어쩔 수가 없어서 그 양반을 옥에 가두었다. 양반은 어찌할 바를 몰라 밤낮으로 울어도 옥에서 나갈 계책을 찾지 못하였다.

그 아내는 성이 나서 남편 꾸짖기를, "한평생 당신은 책만 읽더니, 환자 갚는 일에는 도움이 될 일이 없구료! 에이! 양반? 양반? 일전짜리도 못되는구료!" 하였다.

그 마을에 살고 있는 부자가 사사로이 가족회의를 열어 말하기를, "양반은 비록 가난하여도 늘 영화롭고, 나는 비록 부자이지만 항상 비천하여 감히 말은 타지도 못하며, 양반을 만나면 허리를 구부리고 몸둘 바를 몰라 배를 땅에 깔고 마당에서 절을 하고 코를 끌며 무릎으로 기어가야 한다. 나는 늘 이와 같이 하니, 그 얼마나 부끄러운 일인가? 이제 양반이 가난하여 환자를 갚을 능력이 없어 대단히 궁하게 되어 참으로 그 형세가 양반의 지체를 유지할 수 없을 것이다. 내가 그 양반의 지체를 사서 살아야겠다." 하고, 마침내 양반의 집으로 찾아가서 그 환자를 갚아줄 것을 청하였다. 양반은 크게 기뻐하면서 허락하였다. 이에 부자가 그 자리에서 그 환자를 관청에 실어다 바치었다.

군수가 크게 놀라 이상히 생각하고, 군수는 스스로 그 양반에게 가서 위로한 뒤에 또 환곡을 보상한 일에 관하여 물으니, 양반이 벙거지를 쓰고 짧은 잠방이를 입고 길바닥에 엎드려 군수를 뵙고 "쇤네[小人]"라고 일컬으며 감히 쳐다보지를 아니하였다. 군수가 깜짝 놀라 교자에서 내리어 양반을 부축하여 일으키며 말하기를, "어르신이 어찌하여 이처럼 몸을 낮추어 욕되게 하십니까?" 하니, 양반이 더욱 두려워하면서 고개를 숙이고 엎드려 절하며 "황송합니다. 쇤네는 감히 스스로 욕되게 하는 것이 아니옵니다. 이미 스스로 그 양반의 지체를 팔아서 그것으로 환곡을 갚았습니다. 이 마을에 살고 있는 부자가 곧 양반입니다. 쇤네는 다시 어찌 감히 양반이라는 지체를 불러 스스로를 높이겠습니까?" 하였다.

군수는 탄식하여 말하기를, "군자(君子)이로군! 부자 사람이 양반이라! 부자 사람이여! 돈이 많으면서도 인색하지 아니함은 의로운 것이고, 위기에 빠진 어려운 사람을 구함은 어짊이며, 비천한 것을 싫어하며 높은 지위를 사모하는 것은 슬기로움이다. 이 사람이야말로 진정한 양반이다. 비록 그렇다고 하더라도 사사로이 이룬 교역이기에 계약서를 쓰지[立券] 아니하면 송사(訟事)의 실머리가 된다. 내가 너희와 약속을 맺어 고을 사람들이 그것을 증명하도록 하여 계약서를 만들어 그 사실을 믿게 하고, 군수도 마땅히 서명할 것이다." 하고, 이어 군수는 관청으로 돌아와서 고을의 선비 무리들과 농민, 공업 기술인, 장사하는 사람들을 다 불러 그들이 동헌 뜰에 모두 모이자 부자 사람은 향소(鄕所)의 오른쪽에 앉히고, 양반은 아전[公兄]들의 아랫자리에 서게 하고, 곧 계약서를 작성하기를,

건륭 10(4078, 영조 21, 청고종 10, 1745, 을축)년 9월에 다음과 같이 글로 적어 밝힌다.

삼가 양반을 팔아서 관가의 곡식을 보상하였으니, 그 값은 일천 섬이다. 오직 저 양반은 이름이 여러 가지이라서 책을 읽는 사람을 "선비[사(士)]"라고 하니, 정치를 하면 대부(大夫)가 되고, 덕이 있으면 군자(君子)라고 한다.

무관은 계급에 따라 서편에 늘어서고, 문관은 위계에 따라 동쪽에 늘어서니, 이 둘을 양반이라 한다. 너는 이제부터 더러운 일은 다 버리고 예스럽기를 바라며, 뜻을 고상하게 하고 새벽 3-5시 사이[오경(五更)]에 늘 일어나서 불을 밝혀 놓고, 눈은 코끝을 보고, 발뒤꿈치를 모아 엉덩이를 바치고, 송(宋)나라 여조겸(呂祖謙)이 지은 『동래박의(東萊博義)』를 언 박처럼 매끄럽게 외우고, 배고픔을 참고 추위를 견뎌내며, 가난함을 입으로 말하지 아니하고, 아래 웃니를 딱딱 마주치며 머리를 두드리며, 잔기침을 하고 침을 삼키며, 소맷자락으로 때 묻은 갓을 닦고, 먼지 털기를 물결치듯 하며, 세수를 하면서 주먹의 때를 비비지 말고, 양치질은 지나치게 말 것이며, 늘어진 소리로 계집종을 부르고, 신을 끌어 천천히 걸어야 하며, 송나라 황견(黃堅)이 엮은 『고문진보(古文眞寶)』와 명(明)나라 고병(高棅)이 엮은 『당시품휘(唐詩品彙)』를 깨알 같은 글씨로 베끼어 한 줄에 백 자씩 쓰고, 손으로는 돈을 만지지 말 것이며, 쌀값을 묻지 말 것이고, 더워도 버선을 벗지 말 것이며, 밥은 민상투로 먹지 말 것이고, 음식을 먹을 때에는 국을 먼저 먹지 말며, 마실 때에는 후루룩거리지 말 것이고, 젓가락질할 때에는 소반을 내리찍어 소리내지 말 것이며, 날파[生葱]를 먹지 말 것이고, 술을 마실 때에는 턱수염을 훑어내리지 말 것이며, 담배를 피울 때에는 볼우물이 파이도록 깊이 빨지 말 것이고, 분하다고 아내를 주먹질 말 것이며, 성이 난다고 그릇을 발길질 말 것이고, 아녀자들에게 주먹질을 하지 말 것이며, 종을 심히 꾸짖어 죽이지 말 것이고, 소나 말을 꾸짖을 때에 팔아먹은 전 주인을 욕하지 말 것이며, 병이 들었다고 무당을 부르지 말고, 제사를 올린다며 중이 드리는 재를 말 것이며, 화롯불에 손을 쬐지 말고, 잠꼬대나 이갈기를 하지 말 것이며, 소 잡는 일을 하지 말 것이고, 투전도 하지 말 것이다. 무릇 이 온갖 행위에 어긋남이 있으면, 양반은 이 문건을 가지고 관가에 와서 변정하라. 고을의 주인 정선군수가 직인을 찍고, 좌수와 별감이 증인으로 서명하였다. 이에 통인이 도장을 내려찍는데, 그 소리가 북을 치듯 엄중하게 가로세로로 하고, 호장이 소리를 높이어 읽기를 마치었다.

부자 사람이 어처구니없는 모양을 한동안 하고 있다가 말하기를, "양반이 이것뿐입니까? 제가 듣기에는 양반은 신선과 같다던데, 이것을 보면 아무 재미도 없습니다. 바라옵건대 이로운 일들로 고쳐 주십시오." 하였다.

이에 곧 계약서를 다시 작성하기를, "생각하여 보면, 하늘이 백성을 낼 때에 네 부류로 하였으니, 그중에서 가장 귀한 사람들이 선비이니 이들을 양반이라고 일컫는다. 이로운 것이 더할 수 없이 크다. 양반은 스스로 밭을 갈지 아니하고, 장사도 하지 아니하며, 거칠게나마 글과 역사책을 읽을 수 있으면 크게는 문과에 급제할 수 있으며, 조금 이루면 진사(進士)가 되고, 문과에 급제하면 홍패를 차며, 그 홍패는 2자(66cm)에 지나지 아니하지만 온갖 물건들을 다 갖추어 지니게 되니, 생각하면 돈주머니이다.

진사는 나이 30에 첫 벼슬을 하더라도 오히려 늦지 아니하여 이름 높은 음관이 될 수 있고, 게다가 훌륭한 남인(南人)에게 잘 보이면, 수령 노릇을 하느라 귓바퀴가 일산(日傘) 바람에 하얗게 되고, 배는 하얀 방울처럼 배불뚝이가 되며, 집사람은 귀고리로 장식하고 기녀처럼 화장하며, 안마당의 곡식은 학의 먹이로 쓰고, 궁핍한 선비의 몸으로 시골에 살아도 오히려 권력으로 강력하게 일을 처리할 수도 있어서 이웃집 소를 빌어 남보다 먼저 논을 갈고, 마을 사람들을 동원하여 내 밭을 먼저 김매어도 누구도 감히 나를 나무라지 못한다. 네가 남의 코에 재를 뿌리거나 상투를 흔들고 수염을 뽑아도 감히 누가 원망을 하겠는가?" 하였다.

부자 사람은 그 증서가 반쯤 되었을 때에 혀를 빼어 물고 "그만! 그만! 맹랑하구만요. 앞으로 나를 도둑놈을 만들 셈입니까?" 하면서 머리채를 흔들면서 가버리었다.

부자 사람은 죽을 때까지 다시는 양반이라는 말을 입에 올리지 아니하였다.[139]

139 兩班者士族之尊稱也旌善之郡有一兩班賢而好讀書每郡守新至必親造其廬而禮之然家貧歲食郡糶積歲至千石觀察使巡行郡邑閱糶糴大怒曰何物兩班乃乏軍興命囚其兩班郡守意哀其兩班貧無以爲償不忍囚之亦無可奈何兩班日夜泣計不知所出其妻罵曰生平子讀書無益糶官糴咄兩班兩班不直一錢其里之富人私相議曰兩班雖貧常存榮我雖富常卑賤不敢騎馬見兩班則跼蹐屛營匍匐拜庭曳鼻膝行我常如此其僇辱也今兩班貧不能償糴方大窘其勢誠不能保其兩班我且買而有之遂踵門而請償其糴兩班大喜許諾於是富人入輸其糴於官郡守大驚異之自往勞其兩班且問償糴狀兩班氈笠衣短衣復塗謁稱小人不敢仰視郡守大驚下扶曰足下何自貶辱若是兩班益恐懼頓首俯伏曰惶悚小人非敢自辱已自鬻其兩班以償糴里之富人乃兩班也小人復安敢冒其舊號而自尊乎郡守嘆曰君子哉富人也兩班哉富人也富而不吝義也急人之難仁也惡卑而慕尊智也此眞兩班雖然私自交易而不入券訟之端也我與汝約郡人而證

경복궁 근정전(景福宮 勤政殿)
국보 제223호, 출처 : 문화재청

之入券而信之郡守當自署之於是郡守歸府悉召郡中之士族及農工商賈悉至於庭富人座鄉所之右兩班立於公兄之下乃爲立券曰乾隆十年九月日右明文段謹賣兩班爲償官穀其直千斛維厥兩班名爲多端讀書曰士從政爲大夫有德爲君子武階列西文秩敍東是爲兩班任爾所從絶棄鄙事希古尙志五更常起點硫燃脂目視鼻端會踵支尻東萊博義誦如氷瓢忍飢耐寒口不說貧叩齒彈腦細嗽嚥津袖刷毳冠拂塵生波盥毋擦拳漱口毋過長聲喚婢緩步曳履古文眞寶唐詩品彙鈔寫如荏一行百字手毋執錢不問米價暑毋跣襪飯無徒髺食無先羹歠毋流聲下箸毋舂毋餌生葱飮醪毋撮鬚吸煙毋輔窳忿毋搏妻怒毋踢器毋拳毆兒女毋詈死奴僕叱牛馬毋辱鬻主病毋招巫祭不齋僧爐不煮手語不齒睡毋屠牛毋賭錢凡此百行有違兩班持此文記卞正于官城主旌善郡守押座首別監證署於是通引楊印錯落聲中嚴鼓斗縱參橫戶長讀旣畢富人愴然久之曰兩班只此而已耶吾聞兩班如神仙審如是大乾沒願改爲可利於是乃更作券曰維天生民其民維四四民之中最貴者士稱以兩班利莫大矣不耕不商粗涉文史大決文科小成進仕文科紅牌不過二尺百物備具維錢之囊進仕三十乃筮初仕猶爲名蔭善事雄南耳白傘風腹皤鈴諾室珥冶妓庭穀鳴鶴窮士居鄉猶能武斷先耕隣牛借耘里氓孰敢慢我灰灌汝鼻暈髺汰鬚無敢怨咨富人中其券而吐說曰已之已之孟浪哉將使我爲盜耶掉頭而去終身不復言兩班之事.(『燕巖集』 권 8)

[7장]
종교문학(宗敎文學)

조선시대 중기까지는 도교(道敎)와 불교(佛敎)와 유학(儒學)이 당시 국민들의 가슴속 깊이 신앙의 대상으로 존재하였다. 원래 유학(儒學)은 잉글리시(English)로는 "컨퓨시아니즘(Confucianism)"이라고 하여 종교가 아닌 "공자(孔子)의 가르침"이라는 뜻으로 일컫는다. 그러나 뜻글 문화권[韓文文化圈]의 동양에서는 거의 종교처럼 공자의 가르침에 따라 각 가정의 조상신(祖上神)들을 신앙하고 있는 점에서 굳이 종교화한다면 "조상숭배교(祖上崇拜敎)"라고 할 수 있다. 필자는 조선시대 유가중심 사회(儒家中心社會)에서 이루어진 문학작품들을 굳이 "유가문학(儒家文學)" 또는 "유교문학(儒敎文學)"이라는 말로 구분하는 것이 온당하지 아니하기 때문에 여기서는 뜻글 문학이든 국문 문학의 어느 쪽이든 스님들이나, 서학[天主敎]

신자와 도교 신자가 아닌 일반 유학자들이 창작한 작품들은 "애제문학(哀祭文學)" 작품들을 포함한 모두를 유가문학(儒家文學)이라고 보고 이 종교문학의 항에서는 따로 언급하지 아니한다.

다만, 조선 초기부터 오늘날까지 이어져 오는 "도교문학(道教文學)"과 "불교문학"과 조선 중기 이후에 이른바 "서학(西學)"이라는 이름으로 서민들의 가슴속을 깊이 파고 들어온 "천주교문학(天主教文學)"과 또 "서학"의 대립적 처지에서 자생(自生)한 이른바 "동학(東學)"이라는 이름의 "천도교문학(天道教文學)"만을 나누어서 다루기로 한다.

1. 도교문학(道教文學)

도교문학(道教文學)은 넓은 의미로 말하면, 도선문학(道仙文學), 또는 선교문학(仙教文學) 혹은 선도문학(仙道文學)이라고도 일컬어진다.

퇴경(退耕) 권상로(權相老)는 "도교(道教)"라는 말 대신에 우리나라의 "고교(古教)"와 "선교(仙教)"로 나누어 설명하면서 "壇君記事(단군기사)", "神市時代(신불시대)", "古記解釋(고기해석)", "誥訓(고훈)"·"三一神誥(삼일신고)"로 쪼개어 설명하고

"선교"는 "선도(仙道)"로 표현하면서 외래종교(外來宗敎)로 분류하고 있다.[140]

또 안창범은 그의 저서 『한민족의 신선도와 불교』에서 우리나라 신선도(神仙道)의 시원을 아래와 같이 설명하고 있다.

> (전략) 『청학집(靑鶴集)』에 의하면, 한인(桓仁)은 동방선파(東方仙派)의 조종으로 그 뜻을 그 아들 한웅(桓雄)에게 전하니, 한웅은 아버지의 뜻을 받들어 동방의 족속들을 교화하였으며, 다시 한웅의 아들인 단군[141]이 그 일을 계승해서 1,000년 동안 나라를 다스리다가 아사달에 들어가 선거(仙去)하였는데, 그후 그 도(道)가 문박씨(文朴氏)에게 전승되고, 문박씨는 단군[檀帝]의 도를 향미산인 영랑(向彌山人永郎)에게 전수하였다고 하였다.

라고 하여 우리나라의 잃어버린 상고사(上古史)를 신선도(神仙道)로 연결하고 있다. 원래 『靑鶴集(청학집)』은 조선시대 선조(宣祖)-인조(仁祖) 때 사람으로 신선의 술법을 닦는 무리인 조여적(趙汝籍)이 지은 선가(仙家)의 책이다.

조선시대로 들어오면서 초기에는 도교(道敎)의 신앙이 불교와 함께 많이 침체되었다. 차이나인 왕원화(王元化)의 『도교(道

140 權相老, 『朝鮮宗敎史草稿』, 梨花文化社, 1990.(『退耕堂全書』 권 8).
141 "단군"은 "단제(檀帝=Emperor Dhan)"로 바로잡아 고쳐 일컬어야 한다.

敎)』 3권에 의하면, 조선 초의 단학파(丹學派)의 시조를 조운전(趙雲傳)이라 하고, 그 다음은 설현(薛賢)의 도를 이어받은 매월당(梅月堂) 김시습(金時習)이라고 소개하며, 조선 단학(丹學)의 중흥조(中興祖)라고 하였다. 동봉(東峰) 김시습의 뒤를 이은 이로는 남궁두(南宮斗)를 의상(義湘)의 도술(道術)을 이어받은 도인(道人)이라면서 금색 찬란한 금단(金丹) 제조 기술이 뛰어나 지상선(地上仙)이 되었다고 하였다.[142]

또 어우당(於于堂) 유몽인(柳夢寅)도 신선사상(神仙思想)에

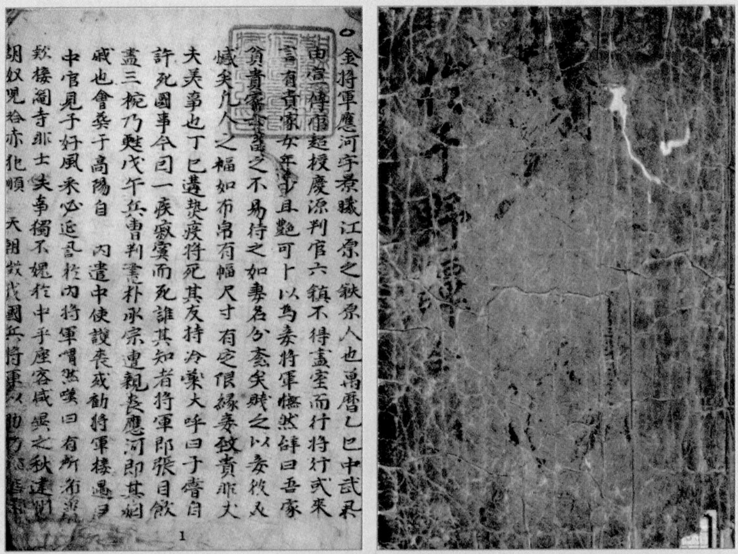

어우야담(於于野談)

청구기호 : 한古朝56-나89, 출처 : 국립중앙도서관

142 王元化, 『道教』, 3권, 上海古籍出版社, 1992.

심취하였던 것은 그의 저술『於于野談(어우야담)』에서 확인할 수가 있다.

1. 1. 동봉(東峰)의 선도시(仙道詩)

團欒相話無窮盡　화목하게 주고받는 이야기 다함없고,
綠水青山望望遙　맑은 물 푸른 산이 아득히 바라뵈네.
何日重期松榻下　소나무 의자에서 다시 만남 언제일까?
十分淸話握吹毛　모든 헛 얘기들이 남의 흠을 잡아내네.

이 작품은 동봉(東峰) 김시습(金時習)이 지은 「別道人(별도인)」의 전문이다.

1. 2. 교산(蛟山)의 장산인전(張山人傳)

장산인(張山人)의 이름은 한웅(漢雄)이나, 그가 어떤 사람인지는 알지 못한다. 그의 할아버지로부터 3대에 걸쳐 외과의사[瘍醫]를 업으로 하여 살았다. 그의 아버지는 일찍이 상륙(商陸=한약재)을 먹고 귀신을 볼 수가 있어서 그들을 부리기도 하였다. 그는 나이가 98세이었으나, 40대로 보이었다. 집을 나간 뒤에 어디로 갔는지 알 수가 없었다. 그가 집을 떠날 때에 2권의 책을 아들에게 남기었으니, 곧『玉樞經(옥추경)』과『運化

玄樞(운화현추)』이었다. 산인(山人=張漢雄)이 그 책을 받아 수만 번을 읽고 나서 역시 귀신을 불러 부리어 학질(瘧疾)이나 문둥병 같은 몹쓸 병[癘]을 치료할 수도 있었다. 갑자기 그런 일들을 그만두고, 40의 나이에 집을 나가 지리산(智異山)으로 들어갔다. 전에 만난 일이 있는 이인(異人)을 만나 연마법(煉魔法)을 배우고, 또 『修眞十書(수진십서)』를 읽었다. 빈 암자에 앉아서 3년 남짓 오랜 동안 음식을 먹지 아니하고 살았다.

하루는 산간 좁은 골짜기를 지나가는데, 두 사람의 스님들이 그를 뒤따랐다. 숲속에 이르자 날이 어둑어둑하여졌는데, 두 마리의 호랑이들이 나타나서 엎드려 산인(山人)을 맞이하였다. 산인이 그 범들을 꾸짖어 나무라니, 호랑이들이 귀를 내리고 꼬리를 흔들며 살려줄 것을 비는 것 같았다. 산인(山人)이 스스로 한 마리 범의 등에 올라타고, 두 스님들에게는 다른 한 마리의 범을 타게 하여 절의 문 앞에 이르자 범들이 엎드려 내려놓고 달아났다. 산에서 18년을 머물다가 서울로 돌아와서 홍인문(興仁門=동대문) 밖에 이르러 살았다. 나이가 60이 되었어도 외모가 전혀 늙어 보이지 아니하였다.

이웃에 비워둔 집이 있었는데, 그 집의 주인이 "흉가(凶家)이라서 들어가 살 수가 없으니, 그 흉물을 물리쳐 달라."고 그에게 청하였다. 산인이 밤에 그 집을 가 보았더니, 두 사람의 신인(神人)이 앞에 와서 꿇어 앉아 말하기를, "우리는 문 귀신과 부엌 귀신입니다. 요사스러운 뱀이 이 집을 차지하여 사악한 짓거리를 하고 있으니, 그것을 죽여주소서." 하면서 곧장 집 마당 안에 있는 큰 느티나무 뿌리를 가리키었다. 산인이 주문을 외며

물을 그 나무뿌리에 뿜어내자 조금 있으니까 사람의 얼굴을 한 큰 뱀이 거울처럼 빛나는 눈을 굴리면서 굼틀거리며 나오다가 절반도 못 나와서 죽었다. 산인은 그 뱀을 불에 태워 없이하게 하였다. 집은 마침내 깨끗하게 되었다.

산인은 사람들과 어울려 놀러 다니면서 작살질로 물고기를 잡아서 죽은 놈만 골라서 물동이에 담아 놓고 순갈로 약을 넣어 주면 다시 살아나서 의기양양하게 움직이었다. 사람들이 "죽은 꿩으로 시험하여 보라."고 하였다. 산인은 또 순갈로 약을 꿩의 입속으로 넣어 먹이니, 곧 살아나서 빠르게 날아가므로 사람들이 모두 이상하게 생각하면서 말하기를, "죽은 사람도 역시 그렇게 다시 살려낼 수가 있습니까? 없습니까?" 하였다. 산인이 말하기를, "무릇 사람은 태어나면서부터 그 정이 멋대로이어서 삼혼(三魂)과 칠백(七魄)이 그 몸이나 집에서 떠난 사람이라도 3년이 지난 뒤라야 겨우 목숨이 완전히 끊어지기 때문에 약으로는 그를 다시 살릴 수는 없다." 산인이 사람들을 속이어 문자를 읽지 못한다고 하면서도 글을 잘 짓고 스스로 즐기었으며, 밤눈이 어둡다고 밤나들이를 하지 아니하면서도 어두운 곳에서 잔글씨의 책들도 잘 읽고, 그 밖의 잡기(雜技)의 놀이도 잘하여서 베로 만든 병에 술을 담거나, 종이로 만든 그릇에 불을 피우는 것 같은 일들로 세상 사람들의 눈을 어지럽게 하여 모두 기록할 수가 없다.

점쟁이 이화(李和)라는 사람이 점을 잘 친다고 한창 이름을 날리고 있는데, 산인은 그를 자기보다 아래라고 생각하였다. 평소에 이화가 점치는 것을 볼 때마다 잘못이 있는 것을 보면, 산인은 문득 고쳐서 말하여 주는데, 모두가 정확하게 들어맞았으므로 이화도 감히 한 마디도 군소리를 하지 못하였다. 이화는 말하기를, "산인은 좌우에 늘 300명의 귀신들의 호위를 받고 있으니, 참으로 이상한 사람이다."라고 하였다.

임진왜란이 일어났을 때에 산인은 나이가 74세이었다. 그는 집을 처분하여 여러 조카들에게 나누어 주고 자기는 다 떨어진 옷 한 벌과 지팡이 하나만 짚고 5월에 소요산(逍遙山)으로 들어가서 스님에게 말하기를, "올해가 나의 목숨이 다하는 해이니, 반드시 화장(火葬)하여 달라!"고 하였다. 얼마 안 되어 왜적들이 들이닥쳐 앉은 채로 칼에 찔렸는데, 피가 마치 하얀 기름 같았고, 시신도 넘어지지 아니하였다. 잠시 후에 큰 우레가 치며 비가 쏟아지니, 왜적들이 겁을 먹고 달아났다. 산승들이 다비식(茶毗式)을 올리자 서광(瑞光)이 3일 동안 밤낮 없이 하늘에 뻗혀 있었으며 사리(舍利)가 72알이 나왔는데, 그중에 큰 것은 가시연밥의 열매만큼이나 컸다. 빛깔은 감록색이었는데, 금년(그해) 9월에 탑(塔) 속에 넣어 두었다. 이 해 9월에 산인이 강화도(江華島)의 정붕(鄭霦)의 집에 이르렀는데, 정붕이 그가 죽은 것을 몰랐다. 3일간을 머물다가 가면서 스스로 말하기를, "금강산(金剛山)으로 가네." 하였다. 이듬해가 되어서야 정붕은 그가 죽은 것을 알았는데, 사람들이 "검해(劍解)"라고 하였다. 정붕도 역시 이인(異人)을 만나서 점을 잘 치고, 관상(觀相)을 잘 보던 관상가이었다. 하는 말마다 기이하게도 꼭꼭 들어맞는 일이 많았다. 제사 때에 집사하는 벼슬인 참봉(參奉)을 제수 받고도 응하지 아니하였다. 어떤 사람은 "그가 귀신을 부릴 수 있었는

데, 일찍 죽었다." 고 하였다.[143]

이 작품은 교산 허균이 지은 「장산인전」의 전문이다.

이 작품을 도교문학으로 다루는 것은 피전자(被傳者)로 죽었다가 환생하여 돌아다닌 장산인(張山人)이나 이화(李和)와 정붕(鄭鵬) 같은 사람들이 당시로서는 평범한 사람들이 아닌 이인(異人)으로 이적(異蹟)들을 행하는 사람들이라서 도선적(道仙的) 색채가 짙기 때문이다.

또 지은이 교산 허균은 본관이 양천이고, 자는 단보, 호는 교산이다. 선조 27(3927)년에 문과에 급제하여 벼슬이 형조판서와 의정부 참찬을 지냈다. 일찍이 유학과 불교와 도교와 서학(西

143 張山人名漢雄不知何許人也自其祖三世業瘍醫其父嘗餌商陸能視鬼而役使之年九十八如四十許人出家去莫知所終臨行以二卷付之乃玉樞經及運化玄樞也山人受之讀數萬遍亦能呼召神鬼治瘧瘤輒已之四十出家入智異山嘗逢異人受煉魔法又讀修眞十書坐空庵不食三年餘一日行峽中二僧隨之至林薄間有雙虎出而伏迎山人叱之虎珥耳搖尾若乞命者山人自騎其一令二僧並跨其一至寺門虎伏而退去住十八年而回至洛居于興仁門外六十而皃不衰隣有空宅凶不可入其主請穰之山人夜詣之有神二人來詭曰吾門竈神也有妖蛇據之售其奸請誅之卽指庭中大槐根山人呪水噴之有頃大蛇人面者目如鏡蜿蜒以出其半而斃令焚之宅遂清與人游箭串捉魚山人擇死者盛於水盆以匙藥投之魚更活洋洋然人試以死雉又以匙藥納口中卽奮迅而活人皆怪之曰死人亦可甦否山人曰凡人生而恣其情三魂七魄難宅舍者三年然後方絶不可以藥返之也山人繆爲不解文而文自好且稱雀眼夜不出而能於昏讀細字其他雜技戱如布瓶盛酒紙병構火等事眩耀世人者不可紀卜人李和方有名山人弟視之常觀其筭命有謬則山人輒改之言皆中和不敢贊一辭和曰山人左右常有三百神衛之眞異人也壬辰倭亂日山人年七十四處其家分與諸姪一衲携笻五月入逍遙山語僧曰今年命當訖須焚葬之未久賊至坐而受刃其血如白膏立不僵俄而大雷雨賊惧而去山僧茶毗則瑞光矚天三晝夜得舍利七十二粒其大如芡實也紺碧藏之塔中是年九月山人至江華鄭붕家붕不知其死留三日去自言往金剛山明年方知其死人謂劍解也붕亦遇異人善占侯風鑑象律家言多奇中爲齋郎不受或言其能役鬼早卒.(『惺所覆瓿藁』 권 8)

學)에 통하였다. 자유분방한 성품의 진보 성향이 짙은 사람으로 호평과 악평이 교차하였다. 특히 광해군 2(3943)년에는 명(明)나라 사행(使行)의 한 사람으로 북경(北京)을 다녀오면서 천주교 기도문 12단(端)을 얻어 오고, 명나라 고전소설들을 많이 구입하여 왔다. 시문에 뛰어나 당대의 문필가로 이름이 높았다. 저술로는 국문 소설 『홍길동전』과 뜻글 문집 『惺所覆瓿藁(성소부부고)』와 시비평집인 『惺叟詩話(성수시화)』 등이 전하여지고 있다.

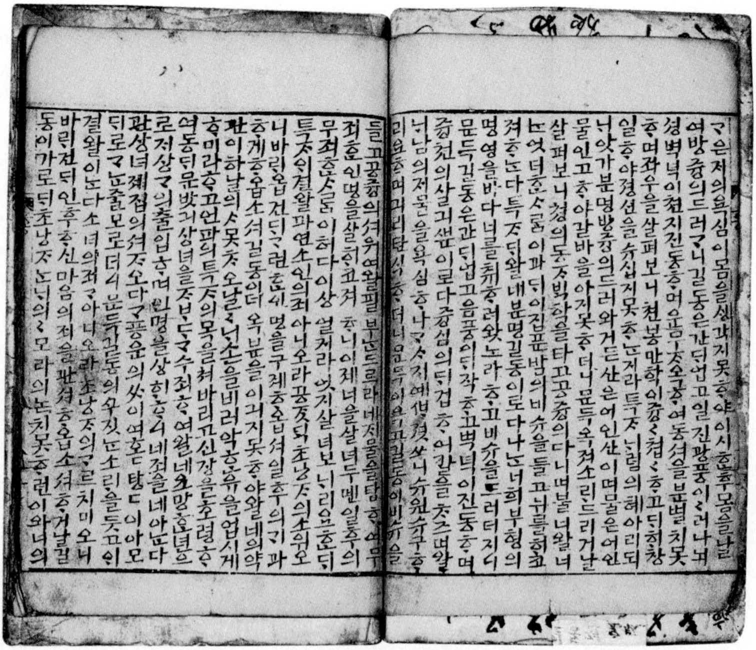

홍길동전(洪吉童傳)
가로 30cm, 세로 19.3cm, 소장품번호 : 신수(新收)-015190-00000
출처 : 국립중앙박물관

2. 무속문학(巫俗文學)

"무속(巫俗)"은 민간 층에서 무격(巫覡)을 중심으로 "무가(巫歌)", 또는 "신가(神歌)"라고도 하는 구어체 무경(巫經)을 음악과 무용에 실어서 행하는 종교적 의례 행사(儀禮行事)의 현상을 이르는 말이다. 무속의 의례를 행함에 있어서 가장 기본이 되는 문학 양식은 종교적 무격(巫覡)들에 의하여 입으로 연창(演唱)되는 노래문학인 무가(巫歌)이다.

무가는 춤[舞踊]과 몸짓[動作]과 노래[巫歌]의 결합으로 연창(演唱)되어 종합 예술적 성격을 띄우는 면에서는 판소리 문학과 비슷하다. 현재 전하는 무가 중에서 특별히 유명한 것들은 기복 제무가(祈福祭巫歌), 무신 제무가(巫神祭巫歌), 사령 제무가(死靈祭巫歌), 치병 제무가(治病祭巫歌)에 속하는 것들이다. 기복 제무가(祈福祭巫歌)는 경사(慶事)굿, 대동(大同)굿, 별신(別神)굿, 재수(財數)굿, 축원(祝願)굿 등에서 구연(口演)되는데, 재담(才談)이나 흥겨운 노래가 많고, 성주신(城主神), 제석신(帝釋神), 조상신 등 복록신(福祿神)과 생산신(生産神)과 제석신 등을 관장하는 신(神)거리가 있다. 무신 제무가(巫神祭巫歌)는 무격들이 모시는 신(神)을 위하여 행하는 내림굿, 진적굿, 허주굿 등 무격 자신들의 기복제 무가라고 할 수 있다. 사령 제무가(死靈祭巫歌)는 망묵이굿, 씻김굿, 오귀굿, 진오귀굿 등의 무속 의식에서 불리는 무가인데, 죽은 사람의 넋을 달래고 위로하는 넋풀이와 저승신인 사자(使者)에게 죽은 이를 잘 모시어 극락으로 인도하여 달라고 비는 사자굿 등의 무의(巫儀)에서 구연(口演)된다. 치병 제무가(治病祭巫歌)는 일명 병굿이라고도 하는데, 상층민들은 우환(憂患)굿이라고 일컫는가 하면, 하층민들은 푸닥거리라고도 일컫는다.[144]

이들 무가에 관하여는 이미 앞에서 다룬 바 있으므로 여기서는 줄인다.

3. 불교문학(佛敎文學)

불교국이던 고려를 물리치고 건국된 조선시대 불교문학은 건국 초기에는 한동안 권신들의 척불론(斥佛論)에 밀리어 왕실불교(王室佛敎)와 심한 충돌을 빚어서 활발하게 창작되지 못하였다. 특히 조선 건국에 공훈이 가장 컸던 삼봉(三峰) 정도전(鄭道傳)의 불교를 배척하는 이론은 조선 건국이념에 큰 영향을 끼치었다. 정삼봉이 이른바 "왕자의 난"에 연좌되어 방원(芳遠 : 태종)에게 피살된 뒤, 태조는 불교 신앙을 계속 지켜 왔

144 金宅圭, 『巫敎文學硏究』, 경희대 석사학위논문, 1958.
金泰坤, 『韓國巫歌集』, 원광대 민속학연구소, 1971.
서대석, 『구비문학』, 해냄, 1997.

으나 태종은 억불 정책을 시행하였다. 세종시대에 이르러는 겉으로는 불교 탄압을 하면서도 왕실 안에서는 불교 존숭의 전통을 끊지 못하여 세종과 세조 때에는 간경도감(刊經都監)이라는 관청을 두고 유학 경전은 물론 불교 경전들의 국역서들을 꾸준히 간행하였다.

많은 유학자들은 과거공부를 위하여 절간을 찾아 들어 은밀하게 친불자들이 되어 겉으로는 승려들을 천시하면서도 내면으로는 스님들과 친하게 지내며 불교 사찰들의 후원을 이어와서 불교 승려들의 문학 창작 활동도 활발하였다.

3. 1. 원정국사(元楨國師)의 게송(偈頌)

謫下人間八十秋　속세에 태어나서 팔십 년을 사노라니,
無情白髮已盈頭　무정한 백발만이 벌써 머리 가득하네.
乾坤有恨家何在　천지 간에 한 많은 집 어디에 있겠는가?
日月生輝世更休　해와 달빛이 나니 세상이 더 아름답네.
東出嶺邊皆觸感　동산에 솟아나는 해와 달 느낌 좋고,
南歸湖上定消愁　남쪽의 못 위로는 근심이 가셔지네.
君王莫道爲僧苦　군왕께선 중놈들의 괴로움을 말 마소서.
不肖孤臣髮不留　못난 외로운 신 머리털만 자릅니다.

이 시는 태조가 지은이에게 중이 된 연유를 물으면서 벼슬길로 나올 것을 권하자, 이 시를 지어 답하면서 그 뜻을 굽히지 아니하고 남평(南平)의 봉황산(鳳凰山)에 불회사(佛會寺)를 중건하였다. 뒤에 사람들은 그의 생애를 존경하여 "여충선효(麗忠鮮孝)"라는 네 글자의 비석을 세워 원정스님의 충절과 효심을 기리었다. 지은이 원정스님은 또 다른 법명으로 도연국사(道衍國師)라고도 하였다. 스님은 속성이 조씨(曺氏), 본관이 창녕(昌寧), 속명이 한룡(漢龍), 고려조에 과거에 급제하여 참의(參議)에 이르렀으나, 조선이 건국되매 벼슬을 그만두고 머리를 깎고 중이 되어 법호를 세렴(洗染)이라고 하였다.

이 작품의 내용에 의하면 1-2구에서는 지은이의 나이가 80세 전후이었음을 짐작할 수 있겠고, 3-4구에서는 자기의 신분이 운수객(雲水客)임을 밝히었고, 5-6구에서는 선문답적인 자연 예찬으로 자기가 돌아갈 곳임을 밝히었으며, 7-8구에서는 태조께 고생스러운 승려들을 박해하지 말 것을 노골적으로 부탁하고 있다.

3. 2. 함허(涵虛)의 게송(偈頌)

孔枕顔瓢同有樂　공안자의 쉼과 가난 즐겁기는 한가지며,
堯傳舜受共傳心　요순의 두 임금 자리 주고받음 마음이네.
莫言莊老無堪取　노장에선 취할 것이 없다고 말을 말게.
恬湛淸虛蓋古今　명리에 초연하면 예나 이제 청허하네.

함양용추사무학대사영정
(咸陽龍湫寺無學大師影幀)
문화재자료 제326호, 출처 : 문화재청

이 작품은 조선 초 무학(無學)스님의 수제자인 득통(得通)·무준(無準)·함허당(涵虛堂)이라고 호 하는 이화(已和)스님이 노자(老子)와 장자(莊子)를 기리어 지은 것이다. 지은이 이화(已和)[145]스님은 속성이 유(劉), 본관은 충주(忠州), 속명은 수이(守伊)이다. 본래 유생(儒生)으로 성균관에 들어가 학문에 정진하다가 벗의 죽음을 보고 태조 5(3729)년에 남관악산(南冠岳山)의 의상암(義湘庵)에서 중이 되어 이듬해 무학자초(無學自超)스님에게서 법요(法要)를 닦았다. 세종 13(3764)년에 희양산(羲陽山)으로 들어가 봉암사(鳳巖寺)를 중수하고, 그곳에서 세종 15(3766)년에 입적하였다. 저술로는 『圓覺經疏(원각경소)』, 『金剛經五家說誼(금강경오가설의)』, 『顯正論(현정론)』, 『般若懺文(반야참문)』, 『涵虛堂語錄(함허당어록)』 등이 있다.

145 이화(已和) = 이제까지 많은 사람들은 "기화"라고 하였으나 수도승, 곧 선승으로서의 이름은 "이화"가 옳다고 믿어지기 때문에 필자는 고쳐 읽는다.

3. 3. 부용(芙蓉)의 선시(禪詩)

空費悠悠憶少林　헛된 시간 낭비로 달마선을 생각하며
因循衰鬢到如今　나이 따라 늙고 늙어 이제에 이르렀네.
毘耶昔日無聲臭　비야는 예로부터 소리 냄새 없었으며
摩碣當年絶響音　마갈은 나자마자 소리 울림 끊었다네.
似杌能防分別意　등걸도 분별 의식 막아낼 수 있거니와
如痴必禦是非心　바보도 옳고 그름 반드시 지켜내네.
故將忘計飛仙外　그러므로 앞으로는 선학새를 생각하며
終日忘機對碧岑　세상일을 종일 잊고 청산과 벗하려네.

이 작품은 호를 부용(芙蓉), 또는 은암(隱菴), 또는 연선도인(蓮船道人)이라고 한 영관(靈觀)스님이 금강산(金剛山) 내원암(內院庵)에 머물면서 그의 문에 써 붙여 놓고 그 누구와도 대화를 나누지 아니하며 오직 수도(修道)에 전념하겠다는 뜻의 일종의 공개 선언시(宣言詩)이다. 제1-2구에서는 지은이 자신이 참선 수도에 전념하여 지금에 이른 것을 밝히고, 제3-4구에서는 인디아의 간지스(ganges)강을 사이한 비야리국과 마갈타국을 대상으로 하여 석가의 출생과 득도를 언급하고, 5-6구에서는 석가의 깨달음이 별것 아니라는 것을 밝히었고, 7-8구에서는 결구로 지은이의 결심을 밝히고 있다.

3. 4. 휴옹(休翁)의 게(偈)

八十人間命　세간에서 산 세월이 어언 팔십이니,
迅如一電光　빠름이 한 줄기 번갯빛 흡사하네.
臨行忽擧目　저 세상 찾을 때라 문득 눈을 들어보니,
活路是家鄕　살아나갈 길은 오직 집과 고향 그뿐이네.

(「임종게(臨終偈)」)

이 작품은 속성이 장씨(張氏), 휘는 일선(一禪), 호는 휴옹(休翁) 또는 선화자(禪和子)라고 하였으며, 살던 집채 이름은 경성(慶聖)이라고 하였다. 단석산(斷石山) 해산법사(海山法師)에게서 16세에 중이 되어 중종 6(3844)년 24세에 묘향산(妙香山)으로 들어가 문수암(文殊菴)에서 수도를 하다가 뒤에 금강산(金剛山)으로 옮겨 시왕동(十王洞)에서 수도하고, 명종 19(3897)년에 다시 묘향산으로 들어가 보현사(普賢寺)에서 머물다가 입적할 때에 남긴 2수의 게송(偈頌) 중의 한 수이다.

이 게송에서 첫째, 둘째 구는 빠른 시간을 번개에 비유한 것이고, 셋째, 넷째 구에서 "임행"이라는 말로 이 작품이 임종게임을 암시하고, "가향"이라는 말로는 전생지(前生地), 곧 새로운 삶을 시작할 곳으로 가는 것을 은유하고 있다.

3. 5. 보우(普雨)의 선시(禪詩)

心本虛明沒惹塵　　마음은 본래 비어 티끌도 하나 없어
纔懷修鍊隔三千　　겨우 마음 닦아 삼천 세계 벗어나네.
非毫古鏡光常照　　작지 아니한 옛 거울은 늘 비추고
無樹菩提體自圓　　나무 아닌 보리몸은 저절로 원만하네.
隱隱俯仰行坐裡　　숨고 숨어 부앙하며 언제나 살펴보면,
昭昭談笑視聽邊　　밝고 밝은 우스개를 옆에서 듣고 보네.
迷人喚作精神會　　길 잃은 이 불러내어 정신을 차려내면,
識者還知最上禪　　배운 이는 최상의 선 두루두루 알 것이네.

(『虛應堂集(허응당집)』 권 하, 「示山中禪客(시산중선객)」)

이 작품의 지은이는 호를 나암(懶菴), 또는 허응(虛應)이라고 한 보우(普雨)스님이다. 강원도 설악산(雪嶽山) 백담사(百潭寺)에 머물다가 중종(中宗)의 비(妃)인 문정왕후(文定王后)의 총애를 받아 판선종사도대선사(判禪宗事都大禪師)에 올라 불교 중흥을 꾀하다가 유학자(儒學者)들의 반발을 사서 결국 요승(妖僧)으로 몰리어 제주도에 유배되어 장살(杖殺)되었다. 저술로는 『禪偈雜著(선게잡저)』와 문집 『虛應堂集(허응당집)』 등이 있다.

3. 6. 청허(淸虛)의 시(詩)

愛國憂宗社　　나라와 종묘사직 근심이 가득한데,

山僧亦一臣　산승도 역시나 한 사람의 신하이죠.
長安何處是　임금님이 계시는 곳 그곳이 어디이죠?
回望淚霑巾　머리 돌려 바라보니 눈물이 옷 적십니다.

(「곡강릉(哭康陵)」)

이 작품의 제목인 강릉(康陵)은 지금 경기도 양주시에 있는 조선 명종(明宗)과 그의 비 인순왕후 심씨(仁順王后沈氏)의 능을 이른다. 이 작품은 청허스님이 명종의 붕어(崩御)를 당하여 불교 진흥의 앞날이 불길함을 느끼어 호곡한 애도시(哀悼詩)이다. 이 작품을 통하여 우리들은 청허스님의 애국심을 충분히 이해할 수가 있다.

지은이 청허는 속성이 최씨(崔氏), 본관은 완산(完山), 자는 현응(玄應), 호는 청허(淸虛) 또는 서산(西山), 법명이 휴정(休靜)이다. 평안도 정주(定州)에서 9세에 어머니를 여의고, 10세에 아버지를 여의어 고아가 된 것을 당시의 정주 목사(牧使)이던 이사증(李思曾)이 길러주었다. 15세에 진사과에 응시하여 낙제하고, 출가를 결심한 뒤 지리산(智異山)으로 들어가 숭인장로(崇仁長老)에게서 머리를 깎고 스님이 되었다. 문정왕후의 비호를 받은 보우(普雨)스님에 의하여 부활된 승과(僧科)에 응시하여 급제한 뒤에 선교양종판사(禪敎兩宗判事)의 직에까지 올랐다. 선조 25(3925)년에 임진왜란이 일어나매 왕이 팔도도총섭(八道都總攝)에 임명하여 전국의 의승(義僧)을 모아 승군을 조직하여 왜적들과 싸웠다. 난이 평정되어 왕이 환궁할 때에 정예(精銳)의 의승군 700명을 뽑아 왕의 대가(大駕)를 모시도록 하여 임무를 마친 뒤 묘향산(妙香山)으로 들어가 머물다가 선조 37(3937)년에 입적하였다. 저술로는 『삼가귀감(三家龜鑑)』, 『선가귀감(禪家龜鑑)』, 『심법요(心法要)』, 『청허당집(淸虛堂集)』 등이 있다.

3. 7. 유정(惟政)의 선시(禪詩)

別傳教外眞消息	경전 밖의 참 소식을 따로 전하노니,
專義須還古丈夫	의로운 장부들은 그 뜻을 꼭 지키시오.
後五百年誰繼此	오백 년 뒤에는 또 누가 이를 잇겠는지?
拈花一脈落嗚呼	마음으로 전하는 법 아! 맥이 끊기겠소.

이 작품은 호를 사명당(四溟堂), 또는 송운(松雲)이라고 한 유정(惟政) 스님이 부휴(浮休) 선수(善修)스님에게 준 선게(禪偈)이다.

유정(惟政, 가토 기요마사)
출처 : 위키백과

지은이 유정스님은 속성이 임(任)이고, 자는 이환(離幻)이다. 7세에 할

아버지께 역사를 배우고, 13세에 황여촌(黃汝村)에게서 『맹자(孟子)』를 배우다가 황악산(黃嶽山)으로 들어가 직지사(直指寺) 신묵화상(信默和尙)에게 스님이 되었다. 묘향산(妙香山)에서 서산대사(西山大師)를 뵙고 서산의 법을 잇게 되었다. 임진왜란이 일어나매 금강산에서 수도를 하다가 서산대사의 승군과 합세하여 평양 수복전(平壤收復戰)을 겪고, 서산대사의 뒤를 이어 도총섭(都摠攝)이 되어 도원수(都元帥) 권율(權慄) 장군을 따라 의령(宜寧)에 주둔하다가 부산(釜山)에 머물고 있는 왜장(倭將) 가등청정(加藤淸正)을 만나 화의(和議)를 진행하면서 나라의 명을 받아 선조 37(3937)년 7월에 일본에 건너가서 5개월을 머물면서 화의를 성공하고 7월에 돌아왔다. 10월에 묘향산으로 가서 서산대사의 영탑(影塔)에 인

영은사사명당대선사진영
(靈隱寺四溟堂大禪師眞影)
시도유형문화재 제141호,
출처 : 문화재청

사를 올리고 가야산(伽倻山)으로 옮아 있다가 세수 67세에 입적하였다.

3.8. 정관(靜觀)의 임종게(臨終偈)

平生慙愧口喃喃 한평생 지껄이던 입이 부끄럽네.
末後了然超百億 못 이룬 일 백억이 넘는 것이 분명하네.
有言無言俱不是 말이란 하거나 말거나 다 그르오.
伏請諸人須自覺 간절히 바라노니 여러분은 자각하소.

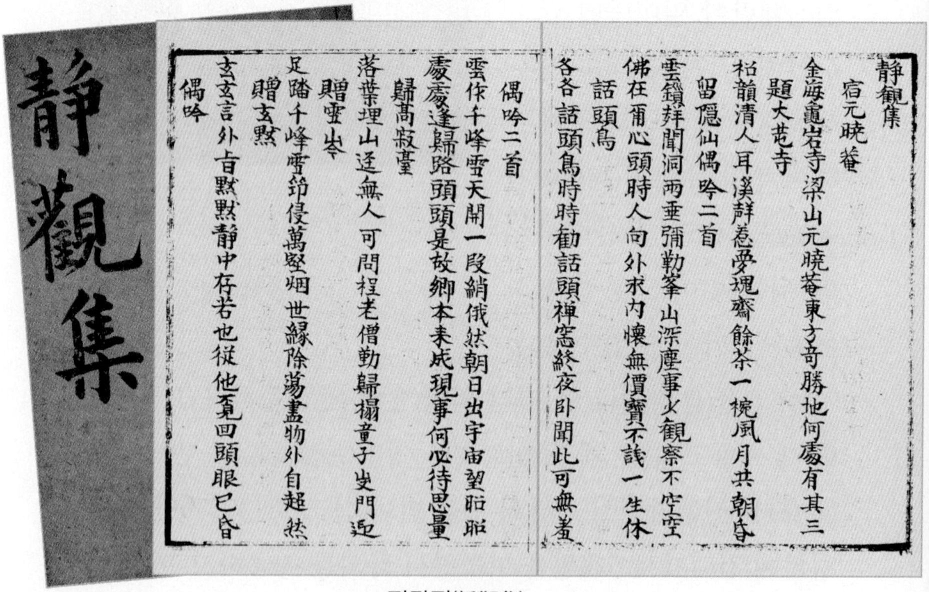

정관집(靜觀集)
출처 : 국립중앙도서관

이 작품은 지은이가 입적할 때에 제자들에게 준 훈계의 임종게이다. 이 작품의 지은이는 이름이 일선(一禪)이고, 정관(靜觀)은 그가 스스로 부른 호이다. 연산(連山) 사람으로 속성은 곽씨(郭氏)이다. 서산대사(西山大師)께 법을 전하여 받고, 선조 41(3941)년에 덕유산(德裕山) 백련사(白蓮社)에서 입적하니, 세수 76, 법랍이 61세이었다. 저술로는 문집 『靜觀集(정관집)』이 전한다.

3. 9. 중관(中觀)의 임종게(臨終偈)

王玉山危孟津竭　천단산이 위태롭고 맹진이 마르는데,
天男玉女將何遏　천남과 옥녀인들 어찌 그를 막을 건가?
月之初八卄四間　매달 초팔일과 이십사일 사이에는
一笑可知行當發　죽음길 옴을 아니 한 번 크게 웃노라.

이 작품은 법명이 해안(海眼)이고, 호가 중관(中觀)이라고 한 속성 오씨(吳氏)의 임종게(臨終偈)이다. 어려서 스님이 되어 서산대사(西山大師)의 문하에 들어가 심법을 전하여 받고, 임진왜란이 일어나자 승군으로 장의승통군(丈義僧通軍)으로 활약이 컸다. 저술로는 『中觀集(중관집)』이 전한다. 삶을 초탈한 선승다운 죽음에 대한 호쾌함이 오히려 감동적이다.

3. 10. 부휴(浮休)의 게송(偈頌)

七十三年遊幻海	인간의 세계에서 73년을 놀았는데,
今朝脫殼返初源	오늘 아침 껍질 벗고 고태골로 돌아가네.
廓然空寂元無物	휑하게 텅 빈 세상 본래 없는 것일진댄
何有菩提生死根	어디에 죽살이의 뿌리가 있겠는가?

이 시 첫째 구에서의 "환해(幻海)"는 환영의 바다, 곧 인간 세상을 이른 것이다. 둘째 구의 "초원(初源)"은 곧 전생의 세계를 가리킨다. 우리말의 "고태골[古胎골 = 古宅골]"은 "무덤" 또는 "공동묘지"를 뜻한다. 셋째 구는 우리가 살고 있는 이 지구와 같은 행성들이 돌아가고 있는 우주 공간이 텅 빈 것처럼 느껴지는 "없다[無]", "비어 있다[空·虛]"는 뜻을 나타낸다. 넷째 구는 불생 불멸의 진여리(眞如理)를 연구하여 대도궁극(大道窮極)에 이르는 지혜에는 살고 죽음의 뿌리가 하나임을 강조한 선승의 깨친 소리이다.

이 작품의 지은이는 속성이 김씨(金氏), 이름은 선수(善修), 호가 부휴(浮休)이다. 17세에 지리산에 들어가 신명(信明)스님에게서 머리를 깎고 중이 되어 부용 영관(芙蓉靈觀)스님의 법을 이었다. 글씨를 매우 잘 썼다고 한다. 위의 작품은 부휴스님이 송광사(松光寺)에서 칠불암(七佛庵)으로 갔다가 이듬해에 열반하면서 남긴 임종게(臨終偈)이다.

3. 11. 진묵(震默)의 선시(禪詩)

天衾地席山爲枕　하늘과 땅 이부자리 산을 배게 삼으니,
月燭雲屛海作樽　달 구름이 촛불 병풍 바다는 술독이네.
大醉居然仍起舞　대취하여 살면서 일어나서 춤도 추니,
却嫌長袖掛崑崙　문득 긴 옷소매 곤륜산에 걸려 싫네.

이 작품은 법휘(法諱)를 일옥(一玉), 호를 진묵(震默)이라고 한 스님의 선시이다. 진묵대사는 전라도 김제군 만경현 불거촌(全羅道金堤郡萬頃縣佛居村)에서 태어나 7세에 전주(全州) 봉서사(鳳棲寺)로 출가하여 홀로 수도하여 득도한 뒤 수많은 이적(異蹟)을 남겼다고 한다. 효행이 뛰어났었다고 하며, 저술로는 『語錄(어록)』이 전한다고 한다.[146]

3. 12. 소요(逍遙)의 선시(禪詩)

老去人之賤　늙어지면 사람들이 천하게 생각하고,
病來親也疏　병이 들면 친한 이도 사이가 멀어지네.
平生恩與義　평생에 베푼 은혜 의리도 한 가지로
到此盡歸虛　이 지경에 이른다면 남는 것이 전혀 없네.

이 작품은 이름을 태능(太能)이라고 하는 스님이 「和一禪[일

146 李一影, 『震默大師小傳』, 保林社, 1983.

선에게 답함」의 4수 중 첫째 수이다. 지은이는 담양(潭陽) 사람으로 속성이 오씨(吳氏), 호가 소요(逍遙)이다. 15세에 백양산(白羊山)에 들어가서 중이 되고, 부휴(浮休)스님에게서 장경을 배우고, 서산대사(西山大師)에게서 심법을 전수받았다. 세수가 88, 법랍이 73이었다. 저술로 문집 『逍遙集(소요집)』이 전한다.

3. 13. 편양(鞭羊)의 선시(禪詩)

仙山只助禪心發　　신선산은 오직 선심 펴기에 도움 될 뿐,
不必仙山是我禪　　내 참선에 신선산은 꼭 필요한 것 아니네.
吾師倘究拈花旨　　언제나 내 스승님 염화미소 궁구하셔
一宿靈源洞裡天　　영원동 마하연서 한결같이 머무셨네.

이 작품은 편양스님의 문집인 『鞭羊堂集(편양당집)』 권 1에 실려 있는 작품의 전문이다. 이 시에서 "나의 스승님[吾師]"이라고 한 것은 서산대사(西山大師)를 이른 것이다.

지은이 편양스님은 이름이 언기(彦機)이고, 속성은 장씨(張氏)로 죽산(竹山) 사람이며, 호가 편양(鞭羊)이다. 어려서 현찬스님에게서 구족계(具足戒)를 받고, 뒤에 서산대사(西山大師)의 심법(心法)을 받았다. 늙어서 묘향산 내원암(妙香山內院庵)에서 열반하니, 세수 64세이었다. 저술로 『鞭羊堂集(편양당집)』이

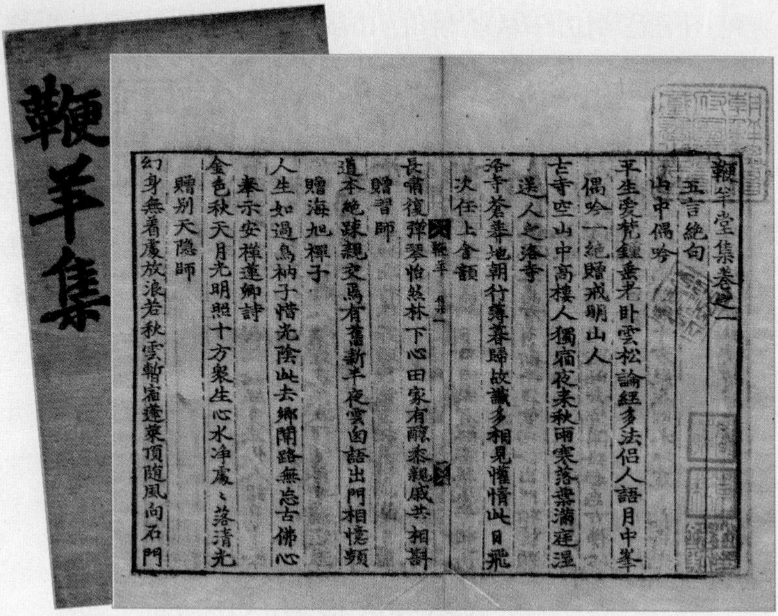
鞭羊堂集卷之一
五言絶句
山中偶吟
平生愛梵鍾嵒老卧雲松論經多法侶人語月中峯
偶吟一絶贈戒明山人
古寺空山中高樓人獨宿夜來秋雨寒落葉滿庭濕
送人之洛寺
洛寺蒼華地朝行薄暮歸故識多相見懽情此日飛
次任上舍韻
長嘯復彈琴怡然林下心田家有醸黍親戚共相斟
鞭羊 集一
贈習師
道本絶蹤跡交爲有舊新半夜雲囱語出門相憶頻
贈海旭禪子
人生如過鳥衲子惜光陰此去鄉關路無忘古佛心
奉示安禪蓮卿詩
金色秋天月光明照十方衆生心水淨處處落清光
贈別天隱師
幻身無着處放浪若秋雲暫宿蓬萊頂隨風向石門

편양당집(鞭羊堂集)

청구기호 : 한古朝46-가1029, 출처 : 국립중앙도서관

전한다.

3. 14. 취미(翠微)의 선시(禪詩)

山非招我住	산이 나를 오라 하지 않아도 난 예서 사네.
我亦不知山	나도 또한 산을 알지 못하니 같지 않나?
山我相忘處	산이나 내가 서로 모르는 채 머무노니,
方爲別有閑	바야흐로 서로서로 한가하게 지내노라.

이 작품은 취미(翠微)스님의 「山居(산거)」의 전문이다. 지은 이는 이름이 수초(守初)이고, 속성이 성씨(成氏), 자가 태혼(太昏), 호가 취미(翠微)이다. 서울 출생으로 어려서 출가하여 제월 경헌(霽月敬軒)에게서 스님이 되고, 지리산에 가서 부휴(浮休)스님을 찾아뵈오니, 부휴스님이 제자 벽암 각성(碧巖覺性) 스님에게 "훗날 우리 도를 크게 할 사미이니 잘 보호하라!" 하였다는 설화가 전한다. 저술로 『翠微集(취미집)』이 전한다.

3. 15. 현변(懸辯)의 국문가사

智異山(지리산) 靑鶴洞(청학동)을 녜 듯고 이제 보니,
崔孤雲(최고운) 蹤迹(종적)이 處處(처처)에 宛然(완연)ᄒᆞ다.
香爐峰(향로봉) 束聳(속용)호매 奇巖(기암)은 競秀(경수)ᄒᆞ고,
怪石(괴석)이 崢嶸(쟁영)ᄒᆞ야 松栢(송백)조쳐 蒼蒼(창창)ᄒᆞᆫ딕,
三千尺(삼천척) 玉流(옥류)ᄂᆞᆫ 九天(구천)의셔 듯듯ᄂᆞᆫ 딕
其下(기하)의 石池(석지)예 日光(일광)이 侵波(침파)ᄒᆞ매
山影(산영) ᄌᆞᆷ겻거든 白雲紅樹(백운홍수) 之邊(지변)의
一雙(일쌍) 靑鶴(청학)은 閑往閑來(한왕한래) ᄒᆞ노매라.
此中(차중)의 勝事(승사)을 나 혼자 아희ᄶᅧ시
혼자 알고 落膽(낙담)ᄒᆞ야 不覺(불각)애 矯首(교수)ᄒᆞ니,
落霞滄茫(낙하창망) 之外(지외) 湖上(호상) 고봉(孤峰)은
半有半無(반유반무) ᄒᆞ노매라. 翫沛布臺(완포대) 취셔 올라.

佛日菴(불일암) 朱閣(주각)은 白巖畔(백암반)의 나타써든
金身(금신)이 現宛(현완)ᄒᆞ고, 玉塔(옥탑) 崔嵬(최외)ᄒᆞᆫᄃᆡ,
白衲(백납) 閑僧(한승)은 禪興(선흥)을 못내 겨워
玉爐(옥로)애 香(향)을 곳고, 一聲(일성) 金磬(금경)을
萬壑風(만학풍)의 울리노매, 아희야! 撓舌(요설)을 말고라.
探勝騷人(탐승소인) 알려라.

(『침굉집』)

이 작품은 윤현변(尹懸辯)스님의 국문가사 「태평곡(太平曲)」, 「귀산곡(歸山曲)」, 「청학동가(青鶴洞歌)」 등 3편 중 분량이 제일 짧은 「청학동가」의 전문이다.

이 작품의 지은이는 자가 이눌(而訥), 호가 침굉(枕肱)이다. 전라도 나주(羅州)에서 태어나 유학(儒學)을 공부하다가 12세에 출가하여 천관산 탑암(全羅道天冠山塔庵)에서 보광법사(葆光法師)에게 중이 되고, 지리산으로 들어가 소요 태능선사(逍遙太能禪師)를 뵙고 그의 법을 이었다. 저술로는 문집 『枕肱集(침굉집)』이 전한다.

3. 16. 백암(栢庵)의 선시(禪詩)

行行過石溪　　한없이 가고 가서 돌길 물길 다 지나니,
細徑通疎竹　　엉성한 대밭으로 오솔길이 이어지네.
不覺濕禪衣　　좌선하는 선객의 옷 어느 새 다 젖었고,

鶴搖松露滴　　선학은 솔 흔들어 이슬을 지게 하네.

이 작품은 이름을 성총(性聰)이라 하며, 속성이 이씨(李氏)이고, 남원 사람으로, 호가 백암(栢庵)이라고 한 취미(翠微)스님의 제자가 지은 「입산(入山)」이다. 지은이 성총스님은 13세에 순창(淳昌)의 추암사(鷲巖寺)에서 중이 되어 18세에 방장산(方丈山)의 취미(翠微)스님의 법을 이어 받았다. 30세 이후로는 송광사(松廣寺), 징광사(澄光寺), 쌍계사(雙溪寺) 등에서 수도하며 시를 잘 지었다. 숙종 7(4014)년에 임자도(任子島)에 큰 배가 한 척 닿았는데, 사람은 없고, 명(明)나라 평림 섭거사(平林葉居士)가 교열하여 간행한 『金剛經刊正記(금강경간정기)』, 『起信論疏筆削記(기신론소필삭기)』, 『大明法數(대명법수)』, 『淨土寶書(정토보서)』, 『持驗記(지험기)』, 『華嚴經疏鈔(화엄경소초)』, 『會玄記(회현기)』 등 190권을 발견하여 15년 동안에 5천판(板)을 새겨서 쌍계사와 징광사에 나누어 보장(保藏)하게 하였다. 저술로는 『私集(사집)』, 『淨土贊百詠(정토찬백영)』 등이 전한다.

3. 17. 무용(無用)의 선시(禪詩)

群峰矗矗水淙淙　　여러 산봉 뾰족뾰족 물이 졸졸 흐르는데,
佛祖心肝只此中　　부처님과 조사님들 가르침이 다 예 있네.
盧能底事閑開口　　노능은 무슨 일로 부질없이 입을 열어

敢道從來一物空　　감히 도에는 한 물건도 없다는가?

이 시는 무용(無用)스님의 「우연히 읊음[偶吟]」의 전문이다. 지은이는 속성이 오씨(吳氏), 법명이 수연(秀演)이고, 무용(無用)이 호이다. 13세에 어버이를 잃고, 조계산(曹溪山)에 갔다가 혜관(惠寬)스님에게서 중이 되어 22세에 침굉 현변(枕肱懸辯) 스님을 뵙고 침굉을 부축하여 은적암(隱寂庵)의 백암(栢庵)스님을 뵈오니, 백암이 경전을 가지고 문답하여 인가(印可)를 하여 주었다. 저술로는 『無用堂集(무용당집)』이 전한다.

3. 18. 허정(虛靜)의 선시(禪詩)

獨入山中庵　　외로이 산속의 암자에 들었더니,
相逢物外客　　산속에서 이리 만남 세속 인간 아니리라.
凝心夜水清　　굳어진 마음들이 밤물처럼 맑아지니,
掛衲秋雲白　　걸어둔 검은 가사 가을하늘 솜털 같네.

이 작품은 법종(法宗)스님이 지은 「次示青玉首座[청옥수좌에게 답하여 줌]」의 전문이다. 지은이 법종스님은 속성(俗姓)이 전씨(全氏)이고, 호가 허정(虛靜)이다. 13세에 옥잠(玉岑)스님에게서 중이 되어 도정(道正)스님의 법문을 듣고 크게 깨달았다. 20세에 월저(月渚)스님에게서 경전을 배우고, 설암(雪庵)

추붕(秋鵬)스님에게서 인가(印可)를 받고 가사(袈裟)와 발우(鉢盂)를 물려받았다. 저술로 「虛靜集(허정집)」이 전한다.

3. 19. 천경(天鏡)의 선시(禪詩)

天上雙輪轉	하늘에는 해와 달이 떴다가 다시 지며,
人間五臘窮	인간 세계에는 다섯 납일[147] 다하누나.
髮生新歲白	머리털은 새해마다 희어만 지는데,
燭落舊花紅	촛농이 떨어지며 시든 꽃 붉어지네.
玉漏聲催夜	시간을 알림소리 밤을 재촉하니,
銀河影靜空	은하수 그림자는 하늘에 고요하네.
坐來窓已曉	좌선 중에 창문에는 벌써 아침 밝아지고,
萬國報春風	온 세상엔 봄바람이 세월을 알려주네.

이 작품은 해원(海源)스님이 지은 「除夜(제야)」의 전문이다. 지은이는 속성이 이씨(李氏)이고, 함흥(咸興) 사람으로 이름이 해원이고, 자는 천경(天鏡)이고, 호는 함월(含月)이다. 14세에 함경도 문천(文川)에 있는 도창사(道昌寺)에서 중이 되어 두루 돌아다니며 여러 스님들을 뵙고 공부하여 마침내 환성(喚醒)스님에게서 심법(心法)을 익혔다. 영조 46(4103)년에 입적하니,

147 다섯 납일 = 도서(道書)에서 말하는 다섯 가지 납일을 이르는 말. 천랍(天臘=설날), 지랍(地臘=5월 5일), 도덕랍(道德臘=七夕), 민세랍(民歲臘=10월 12일), 왕후랍(王侯臘=12월 8일)을 이름.

세수 80, 법랍 65세이었다. 저술은『天鏡集(천경집)』이 있다.

3. 20. 조관(慥冠)의 선시(禪詩)

閱經何歲月　불경을 읽은 지가 벌써 몇 년인가?
空費鬢邊春　공연히 세월만 보내어 늙어졌네.
托病知人蔭　병들었음 핑계대니 아는 이가 도와주어
藏蹤厭世紛　속세의 시끄러움 피하려 숨고 싶네.
谷風時至友　골짜기 바람 불 때 벗들이 찾아오니,
松月自來賓　소나무와 달이 절로 귀한 손님 되는구나.
定中知己在　참선 중에 친한 벗이 곁에서 참선하니,
於道喜相親　도를 닦으면서 그 기쁨 같이 하네.

이 작품은 조관(慥冠)스님이 지은 것이다. 조관스님은 속성이 김씨(金氏)이고, 호가 용담(龍潭)이다. 남원(南原) 사람으로 16세에 아버지를 여의고, 19세에 감로사(甘露寺)의 상흡(尙洽)스님에게 머리를 깎고 중이 되어 태허 취간(太虛就侃)스님에게서 구족계(具足戒)를 받고, 22세에 화엄사(華嚴寺)의 상월(霜月)스님을 모시다가 참선과 교법(敎法)을 겸하여 공부하고, 33세에 영원암(靈源庵)에 들어가 수도를 전념하려 하였으나 신도들에게 이끌리어 20여 년 여러 산의 총림(叢林)을 돌며 설법을 하였다. 영조 25(4082)년에 상월(霜月)스님의 의발(衣鉢)을 전하여 받고, 그의 법맥을 이었다.

3. 21. 추파(秋波)의 임종게(臨終偈)

衲子平生慷慨志　내 평생 지닌 뜻은 오직 강개심뿐
時時竪起般若刀　때때로 반야검을 짚고 일어났네.
好從一念彌陀佛　한결같이 아미타불 염호를 잘하여서
直往西方極樂橋　곧바로 극락다리 건너가면 참 좋겠네.

이 작품은 추파(秋波) 홍유(泓宥)스님이 지은 것이다. 지은이는 광주(廣州) 출신으로 속성이 이씨(李氏)이고, 이름이 홍유(泓宥)이고, 호가 추파(秋波) 또는 경암(鏡巖)이다. 방장산(方丈山)에서 스님이 되고 벽암 각성(碧巖覺性)스님의 법을 이어 받았다. 저술로는 『秋波集(추파집)』이 있다. 이 작품을 통하여 추파스님이 염불 수행을 얼마나 용맹정진(勇猛精進)하였는지를 짐작할 수가 있다.

3. 22. 연담(蓮潭)의 선시(禪詩)

無奈前身是蠹魚　전생이 좀벌레나 물고기면 어쩌겠나?
埋頭文字半生餘　화두에 머리 박고 반생을 넘기었네.

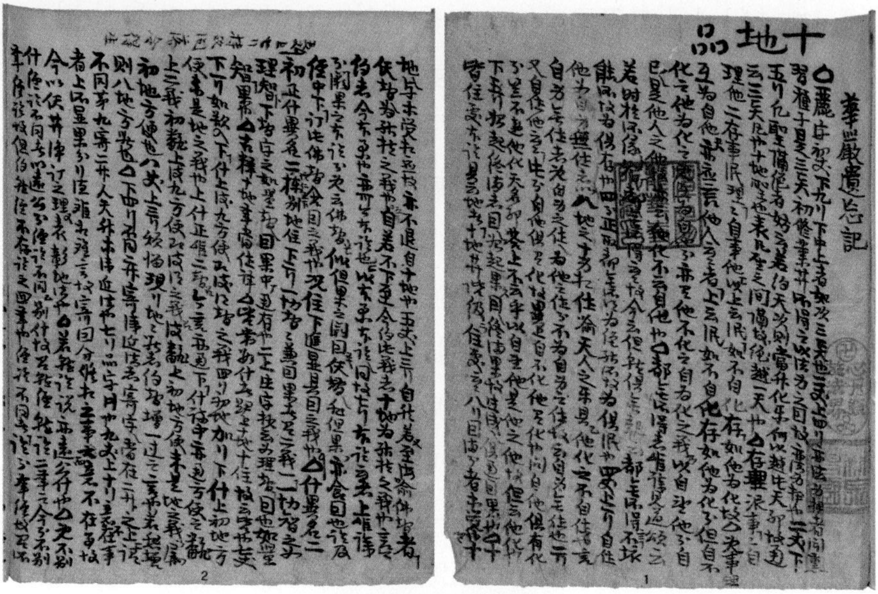
十地品

華嚴遺忘記

화엄유망기(華嚴遺忘記)
출처 : 국립중앙도서관

暮年尤切兒孫計　　늙어서는 더 절실히 초심을 가지고
老眼臨窓手自書　　침침한 눈 창가에서 손수 글을 쓰네.

이 작품은 연담스님의 저술인 『華嚴遺忘記(화엄유망기)』의 책 끝에 써놓은 것이다. 지은이 연담(蓮潭)은 속성이 천씨(千氏)이고, 이름이 유일(有一)이며, 자가 무이(無二), 호가 연담(蓮潭)이다. 전라도 화순(和順) 출신으로 17세까지는 유학(儒學)을 공부하다가 18세에 승달산(僧達山) 법천사(法泉寺)의 성철(性哲)스님에게서 머리를 깎고 스님이 되어 안빈(安貧) 심

(諶)스님에게서 구족계(具足戒)를 받았다. 대둔사(大屯寺)의 벽하(碧霞)스님에게서 『楞嚴經(능엄경)』을 익히고, 보림사(寶林寺)의 용암회(龍巖會)에 들어 『起信論(기신론)』, 『金剛經(금강경)』을 공부하였으며, 해인사(海印寺)의 호암 체정(虎巖體淨)스님의 문하에서 3년간 달마(達磨)의 서래 밀지(西來密旨)를 터득하고, 영허 역산 선영(暎虛櫟山善影), 용암 혜언(龍巖惠彦), 설파 상언(雪坡尙彦) 등의 여러 스님들을 따라다니며 교리(敎理)를 통달한 뒤 30년 동안 강설(講說)을 하였다. 늙어서는 장흥(長興)의 보림사(寶林寺)에서 머물다가 입적하니, 나이가 80이었다. 저술로는 『金剛鰕目(금강하목)』, 『起信蛇足(기신사족)』, 『都序私記(도서사기)』, 『書狀私記(서장사기)』, 『拈頌着柄(염송착병)』, 『圓覺經私記(원각경사기)』, 『林下錄(임하록)』, 『節要私記(절요사기)』, 『諸經會要(제경회요)』, 『玄談私記(현담사기)』, 『華嚴遺忘記(화엄유망기)』 등이 있다.

3. 23. 묵암(默庵)의 선시(禪詩)

對人如見笑　　사람을 마주하면 웃는 듯 하더니만,
驚客渾無聲　　나그네를 놀래킬 땐 아무 소리 없네.
爛漫天眞色　　활짝 핀 접시꽃 천진한 빛깔이야
參差地氣精　　들쭉날쭉 땅기운이 엉긴 정수라네.

이 시는 흥양(興陽) 사람으로 자를 이식(耳食)이라 하고, 호를 묵암(默庵)이라고 한 최눌(最訥)스님이 지은 「蜀葵花[접시꽃]」 전문이다. 지은이는 14세에 징광사(澄光寺)에서 중이 되어 만리(萬里)스님에게서 구족계(具足戒)를 받고, 19세에 풍암(楓庵)스님에게 경을 배우고, 호암(虎巖), 회암(晦庵), 용담(龍潭), 상월(霜月) 등의 스님들을 찾아다니며 선교(禪敎)를 두루 섭렵하였다. 저술로는 『內外雜著(내외잡저)』, 『心性論(심성론)』, 『默庵集(묵암집)』 등이 있다.

3. 24. 율봉(栗峰)의 임종게(臨終偈)

不去西方國　　아직 극락세계 가기도 전인데,
蓮池已出蓮　　연못에는 연꽃들이 벌써 피어났네.
雲煙都盡處　　구름과 연기 놀이 모두 걷힌 곳엔
日月淨當天　　해와 달이 하늘을 깨끗이 밝혀 주네.

이 시는 율봉선사(栗峰禪師)가 열반에 들기 바로 전에 문도들을 불러 모아놓고, 자기가 입적한 뒤에 자기의 법신(法身)을 더럽히지 말 것을 당부하면서 지어 보인 것이라고 한다.

지은이 율봉선사는 전라도 순천(順天) 사람으로, 이름이 청고(青皐), 속성은 백씨(白氏), 자가 염화(拈花), 율봉은 그의 호이다. 19세에 무구 대준(無垢大俊)스님에게서 중이 되어 운월 숙민(雲

月淑敏)스님에게서 구족계(具足戒)를 받고, 청봉 거안(靑峰巨岸)의 법을 전하여 받았다. 금강산(金剛山) 마하연(摩訶衍)에서 『金剛經(금강경)』을 연구하여 많은 이적(異蹟)들을 남기었다.

3. 25. 인악(仁嶽)의 선시(禪詩)

千山曙色赴晨鐘　많은 산 새벽빛은 파루소리 따라오고,
浮響冷冷在半松　차디찬 메아리는 솔바람에 서려 있네.
不復朋徒來講法　나의 강설 듣는 벗들 다시는 오잖으니,
終朝無語對青峰　아침 내내 말이 없이 청산만 바라보네.

이 작품은 의소(義沼)스님이 지은 「폐강(癈講)」의 전문이다.

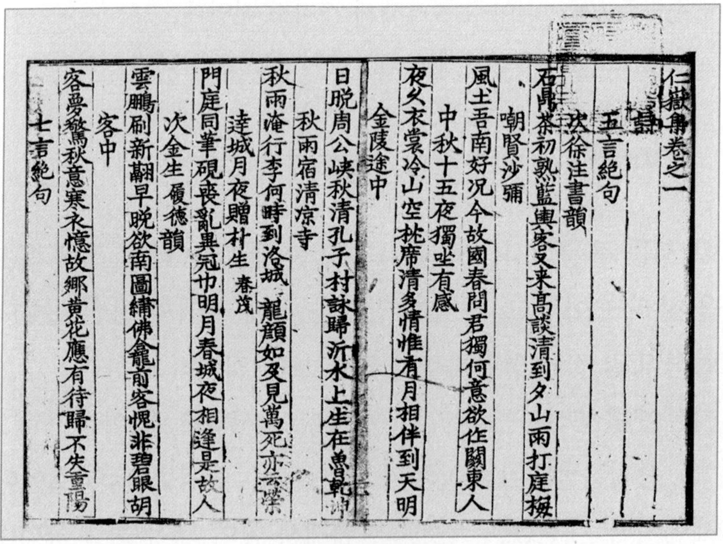
仁嶽集卷之一
詩
五言絶句
次徐注書韻
石門茶初熟 藍輿客又来 高談清到夕 山雨打庭梅
嘲賢沙彌
風土吾南好 況今故國春 問君獨何意 欲作關東人
中秋十五夜獨坐有感
夜久衣裳冷 山空枕席清 多情惟有月 相伴到天明
金陵途中
日脫周公峡 秋清孔子村 詠歸沂水上 生在魯乾坤
秋雨宿清凉寺
秋雨淹行李 何時到洛城 龍顔如又見 萬死亦[illegible]
達城月夜贈朴生 春茂
門庭同筆硯 喪亂異冠巾 明月春城夜 相逢是故人
次金生履德韻
雲鵬刷新翮 早晩欲南圖 繡佛龕前客 愧非碧眼胡
客中
客夢驚秋意 寒衣憶故鄕 黃花應有待 歸不失重陽
七言絶句

인악집(仁嶽集)
청구기호 : 한古朝46-가1218, 출처 : 국립중앙도서관

지은이 의소스님은 속성은 이씨(李氏)이고, 자는 자의(子宜), 호가 인악(仁嶽)이다. 15세에 유학(儒學)의 삼경(三經)에 통달하였고, 18세에 학반(學伴)들과 함께 용연사(龍淵寺)에 가서 공부하다가 가선헌공(嘉善軒公)에게서 중이 되어 벽봉(碧峰)스님에게서 구족계(具足戒)를 받았다. 정조 14(4123)년에 정조대왕이 아버지 사도세자(思悼世子)의 명복을 빌기 위하여 화성(華城)에 용주사(龍珠寺)를 창건할 때에 불상 복장문(佛像腹藏文)과 용주사 제신장문(龍珠寺祭神將文)을 짓기도 하였다. 저술로는 『仁嶽集(인악집)』이 있다.

3. 26. 화담(華潭)의 선시(禪詩)

我今解了如來性　나는 이제 내가 여래임을 터득했네.
如來今在我身中　여래께서 지금 내 몸 안에 계시네.
我與如來無差別　나와 여래가 다름이 전혀 없네.
如來卽是我眞如　여래가 곧 나이니, 나는 곧 진여이네.

이 작품의 지은이는 이름이 경화(敬和), 속성은 박씨(朴氏), 호가 화담(華潭), 밀양(密陽) 출신으로 18세에 양주(楊州)의 화양사(華陽寺)에서 월화(月華)스님에게서 머리를 깎고, 농월 율봉(弄月栗峰)스님에게 구족계(具足戒)를 받았으며, 화엄 지탁(華嚴知濯)스님의 의발(衣鉢)을 전수받았다. 경기도 가평(加平)

의 현등사(懸燈寺)에서 입적하니, 세수가 63, 법랍이 48이었다.

3. 27. 연파(蓮坡)의 선시(禪詩)

釋門何蕭索　우리의 불문이 어찌 이리 쓸쓸한가?
今我獨悲傷　지금 나는 홀로 이리 마음만 아파하네.
大鵬潛不起　큰 붕새는 산속에서 숨어 살며 안 나오고,
鷦鷯竟翺翔　뱁새와 굴뚝새들 기가 살아 날고 있네.
巧言引檀越　달콤한 거짓말로 사부대중 끌어 모아
終日事祈禳　해 지도록 복을 빌고 액막이로 독경하네.
設利何太盛　이익을 위한 일은 어이 그리 풍성한가?
窣堵滿道傍　사리탑이 길가 가득 세워져 있구나야.
資斧爲衣鉢　먹고 살기 위하여서 의발을 갖고 다녀
傳法儘多方　전법을 한다면서 여러 곳을 헤매누나.
禪林遂寂寞　참선하는 수도승은 마침내 못 찾겠고,
宗風久凄凉　종풍의 처량함이 이미 오래 되었구나.
顧余斗筲器　돌아보면 나도 또한 너무 작은 그릇이니,
奚殊拒轍螳　수레바퀴 대항하는 사마귀와 너무 같네.
徒消十方施　다만 시방 세계에서 주는 보시 허비하며
名寺徧徜徉　이름 있는 절을 찾아 이리 저리 두루 도네.
叨濫集上流　들뜬 말을 탐내어서 상류반을 모았으니,
結交皆老蒼　사귀어 온 사람들은 모두가 늙은 중들.
虛名滿一隅　헛된 이름만이 촌구석에 가득 차서

如今出處妨　이제는 나들이도 불편한 형편이네.
事業未淸秀　아직도 하는 일이 청수하지 아니한데,
身世反蒼黃　이내몸 이승에서 느긋하게 지내려네.
雜華常爛漫　잡되고 화려한 일 항상 분주하니,
苦海正汪洋　괴로운 인간 세상 삶이 정말 어렵구나.
津梁久已阻　피안으로 갈 나루들 벌써 모두 막혔으니,
誰能泛慈航　누가 자비의 배를 몰아갈 수 있나?
何當得圓機　원만한 선기를 어떻게 얻어내어
殘年與頡頏　남은 생애나마 흘근대며 정진하나?

이 작품은 혜장(惠藏)스님이 「示賾性慈弘兩比丘[색성과 자홍 두 비구에게 줌]」의 전문이다. 지은이 혜장스님은 속성이 김씨(金氏), 자가 무진(無盡), 호는 연파(蓮坡) 또는 아암(兒庵)이다. 어려서 대둔사(大芚寺)에서 스님이 되어 월송(月松) 재관(再觀)스님에게서 구족계(具足戒)를 받고, 춘계(春溪) 천묵(天默)스님과 연담(蓮潭) 유일(有一)스님과 운담(雲潭) 정일(鼎馹)스님들에게서 경전을 배우고, 정암(晶庵) 즉원(卽圓)스님의 법을 이어받고 대흥사(大興寺)에서 세수 40세에 입적하였다.

3. 28. 초의(草衣)의 선시(禪詩)

客來暝烟集　손님이 찾아오니 다연 검게 엉기고,
夜寺鐘聲歇　어두워 절간의 종소리 멎어지니

併榻淸凉夜	두 사람 누웠으니 밤바람 시원하고,
同看松上月	둘이 함께 소나무에 뜨는 달을 보고 있네.

(『艸衣禪師全集』 권 2)

이 작품은 의순(意恂)스님이 지은 「五言絶句(오언절구)」이다. 단조롭지만, 참선 수도하는 스님의 일상을 잘 그린 그림 같은 시라고 하겠다.

지은이는 전라도 무안군 삼향면(務安郡三鄕面) 출신으로, 속성이 장씨(張氏), 자는 중부(仲孚), 호가 초의(艸衣)이다. 15세에 남평(南平)의 운흥사(雲興寺)에서 벽봉 민성(碧峰敏性)스님에게서 중이 되고, 19세에 월출산(月出山)에 올라가 마음이 열려 대흥사(大興寺)로 가서 완호 윤우(玩虎倫佑)스님의 법을 이었다. 금강산(金剛山)과 서울의 명산들을 두루 구경하며 각지의 명사(名士)들과 사귀어 명성을 떨치었다. 뒤에 두륜산(頭輪山)에 일지암(一枝庵)을 짓고 40년간 지관(止觀)을 닦았다. 저서로 『艸衣集(초의집)』, 『東茶頌(동다송)』, 『二禪來義(이선내의)』 등이 전한다.

3. 29. 철선(鐵船)의 선시(禪詩)

聞道仙舟出海期	신선이 탄 배가 바다를 건넌다니,
拂衣顚倒度山眉	황급히 자빠지며 산마루로 올라갔네.

生還何異經冥府　살아 돌아옴이 저승세계 지나온 듯.
路險多於自月氏　길 험하기 월지국서 오기보다 더하다네.
仰賀天恩深似海　임금님의 크신 은혜 바다만큼 깊고 깊네.
終嗟禪髮白如絲　끝내 선승 흰 머리털 흰 실 되어 슬프다네.
漢拏峰上蘆花裏　한라산 꼭대기의 갈대꽃 숲속에서
少一眞人鹿飮池　사슴과 물마시던 신선 하나 줄었다네.

이 작품은 혜즙(惠楫)스님이 지은 「金秋史自濟州家還[김추사가 제주에서 집에 돌아옴]」의 전문이다. 지은이 혜즙스님은 영암(靈巖) 사람으로 속성은 김씨(金氏), 5세에 아버지를 여의고, 14세에 두륜산(頭輪山) 대흥사(大興寺)의 성일(性一)스님에게서 중이 되고, 19세부터 완호(玩虎)·연암(蓮庵)·철경(掣鯨)스님들에게서 경전(經典)을 배웠으며, 수룡(袖龍) 색성(賾性)스님의 법을 이어받아 좌선(坐禪)과 강학(講學)에 진력하였다. 저술로는 문집 「鐵船小艸(철선소초)」가 전한다.

3. 30. 영산(影山)의 선시(禪詩)

影是影山影　이 그림자 뭔 그림자? 바로 산 그림자네.
山是影山山　이 산은 무슨 산? 그림자의 산이라네.
山影無二處　산과 그림자가 두 곳에 따로 없어
都廬是影山　초막과 산 모두가 그림자 산이라네.

이 시의 지은이는 이름이 경순(敬淳)이고, 호가 영산(影山)이다. 선운사(禪雲寺)의 선지식(善知識)으로 통도사(通道寺), 관음사(觀音寺), 송광사(松廣寺), 해인사(海印寺) 등지를 두루 돌며 보살행(菩薩行)을 많이 하였다. 옥과(玉果)의 관음사(觀音寺)에서 앉아서 입적하였다고 하나, 그의 출생 연대는 알려지지 아니하였다.

4. 천주교문학(天主教文學)

천주교(天主教)가 우리나라에 처음 들어온 것은 스페인 출신 신부 후안 루이스 데 메디나(Juan G. Ruiz de Medina)의 저서에 따르면, 임진왜란(3925-3931) 전후로 가톨릭 신자인 왜장과 종군신부에 의하여 전파되었음을 알 수가 있다.[148]

조선에 처음 천주교가 들어올 때에는 "서학(西學)"이라고 일컬어졌다. "서학"이란, 곧 "서양학문(西洋學問)"을 뜻하여 준말로 쓴 것이다. 또 "서양 종교(西洋宗教)"라는 뜻으로 "서교(西教)"라고도 하였다. 또 조선 후기에 이르러는 "천주학(天主學)"이라고도 하였다. 이를 오늘날의 말로 옮기면, "가톨릭 문학"

148 박철 역, 『한국천주교 전래의 기원(1566-1784)』, 서강대 출판부, 1989.

이라고도 한다. 여기서는 대표적인 작품 몇 가지를 소개한다.

4. 1. 십계명가(十誡命歌)

세상 사람 선비님네　이 아니 우스운가?
사람사자 한평생에　무슨 귀신 그리 많소?
아침저녁 종일토록　합장배례 주문 외고,
있는 돈 귀한 재물　던져 주고 바쳐 주고,
자고 깨자 행신언동　각기 귀신 모셔 봐도
허망하다. 마귀 미신　우매한고? 사람들아!
허위 허례 마귀 미신　믿지 말고 천주 믿세.
하늘 위에 계신 천주　벌레 같은 우리 보소.
광대무한 이 우주에　인간 목숨 내어 주셔
대해지각 깨달으며　우주 섭리 알고 나면
천주 은혜 밝은 빛을　무궁토록 받을런가?
사람지혜 우둔하여　꼭두각시 나무신막
외고 울어 복 받더냐?　절한다고 효자되냐?
잘되어서 재복이라.　못되면은 남 탓이네.
죄 짓고서 우는 자요.　천지신명 왜 찾느냐?
가난하여 굶주린 자　조물주란 왜 찾느냐?
음양태극 선비님네.　상제 상신 의론하소.
말이 일러 달랐으되　이 모두가 천주시네.
천주 일어 거룩하사　되고 말고 높지 마소.

금수 갈 길 저인 고로　　사람 갈 길 따로 있네.
곤경 갈 자 빌지 말고,　　가르침을 깨쳐 보세.
세상사람 벗님네야!　　이 내 말씀 들어보소.
인간 세사 희로애락　　뉘라서 면할손가?
인생 칠십 고래희라.　　옛말부터 일컬으고
남녀 칠세 부동석도　　일곱부터 성장일세.
일곱 날 중 엿새간은　　근면 노력 다하고서
일곱째 날 고요히　　천주 공경 하여보세.
갑론을박 쉬지 않고　　논쟁구궐 무용일세.
천지고금 만물지사　　부모효도 으뜸일세.
부모 은혜 모르고서　　불효자식 되고지면
죄 중에서 제일 크고　　죽은 후에 지옥 가네.
하늘 같이 넓은 대자　　부모 정이 일컬으면,
인간 금수 초목 만물　　그 아버지 천주일세.
부모효도 알고지면,　　천주공경 알고지고.
영원불멸 큰 은혜　　하시 필경 얻어지네.
전장에서 적을 죽여　　충신 된다 해도
대역을 저질러서　　죄인 신세 못 면해도
또한 내가 갈 길 없어　　스스로가 자결해도
이 모두가 천주 뜻을　　알지 못한 죄라 하네.
예부터 천주 뜻을　　사람 같기 일렀으면,
살상 같은 생지옥은　　있지 않고 낙원이라.
이제라도 천주 뜻을　　사람마다 지켜보세.
이 세상에 내가 남은　　천주 뜻과 부모 공일세.

세상 누가 너를 불러　　한결같이 하는 말이
너희 어미 딴 곳 가서　　외도질해 너 났다면?
너는 또한 세상 보고　　무슨 행신 어이 할까?
큰 뜻 아래 자식 낳고,　　인간 행신 하렸건만,
더럽고도 추악한 짓　　마음 썩고 몸 버리네.
간음사행 멀리하여　　천주 뜻이 인간되자.
대호는 죽어져서　　가죽을 남기고,
대인은 죽어져도　　이름을 남긴다네.
도적이란 크고 작고,　　인륜에 큰 죄일세.
마음속에 도척심도　　큰 죄 된다 못할소냐?
도적질해 자손까지　　아니 망자 보았느냐?
세상 한 번 나서　　대의명분 시세워서
큰 의란 내가 먼저　　창창 세세 전해 보세.
국운이 기울어져　　흥망성쇠 뚜렷하네.
간신소부 까막까치　　헐뜯어서 싸움일세.
자고로 터 싸움에　　죽고 살고 얼마드냐?
예나 제나 터 싸움은　　군신서민 일반일세.
우부도 초부같이　　어질게 살라드냐?
한 몸 넓게 눈 떠　　천주 큰 뜻 알고 나면,
벌레 같은 인간 세사　　군 뜻이 전혀 없네.
만인의 소원이란　　부귀공명 재복이라.
제 일 분수 지켜가지.　　남의 소유 탐치 마소.
만악의 근원에　　이로 인해 일어나니,
수분낙도 알고 나면,　　큰 마음 편하건만,

제 마음 기둥 없이　　　재물 사치 탐과하면,
세사 갖은 화근들이　　　필연코도 과화 같다.[149]

이 작품은 정약전(丁若銓)이 정조 3(4112)년에 경기도 광주(京畿道廣州)의 주어사(走魚寺)에서 권상학(權相學), 이용억(李龍億)들과 천주교리연구회를 마치고, 그들을 위하여 십계명(十誡命) 중 아홉째 계명이 빠진 『聖教明證(성교명증)』의 교리 해설을 가사 형식으로 노래한 것이다.[150]

지은이 정약전은 호를 손암(巽庵) 혹은 연경재(研經齋)라고 하며, 정약현(丁若鉉)의 동생이며, 정약종(丁若鍾), 정약용(丁若鏞)들의 형으로, 스승 권철신(權哲身)의 가르침으로 서학(西學)에 뜻을 두고 천주교 전교에 힘을 쓰다가 순조 1(4134)년 이른바 신유박해(辛酉迫害)에 흑산도(黑山島)로 정배되어 그곳에서 생을 마감하였다. 저술로는 『茲山魚譜(자산어보)』가 있다.

4. 2. 천주공경가(天主恭敬歌)

어와세상 벗님네야!　　　이내말씀 들어보소.
집안에는 어른있고,　　　나라에는 임금있네.

149 원문을 필자가 현대 쓰기로 고치었음. 이하 다른 가사도 같음.
150 하성래, 『天主歌辭研究』, 성황석두 루가서원, 1985.
이상보, 『18세기 가사전집』, 민속원, 1991.

내몸에는 영혼있고,	하늘에는 천주있네.
부모에게 효도하고,	임금에는 충성하네.
삼강오륜 지켜가자.	천주공경 으뜸일세.
이내몸은 죽어져도	영혼남아 무궁하리.
인륜도덕 천주공경	영혼불멸 모르면은
살아서는 목석이요,	죽어서는 지옥이라.
천주있다 알고서도	불사공경 하지마소.
알고서도 아니하면,	죄만점점 쌓인다네.
죄짓고서 두려운자	천주없다 시비마소.
아비없는 자식봤나?	양지없는 음지있나?
임금용안 못뵈웠다.	나라백성 아니런가?
천당지옥 가보았나?	세상사람 시비마소.
있는천당 모른선비	천당없다 어찌아노?
시비마소. 천주공경!	믿어보고 깨달으면,
영원무궁 영광일세.	

이 작품은 『蔓川遺稿(만천유고)』에 실려 있는 것을 하성래(河聲來)가 처음으로 학계에 보고하여 빛을 보게 된 것이다.[151]

이 작품의 지은이 이벽(李蘗)은 본관이 경주(慶州)이고, 자는 덕조(德操), 호는 광암(曠庵), 천주교에 심취되어 정약용(丁若鏞)의 형 약현(若鉉)의 처남으로, 정조 1(4110)년에 권철신(權

151 河聲來, 「李蘗의 天主恭敬歌」, 『닻』 12호, 사레지오 고등학교, 1973.

哲身), 정약전(丁若銓)들과 서학 연구를 하며 우리나라 천주교 신앙의 선구자가 되어 정조 8(4117)년 겨울에는 서울 명례동(明禮洞)에 있는 김범우(金範禹)의 집을 빌어 교회당(教會堂)을 삼고, 자신이 신부(神父)가 되어 주일예배를 올리었다. 이듬해에 정부에 발각되매 그의 아버지 부만(溥萬)이 말리다가 듣지 아니하므로 자결하자, 충격을 받아 친구 이기경(李基慶)의 권고에 따라 교우(教友)들과 절연을 하고 유랑하다가 이듬해에 전염병으로 졸하니 33세이었다. 이벽이 교리 공부를 하던 곳이 현 경기도 광주시 퇴촌면 천진암 성지가 되었으며, 한국 천주교회에서는 역사문화소 중심으로 한국 천주교 발상지로 지정하여 성역화하고 있다.

4. 3. 영세가(領洗歌)

예슈셩혈 ᄒᆞ도크다. 셩ᄉᆞ칠젹 뜰듯소. 聖血 聖事 七蹟
이리방에 목쟈업셔 됴흔드리 관연잇다.
쥬교신부 못잇ᄂᆞᆫ곳 명리ᄒᆞᆫ자 뎌를ᄃᆡ신 明利
열심명ᄇᆡᆨ 교우들이 안비ᄒᆞᄂᆞᆫ 법이잇다.
예비ᄒᆞ야 은혜업쇼. 이리안코 못사ᄂᆞ니,
령셰젼은 마귀죵이 령셰ᄒᆞᆫ후 쥬의의ᄌᆞ 領洗
령셰젼은 더럽더니, 령셰ᄒᆞᆫ후 빙옥ᄀᆞᆺ다. 氷玉
령셰젼은 병든영혼 령셰후ᄂᆞᆫ 희ᄉᆡᆼ이라. 回生

령셰대은 못닙은자　　삼본요리 외온후에　　三本 要理
규구ᄃᆡ로 ᄃᆡ셰ᄒᆞ야　　원본죄를 셰쳑ᄒᆞ니,　　原本罪
죠출ᄒᆞ기 뎐신ᄀᆞᆺ고,　　쥬의의ᄌᆞ 되엿세라.　　天神 主의 義子
다시죄를 짓지마쇼.　　보속가지 업섯고나.
견진셩ᄉᆞ 못밧은이　　ᄆᆞ음으로 견진ᄒᆞ소.　　堅振 聖事
온셰상이 공격ᄒᆞ다　　위쥬ᄒᆞ야 돌게맛네.　　爲主
셰쳑젼죄 령셰통회　　착ᄒᆞᆫ ᄆᆞᄋᆞᆷ 견고ᄒᆞᆫ즉　　洗滌
쥬의셩춍 ᄀᆞ득ᄒᆞ야　　예수용병 되엿고나.　　聖寵 勇兵
위험홈을 고샤ᄒᆞ고,　　쥬의 일노 일을 삼네.
대ᄌᆡᄒᆞ야 극긔ᄒᆞ야　　대쇼인을 ᄃᆡ셰ᄒᆞᆫ다.　　大齋 代洗
외교인을 권화ᄒᆞ며　　빈병쟈를 고ᄋᆡᄒᆞᆫ다.　　勸化
냉담자를 권화ᄒᆞ며　　죽은이를 장ᄉᆞᄒᆞᆫ다.
전심젼력 ᄉᆞ쥬ᄒᆞ며　　시각으로 통회ᄒᆞᆫ다.　　思主
조셕으로 묵샹념경　　신형으로 힘을 쓴다.　　朝夕 默想 念經
삼구유감 ᄃᆡ젹ᄒᆞ고　　만혼신공 열심히라.　　對敵 神功
셩신칠은 힘을닙어　　고명ᄶᆞ지 ᄒᆞᄂᆞᆫ고나.　　聖神 七恩

이 작품은 최양업(崔良業) 신부가 지은 「영세가(領洗歌)」의 전문이다. 지은이 최양업 신부는 본관이 경주(慶州)이고, 교명은 도마이다. 헌종 2(4169)년 프랑스 선교사인 모방(P. Mubant) 신부의 지도를 받아 12월 2일 김대건(金大建)과 청나라 신부 유방제(劉方濟=Pacifique)를 따라 마카오에 있는 신학교에 입교하여 10년이 지난 뒤에 부사제(副司祭)가 되어 헌종 12 (4179)년에 귀국하려다가 네 차례나 실패하고, 헌종 15(4182)년 4월

상해(上海)에서 강남교구(江南敎區) 주교 마레스까(Maresca)의 집전으로 신부(神父)가 되어 12월에 귀국하여 우리나라 최초의 신학교가 있던 지금의 충청북도 제천시 봉양읍 배론(忠淸北道堤川市鳳陽邑舟論)에서 교수 생활을 하며 외국인 선교사가 다니기 어려운 산골 전교에 힘쓰다가 과로로 진천(鎭川)에서 순교하였다. 저술로는 위의 「영세가」 이외에도 다음과 같은 천주교 가사 작품들을 지었다. 「고해(告解)」, 「공심판가(公審判歌)」, 「망덕가(望德歌)」, 「사심판가(私審判歌)」, 「사향가(思鄕歌)」, 「삼세대의(三世大義)」, 「선종가(善終歌)」, 「성체(聖體)」, 「신덕가(信德歌)」, 「신품(神品)」, 「십계가(十戒歌)」, 「애덕가(愛德歌)」, 「옥중제성(獄中提醒)」, 「제성가(提醒歌)」, 「종부(終傅)」, 「지옥가(地獄歌)」, 「칠극(七克)」, 「혼배(婚配)」 등 18편이라고 한다.[152]

4. 4. 장주교(張主敎)께 분부 말씀

이 작품은 철종 1(4183, 경술)년 8월 16일에 장수 내동(長水內洞)에 사는 곽(郭)반로가 지어서 당시 본당 주교 신부인 장경일(張敬一)에게 올리기 위하여 지은 청원의 노래이다. 이제까지는 장주교가 지은 것으로 알려져 왔다. 그러나 지은이는 장

152 金玉嬉, 『崔良業神父와 敎友村』, 學文社, 1983.

수군 내동에 사는 신자 곽반로인 것으로 확인된다. 그 본문은 다음과 같다.

잊지마소. 잊지마소. 이내말씀 잊지마소.
부유같은 이세상을 꿈결같이 지내가네.
상이라도 영상이요, 벌이라도 영벌이라.
지닌지자 우리천주 우리죄를 대신하여
강생수는 하옵시니, 궁구종신 대죄인을
신은하니 즐겁도다. 가자서라. 가자서라.
대군대부 찾아가세. 천주십계 너른길로
성사칠덕 노비써서 차츰차츰 찾아가니,
삼구유감 심하도다. 어이할까? 어이할까?
이원수를 어이할까? 영세성사 받은절에
영광체면 끊었더니, 마구유감 심하도다.
견진성사 받을때에 삼구유감 대적하고,
승전북을 울리면서 천주성교 들어갈때
성전공신 영접하고, 모든신성 좌기하고,
붉은반열 치명자며 흰반열 등정자며,
좌우반열 늘어서서 영광천주 하올때에
십자가를 앞에들고, 희언어약 하온말이
즐겁도다. 우리천주 놀랍도다. 우리천주
영벌받을 대죄인을 천복으로 상을주니,
이런다행 또있는가? 희락희락 좋을시고.
찬미예수 좋을시고, 사랑사랑 제일간은

애주애인 사랑이라.
본당신부주전 근상
長水內洞 郭반로 복상 경술(철종 1, 4183, 1850) 8. 16.[153]

5. 천도교문학(天道敎文學)

천도교(天道敎)는 원래 서학(西學)의 대립어로 "동학(東學)"이라고 일컬었다. 동학은 일명 창시자 수운(水雲) 최제우(崔濟愚 : 4157-4197)의 호를 따서 "수운교(水雲敎)"라고도 불렀다. 이는 철종 11(4183)년에 수운이 제세구민(濟世救民)의 뜻을 가지고, 풍수도참(風水圖讖)사상과 유학과 불교, 선교의 교리를 토대로 하여 "사람이

최제우(崔濟愚, 제세주법상)
크기 : 가로 12.0cm, 세로 16.4cm, 원판번호 無1011-1, 출처 : 국립중앙박물관

153 河聲來, 『天主敎歌辭硏究』, 고려대학교 대학원 박사학위 논문, 1985

곧 하늘[人乃天]" 사상을 원리로 하여 천심즉인심(天心卽人心) 사상을 교리로 하여 지상천국(至上天國)의 이념과 만민평등(萬民平等)의 이상(理想)을 "至氣今至願爲大降侍天主造化定永世不忘萬事知(지기금지 원위대강시천주 조화정 영세불망 만사지)"라는 21자의 주문(呪文)을 외우면서 칼춤을 추며 "궁궁을을(弓弓乙乙)"이라는 부적(符籍)을 불에 태워 마시면 빈곤에서 벗어나고 "濟病長生(제병장생)"하여 "永生無窮(영생무궁)한다."는 미신적인 방법으로 전파에 열심이었다. 이를 오늘날의 천도교로 발전시킨 것은 제2대 교주인 해월(海月) 최시형(崔時亨)이 선화한 뒤 제3대 교주인 의암(義菴) 손병희(孫秉熙)가 정교 분리(政敎分離)를 통하여 대한제국 광무 10(4239, 1906)년 1월에 「天道教大憲(천도교대헌)」을 발표하고, 정치활동을 하는 이용구(李容九) 등 60여 명을 출교시키는 한편 교리(教理), 교체(教體), 교제(教制), 오의(五疑=呪文, 淸水, 侍日, 誠米, 祈禱)를 제정하는 등 교단의 면모를 갖추었다. 보문사(普文社)라는 인쇄소를 차리어 각종 교리서를 출판하며 사범강습소(師範講習所)를 설치하여 교리와 학술을 가르치고, 융희 4(4243)년 8월 15일 『天道教月報(천도교월보)』를 발간하여 국민들의 사회교육을 통한 민족정신 함양에 노력한 결과 단제기원 4252년 기미독립운동에 중추적인 역할을 하였다.

여기서는 뜻글로 된 「布德文(포덕문)」 1편과 포교가사 「용담가(龍潭歌)」와 「검결(劍訣)」 등 2편을 소개한다.

5. 1. 포덕문(布德文)

대개 상고 이래로 봄과 가을이 바뀌면서 네 계절의 변함이 정연하였다. 이것은 역시 하느님이 모든 물건을 낳아 다스리는 신비스러운 능력이 천하에 분명하게 밝기 때문이다. 어리석은 사람들은 하느님이 베풀어주시는 비와 이슬의 은혜를 알지 못하고, 그냥 아무것도 하지 아니하여도 저절로 그렇게 되어지는 것으로만 안다.

황제(黃帝), 전욱(顓頊), 제곡(帝嚳), 요(堯), 순(舜) 등 오제(五帝) 이후부터 성인이 나셔서 해, 달, 별들, 하늘, 땅이 운행하는 방향과 회수를 살피어 책을 만들어내어 천도의 변함없는 질서를 정하였다.

한 번 움직이고, 한 번 고요하며, 한 번 성취하고, 한 번 실패하는 일이 하늘의 명령에 맡겨진다. 이것이 바로 천명을 공경하고 하늘 이치를 순종하는 일이다. 그러므로 사람들은 군자가 되어 도덕 이루기를 배우니, 도는 천도이고, 덕은 천덕이다. 그 도를 밝히어 그 덕을 닦는다. 그러므로 곧 군자가 되고 나아가서는 성인에 이르니, 어찌 부럽고 탄복할 일이 아니겠는가?

또 이를 가까이 이끌어 못하게 하면, 온 세상 사람들은 저마다 제멋대로 하늘의 이치를 따르지 아니하고, 하늘의 명을 따르지 아니하여 마음이 늘 두려움에 싸여 나아갈 방향을 알지 못한다. 심지어 경신(庚申, 철종 11, 4193)년에 이르러 전하여 듣건대, 서양 사람들은 하느님의 뜻이라고 생각하여 부귀를 취하지 아니하며 천하를 공격하여 교당을 세워 그 도를 행한다는 것이다. 그러므로 나도 또한 그렇게 할 수 있을까 의심하였다.

뜻하지 아니한 금년 4월에 마음이 차갑고 몸이 부들부들 떨리어 병인 듯하나 딱히 무슨 병인지도 모르겠고, 말을 하려 하여도 할 수 없는 때에 어떤 신선의 말이 귓속으로 문득 들려왔다. 나는 깜짝 놀라 벌떡 일어나서 어디에서 들리어 오는가 살피었더니, 또 말소리가 "무서워 말고, 두려워 말라! 세상 사람들은 나를 상제(上帝)라고 한다. 너는 상제를 모르느냐?" 하였다. 나는 상제께서 이런 말씀을 주시는 까닭을 여쭈었더니, 상제께서 "나도 또한 공을 세운 것이 없다. 그러므로 세간에 너를 태어나게 하여 사람들에게 이 법을 가르치게 하는 것이니, 의심하지 말고, 꼭 실천하라!" "그렇다면, 서도(서양 종교)로 사람을 가르치라는 것입니까?" 하니, 상제께서 "그렇지 아니하다. 나는 신령스러운 부적을 가지고 있는데, 그 이름은 선약(仙藥)이며, 그 모양은 태극(太極) 같기도 하고, 또 궁궁(弓弓) 같기도 하다. 나에게서 이 부적을 받아 사람들의 질병을 고쳐주라! 나에게서 주문을 받아 사람들을 가르치고 나를 위하게 하라! 그러면 너도 또한 오래 살아서 천하에 덕을 널리 펴도록 하라!"

나도 또한 그 말씀에 감동하여 그 부적을 받아 글로 써서 입으로 부적을 먹었더니, 몸이 불으며 병도 차도가 있어서 바로 선약 때문임을 알았다. 이 선약을 병에 쓰니, 차도가 있는 듯도 하고 없는 듯도 하여 그 까닭을 알 수가 없어서 그 이유를 자세히 살펴보니 정성에 있었다. 또 정성이 지극하여 하느님을 위하는 사람은 매양 언제나 마침이 있는데, 도덕을 따르지 아니하는 사람은 하나하나 효험을 보지 못하였으니, 이것이 영부를 받는 사람의 정성과 공경심에 달려 있는 것이 아니겠는가?

이런 까닭으로 우리나라에는 나쁜 병들이 온 세상에 가득하고 백성들은 일년 내내 편안할 날이 없으니, 이도 또한 상해를 입을 운수인 것이다. 서양은 싸우면 이기고 공격하면 취하게 되어 실패하는 일이 없으니, 천하가 다 망하여 없어지게 되면, 역시 우리도 그처럼 될 것이니, 걱정하지 아니할 수 없다. 우리나라를 돕고 백성들을 편안하게 할 계책이 어디에서 나오겠는가?

애석하구나! 요즈음 세상 사람들이 시운을 알지 못한다. 나는 이 말을 듣고, 집에 들어가 마음속에 간직하며, 항간의 논의가 도덕을 따르지 아니하니, 매우 두려워할 만하다.

어진 사람들도 그 말을 듣고 어떤 사람은 그렇지 아니하다고 하니, 나는 앞날이 너무도 슬프고 한탄스러운 세상이니, 잊으면 어찌할 수가 없어서 간략하게 기록한 것을 내어 보이면서 달래려 부쳐 주면서 이 책을 공경하고 사랑하라! 경건한 마음으로 훈사를 명심하라![154]

154 蓋自上古以來春秋迭代四時盛衰不遷不易是亦天主造化之迹昭然于天下也愚夫愚民未知雨露之澤知其無爲而化矣自五帝之後聖人以生日月星辰天地度數成出文卷以定天道之常然一動一靜一成一敗付之於天命是敬天命而順天理者也故人成君子學成道德道則天道德則天德明其道而修其德故乃成君子至於至聖豈不欽歎哉又此挽近以來一世之人各自爲心不順天理不順天命心常悚然莫知所向矣至於庚申傳聞西洋之人以爲天主之意不取富貴攻取天下立其堂行其道故吾亦有其然豈其然之疑不意四月心寒身戰疾不得執症言不得雜狀之際有何仙語忽入耳中驚起探向則曰勿懼勿恐世人謂我上帝汝不知上帝耶問其所然曰余亦無功故生汝世間教人此法勿疑勿疑曰然則西道以教人乎曰不然吾有靈符其名仙藥其形太極又形弓弓受我此符濟人疾病受我呪文教人爲我則汝亦長生布德天下矣吾亦感其言受其符書以呑服則潤身差病方乃知仙藥矣到此用病則或有差不差故莫知其端察其所然則誠之又誠至爲天主者每每有中不順道德者一一無驗此非受人之誠敬耶是故我國惡疾滿世民無四時之安是亦傷害之數也西洋戰勝攻取無事不成而天下盡滅亦不無脣亡之歎輔國安

이 작품은 수운이 철종 11(경신, 4193)년에 전라북도 남원(南原)의 교룡산성(蛟龍山城) 안에 있었던 선국사(善國寺, 일명 龍泉寺)의 은적암(隱寂庵)에서 수도하면서 자기의 입신(入神) 과정을 통하여 터득한 개종(開宗)의 비밀을 밝힌 것이다. 천도(天道)인 하늘의 조화(造花)로 밝은 덕을 온 천하에 널리 베풀어 나라의 발전을 돕고 백성을 편안하게 하고[輔國安民], 널리 백성들의 고통을 구제하는[廣濟蒼生] 경문으로 지은 것이다.

이 글이 들어 있는 『東經大全(동경대전)』에는 「布德文(포덕문)」을 필두로 하여 「論學文(논학문)」, 「修德文(수덕문)」, 「不然其然(불연기연)」, 「祝文(축문)」, 「呪文(주문)」, 「立春詩(입춘시)」, 「絶句(절구)」, 「降詩(강시)」, 「座箴(좌잠)」, 「嘆道儒心急(탄도유심급)」, 「前八節(전팔절)」, 「後八節(후팔절)」, 「題書(제서)」 등 14편의 뜻글들이 실려 있다. 고종 17(4113)년 5월 9일에 제2대 교주 최시형(崔時亨)이 강원도 인제군 남면 갑둔리에 경전인간소(經典印刊所)를 설치하고 6월 14일에 발행하였다.

民計將安出惜哉於今世人未知時運聞我斯言則入則心非出則巷議不順道德甚可畏也賢者聞之其或不然而吾將慨歎世則無奈忘略記出諭以示之敬愛此書欽哉訓辭.
(『東經大全』, 大洋書籍, 1973.)

5. 2. 용담가(龍潭歌)

국호는 조선(朝鮮)이요, 읍호는 경주(慶州)로다.
성호(城號)는 월성(月城)이요. 수명(水名)은 문수(汶水)로다.
기자(箕子) 때 왕도(王都)로서 일천년 아닐런가?
동도(東都)는 고국이요, 한양은 신부(新府)로다.
아동방 생긴 후에 이런 왕도 또 있는가?
수세(水勢)도 좋거니와 산기(山氣)도 좋을시고,
금오(金鰲)는 남산이요, 구미(龜尾)는 서산이다.
봉황대 높은 봉은 봉거대공(鳳去臺空) 하여 있고,
첨성대(瞻星臺) 높은 탑은 월성을 지켜 있고,
청옥적(靑玉笛) 황옥적은 자웅으로 지켜 있고,
일천년 신라국은 소리를 지켜내네.
어화 세상 사람들아! 이런 승지(勝地) 구경하소.
동읍 삼산(東邑三山) 볼작시면, 신선 없기 괴이하다.
서읍 주산 있었으니, 추로지풍(鄒魯之風) 없을소냐?
어화 세상 사람들아 고도강산 구경하소.
인걸은 지령(地靈)이라. 명현달사(名賢達士) 아니 날까?
하물며 구미산(龜尾山)은 동도지 주산일세.
곤륜산 일지맥(一枝脈)은 중화(中華)로 벌여 있고,
아동방(我東方) 구미산(龜尾山)은 소중화(小中華) 생겼구나.
어화 세상 사람들아! 나도 또한 출세 후에
고도 강산(古都江山) 지켜내어 세세유전 아닐런가?(1절)
기장(奇壯)하다 기장하다. 구미산기(龜尾山氣) 기장하다.

거룩한 가암최씨(佳巖崔氏) 복덕산 아닐런가?
구미산 생긴 후에 우리 선조 나셨구나.
산음(山陰)인가 수음(水陰)인가? 위국충신(爲國忠臣) 기장하다.
가련하다. 가련하다. 우리 부친 가련하다.
구미 용담(龍潭) 좋은 승지(勝地) 도덕 문장 닦아내어
산음 수음 알지마는 입신양명 못하시고,
구미산하 일정각(一亭閣)을 용담이라 이름하고,
산림처사(山林處士) 일포의(一布衣)로 후세에 전탄말가?
가련하다. 가련하다. 이내 가운(家運) 가련하다.
나도 또한 출세 후에 득죄부모 아닐런가?
불효불효 못 면하니, 적세원울(積世怨鬱) 아닐런가?
불우시지(不遇時之) 남아로서 허송세월(虛送歲月) 하였구나.
인간만사 행하다가 거연(遽然) 사십 되었더라.
사십 평생 이뿐인가? 무가내 할 길 없다.
구미 용담 찾아오니, 흐르나니 물소리요.
높으나니 산이로세. 좌우산천 둘러보니,
산수는 의구하고 초목은 함정(含情)하니,
불효한 이내 마음 그 아니 슬플소냐?
오작(烏鵲)은 날아들어 조롱을 하는듯고,
송백은 울울하여 정절(貞節)을 지켜내니,
불효한 이내 마음 비감회심(悲感悔心) 절로 난다.
가련하다. 이내 부친. 여경(餘慶)인들 없을소냐?(2절)
처자 불러 효유(曉諭)하고, 이러그러 지내나니,
천은이 망극하여 경신(철종 11) 사월 초오일에

글로 어찌 기록하며, 말로 어찌 형언할까?
만고 없는 무극대도(無極大道) 여몽여각(如夢如覺) 득도로다.
기장하다. 기장하다. 이내 운수 기장하다.
한울님 하신 말씀 개벽 후 5만년에
네가 또한 첨이로다. 나도 또한 개벽 이후
노이무공(勞而無功) 하다가서 너를 만나 성공하니,
너를 만나 성공하니, 나도 성공 너도 득의(得意).
너의 집안 운수(運數)로다. 이 말씀 들은 후에
심독희(心獨喜) 자부(自負)로다. 어화 세상 사람들아!
무극지운(無極之運) 닥친 줄을 너희 어찌 알까보냐?
기장하다. 기장하다. 구미산수(龜尾山水) 좋은 승지
무극대도 닦아내니, 오만년지 운수로다.
만세일지 장부로서 좋을시고 좋을시고
이내 신명 좋을시고, 구미산수 좋은 풍경
물형으로 생겼다가 이내 운수 마쳤도다.(3절)
지지엽엽(枝枝葉葉) 좋은 풍경(風景) 군자낙지(君子樂地) 명승지로
만학천봉(萬壑千峰) 기암괴석(奇巖怪石) 산마다 이러하며,
억조창생(億兆蒼生) 많은 사람 사람마다 이러할까?
좋을시고 좋을시고, 이내 신명 좋을시고,
구미산수 좋은 풍경 아무리 좋다 해도.
나 아니면 이러하며, 나 아니면 이런 산수
아동방(我東方) 있을소냐? 나도 또한 신선이라.
비상천(飛上天) 한다 해도 이내 선경 구미용담
다시 보기 어렵도다. 천만년 지내온들

아니 잊자 맹세해도　　　　　무심한 구미용담
평지되기 애달하다.(이상 4절)

이 작품은 『龍潭遺詞(용담유사)』에 실려 있는 포교가인 「용담가(龍潭歌)」이다. 이 작품의 내용은 수운이 득도(得道)한 철종 11(4193, 경신)년에 지어진 2율각(律刻) 1구로 헤아려 143구의 분량인 국문 가사이다. 지은이가 대대로 살아온 가문의 이야기와 자기의 고향인 구미 용담(龜尾龍潭)의 빼어난 산천 경치를 소개하며 스스로가 신선이라고 용담 지역을 예찬하고 있다.

이 작품이 실려 있는 『용담유사』는 이 「용담가(龍潭歌)」를 비롯하여 「안심가(安心歌)」, 「교훈가(敎訓歌)」, 「도수사(道修詞)」, 「권학가(勸學歌)」, 「몽중노소문답가(夢中老少問答歌)」, 「도덕가(道德歌)」, 「흥비가(興比歌)」, 「검결(劍訣)」 등 9편의 가사(歌辭) 작품을 수록하고 있다. 특히 「검결」은 갑오(고종 31, 4227)년 동학농민전쟁 때에 동학군의 군가로 불리어지기도 하였다.

5. 3. 검결(劍訣)

시호시호 이내 시호　　　　부재래지 시호로다.
만세일지 장부로써　　　　오만년지 시호로다.

용천검 드는 칼을　　아니 쓰고 무엇하리?
무수장삼 떨쳐 입고　　이 칼 저 칼 넌즛 들어
호호망망 넓은 천지　　일신으로 비껴 서서
칼노래 한 곡조를　　시호시호 불러내니,
용천검 날랜 칼은　　일월을 희롱하고,
게으른 무수 장삼　　우주에 덮여 있네.
만고 명장 어디 있나?　　장부당전 무장사라.
좋을시고! 좋을시고!　　이내 신명 좋을시고!

동학농민군(東學農民軍)들이 이 군가를 부르며 애국 정신으로 뭉쳐 항일전쟁을 수행한 독립군을 일본제국주의 통치자들에 의하여 조선국 반정부의 반란군으로 몰아 조선 정부군과 연합한 왜군에 의하여 섬멸된 억울함이 아직도 남도 전역 여기저기에 남아 있다.

수선전도(首善全圖)
시도유형문화재 제296호, 출처 : 문화재청

[8장] 휘갑의 말

큰 나라 섬기기 생각에 깊이 병이 든 고려의 선비들이 중원 대륙 남쪽에서 새로 일어난 주원장(朱元璋)의 명(明)나라를 가까이 하려는 숭명파(崇明派) 젊은 유학자들이 기성세대를 중심한 친원파(親元派)들을 물리치고 무장(武將) 이성계(李成桂)를 추대하여 조국 고려왕조를 무너트리고 새 나라를 세웠다. 새 나라를 세울 때의 기백은 어디로 가고 자기가 세운 나라의 이름까지도 자기 마음대로 짓지 못하고 큰나라 주원장(朱元璋)에게 부탁하여 "조선(朝鮮)"이라 정하고,[155] 철저히 큰 나라 섬기기 외교로 명나라와는 평화를 누리었다. 그러나 나라 안으로는 건국 초에는 "왕자(王子)의 난"과 부자불목(父子不睦) 등 왕실 친족 사이에서 피비린내 나는 골육상잔(骨肉相殘)과 각종

155 『太祖實錄』 권 2, 엽 15-16, 권 3, 엽 3-4 참조.

사화(士禍)로 정치적 혼란이 연속되었다. 그러한 어지러운 조선 역사 속에서 세종대왕과 같은 성군(聖君)의 출현으로, 밖으로는 쌍섬(對馬島, 왜음 쓰시마)의 정벌과 육진(六鎭)의 개척 등 눈부신 국력 신장과 "훈민정음(訓民正音)"이라는 나랏글자를 창제하여 나라다운 나라를 만들어 평화를 잠시 누리었다. 국토방위에는 조금도 생각없이 평화를 즐기던 때에 갑자기 "임진왜란(壬辰倭亂)"이라는 조선 최초의 국제전쟁을 7년에 걸쳐 겪어야 하였다. 나라 땅의 남북을 꿰뚫는 참혹한 피해는 어느 세계대전을 연상하게 하는 전란의 피해를 복구하자마자 또 일어난 이른바 "병자호란(丙子胡亂)"이라는 외침을 받아 또다시 큰 나라 섬기기에 정신 못 차리는 파란 많은 정치 상황이 연속되었다. 그러한 역경 속에서도 국민들은 삶의 끈을 놓을 수 없었기에 진취적이기보다는 자탄(自嘆)과 극기(克己)와 생존의 한숨이 가락에 실리면 소리요, 시가 음악이 되고, 붓 끝에 실리면 문학과 서화(書畵) 예술 문화로 승화되어 반만년 길고 긴 역사를 가진 문화민족으로서의 명예를 유지할 수 있는 강인성과 숨죽이고 살아온 은근성과 그 수많은 역경 속에서도 꿋꿋하게 우리 겨레의 정통성을 버티어온 끈기가 문학을 비롯한 각종 예술 작품으로 승화되기에 이르렀다.

이러한 한국 아니 천손족(天孫族)의 고전 문학과 전통 문화가 있었기에 왜제(倭帝) 35년의 식민시대에 감옥에 갇히고 쇠사슬에 묶이어 참혹한 암흑의 굴속의 삶속에서도 우리의 선인들은 자랑스러운 나랏말과 성명을 지키면서 조국 독립을 외치며 결연히 악랄한 일본 군국주의자들과 싸워서 결국 오늘의 대한민국을 이룰 수 있게 되었다. 오늘의 이 영광을 위하여 겨레 얼을 꿋꿋이 지켜 싸워온 조상님들께 고마움을 잊어서는 아니된다는 교훈과 우리 천손족의 무궁한 미래 발전과 번영과 홍익인간(弘益人間) 정신을 구현하여 다양하게 겨레부치와 종교 집단 사이에서 이합집산(離合集散)을 통하여 지구촌의 평화 질서를 해치는 전쟁 양상의 분란을 막아내는 평화 보존과 인류 공영(人類共榮)의 파수꾼이 될 수 있는 한 뭉쳐진 겨레의 힘이 있어야 함을 이 책에서 배우기를 바란다.

이 조선의 고전문학사는 융희 4(4143, 1910)년 망국의 비운을 당하면서 자연스럽게 왜제의 핍박과 동이족 말살의 정책 아래 천손족의 반만년 문화전통과 문학혼(文學魂)이 왜색(倭色)이 입혀지며 지난날의 전통의 맥이 끊어지는 변화가 일어났다. 그 이후부터 오늘에 이르기까지 각종 문학 형식이 변형되어 학자들은 고전문학과 구분하여 이를 근현대문학이라고 나누어 달리 인식하는 잘못을 범하게 되었다. 이러한 잘못은 앞으로 평화적 남북 통합이 이루어진 뒤 새로운 정풍운동과 함께 비틀린 많은 잘못들을 바로잡아야 할 것이다.

[참고문헌]

姜慶鎬, 『春香傳硏究』, 교학연구사, 1990.
姜東元, 『短歌辭說集』, 藝苑, 1990.
姜信沆, 『訓民正音硏究』, 成均館大學校出版部. 1990.
康應哲, 『南溪先生文集』, 목판본, 1661.
강현모, 『한국설화의 전승 양상과 소설적 변용』, 亦樂, 2004.
고려대학교, 『六堂崔南善全集』, 玄岩社, 1974.
高晶玉, 『朝鮮民謠硏究』, 首善社, 1949.
郭　徹, 『抱朴子』, 東西文化院, 1978.
곽창권, 『韓國古代史의 構成』, 범한, 1987.
具鳳齡, 『栢潭文集』, 목판본, 東岡書堂, 1934.
구인환 외, 『국문학개론』, 와이제이학사고시, 1993.
具滋均, 『平民文學史』, 成堂書堂, 1948.
―――, 『교주춘향전』, 民衆書館, 1970.
國語學會, 『國語學槪論』, 一潮閣, 1971.
權　紀, 『龍巒集』, 목판본, 1800.
權得重, 『東窩先生文集』, 목판본, 1830.
權文海, 『草澗集』, 목판본, 1812.
權　橃, 『冲齋先生文集』, 목판본, 봉화 삼계서원, 1930.
權相老, 『朝鮮文學史』, 油印本, 1946.
―――, 『三國遺事』, 東西文化社, 1978.
―――, 『退耕堂全書』, 同刊行委員會, 1990.
權尙夏, 『寒水齋先生文集』, 목판본, 1761.
權聖躋, 『反求齋遺稿』, 고활자본, 1820.
權永躋, 『韓國漢文學史』, 대영문화기회, 1994.
權五福, 『睡軒集』, 목판본.
權載運, 『麗澤齋遺稿』, 목판본, 1786.
權　墉, 『仙溪先生文集』, 목판본.
權　迪, 『鳩谷文集』, 석판본, 醴泉 栗里齋, 1942.

權　濂, 『震溟集』, 고활자본, 1877.
權　顯, 『愚軒遺稿』, 고활자본, 1876.
權好文, 『松巖先生文集』, 목판본, 1680.
具本爀, 『時調歌樂論』, 正民社, 1988.
琴基昌, 『韓國詩歌의 硏究』, 螢雪出版社, 1982.
금일권, 『한글의 신비[桓契神秘]』, 천부동 사람들, 2005.
奇正鎭, 『蘆沙集』, 고활자본.
金景霖, 『杏堂寃稿』, 고활자본, 1777.
金慶餘, 『松厓集』, 松厓集刊行委員會, 1979.
김광순, 『오일론심기 · 뎡각녹연구』, 박이정, 2006.
金起東, 『韓國古代小說槪論』, 大昌文化社, 1956.
———, 『國文學槪論』, 精硏社, 1964.
———, 『李朝時代小說의 硏究』, 成文閣, 1974.
———, 『筆寫本古典小說全集』, 亞細亞文化社, 1980.
———, 『李朝時代小說論』, 二友, 1988.
金器夏, 『覺齋遺稿』, 목판본, 長城 醉雲堂, 1940.
金基鉉, 『韓國文學의 硏究』, 修文書館, 1995.
金基厚, 『晩起堂遺稿』, 목판본.
金樂行, 『九思堂續集』, 목판본.
金鸞祥, 『缾山先生遺稿』, 목판본, 榮州 梅陽亭, 1929.
金大幸, 『韓國詩歌構造硏究』, 삼영사, 1976.
———, 『우리 詩의 틀』, 문학과 비평사, 1989.
金都鍊, 『한국 고문의 이론과 전개』, 태학사, 1998.
金東旭, 『韓國歌謠의 硏究』, 乙酉文化社, 1961.
———, 『春香傳硏究』, 延世大學校出版部, 1965.
———, 『影印 古小說板刻本全集』, 延大人文科學硏究所, 1973.
———, 『國文學史』, 日新社, 1984.
金東旭 외, 『韓國文學史』, 대한민국 예술원, 1984.
———, 『韓國古小說入門』, 開門社, 1985.
金萬基, 『瑞石先生集』, 고활자본, 1701.
金邁淳, 『臺山集』, 고활자본, 1879.
金戊祚, 『西浦小說硏究』, 螢雪出版社, 1976.

金敏洙,『訓民正音』, 正音社, 1957.
김민수 외,『國語와 民族文化』, 集文堂, 1984.
金秉模,『韓國人의 발자취』, 정음사, 1985.
金奉祖,『鶴湖先生文集』, 목판본.
金富倫,『雪月堂先生文集』, 安東 雪月堂, 1940.
金思燁,『朝鮮文學史』, 正音社, 1948.
———,『鄭松江硏究』, 啓蒙社, 1950.
———,『李朝時代의 歌謠硏究』, 學園社, 1956.
———,『鄕歌의 文學的硏究』, 啓明大出版部, 1979.
———,『日本의 萬葉集』, 民音社, 1983.
金三龍,『동방의 등불 한국』, 행림출판, 1994.
金尙憲,『淸陰先生集』, 목판본, 1861.
金錫胄,『息庵先生遺稿』, 목판본.
金錫夏,『韓國文學史』, 新雅社, 1975.
金善豊,『韓國詩歌의 民俗學的硏究』, 螢雪出版社, 1977.
김선풍 외,『한국민간문학개설』, 국학자료원, 1992.
김성기,『韓國古典詩歌論攷』, 亦樂, 2004.
金性殷,『引逸亭遺稿』, 고활자본, 1905.
金粹老,『復陽齋集』, 蔚山金氏復陽齋派宗會, 1992.
김수업,『배달문학의 길잡이』, 鮮一文化社, 1983.
———,『배달말꽃 갈래와 속살』, 지식산업사, 2002.
金壽恒,『文谷集』, 목판본, 1702.
金時保,『茅洲集』, 고활자본, 1790.
金時習,『梅月堂全集』, 成大 大東文化硏究院, 1958.
金安國,『慕齋先生集』, 목판본.
金養根,『東埜集』, 고활자본, 1845.
金　鑢,『藫庭遺藁』, 고활자본.
金烈圭,『韓國民俗과 文學硏究』, 一潮閣, 1971.
金　瑛,『三塘集』, 목판본, 1839.
金榮洙,『朝鮮初期詩歌論硏究』, 一志社, 1989.
김영진,『충청도무가』, 형설출판사, 1976.
김영희 외,『한국춤통사』, 보고사, 1914.

김옥희, 『崔良業神父와 敎友村』, 學文社, 1983.
金容德, 『韓國傳記文學論』, 民族文化社, 1987.
金宇宏, 『開巖文集』, 고활자본, 1729.
金宇顒, 『東岡文集』, 목판본, 1695.
김웅세, 『한국의 마음』, 동서문화, 1994.
김윤식 외, 『한국문학사』, 민음사, 1973.
金允植, 『雲養集』, 연활자본, 1917.
金義煥, 『朝鮮通信使의 발자취』, 正音文化社, 1985.
金履祥, 『心適堂遺稿』, 고활자본, 1733.
金履安, 『三山齋集』, 고활자본.
金麟厚, 『河西先生全集』, 목판본, 1802.
金長生, 『沙溪先生全書』, 목판본 1922.
金載瓚, 『海石遺稿』, 사본,
金　淨, 『冲菴先生集』, 목판본, 報恩 金基善家, 1922.
金　皦, 『蘆峰集』, 고활자본, 1863.
金正漢, 『芝谷先生遺集』, 목판본.
金正喜, 『阮堂先生文集』, 연활자본, 金翊煥家, 1934.
金祖順, 『楓皐集』, 고활자본, 1854.
金佐永, 『江海文集』, 목판본.
金俊榮, 『韓國古典文學史』, 금강출판사, 1971.
———, 『韓國古詩歌研究』, 螢雪出版社, 1991.
金重鼎, 『肯構堂遺稿』, 고활자본, 1899.
金智勇, 『삼도부와 한양가 한양오백년가』, 明文堂, 2011.
金鎭圭, 『竹泉集』, 목판본, 1177.
金鎭東, 『素巖先生文集』, 목활자본.
金鎭宇, 『素窩集』, 고활자본.
金　集, 『愼獨齋先生遺稿』, 목판본.
金昌集, 『夢窩集』, 활자본, 1758.
金昌協, 『農巖集』, 목판본, 1754.
金哲埈, 『韓國古代國家發達史』, 한국일보社, 1975.
金就文, 『久庵集』, 목판본, 1791.
金七星, 『龍飛御天歌』 上下, 正音社, 1956.

金泰坤, 『黃泉巫歌研究』, 경희대 석사학위논문, 1965.
———, 『韓國巫歌集』, 원광대 민속학연구소, 1971.
김태곤 외, 『한국의 신화』, 시인사, 1988.
金台俊, 『朝鮮小說史』, 學藝社, 1933.
김태준, 『燕行錄』, 明知大國學資料刊行委員會, 1983.
김태준 외, 『여행과 체험의 문학』(중국편), 민족문화문고, 1985
———, 『여행과 체험의 문학』(일본편), 민족문화문고, 1985.
———, 『한일문화교류사』, 민족문화문고, 1991.
金台重, 『適庵先生文集』, 목판본.
金宅圭, 『巫敎文學研究』, 경희대 석사학위논문, 1958.
金澤洙, 『이선유 五歌全集』, 大東印刷所, 1933.
金夏九, 『楸菴集』, 목판본, 1823.
金澤東, 『韓國開化期詩歌研究』, 詩文學社, 1981.
金學成, 『한국고시가의 거시적 탐구』, 집문당, 1997.
金學主, 『서화담문선』, 明文堂, 1988.
———, 『中國古代文學史』, 明文堂, 2003.
김한규, 『한중관계사』 I, 아르케, 1999.
金鉉龍, 『韓中小說說話比較研究』, 一志社, 1977.
金玄成, 『南窓金玄成先生雜稿』, 영인본, 1991.
金弘郁, 『鶴洲先生全集』, 고활자본, 1873.
金興圭, 『韓國文學의 理解』, 民音社, 1986.
金希參, 『七峰先生文集』, 목판본, 1804.
羅　濆, 『長吟亭集』, 고활자본, 1912.
南　耕, 『時調의 音曲史的 研究』, 高麗文化社, 1974.
南九萬, 『藥泉集』, 고활자본, 1723.
南夢賚, 『伊溪遺集』, 목판본, 1778.
南龍萬, 『活山先生文集』, 목판본, 1790.
南有容, 『雷淵集』, 고활자본, 1783.
南漢皜, 『誠齋先生文集』, 목판본.
노대환, 『문명』, 小花, 2010.
盧守愼, 『蘇齋先生文集』, 목판본, 尙州 鳳山齋, 1933.
盧泰朝, 『國文傳記研究』, 正訓出版社, 1992.

檀君精神宣揚會, 『國祖檀君』, 檀君精神宣揚會, 1982.
도수희, 『백제의 언어와 문학』, 주류성, 2004.
동북아역사재단, 『발해의 역사와 문화』, 동북아역사재단, 2007.
동학혁명유족회, 『鄭伯賢의 日記』, 三希, 1995.
렴정권, 『악학궤범』, 여강출판사, 1991.
文德教, 『東湖先生文集』, 목판본.
馬　鳴, 『韓國佛教史話』, 通文館, 1965.
閔應允, 『鏡巖集』, 목판본, 1804.
閔　濟 외, 『韓國文學總說』, 한누리, 1994.
閔齊仁, 『立巖集』, 목판본, 1610.
민족문학사연구소, 『새민족문학사강좌』, 창비, 2009.
朴慶應, 『일옹집』, 영인본, 1990.
朴光一, 『遜齋先生文集』, 고활자본, 1782.
朴箕寧, 『荷叟文集』, 고활자본, 1909.
朴來謙, 조남권 외 1인 역, 『북막일기』, 글항아리, 2016.
朴來吾, 『尼溪集』, 고활자본, 1893.
박노준, 『신라가요의 연구』, 열화당, 1987.
———, 『고려가요의 연구』, 새문사, 1990.
———, 『조선후기 시가의 현실인식』, 高大民族文化研究院, 1998.
朴魯春, 『資料韓國文學史』, 새글社, 1962.
———, 『韓國文學雜考』, 시인사, 1987.
朴萬鼎, 『海西暗行日記』, 高麗出版社, 1976
朴炳采, 『論註月印千江之曲』上, 正音社, 1974.
朴性陽, 『芸窓集』, 고활자본, 1892.
朴晟義, 『國文學背景研究』, 宣明文化社, 1966.
———, 『韓國詩歌文學論과 史』, 예그린, 1978.
———, 『韓國古代小說論과 史』, 예그린, 1978.
朴世采, 『南溪先生朴文純公文集』, 목판본.
朴守緒, 『尤溪先生逸稿』, 고활자, 1910.
朴承任, 『嘯皐集續集』, 고활자본, 1782.
朴時仁, 『알타이 문화사 연구』, 탐구당, 1970.
———, 『알타이 인문 연구』, 서울대출판부.

朴時仁, 『알타이문화기행』, 청노루, 1995.
朴　雲, 『龍文先生文集』, 고활자본, 1778.
朴胤源, 『近齋集』, 고활자본.
朴　融, 『憂堂先生文集』, 목판본, 1875.
朴乙洙, 『韓國時調文學全史』, 亞細亞文化社, 成文閣, 1978.
―――, 『한국시조대사전』 상하, 아세아문화사, 1992.
―――, 『韓國詩歌文學史』, 亞細亞文化社, 1997.
―――, 『시조의 서발류유취』, 아세아문화사, 2000.
―――, 『晦窩 尹陽來硏究』, 아세아문화사, 2003.
―――, 『時調文學論』, 글익는들, 2005.
―――, 『晩全堂 洪可臣硏究』, 글익는들, 2006.
朴　翊, 『松隱集』, 고활자본, 1837.
박일용, 『조선시대의 애정소설』, 집문당, 1993.
朴長遠, 『久堂集』, 목판본, 1730.
박정진, 『아직도 사대주의에』, 전통문화 연구원, 1994.
朴準源, 『錦石集』, 고활자본, 1816.
朴增榮, 『訥齋遺稿』, 목판본.
朴趾源, 『燕巖集』, 연활자본, 朴榮喆家, 1932.
朴昌宇, 『槐泉先生文集』, 목판본, 1907.
박　철 역, 『한국천주교 전래의 기원』, 서강대학교 출판부, 1989.
朴忠元, 『駱村文集』, 신연활자본, 1927.
朴致誠, 『一笑翁遺稿』, 석판본, 1982.
朴致和, 『國譯 舟谷遺稿』, 보고사, 2009.
朴泰輔, 『定齋集』, 목판본.
朴泰漢, 『朴正字集』, 목판본.
朴彭年, 『朴先生遺稿』, 목판본, 1658.
朴興生, 『菊堂先生遺稿』, 고활자본, 1828.
方鍾鉉, 『一簑國語學論叢』, 民衆書館, 1963.
배규범 외, 『 외국인을 위한 한국고전문학사』, 夏雨, 2010.
裵相說, 『槐潭遺稿』, 목판본, 1808.
白鐵 · 李秉岐, 『國文學全史』, 新丘文化社, 1957.
卞季良, 『春亭先生續集』, 목판본, 1825.

卞基榮, 『간추린 우리나라 천주교회 창립사』, 한국천주교회창립사연구원, 2007.
北 崖, 『揆園史話』, 사본, 1675.
사단법인 해동공자 최충선생 기념사업회, 『청백리 최만리 행적연구 논총』(1), 2011, 신정.
史在東, 『佛敎系 國文小說의 硏究』, 中央文化社, 1994.
―――, 『韓國文學流通史의 硏究』 I · II, 中央人文社, 1999.
徐居正, 『四佳集』, 목판본, 1705.
徐大錫, 『軍談小說의 構造와 背景』, 梨花女大出版部, 1985.
서대석 외, 『안성무가』, 집문당, 1990.
서대석, 『구비문학』, 해냄, 1997.
徐命膺, 『保晩齋集』, 고활자본, 1838.
徐時立, 『全歸堂先生遺集』, 목판본, 1921.
서신혜, 『김소행의 글쓰기 방식과 삼한습유』, 박이정, 2004.
徐龍甲, 『蘇湖集』, 고활자본, 1865.
徐有榘, 『楓石全集』, 保景文化社, 1983.
徐宗泰, 『晩靜堂集』, 고활자본.
徐昌鏡, 『沙川文集』, 고활자본.
成近默, 『果齋集』, 활자본, 1883.
成樂熏, 『韓國思想論考』, 동화출판공사, 1979.
성삼재, 『고조선 사라진 역사』, 동아일보사, 2005.
成賢慶, 『韓國小說의 構造와 現狀』, 嶺南大出版部, 1981.
成鎬周, 『景幾體歌의 形成硏究』, 제일문화사, 1988.
世昌書館, 『增補 海東詩選』, 世昌書館, 1966.
蘇世讓, 『陽谷先生文集』, 고활자본, 益山 華山齋, 1935.
蘇在英, 『壬辰錄硏究』, 韓國硏究院, 1980.
―――, 『壬丙兩亂과 文學意識』, 한국연구원, 1980.
―――, 『古小說通論』, 二友出版社, 1983.
―――, 『韓國說話文學硏究』, 崇田大學校 出版部, 1984.
―――, 『企齋記異硏究』, 고대 민족문화연구소, 1990.
―――, 『우리 고전 산책』, 태학사, 1993.
―――, 『조선조 문학의 탐구』, 아세아 문화사, 1997.

蘇輝冕, 『仁山先生文集』, 고활자본.
孫晉泰, 『孫晉泰先生全集』, 太學社, 1981.
宋慶元, 『遯壑先生集』, 연활자본, 1920.
宋近洙, 『立齋集』, 고활자본.
宋來熙, 『錦谷先生文集』, 고활자본, 1907.
宋達洙, 『守宗齋集』, 고활자본, 1902.
宋明欽, 『櫟泉文集』, 목판본, 1805.
宋芳松, 『韓國古代音樂史硏究』, 一志社, 1985.
宋相琦, 『玉吾齋集』, 고활자본, 1760.
宋 亮, 『愚谷集』, 목판본, 1898.
송원홍, 『배달전서』, 밀알, 1987.
宋庭篁, 『正字宋公遺稿』, 고활자본.
宋徵殷, 『約軒集』, 고활자본.
宋翼弼, 『龜峰先生文集』, 목판본, 1762.
宋鼎顒, 『東渠文集』, 목판본, 榮州 宋寅鈺家, 1940.
宋之栻, 『松風齋先生文集』, 고활자본, 1913.
宋洪直, 『書巢集』, 목판본, 1921.
宋 欽, 『知止堂遺稿』, 목판본, 1717.
신규호, 『한국기독교시가연구』, 이회문화사, 1999.
申基亨, 『韓國小說發達史』, 彰文社, 1969.
신성순 외, 『조선통신사』, 中央日報社, 1994.
申 緯, 『紫霞集』, 신활자본, 1907.
申 恂, 『恩休窩集』, 목활자본, 1786.
申叔舟, 『保閑齋集』, 목활자본, 申龍休方, 1922.
申維翰, 『靑泉集』, 목판본, 1770.
申益愰, 『克齋文集』, 목판본, 1862.
신재홍, 『夢遊錄小說硏究』, 계명문화사, 1994.
申適道, 『虎溪先生遺集』, 목판본, 義城 上八齋, 1928.
神 誌, 『三一神誥』, 大洋書籍, 1973.
신지견, 『서산사상과 신자유주의』, 화은각, 2008.
申之悌, 『梧峯先生文集』, 목판본, 1740.
申采浩, 『朝鮮上古史』, 人物硏究所, 1985.

愼天翊, 『素隱先生遺稿』, 석판본, 靈巖 二友講堂, 1959.
申春子, 『百聯抄解』, 東國文化社, 1979.
申泰三, 『增補海東詩選』, 世昌書館, 1966.
申學均, 『揆園史話』, 大東文化社, 1968.
신해진, 『牛山先生丙子倡義錄』, 보고사, 2014.
申弘望, 『孤松先生文集』, 고활자, 1739.
심경호, 『국문학연구와 문헌학』, 태학사, 2002.
沈　攸, 『梧灘集』, 목판본, 1704.
安道徵, 『點离窩先生文集』, 목판본, 1898.
安東濬 외, 『韓國古代史管見』, 韓國古典研究會, 1978.
安壽相, 『梧軒集』, 연활자본, 1973.
安餘慶, 『玉川先生遺稿』, 고활자본, 1897.
安自山, 『朝鮮文學史』, 韓一書店, 1922.
———, 『時調詩學』, 教文社, 1949.
安鼎福, 『雜同散異』, 사본.
안창범, 『한민족의 신선도와 불교』, 국학자료원, 1993.
안창익, 『우산선생병자창의록』, 보고사, 2014.
楊道南, 『無禁堂先生集』, 목판본.
楊汝梅, 『華陽公遺集』, 고활자본, 1912.
梁應鼎, 『松川集』, 고활자본, 鏡城 1842.
梁惠蘭, 『朝鮮朝奇逢類小說研究』, 以會文化社, 1995.
呂應龜, 『松塢先生遺集』, 목판본, 1845.
여증동, 『한국문학사』, 형설출판사, 1973.
———, 『한국문학역사』, 형설출판사, 1983.
呂姬弼, 『道巖集』, 목판본, 1816.
吳　健, 『德溪先生文集』, 목판본.
吳光運, 『藥山漫稿』, 목판본 1924.
오대혁, 『금오신화와 한국소설의 기원』, 역락, 2007.
吳名立, 『止善亭遺稿』, 고활자본, 1908.
吳　翻, 『天坡集』, 목판본. 1646.
吳　瀷, 『愚齋文集』, 고활자본, 1897.
吳載純, 『醇庵集』, 고활자본, 1808.

우리어문학회, 『國文學史』, 一成堂書店, 1948.
禹玄基, 『時調集』, 中央印書館, 1941.
耘谷學會, 『耘谷學會硏究論叢』 1, 운곡학회, 2005.
元景夏, 『蒼霞集』, 고활자본.
魏伯珪, 『存齋集』, 목판본, 1875.
柳慶桓, 『東學歌辭의 深層硏究』, 大韓出版公社, 1985.
柳基龍, 『尹相公善政錄攷』, 螢雪出版社, 1983.
유명종, 『한국의 원시신앙』, 東亞大學校出版部, 1987.
柳夢寅, 『默好稿』, 영인본, 1937.
———, 『於于野談』, 景文社, 1979.
柳成龍, 『西厓先生文集』, 목판본, 1894.
惟　政, 『四溟堂集』, 목판본, 1652.
柳鍾國, 『夢遊錄小說硏究』, 亞細亞文化社, 1987.
———, 『古詩歌樣式論』, 啓明文化社, 1990.
劉昌惇, 『國文學史要解』, 明世堂, 1952.
兪拓基, 『知守齋集』, 고활자본, 1878.
柳致明, 『定齋集』, 목판본, 1901.
柳海春, 『長篇敍事歌辭의 硏究』, 國學資料院, 1995.
柳赫然, 『野堂遺稿』, 고활자본, 1909.
柳希春, 『眉巖先生集』, 목판본, 1929.
윤경수, 『도해홍익인간과 서사문학』, 이회, 2004.
윤광봉 외, 『굿과 巫堂』,경서원, 1987.
尹光鳳, 『韓國의 演戱』, 半島出版社, 1992.
———, 『朝鮮後期의 演戱』, 박이정, 1998.
尹根壽, 『月汀先生文集』, 목판본, 1647.
尹乃鉉, 『韓國古代史』, 삼광출판사, 1989.
尹東洙, 『敬庵先生遺稿』, 목판본,
尹斗壽, 『梧陰集』, 고활자본, 1635.
윤명철, 『바닷길은 문화의 고속도로였다』, 사계절, 2000.
尹鳳九, 『屛溪先生文集』, 고활자본.
尹鳳朝, 『圃巖集』, 목판본.
尹鳳漢, 『聽水軒遺稿』, 석판본, 1940.

尹　暹, 『三節遺稿』, 목판본, 1672.
尹榮玉, 『新羅詩歌의 硏究』, 螢雪出版社, 1980.
———, 『韓國漢文學』, 學文社, 1980.
———, 『韓國漢文小說』, 學文社, 1984.
———, 『時調의 理解』, 嶺南大出版部, 1985.
———, 『高麗詩歌의 硏究』, 嶺南大出版部, 1991.
尹廷琦, 『舫山遺稿』, 사본, 1893.
尹正夏, 『孤山尹善道詩歌集』, 弘益齋, 2003.
윤주필, 『한국의 방외인문학』, 집문당, 1999.
尹衡老, 『戒懼庵集』, 고활자본.
李家源, 『燕巖小說硏究』, 乙酉文化社, 1965.
———, 『李朝漢文小說選』, 민중서관, 1971.
———, 『朝鮮文學史』, 太學社, 1995.
李　東, 『巍巖遺稿』, 목판본.
李康洙, 『道家思想의 硏究』, 고려대학교, 민족문화연구소, 1985.
李介立, 『省吾堂先生文集』, 고활자본, 1776.
李健命, 『寒圃齋集』, 고활자본, 1758.
李慶善, 『韓國比較文學論考』, 一潮閣, 1979.
李　珙, 『栗園先生文集』, 목판본, 1834.
李觀命, 『屛山集』, 고활자본.
李光靖, 『小山先生文集』, 목판본.
李光庭, 『訥隱文集』, 목판본, 1808.
이금희, 『謝氏南征記硏究』, 반도출판사, 1991.
李箕鎭, 『牧谷集』, 고활자본, 1767.
李起炫, 『石北申光洙文學硏究』, 寶庫社, 1996.
李箕洪, 『直齋集』, 고활자본, 1887.
李能雨, 『古小說硏究』, 宣明文化社, 1973.
李能和, 『朝鮮解語花史』, 翰南書林, 1927.
———, 『朝鮮道敎史』, 東國大學校出版部, 1959.
李端相, 『靜觀齋先生集』, 목판본, 1682.
李端夏, 『畏齋集』, 목판본.
李聃命, 『靜齋文集』, 漆谷 長巖齋, 1937.

이대로, 『우리말글 독립운동의 발자취』, 지식산업사, 2008.
李大任, 『竹溪先生實記』, 목판본, 1910.
李德胄, 『苄亭先生文集』, 고활자본.
李德馨, 『漢陰先生文集』, 목판본, 扶餘 李大淳家, 1931.
李島相, 『韓民族의 國威水準』, 普文社, 1990.
이동준 외, 『동방사상과 인문정신』, 심산출판사, 2007.
李東鎭, 『許筠의 旅遊詩研究』, 弘益大學校, 1996
이동찬, 『가사문학의 현실인식과 서사적 형상』, 세종출판사, 2002.
이두현, 『한국의 假面劇』, 一志社, 1979.
李萬敷, 『息山文集』, 목판본, 1813.
李曼勝, 『槐堂先生文集』, 목판본, 1851.
李萬運, 『默軒文集』, 목판본, 漆谷 景巖齋, 1938.
李勉伯, 『岱淵遺稿』, 사본.
李明善, 『朝鮮文學史』, 朝鮮文學社, 1949.
李命漢, 『白洲集』, 목판본.
이명훈, 『李藝의 使命』, 새로운 사람들, 2005.
李文奎, 『許筠散文文學研究』, 三知院, 1986.
李文樑, 『碧梧先生文集』, 목판본.
李文載, 『石洞先生遺稿』, 고활자본, 任實 履露齋, 1937.
李民宬, 『敬亭集』, 목판본, 1664.
李民寏, 『紫雲集』, 목판본.
李秉岐 외, 『國文學全史』, 新丘文化社, 1982.
李丙疇 외, 『漢文學史』, 새문사, 1998.
이복규, 『설공찬전』, 시인사, 1997.
李逢春, 『鶴川先生集』, 목판본, 1813.
李山斗, 『懶拙齋先生文集』, 목판본, 1833.
李尙吉, 『東川集』, 영인본.
이상보, 『18세기 가사전집』, 민속원, 1991.
李象秀, 『峿堂集』, 고활자본, 1900.
李象辰, 『下枝遺稿』, 목판본, 1793.
李　序, 『東湖先生文集』, 목판본.
李　漵, 『桐江遺稿』, 고활자본, 1810.

이선유, 『이선유 五歌全集』, 金澤洙, 1934.
이성수, 『뜻글에서 밝혀낸 우리 옛땅』, 白山出版社, 1995.
———, 『밝다나라 임금(단군)의 땅』, 이령규, 1997.
李誠中, 『坡谷遺稿』, 목판본, 1640.
李世珩, 『恕軒先生文集』, 목판본.
李晬光, 『芝峰集』, 목판본, 1634.
李樹鳳, 『韓國家門小說研究』, 景仁文化社, 1992.
李樹仁, 『懼庵先生文集』, 목판본.
李舜臣, 『亂中日記』, 영인본.
이승헌, 『한국인에게 고함』, 한문화, 2001.
李時明, 『石溪先生文集』, 목판본.
李　植, 『澤堂先生集』, 목판본, 1849.
李　信, 『韓民族主體史』, 고려원, 1989.
李身圭, 『酉堂集』, 고활자본, 1873.
李安訥, 『東岳集』, 목판본, 1640.
李彦迪, 『晦齋先生文集』, 목판본, 慶州 玉山書院, 1926.
李　畬, 『睡谷先生集』, 목판본.
李元禎, 『歸巖先生文集』, 목판본, 漆谷 景巖齋, 1937.
李惟泰, 『草廬先生文集』, 고활자본, 1865.
李殷相, 『東里集』, 목판본, 1702.
李殷相, 『鷺山時調集』, 한성도서주식회사, 1932.
李宜泰, 『近仁堂文集』, 목판본, 1838.
李一影, 『震默大師小傳』, 保林社, 1983.
이장우 외, 『퇴계시풀이』 1-2, 中文出版社, 1996.
이재권, 『도가 철학의 현대적 해석』, 문경출판사, 1969.
李在秀, 『韓國小說研究』, 宣明文化社, 1969.
———, 『內房歌辭研究』, 螢雪出版社, 1976.
李廷龜, 『月沙先生集』, 목판본, 1720.
李　綷, 『陶菴先生集』, 고활자본.
李鍾祥, 『定軒先生文集』, 목판본, 1900.
이종주, 『여항소설』, 시인사, 1984.
李鍾燦, 『韓國의 禪詩』(高麗篇), 二友出版社, 1985.

李鍾燦, 『朝鮮高僧漢詩選』, 東國大學校 附設譯經院, 1978.
이중연, 『신대한국 독립군의 백만용사야』, 혜안, 1998.
李震白, 『西巖遺稿』, 목판본, 1710.
李晉用, 『農雲遺稿』, 연활자본, 水原中央印刷所, 1937.
이진원, 『한국고대 음악사의 재조명』, 민속원, 2007.
李埰衍, 『壬辰倭亂捕虜實記研究』, 박이정, 1995.
李學逵, 『洛下生稿』, 영인본.
李恒福, 『白沙先生集』, 목판본, 嶺南監營, 1726.
李　瀣, 『溫溪先生遺稿』, 목판본, 1772.
李獻慶, 『艮翁先生文集』, 목판본, 1797.
李賢益, 『正菴集』, 목판본, 1780.
이혜순, 『조선 통신사의 문학』, 이대 출판부, 1996.
이혜순 외, 『우리 한문학사의 새로운 조명』, 집문당, 1999.
———, 『한국고전여성문학의 세계』, 이대 출판부, 2003.
李惠求, 『韓國音樂序說』, 서울대 출판부, 1975.
이훈구, 『만주와 조선인』, 성진문화사, 1987.
印權煥, 『토끼傳 · 水宮歌研究』, 高麗大學校民族文化研究院, 2001.
任東權, 『韓國民謠集』, 東國文化社, 1961.
———, 『韓國民謠研究』, 宣明文化社, 1974.
任　埅, 『水村集』, 고활자본.
林　泳, 『竝溪集』, 목판본, 1708.
임재해, 『민족신화와 건국영웅들』, 천재교육, 1995.
임종욱, 『한국한문학의 이론과 양상』, 이회, 2001.
임치균, 『조선조 대장편소설 연구』, 태학사, 1996.
임치균 외, 『藏書閣古小說解題』, 韓國精神文化院, 1999.
임치균 외, 『낙성비룡 · 문장풍류삼대록 · 징세비태록』, 한국학중앙연구원, 2009.
임치균 외, 『기각한필(綺閣閑筆)』, 한국학중앙연구원출판부, 2015.
任憲晦, 『鼓山文集』, 목판본.
임형택, 『한국문학사의 논리와 체계』, 창작과비평사, 2002.
張德順, 『韓國說話文學研究』, 서울대학교 출판부, 1971.
———, 『韓國文學通史』, 同和文化社, 1976.
張德順 외, 『口碑文學論』, 一潮閣, 1976.

張秉吉, 『韓國固有信仰硏究』, 서울대 동아문화연구소, 1970.
張師勛, 『國樂論攷』, 서울대 출판부, 1966.
———, 『世宗朝音樂硏究』, 서울대 출판부, 1982.
———, 『最新國樂總論』, 世光音樂出版社, 1985.
장시광, 『조선시대동성혼 이야기』, 한국학술정보, 2006.
———, 『조선시대 대하소설의 여성반동인물』, 한국학술정보, 2006.
———, 『한국고전소설과 여성인물』, 보고사, 2006.
張時澤, 『蒼洲文集』, 활판본. 1981.
張龍翰, 『岐村先生文集』, 고활자본, 1868.
張籌根, 『韓國의 鄕土信仰』, 乙酉文化社, 1975.
張　瑱, 『茅庵先生文集』, 목판본.
張漢基, 『韓國演劇史』, 東國大學校出版部, 1986.
張顯光, 『旅軒先生文集』, 목판본.
全慶昌, 『溪東先生集』, 목판본, 1859.
全圭泰, 『入門을 위한 國文學史』, 새글社, 1966.
———, 『韓國古典文學史』, 서문당, 1977.
全有慶, 『覺菴先生文集』, 고활자본, 1864.
鄭經世, 『愚伏先生文集』, 목판본.
丁奎福, 『九雲夢硏究』, 高麗大學校出版部, 1974.
丁奎福 외, 『韓國古小說硏究』, 二友出版社, 1983.
鄭魯湜, 『朝鮮唱劇史』, 朝鮮日報出版部, 1940.
정명기, 『야담문학 연구의 현단계(1-3), 보고사, 2001.
鄭伯休, 『東淵文集』, 목판본, 1881.
丁範祖, 『海左先生文集』, 고활자본, 1867.
鄭炳昱, 『國文學散藁』, 新丘文化社, 1960.
———, 『한국고전의 재인식』, 弘盛社, 1965.
정병욱, 『증보판 한국고전시가론』, 신구문화사, 1985.
鄭　詳, 『滄洲先生逸稿』, 고활자본, 羅州 永樂齋 1935.
鄭尙均, 『韓國古代詩文學史硏究』, 翰信文化社, 1984.
鄭尙驥, 『農圃問答』, 乙酉文化社, 1973.
鄭碩達, 『函溪集』, 고활자본, 1773.
丁時翰, 『愚潭集』, 목판본, 1937.

鄭榮邦, 『石門先生文集』, 목판본, 1821.
鄭龍俊, 『要領國文學史』, 經紀文化社, 1959.
丁運熙, 『孤舟集』, 鑄字本, 1784.
鄭元容, 『經山集』, 활자본, 1895.
鄭裕昆, 『晩悟文集』, 목판본.
鄭寅普, 『薝園鄭寅普全集』, 延世大出版部, 1983.
鄭　佺, 『松塢先生文集』, 목판본, 1835.
鄭宗大, 『艶情小說構造硏究』, 啓明文化社, 1990.
鄭鉒東, 『洪吉童傳硏究』, 文豪社, 1961.
――――, 『梅月堂 金時習硏究』, 新雅社, 1965.
鄭　錘, 『養拙齋先生實記』, 목판본, 1849.
鄭　澈, 『松江鄭澈文集』, 松江文集編纂會, 1974.
鄭忠信, 『晩雲集』, 고활자본, 1894.
鄭漢模, 『韓國現代詩文學史』, 一志社, 1973.
鄭炯相, 『學習 國文學史』, 興龍出版社, 1964.
鄭希良, 『虛菴集』, 연활자본, 定州 虛菴祠客室, 1940.
제갈태일, 『한사상의 뿌리를 찾아서』, 더불어책, 2004.
趙　儉, 『水月逸稿』, 고활자본, 1871.
趙　絅, 『龍洲先生遺稿』, 목판본.
趙　璥, 『荷棲集』, 목판본, 箕城, 1789.
趙觀彬, 『晦軒集』, 활자본, 1757.
조　광 외, 『정조시대 천주교사 자료집』 I, 한국순교자현양위원회, 1999.
조광국, 『기녀담기녀등장소설연구』, 月印, 2000.
趙光祖, 『靜菴先生文集』, 목판본, 1892.
曺圭益, 『조선초기 아송문학연구』, 태학사, 1986.
――――, 『朝鮮朝詩文集 序·跋의 硏究』, 숭실대 출판부, 1988.
조규익, 『鮮初樂章文學硏究』, 崇實大學校出版部, 1990.
――――, 『高麗俗樂歌詞·景幾體歌·鮮初樂章』, 한샘, 1993.
――――, 『봉건시대 민중의 저항과 고발문학 거창가』, 月印, 2000.
――――, 『제주도 해녀 노젓는 소리의 본토전승양상에 관한 조사·연구』, 민속원, 2005.
조남권 외, 『혜환 이용휴시전집』, 소명출판, 2002.

趙東一, 『敍事民謠研究』, 啓明大學校出版部, 1970.
———, 『韓國小說의 理論』, 知識産業社, 1976.
———, 『탈춤의 역사와 원리』, 弘盛社, 1979.
———, 『한국문학통사』 1 - 3, 지식산업사, 2005.
趙冕鎬, 『玉垂集』, (규장각본).
조면희, 『뱃길로 간 북경기행 및 수창시』, 체우기획부, 2002.
———, 『한글 朝天日乘 및 漢文燕行錄 및 酬唱詩』, 체우기획부, 2002.
趙秉悳, 『肅齋集』, 고활자본.
趙相禹, 『時庵集』, 고활자본, 1845.
趙石來, 『柳夢寅詩文研究』, 叡智閣, 1989.
曺善長, 『屛厓先生文集』, 목판본, 1854.
趙秀三, 『秋齋集』, 民族文化社, 1980.
조순자, 『가집에 담아낸 노래와 사람들』, 보고사, 2006.
曺　植, 『南冥先生文集』, 목판본, 小青漢文書堂, 1931.
趙紳權, 『韓國文學과 基督教』, 延世大出版部, 1983.
趙　旅, 『漁溪先生集』, 목판본, 1901.
조연숙, 『고려속요연구』, 국학자료원, 2004.
趙榮順, 『退軒集』, 고활자본.
조용호, 『아리랑은 中國語다!』, 신우, 2002.
趙又新, 『白潭集』, 고활자본, 1724.
趙　昱, 『趙龍門先生集』, 목판본, 1779.
趙運道, 『月下文集』, 목판본, 1898.
趙潤濟, 『國文學史』, 東國文化社, 1949.
趙子庸, 『三神民考』, 가나아트, 1995.
趙　翊, 『可畏先生文集』, 고활자본.
趙寅永, 『雲石遺稿』, 고활자본, 1868.
趙子庸, 『三神民考』, 가나아트, 1995.
趙在浩, 『損齋先生文集』, 목판본.
趙正緯, 『一默軒遺稿』, 목판본.
趙纘韓, 『玄洲集』, 석판본, 興文堂, 1927.
趙彭年, 『溪隱集』, 고활자본, 1899.
趙　靁, 『澹翁集』, 석판본, 1990.

趙　憲, 『重峯集』, 연활자본, 延白 鳳陽祠, 1934.
趙興胤, 『巫와 민족문화』, 민족문화사, 1990.
曺喜雄, 『朝鮮後期文獻說話의 研究』, 형설출판사, 1982.
趙希逸, 『竹陰先生集』, 목판본.
주왕산, 『朝鮮古代小說史』, 正音社, 1950.
周　怡, 『二樂堂先生逸稿』, 목판본, 1847.
지교헌, 『한민족의 정신사적 기초』, 한국정신문화연구원, 1988.
池浚模, 『三國遺事의 語文學的 研究』, 이회, 2005.
池炯律, 『鄕歌正讀』, 지형률, 1996.
진경환, 『古典의 打作』, 月印, 2000.
陳泰夏, 『東方文字뿌리』, 이화문화출판사, 1997.
車基榮, 『간추린 우리나라 천주교회 창립사』, 韓國天主敎會創立史研究院, 2007.
車基眞, 『조선후기의 西學과 斥邪論연구』, 한국교회사연구소, 2002.
車溶柱, 『古小說論攷』, 계명대학교 출판부, 1985.
———, 『韓國漢文小說史』, 아세아문화사, 1989.
———, 『韓國漢文學作家研究』, 아세아문화사, 2001.
車柱煥, 『中國詞文學論考』, 서울大學校出版部, 1982.
———, 『韓國의 道敎思想』, 同和出版公社, 1984.
車天輅, 『五山集』, 활자본, 1791.
車充煥, 『韓國古典小說作品研究』, 월인, 2004.
蔡　壽, 『懶齋集』, 목판본.
蔡濟恭, 『樊巖集』, 목판본, 1824.
蔡之洪, 『鳳巖集』, 후기 목활자본, 1783.
蔡彭胤, 『希菴先生文集』, 목판본, 1775.
意　恂, 『艸衣禪師全集』, 亞細亞文化社, 1985.
崔康賢, 『韓國紀行文學研究』, 一志社, 1982.
———, 『한국고전문학 전집 가사』, 고대 민족문화 연구소, 1983.
———, 『歌辭文學論』, 새문사, 1983.
———, 『韓國古典隨筆講讀』, 고려원, 1983.
———, 『계해수로조천록』, 신성출판사, 2000.
———, 『갑자수로조천록』, 신성출판사, 2000.
———, 『한국기행가사연구』, 신성출판사.

최광식, 『중국의 고구려사 왜곡』, 살림, 2004.
崔吉城, 『韓國巫俗의 研究』, 亞細亞文化社, 1978.
최길용, 『朝鮮朝連作小說研究』, 아세아문화사. 1992.
崔南善, 『國民朝鮮歷史』, 東明社, 1947.
崔鳴吉, 『遲川先生集』, 목판본.
崔三龍, 『韓國初期小說의 道仙思想』, 螢雪出版社, 1982.
崔象龍, 『鳳村先生文集』, 목판본, 1893.
최상수, 『韓國民間傳說集』, 通文館, 1958.
崔錫鼎, 『明谷集』, 목판본, 1721.
崔祐榮, 『許筠의 詩觀과 批評樣相 研究』, 延世大學校, 1997.
최운식, 『韓國說話研究』, 集文堂, 1991.
———, 『전설의 현장을 찾아서』, 民俗苑, 1997.
崔有海, 『默守堂先生文集』, 고활자본, 1630.
崔益鉉, 『勉菴文集』, 고활자본, 화순, 1934.
崔　澱, 『楊浦集』, 목판본, 1625.
崔濟愚, 『東經大全』, 大洋書籍, 1973.
최준식, 『한국 종교 이야기』, 한울, 1995.
崔珍源, 『國文學과 自然』, 成大出版部, 1981.
崔昌大, 『昆侖集』, 고활자본.
崔昌祿, 『韓國神仙小說研究』, 螢雪出版社, 1984.
최충희 외, 『일본시가문학사』, 태학사, 2005.
崔鶴璇, 『鄕歌研究』, 宇宙, 1985.
崔　晛, 『訒齋先生文集』, 목판본, 1778.
최현배, 『한글갈(正音學)』, 正音社, 1943.
河聲來, 『天主歌辭研究』, 성 · 황석두루가서원, 1985.
河　溍, 『台溪先生文集』, 고활자본.
河　沆, 『覺齋先生文集』, 석판본, 1940.
河　悏, 『丹也先生文集』, 목판본, 1904.
河弘度, 『謙齋文集』, 목판본,
韓慶元, 『默齋遺稿』, 석판본, 柏木精舍, 1937.
韓國古典文學會, 『국문학과 도교』, 태학사, 1998.
韓國國樂協會, 『韓國國樂全史』, 教育開發公社, 1988.

한국문학개론 편찬위원회, 『韓國文學概論』, 혜진서관, 1991.
한국역사민속학회, 『역사민속학』, 이론과실천, 1991.
한명희, 『우리 가락 우리 문화』, 조선일보사, 1994.
한상수, 『충남민담』, 형설출판사, 1982.
韓相壽, 『韓國人의 神話』, 文音社, 1986.
韓元震, 『南塘先生集』, 목판본.
韓章錫, 『眉山集』, 연활자본, 韓昌洙家, 1934.
韓晦善, 『腴齋先生文集』, 연활자본, 韓達善家, 1934.
許慶會, 『韓國氏族說話研究』, 全南大學校出版部, 1990.
許 穆, 『記言』, 목판본.
許 稠, 『敬庵先生實記』, 석판본, 慶山 濯來亭, 1941.
玄相允, 『朝鮮儒學史』, 玄音社, 1982.
玄容駿, 『濟州島巫俗과 그 周邊』, 集文堂, 2002.
현종호, 『국어 고전 시가사 연구』, 보고사, 1996.
洪順錫, 『성임의 시와 삶』, 한국문화사, 1992.
———, 『成俔文學研究』, 한국문화사, 1992.
洪奭周, 『淵泉集』.
洪世泰, 『柳下集』, 고활자본, 1730.
洪汝河, 『木齋先生文集』, 목판본.
洪宇遠, 『南坡集』, 고활자본, 白峯書院, 1782.
洪裕孫, 『篠叢遺稿』, 고활자본, 1810.
洪 璺, 『老雲集』, 고활자본, 1892.
洪冑華, 『晩隱遺稿』, 고활자본, 1802.
洪直弼, 『梅山集』, 활자본, 1866.
黃景源, 『江漢集』, 목활자본, 1790.
黃 五, 『綠此集』, 활판본, 1932.
黃龍漢, 『貞窩先生文集』, 목판본.
黃胤錫, 『頤齋集』, 목판본, 1829.
황인덕, 『한국기록소화사론』, 태학사, 1999.
黃鎭燮, 『國文學史解說』, 同和文化社, 1958.
黃忠基, 『長時調研究』, 국학자료원, 2000.
黃浿江, 『韓國敍事文學研究』, 檀國大學校出版部, 1972.

黃浿江, 『新羅佛教說話研究』, 1975.
———, 『朝鮮王朝小說研究』, 韓國研究院, 1978.
———, 『한국문학의 이해』, 새문社,1991.
黃　漈, 『晩翠洞逸稿』, 목판본, 1823.
黃　熙, 『審幾堂先生文集』, 고활자본.
休　靜, 『淸虛堂集』, 목판본.

북한

김춘택, 『우리나라 고전소설사』, 김일성종합대 출판사, 1982.
류　렬, 『조선말역사』, 사회과학원, 1990.
언어문학연구실, 『조선문학통사』상, 사회과학원, 1989.
정홍교·박종원, 『조선문학개관』, 사회과학출판사, 1986.

일본

金利光 역, 『韓國人』, 河出書房新社, 1997.
大谷森繁, 『朝鮮朝後期 小說讀者研究』, 高麗大學校 民族文化研究所, 1985.
———, 『韓國古小說研究』, 景仁文化社, 2010.
藤塚鄰, 淸朝文化東漸の研究』, 國書刊行會, 1975.
朴春日, 『紀行·朝鮮使の道』, 新人物往來社, 1972.
卞宰洙, 『朝鮮文學史』, 青木書店, 1984.
福永光司, 『道教と東アジア』, 人文書院, 1987.
上田正昭, 『古代の道教と朝鮮文化』, 人文書院, 1989.
映像文化協會, 『江戶時代の朝鮮通信士』, 每日新聞社, 1979.
窪德忠, 『道教史』, 山川出版社, 1977.
赤松智城 외, 『朝鮮巫俗の研究』, 朝鮮印刷株式會社, 1937.
前野直彬, 『唐詩鑑賞辭典』, 東京堂出版, 1970.
田中健夫, 『朝鮮通交大紀』, 名著出版, 1978.

차이나

卿希泰, 『中國道教史』 3책, 四川人民出版社.
金靜庵, 『中國史學史』, 鼎文書局, 1976.
박진석, 『중조친선 3천년』, 연변인민출판사, 1984.

傅勤家,『中國道教史』, 商務印書館, 1972.
謝路軍,『宗教詞典』, 學苑出版社, 1999.
司馬光,『稽古錄』, 北京師範大 出版社, 1988.
宋　航,『古墓』, 重慶出版社.
吳明濟,『朝鮮詩選』, 遼寧民族出版社, 1999.
吳恩敬,『詩歌基本原理』, 新星出版社, 2003.
王　力,『詩詞格律』, 中華書局, 1977.
魏黎明,『朝鮮歷史風雲錄』, 商務印書館, 1992.
韋旭昇,『朝鮮文學史』, 北京大學出版社, 1985.
劉麟生,『中國詩詞論』, 清流出版社, 1976.
李養正,『道教概說』, 中華書局, 1996.
李　中,『中國古代哲學和自然科學』, 上海人民出版社, 2002.
蔣瑞藻,『小說考證』上下, 上海古籍出版社, 1984.
張永銓,『漢樂府研究』, 江蘇古籍出版社, 1992.
朱越利,『道教答問』, 華夏出版社, 1993.
陳蒲清,『中國古代寓言史』, 駱駝出版社, 1976.
何鎭華,『朝鮮文學研究論文集』, 中國廣播電視出版社, 1992.
惠煥章 외,『陝西歷史百迷』, 陝西旅遊出版社, 2001.
———,『陝西帝王陵』, 陝西旅遊出版社, 2001.
胡　適,『中國哲學史大綱』, 東方出版社, 1996.
黃盛華 외,『鬼文化』, 中國經濟出版社, 1995.

찾아보기

ㄱ

ㄴ

ㄹ

ㅁ

ㅅ

ㅇ

ㅊ

ㅍ

ㅎ

새로 읽는
한국고전문학사
● 조선편

초판 인쇄 2019년 6월 5일
초판 발행 2019년 6월 15일

지은이 | 최강현
발행자 | 김동구
디자인 | 이명숙·양철민
발행처 | 명문당(1923. 10. 1 창립)
주 소 | 서울시 종로구 윤보선길 61(안국동)
우체국 010579-01-000682
전 화 | 02)733-3039, 734-4798(영), 733-4748(편)
팩 스 | 02)734-9209
Homepage | www.myungmundang.net
E-mail | mmdbook1@hanmail.net
등 록 | 1977. 11. 19. 제1~148호

ISBN 979-11-90155-08-3 (04800)
ISBN 979-11-90155-05-2 (세트)
30,000원